UCZENNICA MAGA

TRUDI CANAVAN

UCZENNICA MAGA

PREQUEL TRYLOGII CZARNEGO MAGA

Przełożyła Agnieszka Fulińska

WYDAWNICTWO GALERIA KSIĄŻKI · KRAKÓW 2021

Tytuł oryginału: *The Magician's Apprentice*

Autor ilustracji: STEVE STONE / ARTIST PARTNERS LTD.

Projekt układu typograficznego i skład:
ROBERT OLEŚ / d2d.pl

Opracowanie graficzne okładki na podstawie oryginału:
STEFAN ŁASKAWIEC

Opracowanie graficzne mapek:
ELŻBIETA TOTOŃ / d2d.pl

Redakcja:
MAŁGORZATA POŹDZIK / d2d.pl

Korekta:
MAŁGORZATA PASZ / d2d.pl
ANNA WOŚ / d2d.pl

Wydanie III
ISBN: 978-83-66173-77-4

Wydawca: WYDAWNICTWO GALERIA KSIĄŻKI
www.galeriaksiazki.pl
biuro@galeriaksiazki.pl

„Trafiłem na księgę opisującą wojnę sachakańską, spisaną niedługo po tych wydarzeniach. Warto zauważyć, że Gildia przedstawiona jest tam jako nieprzyjaciel – a jej portret jest wysoce nieprzychylny!"

List Mistrza Dannyla do Administratora Lorlena

„Dzieje magii są opowieścią o przypadkowych odkryciach i celowym ukrywaniu wiedzy. Nie da się napisać rzetelnej historii magii, nie zeskrobując warstwy kurzu, pod którą przez wiele lat ukrywano niewygodne fakty. Dwie dekady temu Gildią wstrząsnęło odkrycie, że to, co określaliśmy mianem »czarnej magii«, dawniej było nazywane »wyższą magią« i praktykowane przez wszystkich, którym przysługiwał tytuł maga. Równie zaskakujące było uświadomienie sobie, jak wiele elementów naszej historii zostało zmienione w zapisach kronikarskich lub zapomniane. Odkryto jeszcze dziwniejsze rzeczy. Na przykład w opowieściach o wojnie sachakańskiej nie ma wzmianki o zniszczeniu Imardinu, co jest jednym z fundamentów nauczanej przez nas historii. Wielką tajemnicą jest historia Pustkowia w Sachace. Tamtejsi mieszkańcy winią za jego powstanie Gildię. Jednak dotąd nie znaleziono żadnych zapisów dotyczących tego, co się wówczas stało".

Wyjątek ze wstępu do Wielkiej historii magii *Mistrza Dannyla*

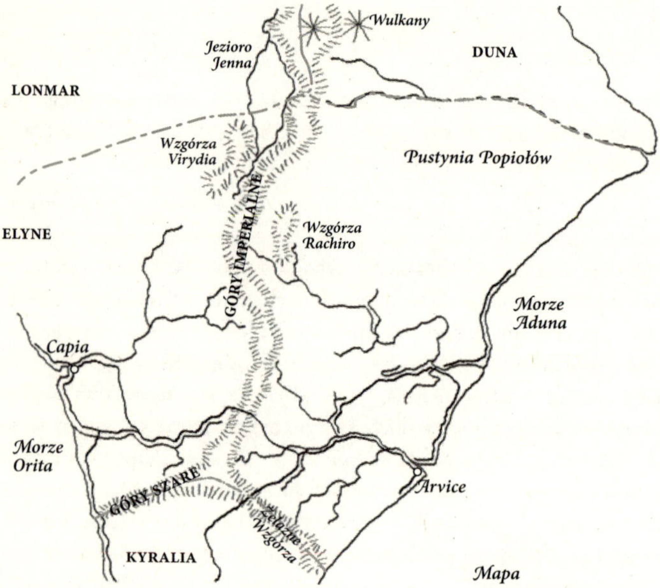

Mapa

Sachaki

Przed powstaniem Pustkowia (pokazana jest prawna granica z Duna, ale plemiona zamieszkiwały większą część Pustyni Popiołów).

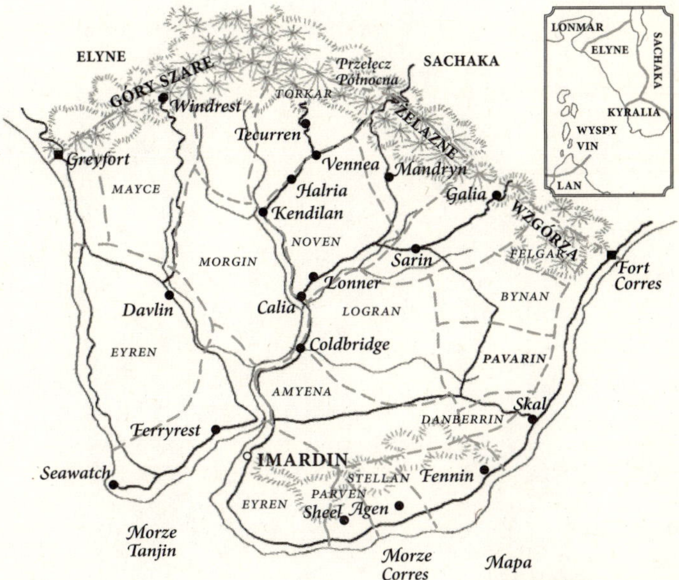

Mapa

Kyralii

W czasach wojny z Sachaką (granice niektórych majątków zaznaczono orientacyjnie, ponieważ kroniki nie są w tym względzie zgodne).

Historię piszą zwycięzcy

WINSTON CHURCHILL

CZĘŚĆ PIERWSZA

ROZDZIAŁ 1

Tessia zdawała sobie sprawę, że nie istnieje bezbolesny sposób przeprowadzenia amputacji. Nie, jeśli miało się to zrobić dobrze. Przy porządnej amputacji potrzebny jest płat skóry do pokrycia kikuta – a to wymaga czasu.

Kiedy jej ojciec zaczął wprawnymi ruchami rozcinać skórę na palcu chłopca, obserwowała twarze ludzi zgromadzonych w izbie. Ojciec chłopaka stał wyprostowany, z założonymi rękami. Nie potrafił ukryć niepokoju, trudno jednak było powiedzieć, czy wynikał on ze współczucia dla syna, czy też z niepewności, czy bez tej pary rąk uda się na czas zakończyć zbiory. Zapewne z jednego i drugiego po trochu.

Matka trzymała syna mocno za drugą rękę, patrząc mu cały czas prosto w oczy. Twarz chłopca była zaczerwieniona, pojawiły się też na niej kropelki potu. Miał zaciśniętą szczękę i pomimo zakazów ojca przyglądał się z uwagą zabiegowi. Jak dotąd zdołał wytrzymać bez ruchu; nie cofał zranionej ręki, nie kręcił się. Nie wydawał też żadnych dźwięków. Jego samokontrola robiła na Tessii wrażenie, zwłaszcza że był bardzo młody. O chłopach mówiono, że to twardzi ludzie, ale jej dotychczasowe doświadczenie nieszczególnie potwierdzało tę opinię. Zastanawiała się, czy chłopak będzie się trzymał tak dzielnie do końca. Ostatecznie najgorsze wciąż było przed nim.

Zmarszczki na twarzy ojca Tessii rysowały wyraz głębokiego skupienia. Ostrożnie zdjął skórę z palca chłopca i ściągnął ją poza staw. Spojrzał na Tessię, a ona natychmiast wyciągnęła z płomienia mały ostry nożyk do przecinania ścięgien i podała go ojcu, odbierając jednocześnie ostrze numer pięć, które następnie dokładnie umyła i położyła na palniku, by się wypaliło do czysta.

Kiedy podniosła wzrok, chłopiec miał napiętą, zmarszczoną twarz. Ojciec Tessii właśnie zaczął przecinać staw. Zerknęła na ojca chłopaka – jego oblicze teraz poszarzało. Matka była biała jak płótno.

– Lepiej tam nie patrzeć – poradziła jej szeptem Tessia.

Kobieta szybkim ruchem odwróciła głowę.

Ostrze uderzyło w tacę chirurgiczną z brzękiem znamionującym nieodwracalność. Odebrała od ojca nożyk i podała mu zakrzywioną igłę, na którą już wcześniej nawlekła cienką nić zrobioną z jelita. Gdy igła bez trudu przeszła przez skórę chłopca, Tessia poczuła lekki przypływ dumy – to ona tak dobrze ją przygotowała na tę operację, a nić była najcieńsza, jaką kiedykolwiek udało jej się wykonać.

Spojrzała na odcięty palec, który leżał na brzegu tacy. Jeden jego koniec stanowiła poczerniała, sącząca się miazga, ale od strony cięcia ciało wyglądało uspokajająco zdrowo. Kilka dni wcześniej palec został paskudnie zgnieciony w wypadku podczas żniw, ale podobnie jak większość mieszkańców wiosek i rolników, wśród których pracował jej ojciec, ani chłopiec, ani jego rodzice nie udali się po pomoc, dopóki w ranie nie rozwinęła się gangrena. Żeby ktoś zgodził się na odjęcie kawałka swojego ciała, trzeba było czasu i nieznośnego bólu.

Takie zakażenie mogło zatruć krew, wywołać gorączkę, a nawet doprowadzić do śmierci. To, że maleńka rana może spowodować zgon, zawsze wprawiało Tessię w zdumienie. A także w przerażenie. Widziała ludzi doprowadzonych do szaleństwa – nawet samookaleczających się – z powodu zwykłej próchnicy zęba; widziała silne kobiety, które wykrwawiały się podczas porodu; zdrowe dzieci, które przestawały oddychać bez widocznego powodu, i gorączki, które rozprzestrzeniały się po całych wsiach, zabijając kilka osób, gdy tymczasem inni co najwyżej czuli się odrobinę gorzej.

Miała szesnaście lat i pomagając ojcu, widziała więcej ran, chorób i śmierci niż większość kobiet przez całe życie. Widziała jednak również ludzi uleczonych z choroby, ulgę niesioną tym, którzy cierpieli na chroniczne niedomagania, uratowane życia. Znała wszystkich mężczyzn, kobiety i dzieci w wiosce i całym majątku, a także tych z dalsza. Znała się na sprawach, w które tylko niewielu miało wgląd. W przeciwieństwie do większości miejscowych umiała czytać i pisać, no i myśleć, i…

Ojciec spojrzał na nią, podał jej igłę, po czym odciął końcówkę nici. Porządnie wykonane szwy przytrzymywały teraz płat skóry wokół kikuta. Tessia znała procedurę, wyciągnęła więc ze swojej torby opatrunki i bandaże i podała je ojcu.

– Proszę to wziąć – ojciec Tessii zwrócił się do matki chłopaka.

Kobieta puściła rękę swojego syna i biernie przyglądała się, jak ojciec Tessii kładzie na jej dłoni bandaż, a na nim opatrunek. Następnie ułożył dłoń chłopca na jej dłoni tak, by kikut kciuka znalazł się w samym środku opatrunku, a potem chwycił za opaskę tamującą krew, która obejmowała ramię chłopca.

– Kiedy to poluzuję, krew w ręce zacznie płynąć normalnie – powiedział do matki. – Palec będzie krwawić. Trzeba owinąć go opatrunkiem i trzymać mocno, dopóki krew nie znajdzie innej drogi.

Kobieta zagryzła wargę i potaknęła. Kiedy ojciec Tessii poluzował opaskę, ręka chłopca zaczęła powoli odzyskiwać zdrowy różowy kolor. Wokół szwów zebrała się krew, więc matka szybko zacisnęła dłoń na kikucie. Chłopak skrzywił się. Kobieta zaś pogładziła go z czułością po głowie.

Tessia powstrzymała uśmiech. Ojciec nauczył ją, że należy pozwalać bliskim chorego uczestniczyć w procesie uzdrawiania, choćby w najmniejszy nawet sposób. Dawało im to poczucie kontroli i czyniło mniej podejrzliwymi albo niechętnymi wobec metod, którymi się posługiwał.

Po chwili ojciec Tessii sprawdził kikut, mocno owinął go bandażem, dając przy tym rodzicom chłopca instrukcje, jak zmieniać opatrunek i jak utrzymywać ranę w czystości, gdy ich syn wróci do pracy (wiedział, że nie ma sensu przekonywać ich, by chłopak został w domu), kiedy będzie można zdjąć bandaż i na jakie oznaki ewentualnego zakażenia powinni zwrócić uwagę.

Gdy wymieniał wszystkie lekarstwa i opatrunki, które będą im potrzebne, Tessia wyjmowała je z torby i układała w najczystszym miejscu stołu, jakie zdołała wypatrzeć. Odcięty palec zawinęła w szmatkę i odłożyła na bok. Pacjenci i ich rodziny zazwyczaj chcieli mieć możliwość spalenia lub pogrzebania takich szczątków, być może w obawie przed tym, co mogłoby się z nimi stać, gdyby sami się ich nie pozbyli. Niewątpliwie do wielu z nich od czasu do czasu docierały niepokojące, a zarazem komiczne opowieści o kyraliańskich uzdrowicielach, którzy w sekrecie przeprowadzają doświadczenia na amputowanych kończynach, wykorzystując kości do przygotowywania straszliwych wywarów, albo też w jakiś sposób je ożywiając.

Umyła i wypaliła igłę nad ogniem, po czym schowała wszystkie narzędzia do torby. Tacą chirurgiczną będzie musiała zająć się później, w domu. Zgasiła ogień na palniku i czekała, aż rodzina zacznie składać podziękowania.

To też należało do świetnie znanego jej już schematu. Ojciec nienawidził chwili, kiedy pacjenci zaczynali wyrażać swoją wdzięczność. Czuł się zakłopotany. Poza wszystkim nie świadczył swoich usług całkiem za darmo. Mistrz Dakon zapewniał jemu i jego rodzinie dach nad głową oraz zapłatę za to, że troszczył się o ludzi w jego włościach.

Ojciec wiedział jednak, że przyjmowanie z pokorą i cierpliwością podziękowań wyrabia mu wśród ludzi dobrą opinię. Nigdy natomiast nie brał podarunków. Wszyscy mieszkający na ziemiach należących do Dakona płacili swojemu panu dziesięcinę, a zatem pośrednio opłacali jego usługi.

Do niej należało wyczekiwanie na odpowiedni moment, by przerwać ten potok podziękowań i przypomnieć ojcu, że jeszcze czeka ich praca. Wtedy rodzina przeprasza, jej ojciec również, a następnie są odprowadzani do drzwi.

Ale kiedy zbliżyła się ta chwila, na zewnątrz rozległ się tętent kopyt. Wszyscy zamilkli, nasłuchując. Koń zatrzymał się i obecnych w izbie dobiegł odgłos kroków, a zaraz potem walenie do drzwi.

– Veran Uzdrowiciel? Czy jest tam Uzdrowiciel Veran?

Chłop i ojciec Tessii jednocześnie ruszyli ku drzwiom, ale jej ojciec zatrzymał się w pół kroku, pozwalając gospodarzowi otworzyć drzwi. W progu stał dobrze ubrany mężczyzna w średnim wieku. Na jego czole perliły się kropelki potu. Tessia rozpoznała Kerona, majordomusa Mistrza Dakona.

– Owszem, jest – odpowiedział gospodarz.

Keron zerknął w głąb ciemnej chaty chłopa.

– Jesteś potrzebny w rezydencji, Uzdrowicielu Veranie. Jak najszybciej.

Ojciec Tessii zmarszczył brwi, po czym skinął na córkę. Dziewczyna chwyciła torbę oraz palnik i wybiegła za nim na światło dzienne. Jeden ze starszych synów chłopa czekał z koniem i bryczką, których Mistrz Dakon użyczał im, kiedy odwiedzali pacjentów poza wioską. Szybko wstał i zdjął z szyi starej klaczy worek z owsem. Veran skłonił głowę w geście podziękowania, wziął z rąk córki torbę i położył ją z tyłu bryczki.

Gdy siadali na koźle, Keron wskoczył na swego wierzchowca i pomknął galopem w kierunku wsi. Ojciec ujął wodze i pogonił klacz, ona zaś potrząsnęła łbem, ale ruszyła przed siebie.

Tessia spojrzała na ojca.

– Myślisz, że…? – urwała, zdając sobie sprawę z bezsensowności tego pytania.

Myślisz, że to ma coś wspólnego z Sachakaninem? – chciała zapytać, ale po co w ogóle miałaby zawracać mu głowę. Dowiedzą się, kiedy dotrą na miejsce.

Trudno było nie wyobrażać sobie najgorszego. Ludzie w wiosce nie przestawali szeptać o obcym magu przebywającym w domu Mistrza Dakona, odkąd się tu pojawił, a ich strach i lęki po prostu nie mogły się nie udzielić. Mistrz Dakon wprawdzie również był magiem, ale magiem znajomym – szanowanym i kyraliańskim. Jeśli budził lęk, to tylko z powodu swej mocy i władzy, jaką sprawował nad losem poddanych mu ludzi; ale nie należał do panów, którzy nadużywają swej władzy. Natomiast sachakańscy magowie zaledwie niecałe sto lat wcześniej panowali nad zniewoloną

Kyralią i wedle wszelkich przekazów lubili przy każdej sposobności przypominać ludziom, jak rzeczy się miały, zanim Kyralia uzyskała niezależność.

Myśl jak uzdrowiciel, powiedziała do siebie, kiedy bryczka podskakiwała na nierównej drodze. *Rozważ wszystko, co wiesz. Ufaj rozumowi, a nie emocjom.*

Ani Sachakanin, ani Mistrz Dakon nie mogli zachorować. Obaj są magami, są więc odporni na większość chorób, z wyjątkiem kilku najrzadszych. Nie są odporni na zarazy, ale rzadko na nie zapadają. Mistrz Dakon wezwałby jej ojca, zanim jeszcze choroba zdążyłaby się porządnie rozwinąć, aczkolwiek możliwe, że Sachakanin nie wspomniałby słowem o tym, że się źle czuje, nie chcąc, by go leczył kyraliański uzdrowiciel.

Wiedziała, że magom zdarza się umierać od odniesionych ran. Mistrz Dakon może być ranny. To nasunęło jej jeszcze bardziej przerażającą możliwość. Co jeśli Mistrz Dakon pobił się z Sachakaninem? *Gdyby tak było, to rezydencja – a zapewne i cała wioska – byłyby teraz tylko dymiącą ruiną*, pomyślała, *jeśli to, co opowiadają o walkach magów, jest prawdą*. Zjeżdżali właśnie ze wzgórza, na którym znajdowała się zagroda, i przed ich oczami roztoczył się widok na wioskę i domy rozłożone na tym brzegu rzeki po obu stronach drogi. Panował tu spokój dokładnie taki, jak kiedy wyjeżdżali.

Może pacjent – albo pacjenci – do których się spieszyli, to któreś ze sług w domu maga. Oprócz Kerona w rezydencji było jeszcze sześć osób służby domowej i stajennej. Wraz z ojcem wielokrotnie zajmowała się nimi w chorobie. Również chłopi spoza wioski przybywali niekiedy do rezydencji, jeśli byli chorzy lub ranni, aczkolwiek woleli wtedy udawać się bezpośrednio do jej ojca.

Kto jeszcze tam jest? Och, oczywiście. Jayan, uczeń Mistrza Dakona, przypomniała sobie. *Ale o ile wiem, on ma takie same zabezpieczenia przed chorobami jak mag władający wyższą magią*. Może to on wdał się w bójkę z Sachakaninem. Dla obcego Jayan byłby trochę jak niewolnik, a...

– Tessio.

Spojrzała na ojca wyczekująco. Czyżby on podejrzewał, kto może potrzebować ich pomocy?

– Tessio... Twoja matka chce, byś przestała mi pomagać.

Nadzieja zmieniła się w rozpacz.

– Wiem. – Skrzywiła się. – Chce, żebym znalazła porządnego męża i zaczęła rodzić dzieci.

Nie uśmiechnął się w odpowiedzi, jak dawniej, kiedy poruszali ten temat.

– Czy to takie złe? Tessio, nie możesz zostać uzdrowicielką.

Słysząc poważny ton, spojrzała na niego ze zdumieniem i rozczarowaniem. O ile jej matka wielokrotnie wyrażała takie zdanie, ojciec nigdy dotąd się z nią nie zgadzał. Poczuła, że coś w niej zamiera, coś ściska jej żołądek, jakaś lodowata ręka chwyta ją za serce. Co oczywiście z punktu widzenia jej wiedzy uzdrowicielskiej nie miało żadnego sensu i nie mogło być prawdą.

– Ludzie w wiosce cię nie zaakceptują – ciągnął ojciec.

– Nie możesz tego wiedzieć – zaoponowała. – Dopóki nie spróbuję i nie poniosę klęski, nie możesz być pewien. Z jakiego powodu mieliby mi nie ufać?

– Z żadnego konkretnego. Nawet cię lubią, ale uwierzyć w to, że kobieta może leczyć, będzie im równie trudno, jak w to, że reber rozwinie skrzydła i poleci. Uważają, że kobiety nie potrafią myśleć rozsądnie.

– Ale przecież akuszerki… im ufają. Jaka jest różnica między przyjmowaniem porodu a leczeniem?

– Taka, że… to, co robią akuszerki, jest bardzo specjalne i ograniczone. Uzdrowiciel posiada wiedzę i doświadczenie, których nigdy nie zdobędzie żadna akuszerka. Większość z nich nie umie nawet czytać.

– A mimo to wieśniacy im ufają. Czasem nawet bardziej niż tobie.

– Bo poród to sprawa kobieca – odparł z krzywym uśmiechem. – A uzdrawianie nie.

Tessia nie znajdowała słów. Wzbierały w niej złość i rozpacz, ale wiedziała, że wybuch gniewu nic tu nie pomoże. Musi być przekonująca, jednak jej ojciec nie jest zwykłym wieśniakiem, którego łatwo przekabacić. Jest chyba najmądrzejszym człowiekiem w wiosce.

Kiedy bryczka wtoczyła się na główną drogę, Tessia zaklęła pod nosem. Nie zdawała sobie sprawy, że ojciec zgodził się ze zdaniem jej matki. *Muszę sprawić, żeby zaczął myśleć inaczej, ale muszę to zrobić ostrożnie*, uświadomiła sobie. *On nie lubi sprzeciwiać się mamie. Postaram się zatem osłabić jej przekonanie, no i zmniejszyć wątpliwości ojca co do mojej dalszej nauki.* Musi rozważyć wszystkie argumenty za i przeciw pracy uzdrowicielki i wymyślić, jak obrócić je na swoją korzyść. W tym celu powinna poznać wszystkie szczegóły planu rodziców.

– Co zrobisz, kiedy przestanę ci towarzyszyć w wizytach? – spytała.

– Wezmę do pomocy chłopaka z wioski – odpowiedział.

– Którego?

– Zapewne najmłodszego od Młynarza. To bystry dzieciak.

A zatem już to przemyślał. Poczuła ukłucie żalu.

Doskonale utrzymana główna droga była mniej wyboista niż dróżka wiodąca do zagrody, toteż ojciec ściągnął wodze i popędził klacz. Kołysanie bryczki przeszkadzało Tessii w myśleniu. Widziała twarze pojawiające się w oknach, gdy wjechali do wioski. Nieliczni ludzie, którzy szli drogą, zatrzymywali się, żeby z uśmiechem skinąć głową jej ojcu.

Kiedy pociągnął za lejce, by wstrzymać nieco klacz, musiała się chwycić poręczy; podjechali już pod boczną bramę rezydencji. W przyćmionym świetle Tessia widziała stajennych, którzy właśnie wyszli im naprzeciw, żeby przejąć lejce, gdy tylko bryczka stanie. Ojciec zszedł z kozła. Keron zbliżył się do niego i odebrał torbę. Tessia zeskoczyła na ziemię i pobiegła za nimi do domu.

Minęła kuchnię, spiżarnię, łaźnię i inne pomieszczenia gospodarcze mieszczące się wzdłuż korytarza, którym szli. Gdy zaczęli się wspinać na wyższe piętro, odgłos ich szybkich kroków niósł się echem w ciasnej klatce schodowej. Pokonała jeszcze kilka zakrętów i znalazła się w części budynku, w której nigdy dotąd nie była. Elegancko ozdobione ściany i piękne meble podpowiadały, że to pokoje mieszkalne, ale nie były to te same pomieszczenia, które widziała przed paroma laty, kiedy wezwano ojca, żeby zajął się dość zwyczajną młodą kobietą cierpiącą na omdlenia. Było tu kilka sypialni i salon, dlatego domyśliła się, że to pokoje gościnne. Poczuła więc zaskoczenie, kiedy Keron otwarł jedne z drzwi i wprowadził ich do niewielkiego pokoju, gdzie znajdowało się tylko proste łóżko i wąski stół. Pomieszczenie nie miało okien, przez które mogłoby wpadać światło, toteż na stole stała niewielka lampka. Było tu ubogo i niezbyt czysto. Tessia spojrzała na łóżko i natychmiast przestała myśleć o wyglądzie pokoju.

Na łóżku leżał mężczyzna o twarzy tak posiniaczonej i nabrzmiałej, że jedno oko wyglądało jak nabiegła krwią, opuchnięta szparka. Białko drugiego oka było pociemniałe. Tessia podejrzewała, że w lepszym świetle okazałoby się czerwone. Wargi układały się krzywo, zapewne z powodu złamanej szczęki. Twarz miał szeroką i o dziwacznym kształcie, co jednak mogło stanowić efekt odniesionych obrażeń.

Mężczyzna przyciskał prawą rękę do piersi i uwadze Tessii nie uszło, że jest ona wykrzywiona w nienaturalny sposób. Jego tors też był siny. Człowiek ten miał na sobie jedynie krótkie, potargane spodnie, niezbyt porządnie pocerowane w wielu miejscach. Był smagły i szczupły. Nogi miał bose i brudne od kurzu. Jedna kostka brzydko nabrzmiała, łydka drugiej nogi wyglądała na nieco wykrzywioną, jakby kiedyś nie zrosła się dobrze po złamaniu.

W pokoju panowała cisza, jeśli nie liczyć szybkiego, wysilonego oddechu leżącego na łóżku mężczyzny. Tessia rozpoznała ten dźwięk i serce w niej zamarło. Ojciec leczył kiedyś człowieka z połamanymi żebrami, które poprzebijały płuca. Tamten mężczyzna umarł.

Ojciec nie poruszył się, odkąd weszli do pokoju. Stał nieruchomo, pochylony lekko, wpatrując się w pobitą, połamaną postać na łóżku.

– Ojcze – odezwała się nieśmiało Tessia.

Niemalże podskoczył, wyprostował się i odwrócił ku niej. Kiedy ich oczy się spotkały, poczuła zrozumienie przebiegające między nimi. Zorientowała się, że nieznacznie kręci głową, i zauważyła, że ojciec robi to samo. Uśmiechnęła się blado. Przecież w takich momentach, kiedy nie potrzebowali słów, żeby się wzajemnie zrozumieć, musiał widzieć, że jej przeznaczeniem jest pójść w jego ślady.

Ojciec zmarszczył brwi i spuścił wzrok, po czym odwrócił się w stronę łóżka. Tessia poczuła nagły bolesny zawód. Powinien był się uśmiechnąć, skinąć głową, dać jej jakiś znak, który zapewniłby ją, że będą nadal razem pracować.

Muszę odzyskać jego zaufanie, pomyślała. Odebrała od Kerona torbę ojca, położyła ją na wąskim stoliku i otworzyła. Wyciągnęła palnik, zapaliła i ustawiła płomień. Na zewnątrz pokoju rozległy się kroki.

– Potrzebujemy więcej światła – mruknął ojciec Tessii.

Pokój wypełnił się nagle oślepiającym białym światłem. Tessia uchyliła się, kiedy nad jej głową przemknęła kula blasku. Wpatrzyła się w nią i natychmiast tego pożałowała. Światło było zbyt jasne. Kiedy odwróciła oczy, widziała tylko ciemny krąg.

– Czy to wystarczy? – rozległ się głos z dziwacznym akcentem.

– Dziękuję, panie – usłyszała pełną szacunku odpowiedź ojca.

Panie? – Tessia poczuła, że skręca ją w brzuchu. Jej ojciec mógłby się zwrócić w ten sposób tylko do jednej osoby przebywającej obecnie w rezydencji. Wraz z tą świadomością poczuła, że wzbiera w niej bunt. *Nie okażę strachu przed tym Sachakaninem*, postanowiła. *Aczkolwiek obawiam się, że nie mam wielkich szans zadrżeć na czyjś widok, skoro chwilowo niewiele widzę*. Potarła oczy. Ciemny krąg zbladł nieco, wzrok jej wracał. Zerknęła w stronę drzwi i dostrzegła w nich dwie postacie.

– Jak oceniasz jego szanse, Uzdrowicielu Veranie? – spytał nieco lepiej znany głos.

Ojciec zawahał się, zanim udzielił odpowiedzi.

– Marnie, mój panie – przyznał. – Ma przebite płuca. Takie obrażenia są zazwyczaj śmiertelne.

– Zrób co w twojej mocy – rozkazał Mistrz Dakon.

Tessia widziała teraz twarze obu magów. Mistrz Dakon miał ponurą minę, jego towarzysz uśmiechał się. Odzyskała już wzrok na tyle, że rozpoznawała szerokie rysy Sachakanina, bogato zdobioną kurtkę i spodnie, które miał na sobie, a także wysadzany klejnotami sztylet w pochwie zawieszonej u pasa – broń, którą Sachakanie nosili, by podkreślać fakt, że są magami. Mistrz Dakon powiedział coś cicho i obaj mężczyźni wyszli. Tessia usłyszała cichnące kroki gdzieś dalej w korytarzu.

Światło nagle zgasło, pogrążając pokój w całkowitej ciemności. Tessia dosłyszała, że ojciec przeklina pod nosem. Chwilę później znowu zrobiło się jasno, aczkolwiek już nie tak oślepiająco. Tessia podniosła oczy i zobaczyła wchodzącego do pokoju Kerona z dwiema dużymi lampami.

– Och, dziękuję – powiedział ojciec Tessii. – Ustaw je tutaj i tam.

– Czy potrzebujesz czegoś jeszcze? – spytał służący. – Wody? Płótna?

– W tej chwili potrzebuję przede wszystkim informacji. Jak to się stało?

– Nie jestem pewny… Nie widziałem.

– A czy ktokolwiek widział? Łatwo nie zauważyć pojedynczego obrażenia, kiedy jest ich tak wiele. Opis, gdzie został uderzony…

– Nikt nie widział – odparł szybko Keron. – Nikt oprócz Mistrza Dakona, tego niewolnika i jego mistrza.

Niewolnik? Tessia przyjrzała się rannemu mężczyźnie. Oczywiście. Ciemna skóra i szerokie rysy są typowo sachakańskie. Nagle zainteresowanie sachakańskiego maga nabrało sensu.

Jej ojciec westchnął.

– W takim razie przynieś mi wody, a ja spiszę to, co powinieneś zabrać od mojej żony.

Majordomus wybiegł pospiesznie. Ojciec spojrzał na Tessię chmurnie.

– To będzie dla nas obojga długa noc. – Uśmiechnął się blado. – W takich chwilach zastanawiam się, czy naprawdę nie kusi cię wizja przyszłości, jaką rysuje twoja matka.

– Właśnie w takich momentach ona nawet nie przychodzi mi do głowy – odparła dziewczyna. Po czym dodała cicho: – Może tym razem nam się uda.

Ojciec otwarł szeroko oczy i wyprostował nieco ramiona.

– Bierzmy się do pracy.

ROZDZIAŁ 2

Odgrywanie roli gospodarza wobec sachakańskiego maga nigdy nie było łatwe, a rzadko bywało przyjemne. Służącym Mistrza Dakona spośród wszystkich wymagań najwięcej problemów sprawiało żywienie gościa. Jeśli Ashaki Takado dostał danie, które rozpoznał jako serwowane już wcześniej, odmawiał jedzenia, nawet gdy mu smakowało. Większość potraw przypadła mu jednak do gustu, apetyt natomiast miał ogromny, w związku z czym na każdy posiłek trzeba było przygotowywać dużo więcej dań niż to normalnie konieczne do wykarmienia dwójki ludzi.

Nagrodą za znoszenie humorów gościa była żywność zostająca po jego posiłkach, którą następnie rozdzielano wśród domowników. *Jeśli Takado zostanie jeszcze przez kilka tygodni, nie zdziwię się, jak moi służący zaokrąglą się nieco*, myślał Dakon. *A mimo to jestem przekonany, że woleliby, żeby Sachakanin się wyniósł. Ja zresztą też*, dodał nadal w myślach, przyglądając się, jak jego gość odchyla się na krześle, klepie po potężnym brzuchu i beka. *Najlepiej, żeby udał się do swojej ojczyzny, dokąd, jak sądzę, się wybiera, w końcu objechał już większość Kyralii, a moja rezydencja jest najbliżej przełęczy.*

– Doskonały posiłek – oznajmił Takado. – Czy dobrze mi się wydaje, że w ostatnim daniu było nieco dzwonkowca?

Dakon potaknął.

– Zaletą mieszkania w pobliżu granicy jest to, że niekiedy zaglądają tu sachakańscy kupcy.

– Dziwi mnie to. Mandryn nie jest po drodze do Imardinu.

– Nie, ale zdarza się, że wiosenne powodzie uniemożliwiają poruszanie się główną drogą, a najlepszy objazd wiedzie właśnie tędy. – Wytarł usta w serwetkę. – Przejdziemy do salonu?

Takado skinął głową, a Dakon usłyszał ciche westchnienie ulgi Cannii, która pełniła dziś dyżur w jadalni. *Przynajmniej służący będą już mieć dziś spokój*, pomyślał Dakon, podnosząc się z krzesła. *Moje trudy nie zakończą się, dopóki on nie położy się spać.*

Takado wstał i odsunął się od stołu. Przewyższał Dakona o głowę, a szerokie barki i okrągła twarz sprawiały, że robił wrażenie jeszcze większego. Jego ogłada była tylko powierzchowna, krył się pod nią typowy Sachakanin – wielki i mocny. Dakon zdawał sobie sprawę, że stojąc obok Takady, musi wydawać się niewielki i żałosny. I blady. Mimo że skóra Sachakan nie była tak ciemna jak Lonmarczyków z północy, miała ona ten zdrowy brązowawy odcień, który Kyralianki od stuleci starały się osiągnąć za pomocą kosmetyków.

I nadal o nim marzyły, jakkolwiek nienawidziły Sachakan i lękały się ich. Dakon poprowadził gościa przez korytarz. *Powinny być dumne ze swojej cery, ale trudno pozbyć się kształtowanego przez stulecia przekonania, że bladość jest dowodem naszej słabości i nieokrzesania.* Weszli do salonu, gdzie Takado natychmiast opadł na fotel, który zawłaszczył na samym początku swego pobytu w rezydencji. Pomieszczenie oświetlały dwie lampy. Dakon mógłby tu co prawda bez trudu przywołać magiczne światło, wolał jednak ciepłą poświatę lamp. Przypominała mu dom rodzinny i matkę, która nie miała zdolności magicznych i wolała, żeby robić wszystko „po staroświecku". To ona urządziła ten pokój. Kiedy kolejny sachakański gość tak bardzo zachwycił się biblioteką, że zażądał, by ojciec Dakona podarował mu kilka cennych ksiąg, matka uznała, że takich gości należy podejmować w pokoju wypełnionym pozornie bezcennymi skarbami – w rzeczywistości zaś kopiami, fałszerstwami i niedrogimi błyskotkami.

Takado wyciągnął nogi i przyglądał się, jak Dakon nalewa wina z dzbana, który postawił tu służący.

– Jak sądzisz, Mistrzu Dakonie, czy twój uzdrowiciel zdoła uratować mojego niewolnika?

Głos Sachakanina nie zdradzał troski. Dakon nie spodziewał się po nim niepokoju o los niewolnika – interesował się nim tak, jak każdym swoim przedmiotem, który się zepsuł i wymaga naprawy.

– Uzdrowiciel Veran zrobi wszystko, co w jego mocy.

– A jeśli mu się nie uda, to jak zamierzasz go ukarać?

Dakon podał Takadzie kielich.

– Nie zamierzam.

Sachakanin uniósł brwi ze zdziwieniem.

– Skąd w takim razie wiesz, że zrobi wszystko, co w jego mocy?

– Ponieważ mu ufam. To honorowy człowiek.

– Jest Kyralianinem. Mój niewolnik przedstawia dla mnie wartość, a ja jestem Sachakaninem. Skąd mam wiedzieć, że nie przyspieszy śmierci tego człowieka, żeby mi zaszkodzić?

Dakon usiadł i upił łyk wina. Nie był to dobry rocznik. Klimat w jego włościach nie służył uprawie winorośli. Ale za to trunek był mocny i powinien przyspieszyć udanie się Sachakanina na spoczynek. Dakon wątpił natomiast, czy zdoła rozwiązać jego język. Nie udało mu się to również poprzedniego wieczora.

– Ponieważ to honorowy człowiek – powtórzył.

Sachakanin parsknął.

– Honor! U sługi? Na twoim miejscu wziąłbym sobie jego córkę. Nawet niebrzydka jak na Kyraliankę. Podpatrzyła nieco uzdrowicielskich sztuczek, więc na dodatek nadałaby się na niewolnicę.

Dakon uśmiechnął się.

– Zapewne zauważyłeś, podróżując po Kyralii, że prawo zakazuje tutaj niewolnictwa.

Takado zmarszczył nos.

– Och, nie sposób nie zauważyć. To, jak fatalną macie tutaj służbę, nie może ujść niczyjej uwadze. Ponurzy. Głupi. Niezdarni. Nie zawsze tak było, wiesz? Niewolnictwo kiedyś u was kwitło i uważaliście je za naturalne. Mogłoby tak być znowu. Moglibyście odzyskać dobrobyt, którym cieszyli się wasi przodkowie. – Wypił wino kilkoma szybkimi haustami i westchnął z zadowoleniem.

– Odkąd znieśliśmy niewolnictwo, cieszymy się większym dostatkiem niż kiedykolwiek – odpowiedział gościowi Dakon i wstał, żeby napełnić kielich Sachakanina oraz dolać sobie nieco trunku. – Utrzymywanie niewolników nie jest opłacalne. Jeśli traktujesz ich źle, umierają, zanim się do czegokolwiek przydadzą, albo buntują się i uciekają. Jeśli zaś traktujesz ich dobrze, to ich utrzymanie i pilnowanie kosztuje tyle samo co utrzymanie wolnych sług, brakuje im za to motywacji do porządnej pracy.

– Najlepszą motywacją jest strach przed karą śmierci.

– Ranny albo martwy niewolnik nikomu się nie przyda. Nie rozumiem, w jaki sposób pobicie niewolnika na śmierć za to, że nadepnął ci na palec, miałoby sprawić, że w przyszłości będzie ostrożniejszy. Jego śmierć nie będzie nawet przykładem dla innych, ponieważ nie ma tu żadnych niewolników, którzy mogliby wyciągnąć z tego jakąś naukę.

Takado zamieszał wino w swoim kielichu. Miał nieodgadniony wyraz twarzy.

– Być może nieco się zagalopowałem. Problem w tym, że podróżowałem z nim przez tyle miesięcy, że całkowicie znudziłem się jego towarzystwem. Ty też miałbyś dość, gdyby podczas objazdu całego kraju towarzyszył ci tylko jeden sługa. Jestem pewny, że ten wasz król, który wymyślił to prawo, chciał po prostu ukarać Sachakan.

– Zadowoleni słudzy są lepszymi towarzyszami podróży – odparł Dakon. – Rozmowy z moimi ludźmi i ich towarzystwo nie sprawiają mi problemów, a oni nie mają nic przeciwko temu, żeby dla mnie pracować i rozmawiać ze mną. Gdyby mnie nie lubili, nie informowaliby mnie o trudnościach pojawiających się w całym majątku, nie radziliby, jak zwiększyć zbiory.

– Gdyby moi niewolnicy nie informowali mnie o kłopotach w majątku albo nie osiągali doskonałych zbiorów, pozabijałbym ich.

– I zmarnował na zawsze ich umiejętności. Moi ludzie żyją dłużej, mogą rozwinąć swe zdolności. Są z tego dumni, będą się więc starali wymyślić jakieś ulepszenia czy udogodnienia, jak ten uzdrowiciel, który zajmuje się twoim niewolnikiem.

– Ale już nie jego córka – wtrącił Takado. – Jej zdolności zmarnują się, prawda? Jest kobietą, a w Kyralii kobiety nie mogą być uzdrowicielkami. W Sachace jej talent nie zostałby zaprzepaszczony. – Nachylił się ku Dakonowi. – Jeśli mi ją sprzedasz, obiecuję ci, że będzie używać swojego daru. Podejrzewam, że nie miałaby nic przeciwko temu. – Pociągnął łyk wina, spoglądając na Dakona sponad brzegu kielicha.

Jak na chciwego okrutnika o nadmiernej władzy i niedostatecznej samokontroli Takado bywa niepokojąco spostrzegawczy, zauważył Dakon.

– Nawet gdyby nie zabraniało tego prawo, a ona wyraziła zgodę, nie wydaje mi się, żeby interesowały cię jej umiejętności uzdrowicielskie.

Takado zaśmiał się i rozparł wygodnie w fotelu.

– Znów mnie przejrzałeś, Mistrzu Dakonie. Podejrzewam, że ty nie skosztowałeś tego owocu... a może jednak?

– Oczywiście, że nie. Jestem od niej dwa razy starszy.

– Co jedynie czyni ją jeszcze bardziej apetyczną.

Dakon wiedział doskonale, że Takado go podpuszcza.

– I sprawia, że taki romans zrobiłby ze mnie głupka.

– Nie jest żadnym wstydem oddawać się rozrywkom, szukając jednocześnie odpowiedniej żony – oznajmił Takado. – Dziwi mnie, że jeszcze jej nie znalazłeś... żony, ma się rozumieć. Podejrzewam jednak, że w majątku Aylen nie ma ani jednej kobiety godnej twojej pozycji. Powinieneś częściej odwiedzać Imardin. Wygląda na to, że wszystko, w czym warto uczestniczyć, dzieje się właśnie tam.

– Dawno mnie tam już nie było – przyznał Dakon, sącząc powoli wino. – Podobało ci się w Imardinie?

Takado wzruszył ramionami.

– Nie jestem pewny, czy „podobało się" to odpowiednie określenie. Miasto jest tak barbarzyńskie, jak sądziłem.

– Skoro nie spodziewałeś się, że ci się spodoba, to po co tam jechałeś?

Oczy Sachakanina rozbłysły. Takado uniósł pusty kielich.

– Chciałem zaspokoić ciekawość.

Dakon wstał, żeby napełnić naczynie. Za każdym razem, kiedy rozmowa schodziła na przyczyny objazdu Kyralii, który właśnie odbywał Takado, Sachakanin zaczynał dawać wymijające odpowiedzi albo zmieniał temat. Niepokoiło to niektórych znajomych Dakona, zwłaszcza tych, których dobiegły pogłoski, jakoby w stolicy Sachaki, Arvice, odbyło się spotkanie części młodych magów, na którym rozważano możliwość podjęcia próby odzyskania dawnych sachakańskich kolonii. Zaniepokojony tymi wieściami król Kyralii wysłał potajemnie instrukcje do wszystkich właścicieli ziemskich, nakazując wybadanie Takady co do powodów jego wizyty.

– I udało ci się zaspokoić ciekawość? – spytał Dakon, wracając na miejsce.

– Chętnie zobaczyłbym więcej, ale bez niewolnika...? Nie.

– Być może twój niewolnik przeżyje.

– Jakkolwiek służy mi twoja gościnność, nie zamierzam zostawać tu po to tylko, żeby się przekonać, czy niewolnik, którym się znudziłem, wyzdrowieje. A poza tym chyba już dostatecznie nadszarpnąłem twoje zapasy. – Pociągnął kolejny łyk. – Nie, jeśli on przeżyje, możesz go zachować. Zapewne będzie bezużytecznym kaleką.

Dakon zamrugał ze zdumienia.

– A zatem jeśli przeżyje, a ja pozwolę mu tu pozostać, darujesz mu wolność?

– Ależ oczywiście. – Takado machnął lekceważąco ręką. – Nie możesz przecież z mojego powodu łamać obowiązującego u was prawa.

– Dziękuję za wyrozumiałość. Dokąd zatem teraz się udasz? Do domu?

Sachakanin potaknął i uśmiechnął się szeroko.

– Nie mogę przecież pozwolić, żeby moi niewolnicy zapomnieli, kto tam rządzi, nieprawdaż?

– Powiadają, że rozłąka wzmacnia uczucia.

Takado roześmiał się.

– Dziwne macie powiedzenia w tej Kyralii. Na przykład „sen to najtańsze lekarstwo". – Wstał, a kiedy Dakon podniósł się również, podał mu pusty kielich. – Nie wypiłeś swojego – zauważył.

– Jak zapewne doskonale wiesz, drobna budowa ciała sprawia, że człowiek szybko się upija. – Dakon odstawił na tacę w połowie pełny kielich. – A skoro w moim domu przebywa ranny, czuję się w obowiązku zachowywać trzeźwość umysłu. Nawet jeśli tym rannym jest tylko nędzny sachakański niewolnik.

Na twarzy Takady malowało się coś pomiędzy obojętnością a rozbawieniem.

– Doprawdy dziwni z was ludzie. – Odwrócił się. – Nie musisz mnie odprowadzać do sypialni. Trafię sam. – Zachwiał się lekko. – W każdym razie tak mi się wydaje. Dobranoc, Mistrzu Dakonie, jak mawiacie wy, dziwaczni Kyralianie.

– Dobranoc, Ashaki Takado – odpowiedział Dakon.

Patrzył, jak Sachakanin oddala się korytarzem, i nasłuchiwał jego cichnących kroków. Następnie podążył za nim najciszej, jak potrafił. Nie dlatego, że chciał sprawdzić, czy gość udał się tam, gdzie zamierzał, ale po to, żeby zajrzeć do Verana. Pokój niewolnika znajdował się oczywiście niedaleko komnaty pana, a Dakon wolał, by Takado nie wiedział, dokąd zmierza, mógłby bowiem zechcieć mu towarzyszyć.

Przez kilka korytarzy i jedną klatkę schodową Dakon odprowadzał wzrokiem Sachakanina. Takado minął drzwi pokoju swojego niewolnika, nie zaszczycając ich choćby przelotnym spojrzeniem, i wszedł do swojej sypialni. Z pokoju niewolnika dochodziły niewyraźne odgłosy rozmowy. Przez szpary w drzwiach widać było migoczące światło. Dakon zatrzymał się, niepewny, czy może przeszkadzać uzdrowicielowi.

Niewolnik albo przeżyje, albo nie, pomyślał. *A moja wizyta nic tu nie zmieni*. Nie potrafił jednak odnaleźć w sobie tego chłodnego pragmatyzmu, z jakim Takado traktował wszystkich ludzi z wyjątkiem tych najpotężniejszych. Dakon wzdrygnął się na wspomnienie niewolnika przyciśniętego do ściany, zwijającego się pod gradem niewidzialnych ciosów wymierzanych przez sachakańskiego maga. Wciąż jeszcze słyszał trzask łamanych kości i głuchy odgłos uderzeń w bezbronne ciało.

Odwrócił się i skierował ku własnym komnatom, starając się odgonić od siebie nadzieję, że Veranowi się nie powiedzie.

Co bowiem, na wyższą magię, miałby zrobić z wyzwolonym sachakańskim niewolnikiem?

Kiedy Tessia i jej ojciec opuścili wreszcie dom Mistrza Dakona, światło poranka rozjaśniało wioskę. Była to na razie słaba, chłodna poświata, ale gdy Tessia odwróciła się, żeby spojrzeć na ojca, wiedziała, że szarość na jego twarzy jest nie tylko efektem światła. Veran był wyczerpany. Ich dom znajdował się jakieś sto kroków dalej po drugiej stronie drogi, ale ta odległość wydawała się teraz ogromna. Nie było sensu prosić któregoś ze stajennych, żeby zaprzęgali konia, by pokonać taki kawałek, Tessia jednak była tak zmęczona, że żałowała, iż tego nie uczynili. Ojciec potknął się o kamień, wyciągnęła więc ramię, żeby go podtrzymać, a drugą ręką chwyciła torbę. Wydawała się cięższa niż kiedykolwiek, mimo że większość bandaży, jak również spora ilość lekarstw, które zazwyczaj się w niej mieściły, znajdowały się teraz na różnych częściach ciała sachakańskiego niewolnika.

Co za nieszczęśnik. Jej ojciec rozciął mu klatkę piersiową, żeby wydobyć złamany kawałek żebra z płuc, i zaszył dziurę. Taka operacja powinna była zabić tego biedaka, ale on jakimś cudem nadal żył i oddychał. Ojciec powiedział, że mieli szczęście, iż nie przecięli żadnej ważnej żyły.

Zrobił najmniejsze nacięcie, jakie tylko było możliwe, i pracował głównie na wyczucie, głęboko wsuwając palce w ciało mężczyzny. To był niewiarygodny widok.

Podeszli do domu i Tessia przyspieszyła nieco, żeby otworzyć drzwi. Ledwie jednak wyciągnęła rękę do klamki, uchyliły się do środka. Na progu stanęła matka z zatroskaną miną.

– Cannia doniosła mi, że opatrywaliście Sachakanina. Z początku myślałam, że mówi o *tamtym*. Zastanawiałam się więc, jak mag mógł się tak paskudnie poharatać? Ale ona powiedziała, że chodzi o niewolnika. Żyje?

– Tak – odpowiedział ojciec Tessii.

– Wyjdzie z tego?

– Mało prawdopodobne. Ale to twarda sztuka.

– Prawie nie krzyknął – potwierdziła Tessia. – Aczkolwiek podejrzewam, że to z obawy przed zwróceniem na siebie uwagi swojego pana.

Matka spojrzała na nią. Otwarła usta na chwilę, a potem potrząsnęła głową.

– Dali wam jeść? – spytała.

Ojciec zamyślił się.

– Keron przyniósł nam jedzenie – odpowiedziała za niego Tessia – ale nie mieliśmy na to czasu.

– Podgrzeję trochę zupy. – Kobieta wprowadziła ich do kuchni. Tessia i ojciec opadli na stojące przy kuchennym stole krzesła. Matka pogrzebała w palenisku i udało jej się rozpalić ogień, nad którym zawiesiła niewielki kociołek.

– Będziemy go musieli regularnie odwiedzać – mruknął ojciec Tessii, bardziej do siebie niż do którejś z kobiet. – Zmieniać mu bandaże. Obserwować, czy nie rozwija się gorączka.

– Cannia powiedziała ci, jak doszło do jego pobicia? – spytała matkę Tessia, ale kobieta pokręciła przecząco głową.

– A czy ci Sachakanie potrzebują powodów? Zapewne zrobił to dla rozrywki, ale włożył w to nieco więcej siły, niż zamierzał.

– Mistrz Yerven zawsze mawiał, że nie wszyscy Sachakanie są okrutnikami – wtrącił się ojciec.

– Ale większość jest – dokończyła Tessia z uśmiechem. Ojciec Mistrza Dakona zmarł, kiedy była dzieckiem. Pamiętała go jako miłego, nieco roztrzepanego staruszka, który zawsze miał przy sobie słodycze i częstował nimi dzieci w wiosce.

– No cóż, ten niewątpliwie zalicza się do okrutników. – Matka Tessii spojrzała na męża i zachmurzyła się ponownie. – Wolałabym, żebyś nie musiał już tam chodzić.

Odpowiedział ponurym uśmiechem.

– Mistrz Dakon nie pozwoli, żeby cokolwiek nam się stało.

Matka zerkała to na niego, to na Tessię. Troska malująca się na jej twarzy przerodziła się w zagniewanie, pogłębiając zmarszczkę na czole. Odwróciła się do ognia, skosztowała zupy i pokiwała głową. Zdjęła kociołek z paleniska i przelała jego zawartość do dwóch kubków. Tessia wzięła je od niej i jeden podała ojcu. Zupa była gorąca i bardzo smaczna, a pijąc, Tessia czuła, jak ogarnia ją coraz większa senność. Powieki ojca opadały.

– A teraz oboje marsz do łóżek – oznajmiła matka, gdy skończyli jeść.

Żadne z nich nie spierało się, kiedy wygoniła ich na górę do sypialni. Przebierając się w koszulę nocną, Tessia czuła ogromne zmęczenie. Weszła pod kołdrę i westchnęła z zadowoleniem.

Kiedy tylko zaczęła zapadać w sen, obudziły ją głosy.

Dochodziły z przeciwnej strony korytarza. Z sypialni rodziców. Poczuła lekkie ukłucie niepokoju na wspomnienie wczorajszej rozmowy z ojcem. Zmusiła się, żeby usiąść, a następnie opuściła nogi na podłogę. Kiedy otwierała drzwi sypialni, jedynie cicho skrzypnęły. Od wielu lat nie podsłuchiwała nocnych rozmów rodziców, ostatni raz zdarzyło się to, kiedy była jeszcze dzieckiem. Podkradła się cicho do ich drzwi i przycisnęła ucho do drewna.

– Ty też tego chcesz – mówiła matka.

– Oczywiście. Ale nie będę oczekiwał, że Tessia zrobi coś, na co nie ma ochoty – odrzekł ojciec.

– Czułbyś jednak zawód.

– Owszem, ale i ulgę. To zawsze jest ryzyko. Widziałem, jak wiele zdrowych kobiet umierało.

– To ryzyko, które wszystkie podejmujemy. Rezygnowanie z dzieci z powodu strachu nie ma sensu. Owszem, to ryzyko, ale pomyśl o korzyściach. Ona odmawia sobie wielkiej radości. No i kto się nią zajmie na starość?

Zapadło milczenie.

– Gdyby miała syna, mógłbyś go uczyć – dodała matka.

– Za późno na to. Będę już za stary, żeby pracować, kiedy chłopak będzie ciągle za młody i zbyt niedoświadczony, żeby przejąć odpowiedzialność.

– I dlatego uczysz Tessię? Ona *nie może* cię zastąpić. Wiesz o tym *doskonale*.

– Mogłaby, gdyby dzieliła obowiązki z innym uzdrowicielem. Mogłaby zostać... nie wiem, jak to nazwać... czymś pośrednim między uzdrowicielem a akuszerką. Może... „pielęgniarką". A przynajmniej pomocnicą.

Tessia miała ochotę przerwać im, powiedzieć, że może być czymś więcej niż niby-uzdrowicielką, ale zachowała milczenie i nie ruszała się. Gdyby wpadła teraz do ich pokoju, wydałoby się, że podsłuchiwała, co nie pomogłoby w przekonaniu matki do zmiany zdania.

– Musisz przyjąć chłopaka ze wsi – oznajmiła zdecydowanie matka. – I musisz przestać ją uczyć. Napełniłeś jej głowę dziwacznymi pomysłami. Dopóki będzie usiłowała zostać uzdrowicielką, nawet nie pomyśli o małżeństwie i założeniu rodziny.

– Jeśli mam przyjąć nowego ucznia, to jego kształcenie zajmie sporo czasu. Na razie Tessia musi mi pomagać. Wioska się rozrasta i będzie się rozrastać dalej. Zanim wychowam tego chłopaka, możemy tu potrzebować dwóch uzdrowicieli. Tessia mogłaby dalej pracować... i może również wyjść za mąż.

– Jej mąż na to nie pozwoli.

– Może pozwoli, jeśli znajdziemy właściwego mężczyznę. Mądrego mężczyznę...

– *Tolerancyjnego* mężczyznę. Człowieka, któremu nie przeszkadzają plotki i łamanie tradycji. Gdzie zamierzasz takiego szukać?

Ojciec Tessii milczał przez chwilę.

– Jestem zmęczony. Muszę odpocząć – powiedział w końcu.

– Oboje musimy. Ja też nie spałam przez większość nocy, zamartwiając się o was. Zwłaszcza o Tessię – przebywała pod jednym dachem z tą sachakańską bestią.

– Nie groziło nam żadne niebezpieczeństwo. Mistrz Dakon to dobry człowiek.

Pozostałych słów nie dało się zrozumieć. Tessia poczekała przez chwilę, czy rodzice nie zaczną znów rozmawiać, po czym cichutko wróciła do łóżka.

Tej nocy udowodniłam mu, że mnie potrzebuje, pomyślała z dumą. *Nie może teraz żądać, żebym przestała mu pomagać. Wie, że żaden głupi wiejski chłopak nie dałby sobie rady, nie wytrzymałby, nie wiedziałby, co robić z ranami tego niewolnika. A ja wiedziałam, wytrzymałam i poradziłam sobie.*

ROZDZIAŁ 3

Uczeń Jayan uśmiechnął się na dźwięk cichego pukania do drzwi. Odwrócił się i posłał w stronę klamki niewielką falę magii. Drzwi uchyliły się z lekkim trzaskiem. Na progu stała młoda kobieta, która ukłoniła się najładniej, jak potrafiła, trzymając w rękach wielką tacę.

– Witaj, Uczniu Jayanie – zaświergotała, wchodząc do pokoju. Podeszła do niego, oparła tacę na swym obfitym biodrze i zaczęła stawiać na stole miseczki, talerze i filiżanki.

– Witaj, Malio – odpowiedział. – Wyglądasz na bardzo radosną.

– Bo jestem – odparła. – Gość naszego pana wyjeżdża dzisiaj.

Jayan wyprostował się.

– Naprawdę? Jesteś tego pewna?

– Całkowicie. Myślę, że on nie może przeżyć bez nadskakującego mu niewolnika. – Posłała Jayanowi zamyślone spojrzenie z ukosa. – Zastanawiam się, czy ty poradziłbyś sobie beze mnie.

Jayan zlekceważył to pytanie, które najwyraźniej miało na celu wyciągnięcie od niego komplementu.

– A dlaczego on nie ma niewolnika? Co się stało z tym, który z nim przyjechał?

Malia otwarła szeroko oczy.

– Och, oczywiście. Nie słyszałeś o tym. No bo jak masz o czymkolwiek usłyszeć, skoro przez cały czas ukrywasz się tutaj, na tyłach rezydencji? Wczoraj po południu Takado stłukł swojego niewolnika prawie na śmierć. Uzdrowiciel Veran pracował nad nim całą noc. – Mówiła obojętnym tonem, ale jej ruchy zdradzały podenerwowanie. Jayan podejrzewał, że wszystkich służących niepokoi zachowanie Sachakanina. Wiedzieli, że on ledwie dostrzega różnicę między nimi a niewolnikami.

Na twarz Malii szybko jednak powrócił uśmiech, i to szelmowski. Wiedziała, co dla Jayana oznacza wyjazd Sachakanina. Spojrzał na nią wyczekująco.

– I?

Uśmiechnęła się jeszcze promienniej.

– I co?

– Przeżył czy umarł?

– Och. – Zmarszczyła brwi, po czym wzruszyła ramionami. – Myślę, że jeszcze żyje, gdyby umarł, usłyszelibyśmy o tym.

Jayan wstał i podszedł do okna. Chciał poszukać Dakona i dowiedzieć się czegoś więcej, ale mistrz kazał mu pozostawać w pokoju, dopóki Sachakanin nie opuści rezydencji. Spojrzał przez okno na zamkniętą bramę stajni i pusty dziedziniec i zagryzł wargę.

Skoro ja nie mogę się sam dowiedzieć, Malia na pewno z chęcią zdobędzie dla mnie te informacje.

Problem w tym, że ona zawsze w zamian za przysługi oczekiwała czegoś więcej niż tylko podziękowania. Była nawet ładna, ale Dakon dawno już ostrzegł go, że młode służące mają zwyczaj uwodzić adeptów magii ze względu na ich pozycję i majątek, nie należy więc tego wykorzystywać, a tym bardziej dać się wykorzystać. Jayan wprawdzie wiedział, że jego nauczyciel wybacza przypadkowe błędy i potknięcia, przez ostatnie cztery lata przekonał się jednak, że mag za nieodpowiednie zachowanie karze w sposób wyrafinowany i mało przyjemny. Nie podejrzewał, żeby Dakon za tak drobny występek wymierzył mu karę najcięższą – odesłanie do rodziny, bez zakończenia edukacji i przekazania mu tajników wyższej magii, która uczyniłaby z niego niezależnego maga – ale też Malia nie podobała mu się aż tak bardzo, żeby miał wystawiać swoje podejrzenia na próbę. Jak zresztą żadna inna dziewczyna z Mandryn.

Jedynym sposobem na Malię było *nie prosić* jej o nic konkretnego. Wyrazić tylko ogólne życzenie posiadania jakiejś wiedzy. Jeśli ona dostarczyłaby mu informacji, o które by ją *prosił*, uznałaby, że coś jej się za to należy.

– Ciekawe, kiedy ten Sachakanin odjedzie? – mruknął pod nosem.

– Och, zapewne nie przed zmrokiem – odparła beztrosko Malia.

– Przed zmrokiem? Czemu miałby podróżować nocą?

Uśmiechnęła się i wsunęła pustą tacę pod ramię.

– Nie wiem, ale całkiem podoba mi się myśl, że będziesz tu siedział zamknięty, samiutki przez następny dzień. Nie chcesz chyba wpaść mu w oko, bo jeszcze by cię ze sobą zabrał jako niewolnika, prawda? Miłego dnia.

Wyszła z pokoju, chichocząc, i zamknęła za sobą drzwi. Jayan wpatrywał się w nie, niepewny, czy dziewczyna przejrzała jego grę, czy też po prostu skorzystała z okazji, żeby się z nim podroczyć.

Westchnął, wrócił do biurka i zabrał się do śniadania.

Z początku nie miał nic przeciwko temu, że Dakon kazał mu pozostawać w pokoju przez całą wizytę Sachakanina. Miał mnóstwo książek do przeczytania, masę nauki, a poza tym nie przeszkadzała mu samotność. Nie bał się, że Takado może spróbować go porwać, jak sugerowała Malia, ponieważ Sachakanie nie czynili niewolnikami nikogo, kto mógłby skorzystać z ich magicznych umiejętności. Woleli niewolników z dużym, ale *uśpionym* talentem, nieumiejących posługiwać się magią, za to dostarczających swemu panu znacznej mocy magicznej.

Jeżeli jednak między Takadą a Dakonem pojawiłyby się jakieś niesnaski, to Sachakanin zapewne spróbowałby zabić Jayana. Do obowiązków ucznia, jak do powinności niewolnika, należało dostarczanie nauczycielowi dodatkowej mocy, tyle że uczniowie w zamian byli kształceni. No i wolni.

Konflikt między Takadą a Dakonem nie był zresztą szczególnie prawdopodobny. Spowodowałby takie dyplomatyczne reperkusje zarówno w Sachace, jak i w Kyralii, jakich żaden mag nie chciałby oglądać. Niewykluczone natomiast, że Takado mógłby chcieć wywołać jakieś drobne nieporozumienia, wiedząc, że znajduje się w odległości zaledwie odrobinę ponad jednego dnia jazdy od swojego kraju; mógłby po prostu chcieć pokazać, że Sachaka ma nad Kyralią przewagę.

Katując własnego niewolnika niemal na śmierć?

On chyba już coś nam udowodnił. Pokazał, że wciąż ma władzę nad życiem innych ludzi. Na dodatek zrobił to, nie łamiąc żadnych obowiązujących w Kyralii praw.

Ta myśl w dziwaczny sposób pocieszyła Jayana. Sachakanin zademonstrował im to, co chciał, i teraz wyjedzie – już się zbiera do wyjazdu – wkrótce więc Jayan będzie znów bezpieczny. Będzie mógł wyjść z tego pokoju. A nawet z rezydencji, gdyby przyszła mu na to ochota. Życie wróci do normalnego rytmu.

Jayanowi poprawił się nastrój. Nigdy nie przypuszczał, że może znudzić się własnym towarzystwem albo czytaniem. Wyglądało jednak na to, że zaczyna tęsknić za światłem słonecznym i świeżym powietrzem. Właściwie zaczął przed kilkoma dniami i nie mógł już znaleźć sobie miejsca. Czytając książki, nie da się nauczyć wielu umiejętności magicznych. Żeby je zdobyć, potrzeba ćwiczeń. A od jego ostatniej lekcji z Mistrzem Dakonem minęły całe tygodnie. Każdy kolejny dzień wizyty Sachakanina oznaczał dalszą zwłokę. A każda odłożona na później lekcja oddala dzień, kiedy Mistrz Dakon nauczy Jayana wyższej magii, a on zostanie samodzielnym magiem.

Wtedy Jayan będzie się cieszył władzą i szacunkiem należnym mu jako magowi i zacznie gromadzić własny majątek. Podobnie jak jego starszy brat, Mistrz Velan, będzie miał tytuł, aczkolwiek „mag" nigdy nie dorówna w hierarchii „mistrzowi". Nic nie budzi w Kyralii większego szacunku niż posiadłość, nawet jeśli jest to tylko wielki dom w mieście.

Posiadanie majątku liczy się zaś jeszcze bardziej niż dom, co stanowi pewnego rodzaju ironię, zważywszy że magowie mieszkający na wsi uważani są za staroświeckich i zacofanych. Jeśli Jayanowi uda się zachować dobre stosunki z nauczycielem, a Dakon nie ożeni się i nie spłodzi dziedzica, istnieje szansa, że mistrz wyznaczy go na swego następcę. Zdarzało się przecież, że magowie wyróżniali w ten sposób byłych uczniów.

Ale nie tylko pragnienie zajęcia lepszego od brata miejsca na drabinie społecznej sprawiało, że Jayanowi bardzo podobała się taka perspektywa. Sama myśl, że pewnego dnia powróci do Mandryn, była niezwykle kusząca. Jayan odkrył, że podoba mu się spokojne życie z dala od miejskich gierek towarzyskich, które niegdyś sprawiały mu przyjemność, no i z dala od wpływów ojca i brata.

Tylko że Dakon nie jest jeszcze za stary, żeby się ożenić i mieć dzieci, pomyślał. *Jego ojciec późno zdecydował się na jedno i drugie. Poza tym nawet jeśli Dakon nie będzie miał dziedzica, to raczej pożyje jeszcze dość długo, będę więc miał sporo czasu, żeby najpierw pozwiedzać świat. A im szybciej nauczę się wszystkiego, co jest mi potrzebne, bym został prawdziwym magiem, tym szybciej będę mógł wyruszyć w podróż.*

Światło prześwitujące przez okienniki w sypialni Tessii było dziwne. Chwilę później przypomniała sobie pracowitą ostatnią noc oraz to, że ona i rodzice poszli spać nad ranem. To dlatego ze światłem było coś nie tak. Dochodziło już południe.

Przez chwilę leżała spokojnie w nadziei, że uda jej się znowu zasnąć, ale na próżno. Przespała zaledwie kilka godzin i wciąż czuła wielkie zmęczenie, jednak nie mogła już zasnąć. Żołądek domagał się jedzenia. Może to głód nie pozwalał jej zapaść w sen. Wstała z łóżka i uczesała włosy. Wyszła cicho z sypialni i zauważyła, że drzwi pokoju rodziców są jeszcze zamknięte. Dobiegało zza nich ciche chrapanie.

Zeszła na parter i skierowała się do kuchni. Palenisko wystygło, rozpalony o świcie ogień wypalił się. Tessia sięgnęła po owoc pachi leżący w misce na stole i zauważyła stojącą na podłodze torbę ojca.

Niewolnik, przypomniała sobie. *Ojciec powiedział, że pierwszy dzień po operacji będzie najważniejszy. Trzeba zmienić opatrunki. Oczyścić rany. No i lekarstwa uśmierzające ból zapewne przestają już działać.*

Zerknęła w górę, w kierunku sypialni rodziców, zastanawiając się, czy powinna obudzić ojca. *Jeszcze nie*, uznała. *W jego wieku potrzebuje więcej snu niż ja.*

Czekała zatem. Zastanawiała się, czy nie ugotować czegoś do jedzenia, ale wątpiła, żeby bez obudzenia rodziców udało jej się cokolwiek przygotować. Zajęła się więc przeglądaniem zawartości torby ojca. Weszła do gabinetu i uzupełniła zapas lekarstw, nici i opatrunków. Następnie ostrożnie oczyściła i naostrzyła wszystkie narzędzia, a światło słoneczne przesuwało się powoli przez pokój.

Zajęło jej to kilka godzin. Kiedy już nie mogła znaleźć sobie nic do roboty, postawiła torbę ojca przy drzwiach wejściowych i wróciła do kuchni. Następnie wspięła się na schody i wsłuchała w odgłosy chrapania, rozmyślając.

Trzeba go jak najszybciej zbadać, pomyślała. *Powinnam więc zbudzić ojca... ale w ten sposób zbudzę też matkę. Mogłabym też pójść tam sama.*

Ta ostatnia myśl napełniła ją podnieceniem. Gdyby samodzielnie opatrzyła niewolnika – gdyby służący w domu Mistrza Dakona pozwolili jej na to – może zdołałaby przekonać ludzi w wiosce, że można zaufać jej wiedzy uzdrowicielskiej? Może zrozumieliby, że kiedy nadejdzie stosowny czas, ona będzie mogła zastąpić ojca?

Wycofała się na dół i podeszła do drzwi. Kiedy jednak spojrzała na torbę ojca, opadły ją wątpliwości.

Ojciec może się rozgniewać. Uczynienie czegoś, czego mi nie polecono, nie jest jednak aż tak dużym przewinieniem jak złamanie zakazu. A poza tym wykonam tylko rutynowe czynności, niezbędne po operacji. Uśmiechnęła się do siebie. *A jeśli uda mi się przekonać kogoś ze służących z rezydencji, żeby ze mną został, pokażę, że troska matki o moje bezpieczeństwo nie jest mi obojętna.*

Chwyciła torbę za ucho, podniosła ją, cicho uchyliła drzwi wejściowe i wymknęła się na zewnątrz.

W okolicy kręciło się kilka osób. Dwaj synowie piekarza wygrzewali się w popołudniowym słońcu oparci o ścianę domu. Skinęli jej głowami, a ona uśmiechnęła się w odpowiedzi. *Ciekawe, czy znajdują się na matczynej liście potencjalnych kandydatów na mojego męża?* – zastanawiała się. Żaden z nich jej się nie podobał. Teraz byli nawet uprzejmi, ale nie potrafiła zapomnieć, jak okropnie zachowywali się jako chłopcy, przezywali ją i ciągnęli za włosy.

Główną drogą powoli szła wdowa po poprzednim kowalu, opierając się na dwóch laskach. Odkąd Tessia sięgała pamięcią, ta kobieta każdego słonecznego dnia przemierzała wioskę z jednego końca na drugi i z powrotem. Kiedy Tessia była dzieckiem, a wdowa mniej zgrzybiała, dołączały do tej wędrówki inne stare kobiety z wioski, żeby poplotkować. Teraz te kobiety twierdziły, że są za stare, żeby wychodzić: bały się potknięcia o kamień albo potrącenia przez wioskowe dzieciaki.

Odgłos krzyków i śmiechu skierował uwagę Tessii na rzekę, gdzie niewielkie postacie tłoczyły się wokół płytkiego zakola, w którym ona również bawiła się w dzieciństwie. W tej samej chwili usłyszała swoje imię, odwróciła się i zobaczyła, że chłop z okolicy, który właśnie tędy przechodził, kiwa do niej głową.

Nadszedł od strony domu Mistrza Dakona, odległego teraz o zaledwie kilka kroków. Tessia weszła na ścieżkę prowadzącą ku bocznym drzwiom, przez które wchodziła wczoraj z ojcem, i zapukała.

Drzwi otworzyła Cannia. Kobieta uśmiechnęła się do Tessii, zerkając przy tym na ścieżkę.

– Ojciec jeszcze odpoczywa – wyjaśniła Tessia. – Mam sprawdzić, jak się miewa niewolnik, i przekazać mu wiadomości.

Cannia kiwnęła głową, prowadząc Tessię do środka.

– Zaniosłam mu dziś rano nieco zupy. Usiłowałam go nakarmić, bo on nie jest w stanie jeść samodzielnie. Ale przełknął tylko kilka łyżek.

– A zatem jest przytomny.

– Jak najbardziej, choć mam wrażenie, że wolałby, żeby było inaczej.

– Czy ktoś mógłby mi towarzyszyć, jak będę go opatrywać? Ty albo ktokolwiek inny.

– Oczywiście. – Cannia zapaliła lampę i podała ją Tessii. – Idź do niego, a ja przyślę kogoś do pomocy.

Tessia poczuła lekki dreszcz, kiedy wspinała się po schodach do pokoju niewolnika. Nie mogła przestać się zastanawiać, gdzie może się w tej chwili podziewać Sachakanin, ale miała nadzieję, że się na niego nie natknie. Gdy dotarła na miejsce i nie zastała tam nikogo oprócz swojego pacjenta, odetchnęła z ulgą.

Mężczyzna wpatrywał się w nią szeroko otwartymi oczami. Nie potrafiła ocenić, czy to ze strachu, czy z zaskoczenia. Nagle uświadomiła sobie, że nikt nie powiedział jej, jak ten człowiek ma na imię.

– Witaj ponownie – odezwała się. – Mam ci zmienić opatrunki i sprawdzić, jak goją się twoje rany.

Nie odpowiedział, ale nie spuścił z niej wzroku. Cóż, nie bardzo mogła spodziewać się po nim rozmowy, zważywszy, że miał złamaną i unieruchomioną bandażem szczękę. Mogła tylko prowadzić swój monolog.

– Musisz strasznie cierpieć – ciągnęła. – Mogę dać ci lekarstwo, które nieco złagodzi ból. Chcesz?

Mężczyzna zamrugał oczami i skinął potakująco głową. Tessia uśmiechnęła się, sięgnęła do ojcowskiej torby i wyjęła z niej syrop, który ojciec zawsze podawał dzieciom. Niewolnik będzie miał kłopoty z przełykaniem, a po proszku rozpuszczonym w wodzie pozostanie mu zapewne w ustach gorzki smak. Syrop też trzeba będzie rozcieńczyć i podawać mu przez rurkę. Mężczyzna zesztywniał lekko, czując smak lekarstwa w ustach, ale przełknął. Nie rozluźnił się jednak, a kiedy spojrzał ponad ramię Tessii, jego oczy rozszerzyły się jeszcze bardziej.

Wygląda na przerażonego, pomyślała.

Lekki powiew powietrza uświadomił jej, że drzwi są otwarte.

Wyciągnęła rurkę i zrobiła krok do tyłu, żeby sprawdzić, kogo to Cannia przysłała jej do pomocy. Mężczyzna, którego wzrok napotkała, był wysoki, potężny i egzotycznie ubrany.

Serce w niej zamarło.

– Widzę, że wróciłaś, żeby sprawdzić, jak miewa się Hanara – odezwał się Sachakanin z uśmiechem, w którym nie było ani cienia autentycznej wdzięczności. – Jak miło z twojej strony. Czy on przeżyje?

Wzięła głęboki oddech i zmusiła się do wydobycia z siebie głosu.

– Nie wiem… panie.

– Nie przejmę się, jeśli nie – powiedział jej uspokajająco.

Nie potrafiła w żaden sposób odpowiedzieć na te słowa, więc milczała. *Gdzie ten służący, którego miała przysłać Cannia?* – myślała gorączkowo. *I gdzie jest Mistrz Dakon?*

Chyba nie pozwala Sachakaninowi włóczyć się samotnie po domu…

– Sądzę, że jest dobrym pacjentem do eksperymentowania – ciągnął Sachakanin, patrząc na niewolnika. – Może nauczysz się czegoś nowego.

Niewolnik unikał wzroku swego pana. Sachakanin znowu przeniósł spojrzenie na Tessię.

– Baw się dobrze.

Wycofał się z pokoju i zamknął za sobą drzwi. Tessia westchnęła z ulgą i usłyszała drugie westchnienie. Spojrzała na niewolnika, uśmiechając się krzywo.

– Twój pan ma dziwaczne poczucie humoru – mruknęła i wróciła do zmieniania opatrunków.

Niewolnik nie wydawał żadnych dźwięków, tylko czasem wciągał z sykiem powietrze, kiedy odrywała bandaż, który przywarł do gojącego się ciała. Jego rany wyglądały zaskakująco dobrze: prawie nie były opuchnięte i zaczerwienione, nie ropiały. Oczyściła wszystkie odpowiednim płynem i założyła nowy opatrunek.

Kiedy wreszcie skończyła, spotkanie z Sachakaninem odpłynęło między niezbyt przyjemne wspomnienia. Spakowała torbę ojca i podniosła ją z ziemi. Zatrzymała się na moment w drzwiach i skinęła niewolnikowi głową.

– Odpoczywaj, Hanaro.

Skóra wokół jego oczu zmarszczyła się nieco: było to najbliższe uśmiechu, na co było go stać. Zadowolona z wykonanej pracy Tessia wyszła z pokoju i ruszyła korytarzem ku schodom dla służby, zastanawiając się, czy rodzice już się obudzili.

Zza jednych z drzwi dobiegł ją głos, który sprawił, że nogi się pod nią ugięły.

– Skończyłaś już, Tessio?

Sachakanin. Zatrzymała się i natychmiast samą siebie za to przeklęła. Gdyby nie przystanęła, mogłaby udawać, że go nie słyszała, ale teraz nie może go zignorować, nie zachowując się przy tym nieuprzejmie. Nabrała powietrza głęboko w płuca, cofnęła się o dwa kroki i zajrzała do pokoju. Był to jakby salon, z wygodnymi fotelami i niewielkimi stoliczkami, na których można było postawić kieliszek lub położyć książkę. Sachakanin siedział w wielkim drewnianym fotelu.

– Owszem, panie – odparła.

– Zbliż się.

Wypowiedział te słowa cicho, ale tonem nieznoszącym sprzeciwu. Z bijącym mocno sercem Tessia podeszła do drzwi. Sachakanin uśmiechnął się i machnął ręką.

– Mam na myśli tutaj – powiedział.

Weszła do środka, zatrzymała się kilka kroków od niego i starała się przybrać najobojętniejszą minę, na jaką tylko było ją stać.

Za nią zatrzasnęły się drzwi. Zadrżała i poczuła, że serce skacze jej do gardła. Po czym zaklęła w duchu, wiedząc, że ten strach musiał się odmalować na jej twarzy. *Miejmy nadzieję, że on wziął to za zaskoczenie*, pomyślała. Uzmysłowiła sobie, że oddycha za szybko, starała się więc uspokoić nieco oddech.

Sachakanin podniósł się z fotela i podszedł do niej, ani na chwilę nie spuszczając z niej wzroku. Ktoś kiedyś mówił jej, że spojrzeć Sachakaninowi prosto w oczy, to jak pokazać mu, że uważa się siebie za równego mu. A jeśli nie jest się potężnym magiem, Sachakanin może postanowić przekonać śmiałka, że nie ma on racji. Spuściła wzrok.

– Chciałbym porozmawiać z tobą o pewnej prywatnej sprawie – odezwał się cicho Sachakanin.

Potaknęła.

– Chodzi o twojego niewolnika. On…

– Nie. O coś innego. Obserwowałem cię. Wykazujesz cechy niespotykane zazwyczaj u Kyralian. I zorientowałem się, że nikt cię tu nie docenia. Zgadza się? Mógłbym to zmienić.

Podszedł nieco bliżej. Za blisko. Cofnęła się o krok.

W co on gra? – myślała. *Czy wydaje mu się, że jest tak potężny, że mógłby zmienić obyczaje w Kyralii? A może myśli, że ja nabiorę się na coś takiego, jak propozycja lepszego życia w Sachace?*

– Jeśli nie zdołam przekonać ludzi tutaj, że mogę być uzdrowicielką, wątpię, żeby udało mi się to tam, gdzie nikt mnie nie zna – odparła.

Zamilkł na chwilę, po czym zaśmiał się.

– Och, zdolności uzdrowicielskie to tylko jeden z twoich atutów. Reszta zupełnie się marnuje. Spójrzmy…

Znów nieco się przybliżył, wyciągnął rękę i dotknął jej policzka. Tessia uchyliła się.

– …takie drobne rysy. Gładkie włosy i blada skóra. Kiedy tu przyjechałem, uważałem, że Kyralianki są brzydkie, ale co jakiś czas pojawiała się taka, która sprawiała, że zmieniłem zdanie. Ty też taka jesteś. Wasi głupi mężczyźni… – Jego głos cichł coraz bardziej i nabierał pasji, a Tessia cofała się przed dłońmi wyciągniętymi ku jej włosom, obejmującymi ją w talii.

– Przestań! – zawołała, upuszczając torbę i odpychając go.

Zawahał się i spochmurniał.

– Nikt nie chce tego, co ty masz, dziewczyno. A zatem nikt się nie przejmie, jeśli ja to sobie wezmę.

Coś zaczęło ją ściskać ze wszystkich stron. Rozejrzała się, ale nie dostrzegała żadnych oznak napierającej na nią siły. Nacisk na plecy popchnął ją do przodu. Oparła się o Sachakanina, który wybuchnął śmiechem.

– Mistrz Dakon – wyszeptała Tessia. – On ci nie pozwoli…

– Jego tu nie ma. A poza tym, co zrobi, kiedy się dowie? Ukarze mnie? Będę do tego czasu w połowie drogi do domu. A komu jeszcze zechcesz cokolwiek powiedzieć?

Kiedy dobierał się do przodu jej tuniki, usiłowała poruszyć ramionami, ale jakaś niewidzialna siła trzymała ją w miejscu. Nie była w stanie zrobić kroku. Nie mogła w ogóle się poruszyć. Nawet głową. A kiedy otwarła usta, żeby krzyknąć, owinęło ją coś niewidzialnego, zmuszając do zamknięcia ust. Nad sobą widziała wyszczerzoną szyderczo twarz Sachakanina. Poczuła dreszcz. Krew uderzała dziewczynie do głowy, czuła się tak, jakby miała za chwilę wybuchnąć.

Czy on jest w mojej głowie? Zamknęła oczy, skupiła się na tym uczuciu i usiłowała odepchnąć je od siebie.

Wynocha wynocha wynocha WYNOCHA!

Siła, która ją przytrzymywała w miejscu, ustąpiła nagle i Tessia zachwiała się. Jednocześnie poczuła się tak, jakby coś z niej odpływało. Jasnemu, bardzo jasnemu światłu pod powiekami towarzyszył odgłos jakby gromu.

Dziewczyna zorientowała się, że uderza plecami o podłogę. Zabolało. Otwarła szeroko oczy. Udało jej się podnieść do pozycji siedzącej i zamarła na widok tego, co ujrzała. W jednym z kątów pokoju piętrzyły się potrzaskane meble. Ściany popękały. Otaczały ją czarne plamy, w powietrzu czuła piekący smród dymu.

W korytarzu rozległy się szybkie kroki. Sachakanin podniósł się spomiędzy resztek mebli. Spojrzał na nią z niechęcią, po czym popatrzył po sobie. Jego ubranie było w równym stopniu nadpalone jak ściany, szwy i guziki całkiem poczerniały. Gdy przetarcie ich dłonią nie pomogło, na jego twarzy pojawił się grymas złości.

Drzwi do pokoju otwarły się. Tessia podskoczyła na widok wchodzącego do pomieszczenia Mistrza Dakona. Zatrzymał się, spojrzał na nią i na Sachakanina, po czym ogarnął wzrokiem zniszczenia.

– Co tu się stało? – zapytał zdecydowanym tonem.

Sachakanin nie odpowiedział. Uśmiechnął się, przekroczył połamane krzesło i wyszedł z pokoju.

Mistrz Dakon zwrócił się do Tessii. Jego wzrok przesunął się z jej twarzy na jej pierś. Spuściła oczy i przekonała się, że guziki jej sukienki są rozpięte aż do pasa, ukazując halkę. Usiadła szybko i odwróciła się, żeby nie widział, jak je zapina z powrotem.

– Co się stało? – powtórzył pytanie, ale tym razem jego głos brzmiał znacznie łagodniej.

Tessia wzięła głęboki oddech, ale słowa nie chciały wyjść z jej ust. *Twój gość usiłował mnie zmusić…* powiedziała do niego w myślach. I przekonała się, że Sachakanin miał rację. Nie chciała, żeby ktokolwiek się o tym dowiedział. Zwłaszcza gdyby oznaczało to, że matka może coś usłyszeć. Ojciec zawsze powtarzał, że w niewielkiej społeczności nie istnieje coś takiego jak tajemnica.

Poza tym nic się nie stało. *No, nic z tego, na co Sachakanin najwyraźniej miał ochotę*, pomyślała. Wstała i rozejrzała się po spalonych ścianach. *Nie mam pojęcia, dlaczego on to zrobił.*

Odwróciła się z powrotem do Dakona, ale nie patrzyła mu prosto w oczy.

– Byłam… byłam nieuprzejma. On chyba poczuł się urażony. Przepraszam… za ten bałagan, Mistrzu Dakonie.

Podniosła torbę ojca i odwróciła się do wyjścia, ale zatrzymała się na moment.

– Niewolnik ma się lepiej.

Dakon patrzył za nią, kiedy mijała go, wychodząc na korytarz, ale nie powiedział ani słowa. Tessia zaś nie odważyła się podnieść ku niemu oczu w obawie, że ich wzrok mógłby się spotkać, czuła jednak, że w jego spojrzeniu było coś dziwacznego. Pospiesznie skierowała się ku schodom dla służby i zbiegła na dół. Cannia stała w drzwiach kuchni. Powiedziała coś do wychodzącej Tessii, ale ona nie dosłyszała, a nie miała ochoty się zatrzymywać.

Było późne popołudnie, blask słońca oślepiał. Nagle Tessię ogarnęło jedynie niewypowiedziane zmęczenie. Pospieszyła ku domowi, przystanęła na moment, żeby zebrać odwagę i otwarła drzwi.

Rodzice byli w kuchni. Spojrzeli na nią, gdy pojawiła się na progu. Matka zmarszczyła brwi, a ojciec wyraźnie stłumił uśmiech, kiedy postawiła u jego stóp torbę.

– Niewolnik ma się lepiej. Idę się zdrzemnąć – oznajmiła i zanim zdążyli cokolwiek odpowiedzieć, wyszła z kuchni i wspięła się na schody. Nikt za nią nie poszedł. Słyszała w kuchni przyciszone głosy, ale nie zatrzymała się, żeby podsłuchać. Weszła do pokoju, rzuciła się na łóżko i ku swojemu zdumieniu rozpłakała się.

Co się dzieje? Nie będę chyba płakać jak dziecko? Odwróciła się na plecy, wzięła głęboki oddech i usiłowała powstrzymać łzy. *Nic się nie stało.* Ale mogło. W jej myślach pojawiło się wspomnienie poczerniałych ścian. Coś się jednak stało. Nie to, co umyślił sobie Sachakanin, ale coś potężnego i niszczącego. Ale *co*?

Magia?

Nagle wszystko nabrało sensu. Mistrz Dakon. Najwyraźniej coś usłyszał i przyszedł jej na ratunek.

Ale on się pojawił dopiero potem.

Mógł przecież działać na odległość, stamtąd, gdzie się znajdował. To by wyjaśniało zniszczenia. Mag nie narobiłby takiego bałaganu w pokoju, gdyby widział, jak kierować swoją mocą. Działał na ślepo.

Powinnam mu być za to wdzięczna, pomyślała. *Zniszczył mnóstwo cennych przedmiotów, żeby mnie ratować. Nic dziwnego, że potem tak mi się przypatrywał. Spodziewał się podziękowań, a ja uciekłam.*

Wciągnęła powietrze głęboko w płuca i wypuściła je powoli. Dobrze, że zdążyła wcześniej opatrzyć niewolnika. Nigdy więcej nie pójdzie sama do rezydencji. Nie oddali się od ojca na krok, ilekroć się tam znajdzie. Zamknęła oczy, poddając się zmęczeniu, i zasnęła.

ROZDZIAŁ 4

Kiedy ból nieco ustąpił, Hanara odzyskał jasność umysłu, aczkolwiek myśli przychodziły powoli i były niewyraźne z powodu lekarstwa, które dała mu uzdrowicielka. Nie był zresztą pewien, czy myślenie wyjdzie mu na dobre. Nie istniało nic, co nie wzbudziłoby w nim cierpienia i strachu.

Nigdy nie lubił oglądać się za siebie. Przeszłość wypełniały złe wspomnienia, a te nieliczne dobre tylko wlewały gorycz w jego serce. Obecna sytuacja też nie oznaczała przyjemnej odmiany. Nawet gdyby każdy ruch nie wywoływał fali niewyobrażalnego bólu, i tak nie zdołałby wstać z łóżka. Był tak poowijany bandażami, że równie dobrze mógłby być związany i zakneblowany.

Myśli o przyszłości były jeszcze gorsze. Służąca, która przynosiła mu jedzenie, wspomniała w czasie ostatniej wizyty, że jego pan odjechał i oznajmił, że udaje się do domu, do Sachaki.

Wspomniała też, że Hanara jest teraz bezpieczny.

Ona nie ma o niczym pojęcia, pomyślał. *Żadne z tych Kyralian nie ma, może z wyjątkiem maga, Mistrza Dakona. Takado wróci. Musi wrócić.*

Sachakańscy magowie nigdy nie wyzwalają zwykłych niewolników, a co dopiero źródła mocy. Nigdy nie pozostawiają ich na terytorium wroga. W każdym razie nie żywych.

Kiedy on wróci, to albo mnie zabierze, albo zabije.

Jeśli zdrowie Hanary nie poprawi się do tego czasu dostatecznie, żeby przydał się on Takadzie, to drugie stanie się znacznie bardziej prawdopodobne. Żaden sachakański mag nie marnuje czasu na leczenie ran niewolnika, ani też nie czeka, aż niewolnik sam wyzdrowieje, nie mówiąc o ciągnięciu za sobą zbyt słabego lub zbyt okaleczonego, by stanowił dla swojego pana pożytek.

Czy uzdrowiciele pracowaliby z takim poświęceniem, gdyby wiedzieli, że ich wysiłek może pójść na marne?

Na wspomnienie tej młodej kobiety Hanara poczuł, że coś ściska go w sercu. Jej dotyk był delikatny, a słowa kojące. Kogoś takiego nie mógłby spotkać w swojej ojczyźnie. Tylko w tym kraju kobieta w jej wieku mogła być tak bardzo prostolinijna i pozbawiona goryczy.

Była niczym wszystkie dobre rzeczy, które oglądał w tym kraju i które napawały go tęsknotą, nawet jeśli nimi pogardzał. Żałował, że Takado w ogóle wybrał się do Kyralii. Uzdrowicielka była jak cała ta kraina: młoda, wolna, radośnie nieświadoma swego szczęścia. Trudno sobie wyobrazić, że mogłaby stanąć przeciwko okrutnej potędze sachakańskiej magii, ale nawet jego pan przyznawał, że Kyralianie potrafią być „nieznośnie zadziorni" w obliczu zagrożenia.

Takado. On powróci.

Niewolnicy warci tyle co Hanara nie zdarzali się często, ale też nie byli niezastąpieni. Kiedy tylko Takado wróci do domu, przebada wszystkich swoich niewolników, zapewne znajdzie jakiegoś z uśpioną mocą i uczyni go swym nowym głównym źródłem. Zresztą kiedy tylko odkrył talent

Hanary, postarał się, żeby jego główne źródło spłodziło wielu potomków.

Hanara czuł co najwyżej cień współczucia dla tego z nich, który zostanie wybrany. Nigdy nie poznał żadnego. Nie wiedział nawet, które z dzieci niewolników są jego. Życie pracującego niewolnika miało tak samo wiele niedogodności jak egzystencja niewolnika źródła. Życie każdego zaś mogło się skończyć nagle: w wypadku, z powodu przepracowania, okrucieństwa nadzorcy, albo też kaprysu lub złości właściciela.

Cóż może mnie obchodzić, kto mnie zastąpi? Kiedy jesteś martwy, to jesteś martwy, pomyślał. *A jeśli Takado znajdzie inne źródło, to tym bardziej zabije mnie, kiedy tu wróci, jeśli nie wyzdrowieję szybko i całkowicie.*

Nie miał na to jednak żadnego wpływu. Nie za bardzo mógł się ruszyć. Pozostawało mu jedynie leżenie w bezruchu i rozmyślanie – jak każdego dnia swojego życia – czy ma szanse dożyć wieczora.

Miniatury były naprawdę nadzwyczajne. Jayan wpatrywał się w nie z uwagą, zastanawiając się, jakim cudem dotychczas ich nie zauważył. Maleńkie oczy kobiety miały namalowane nawet rzęsy; Jayan nie potrafił sobie wyobrazić, jakich rozmiarów musiał być pędzelek, którym wykonano tak niewiarygodnie cienkie kreski. Na policzkach kwitł subtelny rumieniec. Całkiem ładna, uznał.

Kiedy Mistrz Dakon miał czas na kupowanie dzieł sztuki, skoro zabawiał tu Takado? A może te obrazki zawsze tu były, tylko umknęły mojej uwadze?

Dotknął ramy palcem, przesuwając ją nieznacznie po ścianie. Pod obrazem tynk był nieco ciemniejszy – nie zbladł na słońcu jak reszta ściany.

Wiszą tu od dawna, pomyślał. *A ja zachowuję się, jakbym wrócił z długiej podróży. Zauważam rzeczy, do których tak się przyzwyczaiłem, że nawet ich nie dostrzegałem.*

Nie podróżował jednak po kraju, tylko siedział zamknięty w swoim pokoju. A teraz, oznajmiła mu Malia, nie miał już powodu, by przebywać w odosobnieniu. Sachakański mag Takado spakował swój niewielki dobytek, rozkazał osiodłać konia, objuczyć drugiego i wyjechał.

Kiedy tylko wieść ta dotarła do Jayana, postanowił odszukać Mistrza Dakona. Obchodząc dom, zauważył podniecone rozmowy służących, co tylko wzmocniło wrażenie, że znikła jakaś przytłaczająca siła. W jednym z pomieszczeń układano srebrną zastawę w kredensie, w innym, na piętrze przeznaczonym dla gości, dostrzegł służących niosących pościel do prania.

Jeden z nich skinął głową ku zamkniętym drzwiom i wyszeptał jedno słowo: *Niewolnik*.

Jayan zerknął w tamtą stronę. A zatem nad rezydencją unosi się jeszcze jeden ponury cień. Wiadomość, że Sachakanin zostawił tu swojego człowieka, zaskoczyła go. Może Malia myliła się, mówiąc, że dochodzi on do zdrowia.

Poszukiwania na piętrze dla gości pozostawił sobie na koniec. Malia mogła się mylić w kwestii wyjazdu Sachakanina. Możliwe też, że Takado wrócił, ponieważ czegoś zapomniał.

Nie poczuję się całkowicie bezpiecznie, dopóki Dakon nie potwierdzi, że Takado rzeczywiście wyniósł się na dobre.

Gdy Jayan wszedł głębiej w korytarz, do jego nozdrzy dotarł odór spalenizny, co tylko wzmogło niepokój. Zajrzał przez uchylone drzwi... i zamarł.

– Co...? – wymamrotał.

Jeden z kątów pokoju był w ruinie. Popękane ściany, podłoga i meble nadpalone. Przeszedł za próg, spoglądając na zniszczenia.

– Jak sądzisz, co mogło tego dokonać?

Na dźwięk znajomego głosu Jayan odwrócił się i dostrzegł Mistrza Dakona siedzącego w fotelu z głową wspartą na dłoni i łokciem na oparciu fotela. Mag był zamyślony. Tam gdzie siedział, zauważył Jayan, nie było żadnych zniszczeń. Odwrócił się, żeby dokładniej obejrzeć ślady.

– Takado – odpowiedział. Takie zniszczenia mogła spowodować tylko magia, a Dakon nie zadawałby mu takiego pytania, gdyby sam tego dokonał.

– Ja też tak z początku myślałem. Ale to nie ma sensu.

– Nie? Nie było cię wtedy tutaj?

– Nie. – Dakon wstał i przyjrzał się leżącemu na podłodze dywanowi. Jeden z jego rogów nosił ślady nadpalenia. Mag stanął na pociemniałej plamie i rozejrzał się, po czym wskazał miejsce na podłodze odległe o kilka kroków.

– Stań tam.

Jayan nic nie rozumiał, ale posłuchał polecenia.

– Tam leżała Tessia.

– Tessia? – spytał Jayan. – Córka uzdrowiciela? – A po chwili dodał: – *Leżała?*

– Owszem. – Dakon cofnął się nieco, spoglądając za siebie, i przekroczył potrzaskane krzesło. Kiedy znalazł się już niemal w kącie pokoju, tam gdzie zniszczenia były największe, zatrzymał się. – A w tym miejscu stał Takado, kiedy tu dobiegłem.

Jayan uniósł brwi.

– Co Tessia robiła w pokoju Takady?

– Przyszła, żeby zmienić opatrunki Hanary.

– Hanary?

– Niewolnika.

– Niewolnik też był w tym pokoju?

– Nie, kilka pomieszczeń dalej, w służbówce.

– Dlaczego więc ona się tu znalazła, i to na podłodze? Ale też... dlaczego Takado był tutaj z nią? – Jayan spojrzał w dół, pod swoje stopy, a następnie podniósł wzrok na Mistrza Dakona, czując dreszcz przebiegający mu po skórze, kiedy zorientował się, w którym kierunku biegną ślady. – Och.

Dakon uśmiechnął się i znów przekroczył krzesło.

– Właśnie. Sama odpowiedź na te dwa pytania może być mniej istotna niż jej konsekwencje. Z jakiegokolwiek powodu tych dwoje znalazło się tu razem za zamkniętymi drzwiami, doprowadziło to do czegoś, czego żadne z nich się nie spodziewało.

– I co pozostawiło ją leżącą na ziemi, i... – Jayan rozejrzał się ponad ramieniem Dakona – spowodowało to wszystko. Sądząc z tego widoku, nie spodobało jej się towarzystwo Takady.

A to oznacza, że Tessia posłużyła się magią, pomyślał. *Przecież nie...*

Mag westchnął.

– Nie możemy całkowicie odrzucić hipotezy, że Sachakanin obmyślił sobie to wszystko tak, aby skłonić nas do wyciągnięcia błędnych wniosków, ale nie mam pojęcia, dlaczego miałby to zrobić... chyba że dla żartu. Ale jeśli nie... – Wzruszył ramionami i nie dokończył zdania.

Jeśli nie, to Tessia jest samorodnym talentem.

Jayan wpatrywał się z uwagą w swojego mistrza, usiłując zgadnąć, co też on sądzi o tych niespodziewanych wydarzeniach. Prawo nakazywało kyraliańskim magom kształcić osoby, u których w ten sposób ujawniły się zdolności, niezależnie od ich pochodzenia i pozycji społecznej.

Dakon nie wyglądał na bardzo niezadowolonego, ale też nie sprawiał wrażenia, jakby się cieszył. Wydawało się, że jest przede wszystkim zatroskany. Na jego czole i wokół ust pojawiły się zmarszczki, na które Jayan nigdy wcześniej nie zwrócił uwagi. To wszystko martwiło ucznia z jeszcze jednego powodu. Zawsze był zadowolony z tego, że nauczyciel jest dość młody, by prowadzić aktywne życie, że nie jest nudnym starcem wygłaszającym tyrady. Chociaż Dakon był od niego starszy o osiemnaście lat, wciąż zachował pewną młodzieńczość umysłu, tak że uczył w sposób zajmujący, a przy tym miał dużą wiedzę. Jayan, podobnie jak lekcje Dakona, lubił samo jego towarzystwo.

Co czuję na myśl, że Tessia mogłaby do nas dołączyć? Usiłował sobie wyobrazić podobne rozmowy w towarzystwie kobiety – w dodatku pochodzącej z ludu – i nie potrafił.

Tessia żadną miarą nie mogła się równać statusem Dakonowi, przypuszczalnie więc nie będzie uczestniczyć w ich życiu towarzyskim. *Nie*, pomyślał. *Pewnie będzie miała lekcje osobno, chociażby dlatego, że musi zacząć od rzeczy tak podstawowych, że ja marnowałbym przy niej czas. Ale to znaczy, że ona będzie zajmować czas Dakona.*

Jayan zorientował się nagle, że wcale nie podoba mu się ta nowa sytuacja. Jeśli Dakon będzie miał dwoje uczniów, będzie musiał dzielić swój czas między nich. Chyba że…

– Nie musisz przyjmować jej na naukę – odezwał się, starając się nadać swojemu głosowi ton pocieszenia. – Możesz odesłać ją do kogoś innego.

Dakon podniósł wzrok na Jayana i uśmiechnął się krzywo.

– Odesłać ją z dala od rodziny? Nie, ona zostaje tutaj – odpowiedział twardo. – Ale jej bliskim może się to nie spodobać. Trzeba przedstawić im sprawę w sposób delikatny. Jej ojciec jest, zdaje się, niezwykle do niej przywiązany. Nie możemy też przestraszyć Tessii. A tym bardziej nie możemy rozbudzić jej nadziei, a następnie ich zniszczyć. By przekonać się, że jest tym, kim się wydaje, muszę zbadać jej talent.

Jayan potaknął i odwrócił się, żeby ukryć niezadowolenie. *Dobrze przynajmniej, że jeśli już ktoś z wioski musiał okazać się samorodnym, to nie jest to osoba, którą trzeba by uczyć czytania i pisania.* Podszedł do fotela, który wcześniej zajmował Dakon, i usiadł. Po czym uśmiechnął się.

– Chętnie zobaczyłbym jego minę.

– Verana?

– Nie. Takady.

Dakon zaśmiał się pod nosem i podszedł do drugiego, lekko nadpalonego fotela.

– Nie był zadowolony. Właściwie to wyglądał na zdegustowanego.

Sachakanie nienawidzą samorodnych, Jayan doskonale o tym wiedział. Tacy ludzie nie pasują do sachakańskiego społeczeństwa, co jednak na ogół stwarza znacznie większe niebezpieczeństwo dla samorodnego niż dla mistrza. Tylko olbrzymia moc może się wyzwolić sama z siebie, a jednak żaden prosty mag, niezależnie od swojej naturalnej potęgi, nie może się mierzyć siłą z magiem, który posiadł tajniki wyższej magii, pobiera moc od swoich niewolników lub uczniów i przechowuje ją. Szkolony mag zaś jest bardziej niebezpieczny jako niewolnik źródło niż nieszkolony człowiek z uśpionym talentem. W Sachace samorodni stanowią zbyt wielki problem, są zatem skazani na śmierć, a gdyby nawet nie zabili ich magowie, uczyniłaby to ich własna moc, nad którą w końcu straciliby panowanie.

– Dobrze, że to odkryłem – odezwał się znów Dakon. – Podejrzewam, że on by ją zabił i jeszcze oczekiwał podziękowań za przysługę.

Jayan wzdrygnął się.

– Ryzykowałby niekontrolowane wyzwolenie jej mocy w chwili śmierci?

– Nie byłoby żadnego ryzyka, jeśliby najpierw wyczerpał jej moc. – Dakon westchnął. – Takado wiedział, że gdyby zdradzała oznaki naturalnego talentu, zająłbym się nią wcześniej, a zatem mógł przypuszczać, że co najwyżej jej moc dopiero zaczynała się ujawniać i nie mogła być bardzo niebezpieczna.

Jayan rozejrzał się po popękanych ścianach.

– To nie jest niebezpieczne?

– Mogłoby być dla kogoś, kto nie jest magiem – zgodził się Dakon. – Ale to w sumie powierzchowne zniszczenia. Nie stała za nimi wielka siła… gdyby tak było, mielibyśmy dziurę w ścianie.

– Jakie zniszczenia mogłaby spowodować, gdyby całkowicie straciła kontrolę?

– Całego domu. Może i wioski. Samorodni są zazwyczaj potężniejsi niż przeciętni magowie. Można się też spotkać z poglądem, że ci z nas, którzy nie uzyskali dostępu do swojej mocy bez pomocy Mistrza, nie zasługują na to, żeby być magami.

– Całą wioskę. – Jayan przełknął ślinę, czując nagłą suchość w ustach. – Kiedy zamierzasz ją zbadać?

Dakon westchnął i podniósł się z fotela.

– Im szybciej, tym lepiej. Dam jej nieco czasu na otrząśnięcie się, po czym złożę wizytę jej rodzinie, zapewne po kolacji. Podejrzewam, że ona posądzi mnie o lekceważenie, jeśli przynajmniej nie dowiem się, jak się miewa.

Podszedł do drzwi.

– Chcesz, żebym poszedł z tobą?

– Nie. – Dakon uśmiechnął się do niego z wdzięcznością. – Im mniej groźnych magów w domu, tym lepiej.

Z tymi słowy odwrócił się i oddalił korytarzem.

ROZDZIAŁ 5

Dom, w którym mieszkał Uzdrowiciel Veran z rodziną, był jednym z trzech zbudowanych na polecenie ojca Dakona przed ponad trzydziestu laty, żeby przyciągnąć do wioski ludzi z talentami. Przyglądając się prostemu, przysadzistemu budynkowi, Dakon z zadowoleniem stwierdził, że nie może dostrzec śladów zniszczenia. Zakładał, że mieszkańcy zgłoszą mu zapotrzebowania na naprawy. Czasami jednak z powodu swej nieśmiałości, dumy, albo też tępoty nie prosili o wsparcie, w związku z czym część domostw nie była tak dobrze utrzymana, jak powinna.

Ojcowie Dakona i Verana przez wiele lat bardzo się przyjaźnili. Mistrz Yerven spotkał niepokornego uzdrowiciela Berina w Imardinie; nowo poznany zrobił na magu tak duże wrażenie, że ten postanowił zaproponować mu posadę w swoich włościach. Dakon dorastał, nie mając pojęcia, że przyjaźń ludzi o tak różnej pozycji i wieku była niezwykła. Różnica dwunastu lat stanowiła mniejszy problem, obaj mężczyźni byli w końcu w średnim wieku, ale bliska i trwała przyjaźń podwładnego i lokalnego pana, a przy tym maga, nie zdarzała się często.

Ojciec Dakona zmarł pięć lat temu, mając siedemdziesiąt siedem lat, Berin zaś odszedł niecały rok później. I chociaż

Yerven miał dzieci dość późno, a różnica wieku między Dakonem a Veranem była mniejsza niż między ich ojcami, nigdy nie stali się niczym więcej niż znajomymi.

Może nie łączy nas przyjaźń, ale szanujemy się nawzajem, pomyślał Dakon. *A w każdym razie mam nadzieję, że on wie, jak bardzo go cenię.* Uniósł rękę, żeby zapukać do drzwi, i zamarł. *Czy powinienem mu mówić o moich podejrzeniach co do przyczyn prawdopodobnego użycia przez Tessię magii?*

Nie, odpowiedział sam sobie. *Nie mam pewności, co ona i Takado robili, aczkolwiek wątpię, aby to ona go sprowokowała albo do czegokolwiek zachęcała. Nieważne, jak było, powinienem jej pozostawić decyzję o tym, kto i ile się na ten temat dowie. Ponadto mogę się mylić. Istnieje prawdopodobieństwo, choć zapewne nikłe, że to ona zwróciła się do niego.*

Zapukał, po chwili drzwi się otwarły i stanęła w nich matka Tessii, Lasia. Trzymała w ręce niewielką lampkę.

– Witaj, Mistrzu Dakonie. Zechcesz wejść do środka?

– Tak, dziękuję – odpowiedział. Wszedł do środka i przez drzwi prowadzące na prawo zobaczył przytulną kuchnię z dopiero co umytymi naczyniami na stole. Drzwi naprzeciwko były zamknięte, ale z poprzednich wizyt wiedział, że znajdował się za nimi gabinet Verana. Berin zresztą wykorzystywał tak samo to pomieszczenie. Lasia zapukała i zawołała swojego męża. Z wnętrza dobiegła stłumiona odpowiedź.

– Proszę przejść do salonu, Mistrzu Dakonie – poprosiła Lasia, prowadząc go na koniec krótkiego korytarzyka, gdzie otwarła kolejne drzwi i usunęła się na bok, by go przepuścić. Znalazł się w niewielkim, nieco zakurzonym pokoju, w którym stało kilka starych foteli, ciężkie drewniane skrzynie i stół. Lasia weszła za nim, wskazała mu fotel i zapaliła jeszcze jedną lampę. W przedpokoju rozległ się odgłos kroków, zwiastujący nadejście Verana.

– Czy Tessia jest w domu? – spytał Dakon.

Lasia potaknęła.

– Śpi. Zaglądałam do niej przed kolacją, ale nie obudziła się jeszcze. Jest chyba bardzo wyczerpana.

Dakon pokiwał głową. *Czy powinienem prosić, żeby ją obudzili? Jeśli powiem im o wszystkim pod jej nieobecność, będę musiał wszystko jeszcze raz tłumaczyć dziewczynie.* Ale ona najwyraźniej potrzebowała snu – po całej nocy pracy i zaskakującym dniu.

– Tessia była dziś rano w rezydencji – zaczął.

– Wiem. Bardzo za to przepraszamy – przerwała mu Lasia. – Powinna była zaczekać na ojca, ale spaliśmy, a ona zapewne uważała, że wyświadcza Veranowi przysługę. Czasami mam wrażenie, że nasza córka nie ma pojęcia o dobrych manierach albo, co gorsza, doskonale je zna, ale uważa, że należy postępować...

– Nie mam jej za złe, że przyszła do rezydencji – zapewnił Dakon. – Nie dlatego tu przyszedłem.

Veran położył rękę na ramieniu żony, kiedy mówiła. Teraz wpatrywał się w Dakona z uniesionymi brwiami.

– Chodzi o niewolnika? Czyżby jego stan się pogorszył?

– Nie. – Dakon potrząsnął głową. – Obudził się i zdołał zjeść nieco zupy. Tessia powiedziała, że on zdrowieje. – Urwał na moment. – Musimy porozmawiać o czymś, co wydarzyło się później.

Rodzice dziewczyny zerknęli na siebie, po czym spojrzeli wyczekująco na Dakona.

– Wychodząc z rezydencji, Tessia... została zaskoczona przez mojego gościa – ciągnął Dakon – Sachakanina. Myślę, że on ją przestraszył. A ona zareagowała w dość szczególny sposób.

Lasia otwarła szeroko oczy. Veran zmarszczył brwi.

– Co masz na myśli?

– Obawiam się, że posłużyła się magią.

Przez jakiś czas oboje wpatrywali się w niego, a kiedy uświadomili sobie, o czym mowa, na twarz Verana wypłynął szeroki uśmiech. Lasia pobladła, chwilę później oblała się rumieńcem, a jej oczy zapłonęły. Veran tymczasem stłumił uśmiech i spoważniał.

– Nie jesteś tego pewien, prawda? – spytał.

Dakon potrząsnął głową.

– Nie. Możliwe, że Takado sprawił, żeby wydawało się, że to jej sprawka, może to jego poczucie humoru. Ale…

– Myślałam, że to *ty* zrobiłeś!

Wszyscy podskoczyli. Kobiecy i pełen zaskoczenia głos dobiegał od drzwi. Stała w nich Tessia i patrzyła na Mistrza Dakona.

– A zatem to *on*?

– Tessio! – krzyknęła Lasia. – Zwracaj się odpowiednio do Mistrza Dakona.

Dziewczyna popatrzyła na matkę, po czym zerknęła przepraszająco na Dakona.

– Przepraszam, Mistrzu Dakonie.

Zaśmiał się.

– Przeprosiny przyjęte. Prawdę mówiąc, przyszedłem tutaj, żeby ustalić, czy to przypadkiem nie *ty* posłużyłaś się dziś rano magią.

Dziewczyna wpadła w zakłopotanie.

– Ale to nie ja… prawda?

– Możliwe. Będziemy wiedzieć, kiedy to sprawdzę.

– Jak… jak się to robi?

– Nieszkolony samorodny mag nie potrafi zapanować nad wydostawaniem się z jego umysłu magii. Powinienem więc ją wyczuć bez większego wysiłku.

– Czytanie myśli? – Otwarła szeroko oczy.

– Nie, nie muszę wchodzić do twojego umysłu, wystarczy, że znajdę się na jego obrzeżach i będę obserwował wycieki.

– Wycieki? – Veran zerknął na córkę. – Wy, magowie, macie ciekawe słownictwo. Nieszczególnie zachęcające.

– W tym przypadku nie powinno być zachęcające – odparł Dakon. – Istnieje bowiem jeszcze jeden sposób przekonania się, czy Tessia dysponuje magią: zaczekać, aż użyje jej znowu. Ale to zazwyczaj prowadzi do kosztownych remontów, więc nie polecam.

Tessia wbiła wzrok w podłogę.

– Przepraszam za to wszystko... jeśli to ja spowodowałam.

Dakon uśmiechnął się do niej.

– Nigdy nie przepadałem za kolorem ścian w tamtym pokoju. Róż był jakby zanadto... pomarańczowy.

Nie odpowiedziała uśmiechem i Dakon zdał sobie sprawę, że jest nazbyt zdenerwowana, żeby dostrzec coś zabawnego w tej sytuacji.

– W takim razie... co mam robić? – spytała.

Rozejrzał się dookoła, a następnie przesunął za pomocą magii jedno z lżejszych krzeseł znajdujących się w pokoju i ustawił je naprzeciwko siebie. Veran zaśmiał się i posłał Dakonowi znaczące spojrzenie. Drobne przypomnienie, do czego Tessia byłaby zdolna, jeśli będzie współpracować, nie umknęło uwadze uzdrowiciela.

– Będzie ci wygodniej, jeśli usiądziesz – zaproponował Dakon.

Tessia posłusznie zajęła wskazane miejsce.

– Zamknij oczy i staraj się uspokoić myśli. Zapewne nie będzie ci w tej chwili łatwo, ale musisz spróbować. Zwolnienie oddechu pomaga.

Zrobiła, jak powiedział. Czując na sobie spojrzenia rodziców dziewczyny, Dakon położył delikatnie palce na jej skroniach i również zamknął oczy. Wysłał myśli przed siebie.

To, czego szukał, znalazł niemal natychmiast. Magia wypływała z niej – łagodnie, ale niekiedy większymi falami, co wskazywało na wielką ukrytą moc. Termin „wyciek" naprawdę doskonale pasował do tego, co właśnie obserwował Dakon. To nie kojarzyło się z kroplami, które skapują z niewielkiego naczynia, ale z wodą wydobywającą się ze szczelin w tamie. Z pęknięć ostrzegających przed groźbą zerwania zapory, która niosłaby za sobą powódź i zniszczenia.

Puścił skronie Tessii i otworzył oczy. Ona też natychmiast uniosła powieki i spojrzała na niego wyczekująco. Jak zwykle zdumiało go, w jaki sposób ktoś zupełnie zwyczajny może utrzymywać w sobie taką moc. Podobnie jak wszyscy nowi uczniowie, Tessia nie miała pojęcia o swoich możliwościach. Nawet najlepiej wykształceni, ambitni adepci magii nie doceniali w pełni nieograniczonych możliwości, jakie daje moc, ani też nie zdawali sobie sprawy z nieuniknionych ograniczeń, jakie z sobą niesie.

– Owszem, masz talent magiczny – oznajmił. – I to duży, z tego, co widziałem.

Oboje rodzice wypuścili wstrzymywane dotychczas powietrze, a następnie Lasia znów wybuchnęła potokiem słów.

– Ze wszystkich… cóż za niezwykłe szczęście! Nie mogło się przydarzyć w lepszym momencie. Ona jeszcze nie jest gotowa do małżeństwa, moja dziewczynka, a to da jej czas…

no i jakiego męża będzie teraz mogła znaleźć. Och! Kiedy będzie mogła wyjść za mąż? Chyba najpierw musi zostać magiczką? Co...

– *Matko!* – wykrzyknęła Tessia. – Przestań mówić o mnie tak, jakby mnie tu nie było!

Lasia urwała, po czym poklepała córkę przepraszająco po ramieniu.

– Wybacz, kochanie. Ale taka jestem podekscytowana. Koniec... – Spojrzała na męża. – Koniec z głupimi pomysłami, byś miała zostać uzdrowicielką.

Veran zmarszczył brwi i zwrócił się do Dakona:

– Podejrzewam, że Tessia będzie musiała przeprowadzić się do rezydencji?

Dakon zastanowił się przez chwilę, po czym skinął głową.

– Tak będzie lepiej. Szczególnie na początku, zanim nauczy się panować nad swoją mocą. Jeśli będę na miejscu, kiedy ona użyje magii, będę mógł zminimalizować straty.

– Oczywiście – zgodził się Veran. – Chciałbym jednak prosić o przysługę. Rozważałem przyjęcie do terminu chłopca ze wsi. Teraz, zdaje się, będę do tego zmuszony. Ale nauczenie go nawet połowy tego, co wie i umie Tessia, nie mówiąc o jej doświadczeniu, zajmie dużo czasu. Czy mogłaby mi jeszcze czasami pomagać?

Dakon uśmiechnął się.

– Oczywiście. Znając twoją doskonałą pracę, nie mógłbym ci odmówić.

– Czy ja...? – zaczęła Tessia, ale zająknęła się, widząc ostre spojrzenie matki. Milczała, dopóki Dakon gestem nie zachęcił jej do mówienia. Westchnęła. – Czy magowie mogą uczyć się uzdrawiania i je praktykować?

– Nie, Tessio, to... – wtrąciła jej matka.

– Ależ oczywiście – odpowiedział Dakon. – Większość magów ma własne zainteresowania i ulubione dziedziny. Ale – dodał – na razie czeka cię przede wszystkim nauka panowania nad swoją mocą. My, magowie, nazywamy to ceną magii. Musisz uzyskać kontrolę nad swą magią, albowiem w przeciwnym razie ona w końcu by cię zabiła. A gdyby tak się stało, zniszczyłaby nie tylko ciebie, ale również wiele rzeczy dookoła. Zważywszy na twoją moc, wątpię, by zniszczenia ograniczyły się do pokoju.

Tessia otworzyła oczy ze zdumienia, a jej rodzice wymienili ponure spojrzenia. Przełknęła ślinę i potaknęła.

– W takim razie lepiej, żebym jak najszybciej się tego nauczyła.

Dakon uśmiechnął się.

– Na pewno nie zajmie ci to wiele czasu. Obawiam się jednak, że i tak nie starczy ci go, by oddawać się w pełni własnym zainteresowaniom, dopóki nie staniesz się prawdziwą magiczką, a to zazwyczaj wymaga lat nauki.

Jej ramiona nieco opadły, ale usta ułożyły się w pełen determinacji uśmiech.

– Umiem się uczyć – oznajmiła. – I uczę się szybko. Prawda, ojcze?

Veran roześmiał się.

– Nieźle sobie radzisz, choć obawiam się, że gdybyś zobaczyła, ile wiedzy muszą zdobyć kandydaci do szkoły uzdrowicieli, nie byłabyś taka pewna siebie. Nie wiem, czy uczniowie magów też muszą tak ciężko pracować? – Spojrzał pytająco na Dakona.

– Wątpię – odparł mag. – Wolimy powolne postępy. Najważniejsza jest pewność, że zanim przejdzie się do jakiejś lekcji, poprzednia została dokładnie zrozumiana. Szybka nauka może spowodować błędy, a magiczne pomyłki zwykły być bardziej widowiskowe niż uzdrowicielskie. Mój ojciec używał tego argumentu dla wyjaśnienia, dlaczego uczniowie magów piją znacznie mniej niż adepci uzdrawiania.

Veran uśmiechnął się szeroko.

– „Uzdrowiciel wstaje z bólem głowy – mawiał – a mag z bólem głowy, przypalonymi palcami i dachem na podłodze".

– Och – westchnęła Lasia, przewracając oczami. – Patrzcie no. Zupełnie jak ich ojcowie.

Tessia zerkała ze zdumieniem to na Dakona, to na ojca. Dakon otrząsnął się. Dziewczyna pewnie nie potrafi sobie poradzić z wieścią, że zostanie magiczką. Trzeba dać jej czas, by pomyślała o przyszłości, ale także, by pobyła ze swoją rodziną, zanim wstąpi na nową drogę.

– Kiedy więc zamierzasz zabrać naszą córkę? – spytał Veran, którego myśli najwyraźniej biegły w tym samym kierunku.

– Jutro? – zaproponował Dakon.

Veran spojrzał na Lasię, która potaknęła.

– O jakiejś konkretnej porze?

– Nie. Kiedy tylko będzie wam pasowało – Dakon urwał na chwilę. – Aczkolwiek jest to dobry powód do uroczystej kolacji, jak sądzę. Może przyprowadzicie ją do mnie kilka godzin przed zmrokiem? Tessia pozna swój nowy dom, a potem zjecie wszyscy kolację ze mną i Jayanem.

Oczy Lasii rozbłysły; rzuciła Veranowi spojrzenie pełne ekscytacji. Uzdrowiciel skłonił głowę.

– Będziemy zaszczyceni.

Dakon wstał.

– Zostawiam was z waszymi sprawami. Muszę powiadomić służbę, że jutro pojawi się w rezydencji nowa uczennica, poza tym Cannia lubi mieć czas na przygotowanie uczty. – Uśmiechnął się, kiedy pozostali podnieśli się z foteli. – Cóż za niespodziewane wydarzenia, ale mam nadzieję, że korzystne dla nas wszystkich. Nie martwcie się tym, że Tessia musi zdobyć kontrolę nad swoją mocą. To część nauki, przez którą wszyscy musimy przejść, niezależnie od tego, czy moc rozwinęła się sama z siebie, czy z pomocą. – Spojrzał na Tessię. – Nawet się nie spostrzeżesz, jak się tego nauczysz.

Tessia siedziała we wnęce okiennej i przyglądała się, jak matka uważnie składa ubrania i pakuje do kufra razem z niezliczonymi drobiazgami. W pokoju unosił się żywiczny zapach drewna: nawet przyjemny, ale jakby obcy, niczym nieznajomy, który wtargnął w jej życie.

Matka wyprostowała się i spojrzała krytycznie na swoje dzieło, po czym prychnęła i machnęła rękami, jakby coś przyszło jej na myśl. Bez słowa wypadła z pokoju.

Tessia wyjrzała na zewnątrz. Świat błyszczał od kropel niedawnego deszczu rozświetlanych promieniami popołudniowego słońca. Grządka pod oknem wyglądała niemal na pustą, ale kiedy Tessia przyjrzała się bliżej, dostrzegła, że tam, gdzie posiane były rośliny ozime, pojawiają się zielone plamki młodych pędów. Drzemiące w nich rośliny cieszyły się z regularnego podlewania.

Usłyszała kroki na schodach i odwróciła się do drzwi. Do pokoju wszedł z uśmiechem jej ojciec. Dostrzegła zmarszczki wokół jego oczu i ust, a także lekkie opuszczenie ramion. Nie po raz pierwszy to zauważała, zawsze jednak ten widok wzbudzał w niej żal i smutek. *On nie staje się z dnia na dzień młodszy. Prawdę mówiąc, nikt się nie staje.*

Wzrok ojca padł na kufer.

– Jesteś gotowa?

Wzruszyła ramionami.

– Tylko mama zna odpowiedź na to pytanie.

Uśmiechnął się krzywo.

– To prawda. Ale czy *ty* jesteś gotowa? Czy pogodziłaś się już z myślą o zostaniu magiczką?

Zsunęła się z westchnieniem z parapetu na łóżko.

– Tak. Nie. Nie wiem. Czy ja muszę przenosić się do rezydencji?

Zanim odpowiedział, przez chwilę przyglądał się jej milcząco.

– Tak. Jeśli twoja magia jest istotnie tak niebezpieczna, jak mówi Mistrz Dakon, to zapewne on chce cię umieścić gdzieś, gdzie nie będziesz stanowiła zagrożenia dla innych. Łatwiej będzie mu ich chronić, gdy będziesz pod ręką.

– Ale nie wrócę tu, jak już będę potrafiła kontrolować moc – powiedziała.

Spojrzał jej prosto w oczy i pokręcił głową.

– Raczej nie. Czeka cię wiele nauki.

– Mogłabym mieszkać tutaj, a do rezydencji chodzić na lekcje.

– Będziesz teraz uczennicą maga – odpowiedział jej inny głos.

Tessia popatrzyła na stojącą na progu pokoju matkę.

– Twoja nowa pozycja wymaga, byś zamieszkała w rezydencji.

Tessia odwróciła oczy. Nie obchodzi jej pozycja, ale spieranie się nie miałoby sensu. Inni zwracają na to uwagę, a zatem nie można o tym zapominać. Znów spojrzała na ojca.

– Przyślesz po mnie, jeśli będę ci potrzebna, prawda? Nie zawahasz się tylko dlatego, że nie będziesz chciał przerywać mi lekcji albo coś podobnego?

– Oczywiście, że nie – zapewnił ją, uśmiechając się. – Obiecuję, że przyślę po ciebie zawsze, kiedy będę cię potrzebował, pod warunkiem, że zaufasz mojej ocenie konieczności twojego pojawienia się… i obiecasz, że nie będziesz opuszczać lekcji.

– Tato! – zaprotestowała Tessia. – Nie jestem już dzieckiem.

– Nie, ale wiem, że jesteś zdolna wymyślić doskonale dorosłe powody, by uznać, że pomoc ludziom jest ważniejsza od nauki magii. – Ojciec przybrał poważny wyraz twarzy. – Są inne sposoby, żeby pomagać wiosce, Tessio, a magia jest jednym z nich. Jest istotniejsza, ponieważ to rzadszy dar, a także dlatego że mieszkamy tak blisko granicy. Pewnego dnia możesz ocalić więcej ludzi tutaj, broniąc ich, niż lecząc.

– Wątpię – parsknęła. – Sachakanie nie będą już sobie zaprzątali głów podbijaniem Kyralii.

– Nie, jeśli naszych granic będą strzegli potężni magowie.

Tessia skrzywiła się.

– Nie sądzę, by jakakolwiek ilość nauki zrobiła ze mnie wojowniczkę, tato. Nie jestem w takich rzeczach dobra.

Jestem dobra w leczeniu, miała ochotę powiedzieć. Ale choć mogła sądzić, że nie podoba się jej perspektywa zostania magiem, wcale tak nie było. *Może to dlatego, że przez to moje nadzieje na zostanie uzdrowicielką nie zostaną całkowicie pogrzebane*, pomyślała. *To się troszkę odwlecze, tylko tyle. Muszę się jedynie nauczyć wszystkiego, co jest potrzebne do bycia magiem, a potem mogę zostać uzdrowicielką. Znacznie bardziej wolną niż kiedykolwiek mogłabym być, ponieważ magowie robią, co się im podoba. No, w każdym razie póki nie łamią prawa.*

Może wiedza magiczna podsunie jej nowe sposoby pomagania ludziom. Może istnieje jakaś szansa na posługiwanie się magią w leczeniu. Możliwości były bardzo podniecające.

– Nie ty będziesz decydować, do czego się nadajesz – oznajmiła twardo matka. – Mistrz Dakon raczej nie spodziewał się, że dostanie mu się druga uczennica. Nie wolno ci marnować jego czasu ani pieniędzy, zrozumiałaś?

Tessia uśmiechnęła się.

– Tak, matko.

Ojciec chrząknął.

– Czy mogę to już znieść na dół?

– Nie. – Matka rozchmurzyła czoło. – Muszę jeszcze coś dołożyć.

W ręce trzymała płaskie pudełeczko rozmiarów cienkiej książki. Ale zamiast włożyć je do kufra, podała Tessii.

Dziewczyna natychmiast rozpoznała, co ma w ręce.

– Twój naszyjnik? Dlaczego? Myślisz, że tam będzie bezpieczniejszy?

– Żebyś go nosiła – pouczyła ją matka. – Zamierzałam zaczekać, aż wreszcie wykażesz jakieś zainteresowanie zamążpójściem… ale wygląda na to, że ta kwestia musi zaczekać. Będziesz zapewne potrzebowała jakiejś biżuterii, skoro masz się teraz obracać wśród ludzi bogatych i wpływowych.

– Ale… on jest *twój*. Dostałaś go od taty. – Zerknęła na ojca i na jego twarzy dostrzegła aprobatę, niemalże dumę.

– A teraz jest twój – odparła zdecydowanie matka. – W ogóle to ja już śmiesznie w czymś takim wyglądam. Lepiej pasuje do młodej twarzy. – Zabrała Tessii puzderko, schowała je do kufra i zatrzasnęła wieko.

Dziewczyna otwarła usta, żeby zaprotestować, ale szybko zrezygnowała. Wiedziała, że nie ma szans w tym sporze.

Może innym razem, kiedy matka będzie w odpowiednim nastroju, zdoła ją przekonać, żeby zabrała z powrotem naszyjnik. Pomysł, że Tessia miałaby robić wrażenie na bogatych i wpływowych ludziach, był śmieszny. Nikt w wiosce nie zasługiwał na to oprócz jednej osoby: Mistrza Dakona.

W tej samej chwili przyszła jej do głowy bardzo niepokojąca myśl.

Matka chyba nie... nie, to niemożliwe... nie mogłaby... różnica wieku jest...

Zbyt dobrze jednak znała swoją matkę.

To zbyt oczywiste, żebym próbowała dalej zaprzeczać. Zamknęła oczy i zaklęła pod nosem.

Matka ma nadzieję, że Mistrz Dakon się ze mną ożeni.

ROZDZIAŁ 6

– Hej, ależ się wystroiłeś.

Jayan odwrócił się i zobaczył stojącą w drzwiach jego pokoju Malię. Patrzyła na strój mężczyzny, unosząc przy tym brwi.

– To pewnie ostatni krzyk mody w Imardinie, co?

Zaśmiał się i wygładził materiał. Długa szata sięgała niemal podłogi, a spod niej wystawały dobrane pod kolor spodnie. Wszystko było ciemnozielone, a doskonały materiał, z którego zostało wykonane, lekko połyskiwał.

– Nosi się to od dwudziestu lat – odpowiedział Malii. – Nie nazwałbym więc tego *ostatnim* krzykiem mody.

– To noszą mężczyźni i kobiety?

– Nie. Tylko mężczyźni.

Jej brwi uniosły się jeszcze wyżej, choć wydawało się to niemożliwe.

– Chciałabym zobaczyć, co też noszą tam kobiety.

– Nie uwierzyłabyś, choćbyś zobaczyła… i nie każ mi opisywać. Musiałbym najpierw opanować cały nowy słownik.

Jej brwi znalazły się wreszcie na właściwej wysokości, a dziewczyna rozpromieniła się.

– Gdybym nie widziała Mistrza Dakona w podobnej szacie, miałabym co do ciebie pewne podejrzenia, Uczniu

Jayanie. Nie przechadzaj się w tym stroju po wiosce, jeśli nie chcesz stać się przedmiotem plotek stąd aż do gór. A jeśli chodzi o waszych gości… udało im się doskonale ukryć zaskoczenie na widok Mistrza Dakona – urwała. – Wszyscy są już w jadalni, tak swoją drogą.

Innymi słowy: Spóźniasz się, pomyślał.

– Właśnie miałem do nich dołączyć – powiedział. – Ale przeszkodziła mi wścibska służka, ot co.

Uniosła oczy do góry, ale najwyraźniej dobrze zrozumiała jego uwagę, bo odeszła.

Jayan raz jeszcze spojrzał na swoją szatę, poprawił pas i wygładził kilka fałd materiału, po czym wyszedł za nią na korytarz.

Zerknął w stronę znajdujących się na jego końcu drzwi. Wczesnym rankiem służący otwarli nieużywany zazwyczaj pokój, wysprzątali go i poprzestawiali meble. Później, w ciągu dnia, Jayan słyszał głosy przez zamknięte drzwi swojego pokoju. Nie wyszedł, aby powitać Tessię i jej rodzinę. Miał ważniejsze sprawy niż spotykanie się z uczennicą Dakona. *Drugą* uczennicą Dakona.

Prawda była taka, że Jayan nie miał ochoty wychodzić i spotykać się z nimi. Jakkolwiek nie był pewien dlaczego. *Nie mam nic przeciwko Tessii ani jej rodzinie. Ale szczególnie za nimi nie przepadam, nie czuję też potrzeby wkradania się w ich łaski*. Uznał, że lepiej zrobi, spędzając czas na nauce, niż udzielając się towarzysko. No a przecież im szybciej zostanie magiem, tym więcej czasu Dakon będzie mógł poświęcić Tessii.

Byłoby inaczej, gdyby ona pochodziła z ważnej i potężnej rodziny, z którą warto by nawiązać i utrzymywać przyjazne stosunki. Szczęśliwie nie była córką służącego albo rzemieślnika, ale daleko jej do kobiet wpływowych czy z pewnymi koneksjami. Zostanie magiczką co podniesie jej pozycję społeczną, ale nie sprawi, że będzie równa innym magom.

To właśnie jest pech Dakona. W kwestii układów czy możliwości wyświadczenia jakichś przysług uczenie tej dziewczyny nic mu nie pomoże – w przeciwieństwie do kształcenia mnie… no, może co najwyżej zyskać szacunek ze względu na uczynek, który można uznać za miłosierny. A przynajmniej współczucie z tego powodu, że musiał postąpić zgodnie z prawem dotyczącym samorodnych.

A jak ludzie będą odnosić się do Tessii? Nie mając za sobą wpływowej lub bogatej rodziny, raczej nie zdoła zyskać sympatii możnych Kyralii. Mało prawdopodobne, aby król czy ktokolwiek inny powierzył jej ważne stanowisko albo zadanie. A bez tego nigdy się niczego nie dorobi. Na dodatek nie stanie się dobrą partią, a zatem raczej nie znajdzie wpływowego czy bogatego męża.

Może, jeśli będzie ciężko i długo pracować, pozyska kilku sprzymierzeńców i przyjaciół, których zdoła przekonać, że warto powierzyć jej dochodowe zajęcie. Ktoś może nawet ożeni się z nią w nadziei na potężne magicznie potomstwo.

Nic takiego jednak się nie zdarzy, jeśli ona pozostanie odcięta od świata w Mandryn.

Jayanowi przyszła do głowy jeszcze jedna możliwość. Historia zna też przypadki uczniów, którzy nigdy nie posiedli tajników wyższej magii. Tessia może postanowić pozostać na służbie Dakona, użyczając mu siły magicznej w zamian za mieszkanie, a może nawet jakieś pieniądze na życie po jego śmierci.

Jayan poczuł niespodziewany przypływ współczucia dla niej. Prawdopodobnie dziewczyna nie ma pojęcia, dokąd mogą zaprowadzić ją jej naturalne zdolności. Może na zawsze pozostać w towarzyskim niebycie, zawieszona między korzyściami płynącymi z bycia magiem a związanymi z tym ograniczeniami.

Pokonawszy schody, musiał przejść jeszcze kilka kroków korytarzem i znalazł się w jadalni. Kiedy tam wkroczył, poczuł pewne rozbawienie i ulgę na widok stroju Mistrza Dakona, który krojem przypominał jego własny. Szata Dakona była czarna z ozdobnymi szwami. Mag stał w otoczeniu swoich gości. Uniósł wzrok i skłonił lekko głowę na powitanie Jayana, nie przerywając przy tym rozmowy z rodziną Verana.

Uzdrowiciel miał na sobie prostą tunikę i spodnie, jakie nosili miejscowi, ale uszyte z lepszego materiału. Jego żona – *jakże ona ma na imię?* – była ubrana w prostą błękitną suknię, która nijak nie podkreślała jej kobiecości. Sukienka Tessii była niemal równie brzydka, choć odrobinę powabu dodawał jej przynajmniej ładniejszy, ciemnoczerwony kolor. Naszyjnik noszony przez młodszą z kobiet, jakkolwiek niewyszukany, również wnosił nieco życia w nijakość jej stroju.

Dakon skinął na Jayana.

– To mój uczeń, Jayan z Drayn. Jayanie, poznałeś już Uzdrowiciela Verana. To jego żona, Lasia, a to Tessia, moja nowa uczennica, a twoja towarzyszka.

Jayan ukłonił się szybko, ale uprzejmie.

– Witaj, Uczennico Tessio – powiedział. – Witaj, Uzdrowicielu Veranie, witaj, Lasio. Bardzo miło mi was poznać.

Dakon uśmiechnął się, zadowolony, po czym wskazał gościom ich miejsca przy stole. Lasia i Tessia podskoczyły z zaskoczenia, kiedy rozległ się dźwięk gongu stojącego na bocznym stoliczku.

Chwilę później w pokoju zaroiło się od służących wnoszących talerze i misy, dzbany i szklanki. Na stole pojawiła się obfitość dań. Dakon wziął do ręki duży nóż i zaczął dzielić mięso.

Kucharze dobrze wywiązali się z zadania, zauważył Jayan. Kiedy Dakon przecinał lśniącą, wypieczoną skórkę, pod spodem ukazywały się kolejne warstwy najróżniejszych mięs i jarzyn. Gdy skończył, zachęcił gości do częstowania się, po czym wziął się do krojenia wielkiego udźca enki. Z lekko opieczonego mięsa pociekły strumyczki ciemnego sosu z owoców marinu. Następnie Dakon wprawnie poporcjował tarty z najróżniejszych jarzyn, poukładanych tak, żeby po pokrojeniu ukazały się skomplikowane wzory. Podzielił też soczyste liście żółtej i zielonej kapusty, faszerowane przyprawioną ziołami mieszanką pieczywa i jajek.

Cóż za przedziwna tradycja, pomyślał Jayan. *Ciekawe, czy wprowadzili ją Sachakanie, czy też jest kyraliańska, ale pochodzi z dawnych czasów. W założeniu jest chyba wyrazem pokory ze strony gospodarza, ale podejrzewam, że tak naprawdę ma pokazać jego biegłość w posługiwaniu się nożem.*

Dakon ponad wszelką wątpliwość udowodnił, że doskonale sobie radzi, co było o tyle dziwne, że bardzo rzadko wydawał oficjalne uczty. Przyglądając się uważnie swojemu mistrzowi, Jayan dochodził do wniosku, że magowi najwyraźniej sprawia to przyjemność. Zastanawiał się, czy to zamiłowanie do ćwiartowania wyszłoby również na jaw, gdyby Dakon kiedykolwiek stanął wobec konieczności walki.

Mag wreszcie skończył. Konwersacja podczas posiłku była wątła i dotyczyła głównie jakości lokalnych i sprowadzonych wyrobów, pogody i tym podobnych ogólnych zagadnień. Jayan co jakiś czas zerkał na Tessię. Nie była nad wyraz urodziwa, ale też nie była bardzo brzydka. Młode kobiety we włościach Dakona bywały albo szczupłe i z mięśniami wyrobionymi od pracy, albo krągłe i pulchne jak niektóre służące w rezydencji oraz żony rzemieślników. Tessia nie była ani chuda, ani zaokrąglona – w każdym razie, o ile Jayan potrafił to ocenić.

Nie odzywała się, ale słuchała i przyglądała się Mistrzowi Dakonowi ze skrywaną ciekawością. Mag być może to zauważył, zaczął się bowiem zwracać bezpośrednio do niej.

– Jeśli jest coś, co którekolwiek z was chciałoby wiedzieć na temat magii albo jej nauki, nie bójcie się pytać – powiedział, kiedy skończyli jeść. – Postaram się udzielić jak najbardziej wyczerpujących odpowiedzi.

Uzdrowiciel wymienił spojrzenia z rodziną. Otworzył usta, żeby się odezwać, ale zrezygnował i zerknął na Tessię.

– Myślę, że to przede wszystkim moja córka powinna zadawać pytania, skoro ona ma się uczyć magii.

Tessia uśmiechnęła się blado do ojca i zmarszczyła w zamyśleniu brwi.

– Skąd w ciele bierze się magia? – zapytała. – Czy ona gromadzi się w mózgu czy w sercu?

Dakon zaśmiał się.

– Och, to jest częste pytanie, ale nikt nie udzielił na nie pewnej odpowiedzi. Ja uważam, że źródłem jest mózg, lecz niektórzy są przekonani, że moc pochodzi z serca. Ponieważ mózg produkuje myśli, a serce uczucia, bardziej sensowne wydaje mi się twierdzenie, że magia pochodzi z mózgu. Magia podlega naszym myślowym rozkazom i kontroli. Nie potrafimy w pełni zapanować nad tym, co czujemy – aczkolwiek możemy kontrolować nasze reakcje na uczucia. Gdyby magia była odpowiedzią na uczucia, nie bylibyśmy w stanie jej kontrolować.

Tessia nachyliła się ku niemu.

– Jak w takim razie… ciało wytwarza magię?

– To jeszcze większa tajemnica – odrzekł Dakon. – Niektórzy wierzą, że jest ona wytworem tarcia powodowanego przez ruch wewnątrz ciała: krwi pulsującej w żyłach, powietrza w płucach.

Tessia zmarszczyła brwi.

– Czy to oznacza, że ludzie ze zdolnościami magicznymi mają szybsze tętno i szybciej oddychają?

– Nie. – Veran uprzedził odpowiedź Dakona. – Ale ponieważ niektóre substancje wytwarzają tarcie łatwiej niż inne, być może krew magów różni się nieco od krwi zwykłych ludzi i łatwiej powoduje tarcie. – Wzruszył ramionami. – To dziwaczna teoria i mój ojciec nie miał na jej temat najlepszego zdania.

– Podobnie jak na temat teorii gwiazd – dodał Dakon z uśmiechem.

– Zgadza się – potaknął Veran, śmiejąc się. – Omal przez to nie został wyrzucony z Gildii Uzdrowicieli.

– Dlaczego? – spytał Jayan, zauważając, że wszyscy pozostali mają miny, jakby doskonale wiedzieli, o co chodzi. Najwyraźniej albo utrata członkostwa Gildii nie była aż takim upadkiem, jak podejrzewał, albo w tej historii kryło się coś więcej.

Dakon spojrzał na Jayana.

– Uzdrowiciel Berin oznajmił, że gwiazdy i pory roku nie mają żadnego wpływu na zdrowie, choroby i śmierć, są za to doskonałą wymówką dla uzdrowicieli, którym się nie powiodło lub po prostu są partaczami.

– Rozumiem, że nie spodobało się to wielu osobom – powiedział Jayan.

– Owszem, a kilka z nich postanowiło uczynić życie Berina nieznośnym do tego stopnia, że kiedy mój ojciec zaproponował mu posadę tutaj, bez wahania ją przyjął.

– Nie bez wpływu na tę decyzję była też ich przyjaźń – dodał Veran.

Lasia odchrząknęła.

– Ja chciałabym się czegoś dowiedzieć.

Dakon zwrócił się do niej.

– Czego mianowicie?

– Czy jest różnica między samorodnym magiem a zwyczajnym?

– Poza tym, że samorodna moc rozwija się sama z siebie i zazwyczaj przewyższa moc przeciętnego maga, to nie ma żadnej różnicy. Zdolności większości magów są rozpoznawane, kiedy bada się je w młodym wieku, a następnie rozwijane z pomocą innego maga. Nie wiemy, czy któryś z nich stałby się samorodnym, ponieważ ich mocy nie daje się szansy na rozwój z samej siebie. Aby talent magiczny ujawnił się bez pewnego wsparcia, musi być znaczny, w ostatecznym jednak rozrachunku potęga nie jest najważniejsza. Wyższa magia pozwala zwiększyć siły ponad wrodzone zdolności maga, a zatem liczy się to, od ilu uczniów mag będzie czerpał moc i ile razy. To decyduje o jego mocy, a nie naturalne zdolności.

– A zatem zazwyczaj nie wiecie, czy ktoś ma talent magiczny, dopóki tego nie sprawdzicie? – spytał Veran.

Dakon potwierdził.

– A magia nie wybiera bogatych ani biednych, potężnych ani słabych. Każdy może być ukrytym magiem.

– Dlaczego w takim razie ich nie uczycie? – spytała Lasia. – Przecież gdyby było wielu magów, Kyralia mogłaby się lepiej bronić.

– A kto ma ich uczyć? Nie ma tak wielu mistrzów, by możliwa była edukacja wszystkich uśpionych magów wśród bogaczy, a co dopiero wśród ludu.

– Poza tym zapewne nie chcielibyście uczyć wszystkich – wtrącił Veran w zamyśleniu. – Jestem pewny, że bierzecie też pod uwagę charakter, wybierając sobie ucznia, nawet jeśli pochodzi z wpływowej rodziny. – Zerknął na Tessię. – Oczywiście, kiedy macie wybór.

Dakon odpowiedział uśmiechem.

– Masz rację. Na szczęście Tessia ma bardzo dobry charakter i jestem pewny, że kształcenie jej będzie przyjemnością.

Wszyscy nagle zwrócili się w jej stronę. Uwadze Jayana nie uszło to, że się zarumieniła i spuściła wzrok.

– Na pewno – powiedziała Lasia. – Była znakomitą pomocnicą ojca. – Zwróciła się do Dakona: – Na czym polega bycie źródłem mocy dla maga?

Patrząc na Dakona, Jayan zauważył, że wesołość znikła z jego oczu, choć na ustach pozostał uśmiech.

– Nie mogę wam zdradzić szczegółów, ponieważ wyższa magia jest sekretem znanym jedynie magom. Mogę wam jednak powiedzieć, że to krótki rytuał opierający się na współpracy. Magia przepływa od ucznia do maga, który ją przechowuje.

– I to oddawanie mocy jest jedyną opłatą, jaką musi wnieść Tessia za naukę?

– Tak i jak zapewne sobie uświadamiacie, jest to dostateczna zapłata. Zanim uczeń będzie mógł zostać magiem, uczyni swojego nauczyciela wieleset razy mocniejszym, niż byłby bez tej pomocy. Oczywiście w chwili ukończenia przez ucznia nauki nie jesteśmy zazwyczaj setki razy potężniejsi, ponieważ w tym czasie zużywamy sporo mocy, ale pozwala nam to na wiele rzeczy.

– Dlaczego w takim razie magowie nie przyjmują kilkorga uczniów? – zapytała Tessia. – Dałoby im to więcej sił.

– Ponieważ wykształcenie wszystkich trwałoby zbyt długo – odparł Dakon. – Każdy mag może poświęcić swym podopiecznym tylko ograniczony czas, a mamy obowiązek kształcić naszych uczniów rzetelnie i dokładnie. Pamiętaj, że większość adeptów magii pochodzi z potężnych rodów, które mają wpływ na to, czy dostaniemy dobrze płatne zadania i czy będziemy panami na naszych włościach. Zazwyczaj nie mamy ochoty na konflikt z nimi. – Urwał i skrzywił się. – Poza tym wydaje mi się, że kilkoro uczniów wokół mnie, nawet gdybym mógł zapewnić im najlepszą edukację, sprawiłoby, że czułbym się jak sachakański mag otoczony gromadą niewolników. – Spojrzał na Jayana. – Nie, zdecydowanie wolę kyraliańską zasadę wzajemnego szacunku i obopólnych korzyści.

Pozostali skinęli głowami, zgadzając się z nim. Dakon przyglądał się wszystkim po kolei.

– Jeszcze jakieś pytania?

Tessia poruszyła się na krześle, przyciągając jego uwagę.

– Słucham?

Zerknęła na ojca i spłoniła się znowu.

– Czy magii można używać do leczenia?

Dakon popatrzył na nią ze zrozumieniem.

– Tylko pomagając w prostych czynnościach związanych z leczeniem. Magia może poruszać przedmioty, podtrzymywać je, ogrzewać, suszyć. Może zastąpić opaskę, żeby zatamować krwawienie. Słyszałem też, że zdarzało się używać magii, by zmusić serce do bicia, kiedy już się zatrzymało. Ale nie da się za jej pomocą przekonać ciała, by się leczyło. Ciało musi to zrobić własnymi siłami.

Tessia pokiwała głową, a Jayanowi wydało się, że dostrzegł w jej oczach cień rozczarowania. *Ciekawe, że wciąż przejmuje się leczeniem, skoro ma się uczyć magii.*

– Jakkolwiek nie jest to chyba niemożliwe… może po prostu jeszcze tego nie odkryliśmy – dodał Dakon. Tessia rzuciła mu zamyślone spojrzenie. – Myślę, że nie powinniśmy rezygnować z prób.

Jayan popatrzył na Dakona z zaskoczeniem.

Przecież on ją zachęca. Jaki to ma sens?

Tessia rozluźniła się wyraźnie i uśmiechnęła do Dakona z wdzięcznością. Jayanowi przyszło do głowy, że może Dakon chce po prostu ułatwić jej w ten sposób zmianę, obiecując coś znajomego w tym dziwacznym, nowym świecie, w który wkracza. Coś, co by ją mogło zainteresować.

Ale przecież nie musiał. Przecież ona z pewnością jest równie podekscytowana perspektywą nauki magii jak każdy nowy uczeń. Myśl, że mogłaby się tym nie cieszyć, wywołała w nim lekki gniew. *To byłoby niewyobrażalną wręcz niewdzięcznością, zarówno wobec szczęśliwego zrządzenia losu, który dał jej taką szansę, jak i wobec Mistrza Dakona, który przyjął ją do terminu.* Jayan złapał się na tym, że zerka na dziewczynę krzywo, szybko więc przywołał uśmiech na twarz. *Kiedy zacznie posługiwać się magią i przekona się, jakie to wspaniałe, szybko zapomni o dawnym życiu. Uzdrawianie nie może się z tym równać.*

Hanarę otaczały niewyobrażalnie wysokie drzewa. Spojrzał w górę. Proste, wąskie pnie kołysały się powoli i ciężko na wietrze. Ostrzegawczy krzyk. Jedno z drzew zaczęło się chwiać. Ktoś wrzasnął, kiedy przedarło się przez konary sąsiednich i uderzyło w poszycie lasu, a dookoła posypały się drzazgi z miejsca, w którym siekiery nie do końca przecięły pień. Wrzask nie cichł. Hanara pobiegł w jego kierunku. Gałęzie rozstąpiły się przed nim i zobaczył. Niewolnik – jego przyjaciel – przygwożdżony do ziemi ze zmiażdżonymi no-

gami. Pozostali zabrali się do ociosywania pnia, nie zwracając uwagi na rannego i jego krzyki.

Hanara zbudził się z drżeniem. Przez chwilę mrugał oczami w ciemności. Powietrze pachniało jakoś inaczej.

Kyralia, uświadomił sobie. *Jestem w Kyralii, w domu maga. Jestem ranny. Muszę szybko wyzdrowieć, żeby Takado nie zabił mnie, kiedy tutaj wróci.* Zamknął oczy.

Ciął i obrabiał drewno. Lubił patrzeć, jak kształtuje się pod uderzeniami ostrza. Kiedy zrozumiało się układ słojów – w jaki sposób poddaje się jednym cięciom, a opiera innym – nie była to trudna praca. W słojach kryła się wszelka potrzebna wiedza. Hanara wyobrażał sobie, że czytanie polega na tym samym.

Usłyszał za sobą kroki nadzorcy, który podszedł, żeby mu się przyjrzeć. Nie widział go, ale wiedział kto to. Gdyby podniósł oczy i przerwał pracę, ten człowiek potraktowałby go biczem, toteż Hanara nie odrywał się od pracy. Może jeśli wykaże się zrozumieniem drewna, ten człowiek nauczy go wykonywać dekoracyjne elementy dla dworu, zamiast kazać mu ciosać paliki na płot wokół chat niewolników.

Jeszcze kilka cięć i palik był gotowy. Doskonały – za dobry na zwykły płot wokół chałup. Hanara odwrócił się, żeby pokazać swoje dzieło cieśli. Ale za nim nie stał nadzorca. Za nim czaił się Ashaki Takado. Hanara zamarł, czując, że serce wali mu jak szalone, po czym upadł na ziemię. Mag, właściciel domu, niewolników, lasu i pól, podszedł bliżej i rozkazał Hanarze wstać, po czym wbił wzrok w jego twarz. Hanara spuścił głowę. Mag chwycił go za podbródek i uniósł ją, wpatrując się prosto w oczy niewolnika. Ale jego wzrok nie zatrzymał się na oczach Hanary. Powędrował gdzieś dalej. Do środka. Oczy Takady rozbłysły. Potem pan odszedł. Ktoś wyjął palik z ręki Hanary i poprowadził go poza podwórko.

Bolało go ramię. Świat wokół niego wirował. Spojrzał po sobie i zauważył, że jego skóra jest upstrzona niezliczonymi bliznami i świeżymi skaleczeniami. Takado pochylał się nad nim ze śmiechem.

Jesteś dobrym niewolnikiem? – *spytał.* – Odpowiedz. *Uniósł rękę, a w jego dłoni błysnęło zakrzywione ostrze...*

Hanara znów się poderwał, ale tym razem poczuł, że jest zesztywniały, wszystko go boli i z trudem oddycha. *Kyralia. Dom maga. Ból. Muszę wyzdrowieć, zanim Takado...* Usłyszał głosy i poczuł, że po plecach przebiega mu dreszcz. Głosy przybliżyły się. Zatrzymały się za drzwiami jego pokoju.

Oddychał powoli i głęboko, starając się uspokoić szalejące serce.

Odmówiło.

Drzwi zatrzeszczały, otworzyły się i do pokoju wpadło światło. Hanara rozpoznał uzdrowiciela, młodą kobietę, która mu pomagała, oraz Mistrza Dakona. Opadł na łóżko z ulgą.

– Wybacz, że cię budzimy, Hanaro – odezwał się uzdrowiciel. – Ale skoro już tu jestem, uznałem, że zobaczę, jak się miewasz. Jak się czujesz?

Hanara przyjrzał się wpatrzonym w niego twarzom, po czym niechętnie wymamrotał odpowiedź:

– Lepiej.

Uzdrowiciel pokiwał głową. Jego córka uśmiechnęła się. Jej ciepłe spojrzenie sprawiło, że Hanara poczuł, że serce znów w nim topnieje. Za jej sprawą czuł się tak, jak wtedy, gdy oglądał nowo narodzone dzieci niewolników. Tyle że kiedy patrzył na te niemowlęta, towarzyszyło mu również współczucie i smutek. Znał dobrze cierpienia i trudności, z jakimi przyjdzie im się zmierzyć w życiu, i miał nadzieję, że te dzieci okażą się tak silne i będą miały tyle szczęścia, by poczuć, że żyją długo.

Hanarze nie wydawało się, że żyje długo. Był to stan, zdaniem niewolników, kiedy miało się poczucie zadowolenia, że przeżyło się wystarczająco dużo. Kiedy w chwili śmierci nie czułoby się oszukanym. To nie musiało być łatwe ani szczęśliwe życie, tylko dostatecznie długie. Takie, w którym jakoś zapisało się w świecie, chociażby samym faktem istnienia.

Znał niewolników, którzy mówili, że osiągnęli ten stan, nie mając nawet dwudziestu lat, a także starych, którzy wciąż jeszcze go nie zaznali. Niektórzy twierdzili, że to przychodziło w chwili, gdy się spłodziło lub urodziło dziecko. Inni że wtedy, kiedy wykonało się naprawdę dobrą pracę. Jeszcze inni, że jest ono niespodziewanym efektem udzielenia pomocy innemu niewolnikowi. A byli i tacy, których zdaniem owo zadowolenie zyskiwało się, dobrze i lojalnie służąc swemu panu.

Mawiano również, że większość niewolników nigdy tego nie zaznaje. Hanara nie poczuł nic takiego nawet wtedy, kiedy urodziło się dziecko, które najprawdopodobniej było jego. Nigdy nie było mu dane osiągnąć czegoś naprawdę doskonałego w pracy z drewnem. Jedynie na wiele drobnych sposobów pomagał innym niewolnikom, ale nie przysparzało mu to jakiegoś szczególnego zadowolenia. Służba u Takady była zapewne jego jedyną szansą na zyskanie poczucia długiego życia. Jak na ironię był to jednocześnie najpewniejszy sposób na przedwczesną śmierć, zanim zdoła osiągnąć ten upragniony stan.

A jakie szanse ma teraz, skoro utknął w Kyralii? Uzdrowiciel krzątał się i dotykał ran Hanary, zadając przy tym mnóstwo pytań. Hanara udzielał jak najoszczędniejszych odpowiedzi. Chociaż wszystkie pytania dotyczyły jego ran i samopoczucia, nie mógł mieć pewności, że nie powie czegoś, czego nie powinien. Takado ostrzegł go przed tym, zanim przyjechali do Kyralii.

Uzdrowiciel zwrócił się w końcu do maga.

– Jego stan poprawia się szybko. Lepiej, niż się spodziewałem. Teraz nie mam już wątpliwości, że wyzdrowieje. To niewiarygodne.

Na ustach maga pojawił się krzywy uśmiech.

– Hanara był niewolnikiem źródłem mocy Takady. Mimo że nie potrafi się posługiwać swoją magią, daje mu ona jednak pewne korzyści: szybciej się leczy i jest równie odporny jak wszyscy magowie.

Uzdrowiciel potaknął.

– Szczęśliwiec.

– A zatem on tak jakby sam siebie leczy? – spytała młoda kobieta. – Nieświadomie?

Mag uśmiechnął się do niej.

– Tak. Ty też posiadasz tę zdolność. Czy nie było tak, że zawsze szybko zdrowiałaś i rzadko chorowałaś?

Zamyśliła się nad tym, jakby dopiero teraz sobie to uświadomiła, po czym potaknęła.

– W takim razie gdybyśmy odkryli sposób, jak leczyć się świadomie, moglibyśmy to zastosować do innych?

– Być może – odparł mag. – Magowie z pewnością próbowali, ale nie udało się, a zatem nie sądzę, żeby to było łatwe… jeśli w ogóle jest możliwe.

Przeniosła wzrok na Hanarę. Był pewny, że jej uwaga była skupiona bardziej na myślach, które nasunęły jej się podczas tej rozmowy, niż na nim. Mag powędrował oczami za jej wzrokiem i napotkał spojrzenie niewolnika.

– Wygląda na to, że wkrótce wydobrzejesz, Hanaro – zwrócił się do niego. – Takado powiedział, że jeśli przeżyjesz, mogę zrobić z tobą, co mi się żywnie podoba. A ponieważ niewolnictwo jest tu zakazane, nie będziesz już niewolnikiem. – Uśmiechnął się. – Jesteś wolnym człowiekiem.

Hanara poczuł dreszcz. Wolnym? Naprawdę może tu zostać, w tym kraju ze snu, pełnym łagodnych ludzi? Dostanie wynagrodzenie za pracę i będzie mógł przeznaczyć je na co zechce: podróże, naukę czytania, nawiązanie znajomości z ludźmi… znalezienie przyjaciół, kobiety, której nie będzie obojętny, dzieci, które wychowa z czułością i będzie mógł uchronić przed…

Nie. Poczuł zalewającą go falę mdłości, kiedy uświadomił sobie, co to wszystko znaczy. *Takado powiedział Mistrzowi Dakonowi, że może zrobić ze mną, co zechce, ponieważ gdyby zdradził, że po mnie wróci, Mistrz Dakon mógłby próbować mnie ukryć.*

Mógłby to właśnie zrobić, gdyby Hanara wyznał mu prawdę.

Nie zdołałby jednak uczynić tego dobrze, ponieważ nie zna Takady. Takado kocha łowy. Wytropi mnie. Znajdzie. Odczyta moje myśli i dowie się, że przed nim uciekałem. I wtedy mnie zabije. Nie. Lepiej zaczekam na jego powrót.

Ucieszył się tą odrobiną wolności, której zaznawał w tej chwili. Ale jedna myśl sprawiła, że poczuł ucisk w żołądku.

A może on spodziewa się, że wrócę do domu, kiedy tylko będę w stanie się ruszać? Może wróci tu, tylko jeśli ja tego nie zrobię? Ukarze mnie, jeśli tu pozostanę?

Jego goście zbierali się do wyjścia. Hanara odprowadził ich wzrokiem, jednocześnie zazdroszcząc im wolności i pogardzając nimi z powodu ich ignorancji. Oni nic nie wiedzą. Głupcy. Takado powróci.

ROZDZIAŁ 7

Kiedy następnego dnia Tessia otworzyła oczy, jeszcze przez dłuższą chwilę leżała w łóżku i przyglądała się pokojowi, w którym spędziła noc.

Nie mogła uwierzyć, że jest to jej sypialnia.

Ściany były pomalowane na kolor letniego nieba. Okiennik z mrokodrzewa zasłaniał ogromne okno. Wielkie skrzynie, szafy, biurko, fotel i łóżko były wykonane z tego samego rzadkiego i drogiego drewna. Kołdra była pikowana, a pościel uszyta z najdelikatniejszego płótna, jakie kiedykolwiek miała w rękach. Materac był równy i sprężysty.

Na ścianach wisiały obrazy w ramach. Wszystkie przedstawiały krajobrazy, w których rozpoznała pobliskie miejsca. W niewielkim flakonie stały polne kwiaty, których ziołowy zapach odświeżał powietrze. Kominek był tak duży jak piec w kuchni jej domu.

To jest teraz mój dom. To było tak nieprawdopodobne, że musiała sobie o tym przypominać, co było do przewidzenia. *Założę się, że będę to sobie powtarzać przez wiele, wiele poranków, zanim poczuję się tu jak w domu.*

Usiadła. Nikt jej nie poinformował, jak ma wyglądać jej dzień. Mistrz Dakon nie powiedział jej nawet, kiedy ma się stawić na pierwszą lekcję.

Wylegiwanie się w łóżku nie było w jej zwyczaju, wstała więc i w koszuli nocnej przeszła się po pokoju, dokładnie oglądając meble i wypakowując swoje rzeczy z kufra. W jednej ze stojących w pokoju skrzyń znalazła książki, plik kart pergaminu i przybory do pisania. Część książek traktowała o historii, część zawierała magiczne teksty, znalazła również kilka powieści, o których opowiadał jej kiedyś ojciec. Veran nie miał dobrego zdania o powieściach. Tessia jednak nigdy ich nie czytała, wzięła zatem jedną z nich i zaczęła lekturę.

Kiedy usłyszała pukanie do drzwi, przekonała się, że przeczytała już jedną czwartą książki. Była właśnie tak niepoważna, jak mówił ojciec, ale Tessii się podobała. I chociaż przygody bohaterów były nieprawdopodobne, zafascynowały ją szczegóły dotyczące życia w Imardinie. Losy tych ludzi nie zależały od tego, czy udadzą się zbiory, ani też od zdrowia bydła, ale od mądrych układów z uczciwymi ludźmi, łaski króla i dobrych małżeństw.

Tessia odłożyła książkę do skrzyni i podeszła do drzwi. Uchyliła je, żeby zobaczyć, kto stoi na korytarzu. Młoda służąca o obfitych kształtach przekroczyła z uśmiechem próg, kiedy tylko Tessia otwarła szerzej drzwi.

– Dzień dobry, Uczennico Tessio – powiedziała. – Mam na imię Malia. Od kilku lat opiekuję się twoim nowym kolegą, który mieszka na drugim końcu korytarza, znam więc potrzeby i zwyczaje młodych uczniów. Przyniosłam ci wodę do mycia.

Malia dzierżyła w jednej ręce spory dzban, w drugiej miednicę, łokciem zaś przyciskała do boku wielki tobołek. Ustawiła to wszystko na jednej ze skrzyń.

– Zaraz przyniosę ci śniadanie – ciągnęła. – Masz ochotę na coś konkretnego?

– A co jecie zazwyczaj?

Z długiej listy potraw, których części nie potrafiła sobie wyobrazić jako śniadania, Tessia wybrała coś prostego i służąca wyszła. Dziewczyna umyła się i ubrała, a potem uczesała i zaplotła włosy.

– Kiedy skończysz posiłek, Mistrz Dakon spotka się z tobą w bibliotece – oznajmiła Malia, gdy wróciła z tacą pełną jedzenia. – Nie musisz się spieszyć. On zawsze spędza tam poranki na czytaniu.

Apetyt Tessii zmalał na myśl o tym nieuchronnym spotkaniu, które zapewne będzie jej pierwszą lekcją, ale zmusiła się do zjedzenia wszystkiego, co przyniosła służąca, bo gdyby cokolwiek się zmarnowało, niechybnie miałaby poczucie winy. Następnie wzięła tacę i wyszła na korytarz, a tam spotkała Malię.

– Zostaw to w pokoju – zawołała służąca. – Odnoszenie naczyń należy do moich obowiązków.

I odebrała jej tacę.

– Gdzie jest… – zaczęła Tessia.

– Zejdź głównymi schodami na pierwsze piętro i skręć w prawo – odpowiedziała Malia. – Nie przegapisz.

Tessia udała się na dół zgodnie ze wskazówkami służącej i chwilę później stała w szerokich drzwiach, otwierając ze zdumienia oczy. Przed nią znajdowało się pomieszczenie dwukrotnie większe od jadalni w rezydencji – a była ona chyba takiej wielkości jak cały dom jej ojca. Wzdłuż wszystkich ścian ciągnęły się półki pełne książek. Mistrz Dakon siedział w wielkim wyściełanym fotelu, przebiegając wzrokiem po kartach grubego, oprawnego w skórę tomu. Podniósł wzrok i uśmiechnął się do niej.

– Dzień dobry, Tessio – odezwał się. – Wejdź, proszę. To moja biblioteka.

– Widzę, Mistrzu Dakonie – wymamrotała, wchodząc i rozglądając się po pokoju.

– Uznałem, że powinnaś zacząć dziś ćwiczenia z kontroli – powiedział. – Im szybciej się jej nauczysz, tym łatwiej będzie nam uniknąć kolejnych niezamierzonych działań magicznych... no i przejść do ciekawszych lekcji. Będziemy pracować rano, a na popołudnie będę ci dawał lekturę.

Poczuła, że coś ściska ją w żołądku.

– Tak jest, Mistrzu Dakonie.

Wskazał jej fotel stojący koło niego.

– Usiądź. Nauka idzie łatwiej, kiedy jesteś rozluźniona i jest ci wygodnie – urwał. – W każdym razie tak rozluźniona, jak tylko możesz, mając przed sobą same nowe i nieznane rzeczy.

Podeszła do fotela, usiadła i wzięła głęboki, uspokajający wdech. Mistrz Dakon odłożył książkę i przyjrzał się Tessii z namysłem.

– Nigdy wcześniej nie uczyłem samorodnego – powiedział. – Ale nic z tego, co czytałem albo słyszałem, nie wskazuje na to, że lekcje powinny się odbywać inaczej niż zwykle. A to oznacza, że jeśli nawet natkniemy się na coś niezwykłego, powinno to być niewielkie i nietrudne do ominięcia. Jesteś gotowa?

Wzruszyła ramionami.

– Nie wiem. Nie wiem, co to znaczy „gotowa", kiedy mowa o magii. Ale nie czuję się *niegotowa*, tak sądzę.

Zaśmiał się.

– Moim zdaniem, to wystarczy. Usiądź wygodnie, zamknij oczy i oddychaj powoli.

Zrobiła, jak kazał. Szerokie oparcie fotela było lekko odchylone do tyłu, zachęcając do rozparcia się. Położyła ręce na podpórkach i równiutko ustawiła stopy na podłodze.

– Pozwól myślom płynąć swobodnie – mruknął Dakon. – I nie martw się, że lekcja może przebiegać nie tak, jak powinna. Wszystko przyjdzie w swoim czasie. Za tydzień, dwa, może trzy będziesz gotowa do posługiwania się magią.

Mówił dalej łagodnym, niespiesznym tonem:

– Położę teraz swoje dłonie na twoich. To pozwoli naszym umysłom łatwiej się kontaktować.

Poczuła na palcach delikatny nacisk jego rąk. Nie były gorące ani zimne, a jego dotyk ani za silny, ani też zbyt lekki. Było to dość dziwne i *osobiste*: mag, pan włości, dotykał w ten sposób jej rąk. Na moment w jej myślach pojawiła się twarz pochylającego się nad nią Sachakanina. Odepchnęła to wspomnienie, niezadowolona. *To coś zupełnie innego. Mistrz Dakon to nie Takado.*

W tej chwili przypomniała sobie swoje podejrzenia, że matka chciałaby ją wyswatać z Mistrzem Dakonem. Nie potrafiła sobie wyobrazić, że on mógłby choćby pomyśleć o niej jako o swojej potencjalnej żonie. Z pewnością ożeni się z kimś znacznie ważniejszym niż taka prosta dziewczyna jak ona. Na dodatek nie była dość ładna, żeby w ten sposób zrównoważyć niskie pochodzenie. Niezależnie od tego, co też myślała sobie jej matka, nie będzie uwodziła maga. No a poza tym nie miałaby pojęcia, jak się do tego zabrać. Na dodatek wcale nie była pewna, czy…

– Pomyśl o tym, co widzisz – odezwał się spokojnym głosem Dakon. – Nic, zgadza się? Ciemność przed oczami. Wyobraź sobie, że stoisz w miejscu, w którym nie ma ścian, podłogi, sufitu. Jest tam może ciemno, ale przyjemnie. Stoisz w samym środku.

Poczuła coś. Jakąś impresję, która nie była fizyczna. Wrażenie osobowości… obecności Mistrza Dakona. Promieniowała od niej pewność i zachęta. Ale na pewno nic z romantycznej fascynacji. Tessię zaskoczyło to, że odetchnęła z ulgą. Nie potrzebuje uczuciowych przeszkód, kiedy usiłuje się nauczyć czegoś ważnego.

– Stoję za tobą. Odwróć się.

Nie potrafiłaby powiedzieć, czy to ona się odwróciła, czy też ciemność w jej wyobraźni zawirowała. W każdym razie dostrzegła Mistrza Dakona stojącego o kilka kroków od niej. Był trochę niewyraźny. Tylko kiedy patrzyła wprost na niego, jego rysy stawały się ostre: twarz, stopy, ręce. Uśmiech.

~ *Dobrze, Tessio.*

Zrozumiała, że odezwał się w jej umyśle. Czy ona też tak potrafi?

~ *Mistrzu Dakonie?*

~ *Doskonale sobie radzisz.*

~ *Och. To dobrze. Co teraz?*

~ *Czy widzisz, co trzymam w rękach? To pudełko.*

Uniósł ręce i dostrzegła jakiś przedmiot. Kiedy wypowiedział słowo „pudełko", przedmiot ten natychmiast przybrał kształt niewielkiego puzderka z mrokodrzewa, ze złoconymi okuciami i zatrzaskiem.

~ *Tak.*

~ *W tym pudełku znajduje się moja magia. Kiedy chcę użyć mocy, otwieram je. Przez resztę czasu jest zamknięte. Ty też masz taką szkatułkę. Spójrz na swoje dłonie i ukształtuj ją.*

Popatrzyła w dół i dostrzegła swoje ręce. Uniosła jedną dłoń w górę i pomyślała o *pudełku*.

Pojawiło się w jej ręce: płaskie, cienkie. Stare i proste, nieco zakurzone. Wyglądało jak to, w którym matka przechowywała swój naszyjnik.

~ *Otwórz je* ~ powiedział Dakon.

Otworzyła zamek i uniosła wieczko. W środku znajdował się naszyjnik, migoczący delikatnie w przyćmionym świetle.

Z jakiegoś powodu poczuła lekkie rozczarowanie. Podniosła wzrok na Dakona, niepewna.

~ *Naszyjnik mojej matki to moja magia?*

Mag zmarszczył brwi.

~ *Wątpię* ~ odpowiedział powoli. ~ *Najprawdopodobniej to pudełeczko było gdzieś na powierzchni twoich myśli. Odłóż je. Spróbujmy jeszcze raz.*

Wykonała polecenie: położyła puzderko na niewidocznej podłodze za sobą. Wyprostowała się i znów spojrzała na swoje dłonie.

~ *Postaraj się wyobrazić sobie pudełko warte magii. Twojej magii.*

Magia to coś specjalnego. To moc i wpływy. I bogactwo. Coś wielkiego. Zobaczyła sporą skrzyneczkę. Była złota, lśniąca. Miała grube ścianki i była bardzo ciężka. Tessia spojrzała na Dakona. Wyglądał na rozbawionego.

~ *Już lepiej. Nie sądzę, żebyśmy mogli uznać to za cokolwiek innego niż pudełko na magię* ~ powiedział. ~ *A teraz je otwórz.*

Unosząc wieko, poczuła dreszcz podniecenia i lekkiego przestrachu. Co znajdzie w środku? Potęgę? Zapewne dziką siłę. Wieczko uniosło się i w oczy Tessii uderzyło oślepiająco białe światło.

Zbyt jasne. Poczuła wypływającą moc, wytrącającą jej pudełko z rąk. Ogłuszający dźwięk przywrócił jej świadomość realnego otoczenia i otworzyła oczy. Zamrugała, rozglądając się po pokoju w poszukiwaniu źródła tego hałasu. Na pobliskim stoliku zobaczyła kawałki stłuczonego szkła.

– Och.

Mistrz Dakon poruszył się, uniósł brwi i spojrzał na potłuczone… cokolwiek to wcześniej było.

– Przepraszam – powiedziała Tessia.

Zmarszczył brwi.

– Myślę, że te lekcje muszą się jednak odbywać w jakimś mniej... delikatnym miejscu.

– Bardzo przepraszam – powtórzyła.

– Nie przepraszaj – odpowiedział zdecydowanie. – Powinienem był się spodziewać wyzwolenia nieposkromionej magii. To znaczy spodziewałem się tego, ale chyba nie potraktowałem tej możliwości dostatecznie poważnie. Nigdy wcześniej nie uczyłem samorodnego. Może byśmy...

Rozległo się pukanie do drzwi. Wzrok Dakona powędrował w tamtą stronę. Tessia też popatrzyła ku drzwiom, w których pojawiła się twarz Kerona.

– Mistrzu Dakonie – odezwał się służący. – Przybył Mistrz Narvelan z majątku Loran.

Dakon uniósł ze zdziwienia brwi i wstał. Zwrócił się do Tessii.

– Wystarczy na dziś. Kiedy będziesz miała czas, poćwicz wchodzenie do tego myślowego pomieszczenia i wyobrażanie sobie pudełka, ale go nie otwieraj.

Uśmiechnęła się.

– Bez obaw.

– Książki leżące na tamtym stoliczku przy drzwiach to twoja lektura. Jeśli cokolwiek będzie dla ciebie niezrozumiałe, powiedz mi o tym.

Potaknęła.

Odwrócił się i wyszedł z biblioteki. Widząc jego pośpiech, Tessia nie potrafiła opanować rosnącej ciekawości. Czy Mistrz Narvelan zwykł odwiedzać Mistrza Dakona bez zapowiedzi? Maga z sąsiednich włości widywała rzadko – i tylko z daleka. W wiosce powiadano, że jest bardzo przystojny. Może zostanie dziś na kolacji.

Jeśli będę miała oczy i uszy otwarte, to mogę się tu pewnie nauczyć dużo więcej niż tylko magii. Dowiem się sporo o świecie magów oraz bogatych i wpływowych ludzi.

Trochę się tego spodziewała. Nie podejrzewała jednak, że okazja nadarzy się tak szybko.

Dakon zazdrościł młodości mężczyźnie przechadzającemu się teraz po jego bibliotece. Chociaż Mistrz Narvelan popędził nocą do Mandryn, kiedy tylko otrzymał wiadomość Dakona, że Takado wyjechał poprzedniego dnia, w tej chwili był pełen wigoru i bardzo ożywiony. Inna sprawa, że polityka zawsze go podniecała. Gdyby Dakon nie znał go dobrze, mógłby uznać zainteresowanie Narvelana Sachakaninem za kaprys znudzonego młodzieńca mieszkającego w stosunkowo nieciekawej okolicy. Ale on wiedział swoje.

Trzy lata temu Dakon ku swojemu rozbawieniu i zaskoczeniu został „zwerbowany" przez sąsiada. Narvelan i kilku innych okolicznych właścicieli ziemskich, a także paru sympatyzujących miejskich panów postanowiło spotykać się kilka razy w roku, aby rozprawiać o kwestiach istotnych dla wiejskich posiadłości. Początkowo były to nieoficjalne spotkania, które miały pomagać wzmacniać związki między magami mieszkającymi w swoich odosobnionych majątkach, jak i prowadzić do jakichś wiążących postanowień. Uczestnicy nazwali się Kręgiem Przyjaciół.

Ponieważ stowarzyszenie było nieoficjalne, ale nie tajne, po kilku miesiącach dowiedział się o nim Król Errik. Narvelan znalazł się w grupie przedstawicieli Kręgu, która wybrała się do miasta, by zapewnić króla, że ich zamiary w najmniejszym stopniu nie stoją w sprzeczności z interesami korony. Dakon nie wiedział, o czym wtedy rozmawiano ani co uradzono. Czasem Narvelan w żartach określał grupę jako ulubionych wiejskich plotkarzy króla. Ale ich stowarzyszenie i jego działalność stały się czymś więcej, kiedy pojawiły się pogłoski, jakoby młodzi sachakańscy magowie planowali ponowny podbój Kyralii. Dakon nie przejmował się tym, dopóki przed kilkoma tygodniami nie otrzymał rozkazu od króla, żeby próbował wywiedzieć się o powody wizyty Ashaki Takady w Kyralii w wypadku, gdyby ten przejeżdżał przez Mandryn. Narvelan otrzymał podobne polecenie.

Niestety młody mag niepotrzebnie się fatygował. Dakon nie miał dla niego żadnych wiadomości, co zresztą zaznaczył w swoim liście.

– Wiem, wiem – powiedział Narvelan, kiedy Dakon przypomniał mu o tym. – Ale i tak chcę wszystko usłyszeć. Czy ten niewolnik przeżył?

– Tak… i nie jest już niewolnikiem – podkreślił Dakon. – Takado poinformował mnie, że muszę wyzwolić Hanarę, gdy tylko on opuści nasz kraj.

– Czytałeś jego myśli?

– Nie. Nie byłoby to najlepsze powitanie na wolności.

Młodszy mag odwrócił się od okna i spojrzał posępnie na Dakona.

– Chyba mu nie ufasz?

Dakon wzruszył ramionami.

– Tak jak każdemu nieznajomemu.

– On jest kimś więcej. Więcej niż nieznajomym. To Sachakanin i były niewolnik. Oni są wychowywani w lojalności: jeśli nawet nie wobec pana, to wobec kraju.

– Nie zamierzam go zamykać ani czytać jego myśli, jeżeli nie będę miał po temu poważnych powodów.

Narvelan zacisnął usta i skinął głową.

– Pewnie masz rację. Ale na twoim miejscu miałbym go na oku, ponieważ on może zaszkodzić sobie w równym stopniu co innym. Przejście od niewolnika źródła mocy do życia na wolności nie może być łatwe.

– Nie wygonię go z domu, jeśli nie będzie gotowy do odejścia – zapewnił go Dakon. – Ale nie powinienem trzymać go tu w nieskończoność jako gościa. Znajdę mu jakieś zajęcie w miejscu, gdzie będę mógł go mieć na oku.

Drugi mag przytaknął.

– Myślisz, że Takado odwiedził Kyralię z jakiegoś innego powodu niż zwykła ciekawość?

– Nie mam pojęcia. – Dakon skrzywił się. – Nie wiem, czy coś w jego zachowaniu go zdradziło, czy też jego wrodzona chytrość mnie zmyliła, ale ciężko jest nie podejrzewać go o złe zamiary. Czy dostaniemy potwierdzenie, że rzeczywiście opuścił Kyralię?

– Nie wiem. – Narvelan zmarszczył brwi i potrząsnął głową. – Król zapewne utrzymuje paru strażników na przełęczy, by obserwowali, kto tamtędy przechodzi.

– Na pocieszenie mogę dodać, że wątpię, by Takado chciał spędzić tutaj choć jeden dzień dłużej, niż to konieczne bez niewolnika, który by mu służył. – Dakon zaśmiał się, ale zaraz spoważniał. – Zanim wyjechał, postarał się jednak o kłopoty. Usiłował przymusić kobietę, ale udaremniono mu to, zanim zdążył zrobić cokolwiek poza wystraszeniem jej.

Narvelan spochmurniał.

– To zdarzyło się tego dnia, kiedy wyjechał?

Dakon zaprzeczył.

– Nie. To stało się już po tym, jak postanowił wyjechać. Sądzę, że chciał nam przypomnieć, że Sachakanie kiedyś dzierżyli nad nami władzę… jakby stłuczenie niewolnika prawie na śmierć nie było dostatecznym przykładem.

– Nie rozumiem, dlaczego w ogóle wpuszczamy ich do Kyralii – mruknął Narvelan, po czym westchnął i usiadł. – Nieprawda, wiem dlaczego. Dyplomacja i dobre stosunki, handel i takie tam. A jednak chciałbym, byśmy nie musieli. Zwłaszcza wtedy, kiedy nie… – Spojrzał na Dakona, a na jego młodzieńczej twarzy nagle pojawiły się zmarszczki jak u starca. – Myślę, że powinienem przekazać ci pogłoski.

Dakon uśmiechnął się krzywo.

– Zdecydowanie tak.

Narvelan oparł się łokciami o podpórki fotela i splótł palce.

– Od czego zacząć? Może od opowieści Mistrza Ruskela. Doszły go słuchy o cudzoziemcach widywanych na południowym krańcu gór. Zazwyczaj są to niewielkie grupki młodych mężczyzn. Postanowił przyjrzeć się temu bliżej i odkrył trzech sachakańskich magów rozłożonych obozem wraz z niewolnikami po naszej stronie granicy. Utrzymywali, że zgubili się w górach.

Dakon poczuł dreszcz przebiegający mu po plecach. Natknięcie się na trzech sachakańskich magów nie byłoby przyjemne dla maga kyraliańskiego, gdyby tamci mieli jakieś złe intencje.

– Przeprosili i wrócili, skąd przyszli – ciągnął Narvelan. – Mistrz Ruskel zwołał kilku sąsiadów i po paru dniach ruszył za nimi. Znalazł ścieżkę, która z początku wyglądała na wydeptaną przez zwierzęta i używaną przez myśliwych, ale głębiej w górach widoczne było, że została przedłużona za pomocą magii. Magicznym dziełem była również półka skalna oraz most ułożony z wielkich głazów.

– A zatem ścieżka dla ludzi niemagicznych. Albo magów, którzy nie chcą zużyć zbyt dużo swojej mocy – powiedział Dakon.

– Zgadza się. Do Mistrza Ruskela przychodzili także myśliwi oraz członkowie ich rodzin i opowiadali o ludziach, którzy od lat polowali w tych górach, a teraz przepadali bez śladu, i to przy pięknej pogodzie.

– Czy od tego czasu widziano jakichś Sachakan?

– Nie, ale doniesienia o zaginięciach też się skończyły. Może ci młodzi wichrzyciele zostali zniechęceni. – Narvelan uśmiechnął się ponuro. – Co prowadzi mnie do kolejnej sprawy: sytuacja w Sachace. Zdołał się z nami skomunikować nasz przyjaciel po tamtej stronie granicy.

Dakon uśmiechnął się. Nie miał pojęcia, czy ten „przyjaciel" jest Kyralianinem, czy Sachakaninem, ale Narvelan ręczył za uczciwość tego mężczyzny – a może kobiety – oraz za prawdziwość przekazywanych wiadomości.

– Nasz przyjaciel twierdzi, że między starymi a młodymi sachakańskimi magami dochodzi do spięć. Zbyt wielu młodych nie ma ziemi i musi liczyć na utrzymanie przez dziedzica wyznaczonego spośród rodzeństwa. Liczba magów bez majątku rośnie od lat, ale dopiero teraz zaczęli się jednoczyć i przysparzać kłopotów. Imperator Vochira chyba nie może sobie z nimi poradzić.

Mówi się o tych magach bez ziemi, że torturują i zabijają niewolników, którzy nie należą do nich. To samo w sobie jakoś nie dziwi, ale skoro ich działalność wywołuje protesty, muszą powodować znaczne straty gospodarcze. Niektórzy uciekają się do kradzieży, atakują i rabują innych magów. Zdarzało się nawet, że najechali na domy osiadłych magów, atakując ich rodziny i zabijając niewolników.

Najgorsi z nich zostali wygnani i nazwani „ichanimi" – wyjętymi spod prawa. Kilku schwytano i zabito, ale na niewiele się to zdało, ponieważ imperator potrzebuje pomocy, aby ich pokonać, a niewielu starszych magów zechce ryzykować utratę sojuszy z rodzinami przestępców. – Narvelan westchnął i potrząsnął głową. – Czuję jakąś satysfakcję na myśl, że Sachakanom jest równie ciężko zjednoczyć magów i przekonać ich do współpracy jak nam.

Dakon zaśmiał się, wiedząc, że jego gość robi aluzję do niektórych magów, mających zwyczaj gromadzić wiedzę magiczną i zatrzymywać ją dla siebie. Jak Mistrz Jilden, który odkrył sposób magicznego wzmacniania kamienia, ale odmówił podzielenia się tym odkryciem z kimkolwiek innym. Twierdził, że jest to przydatne jedynie w przypadku niewielkich rzeźb – delikatnych i kunsztownych – i że podobnie jak każdy inny rzemieślnik ma prawo zachować swoje metody w sekrecie. Król Errik nie mógł ryzykować wydania Mistrzowi Jildenowi rozkazu wyjawienia tajemnicy, ponieważ większość magów byłaby oburzona. Mimo że pragnęli poznać sekret, cenniejsza była dla nich wolność postępowania wedle własnej woli, dopóki nie szkodziło to krajowi. Król mógłby wydobyć sekret z Jildena wyłącznie w przypadku, gdyby dało się udowodnić, że jego ukrywanie jest niebezpieczne.

– Nasz sachakański przyjaciel twierdzi, że młodsi magowie chętnie wspominają dawne czasy – dodał Narvelan. – Gloryfikują okres, kiedy imperium sachakańskie rozciągało się od morza do morza, zwożąc z innych krajów niezmierzone bogactwa. Uważają, że imperium chyli się ku upadkowi, i wierzą, że mogliby przywrócić mu dawną chwałę, gdyby udało im się odzyskać utracone ziemie.

Dakon zmarszczył brwi.

– Nie brzmi to zachęcająco.

Narvelan uśmiechnął się.

– Och, starsi magowie nazywają młodych głupcami i marzycielami. Przypominają, że imperium zrezygnowało z Elyne i Kyralii, ponieważ przestały one przynosić taki dochód jak dawniej. Co dzieje się zawsze, kiedy grabi się kraj – dodał ponuro. – Mówią też, że podbój Kyralii byłby w tej chwili zbyt kosztowny i nie jest wart zachodu.

– Ale młodzi chcą ziemi – domyślił się Dakon. – Jej brak sprawia, że postrzegają Kyralię jako cenniejszy łup, niż jest w rzeczywistości. Wmawiają sobie, że nie będą grabić i uciekać, ale pozostaną, by rządzić.

Młody mag zamyślił się.

– Obawiam się, że możesz mieć rację. Pytanie jest takie: czy starszym magom uda się przekonać młodszych i powstrzymać ich, czy też pozwolą im najechać Kyralię?

– Łatwiej jest nic nie robić, kiedy gdzieś źle się dzieje – powiedział Dakon. – Oni wiedzą, że młodzi albo odbiorą lekcję i wrócą do domu z podwiniętym ogonem, albo też zginą i przestaną stanowić kłopot... albo im się uda. Najgorsze, co się może przydarzyć, to lekka dyplomatyczna czkawka na kartach historii.

– Czy młodzi mają rację? – spytał Narvelan, kierując to pytanie bardziej do samego siebie niż do Dakona. – Czy jesteśmy tak słabi, jak im się wydaje? Zwyciężylibyśmy czy przegrali w takim konflikcie?

Dakon zamyślił się.

– Królewscy doradcy wojenni będą lepiej zorientowani od nas. – Spojrzał na młodzieńca. – Ale twoi przyjaciele już się w tej sprawie sami wywiadują, nieprawdaż?

Narvelan uśmiechnął się szeroko.

– Usiłują. Musimy sobie jednak odpowiedzieć na jeszcze jedno pytanie. Równie istotne jak tamte dwa.

– Mianowicie?

– Czy zdołamy się zjednoczyć przeciwko nim?

– Oczywiście. Udało nam się kilkaset lat temu po to, żeby zmusić imperatora do przyznania nam niezależności.

– Ale ile czasu potrzeba? I *ile* nas to będzie kosztować? Ile ziemi Sachakanie zdążą zająć, zanim magowie z miasta uznają, że czas zacząć działać? Jeden majątek? Dwa? Trzy?

– Tylko jeśli będą poruszać się szybko.

Narvelan potrzasnął głową.

– Nie znasz magów z miasta tak dobrze jak ja. Oni boją się konfrontacji znacznie bardziej, niż zależy im na losie jakichś majątków na rubieżach kraju. – Spojrzał przez okno, marszcząc brwi. – Jesteśmy blisko głównej przełęczy... ty nawet jeszcze bliżej niż ja. Choćbyś miał rację, to my, nasza ziemia i nasi ludzie pierwsi padniemy łupem najeźdźców.

Dakon poczuł przebiegający mu po skórze dreszcz, tak jakby siedział w ogrodzie i chmura przesłoniła słońce. Na to, co właśnie powiedział Narvelan, nie miał argumentów. Mógł jedynie żywić nadzieję, że młodzi Sachakanie nigdy nie zdołają przekonać swoich do najazdu na Kyralię, albo też że ich próby utworzenia sojuszu nie powiodą się.

A jeśli moje nadzieje okazałyby się płonne, chyba zdołałbym ewakuować wioski majątku Aylen na czas i zapewnić ludziom bezpieczeństwo. Narvelan z pewnością myli się co do magów z miasta. Poza tym to nie oni podejmują decyzje.

– Król nie pozwoli magom z Imardinu, by cokolwiek odwlekali – powiedział, czując, że humor mu się nieco poprawia. – Nie chciałby stracić nawet piędzi ziemi na rzecz Sachaki, co dopiero kilka majątków.

Narvelan spojrzał na niego i skinął głową.

– Mam nadzieję, że masz rację. Myślę... i Krąg Przyjaciół też tak uważa... że możemy zwiększyć nasze szanse. Że król chętniej podejmie szybkie działanie, jeśli spotka się z nami i obieca pomoc. Powinien *poznać* ludzi, którzy znajdą się w największym niebezpieczeństwie w razie takiego zagrożenia. Ludzi takich jak ty. Znacznie trudniej jest skazać na śmierć ludzi, których się poznało i polubiło, inaczej też traktuje się obietnicę pomocy.

– Chcesz, żebym udał się do króla? – wykrzyknął Dakon i roześmiał się. – Dlaczego miałby mnie przyjąć? Wątpię, by to uczynił tylko po to, żeby mnie uspokoić. Pomyśli raczej, że jestem jak przerażony rassook, który podskakuje ze strachu na każdą wzmiankę o zagrożeniu, a na dodatek wymyśla sobie połowę niebezpieczeństw.

– Nie pomyśli tak – odparł Narvelan z błyskiem rozbawienia w oku, wzruszając ramionami. – Nie, zważywszy na twoją reputację. A kiedy się z tobą spotka, będzie wiedział, że niełatwo cię przestraszyć.

– Reputację? – Dakon wpatrzył się, zdumiony, w młodzieńca. – Jaką reputację?

Narvelan zaczął nagle rozglądać się po pokoju.

– Myślisz, że jest jeszcze zbyt wczesna pora na wino?

– Tylko dla takich, którzy wspominają o czyjejś reputacji, a następnie odmawiają podania szczegółów.

Młody człowiek uśmiechnął się szeroko.

– To przekupstwo czy kara?

– To zależy jedynie od tego, jak to wpłynie na moją reputację.

Narvelan roześmiał się.

– Doskonale. Postaraliśmy się, żebyś miał opinię poważnego człowieka, na którym byle błahostka nie robi żadnego wrażenia. Dlatego właśnie nie masz żony… w każdym razie do takiego wniosku doszły żony i córki naszych przyjaciół.

Dakon na chwilę aż otworzył usta.

– Mam nadzieję, że ta reputacja, którą mi stworzyliście, nie przeszkodzi mi w przyszłym ożenku.

Młody mag uśmiechnął się.

– Na pewno nie. – Roześmiał się. – Możesz powiedzieć ludziom, że jedziesz do miasta szukać żony. To będzie doskonała przykrywka dla…

– Nie – odparł twardo Dakon.

– Dlaczego nie? Magowie często żenią się dość późno, a ty odkładasz to na jeszcze później.

– Nie chodzi o odwlekanie – odparł Dakon, wzruszając ramionami. – Ani też o niemożność znalezienia wybranki. Spotykałem kobiety, z którymi chętnie bym się ożenił, i więcej niż raz było to odwzajemnione uczucie, ale nie spotkałem jeszcze takiej, która zostawiłaby miasto, rodzinę i przyjaciół i przyjechała ze mną do Mandryn. Ty tego nie doświadczyłeś, ponieważ ożeniłeś się, zanim się tu przeprowadziłeś. Młode kobiety z prowincji marzą tylko o tym, żeby przenieść się do miasta, a te z miasta nie mają ochoty go opuszczać. A zatem istnieją nikłe szanse, że ktoś uwierzy w twój koncept. Wszyscy będą mnie raczej ignorować.

– Och. – Narvelan wyglądał na rozczarowanego. – Skoro już o tym mowa, Celia często narzeka na to, że nudzi się na wsi.

– Podróżuję każdego roku do miasta, żeby odwiedzić przyjaciół i załatwić interesy. Nie ma potrzeby, by ktokolwiek podejrzewał coś innego.

Narvelan przytaknął.

– Kiedy zatem zamierzasz wyjechać?

– Nie wcześniej niż za kilka tygodni. – Młody mag już miał zaprotestować, lecz Dakon uniósł rękę i powstrzymał go. – W ciągu ostatnich dni wydarzyło się coś jeszcze. Mam pod opieką kolejną młodą osobę.

– Ach. Nowy uczeń. Obawiam się, że też powinienem w najbliższym czasie przyjąć kogoś na naukę. Jak myślisz, czy lepiej samemu nawiązać kontakt z rodziną, która może kogoś mieć? Ty w ten sposób znalazłeś swoich?

– Nie, to wyjątkowa sytuacja. Samorodny talent.

We wzroku młodego maga pojawiło się zrozumienie.

– Samorodny! Niesamowite.

– Niewątpliwie.

Narvelan potaknął.

– No tak, musisz tu zostać. Nie możesz go zostawić, a zabieranie go ze sobą byłoby nie w porządku wobec ludzi, u których miałbyś się zatrzymać. Swoją drogą, zamierzasz mi go przedstawić?

– Poznasz *ją* na kolacji, jeśli zechcesz zostać.

– Ją? – Narvelan uniósł brwi.

– Owszem. To córka mojego uzdrowiciela.

– W takim razie z pewnością zostanę na kolacji.

– Mam nadzieję, że rozrywki dostarczy nam jej miłe towarzystwo, a nie przypadkowa magia. Nie miałbym nic przeciwko konieczności wyremontowania któregoś z salonów, ale jadalnia to trochę za duży wydatek.

Narvelan popatrzył na niego ze zdumieniem.

– Remont salonu?

– Owszem. Nie sposób przeoczyć ślady jej pierwszego użycia magii.

– Możesz mi pokazać, czy też już tam posprzątałeś?

Dakon uśmiechnął się.

– Nie do końca. To wciąż robi wrażenie. Pokażę ci wieczorem.

ROZDZIAŁ 8

– Chociaż większość ludzi uważa, że prawo pozwala magom robić, co im się podoba, w istocie jest tak, że nasze działania podlegają ciągłym ograniczeniom – powiedział Mistrz Dakon.

Tessia przyglądała się mu, kiedy krążył po bibliotece – jak zwykle podczas swego wykładu. Przez ostatnie dni jej lekcje to były krótkie próby osiągnięcia kontroli, jak na pierwszych zajęciach, oraz dłuższe wykłady, podczas których dowiadywała się o prawach obowiązujących w Kyralii, o historii – znała ją już co nieco z opowieści ojca, ale z przyjemnością poznawała perspektywę magów – oraz o tym, jak będzie wyglądała jej nauka przez następne kilka lat.

Dakon często odbiegał od tematu, robiąc dygresje na temat polityki i kultury sachakańskiej, wymiany handlowej z okolicznymi właścicielami ziemskimi oraz z miastem dobrami wytwarzanymi w jego włościach, a także na temat skomplikowanego świata najpotężniejszych rodów Kyralii.

– Pierwsze ograniczenie mówi, że nie wolno nam działać na szkodę Kyralii – ciągnął. – Z tym że określenie, co jest szkodliwe, a co nie, bywa subiektywne. Budowa tamy może rozwiązać problem gromadzenia wody, ale przy okazji zostanie zalany teren powyżej i ograniczony dopływ wody poniżej. Kopalnia, kuźnia lub huta przynoszą dochód całej okolicy, ale mogą zanieczyścić wodę, zatruć ryby, plony, zwierzęta i ludzi żyjących po obu stronach rzeki, w dół jej biegu. – Dakon zatrzymał się i spojrzał na Tessię. – Zasadniczo o tym, co jest szkodliwe, decyduje król. Ale zanim sprawa zostanie mu przedstawiona, trzeba przeprowadzić długi, formalny proces pomiędzy wnoszącym skargę a magiem. Gdyby nie to, król musiałby rozsądzać nieskończenie wiele spraw. – Skrzywił się. – Nie będę się teraz wdawał w szczegóły sądowe, bo spędzilibyśmy na tym resztę popołudnia. Masz jakieś pytania?

Tessia była przygotowana do zadawania pytań. Gdyby tego nie zrobiła, Dakon pouczyłby ją, że jest to bardzo ważne dla jej nauki. Nie ma pytań głupich ani nieważnych, zapewniał ją. Ale Uczeń Jayan najwyraźniej się z tym nie zgadzał. Ilekroć po południu mieli wspólne lekcje, żeby nadrobić zaległości z poranka, kiedy to pomagała ojcu – co szczęśliwie jak dotąd zdarzyło się tylko trzy razy – wracała radosna, po czym spędzała niezbyt miłe godziny wystawiona na niezupełnie skrywane szyderstwa Jayana, westchnienia i pogardliwe spojrzenia.

Nie zachęcało to do zadawania pytań, ograniczała się zatem tylko do tych, które nie brzmiały głupio.

– Król jest magiem – powiedziała teraz. – Czy zatem obowiązują go te same ograniczenia? Kto ocenia, czy to, co on robi, jest szkodliwe, czy też nie?

Dakon uśmiechnął się.

– Owszem, jest on magiem i dotyczą go te same prawa. Jeśli kiedykolwiek zostałby oskarżony o szkodzenie królestwu, kyraliańscy magowie musieliby ocenić, czy to oskarżenie jest uzasadnione, gdybyśmy zaś mieli podejmować jakieś działania, musielibyśmy być jednomyślni.

– Jakie działania podjęlibyście?

– Adekwatne do winy, jak sądzę. Prawo nie przewiduje żadnych konkretnych restrykcji czy kar.

– Król nie jest potężnym magiem, prawda?

Usłyszała ciche parsknięcie Jayana, ale powstrzymała się od spojrzenia w jego stronę.

– To tylko pogłoska, i to nieprawdziwa – odparł Dakon. – Naturalny talent maga może być większy lub mniejszy, ale przestaje mieć znaczenie, kiedy opanuje on wyższą magię. Wtedy moc zależy jedynie od tego, ile jej zaczerpnie od swoich uczniów. Oczywiście mag może postanowić nie mieć uczniów i polegać jedynie na swojej naturalnej mocy... nie wszyscy magowie mają czas i talent do uczenia. Król nie ma możliwości uczenia innych, ponieważ jego głównym obowiązkiem jest troska o stan królestwa. Wolno mu jednak przyjmować moc od innych magów – zazwyczaj niewielkiej grupki zaufanych przyjaciół, czasem zaś jako zapłatę, zwrot długu lub przysługę.

Tessia zastanawiała się nad tym w milczeniu. Miasto wydawało jej się czasem jakimś obcym światem, a nie stolicą jej własnego kraju.

Ciche chrząknięcie Jayana odwróciło uwagę Dakona. Uśmiechnął się krzywo.

– Opowiem ci więcej kiedy indziej. Myślę, że na razie starczy prawa i historii. Czas sprawdzić, jak tam twoje postępy w kontroli. Nie, zostań na miejscu.

Zatrzymała się w pół ruchu, wstając już z krzesła.

– Nie wyjdziemy na pola?

Pokręcił głową.

– Myślę, że przeszłaś już niebezpieczny etap. Czy zdarzyło ci się bezwiednie użyć magii przez ostatni tydzień?

Zamyśliła się i potrząsnęła przecząco głową.

– Doskonale. Usiądź zatem wygodniej.

Zajął miejsce obok niej, ustawiając krzesło tak, by byli zwróceni do siebie twarzami. Tessia widziała teraz Jayana, siedzącego w kącie pokoju. Przypatrywał im się, a jego czoło przecinała niewielka zmarszczka.

Wyciągnęła ręce ku Mistrzowi Dakonowi. Czując lekki dotyk jego dłoni na swoich palcach, zamknęła oczy. Następnie otworzyła je, zerkając na Jayana – i pochwyciła nieskrywany grymas na jego ustach: wyraz pogardy lub niezadowolenia, który szybko znikł. Poczuła ukłucie złości połączonej z ciekawością.

On naprawdę mnie nie lubi, pomyślała. *Ciekawe dlaczego?*

Przez głowę przebiegały jej rozmaite możliwości, które przeszkadzały uspokoić się i skupić. Czy chodzi o jej niższe pochodzenie? O to, że jest kobietą? Czyżby coś w jej zachowaniu mu się nie podobało albo go irytowało?

A może to po prostu zazdrość? Może on coś stracił w chwili, gdy ona została uczennicą Dakona? Pozycję? Nie, jej pojawienie się tutaj nie przeszkodzi mu w zostaniu magiem ani nie zagrozi układom i wpływom jego lub jego rodziny.

O cokolwiek tu chodzi, musi mieć jakiś związek z Dakonem. Mag jest jedyną osobą w Mandryn, od której Jayan czegoś potrzebuje. W tej samej chwili coś przyszło jej do głowy. Dakon nie ma dzieci. Zakładała, że gdyby nigdy nie miał, majątek przeszedłby na jakiegoś innego krewnego, jak to było w przypadku poprzednika Narvelana, Mistrza Gempela. Ale może uczniowie też mogą odziedziczyć włości.

Gdyby nawet tak było, to Jayan – starszy i z dobrej rodziny – miałby na to większe szanse niż ona. Perspektywa, że ona mogłaby odziedziczyć majątek, była tak dziwaczna i komiczna, że Tessia omal się nie roześmiała. *Nie może mu o to chodzić*, pomyślała. *To musi być coś innego.*

Będzie to musiała rozważyć później. Na razie pozostaje jej tylko ignorować go. Chyba że zacznie jej otwarcie dokuczać. Wtedy musi się mu przeciwstawić. W końcu sprzeciwiła się sachakańskiemu magowi. Dawała sobie radę z dorosłymi ludźmi, których charaktery popsuła choroba i ból. Nie przestraszy się zatem zwykłego kyraliańskiego ucznia.

Powziąwszy takie postanowienie, zdołała oczyścić myśli i skoncentrować się na lekcji kontroli. Jak zawsze wyobraziła sobie pudełko i z niepokojem otwarła je. Wewnątrz spoczywała jej moc – wirująca kula światła. Dotknęła jej, wzięła ją do ręki i nawet lekko ścisnęła, po czym odłożyła na miejsce i zatrzasnęła wieczko.

Kiedy otwarła oczy, Dakon siedział naprzeciwko niej uśmiechnięty. Wstał, podszedł do półki i zdjął ciężką kamienną misę wciśniętą między książki. Postawił ją na podłodze przez Tessią, urwał kawałek papieru i wrzucił go do misy.

– Przyjrzyj się tej kartce – powiedział do niej. – Chcę, żebyś przypomniała sobie, jak się czujesz, trzymając w rękach moc. A teraz weź jej maleńką cząstkę – dosłownie szczyptę – i skieruj ją na papier. A jednocześnie pomyśl o cieple. Pomyśl o ogniu.

To było coś innego niż dotychczasowe lekcje. Tessia spojrzała na Dakona pytająco, ale on tylko wskazał podbródkiem misę.

Wzięła głęboki wdech, wychyliła się do przodu i wbiła wzrok w kartkę. Przypomniała sobie, jak czuła się, trzymając i ściskając moc. To uczucie było wciąż w niej, mimo że miała otwarte oczy.

Nie różniło się to bardzo od tego doświadczenia, kiedy jej magia wymknęła się bez jej woli, ale… nie było tak *chwiejne*. Nie odważyła się zamrugać powiekami.

Wciąż wpatrzona w kamienne naczynie, uszczknęła odrobinę niemal namacalnej magii i poczuła jej odpowiedź. Bojąc się, by ten kawałeczek nie wymknął się jej, w razie gdyby zwlekała, skierowała go ku podartemu papierowi.

Poczuła żar na czole, powietrze przed nią nagle zrobiło się gorące. Naczynie odsunęło się o kilka kroków, a w jego wnętrzu zatańczyły płomyki.

– Udało ci się! – zawołał Dakon. W jego głosie brzmiało zaskoczenie, ale również radość. – Czułem, że już jesteś gotowa.

– No i jest.

Tessia podskoczyła, kiedy zdała sobie sprawę, że Jayan stoi koło jej krzesła, patrząc jej przez ramię na płonący papier. W nozdrza uderzył ją zapach dymu. Jayan skrzywił się i poruszył lekko jednym palcem.

Tessia znów spojrzała na naczynie: dym przykrywała teraz niewidoczna tarcza. Chwilę później płomienie zmalały i znikły. Poczuła lekkie rozczarowanie, kiedy zgasł efekt jej pierwszego kontrolowanego użycia magii.

Zauważyła, że Dakon przygląda się Jayanowi z zamyśleniem. Młody uczeń wzruszył ramionami i wrócił na swoje miejsce, do książki, której lekturę przerwał. Dakon nic nie powiedział, tylko zwrócił się do Tessii:

– Mogę chyba ogłosić, że uzyskałaś kontrolę nad swoją mocą, Tessio – oznajmił. – Nie mamy już powodu, by się jej obawiać, a na dodatek muszę przyznać, że pokój, który trzeba było odnowić, wygląda teraz dużo lepiej.

Poczuła, że się rumieni, więc odwróciła wzrok.

– Co teraz?

– Świętujemy – odpowiedział. Po drugiej stronie pomieszczenia w niszy ściennej zadźwięczał niewielki gong. – Dodam, że nie słyszałem o magu, który uzyskałby kontrolę w zaledwie dwa tygodnie. Mnie to zajęło trzy, Jayanowi cztery.

– Trzy i pół – poprawił go Jayan, nie podnosząc oczu znad książki. – A poza tym straciliśmy trzy dni, kiedy wpadł tu Mistrz Gempel na plotki, a następnie postanowił zostać i opróżnić twoją piwniczkę.

Dakon zaśmiał się.

– Był już stary. Jakżebym mógł odmówić mu odpoczynku i towarzystwa od czasu do czasu?

Jayan nie odpowiedział. Rozległo się pukanie do drzwi, Dakon odwrócił się w tamtym kierunku. Tessia zauważyła, że jego wzrok skupiał się w jednym miejscu, gdy posługiwał się magią. Drzwi otworzyły się i do środka weszła Cannia.

– Przynieś nam butelkę wina, Cannio. I to dobrego. Teraz, kiedy skończyliśmy z lekcjami kontroli, Tessia musi zacząć zdobywać wiedzę, którą powinien posiąść każdy szanujący się obywatel Kyralii: jakie nasze wina są lepsze od innych.

Służąca uśmiechnęła się i wyszła, a Tessia skupiła się z powrotem na swojej magii. Świadomość tego czegoś, co było w niej, odkryta podczas pierwszych lekcji i wzmocniona przez niezliczone ćwiczenia, z czymś jej się kojarzyła. Nagle przypomniała sobie, jak ojciec pokazał jej szkice narządów we wnętrzu ciała i zaczął ją o nich uczyć, a ona w pewnej chwili uświadomiła sobie z pełną ostrością położenie oraz rytm własnego serca i płuc.

Magia była jednak czymś innym. Nie trzeba uczyć się kontroli nad sercem czy płucami. Można o nich zapomnieć i mieć nadzieję, że nie przestaną poprawnie pracować. Dakon zapewniał ją, że kiedyś nie będzie zauważać, iż kontroluje swoją moc, ale jednak będzie to musiała czynić już zawsze. Teraz po raz pierwszy ta perspektywa jej nie przerażała.

Jayan ziewał, przechodząc przez dziedziniec do stajni. Trawa na okolicznych polach bieliła się od szronu, a oddech zmieniał się w mgiełkę. Kiedy zimno przeniknęło jego ubranie, stworzył wokół siebie tarczę i ogrzał powietrze wewnątrz niej.

Dzięki magii mógł pokonać chłód, ale nie mógł nic poradzić na tak wczesną godzinę. Dlaczego Dakon po niego posłał? Malia nie chciała albo nie mogła mu nic powiedzieć poza tym, że mag oczekuje go w stajni.

Z ciemności za otwartą bramą wynurzył się człowiek prowadzący dereszowatego konia i Jayan poczuł, że jego humor pogarsza się jeszcze bardziej. Dakon dał Hanarze pracę w stajni, co – Jayan nie mógł temu zaprzeczyć – było rozsądnym posunięciem. Zatrzymał w ten sposób byłego niewolnika w zasięgu wzroku, ale nie bezpośrednio w domu. Oznaczało to jednak, że Jayan musiał się z nim spotykać, ilekroć wybierał się na przejażdżkę.

Hanara miał spojrzenie utkwione w ziemi i przygarbione ramiona. Te oznaki słabości dodatkowo niepokoiły Jayana.

– Twój koń, panie – powiedział mężczyzna.

Jayan powstrzymał się od uwagi, że ten tytuł nie jest właściwy. Nie należało nazywać go „panem", dopóki nie zostanie magiem – a i wtedy powinni się tak do niego zwracać tylko jego uczniowie. Kiedy jednak raz próbował wytłumaczyć to Hanarze, ten wbił wzrok w ziemię, nic nie odpowiedział, a następnie nadal używał tego tytułu.

Hanara ustawił klacz bokiem, żeby Jayanowi było łatwo wsiąść, a sam stanął przy jej łbie. Jayan zawahał się przez moment, po czym wziął wodze i trzymając je, wskoczył na siodło. Stukot kopyt dobiegający z prawej strony zapowiedział pojawienie się Dakona, wyprowadzającego ze stajni ulubionego wałacha imieniem Grad.

– Dzień dobry, Jayanie – powiedział Dakon. – Co powiesz na przejażdżkę?

– Czy mam wybór? Mogę zsiąść i wrócić do pokoju, żeby się uczyć? – Jayan odpowiedział trochę ostrzejszym tonem, niż zamierzał.

Uśmiech przemknął przez usta Dakona.

– Szkoda by było, zważywszy na to, ile czasu Hanara przygotowywał dla ciebie Iskierkę.

– Zaiste, szkoda – odparł Jayan nieco sarkastycznie. – Dokąd zatem udajemy się o poranku?

– Na zwyczajny objazd wioski – wyjaśnił Dakon, wkładając stopę w strzemię Grada. Podciągnął się i usiadł w siodle siwka, po czym ruszył stępem.

Jayan westchnął i popędził swojego konia za nim.

Kiedy wyjechali za bramę rezydencji, Jayan zobaczył, że część mieszkańców wioski już się krząta wokół swoich obowiązków. Piekarz oczywiście już rozwoził pieczywo. Kilku chłopaków przenosiło wiązki drewna na opał z wozu pod drzwi domów, by pozostawić je na progu.

Dakon i Jayan wkrótce znaleźli się na skraju wioski. Przejechali przez most i skierowali się na południe.

– Nie ufasz Hanarze, prawda? – spytał Dakon.

Jayan pokręcił głową.

– Nie. I sądzę, że ty też nie powinieneś.

– Ja również jestem nieufny wobec niego, choć może nie tak bardzo jak ty. – Dakon odwrócił się do Jayana. – Nie spodziewam się po nim lojalności, nie powierzyłbym mu tajnych informacji, gdybym nawet takowe posiadał, ale ufam mu wystarczająco, żeby przytrzymał wodze mojego konia, kiedy wsiadam. To byłoby głupie i małostkowe, gdyby spłoszył któregoś z naszych koni podczas wsiadania. On wie, że wyrzuciłbym go z wioski, jeśli uznałbym, że zrobił to rozmyślnie.

– A gdybyś nie był pewny? – spytał Jayan.

– Dałbym mu jeszcze jedną szansę. I zapewne następną. Jeden raz to pomyłka, dwa razy: pech lub zbieg okoliczności, trzy: umyślne działanie lub złe przyzwyczajenie, ale przynajmniej pokazałoby to, że nie nadaje się do pracy, którą mu powierzyłem.

– Nawet gdyby komuś coś się stało?

– Wtedy byłbym zmuszony odczytać jego myśli.

Jayan zmarszczył brwi.

– Jeszcze tego nie zrobiłeś?

– Nie. Nie jestem sachakańskim ashaki. – Dakon uniósł jedną brew. – Czy ty w ogóle nie współczujesz temu człowiekowi?

Jayan odwrócił wzrok i westchnął.

– Troszkę. Może nawet więcej niż troszkę. Ale to jeszcze nie oznacza, że mam obdarzyć go zaufaniem. Gdyby Takado powrócił, Hanara z pewnością bez wahania pobiegłby do boku swojego pana.

– Czyżby? On jest teraz wolny. Takado powiedział, że mogę zrobić z jego człowiekiem, co zechcę. Hanara o tym wie. Nie wróciłby z własnej woli do życia niewolnika.

– Chyba że innego nie zna. Albo się boi.

– Nikt nie zmusza go do pozostawania tutaj. Może odejść i wrócić do Sachaki, jeśli ma na to ochotę. – Dakon uśmiechnął się. – On teraz poznaje inne życie. Im dłużej będzie wolny, tym bardziej polubi ten stan. A jeszcze bardziej go polubi, jeśli każdy napotkany Kyralianin nie będzie go traktował podejrzliwie.

Jayan potaknął niechętnie.

– To się na nic nie zda, jeśli on nie będzie cię szanował – zauważył. – Jeśli Hanara znów spotka Takadę, jego reakcja będzie zależała od tego, kogo będzie się bardziej bał i szanował, ciebie czy jego.

– To prawda.

– A on może nigdy nie obdarzyć szacunkiem człowieka, którego się nie boi, jeśli to jest jedyne kryterium oceny ludzi, jakie poznał. Strach może być dla niego znacznie ważniejszy niż zaufanie.

Dakon spochmurniał i zamilkł, zamyślony. Zjechali z drogi w koleiny pozostawione przez wozy wtaczające się tędy na wzgórza okalające wioskę. Jayan patrzył na dwa szeregi domów wznoszące się między rzeką a końcem niewielkiej doliny. Dom Dakona był wyższy o piętro i kilkakrotnie większy od pozostałych zabudowań. Ilekroć Jayan spoglądał na wioskę z tego miejsca, zastanawiało go, jak jej mieszkańcy mogą żyć i pracować w tak małych domkach.

– Twoja nieufność wobec Hanary jest rozsądna – odezwał się Dakon. Jayan powstrzymał się od rozpaczliwego westchnienia. *Jeszcze nie skończył z tym tematem?* – pomyślał z niecierpliwością. – Ale zupełnie nie rozumiem, o co ci chodzi, że tak a nie inaczej zachowujesz się wobec Tessii.

Jayan poczuł nieprzyjemny ucisk w żołądku.

– Wobec Tessii? O nic mi nic chodzi.

Dakon roześmiał się cicho.

– Och, nie zaprzeczaj. Twoja niechęć do niej jest równie oczywista jak brak zaufania do Hanary. Obawiam się, że nie masz talentu do ukrywania uczuć, Jayanie.

Powinienem spojrzeć mu prosto w oczy i oznajmić, jak bardzo się cieszę z tego, że Tessia do nas dołączyła, i wyrazić nadzieję, że będziemy się razem uczyć przez wiele lat, pomyślał Jayan. Ale nie teraz. Nie czuł się gotowy. Dakon go zaskoczył.

– Skoro tak źle ukrywam uczucia, to chyba mój „problem" powinien być oczywisty – odparował. – Może nie rozumiesz, ponieważ nie ma tu nic do rozumienia.

– Zatem wytłumacz mi, dlaczego wzdychasz i wznosisz oczy do góry przy prawie każdym jej pytaniu, przysłuchujesz się jej lekcjom, chociaż oświadczyłeś, że będziesz czytał, ignorujesz ją, dopóki nie zwróci się bezpośrednio do ciebie, a wtedy dajesz jej najkrótszą i zazwyczaj niezbyt pomocną odpowiedź? – Dakon zaśmiał się. – Ilekroć ona jest w pobliżu, masz taką minę, że każdy pomyślałby, że na sam jej widok robi ci się niedobrze.

Jayan zerknął na Dakona, po czym znów odwrócił wzrok, usiłując coś wymyślić. Jakie podać wytłumaczenie? Z pewnością nie może się przyznać Dakonowi, że ma jej za złe każdą chwilę nauki, którą mu odbiera.

– Ona jest taka... ona nic nie wie – odrzekł. – I jest taka powolna... wiem, że uczy się szybko, ale wcale tego nie widać. – Skrzywił się, mając świadomość, że nie była to ani błyskotliwa, ani wymijająca odpowiedź. *Musisz sprawić, żeby wyglądało to tak, jakbyś z jakiegoś powodu pragnął jej obecności.* – Nieprędko będziemy mogli porozmawiać o magii, poćwiczyć razem, zagrać w coś... no wiesz. – *A teraz spójrz mu w oczy.* Odwrócił się do Dakona, patrząc mu prosto w oczy i wzruszając bezradnie ramionami.

Dakon uśmiechnął się i spojrzał na drogę przed nimi, która prowadziła do płotu i furtki.

– Ona przypomina ci zapewne czas, kiedy sam stawiałeś pierwsze kroki, nieporadne pytania i nieudane próby posłużenia się magią, błędy i problemy. Wiesz – zwrócił się ku Jayanowi – jestem przekonany, że Tessia chętnie skorzystałaby z twojej pomocy. Na razie tylko ją stresujesz, ale jeśli raz czy drugi ją wesprzesz, może jej to dodać pewności siebie. Oczywiście nie zachęcam do uczenia jej czegokolwiek nowego. – Dakon spoważniał. – Uczniowie nie powinni być nauczycielami. Jest to uważane za nadużycie ze strony nauczyciela.

Jayan potaknął, mając nadzieję, że wygląda to na zgodę, a nie zobowiązanie. Rozmowa urwała się, gdy przejeżdżali przez bramę. Chwilę później, gdy znów znaleźli się na ścieżce, Dakon spojrzał wyczekująco na Jayana.

– Obiecaj mi, że będziesz milszy dla Tessii.

Jayan powstrzymał się od westchnienia ulgi. Mogło być gorzej. Dakon mógłby kazać mu poświęcić nieco czasu na pomoc Tessii.

– Obiecuję – odpowiedział. – Będę dla niej milszy. I postaram się nie „stresować" jej, jak się wyraziłeś.

– Doskonale. – Najwyraźniej zadowolony Dakon popędził Grada do kłusa.

Patrząc za oddalającym się nauczycielem, Jayan pozwolił sobie wreszcie na westchnienie. Następnie skrzywił się i spiął Iskierkę, podążając za mistrzem.

Skoro tak łatwo odczytać moje uczucia, muszę nad tym popracować. Może powinienem potraktować obecność Tessii jako okazję do poćwiczenia tej umiejętności. No a przecież to, co jest drobną gafą tu, w Mandryn, może się okazać niewybaczalnym błędem w Imardinie.

Może uda się obrócić tę sytuację na swoją korzyść. Nie wygląda na to, żeby Dakon zamierzał ją odesłać do innego nauczyciela. Tessia zostanie z nimi, a Jayan musi się po prostu do tego przyzwyczaić.

ROZDZIAŁ 9

Tessia, sięgając po magię, wpatrywała się w czarkę z wodą. Poczuła odpowiedź mocy, która popłynęła posłusznie, przyjmując pożądaną formę i kierując się tam, gdzie chciała Tessia. W wodzie pojawiły się pękające bąbelki, krople rozprysły się dookoła. Tessia uskoczyła, pocierając skórę. Za gorąca.

Dakon zaproponował, żeby ćwiczyła zmianę magicznej energii w ciepło, podgrzewając sobie co rano wodę do mycia. Powiedział, że posługiwanie się magią w codziennych zajęciach jest doskonałym ćwiczeniem, a poza tym utrzymuje umysł maga w stanie gotowości. Ilekroć Tessia widziała Dakona lub Jayana używających magii do otwierania drzwi czy przenoszenia przedmiotów z drugiego końca pokoju, nie potrafiła uwolnić się od myśli, że magowie to lenie.

Przekonała się już, że należy ogrzać wodę *przed* myciem. Jej podstawowym błędem w stosowaniu magii było używanie zbyt dużej ilości mocy, dlatego na początku zdarzyły się takie poranki, że musiała czekać po swym magicznym działaniu, aż woda ochłodzi się na tyle, żeby w ogóle nadawała się do użytku.

Rozległo się pukanie do drzwi.

– Proszę – zawołała.

Weszła służąca Malia, obrzucając wzrokiem parującą miednicę i stojące na biurku puste talerze po śniadaniu. Podeszła do nich z nieodłączną tacą.

– Dzień dobry, Tessio.

Tessia wstała i przeciągnęła się.

– Dzień dobry, Malio.

– Znów ćwiczysz?

– Owszem. Daj tej miednicy chwilę na wystygnięcie, zanim ją zabierzesz.

– Nie omieszkam. – Malia zaśmiała się żałośnie. – Wierz mi, drugi raz nie zlekceważę twojego ostrzeżenia. Jakie masz plany na dzisiaj?

– Najpierw stajnie. – Tessia podniosła niewielką torbę z bandażami i maściami, które pozostawił jej ojciec dla Hanary. – A potem lekcje.

Skierowała się do drzwi, ale zatrzymała się na moment i przyjrzała Malii. Spodziewała się, że kobieta zapyta ją o zdrowie Hanary, ale służąca nie odzywała się.

– Czy wiesz, Malio, jak sobie radzi Hanara? Co o nim myślą stajenni? I mieszkańcy wioski?

Służąca podniosła się znad łóżka, które właśnie ścieliła, i zamyśliła się.

– Ludzie ogólnie uważają go trochę za dziwaka, ale można się było tego domyśleć, prawda? To byłoby nicnaturalne, gdyby zachowywał się jak Kyralianin.

Tessia uśmiechnęła się.

– Owszem. A co ze stajennymi?

– Mówią, że ciężko pracuje… robi więcej, niż się po nim spodziewają, szczególnie że jeszcze nie jest całkiem zdrowy. Mówią, że to bardzo mocny człowiek. Niemal z podziwem. – Malia zawahała się. – Ale on jest zamknięty i nie zawsze odpowiada na pytania. – Wzruszyła ramionami, dając do zrozumienia, że nie ma nic do dodania.

– Dziękuję. – Tessia odwróciła się z uśmiechem. Pomyślała o tym, co powiedziała jej Malia, i uznała, że w kwestii byłego niewolnika sprawy układają się lepiej, niż można było oczekiwać. Zapewne nie przywykł do przyjacielskich pogawędek i potrzebuje czasu, żeby nauczyć się bycia miłym dla ludzi.

Tessia wyszła z domu, przebiegła do stajni i wślizgnęła się do środka przez uchylone drzwi. Stanęła jak wryta, patrząc na to, co zastała w stajni.

Dwaj stajenni sikali do wiadra. Zanim zdążyła odwrócić wzrok, młodzi mężczyźni spojrzeli w jej stronę. Na ich twarzach pojawiło się przerażenie, a strumyki moczu zboczyły z zamierzonych ścieżek prosto na spodnie, które naprędce zapinali.

– Dobrze się przyjrzałaś? – Zarechotał Birren, który na tyle otrząsnął się z zażenowania, że próbował wszystko obrócić w żart.

– Aha – dołączył Ullan. – Wygląda mi na to, że ona nas ocenia. Jesteś pod wrażeniem, co, Tess? Chcesz się przyjrzeć bliżej?

Stłumiła śmiech. To były odzywki właściwe mężczyznom w ich wieku, niczego innego nie mogłaby się spodziewać w tej sytuacji... zanim została uczennicą. Nie zamierzała pogłębiać ich wstydu, przypominając im, że nie jest już po prostu Tessią, córką uzdrowiciela.

– Zastanawiałam się, czy to prawda, że wszystkim chłopakom rośnie, kiedy przybywa im lat. Ale nie wygląda na to, żeby was to spotkało, od czasu gdy ojciec i ja leczyliśmy was z... co to dokładnie było? Pryszcze?

Skrzywili się.

– Możemy je powiększyć – oznajmił Birren, szczerząc się radośnie. – Przestraszysz się.

Parsknęła pogardliwie.

– Widziałam bardziej przerażające rzeczy, pomagając ojcu. Gdzie jest Hanara?

Ullan już miał na końcu języka jakieś szyderstwo, ale Birren powstrzymał go cichym syknięciem i skinął głową w kierunku dalszej części budynku. Hanara siedział przy stole, czyścił i polerował siodło. Tessia podeszła do niego. Obok leżały uprzęże i narzędzia, które czekały na swoją kolej, by je naprawić i oczyścić. Hanara podniósł wzrok, słysząc jej kroki, i zmarszczki na jego czole nieco się wygładziły.

Mimo typowo sachakańskiej szerokiej twarzy i ciemnej karnacji człowiek ten wyglądał zupełnie inaczej niż jego pan. Jego rysy były bardziej wyraziste i ostrzejsze, twarz młoda, choć pokryta bliznami. Tessię cieszyło, że jakkolwiek nie potrafiła nie myśleć o Takadzie, kiedy tylko myślała o Hanarze, widok byłego niewolnika nie przywoływał przykrych wspomnień pochylającego się nad nią oblicza jego pana.

– Przyszłam zmienić ci opatrunki – powiedziała.

Skinął głową.

– Nie widziałaś nic przerażającego – odezwał się do niej, wstając i zdejmując koszulę. – Nic naprawdę przerażającego.

Zrozumiała, że podsłuchał rozmowę z tamtymi chłopakami, westchnęła więc i zaczęła zdejmować bandaże z jego piersi i ramion.

– Może i nie, ale nie bądź zbyt pochopny w wydawaniu sądów. Widziałam więcej wnętrzności różnych ludzi niż większość Kyralian. Sporo paskudnych ran oraz kilka śmiertelnych, których raczej nigdy nie zapomnę.

– Martwi nie są przerażający. Nie mogą cię skrzywdzić.

– Ale śmierdzą niemal równie paskudnie jak tamci dwaj.

Uśmiechnął się blado, ale szybko spoważniał.

– Nie powinnaś pozwalać im tak się do siebie zwracać. Jesteś teraz magiczką.

– Uczennicą – poprawiła go. – Ale zapewne masz rację. Chociaż może powinnam była zapukać, albo chociaż zapowiedzieć się, a nie wchodzić tak od razu.

– Nie musiałaś pukać.

Zerknęła na niego spode łba.

– To jest Kyralia. Nawet magowie powinni umieć się zachować.

Ich oczy spotkały się na krótki moment, po czym on szybko spuścił wzrok.

Jego rany, włącznie z tą, którą musiał wykonać jej ojciec, by dostać się do połamanych żeber, zasklepiły się w czerwone, wyraźne blizny. Tessia dotykała miejsc, gdzie kości były połamane, i pytała Hanarę, czy jej dotyk sprawia mu ból. Za każdym razem kręcił przecząco głową i nie sprawiał wrażenia, że usiłuje coś ukryć.

– Jak dla mnie wyglądasz na całkiem zdrowego – oznajmiła. – Nie sądzę, żebyś potrzebował opatrunków. Ale staraj się nie podnosić niczego ciężkiego i nie wysilaj tych kości, które były połamane. – Potrząsnęła głową. – Niewiarygodnie szybko wracasz do formy. Nie jestem nawet pewna, czy w ogóle potrzebowałeś naszej pomocy.

– Pozrastałbym się źle, krzywo. Twój ojciec temu zapobiegł. – Urwał. – Dziękuję.

Tessia uśmiechnęła się, czując radość.

– Przekażę ojcu podziękowania.

– Tobie też się należą – wskazał na wyrzucone bandaże. – Ty jesteś… – Zmarszczył brwi i wskazał ręką w kierunku mniej więcej drzwi do stajni. – Inna niż…

Czy miał na myśli chłopców stajennych, czy też chciał ogarnąć tym gestem więcej osób? Może nawet całą wioskę. Zaniepokoiła się.

– Mieszkańcy wioski traktują cię dobrze? – spytała.

Wzruszył ramionami.

– Jestem obcy.

– Owszem, ale to żadna wymówka dla… złych manier. Hanaro. – Zaczekała, aż podniósł wzrok i spojrzał jej prosto w oczy. – Jeśli ktokolwiek zachowa się wobec ciebie nieuprzejmie, to znaczy nie po kyraliańsku, powiedz mi o tym. To bardzo ważne. Skoro ty musisz nauczyć się teraz żyć jak Kyralianin, zgodnie z naszymi prawami i zasadami, to *oni* nie mogą zacząć się zachowywać jak… jak Sachakanie. Rozumiesz? Nie wolno ci godzić się na to tylko dlatego, że tak było dawniej.

Wpatrywał się w nią uważnie.

– Rozumiesz mnie, prawda?

Potaknął.

Westchnęła z ulgą i zwinęła stare bandaże.

– Muszę już iść. Mam lekcje.

Jeszcze raz potaknął i jakby posmutniał.

– Mogę zachodzić tu od czasu do czasu, by z tobą porozmawiać, jeśli miałbyś ochotę – zaproponowała.

Wyraz jego twarzy nie zmienił się, ale oczy ożywiły się nieco. Wychodząc ze stajni, miała wrażenie, że czuje na swoich plecach jego wzrok.

Mam nadzieję, że on nie roi sobie niczego romantycznego, pomyślała. *Wyobrażam sobie przerażenie mamy. Ona z trudem przebaczy mi, że nie próbuję rozkochać w sobie Mistrza*

Dakona, gdyby zaś były sachakański niewolnik zaczął pisać dla mnie wiersze, chybaby mnie wydziedziczyła.

Zastanawiała się, jakie jest prawdopodobieństwo, że Hanara zacznie pisać dla niej wiersze, kiedy wchodziła do domu i kierowała się do swojego pokoju, żeby zostawić tam bandaże i torbę. On zapewne nie umie nawet pisać. A gdyby nawet zaczął, czy to by ją ucieszyło?

Jest dość atrakcyjny, choć w dziwaczny sposób, uznała. *Zwłaszcza teraz, kiedy opuchlizna zeszła. Ale… nie. Nie znam go przecież dostatecznie dobrze, by ocenić, czy w ogóle go lubię. A poza tym otacza go zbyt wiele tajemnic.* Roześmiała się. *Te powieści z mojego pokoju nie mają racji. Tajemniczy mężczyźni z mroczną przeszłością wcale nie są porywająco atrakcyjni.*

Wchodząc na schody, usłyszała swoje imię, odwróciła się, i zobaczyła biegnącą ku niej Malię.

– Przyszedł twój ojciec, Uczennico Tessio – powiedziała służąca. – Mówi, że potrzebuje dziś twojej pomocy… przy czymś pilnym w wiosce. – Zmarszczyła brwi. – Mam nadzieję, że to nic poważnego.

– Przekaż mu, że zaraz będę. I możesz powiadomić Mistrza Dakona?

– Oczywiście.

Tessia pobiegła na górę, szybko zostawiła tobołek i zbiegła z powrotem na dół. Zwolniła nieco kroku, kiedy omal nie zderzyła się z Jayanem na schodach. Młody człowiek zatrzymał się i spojrzał na nią wzrokiem, w którym gładka uprzejmość – poza, którą ostatnio przyjmował w jej towarzystwie – zastąpiła poirytowanie.

– Spieszno ci do nauki – rzucił.

– Muszę opuścić dzisiejsze lekcje – odparła z nadzieją, że odsunie się i pozwoli jej przejść. – Mój ojciec jest tutaj i twierdzi, że to pilne.

– Och, kolejne wagary? – Uśmiechnął się i potrząsnął głową z udaną dezaprobatą... czy aby na pewno fałszywą? A może jednak w jego głosie pobrzmiewała nuta prawdziwej niechęci? Poczuła wzbierający w niej gniew.

– Przynajmniej robię jakiś pożytek z mojej wiedzy – warknęła, patrząc mu prosto w oczy i milcząco wyzywając go do przeciwstawienia się jej.

Uniósł brwi ze zdumienia, odsunął się na bok, przepuścił ją i spoglądał, jak zbiega po schodach. Dziewczyna dosłyszała jeszcze jego mamrotanie, w którym pojawiło się słowo „kretynka".

A zatem uważa mnie za kretynkę, pomyślała. *Arogancki głupek. Założę się, że nie zna więcej niż kilku ludzi w wiosce, nie mówiąc o tym, że nie obchodzi go, czy żyją, jak się mają, czy nie cierpią. Dopóki wywiązują się ze swoich obowiązków wobec majątku, nie będzie się nimi przejmował. Nie jest w niczym lepszy od Sachakanina.* Postanowiła przestać o nim myśleć.

Veran zawsze wchodził przez drzwi dla służby, mimo że Dakon wielokrotnie przekonywał go, że nie powinien; dziś uzdrowiciel nie uczynił w tym względzie wyjątku.

Zastała go krążącego po korytarzu przed kuchnią. Na jej widok zmarszczył brwi, a Tessia uświadomiła sobie, że wciąż krzywi się na myśl o spotkaniu z Jayanem.

– Opuścisz dziś jakąś wyjątkowo ważną lekcję? – spytał, podnosząc torbę.

Zaprzeczyła ruchem głowy i uśmiechnęła się.

– Nie. Nie przejmuj się. To nie ma nic wspólnego z Dakonem, magią czy lekcjami. Po prostu drobna nieprzyjemność. Gdzie jest Aran? – Przyzwyczaiła się już do tego, że ojcu towarzyszy nowy pomocnik, spokojny chłopiec, z obciętą poniżej kolana nogą, który wychował się w jednym z odległych gospodarstw. Jego niepełnosprawność nie pozwalała mu uczestniczyć w pracach polowych, chociaż doskonale sobie radził na drewnianej nodze, którą wykonał dla niego Veran; chłopak miał bystry umysł i Tessia musiała niechętnie przyznać, że okazał się dobrym jej następcą.

– W odwiedzinach u babci – odparł ojciec. – Złamała rękę i on jej teraz pomaga.

– Aha. Kim jest dzisiejszy pacjent?

Zanim odpowiedział, wyprowadził ją z rezydencji.

– To Yaden, syn Jornena. Obudził się z bólem brzucha. Teraz mu się pogorszyło. Podejrzewam zapalenie wyrostka.

Skinęła głową. To niebezpieczna choroba. Ojciec może uznać, że konieczna jest operacja i usunięcie wyrostka, co zawsze grozi zakażeniem. Chłopak może umrzeć.

Doszli do głównej drogi i skierowali się ku jednemu z ostatnich domów we wsi, który należał do kowala Jornena. Jego kuźnia mieściła się nieco dalej za domem, w pobliżu strumyka wpadającego do rzeki. Przeważnie wiatr wywiewał dym unoszący się znad kuźni daleko od domów, ale zdarzało się też, że wiał wiatr zwany tu „dymowym", który znosił chmury o wyraźnie metalicznym zapachu nad wioskę.

Ojciec Tessii podszedł do drzwi i zapukał. Z wnętrza doszedł ich tupot stóp, po czym drzwi się otworzyły i przed nimi stanęła dwójka małych dzieci: dziewczynka i chłopiec. Dziewczynka pobiegła w głąb domu, krzycząc: „Przyszli! Przyszli!", chłopiec tymczasem chwycił Verana za rękę i poprowadził go na górę, gdzie czekali Jornen i jego żona, Possa. Niemowlę na ręku kobiety cichutko chlipało z niezadowolenia.

– Jest tam – powiedział kowal, wskazując na sypialnię.

Był to maleńki pokoik, w którym większość przestrzeni zajmowało proste, metalowe trzypiętrowe łóżko. Yaden, chłopak mniej więcej dwunastoletni, leżał na najniższym materacu i głośno jęczał.

Tessia przyglądała się, jak ojciec bada chłopca, delikatnie uciskając jego brzuch, oceniając tętno i oddech oraz zadając pytania. Dwójka dzieci, które wpuściły ich do domu, pojawiła się w pokoju wraz z dwoma starszymi braćmi. Jeden z nowo przybyłych prowadził drugiego na sznurku, który zawiązany był na szyi chłopca.

– Co to znaczy? – zapytała zdumiona Possa. – Co wy wyprawiacie z tym sznurem?

– Bawimy się w pana i niewolnika – odparł jeden z nich.

Tessia i ich matka wymieniły zaniepokojone spojrzenia.

– Zdejmij to – rozkazała Possa. – Nie jesteśmy Sachakanami. Nie mamy niewolników. To jest złe.

Ku rozbawieniu Tessii obaj wyglądali na rozczarowanych, ale pozbyli się sznura.

– A niewolnik, którego ma Mistrz Dakon? – zapytał ten, który miał sznur na szyi.

– Nie jest już niewolnikiem – odparła łagodnie Tessia. – Jest wolnym człowiekiem.

– Ale zachowuje się dziwnie – oznajmił drugi z chłopców.

– To dlatego że nie przyzwyczaił się do wolności. I nie zna jeszcze naszych zwyczajów. Ale się nauczy. To miły człowiek, jeśli się go bliżej pozna.

Dzieci zamyśliły się. Tessia usłyszała ciche parsknięcie, odwróciła się i ujrzała wyraz powątpiewania na twarzy Possy. Kobieta szybko odwróciła wzrok. Veran odezwał się, a w jego głosie pobrzmiewało zaniepokojenie. Wyprostował się i uderzył głową w środkową pryczę.

– Nie mam tu dość miejsca do pracy. Czy możemy go przenieść gdzieś indziej?

– Do kuchni? – zaproponował kowal, spoglądając na żonę.

Pokręciła głową.

– Zbyt brudno. W piwnicy jest sporo miejsca.

Jej mąż wszedł do sypialni, wziął syna na ręce i zniósł go po schodach, a za nim ruszył rodzinny tłumek. Tessia i Veran poszli za nimi na niższe piętro i dalej korytarzykiem wiodącym na tyły domu.

Tessia zerknęła przez uchylone drzwi i dostrzegła kuchenny stół zastawiony naczyniami, garnkami i koszami pełnymi znanych jej kształtów jadalnych grzybów. Pokiwała głową, rozumiejąc niechęć Possy do zabierania Yadena w miejsce pełne kurzu i rozkładających się resztek. Może wysiłki czynione przez jej ojca i dziadka, by nauczyć wieśniaków szacunku dla higieny, nie były aż tak próżne, jak sądzili.

Choć bardziej prawdopodobne, że ona nie chce utrudniać sobie pracy, skoro jest inne miejsce, w które można zabrać jej syna.

Cały orszak zaczął teraz schodzić po kolejnych schodach. Dotarli do chłodnego pomieszczenia, w którym czuć było wilgoć i pleśń, a na środku stał pociemniały ze starości drewniany stół pokryty warstwą brudu. Tessia poczuła, że serce w niej zamiera. To miejsce nie było wiele lepsze od brudnego stołu kuchennego.

– Przynieś lampę – rozkazał kowal, ale Tessia nie mogła stwierdzić, któremu dziecku.

Poczuła, że ktoś niższy od niej potyka się na jej bucie, usłyszała okrzyk bólu. Cofnęła się i w uszach zadźwięczał jej protest kogoś innego, komu nadepnęła na nogę. *Niech to! Potrzebujemy światła natychmiast!* – pomyślała w rozpaczy. *Cóż, może potrafię temu zaradzić...*

Skupiła się i nagle pomieszczenie wypełniło się jaskrawym światłem. Wszyscy zamilkli. Tessia domyśliła się, że rodzina chłopaka i jej ojciec byli tak samo oślepieni jak ona, zmniejszyła więc kulę światła unoszącą się pod stropem, łagodząc jej światło.

Rozejrzała się i zauważyła, że kowal i jego rodzina stoją i gapią się na nią. Nawet ojciec wydawał się zaskoczony. Poczuła, że się rumieni. W tej chwili Yaden jęknął z bólu i wszystkie oczy zwróciły się na niego. Odetchnęła z ulgą. Położyli chłopca na stole, ojciec podał jej torbę i podszedł do niego. Tessia wyciągnęła palnik i postawiła go na starym taborecie. Żona kowala łypnęła na nią podejrzliwie, zwołała dzieci i wyprowadziła z piwnicy.

Zupełnie jakby zabierała je z miejsca, gdzie jest niebezpiecznie, a nie usuwała z drogi.

Przez następne kilka godzin wykonywali dobrze znane jej czynności, a następnie nieco rzadsze procedury chirurgiczne. W pewnej chwili ojciec zerknął na kulę światła i poprosił Tessię, żeby zawiesiła ją niżej nad stołem. Dziewczyna poczuła ciepło w sercu z powodu tej akceptacji jej magii. Kiedy Veran wykonał pierwsze cięcie, kowal jęknął cicho, a potem uciekł z piwnicy.

Wreszcie skończyli. Schowała ostatnie, wypalone do czysta narzędzia do torby ojca. Yaden leżał nieprzytomny, ale jego oddech i puls były równe i spokojne. Ojciec Tessii rzucił na niego ostatnie spojrzenie, po czym odwrócił się do córki.

Uśmiechnął się i spojrzał znacząco na kulę światła.

– Przydatna sztuczka. Miło widzieć, że przykładasz się do nauki.

Wzruszyła ramionami.

– To jak nauka bandażowania. Jeżeli raz się nauczysz, jak to robić, nawet o tym nie myślisz. Z pewnością istnieją trudniejsze zastosowania magii, które muszę poznać.

Ojciec nieco spochmurniał i uśmiechał się teraz poważnie.

– Tylko... obawiam się, że mieszkańcy wioski mogą czuć się niepewnie, jeśli będziesz ich w ten sposób zaskakiwać.

Potaknęła.

– Tak. Chyba ich trochę przestraszyłam. Widziałam ich reakcję... Postaram się więcej nie zwracać na siebie uwagi.

– Chyba że będzie to konieczne. – Wzruszył ramionami. – Myślę, że zrozumieją, jeśli będziesz musiała bronić wioski lub ratować życie. A teraz może zawiadom rodzinę, że skończyliśmy.

Podała mu torbę i wyszła na korytarz. Na podłodze stała lampa. Podniosła ją, ustawiła obok chorego i zgasiła swoje światło, pozostawiając pokój oświetlony jedynie przez spokojną poświatę lampy.

– Tam byli obcy.

Tessia i jej ojciec zatrzymali się, spoglądając po sobie. Tessia wzięła lampę i uniosła ją na wysokość głowy Yadena. Miał otwarte oczy. Popatrzył na Verana.

– Obcy na wzgórzach – szepnął chłopak. – Synowie myśliwych mi mówili. Ojciec powiedział, że mam nie zawracać głowy Mistrzowi Dakonowi, ale to może być ważne. Możesz mu to przekazać?

Ojciec Tessii zerknął na nią, a następnie spojrzał na Yadena, kiwając głową.

– Oczywiście. On zapewne już wie.

Chłopak skrzywił się.

– Boli.

– Wiem. Zostawię twojej matce coś, co złagodzi twój ból. Cierpliwości. Dostaniesz to za chwilę.

Poklepał chłopaka lekko po ramieniu, skinął na Tessię i razem wyszli na korytarz.

– On może majaczyć. Ale jeśli jego ojciec o czymś słyszał, to zapewne nie ma to nic wspólnego z chorobą. Czy jeśli on to potwierdzi, to ty...?

Skinęła głową.

– Napomknę o tym Mistrzowi Dakonowi.

Jeszcze raz odwrócił się i uśmiechnął do chłopaka. Kiedy Tessia przeszła kilka kroków korytarzem, żona kowala wyjrzała z kuchni.

– Czy on...?

– Wszystko w porządku – odparła dziewczyna. – Możesz przynieść trochę czystej wody?

Kiedy służący wynosili puste naczynia, Mistrz Dakon otworzył kolejną butelkę wina i ponownie napełnił kieliszki Tessii i Jayana. Uczniowie wyglądali na zaskoczonych, unieśli więc kieliszki w geście podziękowania. Oboje byli tego wieczora nadzwyczaj milczący. Na ogół któreś z nich podczas posiłku prowadziło rozmowę z mistrzem; Tessia z każdym tygodniem nabierała śmiałości. Natomiast sami uczniowie rzadko ze sobą rozmawiali.

Niechęć między nimi martwiła Dakona. Zaczęło się od Jayana. Młodzieniec nigdy nie był szczególnie otwarty, ale dostatecznie przyjacielski i wesoły, by radzić sobie w towarzystwie większości ludzi. Zdecydowanie jednak nie lubił Tessii, i to od momentu jej pojawienia się w rezydencji.

Tessia potrzebowała tygodnia albo dwóch, żeby to zauważyć. Jayan nie należał do tych, którzy niechęć okazywaliby okrucieństwem. Ale zniecierpliwienie i pogardliwy ton w końcu go zdradziły i od tego czasu ona rzucała mu milczące wyzwanie, ignorowała go, kiedy mogła, a jeśli ją sprowokował, czasami odgryzała się złośliwymi uwagami.

Obserwowanie tej dwójki niemal bawiło Dakona. Niemal.

Dziś coś najwyraźniej gnębiło Tessię. Jayan z kolei wydawał się niezwyczajnie nią zainteresowany i raz za razem zerkał na Tessię w zamyśleniu. Może i dobrze, że ona była taka roztargniona, inaczej bowiem zachowanie starszego ucznia Dakona wzbudziłoby w niej irytację i podejrzenia.

– Muszę wam coś oznajmić – odezwał się do nich i uśmiechnął się, widząc, jak się prostują i patrzą na niego z zaciekawieniem. – Za tydzień jedziemy do Imardinu.

Tessia otworzyła szeroko oczy. Jayan natomiast wręcz przeciwnie: rozparł się wygodnie na krześle i uśmiechał z wyraźnym zadowoleniem.

– Do Imardinu? – powtórzyła Tessia.

– Owszem. Jeżdżę tam co roku – wyjaśnił Dakon – żeby załatwić sprawy handlowe, kupić to wszystko, czego nie dostanę w Mandryn, i spotkać się z przyjaciółmi.

Pokiwała głową. To nie powinno jej zaskakiwać. Podobnie jak pozostali mieszkańcy wioski musiała zauważyć jego coroczną nieobecność i to, że gdy wracał, zazwyczaj przywoził jej ojcu lekarstwa i ich składniki. Niespodzianką było dla niej zapewne to, że ma się wybrać z nim, co zresztą potwierdziło jej następne pytanie.

– Oboje pojedziemy z tobą? – spytała, zerkając w stronę Jayana, który natychmiast zmarszczył brwi.

– Oczywiście. Jayan zazwyczaj przy okazji odwiedza rodzinę. Król wymaga, by wszyscy magowie informowali go o zamiarze przyjęcia ucznia. Ty wprawdzie jesteś samorodna i nikt, nawet król, nie może zabronić ci nauki magii, ale powinienem przynajmniej dać mu szansę spotkania się z tobą.

Zerknęła ponownie na Jayana.

– Mam nadzieję, że to głupie pytanie, ale co by się stało, gdyby wioska została napadnięta podczas nieobecności twojej i Jayana?

Dakon nie spodziewał się takiego pytania, ale jeśli martwiła się o bezpieczeństwo swojej rodziny, to taki niepokój będzie z pewnością dla niej ważniejszy niż perspektywa spotkania z królem.

Zauważył, że z czoła Jayana znikła zmarszczka. Uczeń wyglądał teraz tak, jakby starannie ukrywał swoje uczucia lub myśli.

– Mistrz Narvelan będzie miał pieczę nad wszystkim – zapewnił ją Dakon – tak jak ja zajmuję się wszelkimi problemami w jego włościach, ilekroć on wyjeżdża.

Skinęła głową, ale jej czoło pozostawało zmarszczone. Bębniła cicho palcami w stół, po czym wzięła głęboki oddech i spojrzała mu znów prosto w oczy.

– Kiedy leczyliśmy dziś rano chłopaka od kowala, powiedział nam, że dzieci myśliwych twierdzą, iż w górach są obcy… i że ty powinieneś o tym wiedzieć. – Rozłożyła ręce. – To mogą być bzdury. Kowal mówi, że to bajki wymyślane przez dzieciaki, żeby się wzajemnie straszyć.

Dakon starał się zachować obojętny wyraz twarzy, kiedy zastanawiał się nad jej słowami. Niewykluczone, że to tylko plotka albo opowieść do straszenia dzieci, jak sama przyznała. Obcy mogli być po prostu kyraliańskimi podróżnikami, lub też wyjętymi spod prawa włóczęgami. Prawdopodobnie to lęk Narvelana przed inwazją sprawiał, że takie wieści wydawały się mu przerażające.

Albo też strach Hanary, że Takado wróci po niego. Dakon odczytał jego myśli dziś rano, uznając, że opuszczenie wioski bez pewności, że były niewolnik nie planuje czegoś niedobrego, byłoby głupotą. Na szczęście Hanara bez kłopotu poddał się procedurze. Dakon nie był pewny, co by zrobił, gdyby było inaczej. Ucieszył się, kiedy zobaczył, że miał rację: Hanara nie planował nic przeciwko Mandryn. Prawdę mówiąc, jego lęk przed powrotem pana wskazywał, że były niewolnik bardzo pragnął pozostać w Kyralii i że ucieczka z powrotem do pana jest mało prawdopodobna. Dakon nie znalazł też w jego wspomnieniach żadnych dowodów na to, że sachakański mag wspominał o zamiarze powrotu.

A co do tych pogłosek – dobrze, że Narvelan tak pilnie wykonuje swoje zadania. Trzeba to będzie zbadać. I posłać mu wieści.

– Wyślę kogoś do myśliwych, żeby sprawdził te pogłoski – odpowiedział Tessii.

Skinęła głową i odwróciła wzrok. Dakon czekał przez chwilę, czy dziewczyna przypomni sobie, co powiedział jej na temat króla, ale ona milczała: albo nie dosłyszała, albo zapomniała.

– Jeszcze jakieś pytania? – zagadnął.

Tessia zachmurzyła się.

– Jak długo nas nie będzie?

– Co najmniej miesiąc. O tej porze roku, kiedy drogi są wciąż mokre, do miasta jedzie się tydzień.

Zmarszczka na jej czole pogłębiła się. Dakon wiedział, że dziewczyna wciąż martwi się tym, jak ojciec poradzi sobie bez niej, dlatego uśmiechnął się. Z tego, co słyszał, nowy pomocnik uzdrowiciela szybko się uczył. Mag postanowił zmienić temat.

– Nigdy dotychczas nigdzie nie wyjeżdżałaś, prawda?

Pokręciła przecząco głową.

– A zatem czeka cię nowe doświadczenie. Podczas podróży będziemy kontynuowali lekcje. Będziesz miała zajęcie, no i nie zaniedbasz nauki. Ja i Jayan podróżowaliśmy do miasta tak wiele razy, że pewnie jedyne, co zauważymy po drodze, to deszcz i chłód.

W podróży zatrzymamy się w dwóch majątkach ziemskich. Poza tym będziemy nocować tam, gdzie wypadnie, w domach burmistrzów. W Imardinie ugoszczą nas moi przyjaciele, Mistrz Everran i jego żona Aravia. Odziedziczyli oni jeden z wielkich domów miejskich: ogromny, w połowie pusty budynek. Oboje są magami… powinnaś porozmawiać z jakąś inną kobietą, która włada magią, aczkolwiek Mistrzyni Aravia będzie zapewne bardziej zainteresowana zabraniem cię na zakupy w mieście i odwiedzinami u przyjaciółek, które będą cię namawiać do wydawania kieszonkowego, które ode mnie dostaniesz.

Tessia otworzyła oczy ze zdziwienia.

– Nie musisz…

– Och, zapewniam cię, muszę – odpowiedział – albo Aravia nie da mi spokoju. Poza tym jak miałbym dać Jayanowi pieniądze na jego wydatki, gdybym nie dał nic tobie? – Zwrócił się do Jayana. Młodzieniec wzruszył ramionami. – Chcecie o coś jeszcze zapytać?

Jayan zaprzeczył, po czym uniósł wzrok.

– Jest jeszcze wino?

Dakon roześmiał się i sięgnął po butelkę.

– Zostało jeszcze po pół kieliszka dla każdego. A potem możemy powspominać nasze podróże.

– Jesteś pewny, że to rozsądne? – Jayan zerknął w stronę Tessii. – Nie chcemy przecież jej zniechęcić.

Dakon machnął lekceważąco ręką.

– Och, nie przydarzyło nam się nigdy nic naprawdę niebezpiecznego ani nieprzyjemnego.

– Nie? – spytał Jayan z miną wyraźnie sugerującą, że nie zgadza się z tą opinią.

– W każdym razie nic, czego nie można by zamienić w dobrą opowieść.

Tessia uniosła pytająco brwi, a Dakon uśmiechnął się szeroko.

– No cóż, było to wtedy, kiedy pomagałem Jayanowi ćwiczyć tworzenie kul ognistych…

ROZDZIAŁ 10

Tessia przemknęła się przez główne drzwi domu Mistrza Dakona do jasno oświetlonego holu. Mag nalegał, żeby wchodziła przez drzwi frontowe, podkreślając, że korzysta z nich Jayan, a jeśli nadal będzie korzystała z wejścia dla służby, to wieśniacy pomyślą, że ona nie ma tych samych praw.

W tej części domu wszystko było bardziej ozdobne. Na wyższe piętra biegły schody z rzeźbioną balustradą tak szerokie, że dwie lub trzy osoby mogły iść po nich ramię w ramię. Przestronne przejścia prowadziły do bocznych korytarzy, z których wchodziło się do jadalni i głównego salonu.

Kiedy Tessia zamknęła za sobą drzwi, w jednym z korytarzy pojawiła się uśmiechnięta twarz. Keron skinął uprzejmie głową i wycofał się. Tessia podeszła do schodów.

Na piętrze zatrzymała się. Dakon zaproponował, żeby ostatnią kolację przed wyjazdem z Mandryn spożyła z rodzicami. Veran i Lasia byli podekscytowani jej podróżą każde na swój sposób: matka głośno wyrażała swój zachwyt, ojciec udzielał spokojnych rad, jak powinna się zachowywać w mieście. Było miło, ale męcząco. Miała ochotę wymknąć się do swojego pokoju i łóżka.

Spod drzwi biblioteki wydobywało się światło, a jej uszu dobiegały głosy. Tessia bezwiednie skierowała się tam, zamiast udać się do sypialni. Wątpiła zresztą, czy pomimo zmęczenia zdołałaby zasnąć. Bardziej prawdopodobne, że leżałaby bezsennie, jak przez dwie ostatnie noce, rozmyślając o czekającej ją podróży i o tym, co może się zdarzyć w mieście. A poza tym Dakon może mieć dla niej jakieś ostatnie wskazówki.

Kiedy stanęła w drzwiach, Dakon i Jayan podnieśli głowy. Obaj trzymali w rękach książki, ale sądząc po dobiegających ją głosach, przerwali lekturę, żeby porozmawiać. Mag uśmiechnął się, natomiast na czole ucznia pojawiła się na moment zmarszczka.

– Och, Tessia – odezwał się Dakon. – Jak minął wieczór z rodzicami?

– Dobrze, Mistrzu Dakonie. Dali mi mnóstwo rad. – Wzruszyła ramionami. – Nie wiem, czy którekolwiek będą przydatne, ale na pewno mieli dobre intencje.

Zaśmiał się.

– Z całą pewnością. Twoja matka nigdy nie była w Imardinie, prawda?

– Nie. Ojciec bywał, ale ostatni raz chyba ponad dziesięć lat temu. Martwi go to teraz. Obawiam się, że podsunąłeś mu jakieś pomysły.

– Hmmm. Może powinienem go poprosić, żeby z nami pojechał. Teraz jest już pewnie za późno.

Wstrzymała oddech. Byłoby cudownie pojechać do Imardinu razem z ojcem. Nie wątpiła, że on bardzo by się ucieszył. Ale wiedziała też, że zapewne by odmówił, nie chcąc zostawiać wioski bez opieki uzdrowiciela.

Zapadło milczenie. Tessia rozpaczliwie usiłowała wymyślić, co by mogła powiedzieć.

– Czy mam coś jeszcze do zrobienia, zanim wyjedziemy?

Dakon pokręcił przecząco głową, ale na jego twarzy zagościł wyraz zamyślenia.

– Jest jedna sprawa. – Urwał. – Skoro opanowałaś już kontrolę mocy, powinniśmy rozpocząć rytuał wyższej magii.

Tessia zamrugała oczami, czując równocześnie podniecenie i strach.

– Dziś wieczorem? – Jej puls przyspieszył. – Teraz?

– Tak.

– Dobrze. – Weszła do biblioteki. – Zatem jak to… się robi?

– Może łatwiej będzie jej pokazać? – zaproponował Jayan.

Tessia niemal podskoczyła ze zdumienia. Całkowicie zapomniała o jego obecności. Dakon zwrócił się do ucznia. Wymienili nieodgadnione spojrzenia i Dakon potaknął powoli.

– Być może.

Wstał ze swojego fotela i stanął na środku pokoju. Jayan odłożył książkę, ziewnął i również się podniósł. Uśmiechnął się słabo, a następnie na jego twarzy pojawił się wyraz, którego Tessia nigdy jeszcze nie widziała: uczeń wydawał się starszy i jakby bardziej dostojny. Podszedł do Dakona i zatrzymał się przed magiem, nie podnosząc na niego oczu. Następnie uklęknął i uniósł ręce, kierując je otwartymi dłońmi do góry.

Tessia poczuła dreszcz przebiegający jej po kręgosłupie. Jayan przestał być pełnym pogardy młodym człowiekiem, a stał się potulnym, pokornym uczniem. Dakon zaś nie wyglądał już jak dobrotliwy pan majątku i wioski, ale mistrz magii. *To jest świat magów, którego zwykli ludzie nie oglądają*, pomyślała. Świat, który ci dwaj trzymali dotychczas w ukryciu. Świat, którego częścią się stała. Wydawało jej się to nierzeczywiste. Niewiarygodne. Ale może kiedy weźmie udział w tym rytuale, poczuje się częścią tego świata.

Dakon sięgnął między fałdy szaty i wyciągnął niewielki podłużny przedmiot; Tessia uświadomiła sobie, że jest to maleńkie rozkładane ostrze. Dotknął dłoni Jayana czubkiem ostrza. Jeśli zabolało, to uczeń dobrze to ukrył. Następnie mistrz odłożył nóż, położył dłonie na dłoniach Jayana i zamknął oczy.

Tessia wstrzymała oddech, czując, że serce wciąż bije jej mocno. Chwilę później Dakon puścił ręce Jayana, uśmiechnął się i wymamrotał kilka słów. Rytuał zakończony.

Tylko tyle? – pomyślała. *Nie, oczywiście, że nie. Tam, gdzie mamy do czynienia z magią, zawsze chodzi o wiele więcej.*

Jayan wstał, odruchowo otrzepał spodnie na kolanach, wyjął chusteczkę z kieszeni i otarł ręce. Spojrzał na Tessię, wzruszając ramionami.

– Widzisz? To nic szczególnego.

Nic na pierwszy rzut oka, pomyślała cierpko. Ale świadomość, że był tak pogodny po zakończeniu rytuału, dodawała jej odwagi. Pokonała nagłą niechęć, stłumiła zdenerwowanie i podeszła do przodu. Jayan odszedł na bok, kiedy się zbliżyła, a Dakon jak zwykle uśmiechnął się do niej pokrzepiająco. Spojrzała mu prosto w oczy, podnosząc wzrok – i znów go odwracając, kiedy uświadomiła sobie, że będzie coraz bardziej zakłopotana, jeśli nie przestanie odwlekać następnej części rytuału. Szybko opadła na kolana i uniosła dłonie, wpatrując się w podłogę i usiłując przekonać samą siebie, że nie wygląda tak służalczo jak Jayan. *Pokorna, ale warta szacunku*, pomyślała. *W tym rytuale musi być jakaś godność. Ciekawe, jak robią to Sachakanie. Zapewne nie mają żadnego szczególnego rytuału. Po prostu wydzierają moc swoim niewolnikom, kiedy tylko chcą. A zatem samo to, że kyraliańscy magowie opracowali jakiś rytuał, jest już dobre. Jest znakiem szacunku wobec uczniów…*

Poczuła ból w jednej dłoni, ale powstrzymała się od spojrzenia w górę. Drugie ukłucie. Potem Dakon położył dłonie na jej dłoniach.

Teraz pojawił się lekki zawrót głowy. Po chwili nie był już taki lekki. Poczuła, że się chwieje, i usiłowała odzyskać równowagę, ale nie była w stanie zmusić ciała do posłuszeństwa. Czyjeś ręce chwyciły ją za ramiona i podparły. Uczucie słabości oddaliło się, a kiedy Tessia zdołała się skoncentrować, poczuła czyjąś wolę czerpiącą z jej mocy. Mimo że rozpoznała obecność Dakona połączoną z tą wolą, instynktownie usiłowała się opierać… na próżno jednak. Po raz pierwszy, odkąd okiełznała swoją moc, nie miała nad nią kontroli. A potem niespodziewanie ona sama powróciła. Poczuła, że jej ciałem wstrząsnęło pragnienie odzyskania równowagi. Znów podtrzymały ją czyjeś ręce.

– Nie przejmuj się. Opanujesz sztukę nieupadania. – Głos należał do Jayana i dochodził gdzieś zza jej pleców. To on ją podtrzymywał. Nagle jedyne, czego pragnęła, to wstać i zrobić cokolwiek, byle nie klęczeć na podłodze z Jayanem utrzymującym ją w pozycji pionowej. Wyślizgnęła się z jego uścisku i podniosła się, a ponieważ natychmiast zalała ją fala zawrotów głowy, sięgnęła do poręczy krzesła, by się na nim wesprzeć.

– Powoli – powiedział Dakon. – Świetnie się spisałaś, ale ciało potrzebuje czasu, żeby się przyzwyczaić.

Odwróciła się do niego.

– Udało się, prawda? Nie zrobiłam nic źle?

Uśmiechnął się.

– Nie. Udało się. Jak powiedział Jayan, twoje ciało nauczy się utrzymywać równowagę. Umysł też się przyzwyczai. Jak się czujesz?

Wzruszyła ramionami.

– Dobrze. To było... interesujące. Do zniesienia. – Zerknęła na Jayana, który przyglądał się jej z nieznacznym uśmieszkiem na twarzy. – Nic mi nie będzie.

Dakon znowu sięgnął między poły szaty, ale tym razem wyciągnął niewielką białą chusteczkę i podał ją Tessii. Biorąc ją do ręki, uświadomiła sobie, że po jej dłoniach płyną cieniutkie strużki krwi.

– Jakieś pytania? – spytał wyczekująco.

– Po co te nacięcia? – rzekła, wycierając ręce i przyciskając chusteczkę do maleńkich ranek, które już przestały krwawić.

– Ludzka skóra, tak jak i zwierzęca, jest czymś w rodzaju granicy – wyjaśnił. – Kontrolujemy wszystko, co mieści się w jej obrębie. Dlatego właśnie nawet najpotężniejszy mag nie może sięgnąć do wnętrza ciała innego człowieka i uszkodzić go. Może atakować z zewnątrz, ale nie potrafi wpłynąć na to, co się dzieje w środku. – Dakon wrócił do swojego fotela i usiadł, a Jayan wziął z niego przykład. – Aby zatem uzyskać kontrolę, musimy przerwać tę barierę.

Tessia rozmyślała nad tą odpowiedzią, siadając na swoim zwykłym miejscu.

– W takim razie mag czerpiący moc zawsze przejmuje kontrolę? Co się dzieje, jeśli osoba, którą kontroluje, również jest prawdziwym magiem?

– Bariera czerpiącego jest nadal nienaruszona – zwrócił jej uwagę Dakon. – A nawet gdyby nie była, w chwili kiedy zacznie on pobierać moc, może osłabić ciało. W jakim stopniu, to zależy od zdolności i zamiarów maga posługującego się wyższą magią. Jeśli to dobrowolna wymiana, niewiele zrobi. Ale jeśli ma złe zamiary, może sparaliżować swoją ofiarę, a nawet uniemożliwić jej myślenie.

Tessia wzdrygnęła się. Rytuał wyższej magii był prosty, ale stanowił oswojoną wersję aktu gwałtu i śmierci. Było to trochę tak, jakby mistrz żądał od uczniów, aby obnażyli swoje szyje do ciosu jego ostrego miecza, a jednocześnie ufali, że ostrze nie przetnie skóry.

Żaden miecz nie pozbawia jednak ofiar siły. Żaden miecz, nawet jeśliby się nim posługiwać delikatnie, nie da swojemu panu tego, co daje wyższa magia. Rytuał to wymiana mocy, oparta na zaufaniu i szacunku. Uczniowie w zamian za swą moc poznają tajniki magii. Zyskują lata nauki i wiedzę, którą inaczej musieliby zdobywać metodą prób i błędów. Dostają również mieszkanie i jedzenie na okres edukacji, a także piękne ubrania… no i co jakiś czas wycieczki do Imardinu, gdzie mogą przebywać w towarzystwie potężnych i wpływowych ludzi. Może nawet spotkać się z królem.

Nagle przestało jej się wydawać, że Dakon zyskuje wiele, poświęcając swój czas i wysiłek. Tylko magię. A jeśli nie potrzebuje bardzo tej dodatkowej mocy, może mu się wydawać, że nie jest to warte jego czasu i starań. Nic dziwnego, że część magów woli nie przyjmować uczniów.

Kiedy jednak skaleczenia na dłoniach Tessii zaczęły lekko szczypać, uświadomiła sobie, że być może w przyszłości będzie musiała oddać mu bardzo wiele za naukę, postanowiła więc zabrać ze sobą w podróż jakiś balsam na rany.

W świetle lampki olejnej i księżyca w pierwszej kwadrze Hanara i dwaj młodsi chłopcy stajenni starannie nacierali tłuszczem skórzane uprzęże i polerowali okucia powozu

Mistrza Dakona. Odkąd Hanara przyjął zaproponowaną mu przez maga pracę i przeniósł się do stajni, było mu znacznie lepiej w nowym otoczeniu. Nie czuł się natomiast całkiem swobodnie wśród stajennych. Nieustannie wymieniali oni uwagi, których nie zaakceptowałby żaden sachakański pan. Hanara nie wiedział, jak się w takich sytuacjach zachowywać, uznał zatem, że najlepiej będzie udawać, że rozumie ich akcent i obyczaje znacznie gorzej niż w rzeczywistości. Ilekroć zatem żartowali sobie z niego, zbywał ich kpiny wzruszeniem ramion. W życiu spotykał się ze znacznie gorszym traktowaniem, a jego znużone pogodzenie z losem sprawiało, że w jakiś dziwaczny sposób go szanowali.

Byłem niewolnikiem, źródłem mocy ashaki, przypominał sobie. *Oni nigdy nie zrozumieją, co to znaczy… jak niewielu niewolników osiąga tę pozycję.*

Może jeden na tysiąc. Było to trochę tak, jak zostać osobistym, ulubionym sługą i uczniem kyraliańskiego pana. Tyle że pozostawało się niewolnikiem.

A teraz był nikim. Za to był wolny. Z pewnością to, co zyskał, było więcej warte od tego, co stracił.

Podobnie jak pozostali stajenni otrzymywał co tydzień monetę od Mistrza Dakona – choć przynosił ją majordomus Keron. Hanara z początku nie wiedział, co robić z pieniędzmi. Służące z głównego domu przynosiły mu rano i wieczorem posiłki, nie musiał więc kupować jedzenia. Buty i ubranie otrzymał tego dnia, kiedy przeprowadził się do stajni. Były cieplejsze niż jego dotychczasowe odzienie, ale materiał był szorstki w porównaniu z tym, w co ubierał go Takado. Nie musiał też płacić za dach nad głową, nocował bowiem na pryczy na stryszku nad stajnią, na szczęście z dala od pozostałych – woleli spać w pobliżu koni.

W końcu, obserwując innych, doszedł do wniosku, że stajenni najbardziej lubili wydawać swoje zarobki, kupując drobiazgi w wiosce. Piekarz sprzedawał słodkie ciastka, nie tylko chleb. Żona kowala robiła konfitury, suszone owoce, pachnące świece, olejki i balsamy. Jeden ze starszych mężczyzn rzeźbił z drewna sztućce i naczynia, choć te metalowe czy gliniane były lepsze, ale także pionki do gry, paciorki i dziwaczne figurynki przedstawiające ludzi i zwierzęta.

Z początku Hanara nie rozumiał, dlaczego miałby marnować na coś takiego pieniądze. Przyglądał się, jak pozostali stajenni porównywali swoje nabytki po powrocie do stajni, i zauważył, że niektóre z nich zatrzymywali dla siebie, inne zaś dawali w prezencie – zazwyczaj kobietom ze wsi.

Po pewnym czasie doszedł do wniosku, że kupowanie takich przedmiotów da mu wymówkę do zwiedzania wioski, toteż udał się za stajennymi na wyprawę. Zauważyli go i nalegali, żeby się do nich przyłączył. Może istotnie chcieli go mieć za towarzysza, a może po prostu stwierdzili, że wolą mieć go na oku. Nie uszło jego uwagi, że nigdy nie zostawiali go samego, czasem zaś zdarzyło mu się przyłapać ich na obserwowaniu go.

Ludzie w wiosce byli uprzejmi dla służących z dworu, ale gdy tylko dostrzegali w ich towarzystwie Hanarę, ich uśmiechy stawały się jakby wymuszone. Nie przestawali zachowywać się uprzejmie, nawet kiedy coś kupował, ale gdy się odwracali, dostrzegał w ich wzroku strach, ostrożność, a nawet niechęć.

Wracając do stajni, zauważył dzieci wyglądające ukradkiem zza domów, wpatrujące się w niego. Niektóre uciekły, gdy tylko je zauważył. Cóż za ironia, że bały się właśnie jego, który kiedyś był tylko niewolnikiem.

Minęli również grupkę czterech młodych kobiet, które szeptały i krzywiły się z niechęcią na widok Hanary. Dwaj młodzi mężczyźni, którzy to spostrzegli, przyglądali mu się spod zmrużonych powiek. Hanary nie dziwiła taka reakcja mieszkańców wioski. Był tu obcy. Pochodził z kraju, który niegdyś pokonał przodków tych ludzi. Należał do nacji, której się bali.

Tessia powiedziała mu, że gdyby ktoś przysparzał mu kłopotów, ma jej o tym powiedzieć. Zapewniła go, że istnieją prawa i zasady, które go ochronią. Uśmiechnął się na wspomnienie jej wizyt. Ona jedna ze wszystkich mieszkańców wioski nie bała się go i ufała mu. Ta, która najlepiej go zrozumiała, nie nienawidziła go.

Tu, w stajni, łatwo było śmiać się z wyniosłego sposobu bycia niektórych wieśniaków. Nie byli niewolnikami, ale nie byli też tak bardzo wolni, jak im się wydawało. Większość z nich pracowała równie ciężko. Może i mieli swoją zapłatę i wolność, ale byli związani z panem majątku, w którym służyli, ponieważ to on był właścicielem ziemi, którą uprawiali, i domów, w których mieszkali. Byli zależni od jego kaprysów tak jak każdy niewolnik od humorów swojego pana. Nie odczuwali tego jednak jak niewoli, ponieważ Mistrz Dakon był dobrym i hojnym człowiekiem.

Zapytał mnie nawet, czy pozwolę mu odczytać moje myśli. Mam wrażenie, że czuł się z tego powodu zakłopotany. Jak można być tak delikatnym? Tak pełnym skrupułów? Hanarę kusiło, by odmówić, żeby sprawdzić, czy Dakon będzie nalegał, czy też przeprosi i odejdzie, ale chciał również, żeby mag wiedział o niebezpieczeństwie. Takado wróci.

On chyba nie uwierzył. Szukał dowodów. Ja nie potrzebuję dowodów. Ja znam Takadę. Co warta jest moja wolność, ofiarowana mi przez człowieka, który nie może mnie chronić, ponieważ nie wierzy, gdy mu mówię, że jestem w niebezpieczeństwie?

Może lepiej byłoby pracować dla jakiegoś innego, surowszego maga. A może nie. Hanara widywał nieszczęśliwych, przerażonych służących podczas podróży z Takadą po Kyralii. Słyszał opowieści i pogłoski. Kyraliańscy magowie bywali okrutnikami, a służący niewiele mogli na to poradzić.

Nie wszyscy ashaki są tak okrutni jak Takado, powiedział sobie. *Za to niektórzy bywają jeszcze gorsi. Słyszy się też jednak opowieści o ashaki, którzy traktują swoich niewolników dobrze.*

Takado jest okrutny, ale zazwyczaj nie bez powodu. Nie zranił ani nie zabił niewolnika, jeśli ten nie zawiódł go jakoś lub nie obraził. Kara zazwyczaj odpowiadała winie. Hanara nie słyszał, żeby Takado skrzywdził niewolnika dla rozrywki, choć nie było to rzadkością wśród innych ashaki.

Hanara poruszył się na stołku, nagle zaniepokojony, ponieważ opanował go dobrze już znany strach – jak co nocy, odkąd obudził się cały w bandażach w rezydencji.

Nie rozumiał, dlaczego Takado pobił go tak okropnie i zostawił, skoro jego przewina była tak niewielka. *Takado nie postępuje okrutnie bez powodu, a to znaczy, że jeszcze nie zrozumiałem tego powodu.*

Ale jeśli Hanara nie zasłużył na tak ciężką karę, to jaki inny powód mógł mieć Takado, żeby go pobić? Chyba nie chciał zrobić wrażenia na Mistrzu Dakonie? A może chciał, żeby Hanara był zbyt ciężko ranny na podróż do domu?

Jaki pożytek mógłby mieć jego pan z Hanary tkwiącego w Kyralii?

Najprostszą odpowiedzią było, że ma być szpiegiem w domu Mistrza Dakona. Ale dlaczego akurat Dakona, a nie któregoś z potężniejszych magów, tego Hanara nie mógł pojąć.

A poza tym jak mam go szpiegować, będąc tu, w stajni, podczas gdy on przebywa cały czas w rezydencji? Jeśli zacznę się zakradać do środka, ludzie mogą coś podejrzewać. Jakby już nie podejrzewali.

Ponadto Dakon niedługo wyjedzie. Jak szpiegować maga, który jest nieobecny?

I jak Mistrz Dakon ma chronić Hanarę, kiedy go tu nie będzie?

Hanara poczuł, że puls mu przyspiesza, tak jak wówczas, kiedy po raz pierwszy dowiedział się o wyjeździe maga do Imardinu.

Może zdołam go przekonać, żeby zabrał mnie z sobą?

Potrząsnął głową z westchnieniem. Mistrz Dakon był miły i hojny, ale Hanara wiedział, że nie jest głupcem. Ostatnim miejscem, w które zabrałby potencjalnego szpiega, było miasto, gdzie Hanara mógłby się dowiedzieć czegoś ważnego. Będzie wolał trzymać go tutaj, pod okiem własnych ludzi, gdzie nie będzie mógł zaszkodzić.

Ale ja nie jestem szpiegiem. Nie mam Takadzie nic do powiedzenia. Wkrótce nie będę nawet wiedział, gdzie jest Mistrz Dakon.

Zanim jednak dokończył tę myśl, uzmysłowił sobie, że to nieprawda. Wiedział, gdzie *nie będzie* Mistrza Dakona. Widział również, że wioska pozostanie pod opieką maga z sąsiedniego majątku.

Wiedział również, że aby Takado mógł wydobyć tę informacji wprost z jego umysłu, musi najpierw dorwać Hanarę. Na razie miał jedynie nadzieję, że zabezpieczenia, które zostawia Mistrz Dakon, wystarczą.

CZĘŚĆ II

ROZDZIAŁ 11

Magiczna tarcza otaczająca powóz utrzymywała deszcz i wiatr z dala od nich, ale jedyne znane magiczne metody wyrównywania powierzchni dróg byłyby zbyt powolne i zbyt pracochłonne, żeby można je było tu zastosować. Błotne koleiny, niekiedy jeszcze zalane kałużami wody, sprawiały, że podróż była torturą zarówno dla koni, jak i ludzi, bowiem kopyta tych pierwszych grzęzły, a drugimi trzęsło niemiłosiernie.

Ktoś powinien skonstruować lepsze powozy, pomyślał Dakon. Rozkazał zdjąć osłonę z tego, którym jechali, ponieważ robiło mu się niedobrze w zamkniętym i kołyszącym pojeździe. Woźnica Tanner schował osłonę na wypadek, gdyby jednak jej potrzebowali.

Chronienie za pomocą magii siebie i towarzyszy podróży przed niepogodą wymagało niewielkiego wysiłku, Mistrz Dakon nie miał więc problemów z dzieleniem uwagi między tę czynność a lekcje. W powietrzu pomiędzy czworgiem pasażerów poruszały się dwa przedmioty. Jednym z nich był metalowy krążek, drugim – niewielki nożyk. Nóż usiłował trafić w środek krążka, podczas gdy ten robił uniki. Malia pisnęła cicho i uchyliła się, gdy ostrze świsnęło jej tuż koło ucha.

– Nie byłoby bezpieczniej, gdybym używała czegoś innego zamiast noża? – spytała Tessia z napięciem.

Jayan wpatrywał się z uwagą w krążek.

– W ten sposób lepiej się koncentrujesz.

Zmarszczyła mocniej brwi, a zaraz potem rozluźniła się. Rzuciła spojrzenie Jayanowi. Na jej ustach pojawił się uśmieszek. Nóż krążył w powietrzu, po czym nagle wystrzelił prosto w krążek.

Brzękowi metalu o metal towarzyszyło ciche przekleństwo wymamrotane przez Jayana. Dakon roześmiał się, widząc zaskoczenie na twarzy starszego ucznia.

– Co zrobiłaś, Tessio? – spytał.

– Wyobraziłam sobie, co Jayan zobaczy, kiedy krążek znajdzie się między nim a nożem. Zasłonił mu widok.

Dakon potaknął.

– Doskonale. Posłużyłaś się rozumem i wyobraźnią. Nie możesz się z nim na razie równać kontrolą i prędkością reakcji, ale takie myślenie może pomóc ci wygrywać, póki nie osiągniesz jego poziomu. Albo to, albo jego lenistwo. – Jayan rzucił Dakonowi spojrzenie spode łba. – Ale musisz się przede wszystkim nauczyć zwinności. Zamieńcie się rolami.

Tessia utkwiła teraz wzrok w krążku, starając się ustrzec przed uderzeniem noża i robiąc uniki. Grali w tę grę już wiele razy. Jayanowi brakowało sztuczek, którymi mógłby ją zaskoczyć, ona zaś nabierała coraz większej wprawy w manipulowaniu przedmiotami przy użyciu magii i siły woli.

Dakon stłumił uśmiech. Podróż jest ekscytująca tylko pod warunkiem, że jedzie się w jakieś nowe miejsce, a nie wlecze dobrze znanymi drogami, które przyprawiają o ból kości zawsze, kiedy się je przemierza. Ile to już razy podróżował do Imardinu? Stracił rachubę.

Uczniowie jak zwykle dostarczali mu rozrywki i pomagali nieco złagodzić nudę. Dakonowi brakowało jednak rozmów, które prowadził podczas poprzednich wypraw, ponieważ Jayan w towarzystwie Tessii był bardzo powściągliwy, ona zaś nie zastępowała go w konwersacji. Na szczęście nie należała do rozszczebiotanych kobiet, a w ogóle niechętnie odzywała się przy swoim koledze.

Doprawdy, pomyślał Dakon, *ta dwójka potrafi jedynie boczyć się w swoim towarzystwie.*

Zajmował więc ich uwagę lekcjami. Nawet Malia sprawiała wrażenie, jakby te ćwiczenia ją bawiły, patrzyła bowiem z fascynacją, a czasem i z niepokojem, kiedy widziała w działaniu więcej magii niż przeciętny mieszkaniec prowincji oglądał przez całe życie.

Dakon potwierdził jednak, że z biegiem dni służąca stawała się coraz bardziej milcząca i pełna szacunku. Może przytłaczały ją te fajerwerki mocy. A może po prostu była zmęczona. Spośród domowej służby tylko ona im towarzyszyła; Cannia poprosiła Dakona, żeby wziął Malię zamiast niej, twierdząc, że jest już za stara na takie wyprawy, a młodej kobiecie przyda się „wydoroślający" wpływ podróży.

Okrzyk triumfu uświadomił Dakonowi, że Jayan wreszcie zdołał skierować nóż tak, by dotknął środka krążka. Mag wykonał nieznaczny ruch ręką i uczniowie znowu zamienili się rolami.

Jayan zachichotał. Jego krążek zatrzymał się nagle zawieszony między nim a Tessią i zaczął wirować. Kiedy dziewczyna usiłowała wycelować nóż w środek, wirujące krawędzie odpychały go w bok. Spojrzała na Dakona.

– Czy to jest dozwolone?

Wzruszył ramionami.

– Nie ma przepisu, który by tego zabraniał.

– Ale to nieuczciwe. Jak ja mam teraz wbić nóż w środek?

Dakon nie odpowiedział, tylko przyglądał się jej wyczekująco. Tessia wpatrzyła się z powrotem w krążek.

– Może gdybym zaczęła obracać nóż wokół krążka w tym samym tempie...

Dakon uśmiechnął się.

– Zobaczmy, czy potrafisz.

Nóż zaczął się poruszać wokół krążka, niezmiennie skierowany czubkiem ostrza ku swemu łupowi. Ale chociaż poruszał się coraz szybciej, nigdy nie dogonił krążka, który wirował teraz tak szybko, że wyglądał jak kula.

– Nie potrafię – powiedziała poirytowana i zatrzymała nóż. – Nie widzę, jak szybko on się kręci, no i nie mogę dostosować prędkości.

Dakon zauważył, że Jayan bardzo się starał, żeby nie było widać, że rozpiera go duma.

– Zgadza się – odpowiedział mag.

– Dlaczego w takim razie kazałeś mi...? – Urwała i zamyśliła się. – Żebym się nauczyła, że to niemożliwe – odkryła.

– Zgadza się – potwierdził. – Najpotężniejsi magowie są bezsilni, jeśli nic nie widzą. Fizyczny kształt jest naszym najpoważniejszym ograniczeniem.

Potarła skronie.

– Nie potrzebowałam tego dowodu – powiedziała żałośnie, ale bez nagany w głosie. – Ból głowy przypomina mi bardzo skutecznie o moim fizycznym kształcie.

– W takim razie odpocznij – poradził. – To wkrótce przejdzie.

Spojrzał na Jayana, zastanawiając się, jakie kolejne zajęcie im wymyślić. Jayanowi przydałyby się ćwiczenia ze sztuki walki, zarówno w zakresie technik magicznych, jak i ogólnej strategii. Żyjąc w spokojnym, bezpiecznym otoczeniu, łatwo zaniedbać ćwiczenia wojenne. Magiczna walka może być niebezpieczna zarówno dla maga, jak i dla ucznia, nie mówiąc już o okolicznych budynkach i ludziach. Ale teraz, kiedy pojawiły się doniesienia o potencjalnym zagrożeniu ze strony Sachaki, powinni zadbać o to, żeby przynajmniej Jayan był przygotowany. Nie mogą jednak zacząć wymiany magicznych ciosów w podróży.

W oczach młodzieńca pojawił się błysk nadziei.

– Kyrima?

Dakon potaknął. Na jego ustach pojawił się uśmiech, gdy Jayan zanurkował między bagaże w poszukiwaniu pudełka z pionkami do gry. Przypomniał sobie, jak grał w tę grę ze swoim mistrzem. Kyrima była zakazana pod okupacją sachakańską, co tylko dowodziło jej skuteczności w nauce strategii wojennej. Kiedy Kyralia odzyskała wolność, gra wróciła do łask, aczkolwiek po trzystu latach potajemnych praktyk trzeba było na nowo ustalić reguły, no i powstało mnóstwo różnych odmian. Większość magów starała się grać z każdym nadarzającym się przeciwnikiem, ponieważ grając z kimś regularnie, łatwo było nauczyć się jego sztuczek.

Malia i Jayan zamienili się miejscami w powozie, tak że Dakon i jego uczeń zasiedli naprzeciwko siebie. Wybrali pionki: po jednym magu i wskazanej przez rzut trzema kostkami liczbie „źródeł". Kolejna kostka decydowała o sile maga. Jayan zerknął na Tessię, podając jej tabliczkę i rysik.

– Będziesz nas podliczała?

Westchnęła, ale wzięła przybory.

– Dlaczego tyle waszych gier dotyczy wojny i walki?

– Konflikty są wyzwaniem do poszerzania naszych możliwości: rozciągamy granice naszych zdolności i mocy – odparł Dakon.

– Obrona kraju i ludzi jest jednym z obowiązków spoczywających na magach – dodał Jayan. – Zaniedbywanie nauki walki to… no, sprawia, że jesteśmy bezużyteczni, stajemy się szacownymi pasożytami, jak niektórzy nas określają.

Dakon zamrugał, patrząc na Jayana. Bardzo chciałby się dowiedzieć, gdzie Jayan słyszał takie określenia, ale wolał nie odchodzić od pytania zadanego przez Tessię, zwrócił się więc znów do niej.

– To, czego uczymy się, grając w gry, ma zastosowanie również w innych dziedzinach. Kontrola potrzebna do gry w krążek i nóż może okazać się przydatna, kiedy będziesz zajmować się czymś, co wymaga użycia więcej niż dwóch rąk, a nie będziesz mieć pomocnika… albo też pomocnika zdolnego wykonać powierzone mu zadanie.

Zgodnie z tym, czego się spodziewał, na jej twarzy pojawił się znany mu wyraz rodzącego się zrozumienia, a następnie lekko skrywane zamyślenie. Dakon wiedział, że dziewczyna już zastanawia się nad tym, w jaki sposób można by zastosować to w uzdrawianiu. Zawsze miała taki wyraz twarzy, kiedy ich rozmowy ocierały się o uzdrawianie i magię, nietrudno było więc zgadnąć, co zaprząta jej myśli.

Czy ona kiedykolwiek straci zainteresowanie – ba, może wręcz obsesję na punkcie leczenia? Co w tym jednak złego? Miał nadzieję, że odpowiedź na oba te pytania jest przecząca. Chociaż gdyby Tessia z równym zapałem traktowała magię jako taką, jej edukacji wyszłoby to tylko na dobre, ale przecież uczyła się w tempie całkiem zadowalającym. Prawdę mówiąc, pomyślał z satysfakcją, więcej niż zadowalającym. Jak na uczennicę, która musiała podróżować, a poza tym dzieliła się czasem poświęcanym jej przez nauczyciela z innym uczniem, zdobywała wiedzę imponująco szybko.

Najbardziej jednak zadziwiające było to, *jak* się uczyła. Postrzegała wszystko w odniesieniu do własnej fizyczności. Dakon powtarzał sobie, że to dlatego, że wcześniej nauczyła się patrzeć na wszystko z punktu widzenia uzdrowiciela, czuł jednak, że kryje się w tym coś więcej. Kiedy pokazywał jej, jak posługiwać się magią w konkretny sposób, natychmiast łapała zasadę i rozumiała różne jej odmiany – niemal tak samo instynktownie, jak nowonarodzony enka wie, jak chodzić, a wkrótce potem biegać i skakać.

Nie wątpił, że dziewczyna pewnego dnia przewyższy go nie tylko mocą, ale również umiejętnościami. Obserwowanie tego będzie bardzo interesujące. Kiedy jednak przychodziło do treningów sztuk wojennych, Tessia wykazywała zdecydowany opór. Może to naturalne, że ktoś, kto tak bardzo skupia się na leczeniu, czuje odrazę do działań przynoszących szkodę. Trzeba jej zatem pokazać wartość sztuk obronnych. Lepiej zapobiegać urazom, niż musieć je leczyć.

Powrócił myślami do gry, otoczył swoje pionki maleńkimi tarczami ochronnymi i zawiesił w powietrzu. Jayan zrobił tak samo. Między nimi zawisły najróżniejsze przedmioty pełniące funkcję przeszkód, a Dakon i Jayan po kolei ustawili swoje pionki za zasłoną z podróżnego dywaniku, żeby przeciwnik ich nie widział. Następnie opuścili zasłonę i gra się rozpoczęła.

Pod koniec pierwszej tury obaj zużyli większość zasobów mocy swoich pionków-źródeł. Dakon zaryzykował i podniósł status jednego ze źródeł do rangi maga. Oznaczało to, że stracił źródło, ale mógł atakować z dwóch pozycji jednocześnie. Na początku nowej tury wszystkie źródła odzyskały moc, ponieważ zmiana tur oznaczała nocny odpoczynek.

– Dlaczego twoi magowie mają tyle źródeł? – spytała Tessia. – Przecież kyraliańscy magowie nie mają wielu uczniów.

– Owszem, nie mają – zgodził się Dakon. – Ale w czasie wojny ochotnicy mogą zostać źródłami.

– Czy kiedykolwiek gra się tak, że jedna albo obie strony przyjmują taką postawę, jaka jest charakterystyczna dla Sachakan?

– Tak.

– Czym to się różni? Musisz wyłączać źródła z gry, kiedy ich już raz użyjesz?

– Niekoniecznie, aczkolwiek grając „po sachakańsku", możesz zabijać swoje źródła, co daje dodatkowe punkty twojemu magowi. Ale Sachakanie wcale nie tak chętnie zabijają swoje źródła, jak wieść niesie. Żywe źródła są bardziej przydatne w przedłużającej się bitwie, ponieważ można korzystać z ich mocy w kolejne dni.

– Ale nie w krótkiej walce.

– Ani też w rozpaczliwej sytuacji – dodał Dakon.

– Dlaczego w grze nie ma pionków symbolizujących niemagiczne postacie? Zwykłych ludzi… albo wojowników?

– Zwyczajna broń nie zda się na wiele przeciwko magom – zauważył Jayan.

– Chyba że przeciwnik jest wyczerpany – odparowała. – Gdyby zwykła broń była zupełnie nieprzydatna, po co ludzie by ją wytwarzali i uczyli się nią posługiwać?

– Zwykli ludzie są potencjalnym źródłem mocy w bitwie – wyjaśnił Dakon. – Najlepiej trzymać ich z dala od nieprzyjaciela. Niemagiczni, posługujący się zwykłą bronią, to zazwyczaj gwardziści, a ich zadaniem jest przede wszystkim chronić i kontrolować pozostałych. Od wieluset lat Kyralia nie miała w swych siłach obronnych żołnierzy. Zdarza się tak tylko wtedy, kiedy magów jest mało i wynajęcie ich jest zbyt kosztowne. Ej!

Jayan wykorzystał moment roztargnienia Dakona i uderzył w jednego z magów mistrza. Dakon nie zdołał wzmocnić na czas tarczy, więc pionek zamigotał i zaczął się topić. Mistrz westchnął i ignorując triumfalny uśmiech Jayana, usunął figurkę z gry, przywrócił ją ostrożnie do oryginalnego kształtu, póki była gorąca, i odłożył na bok, by ostygła, zanim powędruje z powrotem do pudełka.

– Mistrzu Dakonie.

To odezwał się Tanner. Dakon podniósł wzrok. Woźnica wskazywał podbródkiem w kierunku czegoś znajdującego się dalej na drodze. Mag popatrzył w tamtą stronę i kiedy zorientował się, co ma przed oczami, poczuł, że robi mu się niedobrze. Jayan spojrzał za siebie, a następnie na Dakona. Bez słowa obaj schowali pionki do pudełka, zlikwidowali „przeszkody", a gdy tylko powóz zatrzymał się, wysiedli.

Ponieważ stanęli, Tessia podniosła się, żeby lepiej zobaczyć, co jest powodem postoju. Ich drogę przecinała niewielka rzeczka, wezbrana po deszczach. Woda płynęła szybko i wirowała wokół potrzaskanych podpór mostu oraz wraków powozów, które najwidoczniej przejeżdżały akurat w chwili, gdy most się zawalił.

Po obu stronach rzeczki tłoczyli się ludzie, co wskazywało na to, że wypadek zdarzył się już jakiś czas temu i wielu podróżnych musiało się zatrzymać z powodu nieprzejezdnej drogi. Tessia domyślała się, że większość stanowili miejscowi. Wszyscy gapili się teraz na Dakona i Jayana, niewątpliwie oceniając ich kosztowne ubrania. Wzdłuż drogi zatrzymało się kilka wozów – większość po drugiej stronie – wypakowanych najróżniejszymi towarami. Tessia dostrzegła nawet niewielkie stadko reberów, których wełna ociekała wodą, a brzuchy były umazane błotem.

Nagle poczuła delikatne, ale uparte uderzenia o swoje ramiona i głowę. Kiedy wilgoć przeniknęła przez jej ubranie, szybko wzniosła tarczę, żeby osłonić siebie, Tannera i Malię od deszczu. Dakon i Jayan podchodzili właśnie do zniszczonego mostu, otoczeni swoimi tarczami.

Czy powinna pójść za nimi? Jej pomoc na niewiele się zda. Ale może ktoś jest ranny. Tessia upewniła się, że Malia pozostanie pod tarczą, i wydostała się z powozu.

– Och, Uczennico Tessio, czy powinnaś wysiadać z powozu? – spytała niepewnie służąca. – A co jeśli ktoś będzie chciał coś ukraść?

Tessia zatrzymała się na moment i rozejrzała dookoła z uśmiechem.

– Jakże to? Z tobą i Tannerem na pokładzie? Nikt się nie odważy.

Nie było łatwo wygramolić się z powozu w sukience, zachowując przy tym choćby odrobinę powagi. Rąbek natychmiast zahaczył o wystający kawałek drewna, Tessia odwróciła się, by się uwolnić.

– Ale tam był wypadek – upierała się z niepokojem Malia.

– Tym bardziej powinnam rzucić na to okiem – odparła dziewczyna, wyciągając nogę w kierunku ziemi. Nie dosięgła jej, ale nie było wysoko, więc zeskoczyła.

I poczuła, że jej stopa grzęźnie w błocie.

Spojrzała w dół i uniosła spódnicę na tyle, żeby zorientować się, że zapadła się sporo ponad brzeg wysokich bucików, które Malia wynalazła wśród kobiecych ubrań znajdujących się w rezydencji – zapewne należały kiedyś do matki

Dakona. Te buty były wynikiem kompromisu: Tessia chciała coś porządnego na podróż, podczas gdy Malia uważała, że powinna mieć na sobie eleganckie pantofle godne pałacowych dworzan.

Tessia przytrzymała się powozu i wyciągnęła przed siebie drugą stopę w poszukiwaniu twardszego gruntu. Na szczęście natrafiła na niego zaledwie krok dalej. Opierając się teraz jedną nogą na solidnym podłożu, wyciągnęła drugą z błota.

Zgubiła przy okazji swój elegancki but, który natychmiast pochłonęło błoto. Malia westchnęła.

– Widzisz teraz, co miałam na myśli – odezwała się żałośnie. – Zapewne jest już zniszczony. Mam go wyciągnąć?

Tessia podniosła na nią wzrok, czując ukłucie winy. *Biedna dziewczyna będzie miała dziś wieczorem mnóstwo pracy, żeby oczyścić ubrania i buty z błota*, pomyślała. Następnie przeniosła wzrok na zamykającą się dziurę. Zabłocone buty nie powinny jej przeszkodzić w niesieniu pomocy innym. Nie ma jednak sensu utrudniać niepotrzebnie życia Malii.

Starając się nie myśleć o bólu głowy spowodowanym lekcjami Dakona, Tessia skupiła myśli na ziemi i wysiliła wolę. Błoto rozpłynęło się na boki. Kiedy mignął w nim skrawek skóry, dziewczyna skoncentrowała się na stworzeniu wokół buta magicznej osłony, obejmującej go i ciągnącej do góry. But wyskoczył z głośnym plaśnięciem. Tessia chwyciła go i słysząc chlupot w środku, odwróciła i wylała wodę, po czym założyła but z powrotem na nogę. Malia jęknęła, ale nic nie powiedziała.

Tessia spojrzała na nią, wzruszając ramionami.

– Jeśli będę chodziła bez buta, zupełnie zniszczę pończochy.

Malia zmarszczyła tylko nos.

Dziewczyna odwróciła się i skierowała kroki ku mostowi. Minęła uwiązanego w pobliżu dużego konia, którego uprząż wciąż zwisała z boków i szyi. Jayan i Dakon stali przy wjeździe na most z rękami opartymi na biodrach; sądząc po ich twarzach, spierali się o coś. Uszu zbliżającej się do nich Tessii dobiegły pojedyncze słowa.

– ...mnie to zrobić.

– Nie, zbyt duże ryzyko, że złamiesz żebro albo...

Okrążyła szczątki mostu i zrozumiała, o czym mówią. Na jednej z połamanych podpór na środku rzeki zawisł człowiek. Miał na sobie charakterystyczny skórzany fartuch kowala. *Nie wierzę, że oni się o to spierają. Przecież on może w każdej chwili wpaść do wody.*

– Jak długo on tam wisi? – zapytała, podchodząc szybko do Dakona. – Wygląda na zmęczonego.

Jayan zamknął usta z nieukrywaną złością i odwrócił się. Dakon spojrzał na Tessię, po czym z powrotem na nieszczęsnego kowala. Zmrużył powieki.

Oczy mężczyzny otwarły się szeroko ze zdumienia, kiedy jego ciało zaczęło się oddalać od podpory. Krzyknął i chwycił się kurczowo pala, a kiedy jakaś siła odciągnęła go za daleko, żeby mógł go dosięgnąć, zaczął wymachiwać rękami w powietrzu. W pewnym momencie zdał sobie sprawę, że porusza się ku górze, a nie spada na dół, i przestał walczyć. Był to dziwaczny widok: zmoknięty, zszokowany człowiek unoszący się powoli w powietrzu ku brzegowi potoku.

Kiedy jego stopy dotknęły ziemi, kolana się pod nim ugięły i upadł na ziemię. Tessia podbiegła do niego. Nie zauważyła żadnych obrażeń. Miał tylko nieprzytomne spojrzenie i oddychał szybko. Wyczuła jego puls i zaczęła liczyć. Miał zimną skórę. Potrzebował ciepła i suchego ubrania.

Spojrzała w górę i dostrzegła, że wokół niej zgromadziła się grupka ludzi, których miny świadczyły o ciekawości i zadziwieniu. Dakon stał między nimi, wpatrując się w Tessię z nieodgadnionym wyrazem twarzy.

– Jest oszołomiony – powiedziała do niego. – Potrzebuje suchego ubrania i ciepła. Czy jest tu ktoś, kto go zna? Jakiś krewny? Przyjaciel?

– Był z nim chłopak – odezwał się jakiś człowiek z tłumu, występując do przodu. – Woda go zabrała. Utonął.

Pewnie syn albo czeladnik. Skrzywiła się i spojrzała na poszkodowanego, którego wzrok nie stawał się ani trochę przytomniejszy. Może nie usłyszał. Miała taką nadzieję. To ostatnia wiadomość, jakiej on teraz potrzebuje.

– Mogę go zabrać do domu, do żony. – To był ten sam człowiek, który się wcześniej odezwał. – Jechałem w tamtą stronę, ale... – Machnął ręką w kierunku potrzaskanego mostu.

Dom jest po drugiej stronie, domyśliła się.

– Zaraz sobie z tym poradzę – powiedział Dakon. – Zostań tutaj.

Niewielki tłum rozstąpił się, żeby go przepuścić. Jayan pospieszył za nim. Obaj podeszli do lasu rosnącego po jednej stronie drogi, który należał do miejscowego pana, i znikli wśród poszycia.

Tessia spojrzała na mężczyznę, który z nią rozmawiał, po czym znowu opuściła wzrok na leżącego na ziemi kowala.

– Znasz go?

Mężczyzna wzruszył ramionami.

– Zdarzało mi się u niego kupować to i owo. Mieszka w Małym Dymowie, kawałek drogi za rzeką.

– Dobrze mu tak – odezwał się ktoś inny z tłumu. – Chciał przewieźć zbyt ciężki ładunek.

– No i nie zaczekał. Wozy mogą przejeżdżać tylko pojedynczo – dorzucił kolejny głos. – Tak zarządził Mistrz Gilar.

– A skąd *my* mamy to wiedzieć? – wtrącił się następny. – Jeśli wasz pan jest świadomy tego, że most może się zawalić, to powinien coś na to poradzić.

– Teraz będzie musiał – powiedział spokojnie pierwszy z mężczyzn.

– Nie będzie – odparował niski, krępy mężczyzna, który pochylił się nad kowalem. – To sknera. Każe nam używać południowego mostu.

Wśród zgromadzonych rozległy się pomrukiwania i kilka stłumionych przekleństw. Tłumek przybliżył się, zainteresowany rozmową.

– Tędy wiedzie najkrótsza droga z majątku Mistrza Dakona do miasta – powiedziała Tessia. – Jeśli Mistrz Gilar nie zważa na opinie mieszkańców, może przekona go to, że mój nauczyciel potrzebuje bezpiecznego przejazdu.

Tłum zamilkł i Tessia domyśliła się, że zastanawiają się, czy powtórzy ich słowa Mistrzowi Dakonowi. Ich spojrzenia były ostrożne. Tessia nie potrafiła powstrzymać się od postawienia sobie pytania, czy ludzie w majątku Dakona wyrażają się o nim z podobną niechęcią. Czy on zostawiłby niebezpieczny most bez naprawy? Ale przecież Mistrz Gilar pouczył ich, jak korzystać z mostu, i zapewne zamierzał jakoś ten problem rozwiązać. Może czekał na materiały albo robotników, a może na lepszą pogodę do pracy.

Daleki huk zwrócił uwagę wszystkich na las. Tessia wyczuła to w ziemi, poprzez przemoknięte buty. Ludzie spoglądali w tamtym kierunku z nadzieją. Mniejsze drzewa zachwiały się, jakby coś je poruszyło, przemieszczając się w kierunku drogi. W końcu krzaki rozchyliły się, a na ziemię padło wielkie zwalone drzewo.

Pień miał grubość wysokiego człowieka i był dłuższy niż trzy wozy wraz z końmi stojące jeden za drugim. Jasne, świeże drewno w miejscach, gdzie odcięto gałęzie, odróżniało się od ciemniejszej, wilgotnej kory. Dakon i Jayan wyszli z lasu. Zatrzymali się na moment, żeby coś przedyskutować, po czym Dakon podszedł bliżej pnia i wpatrzył się w niego.

Rozległ się trzask i drzewo rozpadło się na pół, przecięte dokładnie przez środek.

Tessia usłyszała, jak wszyscy wokół głośno wciągnęli powietrze. Ona sama chyba też. *No cóż, to* było *imponujące*, pomyślała.

Ludzie przyglądali się, jak mag i jego uczeń pchają połówki pnia do przodu niczym kadłuby statków. Umieścili je nad korytem rzeki i ułożyli obok siebie, tak że między nimi pozostała tylko wąska szczelina. Błoto wokół końców pni rozstąpiło się i nowy most osiadł w gruncie na wysokości drogi.

Jayan przeszedł przez most i umocował jego drugi koniec porządnie w ziemi.

Kiedyś ja też będę umiała to zrobić, pomyślała Tessia. *Oni najwyraźniej posłużyli się mocą, żeby przenieść ten pień, ale jakiej magii użyli, żeby go przeciąć? Nie mówiąc już o samym zwaleniu.* Końce pnia nie były postrzępione ani nadpalone. Cóż, czeka mnie jeszcze wiele nauki. Nagle Tessia poczuła, że perspektywa, iż pewnego dnia ona też będzie umiała posłużyć się magią w tak imponujący sposób, jest ekscytująca i kusząca. *Nie wszystko sprowadza się do walki.*

Jayan wrócił do Dakona, po czym obaj popatrzyli na nią. Dakon wskazał na ich powóz. Tessia zrozumiała, że mają jako pierwsi przejechać przez most, żeby pokazać wszystkim, że to bezpieczne. Ludzie zaczęli się już rozchodzić do swoich wozów i wkrótce po obu stronach mostu uformowały się kolejki.

Spojrzała na kowala. Potrafiłaby wysuszyć jego ubranie za pomocą magii, potrafiłaby go też ogrzać, ale w stanie, w jakim się teraz znajdował, mógłby się tylko jeszcze bardziej wystraszyć. Podniosła wzrok na mężczyznę, który obiecał odwieźć kowala do domu.

– Masz jakiś pled?

Tamten potaknął.

– Pójdę może po mój wóz. – Skrzywił się, spoglądając na rzekę. – Powinienem chyba też wyłowić chłopaka – dodał.

Uśmiechnęła się do niego smutno, ale z wdzięcznością.

– Zrób to szybko, a ja postaram się, żebyście przejechali przez most zaraz za nami.

Oddalił się spiesznie, a Tessia skierowała się ku ich powozowi. Jakkolwiek wolałaby pojechać z kowalem do jego domu i przypilnować, by otoczono go odpowiednią opieką, miała wrażenie, że znalazł się w dobrych rękach. A ona nie była miejscowym uzdrowicielem, poza tym kowal nie odniósł żadnych poważnych obrażeń. Jej ojciec zawsze wiedział, kiedy nalegać na udzielenie pomocy, a kiedy pozwolić ludziom, by sami się o siebie zatroszczyli.

Gdyby jednak Dakon zaczekał chwilkę, kowal mógłby szybciej znaleźć się w domu. Jeśli ten człowiek, który postanowił mu pomóc, przejedzie zaraz za nimi, to pewnie będzie się trzymał blisko ich powozu, dopóki nie dotrze do zjazdu w wiosce. Jeśli choremu by się pogorszyło, Tessia byłaby w pobliżu, gotowa do pomocy.

ROZDZIAŁ 12

Tessia widziała teraz tylko powóz, konie, które go ciągnęły, jego pasażerów, unoszącą się nad ich głowami kulę światła oraz kawałek nieustannie zmieniającego się gruntu pod kołami. Nic nie rozpraszało ciemności po obu stronach drogi, tylko co jakiś czas pojawiały się w nich lśniące oczy, by natychmiast zniknąć w mroku. Gdyby nie droga umykająca im spod kół, Tessia nie byłaby pewna, czy w ogóle posuwają się naprzód, czy tylko podskakują w miejscu.

Gry, które proponował Dakon, skończyły się kilka godzin temu. Jeszcze wcześniej pożegnali się z człowiekiem pomagającym kowalowi, gdy ten zatrzymał się przed sklepikiem w niewielkiej wiosce. Wypadek przy moście wydawał się ginąć w przeszłości.

Tessia uznała, że podróż wcale nie jest tak ekscytująca, jak powinna. Zbyt wiele w niej niewygody i nudy. I głodu. Opóźnienie spowodowane przez zburzony most oznaczało podróż w ciemności, długo po porze ich posiłku.

Wieczory były zazwyczaj znacznie przyjemniejsze. Pierwszej nocy zatrzymali się u sołtysa wioski. W każdej wsi musiał być sołtys, który nadzorował prace w okolicy, a jego dom zawsze miał dodatkowe pokoje gościnne dla pana wioski bądź innego podróżnego. Drugiej nocy zatrzymali się u burmistrza miasta należącego do Mistrza Gilara, dziś zaś mieli nocować w samym dworze.

Jayan wyprostował się nagle na swoim siedzeniu. Chwilę wcześniej chrapał cicho, niemal osuwając się na ramię Dakona – Tessia, prawdę powiedziawszy, miała cichą nadzieję, że do tego dojdzie, ponieważ chętnie zobaczyłaby jego zmieszanie; jednocześnie jednak wolałaby, żeby to nie spowodowało zakłopotania Dakona. Teraz w oczach Jayana pojawiła się nadzieja.

– Światło – oznajmił. – Jesteśmy prawie na miejscu... nareszcie.

Tessia odwróciła się i dostrzegła pojedyncze, samotne światełko na drodze powozu. Migotało w zamglonym powietrzu. Kiedy przybliżyli się do niego, okazało się, że to zwykła lampa oliwna zawieszona na palu w miejscu, gdzie od głównej drogi odchodziła boczna. Tanner skierował konie w tamtym kierunku.

Patrząc na znikające za nimi światełko, Tessia zastanawiała się, czy znaleźliby drogę, gdyby nie była dobrze oznaczona. Doszła do wniosku, że zapewne ich gospodarz wysłał służącego, żeby zapalił znak.

Nowa droga była mniej zniszczona i wyboista. Konie zwolniły nieco na podjeździe pod górę. Tessia nie mogła się już doczekać, kiedy znajdą się w domu pana tych ziem, nie miała natomiast wcale ochoty spotykać się z tym człowiekiem. Przecież z powodu jego zaniedbania *mógł* się zawalić most. Przez ostatnie kilka godzin Tessia usiłowała przekonać samą siebie, że powinna okazać szacunek, którego nie czuła, i powstrzymać się od powiedzenia wszystkiego, co leży jej na sercu.

Powóz skręcił ostro, wjeżdżając do ocienionej drzewami doliny. Tessia rozejrzała się i dostrzegła na jej końcu szeroką kamienną fasadę rozświetloną wieloma lampami.

Ten dwór był większy od rezydencji Dakona. Większy od wszystkich budynków, jakie dotychczas widziała. Wysoka ściana, na której pyszniły się dwie wieże, zamykała dolinę. Jedynymi oknami były maleńkie, umiejscowione wysoko otwory w wieżach. Pośrodku muru znajdowała się szeroka drewniana brama.

– To rezydencja Mistrza Gilara – powiedział Dakon. – Zbudowano ją jeszcze przed najazdem sachakańskim, kiedy magów było niewielu i opłacało się budować takie fortyfikacje, zdolne odeprzeć jedynie niemagiczny atak.

Kiedy powóz zbliżył się do muru, okazałe podwoje zaczęły się powoli otwierać. Wjechali na niewielki dziedziniec. Przed nimi wznosiła się kolejna ściana. Przejechali przez sklepiony tunel na jeszcze jeden dziedziniec, zadaszony i wybrukowany.

Z mniejszych niż główna brama, ale wciąż potężnych drewnianych drzwi wyszedł niewysoki, szczupły mężczyzna o lekko siwiejących czarnych włosach.

– Mistrzu Gilarze – powitał go Dakon, wysiadając z powozu.

– Mistrzu Dakonie – odparł tamten.

Mężczyźni przywitali się krótkim uściskiem. Kiedy Jayan, Tessia i Malia zsiadali, w bocznych drzwiach pojawili się służący. Jeden z nich podszedł, żeby porozmawiać cicho z Tannerem, który trzymał teraz uprząż. Któraś z dziewcząt skinęła na Malię, a ta uśmiechnęła się i podeszła do niej.

– Znasz już Ucznia Jayana – mówił tymczasem Dakon.

– Owszem – potaknął Gilar lekko schrypniętym głosem. – Witaj ponownie, młodzieńcze. A to zapewne twoja nowa uczennica? – Odwrócił się z uśmiechem do Tessii. – Ta, o której wspominałeś w liście?

– Tak, to Uczennica Tessia – powiedział Dakon. – Samorodna... córka Verana, uzdrowiciela z Mandryn.

– Witaj, Uczennico Tessio – rzekł do niej Gilar.

– Witaj, Mistrzu Gilarze.

Gilar odwrócił się znów do Dakona i wskazał na podwójne drzwi. Magowie weszli do środka, Jayan udał się za nimi, a Tessia powlokła się na końcu, zauważając po drodze, że Malia znikła gdzieś ze służącymi. Nagle poczuła się nieswojo w tym miejscu.

Nigdy nie należałam do świata służących, nie zajmowałam się potrzebami ludzi ważniejszych i bogatszych ode mnie. Nie należałam też do świata możnych. Niespodziewanie odkryła, że jest zadowolona, iż urodziła się w tak dogodnym stanie, pomiędzy dwoma przeciwieństwami, zależna wprawdzie od potężnego człowieka, ale o wyższej pozycji od służących i z większą od nich wolnością. Tyle tylko, że kiedy to przemyślała, stwierdziła, że zadaniem uzdrowiciela było zajmować się potrzebami wszystkich, którzy tego wymagali, włącznie ze służącymi. Uzdrowiciele byli więc sługami sług. To powinno stawiać ich na samym dole hierarchii.

– Coś was opóźniło? – Usłyszała pytanie Mistrza Gilara.

– Owszem. Zrobiłem dla ciebie tymczasowy przejazd przez rzekę. Kiedy dojechaliśmy do drugiego mostu za słupem granicznym, okazało się, że się zawalił.

Gilar pokiwał powoli głową.

– Znam to miejsce. Od jakiegoś czasu nie mogłem się zdecydować, czy naprawiać ten most. Był dość mocny dla lekkiego ruchu, ale ostatnimi czasy po tej drodze jeździ coraz więcej ludzi.

– Deszcz i wezbrana rzeka zapewne się dołożyły. Most runął, a do wody wpadł wóz kowala. Utonął chłopak.

Gilar skrzywił się.

– Muszę poznać szczegóły. Szczerze mówiąc, miałem nadzieję, że słabość tego mostu może być dla nas korzystna w razie ataku.

Ataku? – pomyślała Tessia. – *Jakiego ataku?*

Dakon uniósł brwi.

– Przede wszystkim uniemożliwiłaby ludziom ucieczkę. – Wzruszył ramionami. – Tymczasowy przejazd, który utworzyłem, jest nierówny i wąski. Musisz zastąpić go porządnym i dostatecznie szerokim, by wozy mogły się mijać, przydadzą się też barierki dla bezpieczeństwa.

Gilar wzruszył ramionami.

– Oczywiście. Ale zostawmy planowanie na później. W tej chwili ty i twoi towarzysze nie pogardzicie zapewne kąpielą i kolacją. Kazałem służącym przygotować dla was pokoje.

Weszli do wielkiego holu, który w porównaniu z ogromem całego budynku zdawał się skromny. Gilar poprowadził ich schodami na korytarz, a następnie wskazał pokoje dla Mistrza Dakona, Tessii i Jayana po obu jego stronach.

– Wykąpcie się – powiedział – i spotkamy się na kolacji.

Na progu pokoju Tessii stała młoda służąca, która otworzyła drzwi, gdy tylko dziewczyna podeszła. W środku znajdowały się zwyczajne meble sypialniane, kufer podróżny Tessii i wanna pełna wody. Nad nią pochylały się dwie służące: jedna z wielkiego dzbana nalewała wody, druga trzymała podobne naczynie, tyle że puste. Kobiety odwróciły się do Tessii, kłaniając się jej, i wyszły z pokoju, wynosząc swoje dzbany.

Młoda dziewczyna pokazała Tessii gąbki, olejki, grzebienie i ręczniki.

– Czy ktoś ma ci pomóc, Uczennico Tessio? – spytała.

– Nie, dziękuję.

– W takim razie kiedy będziesz gotowa, wyjdź z pokoju, a ja poprowadzę cię na kolację.

Gdy dziewczyna wyszła, Tessia za pomocą odrobiny magii podgrzała wodę do kąpieli, zdjęła z siebie kolejne warstwy podróżnego stroju. Brzeg spódnicy był oblepiony zaschniętym błotem. Pończochy miała poplamione, a buty wyglądały jak marny cień samych siebie. Ciepła woda rozluźniła mięśnie obolałe od podskakiwania powozu, więc Tessia przez chwilę wylegiwała się bez ruchu, zadowolona z tej chwili spokoju, a następnie wygramoliła się z wanny i wytarła. Zajrzała do środka i odkryła, że woda jest aż gęsta od brązowego osadu, który właśnie opadał na dno.

Nie miałam pojęcia, że jestem taka brudna, pomyślała. *I jakim cudem ubrudziłam sobie łokcie?*

Przebrała się w czystą sukienkę, uczesała włosy i spięła je ciasno na karku. Następnie otworzyła drzwi pokoju i wyjrzała na korytarz. Młoda służąca czekała na zewnątrz. Skinęła Tessii głową.

– Proszę pójść za mną, Uczennico Tessio.

– Czy Mistrz Dakon i Uczeń Jayan już poszli?

– Tak, Uczennico Tessio.

Rozpoczęły kolejną wędrówkę po korytarzach tego domu, schodząc na niższy poziom. Służąca zatrzymała się w drzwiach i wdzięcznym gestem wskazała Tessii, że ma wejść do środka.

– Mistrzyni Pimia i jej córka Faynara czekają w środku – powiedziała.

Tessia przekroczyła próg i zobaczyła dwie kobiety siedzące przy niewielkim okrągłym stoliku. Jedna z nich była starsza, aczkolwiek nie tak wiekowa jak Mistrz Gilar. Tessia domyśliła się, że to Mistrzyni Pimia. Młodsza z kobiet była niewysoka i pulchna, miała ładne rysy. Obie popatrzyły na Tessię i wstały, by się przywitać.

– Ty jesteś Uczennica Tessia? – spytała starsza i nie czekając na odpowiedź, rzekła: – Jestem Mistrzyni Pimia, a to Faynara. Usiądź, proszę. Pewnie umierasz z głodu. Służący już są gotowi i zaraz wniosą pierwsze danie.

Tessia pozwoliła usadzić się na krześle. Kiedy zajęła miejsce przy stole, pozostałe kobiety uczyniły to samo. Tessia rozejrzała się po pokoju, ale raczej po to by potwierdzić swoje przypuszczenia, niż żeby oglądać meble. Nie było innych stołów ani krzeseł.

– Dziękuję za kąpiel, Mistrzyni Pimio – powiedziała. – Czy Mistrz Gilar i Mistrz Dakon dołączą do nas?

Pimia machnęła ręką.

– Och, nie. Mężczyźni zjedzą w swoim gronie. Mają do omówienia ważne sprawy. Magię. Politykę. Historię. – Wzruszyła lekceważąco ramionami, a Faynara skrzywiła się. – Nie miałybyśmy szansy się odezwać, gdybyśmy mieli jeść wszyscy razem.

Tessia była rozczarowana. Czy uczennice – a nawet dorosłe magiczki – zawsze są wykluczane z „ważnych" rozmów? Poczuła również zazdrość i złość. Dlaczego Jayanowi wolno rozmawiać o magii, a jej nie? *Nie mam pewności, że Jayan jest z nimi. Może tylko Gilar i Dakon, dwaj magowie, rozprawiają o tym, o czym zwykli rozprawiać magowie, a Jayan je gdzieś jeszcze osobno.*

– Jak to się stało, że zostałaś uczennicą maga? – spytała Faynara.

W umyśle Tessii bez ostrzeżenia pojawiła się szydercza twarz Takady. Odepchnęła od siebie ten obraz i odrazę, jaką w niej wzbudzał.

– Przypadkiem. Nie wiedziałam nawet, że posłużyłam się magią, dopóki Mistrz Dakon mi o tym nie powiedział, a on też nie był pewny, do czasu gdy mnie zbadał.

– Jesteś samorodna! – zawołała Faynara, promieniejąc z zachwytu. – Ależ masz szczęście. Co wcześniej robiłaś?

Na czole Mistrzyni Pimii pojawiła się niewielka zmarszczka.

– Pomagałam ojcu, który jest uzdrowicielem.

– Ach – westchnęła z aprobatą Pimia. – To tłumaczy, dlaczego tak poprawnie się wyrażasz.

– Ja też mam talent magiczny – oznajmiła z dumą Faynara.

Tessia spojrzała na nią z zainteresowaniem.

– Od ilu lat się uczysz?

– Och, ja jestem uśpiona – wzruszyła ramionami dziewczyna.

Tessia zmarszczyła brwi.

– Uśpiona?

– Postanowiliśmy nie rozwijać zdolności Faynary – odparła Mistrzyni Pimia, uśmiechając się do córki. – Nie chciała zostać magiczką, ale same zdolności powinny zyskać jej interesujących zalotników. Jej starszy brat uczy się u Mistrza Ruskela w majątku Felgar.

– Czyżby… czyżby nauka magii odstraszała zalotników? – spytała niepewnie Tessia.

Dwie kobiety zaśmiały się cicho.

– Być może – odpowiedziała Pimia. – Ale przede wszystkim nauka magii Faynary trwałaby bardzo długo, a niewiele by jej to dało, jeśli nie liczyć paru przydatnych sztuczek. Lepiej niech dziewczyna się nauczy, jak prowadzić dom i być dobrą żoną.

– Nie powinno się zostawać magiem dla kilku użytecznych sztuczek – dodała Faynara, krzywiąc się. – Trzeba się temu oddać całkowicie. A edukacja trwa *latami*. Nie ma sensu wychodzić za mąż i mieć dzieci, dopóki nie skończy się nauki, no i trzeba jeździć wszędzie tam, dokąd udaje się nauczyciel.

Tessia pomyślała o poglądach Jayana, że obowiązkiem maga jest ochrona ludzi i kraju. Zastanawiała się, co on by pomyślał o tym, że Faynara odrzuciła szansę zostania magiczką. Córka Gilara na nic się nie przyda, gdyby Kyralia została zaatakowana.

A może jednak? Jako uśpiony mag będzie potężnym źródłem mocy. Słuchając, jak dziewczyna wymienia zalety nieuczenia się magii, wśród których była możliwość odwiedzania przyjaciół i robienia zakupów w Imardinie, kiedy tylko przyjdzie jej na to ochota – Tessia uznała, że Faynara nigdy w życiu nie mogłaby być pilną uczennicą.

Następnie przypomniała sobie lekcję Mistrza Dakona o fizycznych ograniczeniach magów. Być może istnieją również ograniczenia psychiczne. Uczenie kogoś, kto się nie przykłada, bywa zapewne trudne, ale uczenie kogoś, kto nie traktuje swojej mocy poważnie, to już katastrofa.

– Gilar powiedział mi, że zostaniecie na jeden dzień i wyjedziecie dopiero pojutrze – odezwała się Pimia. – Musimy ci w takim razie znaleźć jakąś rozrywkę na jutro.

Tessia potwierdziła z uśmiechem. *Ciekawe, co też te kobiety uważają za rozrywkę?*

– To twoja pierwsza podróż do Imardinu? – spytała Faynara.

– Tak.

– Och! – Faynara klasnęła. – Ależ musisz być tym podekscytowana. Opowiem ci, gdzie znajdziesz najlepszych jubilerów, szewców i krawców!

Tessia wprawdzie nie sądziła, by kieszonkowe od Mistrza Dakona mogło wystarczyć na takie luksusy, uznała jednak, że może warto przysłuchać się radom dziewczyny. Nawet gdyby sama ich nie potrzebowała, będzie przebywać w towarzystwie kobiet, dla których takie rzeczy są bardzo istotne.

Skoro więc mają mnie ominąć ważne rozmowy, muszę prowadzić te nieszczególnie istotne z takimi kobietami jak Pimia i Faynara. Świadomość, co one uważają za ciekawą rozmowę… i rozrywkę, może okazać się użyteczna.

W wieczór poprzedzający wyjazd do Imardinu Dakon opowiedział Jayanowi o Kręgu Przyjaciół i prawdziwym powodzie ich wyprawy do stolicy. Ta wiadomość była dla Jayana sporą niespodzianką, ale też napełniła go dumą. Cieszył się, że mistrz postanowił mu zaufać, przerażała go jednak myśl, że ich obawy mogą się okazać uzasadnione i Sachakanie znów zaatakują Kyralię. Nie potrafił się zwyczajnie cieszyć zaufaniem, jakim obdarzył go nauczyciel, ponieważ ilekroć o tym myślał, zaczynał martwić się przyszłością. Czy jest gotowy do walki, gdyby stała się ona konieczna? I czy Kyralia jest na to gotowa?

Kiedy pomyślał, że Dakon może zginąć, czuł ucisk w piersi. Nie zdawał sobie sprawy, jak bardzo szanował i lubił swojego mistrza i nauczyciela. Przyłapał się również na tym, że martwi się o Tessię. Gdyby zostali zaatakowani, Dakon będzie potrzebował jego pomocy. Tessia jednak jest zbyt młodą uczennicą, żeby dobrze walczyć. A przede wszystkim nie lubi walki i nie miała czasu, żeby się jej nauczyć. Będzie potrzebowała ochrony. Tymczasem Jayan musi być lojalny wobec Dakona. Musi wierzyć, że mag zdoła ochronić Tessię, lub też odeśle ją w jakieś bezpieczne miejsce.

Dakon nie chciał, żeby Tessia znała prawdziwy powód podróży do Imardinu. Wyjazd tak daleko od rodziców będzie wystarczająco trudny, nie trzeba jej więc obciążać myślą o możliwości ataku Sachakan. Jej pierwsza wizyta w stolicy powinna pozostawić przyjemne wspomnienia.

Nic więc dziwnego, że nie została zaproszona na kolację. Zapewne zjadła posiłek z żoną i córką Mistrza Gilara. *To dla niej całkiem nowe doświadczenie. Gilar oczywiście nie ożenił się z Pimią dlatego, że jest szczególnie inteligentna, ale dlatego, że pochodzi ona z magicznie uzdolnionej rodziny, Faynara nie jest wiele lepsza. Ale przynajmniej mają dobre maniery. Nie okażą Tessii otwarcie pogardy, nie będą też usiłowały jej zmanipulować czy oszukać.*

Rozmowa między Dakonem i Gilarem dotyczyła niemal wyłącznie zagrożenia ze strony Sachaki i planowanego spotkania Dakona z królem. Mistrz Gilar najpierw twierdził uparcie, że żaden Sachakanin nie odważy się zaatakować Kyralii, następnie uznał, że los krainy jest przesądzony, po czym znów wrócił do swych pierwotnych poglądów. Te ciągłe wahania, od nadmiernej pewności do skrajnego zniechęcenia, na początku dziwiły Jayana, potem zaś wprawiły go w rozczarowanie.

Obawiam się, że Mistrz Gilar jest nieco szalony. Nie dostrzega rzeczywistości. Nie wyobrażam go sobie podczas bitwy – byłby raczej przeszkodą. Dakon musiał przekonywać Gilara, że szkolenie chłopów do walki kosztem porzucenia przez nich plonów i trzody nie ma sensu, podobnie jak budowanie umocnień wokół granic majątku. Jayan zastanawiał się, czy Gilar kiedykolwiek uczył się strategii wojennej. Ten człowiek miał mylne wyobrażenie na temat tego, na jak długo fizyczne przeszkody mogą powstrzymać atak magów. W jednej chwili nie dostrzegał wartości swoich ludzi jako źródeł, w następnej załamywał ręce na myśl o tym, że mogliby wpaść w paszczę wroga i w ten sposób wesprzeć jego siły.

Kiedy kolacja wreszcie się skończyła, Jayan był wyczerpany nieustannym powstrzymywaniem chęci powiedzenia temu człowiekowi, że jest idiotą. Czuł też niewypowiedzianą wdzięczność wobec losu za to, że obdarzył go nauczycielem tak rozsądnym jak Mistrz Dakon. *Współczuję każdemu, który miałby pobierać lekcje od Mistrza Gilara.*

Skończyli posiłek późnym wieczorem, długo po tym, jak kobiety położyły się spać. Zamiast jednak udać się do swojego pokoju, Dakon dał znak Jayanowi, żeby poszedł z nim do niewielkiego saloniku tuż obok.

– Nie jesteś zmęczony? – spytał Jayan.

Dakon skrzywił się.

– Jestem, ale nie będziemy mieli wielu okazji do rozmowy na osobności. Co sądzisz o Mistrzu Gilarze?

Jayan usiadł.

– Dziwi mnie, że został przyjęty do Kręgu Przyjaciół.

– Ach, jest przecież lokalnym magiem. Czemu miałby zostać pominięty?

– Przecież na nim nie można polegać. Wciąż zmienia zdanie.

Dakon zaśmiał się.

– Myślę, że gdyby wszelkie wątpliwości dotyczące inwazji zostały rozwiane, stałby się bardziej… zdecydowany.

– Mówiąc o rozwiewaniu wątpliwości, masz na myśli inwazję jako fakt dokonany?

– Tak.

– A czy nim do tego dojdzie, można liczyć na jego wsparcie?

– Och, tak. Ale to człowiek, któremu łatwiej jest wykonywać polecenia innych, niż samemu zdecydować się na działanie. Problem w tym, że w Kręgu nie ma zgody co do tego, czy powinniśmy się zacząć przygotowywać, a jeżeli tak, to w jaki sposób. – Dakon przeciągnął się i ziewnął. – Gilar ma dobre intencje, tyle tylko, że nie zawsze potrafi konsekwentnie trwać przy nich.

Jayan potaknął, myśląc o moście.

– Natomiast w Imardinie jest sporo osób, które są jego całkowitym przeciwieństwem – ciągnął Dakon. – Ich intencje wcale nie są dobre, ale potrafią doskonale bronić swojego stanowiska. Będziemy musieli postępować ostrożnie.

– Przecież udzielenie nam pomocy leży w ich interesie. W żaden sposób nie skorzystają na inwazji wroga, chyba że... myślisz, że są wśród nich zdrajcy? Większość kyraliańskich rodów ma powiązania z Sachakanami, jeśli spojrzeć kilka pokoleń wstecz.

– Nie. W każdym razie jeszcze nie, poza tym wątpię, by to miało być powodem. Po dwustu latach wszyscy uważają się za Kyralian. Będą o sobie myśleć raczej jako o potomkach tych, dzięki którym uzyskaliśmy niezależność, niż Sachakan, którzy nas podbili i rządzili tu kilka pokoleń wstecz.

– Powinieneś posłuchać mojego ojca – skrzywił się Jayan. – On twierdzi, że to dzięki małżeństwom z Sachakanami Kyralianie nabrali nieco siły. Czasem mam wrażenie, że chciałby osobiście im za to podziękować.

Dakon uśmiechnął się.

– Ale mimo to czuje dumę z tego, że jest Kyralianinem?

– Nieznośną – odparł Jayan z westchnieniem. – Nie sądzę, żeby marzył o sachakańskiej inwazji. Podejrzewam, że sama wzmianka o czymś takim mogłaby zostać uznana za zdradę?

– Niektórzy będą uważać, że jeśli Sachakanie zajmą przygraniczne majątki, to im samym nic się nie stanie. Będą skłonni pójść na układy, oddać Sachakanom część ziem w zamian za odstąpienie od wojny. Musimy ich przekonać, że w dalszej perspektywie to im się nie opłaci.

– Myślisz, że się nas spodziewają i są przygotowani?

– Być może. Nie jest żadną tajemnicą fakt, że pograniczni magowie zawiązali rodzaj sojuszu w razie możliwego najazdu.

Nie jest tajemnicą.

– Gilar nie sprawiał wrażenia szczególnie ostrożnego. Tessia była dość zaskoczona jego uwagą na temat mostu i jego znaczenia na wypadek inwazji.

Dakon zmarszczył brwi i westchnął.

– I tak będę w końcu musiał jej powiedzieć. Tyle tylko... to trochę okrutne, ona dopiero co odkryła swoją moc. W jednej chwili otrzymuje wspaniały prezent, w następnej może być zmuszona użyć go w walce.

Jayan poczuł niepokój.

– W walce?

– No cóż... jako źródło, nie dosłownie. Ale to też niesie z sobą ryzyko. – Dakon wbił zamyślony wzrok w Jayana. – Zauważyłem, że wprawdzie zrobiłeś się dla niej milszy, ale ona wciąż jakby się ciebie bała.

Jayan skrzywił się.

– Owszem. Myślę, że nie wybaczyła mi tego, jak się zachowywałem, kiedy się u nas zjawiła.

– Zmieniłeś zdanie na jej temat?

– Trochę – przyznał Jayan niechętnie.

– Cóż to sprawiło?

Jayan poruszył się na krześle, unikając wzroku Dakona.

– Coś… się stało. Zanim wyjechaliśmy. Starałem się zachowywać przyjaźnie, ale wciąż wychodziłem na głupka. Ona się wycofała. Nie pamiętam dokładnie co… – Urwał, przypominając sobie tę chwilę i wciąż czując w sobie echo tego, co sobie wtedy z podziwem uświadomił. – Nie chodzi o to, co powiedziała, ale jak to powiedziała. – Potrząsnął głową. – To było tak, jakbym nagle zobaczył przyszłość. Kiedy ona mówi o czymś, co naprawdę zna, to ma w sobie taką *żarliwość*. Wyobraziłem sobie, jak to będzie, kiedy ona dorośnie i nabierze pewności siebie, i to było prawie… przerażające.

Dakon zaśmiał się.

– Masz rację. Ona jest samorodna. Możliwe, że przewyższy mocą nas obu, a na dodatek jest w niej skupienie i dyscyplina jak u kogoś, kto od dawna przywykł do nauki.

Jayan milczał przez chwilę. Dakon nie do końca zrozumiał, o co mu chodziło. *Że też nie potrafię lepiej tego wytłumaczyć.* Nie miał pojęcia, jak to zrobić. Kiedy dostrzegł w Tessii coś, co potrafił w niej polubić, jej zapał do leczenia i zabieranie Dakonowi czasu przestały nagle mieć znaczenie. Zaczął się przekonywać, że lubi ją za coraz więcej rzeczy. Na przykład za praktycyzm i za to, że nie stroi fochów. Za to, że wolała nie przyznać się do niewygody, nawet jeśli przyczyniało jej to kłopotów, zamiast narzekać. Za to, że miała imponującą wiedzę medyczną, która sama w sobie była zadziwiająca u tak młodej osoby.

Niestety nie miał jednak pojęcia, jak to przekazać ani jak przeprosić za swoje wcześniejsze zachowanie. Ona zatem ciągle uważała, że Jayan jej nie znosi, i odpłacała pięknym za nadobne. *Jak ja mam jej dać do zrozumienia, że mi już nie przeszkadza, skoro musiałbym przyznać, że na początku jej nie znosiłem? Poza tym ona stara się mnie nie zauważać.*

– Myślisz, że jej przejdzie zapał uzdrowicielski? – spytał.

– Mam nadzieję, że nie. Mnóstwo magów marnuje wolny czas na mniej pożyteczne rzeczy.

– A czy ma szanse na przyjęcie do Gildii Uzdrowicieli? – Jayan snuł na głos swoje rozmyślania. Nie słyszał nigdy o magu, który pobierałby nauki w Gildii Uzdrowicieli, prawdę mówiąc, o magu w żadnej innej też nie. Gildie mogły czasem pomagać magom, ale sam pomysł, że miałyby ich przyjmować w poczet uczniów był niepoważny.

– Niewykluczone. Ale ona może nie chcieć do nich wstępować, nie będzie potrzebowała ich wsparcia, żeby zarobić na życie.

Jayan zamyślił się nad tym, rozważając swoje wcześniejsze przemyślenia na temat jej przyszłości. Powątpiewał dawniej, jakoby miała szanse na wysoko płatne magiczne zadania, ze względu na niskie pochodzenie i brak powiązań z potężnymi rodami. Ale może on zdoła jej jakoś pomóc, kiedy nadejdzie czas. A może zyska jakichś wpływowych przyjaciół podczas wizyty w Imardinie.

– Co ona będzie robić, kiedy ty pójdziesz na spotkanie z Kołem i królem?

Dakon uśmiechnął się.

– Myślę, że żona Everrana zapewni jej mnóstwo zajęć.

Jayan skrzywił się lekko.

– Chcesz ją zostawić w rękach Aravii?

– Nie zaszkodzi jej to. – Dakon podniósł się z westchnieniem. – Chodźmy lepiej spać. Mistrzyni Pimia zapewne naszykowała dla nas jakiś bezsensowny plan na jutro, a Gilar będzie chciał kontynuować rozmowę.

Jayan wstał i ruszył w kierunku drzwi do swojego pokoju. Czy kobiety, z którymi Tessia ma spędzać czas w Imardinie, zaakceptują ją? Jeśli kogoś nie lubią, potrafią okazywać to w sposób bardzo okrutny.

W takim wypadku pokażę im, że tego nie pochwalam. Istnieją pewne zalety bycia synem wpływowego kyraliańskiego arystokraty, nawet nielubianego. Może w ten sposób wynagrodzę jej to, że na początku byłem dla niej niemiły.

Wszedł do sypialni i zamknął za sobą drzwi.

Muszę tylko przestać mówić rzeczy, które ona może opacznie zinterpretować.

ROZDZIAŁ 13

Najpierw oczom zdumionej Tessii ukazała się dziwaczna równina w zagłębieniu między dwoma wzgórzami. Wyglądała niczym drugie niebo, tyle że ciemniejsze, i znajdowała się w miejscu, gdzie powinna być ziemia.

Potem powóz wyjechał zza zakrętu prowadzącego na drugą stronę wzgórza, a przed Tessią roztoczyła się ogromna błękitna przestrzeń. Domyśliła się, że to musi być morze. Bo cóż innego? Płaskie, ale nieustannie w ruchu, niczym żywa istota. Pofalowane jak powierzchnia stawu pieszczonego bryzą, niekiedy zaś burzące się jak wezbrany potok. Na wodzie dostrzegała to, co dotychczas oglądała tylko na malowidłach. Małe, maluteńkie stateczki i jeszcze mniejsze łodzie.

Nie zdążyła się jeszcze przyzwyczaić do tego widoku, kiedy pojawiło się przed nią miasto Imardin.

Domyśliła się, że są już blisko. Ruch na drodze się zwiększył, wciąż pojawiali się nowi ludzie, a także wozy, bryczki i zwierzęta. Droga wiła się wzdłuż rzeki Tarali ku wzgórzom na południu. Tessia dowiedziała się wcześniej, że miasto jest położone u stóp najbliższego z nich. Wiedziała również, że leży u ujścia rzeki do morza, dzięki czemu statki mogą bezpiecznie cumować.

Kiedy powóz wytoczył się zza wzniesienia, przed jej oczami rozłożył się dywan z kamienia i dachówek i Tessia otwarła szeroko oczy w zachwycie.

– Wyglądasz na zaskoczoną, Tessio – odezwał się Jayan, uśmiechając się łobuzersko.

– Jest większe, niż się spodziewałam – przyznała, tłumiąc poirytowanie.

– Imardin jest trzy razy mniejszy niż Arvice, stolica Sachaki – powiedział Dakon. – Ale Sachakanie budują głównie niskie, parterowe domy, podczas gdy kyraliańskie rezydencje mają po dwa, albo i trzy piętra i stoją bliżej siebie, zajmują więc mniej miejsca.

Odwróciła się do niego.

– Byłeś w Arvice?

Potrząsnął głową z uśmiechem.

– Nie, ale opowiadał mi o tym mieście przyjaciel, który nie ma skłonności do przesady.

Tessia z powrotem popatrzyła na Imardin i usiłowała rozpoznać miejsca, które oglądała na mapie i na obrazkach. Droga, którą przemierzali i która od pewnego momentu była już brukowana, przecinała miasto łagodnym łukiem, by następnie biec wzdłuż brzegu morskiego.

Po tej stronie, z której nadjeżdżamy, nazywa się ona Drogą Północną, w środku miasta to Główna Droga, po drugiej stronie zamieni się w Drogę Południową, przypominała sobie. *Proste i logiczne.*

Równolegle do Głównej Drogi biegło pięć szerokich ulic – każda położona nieco wyżej na zboczu. Z doków w górę pięła się kolejna arteria, przecinająca wszystkie sześć ulic, prowadząca do Pałacu Królewskiego. Była to Aleja Królewska, a tam gdzie spotykała się z Główną Drogą, znajdował się obszerny Rynek.

Budynki wznoszące się tuż przed oczami Tessii nie pozwalały dojrzeć tego wszystkiego. Widziała, że niektóre dachy układają się zgodnie z biegiem ulic, ale w większości była to plątanina rozmaitych kształtów i rozmiarów. Wyróżniały się tylko wieże Pałacu Królewskiego w najwyższej części miasta. Kiedy powóz dotarł do pierwszych zabudowań, stało się jasne, że nie jest to uporządkowane miasto, które pokazywały mapy.

Te pierwsze domy były lepiankami zbudowanymi najwyraźniej ze śmieci. Ledwie je było widać zza gromad brudnych, chudych ludzi w potarganych łachmanach. Do powozu przykuśtykała kobieta, w której ustach można było dostrzec zaledwie kilka poczerniałych pieńków zębów. W ręce trzymała koszyk pomarszczonych owoców. Tessia zauważyła, że kobieta utrzymywała pewien dystans. Inni ludzie też podchodzili do przejeżdżających, oferując towary, które nie były ani świeższe, ani ładniejsze. Tessia spojrzała za siebie i dostrzegła las rąk wyciągniętych w błagalnym geście – rąk dziesiątek ludzi przykucniętych pod ścianami lepianek, jakby pozdrawiających przejeżdżający powóz. To żebracy, uświadomiła sobie, wyciągający ręce lub miski po pieniądze. Przyjrzawszy się bliżej, dostrzegła wrzody, które powinno się wyczyścić i opatrzyć – oznaki choroby wywoływanej przez niewłaściwe odżywianie. Narośle, które sprawny chirurg usunąłby bez problemu. Poczuła w nozdrzach odór śmieci, odchodów, rzygowin i stęchłego potu.

To ją paraliżowało. Była w szoku. Ci ludzie potrzebują przecież pomocy. Potrzebują całej armii uzdrowicieli. Miała ochotę wyskoczyć z powozu i coś zrobić… ale co? Nie miała przy sobie ani torby z lekami, ani narzędzi. Nie miała palnika, żeby wypalić do czysta ostrze. Nie miała ostrza, które mogłaby wypalić. No i od kogo miałaby zacząć?

Zalała ją fala rozpaczy, jakby nagle lunął lodowaty deszcz, wyziębiając ją do kości. Opadła na siedzenie i poczuła, że ktoś na nią patrzy. Mistrz Dakon. Nie podniosła oczu. Wiedziała, że zobaczy na jego twarzy współczucie, a w tej chwili nie miała na to ochoty.

Powinnam być wdzięczna, że on mnie rozumie. On wie, że chciałabym uzdrawiać tych ludzi, ale nie mogę. Nie chcę jego współczucia, chcę wiedzy, środków i swobody, żebym mogła im pomóc. A także wyjaśnienia, dlaczego tak żyją – i dlaczego nikt nic z tym nie robi.

Droga poszerzyła się nagle i wjechali na pustą przestrzeń. Po jednej stronie widać było statki i łodzie przywiązane do długich drewnianych kładek wychodzących w głąb rzeki. Po drugiej zaś spomiędzy wielkich kamiennych domów schodziła szeroka ulica. Tessia doszła do wniosku, że musi to być Rynek.

– Czy tu nie powinno być straganów? – spytała.

– Tylko kiedy jest targ, co pięć dni – wyjaśnił Dakon.

Powóz skręcił i wmieszał się pomiędzy inne zmierzające ku Alei Królewskiej. Jechali powoli. Co pewien czas jakiś wielki i wymyślny pojazd przebijał się między innymi, a kolorowo ubrani mężczyźni krótkimi biczykami zmuszali pozostałych podróżnych do ustąpienia z drogi. Tessia dziwiła się, że nikt nie protestuje przeciwko tej brutalności. Pięknie odziana para z trójką dzieci siedząca w jednym z takich powozów zdawała się nie zwracać na to uwagi. Mistrz Dakon nie odzywał się i nie reagował, ale ku wyraźnej uldze Tessii Tanner nie torował sobie drogi batem.

Zauważyła również, że większość pojazdów jedzie tak, by środek drogi był wolny. Nawet najokazalsze wyjeżdżały tam tylko na chwilę i natychmiast wracały na swoją stronę. Kiedy pośrodku pojawiła się para galopujących jeźdźców w identycznych ubraniach, Tessia domyśliła się, że to jacyś służący zmierzający do Pałacu. Zapewne istnieje prawo zabraniające blokowania drogi, z której korzystają posłańcy królewscy, a kara czy grzywna za złamanie tego prawa musi być tak poważna, że nawet najbogatsi starają się jej unikać.

– Widzisz budynki po lewej? – spytał Dakon, odciągając uwagę Tessii od ruchu i pokazując jej wysokie ściany z jasnego kamienia wznoszące się blisko drogi. – Zostały zbudowane za rządów Sachakan. Chociaż najeźdźcy budowali tu domy po kyraliańsku, to znaczy wielopiętrowe, kamień przywozili z własnych kamieniołomów, znajdujących się w górach po sachakańskiej stronie.

– W jaki sposób? – zapytała, po czym uświadomiła sobie, że odpowiedź jest jasna, i pokręciła głową. – Niewolnicy.

– Tak.

– Kto teraz tam mieszka?

– Ten, kto miał szczęście odziedziczyć taki dom lub dość pieniędzy, żeby go kupić.

– Ludzie *chcą* mieszkać w domach zbudowanych przez Sachakan?

– Są świetnie zaprojektowane. Ciepłe w zimie, chłodne latem. Najlepsze z nich mają łazienki z wodą doprowadzaną rurami. Uważamy Sachakan za barbarzyńców, ponieważ trzymają innych ludzi w niewoli, ale oni nazywają nas nieokrzesanymi brudasami.

– Ale my przynajmniej czegoś się od nich nauczyliśmy. Przejęliśmy ich technikę, podczas gdy oni nie zrezygnowali z niewolnictwa – wtrącił się Jayan.

– Oddali nam niezależność – zauważył Dakon. – I to dzięki negocjacjom, a nie w wyniku wojny, która zazwyczaj jest ich główną metodą prowadzenia polityki. Może ta zgoda na rozmowy zamiast walki jest jednak jakimś naszym wpływem?

Jayan zamyślił się.

– Może.

– Jak wyglądała Kyralia przed najazdem Sachakan? – spytała Tessia.

– Było tu mnóstwo niezależnych majątków, a ich właściciele równie często kłócili się z sobą jak pozostawali w zgodzie – odparł Dakon. – Nie było jednego władcy, mimo że pan południowych włości zawsze był najpotężniejszy. Kupcy przyjeżdżali do Imardinu, więc miasto bogaciło się na kontroli handlu.

– Czy Król Errik jest potomkiem tamtego pana?

– Nie. Pan południa zginął podczas najazdu. Nasz król pochodzi z rodu jednego z tych ludzi, którzy negocjowali z Sachakanami niezależność Kyralii.

– A jak żyli magowie przed inwazją?

– Nie było ich wielu i w większości zatrudniali się u właścicieli ziemskich. W kronikach zachowanych z tamtych czasów wspomina się o zaledwie siedmiu magach. Nie ma też opisów wyższej magii. Niektórzy uważają, że to Sachakanie odkryli wyższą magię i dzięki niej udało im się tak szybko podbić tyle krain. W końcu je utracili, ponieważ wiedza o tej magii rozprzestrzeniała się w podbitych krajach, a miejscowi mistrzowie zaczęli im dorównywać mocą.

Powóz skręcił teraz w jedną z bocznych ulic. Tessia zorientowała się, że zapomniała liczyć zakręty, rozejrzała się więc za jakimś punktem orientacyjnym, który mógłby jej podpowiedzieć, gdzie się znaleźli. Na ścianie jednego z narożnych budynków zauważyła metalową tabliczkę.

Ulica Czwarta głosił widniejący na niej napis.

Dziewczyna pamiętała z lekcji o Imardinie, że w domach położonych blisko pałacu mieszkali ważniejsi i bardziej wpływowi obywatele niż w dalszych dzielnicach, chociaż nie do końca była to prawda. Niektóre potężne rody miały swoje rezydencje blisko Rynku, ponieważ oni sami albo ich przodkowie utracili część majątku, ale nie wpływy, albo też po prostu *lubili* swoje domy i nie mieli ochoty się przeprowadzać. Nie zdarzały się natomiast odwrotne sytuacje: nikt biedny ani mało znaczący nie mieszkał powyżej Trzeciej Ulicy.

Tessia podczas lekcji o społecznej strukturze miasta zastanawiała się też, czy poszczególne rezydencje zmieniają mieszkańców w zależności od ich bogactwa i wpływów. Dakon powiedział jej jednak, że domy rzadko przechodzą z rąk do rąk. Potężne rody Kyralii nauczyły się utrzymywać swój stan posiadania i tylko bardzo poważne wypadki mogły pozbawić ich rodowych siedzib.

Skoro gospodarze Dakona mieszkali na Czwartej Ulicy, musieli być ludźmi ważnymi. Domy, które widziała tu Tessia, w większości były zbudowane przez Sachakan – albo naśladowały ich architekturę. Powóz zatrzymał się przed wielką drewnianą bramą i cofniętą nieco werandą. Podszedł do nich mężczyzna odziany w liberię i ukłonił się.

– Witaj, Mistrzu Dakonie – powiedział. Następnie ukłonił się sztywno Jayanowi. – Witaj, Uczniu Jayanie. – Po czym, ku zaskoczeniu Tessii, skłonił się również jej. – Witaj, Uczennico Tessio. Mistrz Everran i Mistrzyni Aravia oczekują was i proszą, byście weszli i dołączyli do nich podczas podwieczorku.

– Dziękuję, Lerranie – odparł Dakon, wysiadając z powozu. – Czy pan i pani miewają się dobrze?

– Mistrzyni Aravia czuła się niedawno jak „ledwie żywa", ale w ostatnim miesiącu znacznie jej się poprawiło.

Tessia uśmiechnęła się. „Ledwie żywymi" określano osoby blade i zmęczone, co wynikało z przekonania, że ktoś taki ma zapewne wychłodzone ciało i spowolnione tętno. Ale nie zawsze tak było i powiedzenie to miało więcej wspólnego z tym, co nieuczeni ludzie wywnioskowali z podsłuchanych rozmów uzdrowicieli.

Kiedy wysiedli, woźnica skierował powóz ku znacznie obszerniejszej bramie w fasadzie budynku. Lerran poprowadził ich do środka. Zamiast w wielkim holu, znaleźli się w szerokim korytarzu. Dakon zerknął na Tessię.

– W sachakańskich domach określa się takie pomieszczenie jako „podejście" – powiedział. – Pokój na jego końcu to tak zwany „pokój pana", ponieważ to tam właściciel domu przyjmuje i zabawia gości, a także podaje posiłki.

Pomieszczenie, do którego wkroczyli, było ogromne. Zastawiały je ławy wyściełane poduszkami, a tam gdzie ścian nie zasłaniały wielkie szafy, wisiały obrazy i płaskorzeźby. Rozchodziły się stąd na wszystkie strony liczne drzwi. Nie było widać schodów, dlatego Tessia założyła, że przejście na wyższe piętra musi się znajdować w innej części domu.

Na środku pokoju stała para ludzi i uśmiechała się do gości. *To muszą być Mistrz Everran i Mistrzyni Aravia.* Byli młodsi, niż sądziła Tessia, mogli mieć po dwadzieścia parę lat. Mistrz Everran był wysoki i miał typowo kyraliańskie czarne włosy, ale jego skóra była nieco ciemniejsza, o ładnym, lekko złotawym odcieniu. Tessia uznała, że jest przystojny w pełen wdzięku, zadbany sposób.

Nigdy natomiast nie widziała kobiety, która sprawiałaby takie wrażenie jak Aravia. Ich gospodyni była atrakcyjna, ale emanował od niej jakby chłód. *Ona jest uosobieniem tego, co mama usiłowała mi opisać, kiedy mówiła o „elegancji”*, pomyślała Tessia. W twarzy Aravii było jednak coś jeszcze – łobuzerski błysk, lekkie wykrzywienie warg w uśmiechu – co wskazywało na wesołą naturę ujętą w karby dobrego wychowania. *Na dodatek ta kobieta jest magiczką*, uprzytomniła sobie dziewczyna.

Kiedy Everran witał się z Dakonem, promieniała z niego radość, wymienił z nim uścisk, a raczej poklepał go po ramionach, co Tessia uznała za rodzaj powitania właściwy wyższym sferom. Zauważyła też, że Everran nie zaszczycił Jayana podobnym gestem. Mistrz Gilar zresztą też nie, jak sobie przypominała. Może Jayan nie jest albo nie będzie dość ważny, zanim nie zostanie samodzielnym magiem.

Mistrzyni Aravia nie poszła w ślady męża, ale uśmiechnęła się i pogłaskała Dakona po policzku.

– Miło cię znów widzieć, Dakonie – powiedziała niskim, ciepłym głosem, po czym zwróciła się do Jayana: – Witaj ponownie, Jayanie z Drayn.

We wzroku obojga gospodarzy Tessia wyczuwała pewną czujność. Kiedy zwrócili się do niej, wiedziała, że dokładnie ją lustrują. *Jak to dobrze, że gdy jestem zdenerwowana, nie mam w zwyczaju gadać, co mi ślina na język przyniesie*, pomyślała, odpowiadając na ich pytania, *i że nie mam nic do ukrycia. Mam wrażenie, że oni rejestrują każdy najdrobniejszy błąd.*

– Pomocnica uzdrowiciela? – zastanowiła się Aravia. – Mam przyjaciółkę, która szkoli się u uzdrowicieli. Muszę zorganizować spotkanie. Może obiad albo coś takiego.

Tessia zamrugała oczami ze zdumienia.

– Ja byłam tylko pomocnicą. Obawiam się, że nie wykażę się… wiedzą.

– Ależ jestem przekonana, że będziesz bardzo ciekawą uczestniczką rozmowy – zapewniła ją Aravia. – A mnie bardzo przyda się nowe towarzystwo na zakupy. – Zwróciła się do Dakona: – Zakładam, że dałeś swoim uczniom odpowiednie kieszonkowe?

Dakon zaśmiał się.

– Dostaną je, kiedy tylko się rozpakujemy.

– Ceny poszły zdecydowanie w górę od twojej ostatniej wizyty – ostrzegła go Aravia. – A ponieważ to pierwszy pobyt Tessii w mieście, musi sobie kupić coś więcej niż zwykłe drobiazgi.

Tessia poczuła, że się rumieni.

– Ja nie... – zaczęła, ale urwała, kiedy Jayan wyciągnął rękę, żeby ją uciszyć.

– Owszem, potrzebujesz – powiedział cicho – jeśli masz przebywać w towarzystwie Aravii dłużej niż przez pięć minut.

Pani domu spojrzała na niego spod przymrużonych powiek.

– Słyszałam.

– Ma ponadto bardzo dobry słuch – dodał ostrzegawczym tonem Jayan.

– Pięć minut. – Aravia cmoknęła, przewracając oczami z rozbawienia. – Całe pięć minut. Muszę coś zrobić, żeby ocalić reputację.

– Hanar!

Hanara powstrzymał się od grymasu, wyprostował się i spojrzał w kierunku mówiącego. Żaden szanujący się Kyralianin nie mógłby mieć imienia kończącego się na „a" – wedle tego, co powiedzieli mu stajenni, tak mogły się nazywać jedynie kobiety, dlatego też skracali jego imię.

W drzwiach stał główny stajenny imieniem Ravern. Skinął ręką, więc Hanara odłożył łopatę i podszedł do niego.

– Zanieś to do sklepikarza Bregara – powiedział Ravern, podając Hanarze pokrytą woskiem tabliczkę, na której coś było napisane. – I przynieś z powrotem to, co on ci da. Ale idź szybko, żebyś nie przerwał mu kolacji.

Hanara przytaknął, schylając lekko głowę – w ten sposób inni stajenni okazywali swemu nadzorcy szacunek – po czym wyszedł na światło późnego popołudnia. Wsunął tabliczkę za pasek tuniki, woskowaną powierzchnią na zewnątrz. Pospieszył podjazdem ku bramie i zatrzymał się na moment, żeby rozejrzeć się po wiosce.

Nie widział nikogo. Nie zdziwiło go to. W powietrzu wyczuwało się chłód – obietnicę spóźnionego śniegu.

Wyszedł na drogę i skierował się pewnym krokiem ku pokaźnemu budynkowi sklepu. Był to właściwie nie tylko sklep, ale i miejsce, gdzie przechowywano towary wytwarzane w majątku, a także te, które do niego sprowadzano. Nadzorca stajni już kilkakrotnie posyłał tam Hanarę. Były niewolnik podejrzewał, że jest to sposób na wypróbowanie jego uczciwości. I przydatności.

Kiedy Hanara dotarł do sklepu, wszedł i wyciągnął tabliczkę. Sklepikarza nie było, więc zadzwonił. Bregar wolnym krokiem wyłonił się zza drzwi z tyłu pomieszczenia, ale jego ponury wzrok rozpogodził się nieco na widok Hanary. Ten człowiek nie ufał mu, ale nigdy z niego nie szydził. Sięgnął po tabliczkę.

Bregar jak na Kyralianina był dość wysoki. Hanara podejrzewał, że w jego żyłach płynie sporo sachakańskiej krwi. Obserwował teraz, jak sklepikarz wykłada na ladę duże kawałki jakiejś lśniącej substancji, następnie worki zboża i duży dzban, zaplombowany porządnie woskiem. Wszystko to miało powędrować do stajni, co miało sens, ale Hanara zauważył, że nigdy nie posyłano go – w przeciwieństwie do innych stajennych – po zapasy dla rezydencji, ani też do kowala, żeby naostrzyć narzędzia.

Bregar oddał mu tabliczkę. Sterta na ladzie była duża, dlatego sklepikarz zaczął układać towary w drewnianej skrzynce. Widząc to, Hanara wsunął tabliczkę z powrotem za pas – będzie potrzebował obu rąk, żeby zabrać skrzynkę. Kiedy Bregar ją podniósł, Hanara pochylił się i gestem dał mu do zrozumienia, żeby położył ciężar na jego ramionach. Wyprostował się, a sklepikarz mruknął coś z powątpiewaniem.

Hanara potwierdził. Sklepikarz wzruszył ramionami i otworzył drzwi.

Już zmierzchało. Kiedy były niewolnik wyruszył w kierunku rezydencji, przyszło mu do głowy, że nigdy w rozmowach z Bregarem nie wyszedł poza pomrukiwania. Nie przeszkadzało mu to. Niewolnicy też bywają małomówni. Zbytnia rozmowność może przysporzyć kłopotów.

W połowie drogi do rezydencji coś ukłuło Hanarę w rękę. Skrzywił się, ale szedł dalej. Takie rzeczy zdarzały się czasem, kiedy wychodził do wioski. Zazwyczaj wtedy, gdy w okolicy kręcili się dwaj młodzi rozrabiacy.

Po chwili usłyszał odgłos zbliżających się kroków. Kiedy zobaczył dwóch młodych mężczyzn, poczuł, że coś go skręca w żołądku. Zazwyczaj tylko się z niego naśmiewali, ale jeśli przez nich upuści swój ładunek i coś się stłucze, to będzie miał kłopoty w stajni.

Nie zatrzymywał się. Tamci dotrzymywali mu kroku, idąc po obu jego stronach.

– Hanaro – odezwał się jeden z nich. – Czy masz żonę w Sachace?

Jak zawsze zachował milczenie. Nie przystanął.

– Tęsknisz za nią? Tęsknisz za *sypianiem* z nią?

– A może robi to teraz twój sachakański pan?

Noga za nogą. Ich zaczepki są bez znaczenia. Za mało wiedzą, żeby móc go zranić. Dobrą stroną tego, że nie ma się o kogo troszczyć, jest to, że nie ma też nikogo, kto mógłby zostać wykorzystany.

– A może robił to z *tobą*?

Co za dziwaczne określenie: „sypianie". Jakby ludzie rozmnażali się, obcując z materacami, a nie z żywym ciałem.

– Założę się, że jeśli upuści tę skrzynkę, to napyta sobie kłopotów.

– To towary dla rezydencji – zaoponował drugi.

– No to co? Mistrza Dakona stać na to, by kupił następne. Ale nasz Hanara nie może sobie pozwolić na to, żeby zrobić coś źle, bo zostanie wykopany.

Brama wjazdowa znajdowała się w odległości zaledwie stu kroków. Hanara poczuł kuksańca w bok. Zachwiał się, ale utrzymał ładunek. Popchnięcie z drugiej strony. Tym razem zatoczył się i nadepnął jednemu z chłopaków na nogę. Młodzieniec zaklął.

– Durny niewolnik – warknął. Stanął przed Sachakaninem i wymierzył mu cios pięścią w brzuch.

Rozległ się trzask. Mężczyzna cofnął się z ustami wykrzywionymi z bólu. Hanara poczuł, że tabliczka za jego pasem poruszyła się, jakby pękła na wiele kawałków, z których część oparła się o jego pas. Wyminął napastnika i ruszył naprzód.

Za sobą słyszał drugiego z młodzieńców pytającego, co się stało.

– Nie wiem. Tak jakby nosił *zbroję*. Aj! Chyba *złamałem* kciuk!

Hanara uśmiechnął się pod nosem. Wszedł na podjazd, ale nie potrafił się powstrzymać, by jeszcze raz nie spojrzeć na wioskę. Zanim jednak zdołał wypatrzeć w mroku dwie postacie, coś innego przykuło jego uwagę.

Za wioską, na okalających ją wzgórzach, migotało powoli niebieskie światełko.

Hanara poczuł dreszcz.

Odwrócił się i pobiegł podjazdem ku stajni, czując, że serce bije mu jak szalone. Nie umiał przeczytać tego, co było zapisane na potłuczonej tabliczce, którą miał za pasem, ale bez trudu pojął, co oznacza pulsujące światło na wzgórzu. Błyski układały się w dwa słowa. Jeden rozkaz.

Zdaj raport.

Takado powrócił.

ROZDZIAŁ 14

„Pokój pana" w domu Everrana pachniał kwiatami marinu: świeżym i bogatym zapachem, który tworzył wrażenie energii i zamyślenia jednocześnie. Dakon i Jayan usiedli na jednej z sof. Tego dnia nie spotkali jeszcze ani Tessii, ani Aravii. Obie kobiety udały się wcześnie rano na przechadzkę po mieście i miały spędzić popołudnie z jedną z przyjaciółek Aravii.

Everran opuścił ich, ale teraz pojawił się w drzwiach pokoju, zacierając ręce.

– Lada moment powinni się pojawić goście.

Dakon skinął głową. Jego ojciec i dziadek Everrana byli kuzynami, łączyły ich więc, wprawdzie odległe, ale jednak więzi rodzinne. Dakon, zgodnie ze zwyczajem swego ojca, podczas wizyt w Imardinie zatrzymywał się w domu ojca Everrana. Kiedy zaś przed pięcioma laty człowiek ten zmarł na atak serca, syn nalegał, by Dakon odwiedzał go nadal. Everran był miłym i inteligentnym młodzieńcem. Odziedziczył majątek bardzo wcześnie, ale poradził sobie z nowymi obowiązkami z godną podziwu dojrzałością, miał poza tym wyczulony zmysł polityczny. Dakon ucieszył się, gdy Everran dołączył do Kręgu Przyjaciół, nie tylko dlatego że lubił tego młodego maga. Cenne było to, że nie tylko panowie odległych włości, ale również magowie z miasta dostrzegali zagrożenie ze strony Sachaki i byli skłonni ich wspomóc.

– Czego się spodziewają? – spytał Dakon. – Chcą informacji? Wieści?

Everran wzruszył ramionami.

– Nie. Mało prawdopodobne, żebyś mógł im opowiedzieć o czymś, czego oni już kiedyś nie usłyszeli. Będziemy rozmawiać o tym, jak powinieneś przekazać te informacje królowi.

– Będę wdzięczny za wszelkie rady – skrzywił się żałośnie Dakon. – Już od dawna nie rozmawiałem z królem, a poza tym wówczas nie musiałem poruszać spraw oficjalnych.

– Twoje powodzenie jest w interesie nas wszystkich. Oni... o, ktoś właśnie przybył.

Z korytarza prowadzącego od drzwi wejściowych dobiegał ich odgłos kroków. Everran podniósł się, Dakon i Jayan postąpili tak samo. Odźwierny Lerran wprowadził mężczyznę niewysokiego, siwiejącego i nieco przy kości. Człowiek ten zatrzymał się, skłonił z uśmiechem Everranowi, a następnie Dakonowi, kiedy tylko gospodarz go przedstawił.

– Mag Wayel z rodu Paren, nowy mistrz handlu.

– Gratuluję. Mam nadzieję, że objęcie urzędu nastąpiło bez przeszkód.

Wayel wzruszył ramionami.

– Bez żadnych niespodzianek.

– A co teraz robi Mistrz Gregar? – spytał Dakon.

– Odpoczywa w domu. – Everran gestem zachęcił ich do zajęcia miejsc na sofach. – Słyszałem, że nie czuje się najlepiej. Niektórzy twierdzą, że zbyt szybko złożył rezygnację i teraz w domu umiera z nudów, ale słyszałem też, że być może odszedł z powodu bardzo złego stanu zdrowia. Może być nawet umierający.

Dakon zasmucił się na myśl o tym pełnym życia starszym człowieku, który rozstrzygał handlowe spory między majątkami. Niełatwo znaleźć ludzi takich jak Mistrz Gregar, odpowiedzialnych i inteligentnych. Miał nadzieję, że Mag Wayel dorówna swojemu poprzednikowi, aczkolwiek nie zazdrościł temu człowiekowi jego pracy.

W korytarzu rozległ się śmiech i do pokoju weszli dwaj mężczyźni. Wszyscy wstali ze swych miejsc, by ich powitać.

– Mistrz Prinan przybył tutaj w imieniu swojego ojca, Mistrza Ruskela – poinformował Dakona Everran. – A Mistrz Bolvin jest z majątku Eyren.

Majątek Mistrza Ruskela położony był na południowo-wschodnim krańcu gór odgraniczających Kyralię od Sachaki. Dakon przypomniał sobie, że to właśnie Ruskel natknął się na trzech „zagubionych" na swoich ziemiach sachakańskich magów. Prinan był młodym, dopiero co wyzwolonym magiem, którego szkolił jego własny ojciec. Powitał Dakona z nerwowym szacunkiem. Dakon zauważył, że Everran przyjął zwyczaj posługiwania się tytułem „mistrz" wobec dziedzica włości lub domu, co wskazywało, który z synów odziedziczy majątek. Była to nowość, którą Dakon obserwował dopiero od paru ostatnich wizyt w mieście. Nie był pewny, czy mu się to podoba.

Bolvina spotkał już przed kilkoma laty i zauważył, że ten człowiek bardzo się zmienił. O parę lat starszy od Prinana i o całą głowę od niego wyższy, Bolvin roztaczał wokół siebie aurę dojrzałości rzadko spotykaną u ludzi w jego wieku. Podobnie jak Everran odziedziczył majątek, kiedy był bardzo młody, ponieważ jego ojciec zaginął podczas burzy na morzu; oprócz rodzinnego domu miał we władaniu także spore włości.

Majątek Eyren położony był na zachodnim brzegu, z dala od bezpośredniego zagrożenia w razie inwazji, tym niemniej był bardzo poważny i pełen współczucia podczas powitania z Dakonem. *Ten przynajmniej rozumie, że zagrożenie nie minie, kiedy Sachakanie zajmą przygraniczne majątki*, pomyślał Dakon.

Zanim zakończyli przywitania, dobiegł ich kolejny głos.

– Doskonale, nie jestem jedyny, który przybywa przed czasem.

Do pokoju pełnym gracji krokiem wszedł wysoki, szczupły mężczyzna w średnim wieku. Dakon zdumiał się na jego widok.

Everran roześmiał się.

– Raz udało ci się przybyć na czas, Mistrzu Olleranie.

Olleran był typowym magiem z miasta, który niegdyś (przy okazji odrzucania zaproszeń od magów z wiejskich majątków) zwykł podkreślać, że uważa prowincję za nudną i brudną. Ale nie dlatego jego odwiedziny były tak zaskakujące. Olleran był ożeniony z Sachakanką. Mag podszedł i uścisnął Dakona.

– Witaj znowu w Imardinie, Mistrzu Dakonie – powiedział. – Na wypadek, gdyby twa uprzejmość nie pozwoliła ci zadać mi tego pytania, powiem od razu, że to żona przekonała mnie do przyłączenia się do was. Mówi, że lubi Kyralię taką, jaka jest, i nakazała mi, bym w miarę swych możliwości postarał się o to, żeby nic się nie zmieniło.

Dakon uśmiechnął się. Słyszał plotki, że młodzieńcze niepowodzenia sercowe Mistrza Ollerana brały się z tego, że zalecał się do nazbyt wymagających partnerek. Kiedy ożenił się z Sachakanką, wielu ludzi pomyślało, że w końcu się poddał. Ale jego żona, jakkolwiek wychowana na cichą i posłuszną towarzyszkę, odrzuciła duszący sachakański rygor, kiedy tylko przybyła do Kyralii, i wzięła się do pracy w rozmaitych kółkach charytatywnych. Dakon nigdy jej nie poznał, wiedział jednak, że należy do grona przyjaciółek Aravii.

– A zatem ona wierzy w zagrożenie ze strony Sachaki?

– Jej rodzina wierzy. Kazali jej wracać do domu. Oczywiście odmówiła. – Potrząsnął ze smutkiem głową. – Dobrze mieć taką nieposłuszną żonę.

Większość gości już przybyła. Niektórych, jak chociażby Mistrza Gilara, Dakon już znał. O innych słyszał, ale dotychczas nie spotkał. Część była mu zupełnie obca. W tym kilku panów z prowincji lub ich reprezentantów oraz jeszcze dwóch magów z miasta. Z tych ostatnich Dakon słyszał o Magu Sabinie, ponieważ miał dobrą reputację. Był doskonałym szermierzem i zgłębiał tajniki sztuk wojennych. *Przyda się jego rada, gdyby miało dojść do bitwy*, uznał Dakon. *Ale nie jestem pewny, czy teraz będzie nam przydatny.*

Wkrótce pokój rozbrzmiewał echem głosów i nikt już nie siadał z powrotem po powitaniu nowo przybyłych. Wszyscy stali w niewielkich grupkach, rozmawiając. Kiedy w końcu do pokoju został wprowadzony i przedstawiony zgromadzonym ostatni mag, gospodarz uderzył w niewielki gong, prosząc o uwagę. Wszyscy ucichli i popatrzyli na Everrana.

– Jak wiecie, spotkanie to odbywa się nie z powodu miłych rozmów i dobrego jedzenia, które zresztą zaraz się pojawi. Mistrz Dakon przybył do Imardinu z dalekiego majątku Aylen, żeby zwrócić się w naszym imieniu do króla. Dziś musimy uradzić, co takiego ma przekazać władcy. Co ma mu powiedzieć? Co chcemy zyskać? Czego mamy nadzieję uniknąć?

Nastąpiło krótkie milczenie, a zgromadzeni wymieniali spojrzenia, usiłując ocenić, kto odezwie się pierwszy.

– Potrzebujemy zapewnienia, że w wypadku zajęcia ziem przygranicznych król wyśle oddział magów, by odzyskali majątki i zapewnili im ochronę – powiedział Prinan. – W każdym razie takie jest zdanie mojego ojca.

Everran przytaknął.

– Bardzo słuszne. – Zwrócił się do Dakona: – Czy o to właśnie prosił cię Mistrz Narvelan?

Dakon skinął głową.

– Tak.

– A czy sugestia, że król mógłby nie chcieć odzyskać utraconych ziem, nie będzie dla niego obraźliwa? – spytał Bolvin.

Reakcją magów na te słowa była mieszanina wzruszeń ramionami i potaknięć. Dakon zauważył, że niektóre głowy zwróciły się ku Sabinowi. Z jakiegoś powodu uważano go za największy autorytet w kwestiach mających związek z monarchą.

– Być może – zgodził się Sabin. – Król będzie wiedział, że chodzi o coś więcej niż to, co mówicie, i może się rozzłościć o to, że uważacie go za głupca, który nie dostrzega zagrożenia.

– Wszystko zależy od tego, jak to sformułujecie – dodał Olleran, rozglądając się po zgromadzonych. – Należy powiedzieć coś takiego: „W mieście można spotkać ludzi, którzy uważają, że nie warto bić się o nasze rubieże w przypadku, gdyby zostały zaatakowane. Co o tym sądzisz, wasza królewska mość?”.

Sabin zaśmiał się i spojrzał na przedmówcę.

– Ile razy ćwiczyłeś tę przemowę? – spytał cicho.

Olleran wzruszył skromnie ramionami.

– Kilka… set.

– A jeśli król zechce się dowiedzieć, kto wyraża takie opinie, to co mam powiedzieć? – spytał Dakon. – Mogę potrzebować imion.

– Powiedz, że to panowie, którzy nie podejmą działań, jeśli nie zobaczą w nich bezpośredniego interesu – mruknął Wayel. – Magowie, którzy nie lubią narażać życia z powodu samolubstwa lub tchórzostwa.

– Musimy sprawić, by zrozumieli, że brak działania może w dłuższej perspektywie kosztować ich znacznie więcej – powiedział Bolvin. – Sachakanie nie poprzestaną na kilku majątkach położonych na najdalszych rubieżach. Brak oporu uznają za dowód słabości i sięgną po wszystko.

– Niektórzy w to nie uwierzą, dopóki nie będzie za późno – stwierdził Sabin. – Zdolności magiczne nie przypadają w udziale jedynie osobom dalekowzrocznym.

– Albo obdarzonym rozumem – zgodził się Everran. – Ale większość z tych opornych zmieni zdanie w obliczu inwazji. Na razie wspierają opinie swoich najpotężniejszych sojuszników, ponieważ uważają to za swój obowiązek, ale gdy usłyszą wieści o najeździe, mogą uznać, że skoro mieliśmy rację w kwestii ataku na tereny przygraniczne, to może nie myliliśmy się również w ocenie możliwych konsekwencji braku reakcji na najazd Sachakan.

– Lepiej niech zmienią zdanie – mruknął Bolvin.

Pozostali przytaknęli i nastąpiła znów chwila ciszy. Dakon nie odzywał się. Nie odpowiedzieli na jego pytanie, ale może po tej dygresji wrócą sami do tematu, bez poganiania z jego strony.

– A może ci najbardziej oporni pomogą, jeśli im zapłacić? – spytał Prinan.

Pokój zadrżał od odgłosów protestu.

– Król się na to nie zgodzi! – oznajmił Bolvin.

Dakon wzdrygnął się.

– Gdyby pozwolił Sachakanom zabrać nasze ziemie bez oporu z naszej strony, upadłby tak nisko, że pozwolenie innym, by zażądali opłaty za pomoc, wydaje się pomniejszym przewinieniem.

– Będziemy płacić za pomoc tylko w wypadku, gdy nie będzie innej rady – zapewnił go Everran.

– Gdyby miało do tego dojść, nie jestem pewny, czy pozostałby we mnie jakikolwiek szacunek dla moich ziomków – powiedział Sabin z westchnieniem.

Gilar przytaknął.

– Czy Sachakanie mieszkający w Imardinie stanowią jakiś problem? – Uśmiechnął się do Ollerana. – Oczywiście nie mam tu na myśli twojej uroczej żony.

– Och, ona stanowi problem, ale zupełnie innego rodzaju – odparł Olleran, krzywiąc się mało przekonująco. – W sumie mój własny prywatny problem.

– Udawanie udręczonego marnie ci wychodzi, Olleranie – rzucił mu Sabin i pokręcił głową z udanym rozczarowaniem.

– Większość z nich to kupcy – powiedział Wayel, nie zwracając uwagi na te przekomarzania. – Jest tu również poseł Imperatora Vochiry. No i kilka kobiet zamężnych z Kyralianami. – Skinął głową w kierunku Ollerana. – Myślę, że gdyby mieli stanowić zagrożenie, to tylko w zwyczajny sposób: jako szpiedzy, którzy mogliby próbować przekupić Kyralian, by tu namieszali.

– Ludźmi, którymi musimy się naprawdę przejmować – oznajmił Sabin – są potężne rody kyraliańskie, zwłaszcza te borykające się z problemami, którym mógłby zaradzić worek złota z Sachaki. Z długami. Brakiem klientów. Konkurencją.

Doskonale, pomyślał Dakon. *Wracamy do kwestii tego, kto może być naszym przeciwnikiem...*

– Czyli kto? – zapytał. – Czy to ci sami ludzie, którzy są nam teraz przeciwni?

Wayel pokręcił przecząco głową.

– Nie chciałbym wskazywać na nikogo palcem. To niezbyt rozsądne.

Sabin przytaknął.

– Co myślą panowie, nie jest w tej chwili istotne. To nie oni będą podejmować decyzje w kwestii odzyskania zagarniętych rubieży. To sprawa króla.

– Czy w takim razie Dakon powinien starać się przekonać króla, że rubieże są warte utrzymania? – spytał Prinan.

Everran potrząsnął głową.

– Tylko gdybyśmy byli przekonani, że król sądzi inaczej. Wayel ma rację. Wspomnienie o innych poglądach może być niebezpiecznym wytłumaczeniem dla naszego poszukiwania królewskich zapewnień i opieki. Król może zapytać, kto wyrażał takie opinie, kto nam przekazał informacje, no i może mieć wątpliwości co do wiarygodności tych wieści, jeśli nie będziemy mieli dowodów, a wszystko będzie brzmiało jak plotki. – Westchnął. – Nie, tylko poprzez pokazanie najnowszych dowodów możemy starać się o wsparcie.

Pozostali kiwali potakująco głowami, a Dakon stłumił westchnienie ulgi. W końcu byli w czymś zgodni.

– I trzeba to powiedzieć prosto i zwyczajnie, żeby nie myślał, że wyciągamy pochopne wnioski – dodał cicho Wayel.

– Nie sądzę, żeby mógł to pomyśleć o Dakonie – uśmiechnął się Everran, patrząc w stronę swojego gościa. – A jeśli Dakon potrzebuje obietnicy wsparcia ze względu na siebie samego, a nie nas wszystkich, to może tym łatwiej zdoła uzyskać zapewnienie od króla.

– Obietnicę dla Dakona, nie dla nas – zauważył jeden z prowincjonalnych magów.

– A jaka to w końcu różnica? – spytał ktoś inny.

– Król Errik raczej nie da takiej obietnicy jednemu z magów z rubieży, a pozostałym nie – odparł Sabin spokojnie. – Chyba że, oczywiście, *chciałby* okazać szczególną łaskę… co w tym przypadku byłoby nierozsądne, ryzykowałby bowiem zazdrość innych magów. Chce, byśmy działali wspólnie, a nie współzawodniczyli ze sobą.

– Jesteś pewny? – spytał Wayel. – Król mógłby chcieć nas w ten sposób poróżnić, byśmy przestali zawracać mu głowę.

– Nie zrobi tego – odparł Sabin, a inni potakiwali na znak zgody, raz jeszcze pokazując Dakonowi, jakim szacunkiem cieszy się mistrz szermierki.

– Jeśli zatem złoży obietnicę, czy będzie ona dana nam wszystkim? – spytał Prinan.

Sabin potwierdził.

– Ale zdziwię się, jeśli dostaniemy jakąkolwiek obietnicę. Król nie ustępuje pola, jeśli nie jest do tego zmuszony. W każdym razie nie podczas ćwiczeń szermierczych.

Nagle powód, dla którego szermierza darzono takim zaufaniem, okazał się oczywisty. *Sabin zapewne ćwiczy z królem*, pomyślał Dakon. *To może dawać mu wgląd w mentalność i charakter monarchy.* W tej samej chwili coś jeszcze przyszło mu do głowy. *Zastanawiam się, czy on też znajduje się w grupie magów, którzy wspierają króla swą mocą?*

Everran westchnął.

– Zapewne to zbyt wygórowane nadzieje, ale gdyby Dakonowi udało się zdobyć jakiekolwiek deklaracje co do formy i czasu udzielenia nam przez króla pomocy, łatwiej byłoby nam opracować jakiś plan… O! Ale o tym porozmawiamy później. Pojawiło się jedzenie!

Kiedy służący zaczęli wnosić tace pełne jedzenia, kieliszków oraz dzbanów z winem i wodą, goście przenieśli się na wyściełane ławy. Niektórzy gawędzili z sąsiadami, rozprawiając o tym, co już zostało ustalone. Dakon przemyśliwał to, co usłyszał. Nie czuł się lepiej przygotowany do rozmowy z królem. Dyskusja kręciła się w kółko.

Everran widocznie poczuł na sobie wzrok Dakona, albowiem uśmiechnął się i skłonił nieznacznie głowę w kierunku swoich przyjaciół, jakby pytał: „Czy ty tego słuchasz?”.

Nagle stało się jasne, jaki był plan Everrana. Ci wpływowi ludzie nie lubili, żeby ich ponaglać i przerywać im, zwłaszcza jeśli toczyli pasjonującą dyskusję. Nie, Dakon miał się przysłuchiwać, co kto mówi, i wyławiać spośród zgromadzonych osoby, z którymi będzie chciał porozmawiać później, żeby uzyskać bardziej rzeczowe rady w kwestii zbliżającego się spotkania.

Ale o co ma pytać? Przede wszystkim chciał się dowiedzieć, jak Król Errik może zareagować na konkretne sugestie i opinie. Niespodziewanie okazało się, że Sabin jest najbliżej króla. Dakon na początku wybrał Wayela, ale ten zadał kilka pytań, na które zdaniem Dakona powinien znać odpowiedź, co zapewne wynikało z tego, że niedawno objął urząd. A pozostali?

Kiedy dyskusje rozgorzały na nowo, Dakon uznał, że rzuci od czasu do czasu jakąś uwagę albo pytanie, mające na celu dowiedzenie się czegoś więcej o tych ludziach. Odesłał służącego, który chciał mu dolać wina, tym razem wybrał wodę.

Jak zwykle podczas wizyt w Imardinie Dakon potrzebował nieco czasu, by przywyknąć do tutejszych wyrafinowanych metod załatwiania interesów. Tym razem będzie jednak musiał przyzwyczaić się szybciej, ponieważ poziom komplikacji politycznych w otoczeniu króla był zaiste straszliwy, a on lada moment miał się spotkać z monarchą.

Przez okienko powozu Tessia oglądała przerażające i fascynujące zarazem sceny. Ulice wypełniał wielki tłum ludzi i pojazdów przemieszczających się we wszystkich kierunkach. Pieszych było więcej niż powozów, a i tych nie było mało. Takich mas ludzi Tessia nie oglądała nigdy w życiu. Ich liczba i wrażenie, że stanowią wielką siłę, nieustanny gwar głosów – wszystko to przyspieszało tętno jej serca.

Przyczyna takiego zatłoczenia na Alei wyjaśniła się na dole, u jej wylotu. Zebrały się tam tłumy ludzi, a nad szmer głosów wznosiły się dźwięki muzyki. Przebłyski kolorów zapowiadały niezwykłe widoki.

Targ.

– Powinnyśmy były wyjechać wcześniej – powtórzyła po raz czwarty Aravia, wzdychając i wygładzając swoje starannie upięte włosy.

Rano rozmawiały o dzieciństwie i wychowaniu Tessii, powodach, dla których jej rodzina przeniosła się do Mandryn, o tym, jak Tessia odkryła swoją moc (Aravia uwierzyła, że Takado po prostu „nastraszył ją"), i o wszystkich interesujących wydarzeniach po drodze do Imardinu. Tessia podejrzewała, że zużyła wszystkie znaczące opowieści ze swojego życia podczas pierwszego dnia pobytu w mieście.

Czuła się również tak, jakby opowiedziała o sobie zbyt wiele. Ale kiedy zadawała podobne pytania Aravii, kobieta zaczynała snuć jakąś historyjkę ze swojego dzieciństwa i lat nauki po to tylko, żeby przypomnieć sobie, o co jeszcze chciała zapytać Tessię.

– Szybciej dostałybyśmy się na miejsce piechotą. – Tessia popatrzyła na tłum mijający powóz.

– Obawiam się, że to nie jest dobry pomysł. Pomijając to, że bezustannie ktoś by nas popychał i potrącał, okradziono by nas, zanim jeszcze dotarłybyśmy na miejsce – rzekła Aravia, wdzięcznie wzruszając ramionami.

– Okradziono? – Tessia zerknęła z niepokojem na swoją towarzyszkę.

Na twarzy Aravii pojawił się krzywy uśmiech.

– Owszem, aczkolwiek zapewne nie zauważyłybyśmy tego od razu. Kieszonkowcy w Imardinie są bardzo sprawni. W dodatku w większości to dzieci: małe i szybko poruszające się w tłumie. Nawet jeśli zobaczysz małego winowajcę, twoi służący nie mają szans, by go złapać.

– Dzieci? – Tessia przyjrzała się tłumowi. Poprzedniego dnia widziała kilkoro przeraźliwie chudych, brudnych dzieciaków. Nic dziwnego, że uciekały się do kradzieży.

Ojciec opowiadał jej o imardińskiej biedocie. Kiedy pytała, dlaczego ci ludzie nie mają pieniędzy, udzielił długiej i zawiłej odpowiedzi. Podał wiele powodów – za mało pracy dla zbyt wielu ludzi, nikt nie chce zatrudniać osób niespełna rozumu bądź kalekich. Niektórymi nie miał się kto zająć w chorobie, a jeśli przez chorobę stracili pracę, to czekała ich raczej śmierć niż wyzdrowienie. Inni jeszcze ulegli wypadkom podczas pracy, a jeśli pracodawcy nie zatroszczyli się o nich, to też lądowali na dnie nędzy.

Nie po raz pierwszy – a z pewnością nie po raz ostatni – usłyszała wtedy, że tylko nieliczni panowie troszczyli się o swoich ludzi i czuli się za nich odpowiedzialni tak jak Mistrz Dakon, a wcześniej jego ojciec. Część z nich była głupcami. Niektórzy traktowali ludzi jak swoją własność. Inni bywali zepsuci do szpiku kości.

– Biedactwa – powiedziała Aravia. – Urodzone w biedzie, wychowywane na złodziei. Skoro na miasto spadają takie plagi, to jest to kara za to, że ono nie troszczy się o swoich mieszkańców.

Tessia potaknęła, zaciekawiło ją to, że towarzyszka mówiła o mieście, jakby było osobą.

– Znacznie trudniej jest troszczyć się o całe miasto niż o wioskę.

– Owszem. – Aravia uśmiechnęła się, a jej oczy rozbłysły, kiedy spojrzała na Tessię. Być może z aprobatą. Dziewczyna nie była pewna.

Powóz ruszył. Tessia przygotowała się już na kolejny postój, ale pojazd potoczył się przed siebie, a następnie skręcił za róg i zatrzymał się.

– Jesteśmy na miejscu! – oznajmiła radośnie Aravia. Wstała, otworzyła drzwiczki i wysiadła.

Jeden z jadących z tyłu służących natychmiast pomógł jej stanąć na ziemi. Kiedy Tessia schodziła po wąziutkiej drabince, drugi służący podał jej rękę. Nie przyjęła pomocy, ale uśmiechnęła się do niego z wdzięcznością.

Odpowiedział uprzejmym uśmiechem i poszedł za nią ku Aravii, która ujęła Tessię pod ramię.

Dziewczyna rozejrzała się wokół i zamrugała oczami ze zdumienia. Nie były na Rynku, jak się spodziewała. Zatrzymały się na ruchliwej bocznej ulicy, węższej niż główne arterie miasta, z niewielkimi sklepikami po obu stronach.

– Witaj na Ulicy Próżności – powiedziała Aravia, poklepując Tessię po ramieniu – gdzie znajduje się większość najlepszych sklepów w Imardinie.

– Nie na Rynku?

– Och, nie. To targ pełen jarzyn, zboża i cuchnących zwierząt. Jedyne płótno, jakie tam dostaniesz, służy do szycia worków na ziarno i derek, a najbliższe księgom, co tam jest, to woskowe tabliczki rachunkowe.

Aravia poprowadziła Tessię jedną stroną ulicy. Bliskość drugiej kobiety była niespodziewana, ale dawała wsparcie. Wokół pełno było elegancko ubranych mężczyzn i kobiet. Muzykanci dwójkami i trójkami grali i śpiewali na rogach, a przechodnie czasem rzucali im monety do metalowych kubków stojących na chodniku. Tessia zauważyła, że kubki miały na boku wypisane farbą liczby.

– Chodźmy tutaj – powiedziała Aravia, wciągając Tessię do jednego ze sklepów. W środku niemal nie było słychać dochodzącego z ulicy szumu. Dwie kobiety oglądały rozłożone na ladzie tkaniny. Więcej bel materiałów opierało się o ścianę, ukazując gamę olśniewająco jaskrawych kolorów. W drzwiach prowadzących do następnego pomieszczenia stał jakiś człowiek. Kiedy Tessia popatrzyła na niego, uśmiechnął się i skinął uprzejmie głową.

– Och, patrz – wykrzyknęła nagle Aravia. – Jakie to śliczne!

Poprowadziła towarzyszkę pod jedną ze ścian i zdjęła rękawiczkę, żeby musnąć lekko palcami jakąś gładką i lśniącą tkaninę w kolorze ciemnego błękitu.

– Muszę sobie trochę tego kupić. Jakie kolory lubisz, Tessio?

Rozglądając się wśród tych wszystkich barw, dziewczyna nie mogła powstrzymać się od myśli, że są nieco nazbyt jaskrawe. Usiłowała wyobrazić sobie ubrania uszyte z każdej z tych tkanin i poczuła, że najbardziej podoba się jej ciemna zieleń. Przypominała odcieniem jeden z ulubionych składników maści na rany jej ojca, pięknie pachnący olej z drzewa rosnącego w górach.

Aravia wzięła do ręki brzeg materiału i przyłożyła go do twarzy Tessii.

– Masz dobre oko – powiedziała. – Będzie ci w tym doskonale. – Odwróciła się do sprzedawcy. – Bierzemy oba. Och, a to będzie świetnie wyglądało na Everranie. – Wskazała na kolejną belę, tym razem ciemnoczerwonej tkaniny, i mrugnęła do Tessii. – Szczęśliwie jedyny ślad sachakańskiej krwi w jego żyłach jest taki piękny... można mu pozazdrościć karnacji.

A zatem stąd ten złocisty odcień jego skóry, pomyślała Tessia. Jej uwadze nie umknęły interesujące różnice w wyglądzie między ludźmi bogatymi i wpływowymi w mieście a pospólstwem. Wśród możnych obserwowało się większą różnorodność wzrostu, postury i kolorytu, podczas gdy biedni zazwyczaj byli szczupli i bladzi, w bardziej kyraliańskim typie.

Aravia skinęła na sprzedawcę i zaczęła się targować, po czym z haftowanej sakiewki przytroczonej do paska sukni odliczyła sumę, która zaparła Tessii dech w piersiach. Materiały zostały zapakowane i jeden ze służących wziął pakunek. Aravia wyprowadziła Tessię ze sklepu, wzdychając z zadowolenia, ujęła ją ponownie pod ramię i ruszyła dalej Ulicą Próżności.

– Czego jeszcze potrzebujemy? Wiem! Butów.

Kilka sklepów dalej Aravia kupiła więcej tkanin, no i znalazła buty, które wyglądały tak, że Malia zapewne będzie piszczeć z zachwytu, nabyła również torebkę na pieniądze dla Tessii, ponieważ uznała, że ta, którą podarował jej Dakon, jest zbyt „męska", a także kilka lusterek. Kiedy Tessia zatrzymała się przed sklepem z przyborami do pisania i papierem, Aravia bez słowa popchnęła ją do środka. Tessia kupiła ojcu kilka piór i atrament w kałamarzu wykładanym różnymi rodzajami drewna. Aravia pochwaliła ją za taki wybór prezentu.

– Będzie mu to ciebie przypominać.

Chwilę później uwagę Tessii przyciągnął sklep z księgami i ku jej zadowoleniu Aravia skierowała się w jego stronę. Dziewczyna szybko zorientowała się, że wśród ksiąg medycznych nie było tu nic, czego jej ojciec jeszcze by nie posiadał. Mistrz Yerven z podróży do Imardinu zawsze przywoził jej dziadkowi księgi.

– Czytujesz powieści? – spytała Aravia.

– Znalazłam kilka zaraz po przeprowadzce do domu Mistrza Dakona – odpowiedziała Tessia, podchodząc do swojej towarzyszki, stojącej przed niewielką półką z cienkimi tomikami.

– Podobały ci się?

– Tak… choć są takie… nieprawdziwe.

Aravia roześmiała się.

– To właśnie jest w nich najlepsze. Co już czytałaś?

– *Księżyc nad jeziorem*, *Córkę ambasadora*, *Pięć rubinów*.

– Starocie. – Aravia machnęła lekceważąco ręką. – Honorand napisał jeszcze mnóstwo lepszych rzeczy. Na pewno spodoba ci się jego wyspiarska seria.

– Autor jest mężczyzną?

– Owszem. Co w tym dziwnego?

– Zawsze pisze z punktu widzenia kobiet.

Aravia uśmiechnęła się.

– Nie uznałabyś tego za dziwne, gdybyś go poznała. Masz. – Podała jej dwie książki. – To jego najlepsze dzieła.

Tessia wzięła tomiki do ręki i spojrzała na księgarza.

– Ile kosztują?

– Dla panienki dwadzieścia sztuk srebra za obie – odpowiedział.

Wbiła w niego zdumiony wzrok.

– Dwadzieścia sztuk srebra? Ależ to więcej niż roczny dochód…

Aravia położyła odzianą w rękawiczkę dłoń na jej ramieniu i nachyliła się nad nią z poważną miną.

– Te książki są ręcznie przepisywane. Wykonanie każdej zajmuje wiele tygodni. Księgi są drogie, ponieważ ich kopiowanie długo trwa, a poza tym zużywają papier… którego produkcja też jest czasochłonna.

Tessia zerknęła na trzymane w ręku cieniutkie tomiki.

– Nawet coś takiego, coś tak niepoważnego?

Jej towarzyszka wzruszyła ramionami z uśmiechem.

– Wszystko, co ludzie kupują, jest warte wytwarzania. Sporo kobiet w Imardinie tkwi w aranżowanych przez rodziców małżeństwach i tęskni za prawdziwą miłością, a ma mnóstwo pieniędzy do wydania. Ileż są warte marzenia na jawie? Ale nie dawaj mu więcej niż dziesięć sztuk srebra za obie. Radziłabym zacząć się targować od pięciu.

Tessia nie przywykła do targowania się, zdołała więc zbić cenę tylko do dwunastu sztuk srebra, w końcu jednak kupiła książki. Sprawiła w ten sposób przyjemność swojej gospodyni. Aravia zdążyła kupić jej w prezencie kilka drogich przedmiotów, Tessia podejrzewała, że gdyby sama tego nie zrobiła, podarowałaby jej również te książeczki. A może też zdarzyć się tak, że Aravia nie będzie miała czasu, by się nią zajmować, kiedy Dakon i Jayan będą bywać na swoich ważnych spotkaniach.

Gdy wyszły ze sklepu, Aravia wykrzyknęła:

– Spójrz tam! Zobacz! To Falia!

I nagle pociągnęła Tessię za ramię, a jednocześnie przyspieszyła.

– Falio kochana!

Jasnowłosa kobieta w bladoróżowokremowej sukni odwróciła się, a na jej twarzy na widok Aravii pojawił się szeroki uśmiech.

– Aravio droga!

– To jest Uczennica Tessia, która zatrzymała się u nas razem z Mistrzem Dakonem z majątku Aylen i Uczniem Jayanem z Drayn. Tessia jest po raz pierwszy w Imardinie.

Falia uniosła brwi.

– Witaj w mieście, Uczennico Tessio. – Nie przestając się uśmiechać, pochyliła nieco głowę i zmrużyła oczy. – Jesteś uczennicą Mistrza Dakona?

– Tak.

– A Jayan jest twoim kolegą. – Kobieta zmarszczyła nos. – Biedactwo! On był okropnym bachorem. Mam nadzieję, że zmienił się na lepsze. – Rzuciła Tessii pełne nadziei spojrzenie.

– Trudno mi to ocenić, ponieważ nie znałam go jako ba... dziecka – wydukała Tessia.

Falia roześmiała się.

– Nasze rodziny blisko się wtedy przyjaźniły. Teraz już nie. – Wzruszyła ramionami. – Tak wygląda życie w mieście. Jaki on jest jako młodzieniec?

Tessia usiłowała znaleźć właściwe słowo, ale nie udało jej się.

– Starszy.

Aravia i Falia roześmiały się, tym razem z rozmysłem.

– Obawiam się, że bardzo się nie zmienił – podsumowała Aravia. – Aczkolwiek miło się na niego patrzy.

– Naprawdę? – Brwi Falii uniosły się znowu. – A więc nie jest tak źle. Czy pojawicie się na podwieczorku u Daryi?

– Oczywiście.

– Zamierzałam tylko kupić nieco rożków i już stąd zniknąć. Przejedziecie się ze mną? Mam mnóstwo miejsca w powozie.

– Czemu nie? – Aravia uśmiechnęła się do Tessii. – Myślę, że wystarczy tych zakupów na dzisiaj, prawda?

Tessia potaknęła. Nie kupiła jeszcze prezentu dla matki, ale była przekonana, że to nie jest ostatnia taka wyprawa.

Ruszyły za Falią ku sklepom z korzeniami i innymi przyprawami, no i ze słodyczami.

Rożki okazały się niewielkimi bułeczkami w kształcie stożków, posypanymi drobno zmielonym cukrem. W środku, wyjaśniła Tessii Falia, była mała niespodzianka w postaci musu owocowego. Nigdy nie było wiadomo, jaki kryje się tam smak, dopóki nie ugryzło się ciastka.

Kiedy czekały na pojawienie się powozu Falii, Tessia zorientowała się, że trzyma w ręku torebkę solonych orzeszków tiro. Kiedy nadjechał, Aravia wysłała jednego ze swoich służących, by poinstruował ich woźnicę, który czekał na Pierwszej Ulicy, że ma wrócić do domu bez nich i przyjechać po nie później do rezydencji Falii. Drugi służący ułożył zakupy w powozie Falii i wspiął się na tył.

Po drodze do domu Daryi dwie kobiety plotkowały o ludziach, których Tessia nie znała. Cieszyła się jednak z tego. Była wyczerpana. Chociaż przeszła zaledwie tyle, co dwa albo trzy razy z jednego końca Mandryn na drugi, czuła się tak, jakby obiegła cały majątek.

Nie była jednak aż tak zmęczona, by nie zauważyć, że powóz skręcił w Czwartą Ulicę po przeciwnej do domu Aravii stronie Alei Królewskiej. Chwilę później zatrzymał się i obie kobiety z gracją wysiadły, jakby niewygodna drabinka to były szerokie schody w rezydencji. Tessia ruszyła za nimi do drzwi.

Kiedy znalazły się w środku, Aravia znów chwyciła Tessię pod ramię. Falia przez moment wyglądała na rozczarowaną, ale po chwili wzruszyła lekko ramionami i poprowadziła je w głąb domu.

Rezydencja Daryi, podobnie jak dom Mistrza Dakona, zbudowana była w stylu, który Tessia rozpoznawała już jako kyraliański. Wejście prowadziło do wielkiego holu, skąd pięły się schody na piętro, a przez drzwi po obu stronach można było dostać się do pomieszczeń położonych na parterze.

Służąca poprowadziła je do pokoju na piętrze, którego wielkie okna wychodziły na ulicę. Trzy kobiety siedzące przy okrągłym stoliczku podniosły się na widok nowo przybyłych. Tessię zaskoczyło to, że gospodyni jest niska, dosyć pulchna i najwyraźniej jest Sachakanką. Kiedy jednak pani Darya uśmiechnęła się, jej zielone oczy rozbłysły przyjaźnie.

– Aravia! Falia! – Musnęła policzki obu kobiet koniuszkami palców, po czym zwróciła się do Tessii: – A to musi być Uczennica Tessia. Witaj. Usiądźcie. Odpocznijcie. Och! Przyniosłyście rożki!

Kiedy ciastka znalazły się na stole, pozostałe kobiety wyraziły również swój zachwyt. Służący przynieśli dodatkowe krzesła oraz srebrną tacę, na której ułożyli łakocie.

Rozmowa była tak głośna i przyprawiająca o zawroty głowy jak targ. Tessia postanowiła ograniczyć się do słuchania, więc przez jakiś czas wydawało się, że pozostałe kobiety zapomniały o jej obecności. Te dwie, które były tu wcześniej, nazywały się Kendaria oraz Mistrzyni Zakia. Darya wyszła za mąż za maga, a zarazem syna zamożnego kupca, oraz całą jego rodzinę, jak żartowała. Mąż Zakii był miejskim panem i magiem. Kendaria była żoną królewskiego kuzyna i wraz z mężem mieszkała w domu jego starszego brata i jego rodziny. Tessia zauważyła, że kobiety sporo czasu poświęcały żartom ze swoich mężów.

W końcu, kiedy plotki wyczerpały się i zapanowało pełne napięcia milczenie, Aravia powiedziała:

– Ojciec Tessii jest uzdrowicielem, a ona pomagała mu, dopóki nie natknęła się na swoją moc.

– Jesteś samorodna! – Zakia pokiwała głową z aprobatą. – Musisz być potężna.

Tessia wzruszyła ramionami.

– Jeszcze nie wiem, ale słyszałam, że tak bywa.

– Kendaria uczy się na uzdrowicielkę – oznajmiła Aravia, posyłając Tessii porozumiewawcze spojrzenie.

Dziewczyna aż zamrugała oczami, po czym spojrzała na niską, szczupłą kobietę siedzącą koło niej.

– Naprawdę? – Urwała. – Myślałam... czy kobiety...?

Kendaria roześmiała się cicho.

– Pieniądze – powiedziała. – Wpływy. I fakt, że tak naprawdę nie istnieje prawo ani przepis zabraniający nam *uczyć się* sztuki uzdrawiania. A praca? – Uniosła lekko ramiona, ale w jej oczach malowała się determinacja. – Zobaczymy, kiedy zakończę naukę, aczkolwiek zaczęłam ją tylko dlatego, że chciałam pomagać moim przyjaciołom i rodzinie.

Tessia poczuła nadzieję, ale i gorycz. Gdyby jej ojciec był człowiekiem bogatym i wpływowym, może i ona mogłaby się uczyć? A może Kendaria jest pierwszą kobietą, która sprzeciwiła się tradycji?

Kobieta nachyliła się ku niej.

– Jeśli chcesz, mogę cię zabrać na sekcję. Chciałabyś?

Tessia poczuła przebiegający ją dreszcz. Przypomniała sobie opowieści ojca o tym, co widział i czego nauczył się z sekcji zwłok, w których uczestniczył kilka razy, kiedy odwiedził Imardin i Gildię Uzdrowicieli, by poszerzyć swoją wiedzę. Opisy te były jednocześnie przerażające i fascynujące, a Tessia zawsze się zastanawiała, czy ona zemdlałaby w takiej sytuacji, czy może jednak zgłębiałaby tajniki ludzkiego ciała jak niegdyś ojciec. Bardzo chciała wierzyć, że nie osunęłaby się na ziemię, i za każdym razem, kiedy opatrywali co bardziej krwawe rany, albo też mieli do czynienia z trupem, zastanawiała się, czy już przeszła tę próbę.

– Fuj! – wykrzyknęła Zakia. – Nie rozumiem, jak ty to możesz wytrzymać. Nie musisz z nią iść, Tessio. Nikt cię z tego powodu nie potępi.

Tessia spojrzała na Kendarię z uśmiechem.

– Bardzo chętnie – odpowiedziała.

ROZDZIAŁ 15

Powóz Dakona zatrzymał się przed imponującym budynkiem z szarego kamienia, który przez stulecia był siedzibą rodu Drayn. Jayan westchnął i zmusił się do opuszczenia pojazdu. Widok domu rodzinnego zawsze wywoływał w nim mieszane uczucia. Powracały wspomnienia dziecinnych zabaw z bratem, droczenia się z młodszymi siostrami, ciepła i zapachu sukni matki, mniej lub bardziej oficjalnych przyjęć. Czuł wtedy tęskną miłość, po której natychmiast następowała złość, kiedy ogarniały go strach, smutek i gorycz na wspomnienie kar zbyt surowych w stosunku do jego przewinień, okropnego poczucia straty i zagubienia, gdy odeszła matka, a także gorzkiej świadomości, co znaczy być drugim synem.

Magia pod wieloma względami była ucieczką. Pozwoliła mu odejść z domu, w którym panowała duszna, upokarzająca atmosfera, dała mu też możliwość – w razie potrzeby – uniezależnienia się od rodzinnego majątku.

Majątku? Chyba raczej litości.

Jayan nie był jednak głupi. Nie zerwał całkowicie stosunków z rodziną. Charakter ojca może się nigdy nie zmienić, ale słabość związana z wiekiem jest bezlitosną bronią. Jego brat, kiedy dojrzał, też stał się nieco mniej arogancki niż w młodości; być może dlatego, że zdał sobie sprawę, iż Jayan jako mag nie będzie od niego zależny, przestanie być posłusznym braciszkiem, którym można pomiatać przez resztę jego życia. A może dlatego, że przekonał się, iż inni ludzie – na których pragnął zrobić wrażenie – odwracali się od niego z powodu jego paskudnego usposobienia.

Odźwierny ukłonił się i otworzył drzwi. Jayan wszedł do środka i rozejrzał się po holu. Nic się nie zmieniło. Na ścianach wisiały te same obrazy. Te same okienniki zasłaniały okna. Kolejny sługa przywitał go i poprowadził w głąb domu. Jayan zanurzył się w znajomych widokach i zapachach. Kurz ozdobiony koronką starych perfum.

W końcu dotarli do niewielkiego pokoiku na tyłach domu, w którym stały dwa stare fotele. Był to ulubiony pokój ojca, dokąd zawsze wycofywał się, „żeby pomyśleć". Maluchom nie wolno było tu wchodzić; tu toczono poważne rozmowy i wymierzano kary starszym dzieciom, dorosłym zaś wydawano rozkazy. Znaczenie tego pomieszczenia było oczywiste dla Jayana. Ojciec zamierza wyrazić swoją wolę. Jayan musi zachować ostrożność.

Mistrz Karvelan, głowa rodu Drayn, wyglądał na mniejszego i bardziej pomarszczonego, niż Jayan zapamiętał, tak jakby wysechł nieco przez ten rok, kiedy syn go nie widział. Jego postawa i władcze spojrzenie wciąż jednak zdradzały siłę. Jayan wytrzymał jego wzrok, uśmiechnął się uprzejmie i czekał, aż ojciec się odezwie. Zawsze trzeba było czekać, aż Mistrz Karvelan przemówi. Było to prawo, z którego nie zamierzał rezygnować.

– Witaj w domu, Uczniu Jayanie – powiedział Karvelan.

– Witaj, ojcze – odparł Jayan. – Otrzymałeś mój list?

Karvelan potaknął.

– Nasze listy minęły się.

– Na to wygląda – przyznał Jayan, unosząc w palcach krótkie wezwanie, które otrzymał tego ranka, niedługo po tym, jak posłusznie wysłał list powiadamiający ojca o obecności w mieście i zawierający pytanie, czy powinien złożyć mu wizytę.

– Usiądź – powiedział Karvelan, wskazując drugi fotel.

Jayan usłuchał. Karvelan milczał przez chwilę. *Jakie to dziwne, że w myślach nigdy nie nazywam go „ojcem". Zawsze „Karvelanem". Matka zaś zawsze jest „matką".*

– Jak twoja nauka? – spytał w końcu Karvelan.

– Dobrze.

– Zbliżasz się już do zakończenia?

– Owszem, ale nie wiem, jak blisko jestem. Na to pytanie może odpowiedzieć jedynie Mistrz Dakon.

– Kiedy ostatnio tu byłeś, też już prawie kończyłeś naukę – skrzywił się Karvelan. – Czy to prawda, że on uczy kogoś jeszcze?

Jayan potaknął.

– Owszem.

Karvelan skrzywił się jeszcze bardziej.

– To nie przyspieszy twojej edukacji. Powinien był zaczekać, aż skończysz.

– Nie miał wyboru. Ona jest samorodna i pozostawienie jej bez nauki byłoby zbyt niebezpieczne. Prawo nakazuje mu ją uczyć.

Ojciec zmrużył oczy, a Jayan niemal spodziewał się nagany. Starzec jednak wykrzywił jedynie usta.

– W takim razie powinien był ją odesłać do kogoś innego.

Jayan wzruszył ramionami.

– Zapewne by to zrobił, gdybym ja nie kończył nauki. A poza tym nie zamierzam kwestionować decyzji mojego mistrza. On wie, co robi.

Wyraz twarzy Karvelana zmienił się z zadowolenia z posłuszeństwa Jayana w kolejny grymas.

– Doprawdy? A co z tą grupą, do której przystał? Z tym „Kręgiem Przyjaciół"? Nie uważasz, że to niemądre posunięcie? To pachnie buntem.

Zdumiony Jayan wpatrywał się w ojca, a kiedy zdał sobie sprawę, że się gapi, odwrócił spojrzenie.

– Nic o tym nie wiedziałeś, prawda? – W głosie Karvelana pobrzmiewała satysfakcja.

– Och, istnienie tej grupy nie jest żadną tajemnicą.

– O co więc chodzi?

– Że wszyscy… że ten pomysł… – Jayan urwał, potrząsając głową. Wyrażanie opinii, które mogłyby zostać uznane za krytykę poglądów ojca, nie należało do rozsądnych posunięć. – Bunt to zbyt mocne określenie. Zapewniam cię, że grupa cieszy się poparciem króla. A może… może masz na myśli bunt przeciwko komuś innemu?

W oczach jego ojca pojawiła się ponura ciemność, którą Jayan znał aż nadto dobrze. Ten wyraz pojawiał się na twarzy Karvelana, ilekroć odczuwał on niechęć wobec swojego młodszego syna.

– Bunt przeciwko miastu *jest* buntem przeciwko królowi – warknął. Poruszył się na fotelu, patrząc przez chwilę w innym kierunku. – Nie życzę sobie, byś miał cokolwiek wspólnego z tym Kręgiem – oznajmił. – Powiązania z tymi ludźmi mogą mieć fatalne skutki dla naszej rodziny.

Jayan otworzył usta, żeby zaprotestować, ale powstrzymał się. Zamierzał zapewnić ojca, że Krąg Przyjaciół troszczy się jedynie o bezpieczeństwo kraju. *Całego* kraju. Że nie wolno sprzeciwiać się obronie kraju. Ale wiedział, że nie ma sensu się kłócić.

Westchnął więc tylko.

– Dopóki nie stanę się samodzielnym magiem, muszę być posłuszny Mistrzowi Dakonowi. I jeśli on ma powiązania z Kręgiem Przyjaciół, to ja tego nie uniknę. Ale… zrobię, co w mojej mocy, by pozostać jedynie obserwatorem.

– Powinieneś znaleźć sobie nowego nauczyciela – odparł Karvelan, ale bez przekonania. Z pewnością wiedział, że taka decyzja nie należy do jego syna. A Jayan nie zamierzał poddawać próbie jego cierpliwości, przypominając mu o tym.

– Zrobię, co w mojej mocy – powtórzył.

– Zakończ naukę – powiedział ojciec. – Nie pozwól, by ta dziewczyna odciągnęła od ciebie uwagę Mistrza Dakona. Ona nie ma do stracenia dobrej opinii ani układów. – Pokręcił głową. – Cóż za nieodpowiedzialność ze strony twojego mistrza: wciągać cię w to.

Jayan nie odpowiedział. Zapanowało milczenie, a kiedy uznał, że trwa ono wystarczająco długo, by usprawiedliwić zmianę tematu, zapytał, jak wiedzie się jego bratu. Podczas gdy ojciec rozwodził się nad sukcesami handlowymi Velana i opowiadał o kobietach, z którymi Jayan mógłby się ożenić, ten przyłapał się na myśleniu o Tessii.

Nie ma dobrej opinii do stracenia? – zastanawiał się. *Raczej nie ma irytujących zobowiązań wobec rodziny, które mogłaby odrzucić. A jeśli chodzi o układy… sądząc po jej wczorajszej wieczornej rozmowie z Aravią po przyjęciu, mam wrażenie, że nie ma kłopotów z nawiązywaniem tu przyjaźni. W dodatku z bardzo wpływowymi kobietami w tym mieście.*

A on martwił się, czy ją zaakceptują.

Nagle dostrzegł, dlaczego Tessia może być atrakcyjna dla miejskich dam. Przyjaźń z nią nie zagrażała żadnym sojuszom. Jako córka wiejskiego uzdrowiciela była dostatecznie wykształcona, by stanowić znośną towarzyszkę, była też wystarczająco odmienna, żeby budzić zainteresowanie. Zapewne jej pasja uzdrowicielska i upór, by się zajmować tą dziedziną, sprawia, że jest fascynującą osobowością dla tutejszych kobiet, które będą ją obserwować i podziwiać.

A nawet jeśli się jej nie uda, będzie rozrywką dla bogatych i znudzonych. Na dodatek, podobnie jak w przypadku Jayana, talent magiczny zapewni jej w razie czego w miarę lekkie lądowanie.

Mamy ze sobą więcej wspólnego, niż przypuszczałem, pomyślał łobuzersko. I nagle spodobała mu się myśl, że gdyby któreś z nich kiedykolwiek wypadło z łask, to drugie będzie mu wsparciem. *Łatwiej jest zaprzyjaźnić się z kimś, z kim ma się coś wspólnego. Mam tylko nadzieję, że do tego, by ona uznała mnie za kandydata na przyjaciela, nie będzie potrzebny czyjś spektakularny upadek.*

Uniwersytet uzdrowicieli wyglądał dokładnie tak, jak Tessia sobie wyobrażała. Ojciec opisał go jako „dziwaczny, stary budynek, który wchłaniał w siebie pobliskie zabudowania, gdy tylko okoliczności i fundusze na to pozwalały". Brzmiało to niezrozumiale i fascynująco – takie też było.

Były to połączone ze sobą budynki, wszystkie jednak zbudowane w kyraliańskim stylu, w związku z czym z zewnątrz wyglądały dość podobnie. W środku trudno było się pozbyć wrażenia, że błądzi się po czyimś domu bez szans na znalezienie tylnego wyjścia. Jedne wąskie korytarze przechodziły w kolejne. Drzwi po obu ich stronach były niemal bez wyjątku zamknięte, w związku z czym w przejściach było niewiele naturalnego światła. Oświetlone za to były ciepłym blaskiem lampek oliwnych. Te pomieszczenia, do których Tessia zdołała zajrzeć, były nie większe niż kuchnia w domu jej rodziców i podobnie urządzone z półkami przy ścianach, stołem na środku i kominkiem po drugiej stronie pokoju.

Kendaria prowadziła ją do sali sekcyjnej. Tessia zastanawiała się, gdzie w tym budynku może się znajdować pomieszczenie dostatecznie duże, by pomieściło tylu słuchaczy, ilu – jak opowiadała jej nowa przyjaciółka – zjawiało się na sekcjach, oraz stół sekcyjny.

Chwilę później przeszły przez drzwi prowadzące do dziwacznej sali. Wyglądała, jakby mieściła się poniżej drewnianych schodów – bardzo szerokich schodów. Nad sobą Tessia słyszała kroki i głosy.

Przed nią otwierało się wąskie przejście w „schodach" i tam właśnie poprowadziła ją Kendaria. Znalazły się w wielkim pomieszczeniu. Rozglądając się dookoła, Tessia uświadomiła sobie, że szerokie schody były w istocie ławkami ustawionymi jedna nad drugą, wznoszącymi się ku ścianom ze zwykłej cegły z zamurowanymi oknami. Na stopniach siedziało już kilku młodych mężczyzn, którzy obrzucili Tessię i Kendarię pełnymi zainteresowania spojrzeniami.

Te ściany wyglądają jak zewnętrzne mury domów, pomyślała Tessia, spoglądając w górę. Nad nią wznosiło się drewniane belkowanie i strop z dachówek. *To pewnie był kiedyś zaułek albo podwórko. Po prostu zbudowali tu te siedzenia i nakryli wszystko dachem*. Wyjaśniało to też, dlaczego jest tu tak zimno.

Pośrodku sali stała spora kamienna ława. Widząc wyrzeźbione w niej kanaliki odprowadzające płyny do wiader,

Tessia domyśliła się, że to stół sekcyjny. Na drugim, mniejszym stoliku, stojącym tuż obok, ułożone były narzędzia. Wiedziała, do czego służy większość z nich, i zastanawiała się, czy pozostałe są używane wyłącznie podczas sekcji.

– Nie musimy zostawać, jeśli odeszła ci ochota – mruknęła do niej Kendaria.

Tessia uświadomiła sobie, że jej towarzyszka musiała zauważyć, jak przygląda się narzędziom, uśmiechnęła się więc.

– Ależ nie, nie mogę się doczekać. Gdzie usiądziemy?

– Najpierw muszę przedstawić cię Uzdrowicielowi Orranowi. Nie sądzę, żeby miał coś przeciwko przyprowadzeniu cię tutaj, zwłaszcza że twój ojciec jest uzdrowicielem, a ty byłaś jego pomocnicą, poza tym zapłaciłyśmy za wstęp. Ale wypada zapytać i przedstawić cię.

Podprowadziła Tessię do dwóch mężczyzn mniej więcej w wieku jej ojca, którzy – jak podsłuchała Tessia – rozmawiali o ciąży żony innego kolegi. Pogawędka była niezobowiązująca, ale mimo że obaj zerknęli w stronę podchodzących do nich kobiet, nie przerwali rozmowy, jakby nie zauważyli ich obecności.

Kendaria czekała, nie spuszczając oczu z wyższego z tej dwójki. Na jej twarzy malował się wyraz cierpliwości i determinacji. Dwaj mężczyźni wciąż nie przerywali plotek – bo tym musiała być ich rozmowa, uznała Tessia, kiedy przekonała się, że w ciąży, o której mówili, nie było nic, co mogłoby zainteresować uzdrowicieli. Kilkakrotnie powtórzyli to, co już wcześniej mówili, zmieniając tylko nieznacznie szyk zdań.

Czyżby celowo byli nieuprzejmi wobec Kendarii, lekceważąc ją i kontynuując tę nieważną konwersację? Im dłuższa i głupsza stawała się ich konwersacja, tym Tessia nabierała mocniejszego przekonania, że tak właśnie jest. Kobieta jednak nie traciła cierpliwości, czekając spokojnie i ani na moment nie spuszczając oczu z twarzy Orrana. Z początku Tessia była zdumiona, potem zła na takie traktowanie, w końcu zaczęła odczuwać fascynację. Najwyraźniej toczyła się na jej oczach jakaś gra, a ona nie miała pojęcia dlaczego i jakie są reguły.

W końcu rozmowa dwóch mężczyzn zmieniła się w pogawędkę zupełnie o niczym i zapadło niezręczne milczenie. Wyższy z mężczyzn westchnął i zaszczycił Kendarię chłodnym uśmiechem.

– Och, widzę, że postanowiłaś dołączyć dziś do tłumu, Kendario z Fodem – rzucił.

Tessia ledwie powstrzymała się od wybuchnięcia śmiechem. Sala nie była zatłoczona, kiedy tu przyszły, ale teraz rozbrzmiewały w niej głosy wielu ludzi.

– Owszem, Uzdrowicielu Orranie – odparła i wskazała Tessię. – Przyprowadziłam też przyjaciółkę spoza miasta, Uczennicę Tessię z majątku Aylen. Jej ojciec jest uzdrowicielem w dobrach Mistrza Dakona, ona zaś pracowała jako jego pomocnica przez większość swojego życia. – Uśmiechnęła się. – To znaczy do kiedy nie została uczennicą Mistrza Dakona.

Obaj uzdrowiciele unieśli brwi.

– Magiczka z pewnym wykształceniem medycznym – powiedział Orran. – Bardzo interesujące. Jak na imię twojemu ojcu?

– Uzdrowiciel Veran – odparła Tessia.

Dwaj mężczyźni zmarszczyli czoła w namyśle.

– Nie słyszałem o nim – powiedział ten drugi.

– Nie dziwię się – wyjaśniła Tessia. – Nie studiował tutaj, choć odwiedzał uniwersytet kilka razy. Jego ojciec był członkiem gildii. Nazywał się Berin, ale pracował tu tak dawno, że pewnie nie…

Obaj uzdrowiciele otwarli usta ze zdumienia.

– Ach – powiedzieli jednocześnie.

Uzdrowiciel Orran zaśmiał się krótko.

– Teraz wszystko ma sens. Stary dobry Uzdrowiciel Berin. Narobił niezłego zamieszania w gildii, po czym zaszył się na wsi.

– Zawdzięczamy twojemu dziadkowi co nieco, ponieważ podał w wątpliwość nasze zaufanie do gwiazd i skierował nas ku bardziej rozumowym wyjaśnieniom – powiedział drugi z uzdrowicieli. – A zatem wnuczka Berina, co?

Jego wzrok powędrował ponad ramię Tessii i oczy mu rozbłysły.

– Och, a oto i nasze zwłoki!

Tessia odwróciła się i zobaczyła nosze z leżącym na nich białawym kształtem. Poczuła dreszcz fascynacji. Większość ciał, które wcześniej oglądała, należała do starych ludzi. To zaś był młody mężczyzna, na którego bladym torsie widać było ranę.

– Czy widziałaś już kiedyś sekcję, Uczennico Tessio? – spytał Uzdrowiciel Orran.

– Nie, ale widywałam zwłoki, oglądałam też więcej wnętrzności niż większość ludzi przez całe życie – odpowiedziała. – Jestem pewna, że to będzie bardzo interesujące doświadczenie – dodała cicho.

Kendaria zachichotała.

– Doskonale – powiedział Orran. – Zajmijcie lepiej miejsca. Większość jest już zajęta, a nie chcecie chyba siedzieć z tyłu, bo możecie dostać zawrotów głowy. Ej, wy! – Skinął na dwóch młodzieńców w pierwszym rzędzie. – Wykażcie się dobrymi manierami i zróbcie miejsce dla dam.

Wokół rozległy się śmiechy, kiedy dwaj młodzi ludzie niechętnie powstali ze swoich miejsc i przenieśli się na samą górę. Kendaria uśmiechnęła się i mrugnęła do Tessii, siadając.

– Chyba cię polubił. Ilekroć zechcesz przyjrzeć się sekcji, daj mi znać.

Przyniesiono płócienne chusty i rozdano je siedzącym w pierwszym rzędzie. Kendaria pokazała Tessii, jak udrapować materiał na ramionach i wokół kolan.

– Czasami coś chlapnie – wyjaśniła szeptem.

Pomocnicy na wpół przenieśli, na wpół zsunęli ciało z noszy na stół. Uzdrowiciel Orran podszedł do stoliczka z narzędziami, po czym spojrzał na słuchaczy.

– Dziś zajmiemy się sercem i płucami…

Kiedy wziął się do tłumaczenia pożytków płynących z sekcji i wyjaśniał zebranym, na co powinni zwracać uwagę, Tessia westchnęła radośnie. *Ojcu bardzo by się to spodobało. Co on powie, kiedy usłyszy, że tu byłam? No i nie uwierzy, że dziadka wspominają tu z wdzięcznością!* Po chwili otrzeźwiała. *A może dowiem się tu czegoś, co może mu się przydać? Ciekawe… może lepiej zacznę uważać.*

ROZDZIAŁ 16

Ze swojego leża na stryszku stajni Hanara widział świetlny sygnał. Pojawiał się już przez trzy noce, migocąc powoli wzorem rozbłysków i zaciemnień, które umieli czytać wszyscy niewolnicy. Za każdym razem widać go było w nieco innym miejscu, gdyby więc ktoś w wiosce zauważył i szukał następnej nocy tego światła w tej samej okolicy, nie zobaczyłby go. Jednak wiadomość była ciągle ta sama:

Zdaj raport. Zdaj raport.

Hanara umierał ze strachu, ilekroć światło to jawiło mu się przed oczami. Zaczął źle sypiać. W całym majątku był tylko jeden człowiek, do którego mógł być skierowany ten przekaz: on sam. I tylko jeden człowiek mógłby oczekiwać raportu Hanary: Takado.

Hanara jeszcze nie wypełnił rozkazu. Przez trzy noce z rzędu kulił się na swoim materacu, niezdolny zasnąć, dopóki nie zmogło go zmęczenie, usiłując udawać, że nie widzi sygnału, albo też nie wie, co ma z nim począć.

Ale widziałem i wiem. *Kiedy Takado odczyta moje myśli, będzie świadom, że okazałem nieposłuszeństwo.*

Nie należał już jednak do Takady, nie musiał więc słuchać rozkazów, przypominał sobie. Był wolnym człowiekiem. Służył teraz Mistrzowi Dakonowi.

Tylko że Mistrz Dakon wyjechał. Nie powstrzyma Takady przed dorwaniem mnie. Takado może uznać, że brak odpowiedzi na sygnał oznacza, iż Hanara naprawdę został wyzwolony. Albo że uciekł z wioski. Może da spokój i odejdzie.

Hanara omal nie roześmiał się głośno.

Co on zrobi? – pytał sam siebie.

Takado nie lubił marnować mocy, a zatem będzie unikał konfliktu. Wróci do wioski z zamiarem poproszenia Mistrza Dakona, by oddał mu Hanarę.

Mistrz Dakon powie, że decyzja należy do Hanary. A co będzie dalej, zbyt łatwo sobie wyobrazić. Takado popatrzy na Hanarę. Mistrz Dakon też. I wszyscy w wiosce. Wszyscy będą znali straszliwe konsekwencje odmowy Hanary. Gdyby Takado zaatakował wioskę i wszyscy by zginęli, Hanara byłby temu winny.

Ale Mistrza Dakona nie ma w wiosce. Nie pojawi się, żeby rozmawiać z Takadą. Kiedy Takado uświadomi sobie, że Mandryn pozbawione jest opieki maga, co wtedy zrobi?

Zabije mnie za zlekceważenie rozkazu.

Potem wyjedzie? A może, skoro i tak zabije już jednego z ludzi Mistrza Dakona, zaatakuje jednak wioskę? Niewykluczone, że jej mieszkańcy, jakkolwiek nie przepadają za Hanarą, będą go jednak chronić ze względu na Mistrza Dakona. Jeśli tak uczynią, wszyscy umrą.

Jedyne, co mogę zrobić, to udać się do Takady.

A wtedy on odczyta myśli niewolnika i dowie się, że Mistrz Dakon wyjechał. Czy w takim wypadku zaatakuje wioskę? Nie, jeśli chce uniknąć konfliktu.

Poza tym dowie się też z mojego umysłu, że w pobliżu jest inny mag, gotów bronić Mandryn, gdyby zaistniała taka potrzeba.

Hanara uśmiechnął się blado, ale uśmiech szybko znikł z jego twarzy. Problem w tym, że Takado o niczym się nie dowie, jeśli nie odczyta myśli Hanary. A Hanara był w wyłącznym posiadaniu jedynej wiadomości, która mogłaby powstrzymać Takadę od przyjścia po niego.

To nie do końca prawda. Mógłby się tego dowiedzieć od mieszkańców wioski, gdyby tylko znalazł powód, żeby z nimi porozmawiać lub odczytać ich myśli.

Ale Takado nigdy nie zniży się do rozmów z pospólstwem, a czytanie myśli zostałoby tu odebrane jako akt agresji. Zrobiłby to wyłącznie w sytuacji, gdyby chciał zaatakować wioskę – a w takim wypadku działałby szybko i nie tracił czasu na czytanie myśli.

Hanara westchnął i powstrzymał się od wstania z materaca i wyjrzenia przez okno stryszku, żeby sprawdzić, czy odległe światełko nadal miga.

Czy nikt poza mną nie zauważył? Nie słyszał, żeby ludzie w stajni lub w wiosce o czymkolwiek wspominali. Gdyby widzieli światło, na pewno ktoś chciałby się dowiedzieć co to. I nie odnalazłby Takady, chyba że tamten chciałby zostać znaleziony. Ale gdyby nic nie znaleźli, czy wysłaliby ostrzeżenie do tego drugiego maga, który miał bronić Mandryn? *Gdzie w ogóle jest ten drugi mag?* Sygnał pojawiał się na wzgórzach i szczytach otaczających wioskę. Z tego, czego Hanara dowiedział się podczas podróży z Takadą, wioski w przygranicznych majątkach były zazwyczaj oddalone od siebie o dzień jazdy powozem. Między nimi były tylko niewielkie chaty chłopów i szałasy.

Wątpił, by ten drugi mag mieszkał w chłopskiej chacie. Gdzie zatem mieszkał? A gdyby Mandryn zostało zaatakowane, ile czasu potrzebowałby, żeby tu dotrzeć?

Musi istnieć jakiś sposób, żeby się tego dowiedzieć. Hanara podpełzł do brzegu stryszku i wychylił się, żeby popatrzeć na stajnie. Na stole stała lampa i pionki do gry rozstawione na planszy. Stajennych nie było, porzucili niedokończoną grę.

Gdzieś za stajnią słyszał przytłumione głosy.

– Hanar!

Podskoczył i spojrzał ku drzwiom stajni, w których stanął nadzorca.

– Złaź – rozkazał Ravern.

Hanara wziął głęboki oddech, by się uspokoić, wstał, strząsnął słomę z ubrania i zszedł po drabinie na ziemię, po czym wyszedł z nadzorcą przed stajnię. Ravern poprowadził go na tył budynku, gdzie stały trzy znajome postacie: dwóch chłopców stajennych i Keron, przełożony służących. Wzrok mieli utkwiony w jakiś odległy punkt.

Poczuł, że kolana się pod nim uginają, kiedy zrozumiał, że przyglądają się sygnałowi.

Keron zwrócił się do niego. Było za ciemno, żeby Hanara zdołał dostrzec wyraz jego twarzy. Nadzorca podniósł rękę i wskazał palcem migoczące światło.

– Co o tym sądzisz, Hanar? Wiesz, co to jest?

Jego ton był przyjacielski, ale słychać w nim było niepokój.

Hanara odwrócił głowę w kierunku sygnału.

Zdaj raport. Zdaj raport.

Jeśli im powie, co to jest, poślą po tego drugiego maga. A jeśli widzieli sygnał już wcześniej, mogą zacząć się zastanawiać, dlaczego im tego nie wyjaśnił od razu. Mogą się rozzłościć i wyrzucić go z wioski.

Już byli zaniepokojeni. Może tak czy siak poślą po maga, jeśli tylko im to podpowiedzieć.

– Nie wiem – odparł. – To nie jest zwyczajne?

Zapadła cisza, po czym Keron westchnął.

– Nie. Nie jest. – Zwrócił się do pozostałych: – Ktoś powinien się temu przyjrzeć.

Wszyscy milczeli. Wzrok Hanary już tak przyzwyczaił się do ciemności, że widział, jak dwaj młodzi wymieniają spojrzenia. Nadzorca stajni ponownie westchnął.

– A zatem rano.

Głupcy, pomyślał Hanara. *I tchórze. Są tak przerażeni, że nic nie zrobią. Będą udawali, że tego nie ma, i łudzili się, że zniknie.*

Tak samo jak on.

Nie zamierzają posłać po drugiego maga, dopóki nie przekonają się, że to konieczne. Problem w tym, że kiedy dowiedzą się, iż Takado wrócił i stanowi zagrożenie, nie będzie już czasu, żeby prosić o pomoc tego drugiego maga. Może jest jakiś sposób na przekonanie ich, by posłali od razu po pomoc? Może jest.

– Czy jesteśmy w niebezpieczeństwie? – spytał cicho nadzorcę stajni.

– Nie wiem – przyznał tamten.

– Mówiłeś, że ten drugi mag przyjedzie, żeby nas chronić. Może on by wiedział, czy to coś niedobrego?

Nadzorca spojrzał na niego i potaknął.

– Jasne. Nie przejmuj się. Idź się przespać.

Kiedy odchodził, dobiegły go jeszcze strzępy rozmowy. Jeden z młodszych służących zaprotestował. Hanara wspinał się po drabinie, nasłuchując ostrożnie. Był pewny, że kiedy mężczyźni weszli z powrotem do stajni, zaczęli przygotowywać konia do jazdy.

– Jest ciemno, więc jedź powoli, ale kiedy wzejdzie księżyc, możesz przyspieszyć – powiedział nadzorca stajni. –

Doręczysz list i wrócisz tu natychmiast. Mistrz Narvelan da ci świeżego konia. Masz wrócić jutro wieczorem.

Hanara poczuł, że serce w nim zamiera. *Jutro wieczorem? To znaczy, że ten drugi mag mieszka o cały dzień jazdy stąd!*

Takado jest znacznie bliżej. Znacznie, znacznie bliżej.

Słysząc tętent kopyt niknący w oddali, Hanara przewrócił się na plecy, czując, że serce mu wali. *To zmienia postać rzeczy!* Czy Takado wie, że jedyny mag w okolicy mieszka o cały dzień drogi z Mandryn? *Zapewne wie*, pomyślał Hanara, *zwracał uwagę na tego typu drobiazgi, kiedy podróżowaliśmy po tym kraju. Niewątpliwie dowiedział się, gdzie mieszkają wszyscy kyraliańscy magowie.*

A zatem od wkroczenia do Mandryn i zażądania zwrotu lub zabicia Hanary powstrzymuje go przekonanie, że Mistrz Dakon przebywa w wiosce.

W końcu odkryje, że to nieprawda. Hanara miał nadzieję, że nie nastąpi to przed przybyciem drugiego maga albo powrotem Mistrza Dakona. Może też odejść i udać się do Takady. Takado mógłby oszczędzić życie Hanary, gdyby ten wrócił do niego z własnej woli.

Tylko że Hanara nie umiał zmusić się do wykonania ruchu. Nie potrafił jeszcze wyzbyć się nadziei, że jeśli trochę poczeka, może nie będzie musiał stawiać czoła Takadzie. W końcu istnieje możliwość, że mag zabije go tak czy siak, za sam fakt nieposłuszeństwa wobec sygnału. Hanara leżał bez ruchu w oczekiwaniu, a czas płynął straszliwie powoli.

W pewnej chwili jego uwagę przyciągnął jakiś odgłos. Hanara przewrócił się na bok i spojrzał w dół. Ravern stał z założonymi rękami, a z pustego boksu wyszedł młody stajenny. Obaj wpatrywali się w spienionego konia przechadzającego się wzdłuż budynku. Koń, który pojechał z posłańcem, wrócił… bez jeźdźca.

Hanara poczuł przerażenie i jęknął. *On tu jest. Takado tu jest. I teraz wie już wszystko!* Ledwie słyszał, jak nadzorca stajni każe siodłać dwa kolejne konie, przeklinając pod nosem posłańca, który zapewne po prostu spadł z konia. Nie mógł patrzeć, jak ci ludzie zaopatrują się w bezużyteczną broń i wyruszają.

Ale kiedy wyjechali, zszedł, trzęsąc się, po drabinie i wymknął się w noc. Powtarzał sobie, że idzie, by ocalić wioskę, ale czuł znajomą pewność, że idzie, żeby ocalić samego siebie.

Fakt, że Everran i Aravia mieli dwa powozy – jeden do codziennego użytku, drugi zaś na wypadek wizyt w Pałacu Królewskim – zaskoczył i zadziwił Tessię. Zważywszy, że od pałacu dzieliły ich zaledwie dwie ulice, posiadanie osobnego pojazdu do ich pokonywania wydawało się niepoważnym zbytkiem.

Musiała jednak przyznać, że „pałacowy" powóz był niezwykły, w związku z czym używanie go do codziennych przejażdżek, podczas których obijałby się o ludzi i inne pojazdy, mogłoby oznaczać nieustanne naprawy. Wykonany z gładko wypolerowanego drewna, okuty złotem, z budą z impregnowanej cienkiej skóry ozdobionej rodzinnym inkalem – w Kyralii odżywały tradycje heraldyczne sprzed inwazji sachakańskiej – oznajmiał wszystkim dokoła, że jego właściciele są bogaci i wpływowi. Czterech lokai z biczykami i w liberiach dawało wyraźnie do zrozumienia, że tego pojazdu nie należy opóźniać.

Wewnątrz powozu maleńka kula światła odganiała chłód wieczornego powietrza, zapewniając też oświetlenie. Everran i Aravia usiedli naprzeciwko Dakona, Jayana i Tessii. Wszyscy byli odziani w znakomitej jakości szaty będące ostatnim krzykiem mody. Everran miał na sobie długą szatę wierzchnią takiego samego kroju co stroje, w które odziani byli Jayan i Dakon, kiedy Tessia i jej rodzice zjawili się na kolacji w rezydencji; szatę Everrana uszyto z czerwonego materiału, który Aravia kupiła na Ulicy Próżności. Aravia ubrała się w fioletową suknię ciasno spiętą w talii, z wąskim rozcięciem poniżej zapiętej na kilka guzików stójki, które znajdowałoby się skandalicznie nisko, gdyby ukazywało ciało, a nie warstwę czerwonej tkaniny. Spódnica również miała rozporki po bokach, spomiędzy których wyłaniała się czerwona halka.

Tessia założyła równie obcisłą na górze suknię z zielonej tkaniny kupionej przez jej gospodynię kilka dni temu. Ku jej uldze przód sukienki był prosty, a rozcięcia spódnicy i rękawów odsłaniały skromną czerń.

Dakon i Jayan mieli na sobie długie wierzchnie szaty, czarną i granatową. W wiosce taki ubiór wydawał się ekstrawagancki i nieco frywolny, tu jednak nadawał im właściwego godnego wyglądu. Tessia uznała, że pasował do nich obu, co skłoniło ją do rozmyślania, czy Dakon i Jayan nie powinni żyć raczej w mieście niż w Mandryn.

Jayan zapewne tak, pomyślała. *Ale Dakon niekoniecznie*. Jej nauczyciel nie wyglądał na rozluźnionego. Czarna szata i głęboka zmarszczka na czole sprawiały razem wrażenie roztargnionego niepokoju. Jayan natomiast w miejskim ubraniu był pewny siebie i Tessia zaczynała dostrzegać, dlaczego Aravia i jej przyjaciółki uważają go za przystojnego chłopaka.

Czując na sobie jej wzrok, Jayan obrócił się ku niej.

To, że uznałam, iż nieźle wygląda, nie znaczy jeszcze, że przestał być irytujący i arogancki, upomniała samą siebie, odpowiadając mu przelotnym chłodnym spojrzeniem.

Powóz zwolnił i zatrzymał się, a jeden z lokajów otworzył drzwiczki.

– Mistrz Everran i Mistrzyni Aravia z rodu Korin – zawołał.

Everran wysiadł z powozu, a Aravia za nim, przytrzymując ostrożnie brzeg sukni, żeby nie zaczepić o coś, ani też nie unieść przy wysiadaniu materiału powyżej kostek. Kiedy wywołano imię Dakona, mag wstał, a wraz z nim podniósł się Jayan. Tessia wysiadała ostatnia, zachowując jak największą ostrożność. Nie była przyzwyczajona do noszenia sukni, przyjęła więc z wdzięcznością pomoc Dakona i zdołała zejść na ziemię, nie ukazując zanadto kostek – taką w każdym razie miała nadzieję. Najwyraźniej pokazywanie nagiej skóry jakiejkolwiek części stóp lub nóg było uważane za dowód braku wychowania i prostactwa.

Podniosła wzrok na Aravię i ku swojej uldze zauważyła, że kobieta z aprobatą skinęła głową. Tessia popatrzyła więc na Pałac Królewski i aż wstrzymała oddech.

Widywała już go z daleka, ale nigdy w pełnej okazałości ani z tak bliska. Przed nimi znajdowała się potężna brama, zawieszona na grubych łańcuchach nad ludźmi wchodzącymi do środka. Po obu jej stronach wznosiły się wysokie wieże, a w ich wąskich oknach oraz między blankami paliły się światła. Pochodnie umieszczono również na murach rozchodzących się dalej po obu stronach bramy.

Everran i Aravia poprowadzili ich pod zawieszoną bramą na most przerzucony pomiędzy zewnętrznym i wewnętrznym murem nad fosą, wypełnioną wodą – na jej powierzchni odbijało się światło lamp. Ich oczom ukazała się kolejna brama, tym razem z ciężkimi żelaznymi drzwiami, otwartymi teraz, co nie ujmowało im nic z potęgi i powagi. Tessia dostrzegła na drzwiach znaki nawiązujące do rodowego zawołania Króla Errika oraz jego inkal.

Kiedy przeszli przez te drzwi, znaleźli się w pałacowym holu, który przypominał hol rezydencji Dakona, tyle że był dużo większy i wspanialszy. Wokół gości kręciła się służba, kierując ich przez łukowe przejścia ku schodom wznoszącym się po obu stronach. Tessia zauważyła, że wejście na schody zasłaniały papierowe parawany, obok których stali strażnicy.

Everran zatrzymał się w przejściu i powtórzył lokajowi imiona wszystkich swoich towarzyszy. Służący pozdrowił ich i wpuścił do środka. Tessia czuła, że serce skacze jej do gardła, gdy wchodziła do holu. Nigdy nie widziała tak wielkiej sali. Mogłaby się w niej zmieścić chyba cała rezydencja Dakona. A może nawet dwie. Smukłe kamienne kolumny w dwóch rzędach podtrzymywały wysokie sklepienie. Zamiast lamp salę oświetlały magiczne kule.

Ściany pokrywały ogromne malowidła i gobeliny, ale uwagę Tessii przyciągnęli przede wszystkim ludzie. W sali kręciły się setki mężczyzn, kobiet, nawet kilkoro dzieci, zebrane w pary, rodziny, niewielkie grupki i większe kółka. Wszyscy mieli na sobie modne, drogie, a niekiedy również ekstrawaganckie stroje. W świetle magicznych kul połyskiwały klejnoty. Idąc za pozostałymi w głąb sali, dostrzegała coraz to nowych ludzi, podczas gdy inni nikli jej z oczu. *To jak krajobraz złożony z ludzi. Kiedy się poruszasz, zmienia się punkt widzenia, pokazując ciągle nowe widoki, których się wcześniej nie dostrzegało.*

W chwili gdy to myślała, obraz znowu się zmienił i przed Tessią pojawił się pięknie ubrany mężczyzna w wieku Jayana, otoczony wianuszkiem ludzi. Jej towarzysze zatrzymali się i Tessia zorientowała się, że wszyscy wpatrują się w tę grupkę.

– To Król Errik – mruknął jej do ucha Jayan.

Potaknęła. W tej samej chwili młody mężczyzna spojrzał ku nim, przebiegając wzrokiem po ich twarzach, po czym zwrócił się ponownie do mężczyzn u swego boku.

– Zauważył nas – powiedział Everran do Dakona. – Jeśli będzie chciał z nami pomówić, wezwie nas. A tymczasem może porozmawiamy z Mistrzem Olleranem?

Dakon przytaknął. Kiedy on i Everran, a za nimi Jayan oddalili się, Aravia ujęła Tessię pod ramię.

– Niech sobie sami radzą o polityce i handlu – szepnęła jej do ucha. – Właśnie zobaczyłam Kendarię. Chodź ze mną, tędy.

Tessia przełknęła rozczarowanie i frustrację. Bardzo chciała spotkać się z Kendarią, ale znowu została wykluczona ze spraw Dakona. Przecież to, co on robi, musi stanowić część obowiązków maga, a zatem powinna to poznać, nawet jeśli jest to koszmarnie nudne. A poza tym to, co jest nudne dla Aravii, mogłoby się okazać ciekawe dla Tessii. I na odwrót.

Kendaria przyglądała się akrobacie wykonującemu z wdziękiem imponujące sztuczki. Chłopak miał na sobie luźne spodnie zebrane w kostkach i w talii, na nagim torsie rysowały się mięśnie. Jego występowi przyglądało się wiele kobiet. Kendaria mrugnęła do Tessii.

– Nie miałabym nic przeciwko pokrojeniu tego ciała – mruknęła. – Zastanawiam się, czy jego ścięgna różnią się od ścięgien przeciętnego trupa? Są takie rozciągliwe.

– Kendaria! – skrzywiła się Aravia. – Nie mów takich rzeczy!

Tessia nie mogła jednak powstrzymać się od nieco innego spojrzenia na akrobatę. Zaczęła dostrzegać żebra naciskające na jego skórę i przypomniała sobie, jak wygląda od środka klatka piersiowa: gdzie znajduje się serce, a gdzie gąbczaste płuca. Nauczyła się już bardzo wiele, ale miała nadzieję, że Kendaria zabierze ją jeszcze kilka razy na sekcje, zanim Dakon wyjedzie z Imardinu.

Aravia uparcie powstrzymywała wszelkie dalsze komentarze anatomiczne i wkrótce, kiedy do ich trójki dołączyły Darya i Zakia, na dobre zaczęły plotkować. Czas płynął powoli. Tessia słuchała uprzejmie, ale równocześnie obserwowała wielką salę wypełniającą się ludźmi, zauważając, że gwar ciągle narasta, ponieważ wszyscy muszą podnosić głosy, żeby być słyszanymi w tym szumie. Akrobata zakończył występ, a zastąpiła go śpiewaczka, której towarzyszył mężczyzna szarpiący za struny dziwacznego instrumentu w kształcie pudełka, który opierał o jedno kolano. Przyjaciółki Aravii zaczęły szczegółową analizę sukni, biżuterii i romansów innych kobiet. Tessia tymczasem wsłuchiwała się w rozmowę kilku stojących nieopodal mężczyzn.

– ...uzdrowiciel kazał mu przestać, ale on pił dalej i to tylko sprawiło, że...

– ...Sarrin mówi, że powinniśmy podnieść ceny, ale obawiam się, że to...

– ...Mandryn, jak sądzę, ale...

Znajoma nazwa zwróciła jej uwagę, ale dalszy ciąg wypowiedzi został zagłuszony przez śmiech jej towarzyszek. Tessia przesunęła się nieznacznie w prawo, żeby zbliżyć się do rozmawiającej grupki.

– ...żal... majątków na rubieżach. Nie chciałbym tam mieszkać.

Odpowiedzi nie udało jej się dosłyszeć.

– Ależ oczywiście. Ktoś musi. Inaczej ci krwiożerczy Sachakanie znajdą się jeszcze bliżej nas, nieprawdaż? To nie jest niemożliwe, jeśli to, co słyszeliśmy, okaże się…

Nagle mówiący zniżył głos do tego stopnia, że Tessia nic nie słyszała. Chwilę później zauważyła, że ludzie wokół niej zachowują się nerwowo. Głowy zwracały się w jednym kierunku. Usiłując zorientować się, co jest źródłem tego niepokoju, Tessia wychyliła się za ramię Aravii.

Zmierzał ku nim król. Zatrzymał się, żeby zamienić z kimś parę słów, po czym uśmiechnął się i ruszył dalej, nie spuszczając oczu z Aravii i jej towarzyszek.

Tessia nachyliła się do ucha swojej gospodyni.

– Mistrzyni Aravio – mruknęła – spójrz w lewo.

Kobieta przechyliła głowę w tamtym kierunku, po czym zwróciła się z powrotem do dziewczyny.

– Chodzi ci o króla?

– Tak. Idzie w tym kierunku.

– To było do przewidzenia – odparła Aravia, wzruszając ramionami. – Jest tu przecież atrakcyjna nowa uczennica, czekająca na spotkanie z nim.

Tessia poczuła, że uginają się pod nią kolana.

– Ja nie… – urwała.

Król był już dość blisko, by usłyszeć jej słowa. *Nie podchodzi tu ze względu na mnie*, powtarzała sobie. *Aravia stroi sobie ze mnie żarty.*

Król z uśmiechem podszedł do kółka kobiet i wymienił ich imiona. Z każdą zamienił parę słów, najczęściej o zdrowiu, interesach lub krewnych. Kiedy doszedł do Tessii, uśmiechnął się szeroko; wyminął pozostałe damy i stanął przed nią.

– A ty musisz być Uczennicą Tessią, nowym nabytkiem Mistrza Dakona.

– Tak, wasza królewska mość – odpowiedziała, widząc kątem oka, że pozostałe kobiety odwróciły się i oddalały w parach i trójkach. Nawet Aravia. Czyżby król dał im jakoś do zrozumienia, że chce porozmawiać z Tessią na osobności?

Wpatrywał się w nią uważnie. *Mam nadzieję, że nie powiem nic niewłaściwego ani nie zrobię czegoś niezgodnego z etykietą.*

– A więc jesteś samorodna, zgadza się?

– Tak.

– To musiało być dość przerażające, niezbyt fortunnie jest odkryć talent w takich okolicznościach.

Tessia zmarszczyła czoło. Czyżby miał na myśli jej pragnienie zostania uzdrowicielką? Przecież nie mógł słyszeć o Takadzie… nie, Dakon by mu nie powiedział.

– Nie – odparła powoli. – To znaczy w tamtej chwili było dość przerażające. Nie miałam pojęcia, co uczyniłam. Ale potem, muszę przyznać… stało się to ekscytujące.

Król zamyślił się na chwilę; na jego czole pojawiła się zmarszczka, która jednak znikła, kiedy ponownie się uśmiechnął.

– Masz na myśli pierwsze posłużenie się mocą, a nie życie tak blisko granicy?

– Tak… ale sądzę, że mieszkanie przy granicy było zawsze… trochę niepokojące. A może… – Serce w niej zamarło. – Czy powinnam się szczególnie czymś niepokoić, wasza królewska mość?

Zamrugał oczami, po czym na jego twarzy pojawił się wyraz zrozumienia.

– Och, przepraszam. Nie zamierzałem nic takiego sugerować. Dla nas, mieszkańców miasta, sama myśl o życiu tak blisko Sachaki zdaje się nieco przerażająca, ale ty zapewne do tego przywykłaś.

Ton jego głosu był uspokajający i Tessia nagle uświadomiła sobie z całkowitą pewnością, że król coś ukrywa.

– Czy Sachakanie nas zaatakują? – zapytała, niewiele myśląc, i natychmiast tego pożałowała. Król wyglądał na kompletnie zbitego z tropu. Zaczęła szybko przepraszać.

– Nie przepraszaj – przerwał jej. – To ja powinienem cię przeprosić. Nie powinienem był cię niepokoić. – Podszedł do niej bliżej i wziął ją pod ramię, prowadząc powoli w głąb sali. – Pojawiły się pogłoski – powiedział cicho – o możliwym zagrożeniu. Niewątpliwie wkrótce dotarłyby i do ciebie, niezależnie od tego, czy ci o nich powiem, czy nie, bo tutaj to nie sekret. Ale nie bój się. Na granicy nie stoi wielka armia. Niepokoi nas to, że kilku niezadowolonych sachakańskich magów może pragnąć przysporzyć kłopotów imperatorowi.

– Och – odpowiedziała, wpatrując się w niego. Nawet garstka sachakańskich magów może zniszczyć taką wioskę jak Mandryn, zwłaszcza pod nieobecność Mistrza Dakona. – Czy moja wioska jest bezpieczna? Moja rodzina?

Wytrzymał jej spojrzenie, ale w jego wzroku znać było ostrożność i namysł. Na twarzy jednak pojawił się uśmiech.

– Jest bezpieczna, zapewniam cię.

Wzięła głęboki oddech i wypuściła powoli powietrze z płuc, usiłując uspokoić bijące mocno serce.

– To wielka ulga, wasza królewska mość – powiedziała.

Zaśmiał się krótko.

– Owszem. Przykro mi, że zaniepokoiłem cię tymi pogłoskami. Obawiam się, że żyjąc w mieście, mamy tendencję do nadmiernego plotkowania i zapominania o jego konsekwencjach. Nawet ja ulegam czasem tej słabostce.

Uśmiechnęła się, słysząc to wyznanie.

– Mistrzyni Aravia ostrzegała mnie przed zbyt poważnym traktowaniem miejskich plotek… ale plotki i pogłoski to czasem dwie zupełnie inne sprawy.

Roześmiał się i spojrzał jej prosto w oczy.

– Istotnie, tak bywa. Chciałbym, żebyś przekazała Mistrzowi Dakonowi pewną informację. – Spoważniał. – Powiedz mu, że spotkam się z nim jutro na placu ćwiczeń godzinę po południu.

Potaknęła.

– Plac ćwiczeń. Godzina po południu – powtórzyła.

Ukłonił się jej, a ona z lekkim opóźnieniem odpowiedziała kobiecym dygnięciem z ręką skromnie przyciśniętą do piersi, którego nauczyła ją Aravia.

– Miło było cię poznać, Uczennico Tessio. Mam nadzieję, że wkrótce znów odwiedzisz Imardin.

– To dla mnie zaszczyt i przyjemność poznać waszą królewską mość – odparła.

Uśmiechnął się i odwrócił. Kiedy przemierzał salę, podszedł do niego człowiek w mundurze.

– Jak poszło? – usłyszała za sobą znany głos, drżący z ciekawości.

Tessia odwróciła się do Aravii.

– Dobrze. Tak mi się wydaje. Może. Mam przekazać informację Mistrzowi Dakonowi.

Kobieta potaknęła z uśmiechem.

– W takim razie postarajmy się ją przekazać… najdyskretniej, jak to możliwe.

ROZDZIAŁ 17

Pałac Królewski pogrążony był w ciszy, ale Dakon wyczuwał tętniące wokół życie. Co jakiś czas dobiegały go ciche odgłosy kroków albo stłumiony szmer głosów. Służący przemykali na granicy jego pola widzenia i znikali.

Im bardziej zanurzał się za swoim przewodnikiem w głąb budynku, tym więcej dostrzegał tych znaków życia. Usłyszał dźwięk siekania i wyczuł nosem wspaniały zapach – musiał więc przechodzić w pobliżu kuchni. Chwilę później rżenie konia uzmysłowiło mu, że po prawej muszą znajdować się stajnie. A w końcu brzęk metalu i krótkie warkliwe komendy podpowiedziały mu, że zbliżył się do placu ćwiczeń.

Przewodnik wyprowadził go brukowaną uliczką wiodącą pomiędzy dwoma budynkami na szeroki żwirowany dziedziniec. Stali na nim w pewnym oddaleniu od siebie dwaj mężczyźni. Dakon natychmiast ich rozpoznał – byli to mag Sabin i Król Errik. Wokół nich, w bezpiecznej odległości kilku kroków, zgromadzili się mężczyźni przyglądający się walczącym.

Dwaj gwardziści w mundurach mieli trzymać broń. Było tam też dwóch służących, z których jeden trzymał w rękach misę i ręczniki, a drugi tacę z dzbanem i kilkoma pucharami.

Pozostali dwaj byli to, poznani poprzedniego wieczora, pochodzący z potężnych rodów, przyjaciele króla.

Przewodnik dał Dakonowi do zrozumienia, że powinien zatrzymać się przy tych ostatnich, po czym odszedł. Dakon wymienił z nimi uprzejme skinienia głowy, ale kiedy bez słowa odwrócili się z powrotem ku walczącym, uznał, że też powinien zachować milczenie.

Najpierw król, a następnie Sabin wykrzyknęli jakieś chrapliwe słowo, którego Dakon nie zrozumiał, a następnie zaczęli podchodzić ku sobie. Obaj byli już zlani potem, ale ani nie dyszeli, ani nie zdradzali oznak zmęczenia. Patrząc na nich, Dakon wrócił myślami do poprzedniego wieczora.

Powinienem uznać ten wieczór za największą porażkę w moim życiu, jeśli nie liczyć kilku nieudanych prób flirtu, pomyślał. Król w ogóle nie zwrócił na niego i jego grupkę uwagi, a raz nawet tak jakby celowo nadłożył drogi, byle ich wyminąć. Dla niektórych przeciwników Kręgu był to czytelny znak, że Dakon i jego gospodarz nie cieszą się łaską monarchy. Skupili się wokół nich niczym padlinożercy, szydząc w eleganckich i przebranych w kostium uprzejmości słowach. Everran sprawiał wrażenie, jakby bawiło go to wyzwanie, odpowiadał bowiem z równą swadą i konceptem. Dakon wiedział, że w tej grze nie ma szans na wygraną, więc milczał, obserwując oponentów i usiłując ocenić, czy wyrażają autentyczne poglądy, czy też kierują się politycznym interesem.

Szczególnie zaintrygował go przywódca grupy, Mistrz Hakkin. Jego komentarze były najbardziej zjadliwe, ale wypowiadane bez przekonania cechującego niektórych. Na dodatek zdarzało mu się niemal drwić z żartów swoich popleczników, powtarzając je i rozwijając, jeśli okazywały się za mało dowcipne lub niezupełnie trafione.

Wsiadając wraz z pozostałymi do powozu, żeby wrócić do domu Everrana, Dakon czuł się wyczerpany, przygnębiony i zły.

Kiedy Aravia podpowiedziała Tessii, że może już bezpiecznie przekazać informację od króla, ledwie dotarło do niego, o co chodzi. Biedna Tessia musiała powtórzyć wszystko dwa razy, zanim pojął.

Plac ćwiczeń. Godzinę po południu. Król Errik *chciał* się z nim spotkać. Tylko nie w obecności kilkuset świadków. *Jayana musi to cieszyć*, pomyślał. Jego uczeń był przez cały wieczór niezwyczajnie milczący i nerwowy. Dakon w końcu – zdecydowanie zbyt późno – domyślił się powodu. Między krytykami znajdował się człowiek, którego Dakon nie widział od lat – ojciec Jayana, Karvelan z rodu Drayn.

Jayan nie opowiedział mu szczegółów wizyty u ojca, Dakon założył więc, że nie rozmawiali o niczym ważnym. Teraz zaczął dostrzegać, w jak trudnej sytuacji znalazł się ten młody człowiek: rozdarty między lojalnością wobec mistrza oraz własnej potężnej i zamożnej rodziny. Dakon zdawał sobie sprawę, jaką opinię ma Jayan o swojej rodzinie, był też pewien, że uczeń darzy go szacunkiem i szczerymi uczuciami, ale to wszystko mogło niewiele znaczyć w obliczu pieniędzy i polityki.

Założę się, że stary Karvelan marzy o chwili, kiedy wreszcie wyzwolę jego syna. Dakon spochmurniał. *Zastanawiam się, czy Jayan marzy o tym samym. Pozwoliłoby mu to wybrać, wobec kogo chce być lojalny. Niewykluczone jednak, że wolałby mieć wymówkę, żeby tego jeszcze nie robić.*

Okrzyk niezadowolenia zwrócił jego uwagę z powrotem na walczących. Sabin i Errik odsunęli się od siebie.

– Znowu wygrałeś – rzucił przeciwnikowi król z udanym gniewem.

Sabin ukłonił się. Król zaśmiał się i podał miecz jednemu z gwardzistów, po czym napełnił puchar czystą wodą z dzbana i wychylił go jednym haustem. Następnie wziął ręcznik i podszedł do Dakona, ocierając czoło.

– Mistrz Dakon z rodu Aylendin. Jak ci się podobało?

– Wasza królewska mość mówi o walce? – Dakon usiłował wymyślić właściwą odpowiedź. Nie miał pojęcia o szermierce. – Wielce dynamiczna.

– Chciałbyś spróbować? – zaproponował Errik.

– Ja? – Dakon aż zamrugał ze zdziwienia. – Obawiam się, że nie byłbym godnym przeciwnikiem.

– Zardzewiałeś, co?

– Nie. Ja, cóż, nigdy nie miałem w ręce miecza – wyznał Dakon.

Król uniósł brwi ze zdziwieniem.

– Nigdy? A co zamierzasz zrobić w czasie walki, gdyby wyczerpała się twoja moc magiczna?

Dakon zastanowił się; perspektywa nie wyglądała zachęcająco.

– Oszukiwać?

Errik roześmiał się.

– To niezbyt honorowe!

Dakon wzruszył ramionami.

– Słyszałem, że prawdziwa wojna rzadko bywa honorowa.

– Rzadko. – Uśmiech znikł z twarzy króla.

Monarcha odwrócił się i machnął ręką do otaczających go mężczyzn. Wszyscy ukłonili się i odeszli. Gwardziści zabrali broń, a Sabin poszedł za nimi. Dworzanie znikli w jednej z bram, a służący stanęli przy innym wyjściu, czekając poza zasięgiem słuchu na ewentualne rozkazy. Dakon nagle znalazł się sam na sam z królem.

– A zatem, Mistrzu Dakonie – odezwał się Errik – chciałbyś wiedzieć, co zrobię, jeśli buntowniczy, niepokorni sachakańscy magowie, którzy sprawiają tyle kłopotów naszemu sąsiadowi, postanowią zaatakować na własną rękę Kyralię.

Dakon spojrzał królowi prosto w oczy i potaknął. Sabin uprzedził go, że władca bywa bezpośredni. Errik uśmiechnął się krzywo, po czym spoważniał.

– Wszyscy chcą. A ja mówię im dokładnie to, co powiem teraz tobie: atak, czy też inwazja na każdy majątek jest atakiem lub inwazją na Kyralię. Nie puścimy niczego płazem.

– Cieszą mnie te słowa – odparł Dakon. – Mam jednakowoż wrażenie, że nie wszystkich by ucieszyły.

Oczy króla rozbłysły.

– Problem z Kyralianami jednoczącymi się dla wsparcia jakiejś sprawy jest taki, że natychmiast inna grupa Kyralian uznaje, że musi się im zbiorowo przeciwstawić. Nie, nie twierdzę, że nie trzeba było powoływać waszego Kręgu. – Wzruszył ramionami, ale pozostał poważny. – Tyle tylko, że można się było spodziewać konsekwencji.

– Czy te grupki będą się zwalczać nawet w obliczu większego zagrożenia? – spytał Dakon.

– Jeśli bardzo się poróżnią, tak. Znamy wiele przykładów z historii.

– Dlatego wasza królewska mość nie może otwarcie poprzeć żadnej ze stron… bo mogliby nie połączyć sił w potrzebie. – Dakon pokiwał głową, uświadamiając sobie trudną sytuację króla.

We wzroku monarchy pojawiła się aprobata.

– Ale zapewniam wszystkich, że *ja* będę bronił mojego królestwa, jeśli zajdzie taka potrzeba.

Dakon powstrzymał cisnący się na usta uśmiech.

– Czy królewskie plany są zbyt wielkim sekretem, żeby podzielić się nimi z prostym wiejskim magiem?

– Prostym? – Errik przewrócił oczami, westchnął i obrzucił Dakona spokojnym spojrzeniem. – Nie są sekretem. Omówię część z nich z tobą, a ty wskażesz mi błędy.

– Postaram się, wasza królewska mość.

– Doskonale. Otóż Sachakanie planujący napaść będą starali się zapewnić sobie przewagę liczebną. Tworzenie sojuszy nie jest jednak ich mocną stroną. Zapewne na początku zaatakują niewielką siłą, ich celem będzie więc również coś niepokaźnego. Niestety mamy mnóstwo niewielkich celów: przygraniczne wioski w majątkach strzeżonych przez jednego albo dwóch magów, mieszkających zbyt daleko od siebie, żeby sobie wzajemnie pomagać. W takich miejscach jedynym ratunkiem jest ewakuacja – ciągnął król. – A kiedy majątek zostanie przejęty, musimy go natychmiast odzyskać. Wiadomości o sukcesach sprowadzą kolejnych Sachakan. Musimy więc sprawić, żeby natychmiast otrzymali również wieści o porażkach.

Dakon skinął głową, zadowolony z oceny sytuacji przez króla.

– Jak możemy do tego doprowadzić? – spytał Errik. – Najważniejsza będzie szybkość, a zatem magowie mieszkający najbliżej zaatakowanego majątku muszą zareagować. W tym samym czasie wyślę z miasta magów, żeby wsparli opór.

Errik urwał i spojrzał na Dakona, unosząc brwi.

– Nie masz pytań?

– Nie wyślesz już teraz magów na granicę? – spytał Dakon. – By zapobiec atakowi Sachakan i zajęciu przygranicznych majątków.

– Magowie – odparł Król – nie lubią, kiedy się im rozkazuje. Jeśli możesz przekonać swoich miejskich zwolenników, żeby udali się z tobą, zrób tak. Ale nie dziw się, jeśli okażą się zbyt pochłonięci koniecznością obserwowania miejscowych przeciwników, by opuścić Imardin. Jeśli ja rozkażę któremuś jechać, a Sachakanie nie zaatakują, ich interesy zaś ucierpią, to narażę się na wielkie kłopoty.

Dakon nie potrafił powstrzymać się od zmarszczenia brwi. Król pokiwał głową.

– Wiem, to małostkowe. Ale bądź pewny, że jeśli atak nadejdzie, żaden mag nie waży się odmówić obrony kraju. W dodatku – zmrużył oczy – twoja nowa uczennica wymogła na mnie wczoraj obietnicę, której chyba muszę dotrzymać.

– Tessia? – Dakon skrzywił się z niezadowoleniem. – Ona zażądała obietnicy?

Errik zaśmiał się.

– Nie. Obawiam się, że to moja wina. Chciałem ją wypróbować, a zrobiłem z siebie głupca.

Niepokój Dakona wzrósł. *Co ona takiego powiedziała?* Usiłował odczytać to z twarzy Errika. *Nie wygląda na zagniewanego. Może co najwyżej na siebie samego*, poprawił.

– Powiedziałem jej o zagrożeniu, o którym najwyraźniej nic nie wiedziała – wyjaśnił Errik. – I skończyło się na obietnicy, że jej wioska jest bezpieczna.

– Och, bardzo za to przepraszam – powiedział Dakon. – Chciałem uchronić ją przed wiedzą o zagrożeniu ze strony Sachaki, żeby nie popsuć jej pierwszej wizyty w Imardinie.

Errik uśmiechnął się krzywo.

– Bardzo rozsądnie z twojej strony. Ja natomiast obawiam się, że muszę teraz dotrzymać słowa, wyślę więc z tobą do domu jednego z moich najbardziej zaufanych magów. –

Odwrócił się w kierunku budynku, w którym chwilę przedtem zniknęli dworzanie. Jeden z mężczyzn wyszedł z bramy i podszedł do nich. – To jest Mistrz Werrin. Zamieszka teraz z tobą, oficjalnie w celu oceny obronności Kyralii, ale postaram się też o rozpowszechnienie plotki, że chodzi o utrzymanie na smyczy wiejskich magów. Mam nadzieję, że to zaspokoi oczekiwania wszystkich grup wobec mnie.

Człowiek, który do nich dołączył, był niewysoki i szczupły, włosy miał przyprószone siwizną, ale na jego twarzy – podobnie jak na obliczu króla – nie widać było zmarszczek, nie sposób więc było określić jego wieku. Stanął obok Errika i spojrzał Dakonowi prosto w oczy. W ciemnym spojrzeniu znać było inteligencję, ale twarz nie zdradzała żadnych emocji.

– Cieszę się, że będę cię gościł, Mistrzu Werrinie – powitał go Dakon.

Mężczyzna odpowiedział uśmiechem.

– A ja cieszę się, że będę mógł obejrzeć wiosenny krajobraz na wsi, Mistrzu Dakonie.

Dakon poczuł przez moment panikę i niepokój. Czyżby król uważał, że trzeba mieć Dakona i jego sąsiadów na oku? Odepchnął od siebie to podejrzenie. Nie ma nic do ukrycia. A dodatkowy mag w Mandryn pomoże w ochronie wioski i majątku w wypadku najazdu.

Poczuł też jakby współczucie dla Werrina. Ten człowiek, pozbawiony miejskich wygód i rozrywek, będzie miał niewiele do roboty poza objechaniem pogranicznych ziem po marnych drogach. *Muszę dowiedzieć się, jakie książki lubi, i zaopatrzyć się odpowiednio*, pomyślał. *I dowiedzieć się, co…*

~ ZOSTALIŚMY ZAATAKOWANI! MANDRYN ZAATAKOWANE!

Przez chwilę Dakon, Werrin i król zamrugali ze zdumienia, zerkając na siebie. Werrin położył królowi rękę na ramieniu, jakby chciał go podtrzymać. Był to wyraźnie *osobisty gest, wskazujący na bliskie relacje między tymi mężczyznami.*

– To był Mistrz Narvelan – rzekł Werrin, spoglądając na Dakona. – Mam rację?

Dakon przytaknął. Na dźwięk tego głosu i tej informacji poczuł skurcz żołądka. Mandryn. Dom. Zaatakowany. W głowie mu zawirowało, kiedy dotarło do niego, co to znaczy.

~ *Przez kogo?* ~ zapytał król.

~ *Przez Sachakan* ~ odparł Narvelan. ~ *Jeden z wieśniaków rozpoznał maga, który tędy przejeżdżał jakiś czas temu.*

– Takado – syknął Dakon, czując, jak przerażenie zmienia się w gniew.

~ *Ilu ocalało?*

~ *Niewielu. Wciąż liczy...*

~ *Przerwać komunikację* ~ rozkazał twardo król, spoglądając na Dakona. – Mentalne rozmowy są zakazane nie bez powodu. Chcesz, żeby więcej Sachakan dowiedziało się o sukcesie twojego byłego gościa?

Dakon potrząsnął głową. Errik zerknął na Mistrza Werrina, który zdjął dłoń z jego ramienia.

– Wątpię, czy Narvelan chciał wyjawić, że jest teraz na miejscu, zapewne sam i bezbronny. – Skrzywił się i spojrzał na Dakona. – Podejrzewam, że będziesz chciał wracać jak najprędzej... zapewne wyjedziesz jeszcze dziś?

Dakon potaknął.

– Mistrz Werrin pojedzie z tobą. Za godzinę dołączy do ciebie w domu Mistrza Everrana. – Errik spojrzał na przyjaciela, który skinął głową, a następnie zwrócił się znów do Dakona: – Wyślę za wami kolejnych magów, kiedy tylko ich zbiorę. Jedź… i bądź ostrożny. I… przekaż, proszę, moje przeprosiny Uczennicy Tessii wraz z wyrazami nadziei, że jej rodzinie udało się przeżyć.

Z twarzy i głosu króla wyzierała autentyczna troska.

Dakon ukłonił się.

– Oczywiście. Dziękuję, wasza królewska mość – odparł.

I oddalił się pospiesznie, nie mogąc powstrzymać napływu obrazów śmierci i zniszczenia, jakie podsuwała mu wyobraźnia. Ilu ludzi zginęło? Kto? Nie dowie się, dopóki nie wróci do domu. A dom znajduje się w odległości co najmniej trzech dni jazdy wierzchem, jeśli będą zmieniać konie i jechać przez całą noc, no i pod warunkiem, że nic nie zniszczyło drogi…

Nagle przypomniał sobie ostatnie słowa Narvelana. Król powiedział, że Narvelan jest w Mandryn. *Wciąż liczy…* Ostatnie słowo brzmiało z pewnością „liczymy". Liczymy poległych. Dakon wzdrygnął się.

Znaczyło to jednak również, że Takado – jeśli chłop, który rozpoznał napastnika, miał rację – opuścił wioskę. To było nieoczekiwane. Członkowie Kręgu zawsze zakładali, że Sachakanie nie zaatakują w innym celu niż przejęcie wioski lub majątku.

To było dziwne, ale choć będzie miał mnóstwo czasu na zastanawianie się w drodze do domu, niczego się nie dowie, dopóki tam nie dotrze.

– Co się stało, Tessio?

Dziewczyna podskoczyła i spojrzała na wpatrzone w siebie twarze kobiet. Zawahała się, zaniepokojona, że jeśli powie im, co się stało, uznają ją za szaloną.

Ale to, co usłyszała, było zbyt przerażające. Musiała coś powiedzieć.

– Ja… usłyszałam czyjeś słowa – odrzekła. – W głowie.

Kendaria uniosła brwi.

– To niedobrze. Prawo zakazuje komunikacji mentalnej. Magowie korzystają z niej tylko na rozkaz lub za przyzwoleniem króla. Rozpoznałaś głos?

– To był… – Tessia zmarszczyła brwi. – Nie powiedział, ale brzmiał trochę jak Mistrz Narvelan. A potem odpowiedział Mistrz Dakon. I ktoś jeszcze… Król? To mógł być jego głos. – Potrząsnęła głową. – Narvelan powiedział, że Takado… ten Sachakanin, który zatrzymał się u nas kilka miesięcy temu, zaatakował Mandryn. – Spojrzała po kobietach, które wymieniały przerażone spojrzenia. Najwyraźniej uwierzyły jej. – To było *naprawdę*?

– Tak. – Kendaria przeniosła wzrok na Aravię. – Czy to początek?

Aravia wzruszyła ramionami.

– Nie mam pojęcia. – Spoglądała z niepokojem na Tessię. – Mistrz Dakon nie uczył cię pewnie o komunikacji mentalnej, ponieważ nie powinnaś tego robić. Ale skoro Mistrz Narvelan się nią posłużył, to sprawa musi być pilna. Chodźmy lepiej do domu.

Pozostałe kobiety wymamrotały pełne współczucia pożegnania, a Kendaria, dzisiejsza gospodyni, zaoferowała swój powóz, żeby Aravia nie musiała posyłać po własny. Tessia, czując zawroty głowy, poczłapała za Aravią na ulicę i do powozu.

– Mandryn naprawdę zostało zaatakowane? – spytała, gdy konie ruszyły.

Aravia spojrzała na nią z powagą.

– Tak.

Ilu ocalało? – spytał Dakon. *Niewielu* – odpowiedział mu Narvelan. Przeszedł ją dreszcz przerażenia. *Mama? Ojciec? Czy oni żyją?*

Wzdrygnęła się, gdy przed oczami błysnęła jej szydercza twarz Takady. *Wrócił.* Wrócił, by ukarać ją za to, że upokorzyła go za pomocą magii? Nagle przypomniała sobie Hanarę. *Może wrócił, żeby upomnieć się o swoją własność?*

– Muszę ci coś powiedzieć, Tessio.

Podniosła wzrok na Aravię. Czuła przerażenie. Czyżby jej towarzyszka o czymś jeszcze wiedziała? Może wie, że rodzice Tessii nie żyją? Skąd miałaby wiedzieć?

Mogłaby. To, co się działo wokół niej, wydawało się tak nierzeczywiste, że wszystko stawało się możliwe.

– Mistrz Dakon nie przyjechał do Imardinu tylko po to, żeby załatwić sprawy handlowe i zobaczyć się z przyjaciółmi – zaczęła Aravia. – Należy do grupy magów znanej jako Krąg Przyjaciół, składającej się z wiejskich magów i tych kilku z miasta, którzy ich popierają. Wszyscy obawiamy się, że sachakańscy magowie mogą wkrótce zaatakować Kyralię. Dakon przyjechał tu, żeby wymóc na królu obietnicę, że gdyby któryś z pogranicznych majątków został zaatakowany, magowie z miasta pomogą go odzyskać.

Tessia skinęła głową na znak, że rozumie. Nie była zaskoczona. To wyjaśniało pewne elementy jej wczorajszej rozmowy z królem. Jak również to, dlaczego nie była dopuszczana do tych spotkań, w których uczestniczyli Dakon i Jayan. Dakon wolał, żeby o zagrożeniu wiedziało jak najmniej osób. Nie chciał, żeby ona zamartwiała się bezradnie o bezpieczeństwo Mandryn i rodziców podczas pobytu w Imardinie.

Moi rodzice. Chyba jednak miałam *powody do zmartwień. Może nie powinnam była wyjeżdżać…*

Czy ojciec zajmuje się teraz leczeniem ran mieszkańców wioski? A może jest wśród tych, co ucierpieli… albo nie żyje. *Nie.* Wyobrażała sobie, jak wycieńczony uparcie opiekuje się potrzebującymi pomocy. Uczepiła się tego obrazu. Będzie prawdziwy, póki nie przekona się, że jest inaczej.

– Nikt z nas nie spodziewał się, że atak nadejdzie tak szybko – powiedziała Aravia, wyglądając przez okienko powozu. Po czym zaklęła. – Król pewnie zastanawia się, czy nie ukartowaliśmy tego.

Tessia nie odpowiedziała. Każde słowo Aravii sprawiało, że ta nowa sytuacja stawała się coraz realniejsza. Nabierała sensu. A Tessia nie chciała, żeby to była prawda. Marzyła o tym, by wrócić do domu Kendarii, na krzesło, na którym siedziała, i by czas zaczął się znów od tamtej chwili.

Nie mogę.

Nagle przestało ją obchodzić, czy kiedykolwiek jeszcze zobaczy Kendarię, Aravię, czy też którąkolwiek z pozostałych kobiet, z którymi się zaprzyjaźniła. Nie obchodziło jej, czy kiedykolwiek jeszcze weźmie udział w sekcji. Chciała tylko wrócić do domu. Pojechać jak najszybciej do Mandryn i dowiedzieć się prawdy, nieważne, czy jest dobra, czy straszna.

Dakon też będzie chciał wracać, uświadomiła sobie. *Zapewne wyjedziemy jeszcze dziś. To będzie szybka, wyczerpująca podróż. Najpewniej wierzchem.*

Kiedy powóz zatrzymał się, Tessia ledwie powstrzymała się od wyskoczenia przed Aravią, żeby wpaść pędem do domu i zacząć szukać Dakona. Zagryzła zęby i elegancko wysiadła. Kiedy weszły do środka, Aravia skierowała się natychmiast do „pokoju pana". Zastały tam Dakona, Jayana i Everrana, pogrążonych w rozmowie.

– …ochotników – mówił Everran. – Będą nie dalej niż dzień drogi za wami.

Wszyscy podnieśli wzrok na Aravię i Tessię. Dakon otworzył usta, by coś powiedzieć.

– Nie kłopocz się – uprzedziła go Aravia. – Powiedziałam już Tessii o prawdziwym powodzie twojego przyjazdu do Imardinu. Sądzę, że wyjedziecie wszyscy najszybciej, jak się da?

– Owszem. – Dakon spoglądał na swoją uczennicę wzrokiem pełnym troski i poczucia winy. – Tak mi przykro, Tessio. Nie wiem, czy twoi rodzice żyją. Mam nadzieję, że tak.

Potaknęła, czując, że nie jest w stanie wydobyć głosu z gardła.

– Jayan i ja wyjeżdżamy, kiedy tylko przybędzie Mistrz Werrin, mag, którego przydzielił nam król. Ty zostaniesz tutaj.

Chciała zaprotestować, ale on uniósł rękę w powstrzymującym geście.

– To będzie ciężka podróż, Tessio. Użyjemy królewskich koni rozstawnych i będziemy jechać codziennie od świtu aż do całkowitej ciemności. A dopóki nie dotrzemy na miejsce, nie będziemy wiedzieć, czy natkniemy się na Takadę i jego popleczników, czy nie. To będzie niebezpieczne, zwłaszcza dla świeżo upieczonej uczennicy.

– Nie jestem damą z miasta – odpowiedziała. – Mogę jechać konno przez długie godziny, jeśli trzeba. Poza tym to *ty* powiedziałeś mi, że uczniowie, świeżo upieczeni czy nie, nie powinni opuszczać swoich mistrzów w trudnych sytuacjach. No a poza tym możesz potrzebować mocy od drugiego z uczniów.

Dakon zamyślił się, marszcząc brwi, i zamierzał coś powiedzieć, ale Aravia mu przerwała:

– Weź dziewczynę, głupcze. Ona umie leczyć. Możemy tylko mieć nadzieję, że jej umiejętności nie będą potrzebne.

Tessia skrzywiła się. Gdyby miały okazać się przydatne, oznaczałoby to, że jej ojciec… Nie, nie wolno jej o tym myśleć. Nie wolno jej tracić nadziei.

Dakon wpatrywał się przez chwilę w Aravię, po czym przeniósł wzrok na Everrana i Jayana. Obaj przytaknęli. Dakon westchnął i opuścił ramiona.

– Niech tak będzie. Ale czeka cię wiele ciężkich dni, Tessio. Jeśli będzie ci za ciężko, powiedz mi o tym, a ja postaram się… coś zrobić.

– Nic nie będzie tak trudne jak to, przez co właśnie przeszli ludzie w Mandryn – odpowiedziała cicho.

Gdy popatrzył jej prosto w oczy, dostrzegła w jego spojrzeniu tę samą troskę, którą sama odczuwała, i nagle jej serce wypełniło się miłością do tego człowieka. On naprawdę przejmował się losem swoich ludzi, a ona zdążyła się już przekonać, jak rzadka to cecha.

Pozostawało jej mieć nadzieję, że ci ludzie dożyją chwili, gdy będzie mógł się nimi zająć.

ROZDZIAŁ 18

Jayan miał całkowitą pewność, że nie da się opisać słowami zmęczenia, które odczuwał. Było to znacznie więcej niż „zmęczenie". Przekroczyło już dawno „wyczerpanie". Był przekonany, że znalazł się na skraju zupełnego wycieńczenia. Musiał używać całej siły swojej woli, żeby dalej zmuszać nogi do ściskania boków konia, a plecy do utrzymywania się w pionie.

Poprzedniego dnia w pewnym momencie jego świadomość rzeczywistości zmalała. Najpierw przestał zwracać uwagę na otoczenie, jeśli coś wyraźnie go nie przyciągało. Potem Dakon, Tessia i Werrin zaczęli mu się jawić jako cienie, które powinny znajdować się w jego pobliżu; gdy tracił ich z zasięgu wzroku, potrafił jeszcze otrząsnąć się z otępienia. A jeszcze później, kiedy ból we wszystkich częściach ciała wzrastał, a Jayan robił, co mógł, żeby nie zwracać uwagi na ścierpnięte i ponaciągane mięśnie, zamknął się w końcu w sobie i powierzył całkowicie koniowi trzymanie się kierunku wyznaczanego przez towarzyszy na resztę długich godzin na drodze.

Kiedy zjeżdżali do doliny, którą od tak dawna zwykł nazywać domem, ogarnęło go dziwaczne uczucie. Może nawet przeczucie. Miał pewność, że wydarzy się coś niedobrego.

Ale kiedy jadący przodem Dakon skierował konia na most prowadzący do Mandryn, Jayan przekonał się, że nie jest w stanie wydobyć z siebie głosu. Nie mógł również pociągnąć za wodze i zatrzymać konia, nie potrafił się nawet poruszyć. Nie zdołał też powstrzymać się od przyglądania ciałom, które leżały wszędzie: na drodze, w drzwiach domostw, przewieszone przez okna. Przypatrywał się, ale nie dostrzegał szczegółów. Zmęczenie rozmywało obraz przed jego oczami, zaćmiewało myślenie. Uszy ogłuchły. A może winna była cisza i bezruch panujące w wiosce, w której pozostali tylko umarli.

Nagle jego uszu dobiegł jakiś dźwięk. Kroki. Wyraźnie metaliczny dźwięk wydobywanego ostrza. Spojrzał na idącego przodem Dakona. (Kiedy oni zdążyli zsiąść z koni? Był tak zmęczony, że nie zauważył). Mag sprawiał wrażenie, jakby niczego nie słyszał. Jayan otworzył usta, żeby go ostrzec, ale nie wydobył z siebie żadnego dźwięku. *To zasadzka!* – chciał krzyknąć. – *Uważaj!* Spomiędzy cieni wynurzyły się niewyraźne postacie. Nagle rozbłysło oślepiające światło i…

– *Jayan.*

Zdumiony Jayan otworzył oczy i zamrugał, obrzucając wzrokiem otoczenie. Ciągle siedział na koniu. Nie był w Mandryn. Droga przed nim wspinała się na wzgórze, ale koń zatrzymał się.

– *Jayan! Obudź się!*

Tessia. Ale pierwszy głos nie należał do niej. To był Dakon. Jayan wyprostował się i obrócił w siodle: oboje znajdowali się kilka kroków za nim, wpatrzeni w niego. Werrin, królewski mag, miał zmarszczone czoło.

Zasnąłem, pomyślał. *Dobrze, że nie spadłem.* Uśmiechnął się żałośnie. *W końcu udało mi się opanować umiejętność spania w siodle i co się dzieje? Śni mi się ten sam koszmar.*

Zawrócił wierzchowca, kierując go ku towarzyszom. Dakon miał posępny wyraz twarzy. Pod jego oczami malowały się głębokie cienie. Tessia była blada, ale jej oczy błyszczały. Przez pierwszą część podróży Jayan ku swojej irytacji bez przerwy martwił się o Tessię. Tak jak sądził, ani razu się nie poskarżyła, ale jechała dzień w dzień, uparcie milcząc. Ponieważ znał ją już lepiej, martwił się, że się nie odezwie, nawet jeśli będzie się źle czuła, i zostanie w tyle. Ale przez kilka ostatnich dni zbyt zajmowało go własne zmęczenie, by móc zrobić cokolwiek więcej poza sprawdzaniem, czy dziewczyna wciąż z nimi jedzie. Dręczyło go z tego powodu wielkie poczucie winy.

– Mistrz Werrin i ja pojedziemy dalej – odezwał się Dakon – a ty i Tessia zaczekacie tutaj.

Jayan zmarszczył brwi, rozejrzał się dookoła i zdumiał na widok znajomej okolicy. Znajdowali się na drodze w pobliżu Mandryn, gdzie on i Dakon zwykli zapuszczać się podczas swoich porannych przejażdżek. Wioska była już niedaleko.

Tessia sprawiała wrażenie, jakby zamierzała protestować, ale najwyraźniej była zbyt zmęczona, by się kłócić. Jayan czuł się tak samo. Gdyby wioski pilnowało więcej niż jeden czy dwóch Sachakan, gotowych zabić każdego napotkanego maga, cała ich czwórka nie miałaby szans na przeżycie. Dakon prawdopodobnie uznał, że nie powinien ryzykować życia Jayana i Tessii. Być może chciał się też upewnić, że nie natknie się na widoki, których dziewczyna nie powinna oglądać. Jayan obserwował Werrina podążającego w ślad za Dakonem; wkrótce obaj jeźdźcy znikli za wzgórzem.

– Mam trzymać się w pobliżu, tak? – spytała cicho Tessia. – Bezpieczniej dla nas obojga, czy coś takiego.

– Zapewne – odpowiedział Jayan, rozmyślając o swoim koszmarze. – Ale to nie będzie miało żadnego znaczenia, jeśli Sachakanie urządzili zasadzkę.

Nic nie odpowiedziała, siedząc bez ruchu, wpatrzona w linię wzgórz.

– Sądzę, że możemy zsiąść z koni i przejść się kawałek – zaproponował po chwili Jayan. – Rozprostować trochę nogi.

Spojrzała na swojego konia i uśmiechnęła się ponuro do Jayana.

– Obawiam się, że jeśli raz zsiądę, to już nikt mnie nie zmusi do wdrapania się tu z powrotem. Dakon przyjedzie, a ja będę leżała koło drogi z całkowicie bezwładnymi nogami.

Jayan pokiwał głową.

– No i powinniśmy być gotowi do ucieczki na wypadek pojawienia się Sachakan.

– Cóż, tym razem przynajmniej mogę być pewna, że żaden z nich nie będzie próbował mnie uwodzić. – Przejechała dłonią po włosach, które wymknęły się z warkocza, i skrzywiła się. – Jestem brudna i mam całe ciało w odciskach od siodła.

Rzucił jej zmęczone spojrzenie, zdziwiony, że żartuje z ich sytuacji, będąc tak blisko domu i wiadomości o losie swojej rodziny. Popatrzyła na niego i uśmiech znikł z jej twarzy, po czym odwróciła wzrok.

Czuje się niepewnie, uświadomił sobie. *Powinienem jej odpowiedzieć czymś bystrym i pocieszającym*. Ale wszystkie słowa, które przychodziły mu na myśl, wydawały się banalne albo sentymentalne – a on chciał za wszelką cenę uniknąć podejrzeń o jakieś romantyczne zamiary.

Nie powiedział więc nic. W oczach Tessii znów pojawiło się to udręczone spojrzenie, które widział tak wiele razy podczas tej podróży. Uznał, że lepiej się nie odzywać.

Kiedy Dakon i Werrin pojawili się na szczycie wzgórza, Tessia poczuła, że zalewa ją fala mdłości. Jakaś jej cząstka rozpaczliwie pragnęła odpowiedzi, żeby zniknął ten stan zawieszenia wynikający z niewiedzy o losie rodziców. Ale inna nie chciała żadnych wiadomości, na wypadek, gdyby miałyby one być złe.

Dwaj magowie mieli posępne miny. Kiedy zwolnili, by zatrzymać się przy niej i Jayanie, Dakon spojrzał jej prosto w oczy. W jego wzroku malowało się współczucie. Pokiwał głową.

Przez chwilę szukała innego wytłumaczenia – co takiego mógł chcieć jej przekazać? Następnie wzięła głęboki wdech i zmusiła się do przyjęcia prawdy. Dakon nie jest głupcem, nie spojrzałby tak na nią, wiedząc, co sobie pomyśli.

Nie żyją, powtarzała sobie. *Ojciec. Matka. Odeszli. Tylko tyle.* Było to tak nierealne jak wieści o ataku kilka dni temu. *Co muszę zrobić, żeby uwierzyć? I czy chcę uwierzyć?*

– Możemy bezpiecznie pojawić się w wiosce – powiedział Dakon. – Miejscowi twierdzą, że Sachakanie po napaści odjechali w góry. Większość budynków jest spalona lub zniszczona, dlatego odradzam wchodzenie gdziekolwiek, bo mogą się zawalić. Umarli… – urwał i westchnął głęboko. – Umarli zostali już pochowani. Ludzie Narvelana nie mieli pojęcia, jak długo nam zajmie przyjazd tutaj. Nieliczni, którzy przeżyli, głównie młodzi, którym udało się schować, opisali tabliczki.

Dojechali na szczyt wzgórza. Tessia nie zdawała sobie

sprawy nawet z tego, że ruszyli z miejsca. W oddali niebo zasnuwały cienkie niteczki dymu.

– Narvelan wrócił do swojej wioski, żeby ewakuować ludność – ciągnął Dakon. – Mamy do niego dołączyć, kiedy skończymy to, co musimy tutaj zrobić. Niewykluczone, że cokolwiek nam powiedziano, Sachakanie wrócili po kryjomu, by na nas zaczekać.

Jechali dalej w milczeniu. Tessii łatwiej było się skoncentrować na napięciu i lęku o innych, niż myśleć o rodzicach. Rozglądała się po odległych drzewach i domach, usiłując wypatrzeć jakiś ruch, jakieś ludzkie postacie. Czy Takado ich obserwuje? W jej pamięci znów pojawiła się ta szydercza twarz i jak zwykle wywołała przerażenie. Równocześnie przypomniała sobie niepotrzebnie wypowiedziane słowa. To, co wyrwało jej się o uwodzących ją Sachakanach. Jayan spojrzał na nią wtedy ze zdziwieniem, a ona uświadomiła sobie, co mu właśnie wyjawiła… *tym razem przynajmniej mogę być pewna, że żaden z nich nie będzie próbował mnie uwodzić*. Tym razem. W przeciwieństwie do poprzedniego. Pewnie zrozumiał, co spowodowało, że po raz pierwszy użyła magii. Może myśli, że jakoś zachęcała Takadę? Może zastanawia się, co wynikło z tego „uwodzenia"?

Przynajmniej nie muszę się już martwić, że mama i ojciec się dowiedzą.

Poczuła ukłucie w żołądku na samą tę myśl. Nagle miała przed oczami wszystko, czego nigdy się nie dowiedzą. Nigdy nie zobaczą, jak zostaje samodzielnym magiem. Nie będzie matki na jej weselu… jeśli Tessia kiedykolwiek wyjdzie za mąż. Ojciec nigdy nie dowie się o wizycie w Gildii Uzdrowicieli, nie usłyszy o sekcji, w której brała udział. Nigdy już nie będzie mu pomagała leczyć. Nagle ból stał się nie do zniesienia. Poczuła, że do jej oczu napływają łzy, ale świadomość, że obok niej jadą trzej mężczyźni, sprawiła, że przełknęła je i zaczęła mrugać oczami, żeby odpędzić płacz. Zmusiła się do myślenia o czymś innym i w końcu zaczęła się zastanawiać nad niebezpieczeństwami, jakie mogą czyhać na nich w wiosce.

Na kolejnym wzgórzu magowie ściągnęli wodze. Tessia i Jayan podjechali do nich. Tessia spojrzała na wioskę i wstrzymała oddech.

Dakon miał rację. Większość zabudowań zmieniła się w ruiny. Wiele domów wyglądało jak zabawki zmiażdżone przez jakieś olbrzymie dziecko; z niektórych wciąż unosił się dym. Tam gdzie wznosiła się rezydencja, teraz zalegała ogromna sterta gruzu. Tessia rozglądała się za domem rodziców, ale ciężko było się domyślić wśród tych ruin, gdzie mógł kiedyś stać.

Dakon spiął znów konia piętami i ruszyli w dolinę. Dopiero kiedy dotarli do mostu, Tessia zorientowała się, że Takado go zburzył. Podjechali do brzegu pomiędzy roztrzaskanymi filarami, a konie bez trudu pokonały wąski bród. Kiedy wspinali się na drugi brzeg, zza zwalonego muru wychynął chłopak, w którym Tessia rozpoznała jednego ze starszych synów kowala, i podbiegł do nich.

– Mistrzu Dakonie – powiedział, skłaniając z szacunkiem głowę.

– Witaj, Tikenie. Zaprowadzisz Uczennicę Tessię i Ucznia Jayana do grobów? – spytał mag.

Do grobów. Tessia poczuła, że kolana się pod nią uginają, a po plecach przebiega jej dreszcz.

Chłopak potaknął, po czym wzniósł wzrok ku Tessii i posłał jej współczujący uśmiech.

– Witaj, Tess. Chodź za mną.

Tessia i Jayan ruszyli w milczeniu za Tikenem, który poprowadził ich główną drogą. W końcu Tessia zdołała rozpoznać górę gruzu, która niegdyś była jej domem. Zatrzymała się na chwilę, usiłując wypatrzeć jakiś znajomy mebel.

– Znalazłem torbę twojego ojca – powiedział Tiken. – I jeszcze kilka rzeczy, które się nie rozbiły. Odłożyłem wszystko, co może się przydać albo ma jakąś wartość, w miejsce, gdzie nie będzie na to padał deszcz.

Spojrzała na niego.

– Dziękuję. Torba mi się przyda, a jeśli wśród tych innych rzeczy są lekarstwa i narzędzia, to też je wezmę. Mogę ich potrzebować w razie kolejnego ataku.

Tiken przytaknął. Jayan zmarszczył czoło. Tessia dała chłopcu znak, że mogą ruszyć dalej.

Wjechali między dwa budynki, z których okien wciąż wydobywał się dym, i Tiken wyprowadził ich na niewielkie pole. Wśród trawy wznosiły się kopczyki poruszonej ziemi, w którą powtykano krótkie, grube deski z wypisanymi koślawo imionami.

Jayan zaklął pod nosem.

– Tak wielu – mruknął.

Tessia nie spojrzała na niego. Nagle poczuła się bezbronna i zła, że on jest obok niej. Zsiadła z konia, zatrzymała się na moment, żeby rozprostować nogi i odzyskać w nich czucie, po czym ruszyła sztywno ku grobom. Tak wielu. Dakon powiedział, że przeżyło tylko kilkoro młodych. Wszyscy pozostali zginęli. Stara wdowa Neslie. Kowal Jornen i jego żona. Cannia, kucharka z rezydencji. Zginęły całe rodziny. Matki, ojcowie, dzieci. Młode kobiety i mężczyźni, wśród których dorastała. Słabi i chorowici oraz mocni i zdrowi. Żadne z nich nie stanowiło dla Takady najmniejszego zagrożenia, byli tylko źródłem odrobiny dodatkowej mocy.

Tiken kierował się w kąt pola. Tessia szła za nim. Tak jak się spodziewała – i czego się bała – na dwóch deskach zobaczyła wyryte imiona swoich rodziców.

A więc to tak. To prawda. Nie mogę już temu zaprzeczyć.

– Nic z nimi wcześniej nie zrobili – zwrócił się do niej chłopak.

Spojrzała na niego, zdumiona tą uwagą. Na jego twarzy malowała się powaga, w oczach czaił się lęk. Wyglądał na dwa razy starszego, niż w rzeczywistości był. Wzdrygnęła się. *Co on takiego oglądał?*

– Może dlatego że byli starzy – dodał. – A może… może dlatego że twój ojciec pomagał temu niewolnikowi.

Usłyszała, że Jayan klnie znów pod nosem, ale nie zwracała na to uwagi. Przed oczami stanęła jej wychudzona twarz Hanary i jego przerażone oczy. Zerknęła w kierunku pozostałych grobów.

– Czy on…

– Nie. Nie ma go tutaj. – Chłopak sposępniał. – Nie znalazłem go.

Zmarszczyła brwi, czując, że podejrzenia czepiają się jej myśli niczym lęgnące się w nich pasożyty. *Ten chłopak jest przekonany, że Hanara nas zdradził*, pomyślała. *Dlaczego miałby rezygnować z wolności? Nie, on zwróciłby się przeciwko wiosce tylko wtedy, gdyby uznał, że nie ma innego wyjścia.*

– Co robili z innymi? – spytał cicho stojący za nią Jayan.

Chłopak zawahał się.

– To, co zawsze robią Sachakanie – odpowiedział wymijająco.

Zostaw go, pomyślała jakby do Jayana. *Jeśli poznasz szczegóły, będą cię one prześladować tak samo, jak niewiedza. Ja wolę nie wiedzieć.*

Jayan powtórzył pytanie. Tessia odsunęła się od niego, podchodząc do grobu rodziców, w nadziei, że znajdzie się dostatecznie daleko, żeby niczego nie usłyszeć. Uklękła na ziemi, położyła dłoń na kopczyku wznoszącym się nad ciałem ojca i pozwoliła, żeby żal zagłuszył wszystkie głosy.

ROZDZIAŁ 19

Powinienem był uciec, pomyślał Hanara. *Ale skąd miałem wiedzieć, co się stanie?*

Nic nie potoczyło się tak, jak się spodziewał, ani też jak się obawiał. Kiedy były niewolnik opuścił stajnię, biegł przez pola i drogi, szukał i szukał. Świetlny sygnał znikł, ale Hanara przeczesał okolicę, z której musiał być nadawany… i nic nie znalazł. Okrążył wioskę, odwiedzając wszystkie miejsca, gdzie wcześniej widywał światło, ale też na próżno.

Kiedy w końcu odnalazł Takadę, mag siedział na pieńku drzewa przy drodze, na skrzyżowaniu, przez które Hanara wcześniej kilkakrotnie przechodził. Takado roześmiał się, gdy były niewolnik rzucił mu się do stóp. Śmiał się, a następnie przeczytał jego myśli. Po czym roześmiał się znowu.

A więc nie podobała ci się wolność? – zapytał. *Tęskniłeś za mną? Przyznaj, że lubisz być moim niewolnikiem. Nie masz ochoty przerzucać końskiego łajna, Hanaro. W głębi duszy wiesz, że jesteś ponad tym. Mały, próżny człowieczku. Lojalny jedynie wobec najpotężniejszego pana.*

Hanara pomyślał wtedy o Tessii. Niespodziewanie. Czyżby Takado dlatego zaatakował wioskę? Czyżby rozgniewał się, że Hanara uznał kogoś innego – i to Kyraliankę – za godnego jego lojalności? Ale przecież Hanara pomyślał o niej tylko przez moment – i to bez przekonania. Przemknęło mu tylko przez myśl, że być może mógłby być lojalny wobec niej… w innym życiu… gdyby Takado nie był już jego panem.

Kiedy Takado zaatakował wioskę, Hanara był zdumiony i w szoku. Ale jego pan nigdy nie robił nic bez powodu. Dlaczego więc to uczynił?

Hanara spoglądał po mężczyznach siedzących wokół ognia i czuł straszliwą pustkę w żołądku. *Ichani*. Wygnańcy i wyrzutki. Kompania niegodna jego pana, który jest posiadaczem ziemskim i szacownym ashaki. Twarze niektórych znał. Wszyscy od lat przyjaźnili się z Takadą. Z początku żaden z nich nie był wyrzutkiem. Ale kiedy pierwszy po kłótni z bratem, która nie potoczyła się dla niego dobrze, stracił majątek, pozostali kolejno wypadali z łask i tracili szacunek. Czasami z własnej winy. Czasami nie. Takado potajemnie im pomagał, zaopatrując ich w żywność i ukrywając przez nieprzyjaciółmi.

Wszystkie głowy podniosły się na dźwięk cichego gwizdu, oczy wbiły się w ciemność. Kroki wskazały im, w którą stronę patrzeć. Chwilę później magiczne kule światła unoszące się tuż nad ziemią rozświetliły polanę, zalewając niesamowitą poświatą twarze zbliżających się mężczyzn. *Takado*. Hanara jak zwykle poczuł dreszcz strachu i ulgi. Nigdy nie czuł się bezpiecznie w towarzystwie innych sachakańskich magów, kiedy Takady nie było w pobliżu, ale równocześnie bał się swojego pana. On jeszcze nie ukarał go za to, że tak długo nie odpowiadał na sygnał. Może wciąż to zrobić. Może wciąż mieć jakieś plany dotyczące zabicia Hanary, lub też posłania go na śmierć.

Hanara zakładałby, że Takado nie zabił go, ponieważ potrzebował niewolnika źródła, gdyby nie to, że wrócił do

Kyralii z nowym źródłem. Spojrzał w kierunku chudego młodzieńca, czekającego przed namiotem Takady. Jochara nie odezwał się ani słowem do Hanary, ale jego nieprzyjazne spojrzenie mówiło jasno, że nie zamierza się dzielić swoją pozycją z poprzednikiem.

Kiedy Takado i jego dwaj towarzysze dołączyli do ichanich, Hanara podbiegł do ogniska i postawił przy nim niewysoki drewniany stołek. Jego pan usiadł, nie zaszczycając sługi nawet przelotnym spojrzeniem.

Hanara nie znał Sachakan, którzy udali się z Takadą oglądać ruiny Mandryn. Podobnie jak ichani nosili oni sztylety w inkrustowanych klejnotami pochwach, podkreślając w ten sposób swój status magów. Ich niewolnicy również podskoczyli ku nim z taboretami.

– No i jak? – spytał Rokino, jeden z wyrzutków. – Co o tym myślisz, Dachido?

– To był chyba bardzo łatwy łup – odparł jeden z nowo przybyłych.

Jego towarzysz imieniem Kochavo potaknął.

Wszyscy zwrócili się w stronę Takady, który uśmiechnął się.

– Oni wszyscy są łatwym łupem. Niektórzy jeszcze łatwiejszym niż inni. Moglibyśmy im wyrwać ćwierć kraju, nie napotykając oporu. W każdym razie nie natychmiast.

– Ale czy zdołalibyśmy utrzymać zdobycze? – spytał Dachido.

– Żeby je przejąć na zawsze, musielibyśmy zdobyć cały kraj, co, jak sądzę, nie jest niemożliwe, jeśli dobrze zaplanujemy inwazję.

Kochavo zamyślił się.

– Cały kraj. Ponowny podbój Kyralii. Gdyby imperator tego pragnął, już by to uczynił.

Takado przytaknął.

– Imperator nie wierzy, że to możliwe. Jest w błędzie.

Dachido zmarszczył brwi.

– Skąd ta pewność?

– Oglądałem zabezpieczenia Kyralii na własne oczy – odparł Takado. – Mają może setkę magów, z których wielu nigdy nie uczyło się walki... jeśli nie liczyć ich ulubionej głupiej gry. W dodatku przez większość czasu kłócą się między sobą, nie potrafią dojść do żadnego porozumienia. Ci, którzy mieszkają w mieście, pogardzają tymi, którzy żyją na prowincji, ci zaś są wobec tamtych nieufni. Król jest młody i niedoświadczony, no i jego władza nad poddanymi przypomina panowanie imperatora nad nami. Pospólstwo nienawidzi klasy rządzącej, jest więc niechętne do współpracy i buntownicze. Prawo zezwala magom pobierać moc wyłącznie od uczniów, a tych nie ma znowu tak wielu. – Uśmiechnął się. – Są głupi i słabi.

– Wielu z nich powiedziałoby to samo o nas – zauważył Dachido, śmiejąc się, ale chwilę później spoważniał. – Chcesz, byśmy sprzeciwili się woli imperatora, który wyraził się jasno, że ukarze każdego, kto zagrozi pokojowi między Sachaką a jej sąsiadami.

Takado nie odpowiedział. Wstał i obszedł ognisko z ponurą miną, zatrzymując się przed dwoma nieznajomymi.

– Imperator zdaje sobie sprawę, że Sachaka stoi w obliczu wojny domowej. Lepiej, żeby pozbawieni ziemi i wydziedziczeni zjednoczyli się w celu zdobycia nowych terytoriów, niż walczyli o stare. Jeśli uda nam się uzyskać wystarczające poparcie i przekonać, że zwycięstwo jest możliwe, Imperator Vochira będzie zmuszony zezwolić na podbój Kyralii. Może nawet się do nas przyłączy.

– Raczej przyśle kogoś, żeby nas pozabijał – odparł ponuro Dachido.

– Tylko jeśli będzie nas mało. Im więcej z nas by pozabijał, tym większej liczbie sojuszników musiałby się tłumaczyć i zadośćuczynić, okazując w ten sposób słabość. – Zęby Takady rozbłysły w świetle ogniska. – Są tacy, którzy dołączą do nas bez wielkiego namawiania z naszej strony, ponieważ nie mają nic lepszego do roboty, albo też dlatego że kochają dobrą walkę. Inni przyłączą się, gdy usłyszą, jakie mamy poparcie. Kolejni pojawią się u naszego boku, kiedy będziemy mieli za sobą kilka zwycięstw. A jeszcze inni połakomią się na łupy: ziemię, bogactwa, sławę, moc.

Dachido wciąż marszczył brwi. Hanara zauważył, że jest starszy niż pozostali wyrzutkowie. Jego oczy nie błyszczały z podniecenia na myśl o prawdziwych bitwach, podboju albo władzy. Myśl o sprzeciwieniu się imperatorowi najwyraźniej go niepokoiła.

Spojrzał w ognisko z westchnieniem.

– Nie ja jedyny wierzę w niebezpieczeństwo zamieszek w Sachace – powiedział niechętnie. – Niezależnie od tego, czy podejmiemy działanie, konflikt wewnętrzny wciąż będzie nam groził. To... to może być czymś, co pomoże nam go zminimalizować.

– Rozumiesz teraz, dlaczego ja, ashaki, popieram tę sprawę? – spytał cicho Takado. – Nie dla ziemi lub bogactw, bo tych mam dość. Nie jestem wyrzutkiem, aczkolwiek nie wstydzę się walczyć u ich boku.

Dachido potaknął.

– Masz wszystko do stracenia.

– Robię to nie tylko dla moich przyjaciół – Takado wskazał ręką dwóch Ichanich – ale dla całej Sachaki.

– Teraz to widzę – przyznał Dachido. – Kochavo i ja musimy porozmawiać. – Podniósł wzrok na Takadę. – Rano poinformujemy cię o naszej decyzji.

Takado skinął głową na znak zgody, po czym zerknął na Hanarę.

– Przyjmijcie więc po kubku raki dla odświeżenia ciała i umysłu.

Nie skończył jeszcze mówić, kiedy Hanara biegł już ku jego jukom. Nagle jednak się zatrzymał. Ktoś już tam był. Jochara trzymał w ręce woreczek z proszkiem raki. Młodszy mężczyzna z chytrym uśmiechem pospieszył, by usłużyć gościom. Takado nic nie powiedział; nie obchodziło go, kto mu usługuje, byle tylko jego życzenia były spełnione.

Hanara obserwował drugiego niewolnika. Był to młody człowiek, zwinny, bo nie przeszkadzały mu ledwo zaleczone urazy i blizny. Musiał być również źródłem, sądząc po śladach ran na dłoniach, ale był za stary na potomka Hanary.

Hanara przyglądał mu się i czuł, jak wzbiera w nim niepokój i złość.

Jazda do posiadłości Narvelana zdawała się trwać całą noc. Jedynym ich światłem był księżyc, który chował się za chmurami, oraz unosząca się nad ziemią maleńka, ciemna kula, przywołana przez Mistrza Werrina. Kiedy nagle przed nimi pojawiły się światła, Tessia poczuła taką ulgę, że do oczu napłynęły jej łzy. Zamrugała, żeby je odgonić, zła na samą siebie. Miała lepsze powody do płaczu niż perspektywa jedzenia, snu i przede wszystkim końca jazdy.

Światła okazały się latarniami trzymanymi przez dwóch jeźdźców. Jeden z nich podjechał bliżej i uniósł lampę.

– Mistrz Dakon – powiedział.

– Zgadza się – odparł Dakon. – A to są Mistrz Werrin, Uczeń Jayan i Uczennica Tessia.

– Mistrz Narvelan kazał nam tu na was czekać. Mam was zaprowadzić do obozu.

– Dziękuję.

Przewodnik poprowadził ich w bok od drogi, w głąb lasu. Przez chwilę jechali, uchylając się przed gałęziami i przeciskając przez gęste poszycie, aż w końcu dotarli do ścieżki i ruszyli nią.

Czas ciągnął się w nieskończoność, wydłużany przez niecierpliwość.

Nagle, bez ostrzeżenia, wjechali na polanę, na której w kręgu niewielkich ognisk znajdowało się kilka postawionych naprędce namiotów. Między nimi były załadowane wszelkim dobytkiem wozy, wśród których pasły się zwierzęta, przywiązane do kołków lub zamknięte w prowizorycznych zagrodach. Wokół polany stali mężczyźni i kobiety obserwujący leśną gęstwinę. Pełnią straż, domyśliła się Tessia. Nikt nie wyglądał na zdziwionego pojawieniem się Mistrza Dakona.

Spod jednego z namiotów wychynął wysoki cień i pospieszył ku nim.

– Mistrzu Dakonie – w głosie Narvelana pobrzmiewało takie napięcie, że Tessia z początku nie rozpoznała młodego maga. Kiedy światło padło na jego twarz, dostrzegła na niej nieskrywany smutek i poczucie winy. – Tak bardzo mi przykro. Przybyłem najszybciej, jak się dało, ale było już za późno.

Dakon zeskoczył z siodła.

– Zrobiłeś wszystko, co mogłeś, przyjacielu. Nie przepraszaj za nie swoje winy. Jeśli ktokolwiek jest tu winny, to ja, bo nie dostrzegłem niebezpieczeństwa i nie poczyniłem odpowiednich przygotowań.

– Wiedzieliśmy o tym zagrożeniu na długo przed tym, jak cię zwerbowałem. To my powinniśmy byli wystawić straże na przełęczy. To my…

– I zrobilibyście tak, gdybyście wiedzieli, co się stanie – oznajmił z mocą Dakon. – Ale nie wiedzieliście. Nie trać sił na wyrzuty sumienia, nie trać jasności umysłu. Co się stało, to się nie odstanie. Ale powinniśmy wyciągnąć z tego wnioski, i to jak najszybciej.

Odwrócił się do Werrina, który zsiadł z konia, kiedy Dakon go przedstawiał.

Patrząc na Narvelana, Tessia czuła pomimo zmęczenia podziw dla młodego maga. Niewątpliwie bardzo mocno przeżył zagładę Mandryn. Tessia zastanawiała się, co miała znaczyć serdeczna odpowiedź Dakona, który nazwał Narvelana „przyjacielem". I co jeszcze powiedział? Coś o sile i jasności umysłu. A Narvelan wspomniał, że „zwerbował" Dakona. A zatem to Narvelan wciągnął Dakona do Kręgu Przyjaciół. I był inteligentny. Tessia układała sobie te strzępy informacji w głowie, zamierzając przemyśleć je, kiedy choć trochę odpocznie. Zmusiła swoje zmęczone ciało do zsunięcia się z siodła i starała się utrzymać na nogach.

– Ty nie masz ucznia, prawda? – zwrócił się Werrin do Narvelana.

– Nie – przyznał Narvelan. – Powinienem chyba coś z tym zrobić.

Tessia dostrzegła niechęć na twarzy młodego maga i zastanawiała się, co się za tym kryje.

Rozmowę magów przerwało pojawienie się młodego mężczyzny, który wyjechał spomiędzy drzew i zbliżył się do nich.

– Mistrzu Narvelanie – powiedział, zatrzymując się przed magiem.

Narvelan odwrócił się do przybysza.
– Słucham, Rovinie. Udało ci się ich znaleźć?
– Dek ich znalazł. Zauważył trzech zmierzających na północ i udał się za nimi. Zgubił ich dopiero w lesie wokół Wysokiej Doliny. Byli pieszo i nie mieli przy sobie zapasów, podejrzewamy więc, że rozłożyli się gdzieś tam obozem.
– A Hannel wrócił?
– Nie, ale… – młody człowiek urwał i skrzywił się. – Dek znalazł ciało Garrella. Nie miał głębokich ran, tylko takie, jakich kazałeś szukać.
Narvelan pokiwał posępnie głową.
– Przekażę tę wieść jego rodzinie. Coś jeszcze?
Chłopak pokręcił głową.
– W takim razie odpocznij. Dziękuję.
Rovin uniósł na moment ramiona, po czym pokierował konia w inny kraniec polany. Narvelan westchnął.
– To nie pierwszy zwiadowca, którego zabili – powiedział. – Ale, ale, na pewno jesteście głodni? Podróżujemy z tak małym obciążeniem, jak to tylko możliwe, ale mamy sporo zapasów, które nie zniosą długiej jazdy, więc równie dobrze możemy je teraz trochę nadszarpnąć.
– Będziemy bardzo wdzięczni. Nie jedliśmy nic od rana – odparł Dakon.
Na rozkaz Narvelana dwóch mężczyzn z obozu pojawiło się, żeby zająć się końmi. Tessia ostrzegła człowieka, który miał odprowadzić jej wierzchowca, żeby obchodził się ostrożnie z torbą jej ojca i nie pozwolił jej się przewrócić. Następnie pospieszyła za magami w miejsce, gdzie przed jednym z ognisk rozłożono koce. Dostali do zjedzenia zimne, przypalone mięso, nieco zatęchły chleb i świeże jarzyny – posiłek prosty, ale jakże teraz miły. Tessia czuła, że jej uwaga rozprasza się, kiedy przysłuchiwała się roz-

mowie magów: Dakonowi opowiadającemu o podróży i o tym, że syn kowala odmówił opuszczenia Mandryn, Narvelanowi wyliczającemu, co wzięli ze sobą na wozach, a co zostawili w wiosce, i żalącemu się, że musiał być ostry wobec wieśniaków w kwestii tego, co wolno im zabrać z dobytku.

Myśli Tessii powędrowały ku dwu grobom. *Nawet nie zobaczyłam ich ciał*, pomyślała. *Nie żebym chciała je ujrzeć. Ale po prostu… kiedy widziałam ich po raz ostatni, byli żywi i zdrowi. Ciężko pogodzić się z myślą, że…*

– Wiem, co czujesz.

Tessia zamrugała oczami ze zdziwienia; odwróciła się i zobaczyła wpatrzonego w nią Jayana. Miał poważny i szczery wyraz twarzy.

– Gdybyś czuła, że musisz o tym porozmawiać… – dodał.

Uśmiechnął się, a ona poczuła nagły i niespodziewany przypływ gniewu. Niby dlaczego z wszystkich ludzi wokół niej miałaby akurat z *nim* rozmawiać o czymś tak… tak… On tylko śmiałby się z jej słabości albo wykorzystał to później przeciw niej. Nie była tylko pewna w jaki sposób. Może uznałby to za przysługę, za którą powinna się odwdzięczyć.

– Nie masz pojęcia, co czuję – usłyszała własne słowa. – Jak mógłbyś wiedzieć? Czy ktoś zamordował twoich rodziców?

Drgnął, zmarszczył brwi, a w jego oczach błysnęła iskierka gniewu.

– Nie. Moja matka umarła, ponieważ ojciec nie pozwolił wezwać uzdrowiciela i nie chciał płacić za lekarstwa, których potrzebowała. Czy ojciec, który pozwala matce umrzeć, wystarcza?

Wpatrzyła się w niego, czując, jak uchodzi z niej złość, pozostawiając paskudne uczucie wstydu i przerażenia.

– Och. – Potrząsnęła głową. – Przepraszam.

Otworzył usta, żeby coś powiedzieć, ale rozmyślił się. Oboje uciekli przed swoimi spojrzeniami. Nastąpiła chwila niezręcznego milczenia, po czym Narvelan zapytał, czy mają coś przeciwko spaniu przy ognisku. Wszystkie namioty były zajęte, a osoby obdarzone talentem magicznym mogły wznieść wokół siebie tarcze na wypadek deszczu. Dakon zapewnił go, że żadne z nich nie ma nic przeciwko.

Wkrótce Tessia owinęła się kocami i ułożyła na twardej ziemi, wpatrzona w gwiazdy z żałosnym poczuciem, że udało jej się doprowadzić samą siebie do jeszcze gorszego samopoczucia, niż miała wcześniej. Wstyd z powodu tego, co powiedziała Jayanowi, przeważył nad nieustającym poczuciem bólu i żalu.

Jego ojciec pozwolił matce umrzeć, nie wzywając uzdrowiciela? – myślała. *Czy dlatego tak pogardliwie odnosi się do mojego pragnienia zostania uzdrowicielką? Nie, przecież taka tragedia powinna spowodować raczej coś odwrotnego.*

Chmury płynęły po niebie, raz po raz przesłaniając księżyc, ciemność zacieśniała się wokół ognisk. *Próbował być dla mnie miły. Może powinnam przestać go nieustannie o coś podejrzewać, ale skąd mam wiedzieć, kiedy jest szczerze uprzejmy?* Skrzywiła się na wspomnienie jego wyjaśnienia. *Jego matka umarła z winy ojca.*

On może i ma wciąż ojca, ale tamtego dnia stracił oboje rodziców.

ROZDZIAŁ 20

Dobrą stroną wyczerpania okazało się to, że Tessia zasnęła tak mocno, że mimo wieczornego smutku, wstydu i strachu obudziła się dopiero długo po wschodzie słońca. W końcu jednak poderwały ją odgłosy krzątaniny w obozie, pospieszyła więc, żeby pomóc ludziom Narvelana spakować się i ruszyć w dalszą podróż. Dakon powiedział jej, że udawali się do pewnej wioski we włościach Narvelana, która słynęła z tego, że trudno było ją znaleźć nawet osobom zaproszonym w gości. Mała i nieważna stanowiła w dodatku mało prawdopodobny cel dla Takady i jego sojuszników – nawet gdyby wiedzieli o jej istnieniu, no chyba że zorientowaliby się, że zorganizowano tam centrum dowodzenia. Tam bowiem inni magowie z Kręgu mieli dołączyć do Narvelana, Dakona i Werrina, by przedyskutować swe dalsze działania.

Ruszyli w drogę po zmroku; z lasu co jakiś czas wynurzały się cienie zwiadowców, by poinformować magów, że droga przed nimi jest bezpieczna. Cała okolica pogrążona była w niemal zupełnej ciszy – a przynajmniej w takim stopniu, w jakim pozwalały stare, skrzypiące wozy, zdezorientowane zwierzęta domowe i płaczące dzieci.

Tessia nie znała większości wieśniaków, ale w ciemnościach nie mogła pozbyć się wrażenia, że otaczają ją mieszkańcy Mandryn. Narzekanie starej kobiety, śmiech dwóch chłopców, którzy zapomnieli o nakazie zachowywania ciszy, ostra nagana wypowiedziana przez ich matkę – wszystko to przypominało jej ludzi, wśród których się wychowała. Tych ludzi, którzy teraz już nie żyli.

W przeciwieństwie do Tikena, syna kowala, który pozostał w Mandryn, większość ocalałych dołączyła do ludzi Narvelana. Znalazł się wśród nich jeden z młodych stajennych, Ullan, który uciekł, kiedy Takado zaczął atakować wieśniaków, oraz kilkoro dzieci, które zdołały się ukryć. Salia, córka piekarza, była w odwiedzinach u siostry mieszkającej na jednej z farm. Miała podwójne szczęście, ponieważ Takado z poplecznikami nie oszczędzili też wielu okolicznych farmerów i ich rodzin.

Tessia obejrzała się i wyszukała w tłumie Salię, idącą obok wozu wyładowanego beczkami i workami. Dziewczyna natychmiast wbiła wzrok w ziemię, zagryzając wargę. Najwyraźniej cierpiała z powodu bezsensownego poczucia winy. Nawet gdyby została w wiosce, nie mogłaby zapobiec temu, co się stało. Ullan z kolei sprawiał wrażenie, jakby się w ogóle nie przejmował swoją ucieczką.

Dlaczego miałby się przejmować? – pomyślała Tessia. *Gdyby został, też by zginął. A gdyby nie wziął konia i nie pojechał do Narvelana, to my otrzymalibyśmy wieści później.*

Ullan wyrażał się zgryźliwie o Hanarze, uważając, że były niewolnik uciekł, żeby dołączyć do swego pana. Nikt jednak w wiosce nie widział, by Hanara towarzyszył Takadzie, Tessia podejrzewała więc, że były niewolnik zrobił to samo co stajenny – uciekł, by ocalić skórę. Zastanawiała się, gdzie może być teraz. Kiedy wieści o sachakańskim ataku rozejdą się, nikt nie zechce udzielić mu schronienia.

Przez jakiś czas wspinali się na łagodne zbocze, ale wkrótce teren wyrównał się, a po chwili zaczął dość ostro schodzić w dół. Dakon spojrzał na Tessię z uśmiechem.

– Jesteśmy prawie na miejscu – mruknął.

Ktoś z idących dalej podchwycił te słowa i przekazał je szeptem do tyłu. Ciszę wypełniło skrzypienie – to powożący wozami uruchomili hamulce, żeby nie stoczyć się po stromej drodze. Tessia oparła się wygodnie w siodle, wyczuwając za plecami przypiętą bezpiecznie torbę swojego ojca.

Stromizna skończyła się równie nagle, jak się zaczęła, a pomiędzy rzednącymi drzewami po obu stronach drogi ukazało się niewielkie skupisko domków, w których oknach migotało ciepłe światło. Ludzie niosący latarnie wyszli na powitanie. Tessia słyszała zewsząd westchnienia i pomruki ulgi.

Narvelan wysłał przodem jeźdźców, żeby powiadomili mieszkańców wioski o ich przyjeździe i pomogli im przygotować się na przyjęcie uchodźców. Goście zostali w milczeniu i bez kłopotów rozdzieleni między domami, w których urządzono prowizoryczne posłania. Zwierzęta zapędzono do zagród. Wozy ustawiono w stajniach. Magowie i uczniowie udali się do wójta Crannina, którego dom był znacznie większy niż dom rodziców Tessii. Po prostym, ale obfitym posiłku wszyscy udali się na spoczynek. Crannin i jego żona Nivia oddali magom swoją sypialnię. Wójt i Jayan spędzili noc na podłodze salonu, Tessia zaś dzieliła pokój dziecinny z Nivią. Dzieci nie widziała. Może zajął się nimi ktoś z sąsiadów.

Pomimo zmęczenia Tessia długo nie mogła zasnąć. Leżała wsłuchana w oddech śpiącej obok kobiety i zastanawiała się nad tym wszystkim, co się wydarzyło, odkąd na własną rękę udała się do rezydencji Dakona i by obronić się przed Takado, nieświadomie posłużyła się magią.

Gdyby nie wymknęła się wtedy z domu w nadziei, że zrobi na ojcu wrażenie, czy kiedykolwiek odkryłaby swój talent? Mistrz Dakon uważał, że tak. Ale może stałoby się to dużo później. Może w chwili ataku Takady na wioskę, mieszkałaby w Mandryn. Może wówczas zginęłaby.

Na dodatek, sądząc z tego, co mówił Tiken, Takado lub któryś z jego popleczników, wykorzystałby mnie wcześniej. A wtedy zapewne zareagowałbym tak samo: posłużyłabym się magią, by się bronić. Tylko że gdybym zaatakowała go magią, nie zostawiłby mnie przy życiu, byłabym zbyt słaba i niczego nieświadoma, by wyjść z tego cało.

Gdyby nie odkryła swojej magii wtedy, kiedy się to stało, zapewne teraz leżałaby martwa obok rodziców. Wszyscy i tak by zginęli, niezależnie od tego, czy zostałaby w wiosce, kiedy Dakon wyjechał do Imardinu, czy nie.

Zaczęła się następnie zastanawiać, co by się stało, gdyby Dakon nie wyjechał. Tiken nie był pewny, ilu magów zaatakowało Mandryn, ale bez wątpienia Takado nie był sam. Chłopak wziął nogi za pas na widok dwóch magów, był jednak przekonany, że przyjechali większą gromadą.

A Dakon był sam. Dwóch Sachakan mogło go bez trudu pokonać, gdyby wcześniej zebrali dużo mocy od swoich niewolników. A kiedy Dakon by zginął, Takado i jego ludzie tak czy siak wymordowaliby mieszkańców wioski. Tessia i jej bliscy nie mieliby szans na przeżycie.

Powinna być wdzięczna losowi za to, że atak przydarzył się, kiedy była daleko. Nie potrafiła wyobrazić sobie innych okoliczności, które pozwoliłyby jej przeżyć. I żadnych, które dawałyby szanse na przeżycie jej rodzicom.

Chyba że Mistrz Dakon i jeszcze inni magowie dowiedzieliby się o ataku tak wcześnie, że zdołaliby się przygotować do jego odparcia. Ale wyobrażanie sobie takiej sytuacji nie miało sensu. Nikt nie może przewidzieć przyszłości. Nawet magowie.

Wreszcie zapadła w głęboki sen, a kiedy się obudziła, żona wójta Crannina już wstała, a po domu rozchodził się zapach jedzenia. Przyćmione światło wskazywało, że jest wczesny ranek. Tessia poczuła, że ma pusty żołądek. Kilka kroków od niej stała miska z wodą, a obok leżała czysta sukienka, co napełniło ją ulgą i wdzięcznością. Umyta i przebrana w świeże ubranie, związała włosy i udała się za zapachem w kierunku kuchni.

Zastała tam Nivię przygotowującą posiłek w towarzystwie służącej. Kobiety nie pozwoliły jej przyłączyć się do pracy, zaczęły za to wypytywać o wypadki w Mandryn. Tessia ominęła kilka co bardziej okropnych szczegółów, opowiadając zamiast tego o mentalnym wołaniu Narvelana, ciężkiej podróży z Imardinu i o tym, jak po ataku wyglądała wioska.

– Jak sądzisz, co zrobią magowie? – spytała służąca.

– Nie wiem – przyznała Tessia. – Zapewne zabiją Sachakan. Muszą ich najpierw znaleźć, a potem będzie bitwa.

Kobieta otwarła szeroko oczy.

– Ty też będziesz walczyć?

Tessia zamyśliła się.

– Niezupełnie, ale pewnie tam będę. Mistrz Dakon musi wziąć udział w bitwie, będzie więc potrzebował Jayana i mnie, byśmy go wspomagali. Nie możemy pozwolić, żeby nas rozdzielono…

Urwała, słysząc na zewnątrz jakiś krzyk. Nivia upuściła nóż, którym szatkowała jarzyny, wytarła ręce i wybiegła z pokoju. Tessia podeszła za nią do frontowych drzwi.

Kobieta uchyliła je i wyjrzała na zewnątrz. Tessia zobaczyła, że do wioski wjeżdża kilku konnych. Wyglądali na Kyralian. A ich ubrania wskazywały, że są to wysłani na pomoc magowie.

W korytarzu za nimi rozległ się odgłos kroków i chwilę później Tessię i Nivię minęli Dakon, Werrin i Narvelan, którzy wyszli na zewnątrz i skierowali się ku nowo przybyłym.

– Przyjechali, prawda?

Tessia odwróciła się i zobaczyła Jayana wychodzącego z salonu, przygładzającego dłonią niesforne włosy. Skrzywił się i potarł ramię.

– Tak sądzę – odpowiedziała. – Znasz ich?

Usunęła się na bok, kiedy podszedł do drzwi.

– Och, to Mistrz Prinan, Mistrz Bolvin, Mistrz Ardalen i Mistrz Sudin. Wygląda na to, że wraz z uczniami. I każdy ze służącym.

Tessia zerknęła ponad jego ramieniem i zobaczyła, że mężczyźni zsiadają z koni. Ci w zwykłych ubraniach natychmiast wzięli od nich wodze koni, młodsi zaś trzymali się nieco z tyłu, gdy mistrzowie witali się z Dakonem, Werrinem i Narvelanem.

– Przywitamy się z naszymi nowymi sojusznikami? – spytał Jayan.

Nie czekał na odpowiedź, ale wyszedł na ulicę i skierował się do grupki.

Tessia podążyła za nim bez wielkiej ochoty. Nagle zdała sobie sprawę, jak bardzo się od nich różni. Kobieta wśród samych mężczyzn. Samorodna o niskim pochodzeniu wśród młodzieży z potężnych rodów. Początkująca wśród świetnie wyćwiczonych. Bez trudu wyobrażała sobie, że wszyscy będą się zachowywać jak Jayan.

Magowie ledwie ich zauważyli, natomiast uczniowie przyglądali się Jayanowi z zainteresowaniem. Kilku rzuciło Tessii zdziwione spojrzenia, ale nie zatrzymali na niej dłużej wzroku. Dopiero kiedy magowie zakończyli powitania, Dakon odwrócił się i przedstawił wszystkim Tessię i Jayana. Wtedy wszystkie oczy, tak samo zaskoczone, zwróciły się na nią.

Zbyt późno uświadomiła sobie, że za duża sukienka, którą pożyczyła jej Nivia, może sugerować, że mają do czynienia z wieśniaczką. *Ta kobieta nie ma bogatych, wyszukanych ubrań, które kochają panie z miasta.* Tessia wyprostowała się i odpowiedziała z całą godnością, na jaką zdołała się wydobyć, mając nadzieję, że nikt nie zauważy jej zawstydzenia i zażenowania.

Tymczasem z domu wyszedł Crannin i zaprosił magów na śniadanie, by podczas posiłku mogli omówić plany. Przeprosił, że w jadalni nie wystarczy miejsca dla tak wielu uczniów, ale obiecał jak najszybciej wynieść dla nich stół i jedzenie na zewnątrz.

Znowu ominą mnie ważne rozmowy, pomyślała żałośliwie Tessia, *ale tym razem przynajmniej nie będę jedyna.*

Kiedy magowie znikli w domu Crannina, uczniowie zgromadzili się przy wejściu, popatrując po sobie w milczeniu. Nowo przybyli wyglądali na wykończonych; Tessia domyślała się, że jechali tak szybko albo prawie tak szybko jak oni, pędząc do Mandryn.

Po kilku minutach pojawili się inni mężczyźni z wioski, wynosząc ławy i stół ze stodoły. Przetarli je i narzucili na nie obrusy. Z domu Crannina wyszły kobiety z jedzeniem i winem, stół wyglądał jak podczas niewielkiej uczty. Uczniowie usiedli i zabrali się do jedzenia, a wkrótce zaczęli ciche rozmowy. Wszystkie pytania dotyczące Mandryn i Sachakan kierowali do Jayana, ale tym razem Tessia była zadowolona, że nie musi nic mówić, pozostawiając Jayanowi wszelkie wyjaśnienia. Ku jej zaskoczeniu okazał się mniej chętny do roztaczania barwnych opisów niż ona, kiedy opowiadała o ataku kobietom z wioski.

– Nie sądzę, byśmy powinni mówić komukolwiek zbyt dużo – mruknął do niej po chwili. – Nie wiemy, ile zdaniem Dakona, ludzie powinni wiedzieć.

Tessia poczuła ukłucie niepokoju. Czy opowiedziała Nivii cokolwiek, czego nie powinna?

– Na przykład? – spytała.

– Nie mam pojęcia – odpowiedział z lekkim poirytowaniem, a potem spojrzał na jednego z podchodzących do nich wieśniaków.

Tessia zorientowała się, że człowiek ten patrzy na nią.

– Uczennico Tessio. Wybacz moją śmiałość – powiedział. Urwał, po czym pospiesznie dodał: – Masz przy sobie torbę uzdrowiciela.

– Owszem – odrzekła, gdy nie kontynuował. – Skąd wiesz?

– Przepraszam. Wydawało mi się, że czuję zapach lekarstw, więc zajrzałem. Do kogo ona należy?

– Do mojego ojca – odparła. – A właściwie należała. On… on był uzdrowicielem w Mandryn.

Twarz mężczyzny spochmurniała.

– Wybacz mi. Miałem nadzieję… przepraszam.

Kiedy zaczął się wycofywać, Tessia chwyciła go za ramię.

– Zaczekaj. Nie macie tu uzdrowiciela, co?

Mężczyzna z ponurą miną zaprzeczył ruchem głowy.

– Czy ktoś zachorował?

Zmarszczył brwi.

– Tak. Moja żona. Ona… ona…

– Pomagałam mojemu ojcu – wyjaśniła Tessia. – Nie wiem, czy zdołam pomóc, ale mogę spróbować.

Uśmiechnął się.

– Dziękuję. Zaprowadzę cię do niej. I powiem, by ktoś przyniósł twoją torbę.

Ku zaskoczeniu Tessii Jayan wstał i udał się za nią. Kiedy znaleźli się poza zasięgiem słuchu innych uczniów, chwycił ją za ramię.

– Co ty wyprawiasz? – spytał cicho. – Nie jesteś uzdrowicielką.

Spojrzała mu prosto w oczy.

– To co? Może dam radę jej pomóc.

– A jeśli Dakon cię wezwie? Jesteś teraz uczennicą, Tessio. To nie jest… nie…

– Nie…?

Skrzywił się.

– Nie możesz bawić się w uzdrowicielkę, kiedy masz na to ochotę. To… nie wypada.

Zmrużyła oczy.

– A „wypada", Jayanie, pozwolić komuś, kto jest chory, cierpieć dalej, albo nawet umrzeć, ponieważ ty przejmujesz się tym, co sobie mogą pomyśleć inni uczniowie lub ich mistrzowie? A może lepiej siedzieć bezczynnie, marnując czas i energię?

Odpowiedział jej wzrokiem, w którym znać było napięcie i czujność. W końcu dał za wygraną.

– Niech będzie. Ale idę z tobą.

Stłumiła słowa protestu, westchnęła i pospieszyła za mężczyzną, którego żona zachorowała. Niech Jayan zobaczy tę kobietę, której chciał odmówić pomocy – cokolwiek jej dolegało – ze względu na to, co „wypada". Niech zobaczy, że w leczeniu chodzi o coś więcej, niż nazywanie kogoś „uzdrowicielem". Niech zobaczy, że wiedza i umiejętności Tessii są coś warte, niech zrozumie, że nie wolno ich marnować.

Skrzywiła się. *Lepiej, żebym potrafiła pomóc tej kobiecie, bo inaczej niewiele zobaczy.*

Dom, do którego zaprowadził ich mężczyzna, stał na skraju wioski. Przewodnik zatrzymał się na moment, żeby poprosić mijanego dzieciaka o przyniesienie torby jej ojca. Kiedy znaleźli się w domu, poprowadził ich na piętro do sypialni, gdzie na łóżku drzemała kobieta.

Nie ulegało wątpliwości, że coś jej dolega. Była tak wychudzona, że na ramionach, karku i twarzy skóra opinała kości. Usta miała otwarte, a kiedy Tessia weszła, zawstydzona szybko otarła spływającą ślinę.

Tessia podeszła do łóżka i uśmiechnęła się do kobiety.

– Witaj, mam na imię Tessia – powiedziała. – Mój ojciec był uzdrowicielem, a ja pomagałam mu, odkąd pamiętam. Jak masz na imię?

– Paowa – rzekł za nią mąż. – Ona ledwie mówi.

W szeroko otwartych oczach kobiety czaił się lęk, ale zdołała się ledwo dostrzegalnie uśmiechnąć i skinąć głową.

– Zobaczmy, co się dzieje – powiedziała Tessia.

Kobieta otworzyła usta. Tessia natychmiast poczuła dreszcz współczującego przerażenia. Połowę ust kobiety wypełniała narośl.

– Och – powiedziała Tessia. – Widywałam już wcześniej takie rzeczy, ale raczej u mężczyzn. Boli, kiedy jesz, a nawet kiedy czujesz zapach jedzenia, zgadza się?

Kobieta przytaknęła.

– Żujesz albo palisz liście?

– Miała zwyczaj żuć dunda, dopóki to jej nie uniemożliwiło – odparł mężczyzna. – Jej dziadkowie byli myśliwymi, więc rodzina zachowała pewne zwyczaje z gór.

Tessia pokiwała głową.

– Słyszałam, że to przyzwyczajenie, którego ciężko się pozbyć. Nazywa się to „ustami łowcy". Mogę wyciąć narośl i zszyć ranę, ale musisz mi obiecać dwie rzeczy.

Kobieta przytaknęła gorliwie.

– Będziesz płukała usta tym, co ci dam. Smakuje paskudnie i wysusza ślinę tak, że nie dasz rady splunąć, ale rana się zagoi.

– Dopilnuję, żeby nie zapomniała – powiedział mężczyzna z uśmiechem.

Tessia skinęła głową.

– I przestaniesz żuć dunda. Ono by cię zabiło.

W oczach kobiety pojawił się cień sprzeciwu, ale Tessia wytrzymała jej spojrzenie, zachowując powagę, i w końcu kobieta dała za wygraną.

– Tego też dopilnuję – powiedział cicho jej mąż.

– Niech no zobaczę, ile tego tam jest. – Tessia dotknęła lekko ust kobiety.

Jej ojcu zdarzało się leczyć takie narośle. Usuwanie ich kończyło się zazwyczaj powodzeniem, ale niektórzy pacjenci zapadali na chorobę, która zabijała ich w ciągu roku lub dwóch lat. Inni dożywali starości. Ojciec miał teorię, że zależy to od tego, jak głęboko narośl wgryzła się w ciało.

Ta narośl sprawiała wrażenie luźno osadzonej, niczym spory, nieco gąbczasty kamień umieszczony pod skórą. Obiecujące. Tessia wyjęła palce z ust kobiety i wytarła je szmatką, którą podał jej mężczyzna. Zastanawiała się przez chwilę, czy powinna brać się do wycinania narośli.

Jak słusznie zauważył Jayan, nie jestem uzdrowicielką. Ale widziałam, jak to się robi. Wiem, jak się to robi. Lada moment narośl będzie tak wielka, że ta kobieta albo zagłodzi się na śmierć, albo się udusi. A ja mam wszystkie narzędzia… z wyjątkiem imadełka. Ojciec posługiwał się wykonanym przez kowala imadełkiem, które sam zaprojektował, do rozwierania szczęk pacjentów, gdy leczył zęby lub wnętrze ust. Zapobiegało to pogryzieniu przez pacjentów, którzy zaciskali usta ze strachu lub bólu.

Pukanie do drzwi odciągnęło męża kobiety, który powrócił po chwili z torbą jej ojca. Poprosiła, żeby usunął wszystko ze stolika przy łóżku, a sama sprawdziła rutynowo tętno i oddech pacjentki. Kiedy blat był pusty, otworzyła torbę i zaczęła wyciągać narzędzia, maści i środek uspokajający.

– Napij się tego – rzekła do kobiety, podając jej butelkę. – I połóż się na boku na samym skraju łóżka. – Potem zwróciła się do jej męża: – Ułóż za nią i pod jej głową poduszki. Będzie płynąć krew i ślina, więc możesz wyłożyć łóżko jakimś płótnem i umieścić poniżej miskę.

Para usłuchała jej instrukcji bez słowa protestu, co w jakiś sposób sprawiało, że Tessia straciła nieco pewności siebie. Wszyscy na nią liczą. A co jeśli się myli? *Nie myśl o tym. Działaj.*

Przypomniała sobie uwagi ojca o rodzinach, poprosiła więc męża kobiety, żeby rozsmarował znieczulającą maść na zewnątrz i od wewnątrz policzka kobiety. Miało to dodatkowo takie znaczenie, że maść nie wpłynie nijak na czucie w palcach Tessii.

Wyjęła z torby kilka noży i sprawdziła, czy są ostre, ale kiedy sięgnęła po palnik, usłyszała jęk Paowy. Zerknęła na nią i zorientowała się, że oddech pacjentki nagle przyspieszył. Paowa wpatrywała się w ostrza. W Tessii wezbrało współczucie.

– Wszystko będzie dobrze – powiedziała. – Będzie bolało, nie będę cię oszukiwać. Ale maść pomoże, a ja postaram się uporać z tą naroślą jak najszybciej. Nawet nie zauważysz, kiedy będzie po wszystkim i będziesz miała w ustach tylko ładnie zaszytą ranę.

Oddech kobiety uspokoił się nieco. Mąż usiadł na łóżku za jej plecami i zaczął masować jej ramiona. Tessia wzięła głęboki oddech, wybrała odpowiedni nożyk i uświadomiła sobie, że jeszcze nie wypaliła narzędzi.

Uzmysłowiła sobie też, że jeśli będzie dalej przeciągać początek operacji, strach przezwycięży w tej kobiecie rozsądek.

Nie ma problemu, pomyślała, wysiliła nieco wolę i wyczyściła ostrze za pomocą magii. A potem wzięła się do pracy.

Nie było łatwo, ale nie zdarzyło się nic niespodziewanego ani niepożądanego. Po półgodzinie wydobyła narośl, zaszyła ranę i nałożyła ochronną maść. Następnie jeszcze raz sprawdziła tętno kobiety i oznajmiła, że zabieg się udał. Kiedy chora przewróciła się na plecy, wyczerpana bólem i strachem, Tessia wstała i zachwiała się, czując zawroty głowy ze zmęczenia.

– Usiądź.

Zamrugała oczami ze zdumienia na dźwięk głosu Jayana; zapomniała, że chłopak przyszedł tu z nią. Przysunął jej niski drewniany taboret. Tessia wdzięczna usiadła i natychmiast odzyskała jasność myśli. Przyciągnęła do siebie ojcowską torbę, przeszukała ją i wydobyła płyn do przemywania ran.

– Masz jakiś mały i czysty słoik z zakrętką? – spytała męża pacjentki. – I miskę z czystą wodą?

Mężczyzna podał jej to, o co prosiła, a ona jeszcze raz wyczyściła słoik, płucząc go wodą, którą podgrzała magicznie do wrzenia. Mężczyzna obserwował ją spokojnie, nic nie mówiąc, jakby woda gotująca się sama z siebie była zjawiskiem codziennym i zwyczajnym.

Tessia odmierzyła kilka kropli płynu do wody w słoiku. Podała to mężczyźnie i pouczyła go, jak ma przemywać ranę i kiedy powinien wyciągnąć szwy. Mężczyzna wyciągnął sakiewkę i Tessia usłyszała brzęk odliczanych monet.

– Nie musisz mi płacić – powiedziała.

– Jak w takim razie mam ci się odwdzięczyć? – spytał.

– Cała wasza wioska karmi nas i daje nam schronienie. To zapewne odbije się na zapasach i majątku was wszystkich. Poza tym mój mistrz nie byłby zadowolony, gdybym przyjęła zapłatę.

Mężczyzna niechętnie schował sakiewkę.

– W takim razie dopilnuję, żebyście wy dwoje dostali mojego najtłustszego rassooka na obiad – powiedział z uśmiechem.

– No, *tego* nie odmówię – odparła, uśmiechając się żałośnie. – Powinniśmy już wracać, bo mistrz może nas potrzebować. – Spojrzała na Paowę. Kobieta zasnęła z zamkniętymi ustami i spokojnie. – I pamiętaj, koniec z dunda.

– Oczywiście. Cokolwiek ona… – wzruszył ramionami. – Zrobię, co w mojej mocy, żeby pomóc jej to rzucić.

Wracali zmęczeni i milczący, ale i bardzo usatysfakcjonowani ku miejscu, gdzie siedzieli pozostali uczniowie. Sądząc po cieniach rzucanych przez drzewa, Tessia domyśliła się, że minęło zaledwie kilka godzin. Poprosiła męża Paowy, żeby odniósł torbę jej ojca do domu Crannina zamiast do stajni. Następnym razem ktoś, kto zechce zaglądać do środka, może nie mieć dość rozsądku albo szacunku dla zawartości.

Kiedy znaleźli się w zasięgu wzroku uczniów, Tessia uświadomiła sobie, że Jayan się jej przygląda, zerknęła więc w jego stronę. Mierzył ją pytającym spojrzeniem.

– O co chodzi? – rzuciła.

– Och, jestem pod wrażeniem – odparł, czerwieniąc się. – To, co tam zrobiłaś… ja bym się poddał.

Poczuła, że również się rumieni. Oto Jayan docenił jej umiejętności, jak tego pragnęła, ale z jakiegoś powodu wcale nie czuła triumfu. Raczej… zawstydzenie.

– To tylko tak wyglądało – odpowiedziała, odwracając wzrok. – Ale naprawdę było proste. Rutynowe.

– Ach – powiedział tonem, który był odrobinę zbyt potakujący.

Wcale nie było proste! – miała ochotę krzyknąć. *Nie wiem, czemu tak powiedziałam!* Ale jego uwaga była już gdzie indziej, przy pozostałych uczniach, i nawet gdyby Tessia wiedziała, jak poprawić swoje wyjaśnienie, nie robiąc z siebie wariatki, było już na to za późno.

Ostatnie promienie słońca oświetlały liście na czubkach drzew, gdy magowie wychodzili z domu Crannina. Na prowizorycznych stołach ustawionych na zewnątrz nakryto do uroczystego posiłku przy świetle pochodni i lamp. Kiedy przed Tessią i Jayanem postawiono po wielkim, tłustym rassooku, Jayan zażartował, że Tessia umie sobie radzić z wieśniakami i nie będzie zdziwiony, jeśli do tego stopnia oczaruje kieszonkowców, że zaczną wkładać pieniądze *do* jej sakiewki.

Dopiero po posiłku Dakon znalazł chwilę, żeby porozmawiać na osobności ze swoimi uczniami. Odprowadził ich z dala od głównego stołu, ku skrajowi wioski, po czym zawrócił. Z tego miejsca widok i radosne odgłosy robiły wrażenie, jakby trafili na lokalne święto. To sprawiało, że ból i poczucie winy z powodu losu Mandryn stały się jeszcze cięższe do zniesienia. Dakon popatrzył na Tessię i Jayana. Oboje wyglądali na zmęczonych, chociaż nie spędzili całego dnia w siodłach.

– Co masz nam do powiedzenia? – spytał Jayan, a w jego głosie wyraźnie pobrzmiewało napięcie, jakkolwiek starał się zachować spokój.

Dakon westchnął. *Ile mogę im powiedzieć?* Magowie zgodzili się, że dla powodzenia powziętych planów niezbędne jest zachowanie ich w tajemnicy, ale sądząc z wypowiedzi niektórych, zamierzali podzielić się ustaleniami z uczniami – w każdym razie w ogólnym zarysie. Dakon uważał też, że narażanie uczniów na niebezpieczeństwo bez poinformowania ich o tym jest nieuczciwe i nierozsądne.

– Odbudujemy Mandryn – powiedział.

Oboje unieśli brwi.

– Ale… – Jayan urwał, spoglądając na Tessię. – Ale kto tam zamieszka? Przecież prawie wszyscy zginęli.

– Sprowadzimy ludzi z innych części majątku albo z innych włości, kiedy tylko upewnimy się, że nie ma już zagrożenia. My też musimy gdzieś w końcu zamieszkać.

– W końcu – powtórzył Jayan. – A co teraz?

– Na razie musimy rozprawić się z Sachakanami. A to oczywiście oznacza odnalezienie ich, wygnanie z Kyralii i zapewnienie, dzięki strażom na przełęczach, że tu nie wrócą.

– Wygnanie? – Tessia wyglądała na zaskoczoną. – A nie zabicie?

Spojrzał na nią, usiłując odgadnąć, czy jest zawiedziona, czy zła. Czy pragnie zemsty. Wytrzymała jego wzrok, ale na jej twarzy pojawiła się niepewność.

– Nie, nie będziemy ich zabijać, chyba że nas do tego zmuszą – odparł Dakon. – Werrin mówi, że król obawia się, iż to mogłoby przysporzyć Takadzie zwolenników. A nawet jeśli tak by się nie stało, krewni zabitych mogliby zacząć myśleć o zemście. A my będziemy domagać się sprawiedliwości za naszych poległych. W ten sposób nakręcimy machinę zemsty: oni będą się mścić za to, co my zrobimy w odwecie za to, co uczynił nam Takado i jego poplecznicy.

Skrzywił się.

– Takie błędne koło może doprowadzić do wojny.

Dwoje uczniów pokiwało głowami. Miał nadzieję, że to oznacza zrozumienie.

Czego ja sam bym chciał? – zadał sobie pytanie. *Czy ryzykowałbym wojnę po to, żeby pomścić utratę Mandryn? Chciałbym pomścić śmierć moich ludzi i zburzenie domu, w którym się urodziłem.* Myśl o cennych, utraconych na zawsze księgach, które spłonęły w rezydencji, była bolesna, ale nie aż tak jak wspomnienie zwykłych ludzi: mężczyzn, kobiet i dzieci, którzy zostali zamęczeni i zarżnięci podczas jego nieobecności. Służących, których znał tak długo, że byli dla niego jak rodzina. Ludzi, którzy pamiętali i kochali jego ojca. *Cóż za tchórzostwo, zaczekać, aż wyjadę. A może Takado nie wiedział, że mnie nie ma? Jestem pewny, że król nie miałby takich oporów wobec zabijania Sachakan, gdyby zginął choć jeden członek któregoś z najpotężniejszych rodów Kyralii. To oznaczałoby wypowiedzenie wojny.*

Dakon rozumiał jednak królewską ostrożność. Sachakanie zapewne uznają to za zabawne, jeśli Kyralianie złapią kilku z ich niepokornych ichanich i zapędzą z powrotem do ich kraju. Jeśli jednak Kyralianie ośmieliliby się zabić najeźdźców za coś tak nieważnego jak napaść na jedną małą wioskę i zabicie grupy wieśniaków, Sachakanie mogliby uznać, że imperium powinno pokazać swojemu sąsiadowi, gdzie jego miejsce.

A jeśli władza imperatora nad jego własnymi ludźmi jest tak słaba, jak mówią pogłoski, Vochira może nie móc ich powstrzymać.

CZĘŚĆ III

ROZDZIAŁ 21

Słońce ogrzewało plecy Sterii siedzącej w powozie, który wspinał się na zbocze wzgórza. Kiedy konie ciągnące załadowany ciężko pojazd dotarły na szczyt wzniesienia, młoda kobieta wstrzymała oddech na widok roztaczającego się przed nią krajobrazu.

Na równinie niczym wachlarz rozłożyło się olbrzymie miasto. Za nim ciągnął się pas wybrzeża i ciemne morze. Na czubku wachlarza znajdowało się ujście rzeki. Budynki i drogi rozchodzące się od tego punktu połączone były koncentrycznymi łukami ulic.

Arvice. Uśmiechnęła się. *Największe miasto, jakie kiedykolwiek zbudowano. Wreszcie wróciłam do domu.* Czekała na tę chwilę piętnaście lat. Piętnaście długich lat, odkąd ojciec wywiózł ją razem z matką do Elyne i tam zostawił. Teraz wreszcie posłał po nią, jak jej obiecał dawno temu.

Powóz zaczął zjeżdżać w dół po stoku z drugiej, ocienionej strony wzgórza. Steria wzdrygnęła się i naciągnęła szal na ramiona. Przez ostatnie piętnaście lat obserwowała, jak słońce zachodziło nad wodą, malując stolicę Elyne złotem i czerwienią. Gdyby teraz miała ochotę obejrzeć widowiskowe spotkanie światła i wody, musiałaby wstać na tyle wcześnie, żeby zdążyć na wschód słońca.

Czuję się, jakbym przejechała z jednej strony świata na drugą.

Klimat w Elyne i południowej Sachace był podobny. Dziewczyna niemal chciała, by nie był. Te same rośliny stanowiły pożywienie dla tych samych zwierząt. Takie same gatunki drzew rodziły znane jej owoce, zjadane przez takie same ptaki. Wokół roztaczał się podobny rolniczy krajobraz. Tylko czasem dostrzegała coś nietypowego, egzotycznego: nieznanego ptaka, dziwacznie wyglądające drzewo.

Przejazd przez góry był bardziej interesujący: zimne, skalne przepaście, wyniosłe turnie, karłowate drzewa wyrastające na niewiarygodnie stromych zboczach. Wiatr śpiewał tam pieśń szalonej, pozbawionej wieku kobiety, a powietrze było rześkie i czyste.

Raz czy drugi woźnice wskazywali jej w oddali postacie na wysokich niedostępnych ścieżkach. Ichani, mówili. I zapewniali, że raczej nie zostaną napadnięci. Ichani nie są zainteresowani barwnikami do tkanin, którymi handlował jej ojciec, a nawet gdyby postanowili je zrabować, gliniane naczynia służące do transportu są zbyt ciężkie i delikatne, by warto było usiłować je przewozić po tych górskich szlakach. Muszą natomiast wiedzieć, że w karawanie nie ma pieniędzy, a jedzenia jest bardzo mało.

Dali jednak Sterii męskie odzienie. Powiedzieli, że kobieta o jej urodzie jest warta kradzieży – uciekali się do komplementów, żeby zapewnić sobie jej współpracę.

Nie musieli jej pochlebiać. Lubiła ubierać się w spodnie i koszulę. Takie ubranie nie tylko było bardziej praktyczne niż suknie, które zazwyczaj nosiła, ale dawało jej też poczucie, jakby naprawdę pracowała dla ojca, kiedy pomagała jego ludziom w lżejszych pracach, żeby uwiarygodnić swoje przebranie. Bardzo ich to bawiło.

Wątpiła jednak, by ojciec zamierzał dać jej podobną pracę, kiedy dotrze do Arvice. Jako córka sachakańskiego ashaki dostanie zapewne bardziej godne zajęcie. Będzie zawierać umowy albo bawić klientów rozmową. A może nadzorować proces barwienia lub pilnować doręczenia zamówień.

Od dzieciństwa była przygotowywana do takich obowiązków. Jej matka zajmowała się przez lata interesami w Elyne, dopuszczając córkę do wszystkiego. Steria z początku nienawidziła takiej pracy, ale pewnego dnia przyszło jej do głowy, że ojciec może wcześniej wezwać ją z powrotem, jeśli okaże się przydatna, od tamtej chwili poświęciła się nauce wszystkiego, co mogło być użyteczne w handlu.

Uśmiechnęła się do samej siebie na myśl o tym, jak będzie wyliczać ojcu swoje umiejętności.

Umiem czytać i pisać, rachować i prowadzić księgi. Potrafię przekonać klienta, by zapłacił dwa razy tyle, ile zamierzał, i jeszcze był zadowolony. Wiem, gdzie wytwarza się wszystkie barwniki, jakich używa się składników, do jakich tkanin pasują najlepiej. Nauczyłam się nazwisk wszystkich ważnych rodów w Elyne i Sachace, a także ich powiązań. A przede wszystkim… umiem… mam…

Poczuła, że serce w niej zamiera na moment. Nawet w myślach nie potrafiła wyobrazić sobie, jak mówi mu o największym sekrecie. Tym, którego nigdy nie wyjawiła nawet matce.

Kilka lat po przybyciu do Capii, Steria zaprzyjaźniła się z córką jednej z przyjaciółek matki. Nimelle została właśnie uczennicą maga i bardzo się zmartwiła, że jest niewiele innych młodych kobiet wśród uczniów. Zbadała więc Sterię i odkryła w niej wielki talent magiczny. Kiedy jednak dziewczyna spytała matkę, co by zrobiła, gdyby jej córka posiadała zdolności, matka odpowiedziała bez wahania i tonem nieznoszącym sprzeciwu:

„Potrzebuję cię tutaj, Sterio. Gdybyś została uczennicą maga, musiałabyś na wiele lat zamieszkać w domu swojego mistrza. Chciałabyś opuścić matkę, tak jak musiałaś rozstać się z ojcem?".

Steria nie potrafiła sobie wyobrazić rozłąki z matką. Kiedy Nimelle o tym usłyszała, powiedziała coś o „marnowaniu talentów". Zaproponowała, że sama uwolni magiczne zdolności Sterii i nauczy ją podstaw – pod warunkiem, że pozostanie to tajemnicą. Steria natychmiast się zgodziła. Od tego czasu sama uczyła się posługiwania magią z książek pożyczanych od Nimelle i ćwicząc z przyjaciółką.

Będzie mi jej brakowało, pomyślała. *Była jedyną osobą, która nigdy nie traktowała mnie inaczej dlatego, że jestem Sachakanką.*

Obie miały łzy w oczach przy ostatnim spotkaniu. Steria podejrzewała jednak, że Nimelle będzie zbyt zajęta, by tęsknić za przyjaciółką. Latem została samodzielną magiczką, jesienią wyszła za mąż i teraz spodziewała się pierwszego dziecka.

Ja pewnie też będę zbyt zajęta, pomagając ojcu, żeby za nią tęsknić, powtórzyła sobie z mocą. *Obie zaczynamy nowe życie.* Ale i tak czekała z niecierpliwością na pierwszy list od Nimelle.

Powóz toczył się teraz długą, równą drogą spowitą w wieczorny mrok. Co jakiś czas koło drogi ukazywały się otoczone murami posiadłości, przynosząc ze sobą wspomnienia typowych sachakańskich rezydencji: niekończących się labiryntów łukowatych ścian pokrytych białym tynkiem.

Dostrzegała również pracujących na polach niewolników. Na ich widok czuła się trochę nieswojo. Przez lata spędzone w Elyne nabrała niechęci do niewolnictwa, ale pamiętała też, jak kochała niewolników, którzy opiekowali się nią w dzieciństwie i rozpieszczali ją.

Domowy niewolnik ma z pewnością łatwiejsze życie niż pracujący w polu, pomyślała. *Ale, jak mawia matka, „niewola jest niewolą"*. Matka nienawidziła niewolnictwa i Steria doskonale zdawała sobie sprawę z tego, że był to jeden z powodów rozstania jej rodziców i powrotu matki do Elyne.

Wiedziała również o innych przyczynach. O niektórych jej opowiedziano, pozostałych musiała się domyślić. Matka uciekła od rodziny, żeby wyjść za mąż za człowieka, w którym się zakochała, po to tylko żeby przekonać się, iż w swoim kraju jest zupełnie innym człowiekiem niż w Elyne. Musiał taki być, tłumaczyła Sterii. Żeby przeżyć w gąszczu sachakańskiej polityki i zyskać sobie posłuch wśród niewolników, trzeba być twardym i okrutnym. Nie potrafiła jednak patrzeć na to, jakim człowiekiem się przez to stawał. W końcu pozwolił jej powrócić do Elyne. Przyznawała, że gdyby był twardszy, zmusiłby ją do pozostania. Albo zatrzymał oboje dzieci.

Człowiek, który odwiedzał je co roku, był zawsze taki sam: kochający i hojny. Steria obserwowała go uważnie, poszukując śladów ukrytego potwora, ale nigdy nie udało jej się ich dostrzec.

Może dlatego, że w Elyne nigdy nie musiał wychłostać niewolnika.

Jej brat Ikaro odwiedził Elyne kilka razy. Młodszy od Sterii o trzy lata zawsze był tak skryty, że sprawiał wrażenie źle wychowanego. Steria przyznała kiedyś przed matką, że zdarzało jej się być zazdrosną o to, że to on został z ojcem, ale też współczuła mu, że wychowywał się bez matki. Kiedy jednak powiedziała mu to samo podczas jego ostatniej wizyty w Elyne, odrzekł drwiąco, że mężczyźnie nie zależy na dorastaniu wśród kobiet, ponieważ nie są one równie ważne.

Tego dnia straciła szacunek dla brata. Spodziewała się, że będzie traktował ją tak samo jak inne kobiety, zwłaszcza jeśli chodziło o sprawy handlowe, co przeszkadzało jej nieco cieszyć się myślą o zbliżającym się kresie podróży. Postanowiła jednak, że nie pozwoli bratu popsuć sobie nowego życia.

Pola pomiędzy budynkami po obu stronach drogi zwężały się, a teraz znikły całkowicie, zastąpione przez ciągnące się w nieskończoność mury, co jakiś czas otwierała się w nich szeroka aleja. Wesołe pogwizdywanie woźniców ustało, ich pozbawione uśmiechu twarze zdradzały napięcie. Drogą przebiegali we wszystkich kierunkach niewolnicy, wzrok mieli utkwiony w ziemi. Jedyne światło pochodziło z latarni na wozach i niesionych przez niewolników, ukryte po obu stronach murów lampy zalewały ulicę bladą poświatą. Steria była jednocześnie podekscytowana i rozczarowana, uświadomiła sobie bowiem, że wjechali do miasta, a nie wyglądało ono tak, jak się spodziewała. W przeciwieństwie do Capii, stolicy Elyne, budynki nie układały się wokół wielkiej przystani, pysząc się fasadami, ale ukrywały się za murami, tworząc niekończący się, ale skrywany kobierzec.

Wóz zwolnił, podjechali bowiem do wielkiej drewnianej bramy, a serce Sterii podskoczyło, kiedy uświadomiła sobie, że to musi być rezydencja jej ojca. Zatrzymali się i główny woźnica zawołał w kierunku domu. Nikt nie odpowiedział, ale rozległ się brzęk i brama zaczęła się otwierać, ukazując szeroki brukowany dziedziniec, oświetlony kilkoma latarniami. Otaczające go mury były białe; biel zakłócały jedynie drzwi i końce belkowania z ciemnego drewna. Serce Sterii biło szybko. Kiedy wóz wjechał do środka, poszukała wzrokiem postaci ojca, lecz ludzie, których tam widziała, byli obcy.

Gdy tylko wóz się zatrzymał, wszyscy upadli na twarze. Jedno spojrzenie wystarczyło, żeby przekonać się, że są zwróceni głowami ku niej, a ich ciała rozchodzą się promieniście w różnych kierunkach.

Niewolnicy, pomyślała. *Czy oni zawsze tak robią? I co ja mam teraz począć?* Spojrzała w kierunku domu. Nie dostrzegała znajomej ojcowskiej postaci. Zapadła się na swoim siedzeniu, czując, że ogarnia ją niepewność, i czekała, co się dalej wydarzy.

– Nikt ci nie powie, co masz robić, panienko – rozległ się cichy głos tuż koło niej. Zerknęła w jego kierunku: to jeden z woźniców opierał się o swój pojazd, nie patrząc w jej stronę. – Teraz ty wydajesz rozkazy.

Zrozumienie przyszło natychmiast. Nikt nie powie jej, gdzie jest jej ojciec, jeśli sama o to nie zapyta. Nikt nawet nie podniesie się z ziemi. W Elyne kobieta, zanim wysiądzie z powozu, powinna zaczekać, aż wyjdzie do niej gospodarz – a przynajmniej przełożony służby. Ale nie była w Elyne. I nie była tu gościem, ale członkinią rodziny rządzącej tym majątkiem.

– Wracajcie do swojej pracy – zawołała.

Niewolnicy powoli podnosili się z ziemi i wracali do swoich zajęć, ale z wyraźną ostrożnością. Zauważyła, że jeden z nich, mężczyzna w czerwonej czapce, wydaje niektórym jakieś rozkazy. Wstała, zeszła z wozu, starając się zachować przy tym jak najwięcej godności, i zwróciła się do tego człowieka.

– Chcę się zobaczyć z ojcem, jeśli jest w domu.

Ukłonił się, tym razem zginając ciało w pasie, a następnie skinął na półnagiego niewolnika stojącego przy drzwiach.

– Twoje życzenie może zostać spełnione, panienko. Idź za tym człowiekiem, on zaprowadzi cię do Ashaki Sokary.

Oddychała głęboko, idąc za niewolnikiem do środka domu. W powietrzu unosił się znajomy zapach, którego jednak nie potrafiła rozpoznać. Szła za chudym człowieczkiem przez wąski korytarz o ścianach pokrytych takim samym białym tynkiem co zewnętrzny mur domu. Znaleźli się w wielkim pokoju. Steria rozpoznała to pomieszczenie. Było to samo serce rezydencji: „pokój pana", gdzie jej ojciec spotykał się z przybywającymi, bawił ich i gościł. Stąd rozchodziły się drzwi do innych części budynku. Dom jej matki był podobnie rozplanowany, jak zresztą wszystkie sachakańskie budowle.

Ogarnęła wnętrze szybkim spojrzeniem, ponieważ na środku pokoju, w wielkim drewnianym fotelu, siedział człowiek. Na jego widok jej serce podskoczyło z radości.

– Ojcze – powiedziała.

– Sterio. – Uśmiechnął się i skinął na nią.

Przechodząc przez pokój, poczuła lekkie rozczarowanie, że nie wstał na jej powitanie. Zawahała się, niepewna, co ma robić dalej.

– Usiądź – rzekł, wskazując mniejszy fotel stojący obok niego.

Usiadła, wzdychając przy tym z nie do końca udawanym zadowoleniem.

– Och, a już myślałam, że po całym dniu siedzenia, nie będę miała ochoty nawet spojrzeć na krzesło.

– Podróże są męczące – przytaknął. – Jak ci się jechało? Czy moi ludzie zachowywali się wobec ciebie odpowiednio?

– Podróż była interesująca, a twoi ludzie bardzo o mnie dbali – odpowiedziała.

– Jesteś głodna?

– Trochę. – Prawdę mówiąc, umierała z głodu.

Wykonał niewielki ruch ręką i rozległ się dźwięk gongu po drugiej stronie pokoju. Chwilę później wbiegł niewolnik i rzucił się na ziemię przed panem.

– Przynieś coś do zjedzenia panience Sterii.

Niewolnik poderwał się na nogi i wybiegł. Steria wpatrywała się w drzwi, w których zniknął. Jego przybycie i wyjście miały w sobie tyle dramatyzmu, że dziewczyna nie potrafiła opanować rozbawienia. Musiała powstrzymać się od wybuchnięcia śmiechem.

– Przyzwyczaisz się do niewolników – powiedział jej ojciec. – W końcu w ogóle zapomnisz o ich istnieniu.

Spojrzała na niego, zagryzając usta. *Nie chcę przyzwyczaić się do nich aż tak, żebym zapomniała o ich istnieniu*, pomyślała. *Zaraz potem mogę zapomnieć, że są ludźmi.*

Rozmowa dotyczyła przez chwilę jej matki. Steria opowiedziała ojcu o ostatnich transakcjach i nowych klientach, a także o pomyśle, z którym od jakiegoś czasu nosiła się jej matka: handlu barwnikami do żagli.

– Płótno żaglowe jest zawsze niefarbowane, ale jeśli uda nam się przekonać właściwych ludzi do pożytków z jego barwienia i pomysł się przyjmie, możemy stworzyć całkiem nowy rynek. – Uśmiechnęła się promiennie. – To był mój projekt. Przyglądałam się dzieciom bawiącym się łódkami i…

Jak na złość niewolnicy wybrali akurat ten moment, żeby wejść do pokoju z jedzeniem. Steria liczyła na jakiś wyraz podziwu, a przynajmniej opinię ze strony ojca, ale teraz przestał o tym całkiem myśleć. Ze skrzyneczki stojącej przy jego fotelu wyjął dwa niewielkie, ale groźnie wyglądające noże i podał jeden z nich córce.

Westchnęła cicho i przyglądała się dziwacznemu rytuałowi. Niewolnicy po kolei padali na kolana przed jej ojcem, który wybierał po kilka kęsów przyniesionych przez nich potraw, nabijając je na czubek noża i podnosząc do ust. Następnie gestem pokazywał jej, że też powinna spróbować, a niewolnicy na kolanach obracali się tak, żeby uklęknąć przodem do niej.

Matka opisywała jej sachakańskie posiłki, uprzedziła ją też, że pan domu zawsze je jako pierwszy. Steria nie wiedziała za bardzo, ile może skosztować, ponieważ ojciec brał po odrobinie z każdego talerza, a wyglądało na to, że w kolejce czeka jeszcze parę dań.

Ilekroć wzięła jedzenie z danego talerza, niewolnik pozostawał na miejscu, póki ojciec nie przemówił. „Dosyć" – mówił za każdym razem, po czym rzucał jej spojrzenie i kazał odsyłać niewolników, kiedy skończy.

Zanim jeszcze zdołała nasycić głód, ale sporo po tym jak rytuał stracił urok nowości, ojciec machnął nagle ręką i powiedział po prostu: „Odejść!". Niewolnicy pospiesznie wycofali się z pokoju. Ich nagie stopy nie wydawały żadnych dźwięków na dywanach. Ojciec zwrócił się do Sterii.

– Za tydzień będę miał ważnych gości i chciałbym, byś przy tym była. Będzie ci potrzebna lekcja manier sachakańskich. Niewolnica, która była twoją piastunką w dzieciństwie, nauczy cię wszystkiego, co musisz wiedzieć. – Uśmiechnął się, a na jego twarzy pojawił się lekko przepraszający wyraz. – Wybacz, że nie daję ci więcej czasu na przystosowanie.

– Wszystko będzie dobrze – zapewniła go.

Potaknął, patrząc na jej twarz.

– Tak. Wszystkie błędy, jakie popełnisz, zostaną ci od razu wybaczone, jak sądzę, zwłaszcza że masz na swoje wytłumaczenie po części elyńskie wychowanie. – Uśmiech znikł z jego twarzy. – Powinnaś też wiedzieć, że upatrzyłem sobie jednego z tych ludzi na twojego męża.

Steria zamrugała oczami, czując, że nie jest w stanie się poruszyć. Męża?

– Związek między naszymi rodzinami wzmocni sojusz, który w ostatnich latach przeżywał pewien kryzys. Twoja niewolnica udzieli ci wszelkich informacji, ale możesz być pewna, że jego rodzina posiada dużo ziemi i pozostaje w łasce imperatora.

Męża?

Ojciec skrzywił się lekko.

– Na dodatek żona twojego brata nie może urodzić dzieci. Jeśli ty nie zapewnisz dziedzica naszej ziemi, cały majątek po śmierci twojego brata przejdzie w ręce imperatora.

– *Męża?* – wyrwało się jej.

Ojciec rzucił jej spojrzenie z ukosa.

– Tak. Jesteś już trochę za stara na pozostawanie niezamężną i bez dzieci, ale twoja elyńska krew powinna to zrównoważyć… w przeciwieństwie do Elynów, my Sachakanie wierzymy, że odrobina obcej krwi daje siłę, a nie osłabia.

Nieco *za stara*? Przecież ma dopiero dwadzieścia pięć lat!

– Myślałam… – Usłyszała oburzenie w swoim głosie i urwała dla zaczerpnięcia powietrza. – Myślałam, że chcesz, bym ci pomogła w interesach.

Na jego twarzy pojawił się uśmiech, ojciec zaśmiał się, a Steria się najeżyła. Jego uśmiech jednak równie szybko zamienił się w zrozumienie.

– Naprawdę tak myślałaś, co? – Pokręcił głową, krzywiąc usta. – Matka nie powinna była cię tu przysyłać z takim przekonaniem. W Sachace kobiety nie zajmują się handlem.

– Ale ja mogę – powiedziała cicho. – Jeśli dasz mi...

– Nie – odpowiedział twardo. – Klienci nie tylko śmialiby się z ciebie, ale przestaliby robić interesy ze mną. Tu nie ma takiego zwyczaju.

– Zamiast tego sprzedajesz mnie jak kolejną beczkę farby? – krzyknęła. – I nawet nie pytasz mnie o to, kogo chcę poślubić?

Wpatrywał się w nią, a jego wzrok stawał się coraz groźniejszy. Steria poczuła, że serce w niej zamiera.

On naprawdę chce to zrobić. To od początku było jego zamiarem. Matka pewnie nie wiedziała. Nigdy by mnie tu nie przysłała, gdyby tylko miała tego świadomość. Wszystkie nadzieje, jakie Steria wiązała z pracą razem z ojcem, z nowym życiem w jego domu, rozpadły się w pył. Wstała, odeszła parę kroków, po czym zwróciła się do niego:

– Nie mogę w to uwierzyć. Posłałeś po mnie... nakłoniłeś mnie do przyjazdu tutaj. Po to żeby sprzedać jak krowę.

– Siadaj – powiedział.

– Chyba nie sądziłeś, że się ucieszę? – wykrzyknęła ze złością. – Że po piętnastu latach spędzonych w Elyne, podczas których głównie pracowałam dla ciebie, uszczęśliwi mnie myśl o zostaniu *żoną* jakiegoś obcego mężczyzny? Nie, nie żoną, *ladacznicą*. Nie, *niewolnicą*, bo ladacznicom przynajmniej płaci się za ich us...

– SIADAJ!

Skuliła się i cofnęła. Wciąż ciężko dysząc, stłumiła wzbierającą złość. Kiedy się jej udało, otworzyła oczy i spojrzała na niego.

– Naprawdę dlatego po mnie posłałeś?

Jego oczy pociemniały z gniewu.

– Tak – warknął.

Podeszła do fotela i usiadła w sposób, który miał być pełen zdecydowania i godności.

– W takim razie muszę z całym szacunkiem odmówić. Wracam do Elyne.

Przyglądał się jej spod zmrużonych powiek, po czym na jego twarz wypełzł pogardliwy uśmiech.

– Sama, bez ochrony i opieki?

– Jeśli będę zmuszona.

– W górach roi się od ichanich. To wyrzutkowie, nie przejmują się tym, że mogą obrazić lub skrzywdzić ważny ród. Nie uda ci się wrócić.

– Zamierzam mimo wszystko spróbować.

Skrzywił się i potrząsnął głową.

– Miałaś rację. Nie powinienem był cię zostawiać w Elyne na piętnaście lat, a potem sądzić, że wrócisz z głową wolną od głupich pomysłów... aczkolwiek nie do końca rozumiem, dlaczego uważasz, że twoja przyszłość w Elyne miałaby być aż tak odmienna. Matka od lat powtarzała mi, że powinnaś wreszcie wyjść za mąż i że większość kobiet w twoim wieku ma już co najmniej jedno dziecko. – Wyprostował się. – Odpocznij i pomyśl o przyszłości, a ja muszę poważnie przemyśleć moje plany wobec ciebie. Ale pamiętaj, że w obecności gości masz się zachowywać jak porządna Sachakanka.

Potaknęła. Jakaś jej cząstka bardzo chciała się buntować, wyjechać do Elyne jeszcze przed tym spotkaniem... a przynajmniej przekonać mężczyznę, którego ojciec wybrał na jej narzeczonego, że jest wściekłą złośnicą, z którą nie miałby ochoty zamieszkać pod jednym dachem – ale nie potrafiła wyzbyć się całkiem nadziei. Może istnieje jakiś sposób na przekonanie ojca, że znacznie lepiej nadaje się do handlu, może zdoła znaleźć dla siebie rolę wśród Sachakan, która nie ograniczałaby się do bycia brzuchem na dwóch nogach. Musi spróbować.

Ojciec wykonał niewielki gest ręką. Gong odezwał się znowu. W drzwiach pojawiła się kobieta o włosach przeplatanych siwizną i padła na twarz przed swoim panem. W jej ruchach widoczna była sztywność wynikająca z podeszłego wieku.

– To jest Vora. Być może przypominasz ją sobie z dzieciństwa. Ona doskonale pamięta ciebie. Zaprowadzi cię do twoich pokoi.

Steria zdobyła się na uśmiech i odwróciła w stronę kobiety. To imię budziło w niej jakieś wspomnienia, ale pomarszczona twarz wydawała się obca. Vora uniosła brwi, ale tylko poruszyła ramionami i nic nie mówiąc, wyprowadziła Sterię z pokoju.

Dwadzieścia koni i jeźdźców zdążało stromą ścieżką pod górę najciszej, jak to tylko było możliwe. Pobrzękiwanie uprzęży, parskanie zwierząt i co jakiś czas stłumione ludzkie kaszlnięcie lub kichnięcie stały się tak znajomymi dźwiękami dla Tessii, że ledwie je zauważała. Wyraźnie słyszała natomiast – a raczej nie słyszała – ciszę wśród otaczających drzew. Nie było ćwierkających czy pogwizdujących ptaków, wiatr nie poruszał gałęziami drzew, nie słychać było wycia ani żadnych innych odgłosów.

Być może pozostali zauważyli ten niezwyczajny spokój, a może odczuwali osobliwość w powietrzu, nie znając jej źródła, w każdym razie wszyscy wpatrywali się między drzewa i przed siebie. Ich czoła przecinały zmarszczki. Wymieniano nerwowe spojrzenia. Jeden z magów skinął palcem i jego uczeń podjechał bliżej, żeby odbyć szeptem rozmowę. Język gestów rozwijał się w grupce jeźdźców z konieczności.

Tessia upewniła się, że jej magiczna tarcza trzyma się, a koń jest silny i zdrowy. Za dnia jechali otoczeni tarczami, przygotowani na wypadek niespodziewanego ataku. Nocą na zmianę utrzymywali tarczę nad obozowiskiem, jeśli przyszło im spać pod gołym niebem, lub też patrolowali wioskę albo przysiółek, w którym się zatrzymali.

Przed nimi pokazała się jakaś postać, biegnąc samym środkiem ścieżki. Tessia rozpoznała jednego ze zwiadowców, których wysyłali przodem każdego dnia. Wiedziała, że Mistrz Dakon nie pochwala posyłania z tymi zadaniami ludzi niemagicznych, ponieważ nie mieliby żadnej osłony w razie napotkania Sachakan, ale gdyby ktoś z magów ruszył samotnie przodem i natknął się na więcej niż jednego przeciwnika bądź wyjątkowo potężnego Sachakanina, też by zapewne zginął. A magów mieli znacznie mniej niż zwykłych ludzi.

Człowiek, który do nich podbiegł, miał ponurą minę. Zatrzymał się przy pierwszym z magów i mówił coś do niego cicho, wskazując kierunek, z którego przybył. Kolejne osoby przekazywały szeptem wiadomość pozostałym.

– Przed nami jest domostwo – powiedział Dakon do Tessii i Jayana. – Wszyscy mieszkańcy z wyjątkiem jednego zostali niedawno zamordowani. Ten, który przeżył, nie pociągnie długo.

– Możemy tam podjechać? – spytała Tessia. – Może zdołam mu pomóc.

Dakon zamyślił się, po czym spiął konia i ruszył do przodu. Mistrz Narvelan i Mistrz Werrin zostali nieformalnymi przywódcami grupy, co polegało na tym, że raczej zadawali pozostałym pytania i służyli radą, niż podejmowali decyzje, jak zauważyła Tessia. Wszyscy zaakceptowaliby każde postanowienie Werrina, który reprezentował króla, podjęte wbrew pozostałym, ale niechętnie współpracowali, jeśli nie pozwolił im wcześniej omówić problemu.

Niektórzy tak bardzo obawiają się, że ktoś mógłby odebrać im władzę, że wydaje się to zaprzątać ich bardziej niż konieczność pozbycia się Sachakan. Nie zdziwiłabym się, gdyby Sachakanie przejęli całą Kyralię podczas jednej z takich „debat".

Dakon wrócił do nich po kilku minutach.

– Tylko my i Narvelan – powiedział.

Ku zaskoczeniu Tessii dwóch innych magów wraz z uczniami oderwało się od grupy i pojechało za nimi: Mistrz Bolvin i Mistrz Ardalen. Dakon skinął głową w podziękowaniu.

Wygląda na to, że nie wszyscy chcą chronić się w grupie, podczas gdy jakiś nieszczęsny zwykły Kyralianin umiera. Aczkolwiek podejrzewam, że Ardalen pragnie się dowiedzieć czegoś więcej. Zbliżamy się do jego włości.

– Czy zwiadowca powiedział coś na temat obrażeń tego człowieka? – spytała szeptem.

Dakon pokręcił przecząco głową.

Po kilku nerwowych minutach stanęli przed malutką kamienną chatką zbudowaną tuż koło ścieżki. Owady brzęczały wokół leżących na ziemi zwłok dwóch mężczyzn: jednego o siwych skroniach, drugiego znacznie młodszego. Dakon, Tessia i Jayan zsiedli z koni, reszta pozostała w siodłach, wznosząc ochronną barierę wokół wejścia do domku.

Tessia sięgnęła po torbę ojca i poszła za Dakonem, który ostrożnie przekroczył próg chatki. W powietrzu rozbłysła kula światła, ukazując stół zajmujący większą część izby. Przystanęli, rozglądając się za ocalałym człowiekiem.

Dziewczyna ruszyła w głąb izby i poczuła nagle, że zawadziła o coś stopą. Spojrzała w dół i ujrzała młodego człowieka leżącego pod stołem.

Wpatrywał się w nią z przerażeniem.

– Jesteś bezpieczny – powiedziała do niego. – Dom jest otoczony przez magów… kyraliańskich magów. Co ci się stało?

Dakon zniżył kulę światła i Tessia poczuła, że jej serce zamiera, kiedy ujrzała, jak blady był ten chłopak. Miał sine usta. Dygotał. Nie widziała jednak nigdzie śladów krwi. Może to obrażenia wewnętrzne? Chłopak nie poruszał się. Wpatrywał się tylko w Tessię szeroko otwartymi oczami.

– Pokaż mi, gdzie cię boli – poprosiła. – Mogę ci pomóc. Mój ojciec był uzdrowicielem i przekazał mi sporo swojej wiedzy.

Kiedy nie poruszył się, sprawdziła jego tętno. Przerwy między uderzeniami serca były niewiarygodnie długie. Oddech boleśnie płytki. Dakon obrócił jedną z rąk chłopaka. Na bladej skórze nadgarstka widoczne było cienkie skaleczenie, pokryte strupkiem.

– To nie dość, żeby zabić – zaoponowała Tessia.

Wzrok chłopaka był teraz utkwiony w spód blatu stołu. Tessia widziała, jak jego oczy zachodzą mgłą, jak płuca wykonują ostatni płytki oddech. Dakon zaklął. Wyciągnął rękę i położył dłoń na bladej skroni. Chwilę później ją zdjął.

– Odebrano mu większość energii. Nie miał dość siły, żeby dalej oddychać.

– A… nie można zwrócić mu trochę tej energii? – spytała Tessia.

Dakon zmarszczył brwi.

– Nie wiem. Nigdy czegoś takiego nie robiłem… nigdy nie było takiej potrzeby. Nigdy też nie słyszałem, by ktokolwiek próbował. – Spojrzał z żalem na chłopaka. – Mogę spróbować, ale obawiam się, że jest za późno.

Tessia potaknęła.

– Ojciec zawsze mówił, że wszelkie usiłowania odwracania śmierci są głupie i złe. Czytał o człowieku, któremu przywrócono rytmy ciała po tym, jak ustały, ale jego umysł nigdy nie odzyskał jasności.

– Jeśli znów spotkamy kogoś w takim stanie – powiedział Dakon – spróbujemy.

Tessia uśmiechnęła się, czując przypływ wdzięczności i uczucia dla swojego mistrza. Ta gotowość niesienia pomocy nawet najmniejszym wśród ludzi była jedną z cech, które najbardziej w nim lubiła. A przez ostatnie kilka tygodni doszła do przekonania, że współczucie jest rzadkim darem wśród magów.

– Czy to rozsądne? Będziesz potrzebował całej mocy, jaką posiadasz, do walki z Sachakanami – odezwał się Jayan. Kiedy Tessia rzuciła mu pełne nagany spojrzenie, skrzywił się. – Ratowanie jednego człowieka może nas kosztować życie, a to z kolei życie wielu innych.

Niechętnie musiała przyznać, że miał sporo racji. Twarda praktyczność jego uwagi dobitnie jednak pokazywała, jak bardzo Jayan różnił się od Mistrza Dakona. Trudniej jest polubić chłodny rozsądek niż ciepłą, dającą nadzieję łagodność. Ale te cechy zastąpiły u Jayana jego wcześniejszy pogardliwy, arogancki ton, przydając dojrzałości, której mu wcześniej brakowało, i Tessia musiała przyznać, że coraz mniej go nie lubi. Ale ciągle jeszcze trochę.

Dakon wyprostował się i westchnął.

– Myślę, że przywrócenie umierającego w ten sposób człowieka do stanu, w którym będzie miał szansę wyzdrowieć, nie zużyje wiele energii. Maleńką cząstkę tego, co biorę od każdego z was co wieczór – co w dodatku bardzo łatwo uzupełnić. Nie uważałbym tego za niebezpieczne, chyba że nasza sytuacja byłaby beznadziejna.

Jayan potaknął, wyraźnie zadowolony. Wstali i wyszli z chatki. Tessia czuła, że ogarnia ją pełne rozpaczy znużenie. Wysyłali posłańców do wszystkich mieszkańców wiosek, farm, przysiółków w lasach i w górach we wszystkich włościach graniczących z Sachaką, doradzając ewakuację na południe do czasu, aż Sachakanie zostaną wypędzeni. Ale wielu ludzi zostawało w domach, ponieważ ich życie zależało od wiosennego zasiewu, polowań i podobnych źródeł utrzymania. Stawali się łatwym łupem dla najeźdźców.

Kiedy wsiedli na konie i ruszyli ku pozostałym, Tessia przysłuchiwała się magom rozprawiającym, jak dawno mógł zostać zaatakowany ten dom. W okolicy znaleźli ślady po obozowiskach wroga, a także ciała ofiar, ale Sachakan nie było nigdzie widać. Podejrzewała, że magowie spodziewali się ataku już od kilku tygodni i dziwili się, że jeszcze nie nadszedł. Niektórzy uważali, że wrogów jest za mało. Chcieli zatem rozdzielić się na nieliczne grupki pozostające na tyle blisko, żeby móc sobie wzajemnie pomóc w razie napaści, i wywabić Sachakan z kryjówki.

Ale, jak zauważył Jayan, Sachakanie nie zamierzali atakować, dopóki nie zyskają pewności, że wygrają. Nie zaatakują też małej grupki, wiedząc, że inna znajduje się dostatecznie blisko, by udzielić wsparcia.

Wszyscy uczniowie mieli pozostawać w pobliżu swoich nauczycieli, zarówno dla własnego bezpieczeństwa, jak i jako źródło dodatkowej mocy w razie potrzeby. Moc była kolejnym punktem spornym wśród kyraliańskich magów. Nie mieli pojęcia, jak wielką magią mogą dysponować Sachakanie. Zastanawiali się, ile mocy można uzyskać od niewolników i jak wielu niewolników mogą mieć z sobą nieprzyjaciele. Usiłowali ocenić własne zasoby mocy, licząc, ile razy czerpali od swoich uczniów, a ile zużyli odruchowo, lub też z ważnych powodów.

Magowie co wieczór pobierali moc od uczniów. Ani Werrin, ani Narvelan nie mieli uczniów, aczkolwiek Werrin najwyraźniej posłał po młodego człowieka, którego obiecał wziąć do terminu, gdy tylko ten osiągnie wiek, w którym zwyczajowo zaczynano naukę. Uczeń miał przybyć z grupą magów, która zgłosiła się do pomocy w poszukiwaniach.

Wieczorny rytuał wyższej magii pokazywał jasno, jak bardzo magowie i uczniowie są od siebie zależni. Jeden jest bezbronny bez drugiego. Było coś dziwnie uspokajającego w świadomości, że chociaż Tessia jest niedouczona i mało przydatna grupie, przyczynia się do zwiększenia bezpieczeństwa zarówno własnego, jak i Mistrza Dakona. I Jayana. A w ten sposób także całej Kyralii.

Miało to jeszcze jedną zaletę. Dzięki temu Tessia sypiała dobrze, pomimo gniewu, smutku i dręczącego ją lęku, że jeśli kyraliańscy magowie nie zdołają wytropić i przegonić kilku renegackich Sachakan, to nie ma żadnej nadziei na odparcie najeźdźczej armii.

ROZDZIAŁ 22

Niewielki wysiłek woli i magia podniosła temperaturę powietrza, a jego ruch pomógł Jayanowi wysuszyć skórę. Kolejny podmuch sztucznego wiatru wygonił wilgoć z jego odzieży, więc Jayan ubrał się szybko, by następny uczeń mógł skorzystać z łazienki. Pomieszczenie w młynie na skraju włości Mistrza Ardalena okazało się znakomitym odkryciem. Ktoś stworzył tu przemyślną konstrukcję, która za pociągnięciem dźwigni kierowała wodę z rzeki do rur prowadzących do sporej wanny. Kolejna dźwignia otwierała przeciekający korek, wylewając brudną wodę – zapewne z powrotem do rzeki.

Tym razem bez dłuższej dyskusji wszyscy – magowie, uczniowie i służący – kolejno korzystali z łazienki, żeby się umyć i wyprać ubrania. A mówiąc ściśle, to służący zajmowali się praniem w rzece, podczas gdy magowie i uczniowie brali kąpiel.

Jayan wziął drugi zestaw ubrań, teraz również świeżo wypranych i wysuszonych, i zabrał je z łazienki. Przeszedł przez krótki korytarzyk, prowadzący do miejsca, gdzie ustawili namioty. Tak magowie, jak i uczniowie woleli pozostać na zewnątrz, wypatrując czujnie napaści, chociaż mogli się schronić we młynie.

Młyn był opustoszały, kiedy do niego przybyli. Przeszukali dokładnie cały budynek i odkryli pustą spiżarnię, na szczęście żadnych ciał. Właściciel musiał otrzymać informację od Ardalena i przenieść się na południe. Widać było jednak ślady rabunku. Ktoś włamał się do budynku. Zamykana na zamek skrzynia została rozbita, a zawartość – w większości ubrania, nic niewarte dla złodziei – była rozrzucona dookoła. Nie sposób było określić, kiedy się to stało. Nie dało się również stwierdzić, czy byli to Sachakanie, czy zwykli złodzieje. Do ich uszu docierały opowieści o rabunkach dokonywanych przez korzystających z okazji okolicznych mieszkańców.

Obawiam się, że to nieuniknione, pomyślał Jayan. *Głupcy zapewne nie rozumieją – może nawet nie przejmują się tym – że jeśli wpadną w ręce Sachakan, przyczynią się do wzmocnienia nieprzyjaciela.*

Jayan zatrzymał się w cieniu korytarza i wyjrzał na zewnątrz. Tessii nie było wśród uczniów. Pozostali czterej młodzi ludzie byli w wieku od piętnastu do dwudziestu dwóch lat. Mikken, najstarszy po Jayanie, był szczupły, pewny siebie i niewątpliwie najprzystojniejszy ze wszystkich. Leoran należał do tych ostrożnych, którzy błyskotliwymi uwagami i żartami nadrabiają swoją cichość. Refan miał w sobie mnóstwo entuzjazmu i zawsze popierał wszystko, co proponowali inni. Aken, najmłodszy, powinien oduczyć się mówienia, co myśli, zanim zastanowi się, czy kogoś w ten sposób nie urazi albo nie zrobi z siebie głupka.

Wszyscy na ogół ignorowali Tessię, aczkolwiek kiedy mówiła, słuchali i uprzejmie odpowiadali. Młode kobiety, do których byli przyzwyczajeni, nietrudno było zaliczyć do jednej z jasno określonych kategorii: albo pochodziły z bogatych i wpływowych rodzin, albo były służącymi, żebraczkami, lub też ladacznicami. Obdarzone talentem magicznym kobiety, z którymi się zetknęli, należały wyłącznie do pierwszej z tych grup, a niektóre miały opinię poszukiwaczek przygód, zwłaszcza jeśli chodzi o stosunki z mężczyznami.

Cała czwórka śmiała się teraz, spoglądając w jednym kierunku. Jayan podążył tam wzrokiem i dostrzegł, że magowie stoją nieco dalej w kręgu, zapewne ponownie omawiając możliwe powody, dla których jeszcze nie natknęli się na Sachakan, i wyrażając życzenia, by dało się znaleźć jak najmniej ryzykowny sposób na wyciągnięcie nieprzyjaciela z kryjówki.

Uczniowie popatrzyli potem w innym kierunku i Jayan dowiedział się, gdzie podziewała się Tessia. Zrywała z drzewa niewielkie owoce i wrzucała je do miski.

Zapewne kolejny składnik jakiegoś lekarstwa, pomyślał, powstrzymując się od westchnienia. *Czy ona kiedykolwiek myśli o czymś innym?* Jakkolwiek jej obsesja na punkcie uzdrawiania nie irytowała go już tak jak dawniej – zwłaszcza odkąd zobaczył, jak wyleczyła tę kobietę z naroślą w ustach – uważał ją za skupioną na jednej sprawie do tego stopnia, że jej zachowanie stawało się łatwe do przewidzenia i poniekąd nieco nudne.

Mikken wstał i podszedł powoli do Tessii. Wyciągnął ręce, a zaskoczona dziewczyna podała mu misę. Nie przestała zrywać jagód, a on rozmawiał z nią i uśmiechał się. Jayan poczuł lekki dreszcz na skórze. Nie miał pojęcia, co ten uczeń do niej mówi, ani też jakie ma zamiary. Wyszedł z korytarzyka i skierował się ku nim. Mikken popatrzył na Jayana, a jego twarz przybrała wyraz poczucia winy i wyzwania jednocześnie.

– Twoja kolej, Mikkenie – powiedział Jayan. Urwał, pociągnął nosem i uśmiechnął się. – Na twoim miejscu nie odkładałbym tego na później.

Młody człowiek zmarszczył czoło i już otworzył usta, by wygłosić jakąś ostrą uwagę, ale spojrzał na Tessię i najwyraźniej zmienił zdanie. Podał Jayanowi misę.

– Kłaniam się przed mądrością mojego dużo, *dużo* starszego kolegi – oznajmił żartobliwie, uśmiechnął się do Tessii na pożegnanie i skierował kroki ku młynowi.

Tessia uniosła brwi.

– Nadal walczycie o najważniejsze miejsce w grupie?

– Och, to oczywiste, kto jest na samej górze – odparł Jayan. – Pomniejsi mogą próbować ustalić własną hierarchię. Podoba ci się rola nagrody, o którą walczą?

– To niby ja?

– Owszem, ty. Mam wrażenie, że kobiety obdarzone magią cieszą się specyficzną reputacją. Moi młodzi, naiwni koledzy usiłują ustalić, czy któryś z nich ma u ciebie jakieś szanse.

– Szanse? – Odwróciła się i z powrotem wzięła się do zbierania owoców. – Czy mam się spodziewać oświadczyn, czy też czegoś znacznie bardziej przyziemnego?

– Zdecydowanie czegoś przyziemnego – odpowiedział.

Zaśmiała się.

– Jak zatem mam ich przekonać jasno i nie pozostawiając wątpliwości, a także nie urażając ich delikatnej męskiej dumy, że nigdy nie przyjmę takiej propozycji?

Jayan milczał przez chwilę w zamyśleniu.

– Powiedz im to wprost i bez wahania. Nie dawaj im powodów do wątpienia w to, co mówisz. Ale postaraj się ich nie obrażać, oczywiście. Czeka nas długa podróż w ich towarzystwie.

Tessia odwróciła się do niego tyłem, wrzuciła kolejną garść niewielkich zielonych owoców do miski, a potem odebrała od niego naczynie.

– W takim razie muszę działać zdecydowanie i wyjaśnić im pewne kwestie.

Podeszła do pozostałych uczniów. Jayan stał w miejscu, nagle niepewny, czy dał jej dobrą radę. Nie sądził, że zechce z nimi rozmawiać od razu. Oczy trzech młodszych chłopaków rozbłysły, kiedy się do nich zbliżyła, chociaż Jayan nie potrafiłby powiedzieć, czy kryła się w nich niechęć, czy nadzieja.

Tessia jednak nie zaczęła przemowy o swojej niedostępności ani na nich nie nakrzyczała za to, że w ogóle rozważali taką możliwość. Usiadła na kocu, na którym odpoczywali, i podsunęła siedzącemu najbliżej Refanowi miskę.

– Spróbuj. Są wspaniałe.

Refan wziął jeden z owoców.

– Ale niedojrzałe.

– Bynajmniej, dojrzałe. Ludzie zawsze dają się zwieść. A one są takie tylko przez kilka tygodni. Kiedy owoce zaczynają zmieniać kolor, jest już za późno. Stają się włókniste i suche w środku.

Zaczęła obierać owoc, który trzymała w ręce. Pozostali z pewnym oporem poszli w jej ślady. Kiedy wgryźli się w znajdujący się pod skórką miąższ, Jayan dostrzegł zaskoczenie malujące się na ich twarzach. Zaciekawiony podszedł, wziął jeden z owoców i przekonał się, że miała rację. Był cierpki, ale słodki.

Chwilę później w drzwiach młyna pojawił się Mikken z włosami błyszczącymi od wilgoci.

– Co to jest? – spytał, dołączając do pozostałych. – Co jecie?

– Ach, Mikkenie – powiedziała Tessia. – Doskonale. Skoro już tu jesteś, to może przejdę do kwestii, którą chciałabym uczynić dla was całkowicie jasną. – Zerknęła w kierunku Jayana. – Dla ciebie też.

Ku swojemu przerażeniu Jayan poczuł, że się rumieni. Westchnął, przewrócił oczami i udał znudzenie, marząc jedynie o tym, żeby jego twarz nie była czerwona.

– Nie zamierzam iść z nikim do łóżka w czasie tej podróży, później też nie – oznajmiła. – A zatem możecie od razu porzucić swe nadzieje.

Jayan patrzył, jak wszyscy czterej spuszczają głowy i odwracają oczy, byle nie patrzeć na Tessię. Aken szybko zerknął jednak na Jayana.

– Nie zamierzaliśmy... – zaczął Mikken, rozkładając ręce i przyjmując ton kogoś, kto usiłuje się wytłumaczyć.

Przerwała mu natychmiast.

– Och, nie myśl, że jestem aż tak głupia, żeby w to uwierzyć. Wszyscy jesteście mężczyznami, i to młodymi, a ja jedyną kobietą w okolicy. To nie moja próżność, po prostu nie jestem głupia. – Zachichotała. – Wiem też, że gdyby pojawiła się ładniejsza dziewczyna, sytuacja by się zmieniła. W każdym razie... dajcie sobie z tym spokój. Nic z tego nie będzie. A poza tym nie mam teraz ochoty na ciążę, jasne?

Uczniowie nie odpowiedzieli, ale nie mogła nie zauważyć wymienianych przez nich spojrzeń.

– Co? – spytała, a w jej głosie zabrzmiała nutka gniewu. – Nie *przyszło* wam to do głowy?

– Oczywiście, że nie – wypalił Aken. – Masz talent magiczny. Możesz się zabezpieczyć.

Tessia zamrugała zaskoczona, po czym spojrzała na Jayana podejrzliwie.

– To jest możliwe? – spytała cicho.

Nie dość cicho jednak, jak się okazało. Jayan potaknął, a pozostali unieśli głowy. Na ich twarzach zagościły promienne uśmiechy.

– Może teraz jednak zmienisz zdanie? – spytał Aken chytrze.

Posłała mu miażdżące spojrzenie.

– Nie. Nawet gdybyś był jedynym mężczyzną w Kyralii.

Pozostali wybuchnęli śmiechem. Usta Tessii zadrgały, po czym pojawił się na nich uśmiech.

– No cóż, wszyscy się czegoś nauczyliśmy, prawda?

Wzięła kolejny owoc, a kiedy Mikken zaczął im się przyglądać, wyjaśniła, jak rozpoznać, czy są dojrzałe.

Chwilę później popatrzyła na Jayana, unosząc przy tym pytająco brew. *Udało mi się ich przekonać?* – wyobraził sobie jej pytanie. Wzruszył ramionami i pokiwał głową. Nachyliła się bliżej, a jej wzrok zatrzymał się na rozmawiających wciąż w pewnej odległości od nich magach.

– Jak myślisz, o czym oni tak dyskutują? Ciągle o tym samym?

Potaknął.

– Zapewne.

– To niewiarygodna wręcz strata czasu. Gdyby nie zajmowali się ciągle jednym, Mistrz Dakon mógłby poświęcić trochę czasu na naszą naukę. Nie nauczyłam się niczego nowego od wyjazdu do Imardinu.

Jayan spojrzał na nią z niedowierzaniem.

– Nie sądziłem, że tak ci na tym zależy.

Parsknęła cicho.

– Zadziwiające, ile może zdziałać zagrożenie dla życia twojego i innych. Nie mówiąc już o śmierci rodziców.

– Jeśli może cię to choć trochę pocieszyć, ja też nie miałem lekcji.

– Dla ciebie to niewielka różnica – odparowała. – Ty uczysz się od kilku lat. A ja zaledwie od paru miesięcy.

– Mogę cię pouczyć – powiedział, po czym wziął głęboki wdech i odwrócił wzrok. Skąd mu *to* przyszło do głowy?

Nagle przypomniał sobie, że Mistrz Dakon poprosił go jakiś czas temu, żeby pomógł Tessii w ćwiczeniach. Powiedział też, że pomoc drugiej osobie w nauce przyda się również Jayanowi. Ale Dakon nie miał na myśli *uczenia* Tessii przez Jayana, bo przecież uczniowie nie powinni uczyć innych.

Jednak myśl, że ona mogłaby zginąć z powodu braku treningu, była *okropna*. Okoliczności usprawiedliwiały chyba lekkie nagięcie reguł.

Tessia wpatrywała się w niego, ale kiedy ich spojrzenia znów się spotkały, skinęła szybko głową.

– Teraz?

Zerknął na pozostałych. Zajadali się owocami, zbyt zajęci ucztą, żeby zwracać uwagę na to, co robią Tessia i Jayan. Wstał. Podniosła się również, spoglądając na niego wyczekująco. Jayan usiłował wymyślić, czego mógłby ją nauczyć, oddalając się przy tym od uczniów.

– Zaawansowane sposoby obrony – powiedział w końcu głośno. – Zdecydowanie tego najpierw powinnaś się nauczyć.

– Brzmi rozsądnie – zgodziła się.

Zaczął jej więc pokazywać, jak modyfikować tarczę. Mistrz Dakon nauczył ją podstaw związanych z wznoszeniem bariery, ponieważ było to wszystko, czego potrzebował początkujący potężny uczeń. Jak on to ujął? *Nie ma sensu mącić w głowie początkującym rzeczami bardziej skomplikowanymi. Zacznijmy od dobrego zwyczaju tworzenia mocnej tarczy, a kiedy już będziesz to robić bez zastanowienia, przejdziemy do bardziej wyrafinowanych umiejętności.*

Jayan nie zauważył, że mają widownię, póki za jego ramieniem nie odezwał się jakiś głos.

– Nigdy czegoś takiego nie robiłem. Możesz mi pokazać?

Odwrócił się i zobaczył stojącego za nim Leorana. Przyjrzał mu się, po czym wzruszył ramionami i wskazał mu miejsce koło Tessii.

– Oczywiście. To może uratować ci życie.

– Moje też? – spytał Aken i nie czekając na odpowiedź, skoczył na miejsce koło Leorana.

Jayan uśmiechnął się przebiegle i spojrzał na Mikkena i Refana. Potrząsnęli głowami.

– Ja już to znam – powiedział Mikken.

Kiedy Jayan zaczął ćwiczyć rozmaite rodzaje tarcz, jakie znał, Mikken podszedł do niego, żeby pomóc. Starszy uczeń pokazał sposób, którego Jayan nigdy wcześniej nie widział, niepozbawiony jednak poważnych błędów. Zaczęli dyskusję o zaletach i wadach, udowadniając swoje racje przy pomocy pozostałych uczniów.

– Przestańcie! Przestańcie natychmiast!

Wszyscy podskoczyli na dźwięk tego głos. Odwrócili się i zobaczyli zmierzającego ku nim nauczyciela Mikkena, Mistrza Ardalena.

– Co wy wyprawiacie? – spytał ostro mag. – Uczycie się wzajemnie, tak? – Podszedł bliżej i położył Mikkenowi dłoń na ramieniu. Nie wyglądał groźnie, ale w jego głosie pobrzmiewał gniew, kiedy spoglądał na Jayana. – Wydaje wam się zapewne, że wykazujecie się inicjatywą i chęcią współpracy, macie rację, ale nie powinniście tego robić. Uczniom nie wolno przekazywać innym wiedzy. Nie wolno wam nauczać, dopóki nie zostaniecie pełnoprawnymi magami.

– Ale dlaczego? – spytał Aken, nie kryjąc rozczarowania.

– Bo to jest niebezpieczne.

To były słowa Mistrza Bolvina, nauczyciela Leorana, który właśnie podszedł. Jayan zauważył, że pozostali magowie też się zbliżali. Dakon marszczył czoło. Jayan poczuł ukłucie winy i strachu, że mógł obrazić swojego mistrza.

– Co tu się dzieje? – spytał Mistrz Dakon, podchodząc do nich, a kiedy wyjaśniono mu, co zaszło, zmarszczka na jego czole pogłębiła się. – Rozumiem. Możecie być pewni, że Jayan jest dostatecznie wyszkolony, by nie stwarzać zagrożenia dla innych, i może ich uczyć. Jest już o krok od zakończenia nauki, zacząłem go więc przygotowywać do tego, że pewnego dnia sam zostanie czyimś mistrzem. Wasi uczniowie są z nim bezpieczni.

Ku rozbawieniu Jayana magowie natychmiast zaczęli o tym dyskutować we własnym gronie, z wyłączeniem młodzieży. Zerknął w stronę Tessii, która uśmiechała się cierpko. Spojrzała na niego, wzruszyła ramionami, a po chwili wróciła na koc, do prawie pustej miski z owocami. Jayan poszedł za nią, a pozostali uczniowie powlekli się za nim.

– Co za pech – oznajmił Aken, opadając ponuro na koc.

Wszyscy przytaknęli.

– No cóż... – zaczął Jayan. – Myślicie, że będą mieli coś przeciwko, jeśli pogramy w kyrimę? Ponoć jest to dobra zabawa do rozwijania umiejętności strategicznych.

Uczniowie spojrzeli na niego z nadzieją. Tessia opuściła ramiona.

– Cudownie – mruknęła z sarkazmem.

Jayan nie zwracał na nią uwagi. Zagra, jeśli ją odpowiednio podpuścić. I wcale nie jest złym graczem. Kiedy pozostali podobierali się w pary, zwrócił się do niej:

– Nie możesz zostawić mnie samego.

Zrobiła kwaśną minę, wzięła miskę i wstała z koca.

– Czyżbyś nie pamiętał mojej przemowy, Jayanie? Nie, choćbyś nawet był jedynym mężczyzną w Kyralii.

Pocieszające dla Hanary było to, że wielu nowych sojuszników jego pana przyprowadziło ze sobą więcej niż jednego niewolnika. Niektórzy mieli nawet dziesięciu, aczkolwiek nie wszyscy oni byli źródłami. Wiedząc o tym, Hanara mógł tolerować obecność Jochary, pomocne było również to, że Takado najwyraźniej powierzał mu bardziej skomplikowane zadania, jako że Jochara, nienawykły jeszcze do obyczajów pana, wolniej chwytał, czego się od niego wymaga.

Gdyby Takado rozkazał im walczyć ze sobą o jego łaski, byłoby oczywiste, że nie chce mieć dwóch niewolników źródeł i że zabije tego, który walkę przegra. Ale ponieważ wszyscy nieustannie przemieszczali się, było tyle do zrobienia, że zarówno Hanara, jak i Jochara byli wycieńczeni, kiedy wreszcie Takado pozwalał im zasnąć.

Jeśli każdy kolejny sojusznik będzie mu dawał prezenty, wkrótce nie będziemy mogli wszystkiego unieść, pomyślał Hanara, układając wygodniej ciężar spoczywający na ramionach.

Grupa Takady liczyła już dwunastu magów. Niewolnicy znajdujący się na przełęczy kierowali nowo przybyłych do niewolników rozmieszczonych w określonej odległości od siebie w górach. Oni znali jedynie pozycje swoich sąsiadów. Takado codziennie wieczorem, kiedy rozbijał obóz, wysyłał niewolnika na koniec linii, żeby powiadomić sojuszników o miejscu swojego pobytu.

Ostatniej nocy zjawiło się dwóch nowych. Na szczęście prezenty, które przynieśli, były przeznaczone do zjedzenia. Takado bardziej potrzebował żywności dla towarzyszy i niewolników niż ciężkich, złotych, zbytkownych przedmiotów. Co prawda najeżdżali i rabowali okoliczne farmy i wioski, ale osady te były często od siebie bardzo oddalone, a mieszkańcy pouciekali, zabierając z sobą większość żywności. Nawet ci, którzy byli na tyle głupi, że zostawali w domach, nie mieli dużych zapasów w spiżarniach, bo zima właśnie się skończyła.

Czasami natykali się na domowe zwierzęta, które mogli zarżnąć i upiec, czasem upolowali jakieś dzikie. Na szczęście nie musieli się martwić tym, że ogień lub dym wskaże ich obozowiska – zazwyczaj to któryś z magów piekł mięso za pomocą magii. Niewolnicy umiejący tropić zwierzynę informowali ich o poruszeniach i liczbie kyraliańskich magów.

Kiedy Takado zaczął wspinać się na strome zbocze, okrążając wzniesienie, Hanara pochylił się i ruszył za nim. Za sobą słyszał dyszenie Jochary. Po plecach spływał mu pot i wsiąkał w koszulę, którą dostał od nadzorcy stajni. Tamto życie – czas spędzony w Mandryn – wydawało się Hanarze snem. Musiał być głupcem, kiedy myślał, że to może trwać. A w służbie u Takady towarzyszyło mu jakieś kojące poczucie znajdowania się na swoim miejscu. Nie było łatwo, ale Hanara znał zasady. Pasował tutaj.

Kiedy dotarli na szczyt wzniesienia, dyszał ciężko. Takado, który nie niósł żadnych ciężarów, przybył na miejsce wcześniej i stał teraz na grani, słuchając niewolnika należącego do jednego z pozostałych magów. Chłopak był szybki i zwinny, służył zatem raczej jako zwiadowca niż tragarz.

– ...widziałem światło. Słyszałem bum-bum – mówił chłopak, wskazując ręką ku drodze prowadzącej na przełęcz, wyglądającej z wysokości jak rana wycięta w lesie.

– Magiczna bitwa – powiedział Takado, mrużąc oczy i spoglądając w dal. – Jak dawno?

– Pół linii cienia – odparł niewolnik. – Może więcej.

W jaki sposób chłopak mógł określić czas bez tarczy pozostawało tajemnicą. Takado zerknął na Hanarę i resztę grupy, ale nic nie powiedział, tylko odwrócił się na powrót w stronę lasu. Hanara przypuszczał, o czym jego pan może myśleć. Czyżby niewolnicy na przełęczy nie spotkali jakichś kolejnych sojuszników? Czyżby nowo przybyli natknęli się zamiast tego na Kyralian? Wygrali czy przegrali?

Takado i jego sprzymierzeńcy nie uważali podążających za nimi Kyralian za poważne zagrożenie, było ich bowiem tylko siedmiu przeciwko dwunastu Sachakanom. Takado jednak chciał uniknąć zabijania kyraliańskich magów, póki liczba jego sojuszników nie będzie na tyle przeważająca, że zdoła wytrzymać odwet, który na pewno nastąpi.

Takado gestem odprawił zwiadowcę i ruszył w dół zbocza ku drodze i miejscu bitwy. Hanara poczuł, że jego serce słabnie, usłyszał też, jak Jochara przeklina za jego plecami. Trzej sojusznicy Takady nie zaprotestowali, ale kazali swoim niewolnikom milczeć i zachować absolutną ciszę.

Czas jakby zwolnił. Z każdym krokiem Hanara rozglądał się po otaczającym go lesie, a także nierównym gruncie pod nogami. Nasłuchiwał głosów lub pogwizdywania, którym porozumiewali się czasem niewolnicy. Takado wyznaczał ostrożne tempo, mierząc każdy krok. Dotarli do dołu wzgórza i ruszyli doliną, którą biegła droga. Czas się dłużył.

Im bliżej drogi się znajdowali, tym szybciej biło serce Hanary. Usiłował uspokoić się, oddychając płytko, ale wysiłek związany z niesieniem dobytku Takady okazał się zbyt wielki i wkrótce Hanara dyszał łapiąc powietrze.

Takado zatrzymał się nagle i uniósł rękę, dając innym do zrozumienia, żeby postąpili tak samo. Hanara zorientował się, że są teraz widoczni z drogi. Czekali w milczeniu.

Gdzieś z przodu rozbrzmiewały głosy. Takado nie ruszał się. Powoli rozluźnił jednak ramiona. Przeniósł ciężar z jednej nogi na drugą. Założył ręce.

Zza zakrętu wyjechali dwaj jeźdźcy, a przed nimi szedł mężczyzna ubrany w szaty doskonałej jakości, związany i krwawiący na skroni. Za nim podążały cztery młode niewolnice, zgarbione i chude.

Hanara zadygotał, rozpoznając jeźdźców. Byli to dwaj ichani zaprzyjaźnieni z Takadą: Dovaka i Nanaga. Obaj już od dawna byli wyrzutkami, ogorzali i zaprawieni przez życie w północnych górach i na Pustyni Popiołów. Starszy, Dovaka, miał w sobie coś, co sprawiało, że żołądek Hanary kurczył się, a po jego skórze przebiegał dreszcz. I nie chodziło wyłącznie o to, że jako niewolnice zawsze towarzyszyły mu przymierające głodem, przerażone młode kobiety. Wszystkie jego słowa były pełne takiej żądzy przemocy, że nawet inni ichani go unikali. Kiedy Takado ruszył w ich kierunku, między drzewa i na drogę, pod Hanarą ugięły się kolana. Wszyscy pozostali udali się w ślad za jego panem.

– Takado! – zawołał Dovaka na jego widok. – Mam dla ciebie prezent.

Zeskoczył z konia, chwycił związanego mężczyznę za kołnierz i popchnął go do przodu, zmuszając do uklęknięcia przed Takadą.

– Posłaniec Imperatora Vochiry. Usłyszeliśmy, że przejeżdża przez przełęcz przed nami, więc go dogoniliśmy, żeby się przekonać, co też ma do przekazania i komu.

– Posłaniec? – powtórzył Takado.

– Tak. A to przy nim znaleźliśmy.

Oczy Dovaki rozbłysły, kiedy wyciągnął metalową tubę. Takado wziął ją, zdjął pokrywkę z jednej strony i wyciągnął ze środka zwój pergaminu. Rozwinął i przeczytał, a na jego ustach pojawił się krzywy uśmiech.

– Ach, więc imperator wysyła magów, by się z nami uporali – powiedział, spoglądając przez ramię na swoich sojuszników. – A w każdym razie chce, żeby król Kyralii w to uwierzył. – Odwrócił się do posłańca. – To prawda?

– Uwierzysz mi, jeśli powiem, że tak? – odpowiedział jeniec buńczucznie.

– Zapewne nie.

Takado chwycił głowę mężczyzny w obie ręce i skupił na nim spojrzenie. Wokół panowała absolutna cisza, jeśli nie liczyć rzadkiego nawoływania ptaków i odległego porykiwania jakichś zwierząt. Takado wyprostował się.

– Ty wierzysz, że to prawda. – Urwał i przyglądał się posłańcowi. – Oszczędzę cię, jeśli do nas dołączysz.

Mężczyzna zamrugał, po czym zmrużył powieki.

– A skąd będziesz miał pewność, że nie wymknę się przy najbliższej okazji?

Takado potrząsnął głową.

Stąd, Hariko, że zawaliłeś. Twoim zadaniem było doręczenie tego królowi Kyralii i, co jeszcze ważniejsze, niedopuszczenie, by ta informacja wpadła w *nasze* ręce. Imperator Vochira zapewne nie powiedział ci tego wprost, ale wiesz, że tak jest. Nawet jeśli zdołasz dotrzeć do króla Kyralii i przekonać go, że nie zmyśliłeś treści wiadomości, którą ci odebraliśmy, i nawet jeśli uda ci się potem wrócić do domu, Vochira zabije cię lub skarze na wygnanie. – Takado uśmiechnął się. – Obawiam się, że cokolwiek się stanie, będziesz martwy, chyba że zostaniesz ichanim.

Posłaniec spuścił wzrok, marszcząc czoło.

– Równie dobrze zatem możesz do nas przystać – ciągnął Takado. – A ja obiecam ci coś, czego nie może zapewnić imperator: że jeśli nam się uda, a ty przeżyjesz, nie będziesz już pozbawionym ziemi i niewolników lokajem. Będziesz mógł zażądać dla siebie ziemi, odzyskać utraconą pozycję i mieć coś, co odziedziczy po tobie twój syn.

Posłaniec wziął głęboki oddech, westchnął i zaczął potakująco kiwać głową.

– Tak – powiedział. Podniósł wzrok i spojrzał w oczy Takadzie. – Przystanę do was.

– Doskonale. – Takado uśmiechnął się i więzy opadły z nadgarstków mężczyzny. – Wstań. Mój niewolnik zajmie się tą raną.

Takado odwrócił się i skinął na Hanarę. Niewolnik odsunął od siebie przemożną niechęć do zbliżania się do Dovaki i podbiegł do przodu. Złożył ciężar na ziemi i przyniósł świeżej wody oraz kawałek płótna, żeby przemyć ranę Hariki. Wykonując te czynności, nie spuszczał na dłużej z oczu Takady i Dovaki, którzy oddalili się nieco od reszty grupy. Ich rozmowa była zbyt cicha, żeby Hanara zdołał cokolwiek dosłyszeć, widział tylko, że ich postawa i gesty są swobodne i przyjacielskie. Ruchy Takady wydawały się jednak przemyślane, jakby zmuszał się do zachowywania spokoju.

Pewnie jest na nich zły o to, że nie pojechali tam, gdzie nakazali im się udać niewolnicy, pomyślał. *Nie będzie mu łatwo utrzymać Dovakę i Nanagę pod kontrolą. Dovaka w końcu zechce podważyć władzę Takady, a mam nadzieję, że kiedy to uczyni, będę jak najdalej od nich.*

ROZDZIAŁ 23

Widok pustej wioski, porzuconej farmy i niezaoranych pól niezmiennie martwił Dakona. Martwił go, chociaż to nie były jego puste wioski, farmy i niezaorane pola, ale Mistrza Ardalena – wiedział bowiem, że w jego włościach jest tak samo.

Martwił się z dwóch powodów: setki ludzi, za których był odpowiedzialny, zostały bez dachu nad głową, a dziesiątki nie żyły, ponadto część jego ziemi – która powinna zarabiać na utrzymanie majątku, opłacenie służby i odbudowę Mandryn – leżała odłogiem wtedy, kiedy należało siać i wypuszczać na pastwiska zwierzęta.

Ludzie i ziemia są tym samym, mawiał jego ojciec. *Zaniedbasz jedno, to i drugie będzie cierpieć.* W tej chwili, poszukując na próżno Takady i jego sprzymierzeńców, Dakon czuł, że zaniedbuje jedno i drugie. Na szczęście teren, po którym poruszali się Sachakanie, był górzysty i leśny, a zatem słabo zaludniony. Ludzie zasiedlający tę okolicę byli zapewne myśliwymi lub drwalami, którzy zatrudniali się u Dakona albo Ardalena do konkretnej pracy i za konkretne wynagrodzenie, co miało zapobiegać kłusownictwu.

Gdyby Sachakanie zaatakowali niziny, zginęłoby i straciło dach nad głową znacznie więcej osób, więcej pól leżałoby też odłogiem. Ale mimo to Dakon żałował, że nie przebywa teraz na równinie, gdzie jego zadaniem byłoby zapewnienie wygnanym z domów jedzenia i schronienia w południowych wioskach, oraz zadbanie, by nie dochodziło do marnotrawstwa.

Wiedział jednak również, że lepiej uczynił, zajmując się najeźdźcami. Im szybciej on i jego towarzysze wypędzą Sachakan, tym szybciej ludzie będą mogli wrócić do domów. Nie był jedynym magiem, którego dopadło zniechęcenie z powodu braku najmniejszego sukcesu. W miarę upływu kolejnych tygodni wytwarzała się między nimi nić porozumienia. Wszystkich irytowała ta sytuacja, wszystkich kusiło spróbowanie czegoś ryzykownego, co dałoby im szansę na zmiany. Nikt się jednak nie uskarżał, bo nikt też nie chciał namawiać innych do narażania się na niebezpieczeństwo. Wszyscy czekali, aż stanie się coś, co wpłynie na rozkład sił – z nadzieją, że przewaga będzie po ich stronie, a nie Sachakan.

Może dzisiaj właśnie pojawiło się to coś, pomyślał Dakon, spoglądając na nowych magów, którzy dołączyli do ich grupy. Ostatniej nocy przybyło ich pięciu, przywożąc bardzo potrzebne zapasy oraz nowego ucznia Werrina.

Mistrz Moran i Mistrz Olleran należeli do Kręgu Przyjaciół, trzej pozostali – Mag Genfel, Mistrz Tarrakin i Mistrz Hakkin – byli magami z miasta. Z tego, co wiedzieli Dakon i Narvelan, Genfel nie opowiadał się ani za, ani przeciwko Kręgowi, dwaj pozostali natomiast należeli do jego krytyków. Największym zaskoczeniem było pojawienie się Hakkina, który otwarcie naśmiewał się z Dakona i Everrana w Pałacu Królewskim.

Dakon nie był pewny, dlaczego Hakkin i jego przyjaciele do nich dołączyli. Być może na żądanie króla. Narvelan wspominał coś o poczuciu obowiązku, a także o nudzie w mieście jako możliwych motywach działania magów.

Mistrz Hakkin najwyraźniej był przywódcą tej piątki podczas podróży z miasta. Dakon podejrzewał, że człowiek ten starałby się przejąć przywództwo w całej grupie, gdyby nie to, że król wyznaczył do tej roli Werrina.

Teraz, przy śniadaniu, do nowo przybyłych zaczynało wreszcie docierać, czego częścią się stali.

– Nie zbliżyliśmy się jeszcze do celu – stwierdził Mistrz Werrin, kończąc opis ich dotychczasowych poczynań.

– A jaki dokładnie jest nasz cel? – spytał Mistrz Hakkin.

– Wygnanie Sachakan z Kyralii – odparł Narvelan. – W miarę możliwości musimy uniknąć zabijania kogokolwiek. Aby się nam to udało, musimy ich najpierw odnaleźć, problem jednak w tym, że nawet jeśli wyśledzimy ich kryjówkę, to oni przenoszą się gdzie indziej, zanim dojdzie do konfrontacji. Musimy działać ostrożnie, wysyłając zwiadowców, żeby sprawdzali ich liczebność, ponieważ nie możemy sobie pozwolić na starcie, póki nie będziemy pewni, że mamy szanse na wygraną, gdyby oni zdecydowali się walczyć.

– Czy oni wiedzą, że ich śledzimy? – spytał Genfel.

– Tak – odpowiedział Werrin. – Schwytali i zabili tylu naszych zwiadowców, że znają doskonale nasze zamiary. Zwiadowcy, którym udało się wrócić, podają sprzeczne informacje co do ich liczby, ale możemy dzięki nim rozpoznać konkretne osoby.

– Podejrzewamy, że jest ich więcej niż jedna grupa – dodał Narvelan. – Wszyscy zwiadowcy donoszą, że widzieli siedmiu lub ośmiu magów wraz z niewolnikami. Ale opis wyglądu poszczególnych ludzi się nie zgadza. Otrzymujemy najróżniejsze kombinacje. Być może grupy się mieszają, żeby wprowadzić nas w błąd.

– Oni muszą się od czasu do czasu spotykać – zauważył Mistrz Olleran.

– Też tak myślę – przytaknął Narvelan. – Aczkolwiek należy wziąć pod uwagę możliwość, że są od siebie niezależni, a może nawet rywalizują ze sobą. W każdym wypadku na naszą korzyść działa to, że teraz wszystkie te grupki są na tyle małe, że powinniśmy sobie z nimi poradzić.

– Musimy jednak zachować ostrożność – powiedział Werrin – ponieważ jeśli mamy uniknąć zabijania Sachakan, a następnie odprowadzić ich do granicy, to oni zapewne wezwą pozostałe grupki na pomoc. A wtedy *przewyższą* nas liczebnie.

– Potrzebujemy zatem jeszcze więcej magów? – spytał Mistrz Tarrakin.

– Tak.

– Więcej niż pięciu, z tego, co słyszę – oznajmił Mistrz Hakkin, rozglądając się po zgromadzonych. – Jak sądzicie, ilu jest wszystkich Sachakan?

– Trochę mniej niż dwudziestu.

– I tylu ich było od początku?

– Wątpię.

– A zatem dołączają do nich kolejni. Czy ktoś pilnuje przełęczy?

– Zwiadowcy, których tam wysłaliśmy, nie wrócili.

– W takim razie pewnie zajęli ją Sachakanie. – Mistrz Hakkin zagryzł dolną wargę. – Powinien to sprawdzić mag. Może mu się udać to, czemu nie podołał zwiadowca.

– Pod warunkiem, że nie natknie się na sachakańskich magów – przypomniał mu Narvelan.

– Jeden nie powinien sprawić kłopotu.

– Jeden może wezwać pomoc. Droga na przełęcz jest dobrze widoczna i wiedzie pomiędzy stromymi skałami.

Trudno tam podjechać niezauważenie, łatwo też dać się złapać w potrzask między przełęczą a Sachakanami wracającymi, żeby wspomóc sojuszników.

– Powiedziałeś jednak, że Sachakanie unikają konfrontacji – przypomniał mu Mistrz Moran – ponieważ nie chcą ryzykować zabicia kyraliańskiego maga z tych samych powodów, z których my nie chcemy zabijać ich.

Prinan wzruszył ramionami.

– Ale jeśli polegają na posiłkach przybywających spoza przełęczy, będą musieli zainteresować się, gdy ktoś postanowi temu zapobiec. Mogą woleć czekać, aż będzie ich tak wielu, by mogli przejąć i utrzymać ziemię, a potem zaczną zabijać kyraliańskich magów, ale jeśli zablokujemy przełęcz, mogą nie mieć wyboru.

Pozostali pokiwali potakująco głowami.

– Tym bardziej powinniśmy zaatakować, nim urosną w siłę – stwierdził Mistrz Hakkin. – Skoro musimy być tymi, którzy jako pierwsi przeleją magiczną krew, niech tak będzie. To w końcu oni są intruzami. A my tylko się bronimy.

Werrin uśmiechnął się krzywo.

– Dopóki król nie wyda innego rozkazu, musimy robić, co w naszej mocy, by osiągnąć cel bez zabijania Sachakan.

Hakkin zmarszczył brwi.

– W takim razie nawet jeśli uda nam się znaleźć jedną z ich grupek, to oni wezwą pomoc i przewyższą nas liczebnie. Nie zdołamy zapobiec przybyciu ich sojuszników i ich wzrastaniu w siłę, gdy sami nie możemy tak szybko ściągnąć posiłków. Ale nawet gdyby było nas dostatecznie wielu, by stawić im czoła, nic nam to nie da, bo nie potrafimy ich znaleźć. – Potrząsnął głową. – Dlaczego w ogóle zadawałem sobie trud przyjeżdżania tutaj? Mogę równie dobrze wrócić do domu i czekać na przybycie sachakańskich magów.

Dakon nie umiał powstrzymać się od uśmiechu, słysząc, jak ten człowiek mówi „my". Mistrz Hakkin nie włóczył się dzień za dniem, tydzień za tygodniem w poszukiwaniu Sachakan, znajdując jedynie wystygłe ogniska i martwych Kyralian.

– Musimy zmienić taktykę – powiedział Olleran. – Wywabić ich z kryjówki. Zmusić do popełnienia błędu.

– A jak mielibyśmy tego dokonać? – spytał Werrin. Dakon uśmiechnął się, myśląc o jego cierpliwości. Grupa wielokrotnie już o tym dyskutowała.

– Zapędzić w ślepy róg. Sprawić, żeby złapali przynętę.

– Może powinniśmy podzielić się na mniejsze, gorzej chronione grupki.

Olleran wzruszył ramionami.

– To może się okazać bardziej niebezpieczne, niż poruszanie się jedną dużą grupą, ale zmniejszymy niebezpieczeństwo, jeśli będziemy pozostawać na tyle blisko, by móc przybyć z pomocą w razie zaatakowania jednej z grupek.

– A jak mielibyśmy przekazywać sobie informacje, chociażby po to żeby koordynować nasze przemieszczanie się, nie mówiąc już o wzywaniu pomocy?

– Możemy posłużyć się rozmowami mentalnymi – jeśli król wyrazi zgodę.

– I powiadamiać w ten sposób nieprzyjaciół o naszych zamiarach i słabościach?

Werrin potrząsnął głową.

– To mogłoby zadziałać, gdybyśmy zdołali ich otoczyć. Musielibyśmy więc rozpaść się na wiele grupek. Jednak im więcej oddziałów, tym większe prawdopodobieństwo, że komunikacja nie będzie działać.

– W takim razie może przynęta? – spytał Mistrz Moran.

Werrin rozejrzał się po pozostałych.

– Ktoś musiałby zgłosić się na ochotnika.

Mistrz Ardalen potrząsnął głową.

– Ja mógłbym zaryzykować swoje życie, ale nie wolno mi narażać na dodatkowe niebezpieczeństwo mojego ucznia.

Dakon z zadowoleniem zauważył, że wielu nowo przybyłych przytaknęło.

– Oczywiście nie będziemy podejmować żadnego ryzyka, póki nie zyskamy pewności, że mamy szansę na powodzenie – powiedział Hakkin.

– Jeśli będziemy mieli pewność, to nie będzie ryzyka – zauważył Narvelan.

Nastąpiła dłuższa chwila ciszy. Dakon obserwował oznaki skrywanego rozbawienia u swoich kolegów, zwłaszcza tych, którzy przyjechali z Mistrzem Hakkinem.

– Zapewne niedługo pojawią się kolejne, znaczące posiłki – powiedział, po czym odwrócił się do Hakkina. – Wczoraj wieczorem mówiłeś, że zamierzają do nas dołączyć następni.

Hakkin popatrzył przez moment na Dakona.

– Owszem. Wiem o co najmniej pięciu magach, którzy zdeklarowali wolę pomocy, ale nie potrafię powiedzieć, kiedy zamierzają wyjechać i ile zajmie im podróż.

– Potrzebujemy więcej niż pięciu – mruknął Bolvin, rzucając mu spojrzenie z ukosa.

Prinan parsknął gniewnie.

– Gdyby zobaczyli to, co myśmy widzieli... ciała pomordowanych: mężczyzn, kobiet, dzieci... może nasi drodzy koledzy nie ociągaliby się tak z ruszeniem tyłków z foteli i wsparciem kraju!

– Mogłoby to ich równie dobrze przekonać do zamknięcia się w domach – powiedział cicho Narvelan.

Hakkin wyprostował się i skrzywił.

– Przyjadą. Wypełnią swoje obowiązki. Ale ta inwazja zaskoczyła wielu z nich. Wyprawy na rubieże Kyralii, żeby brać udział w magicznych potyczkach, nie należą do codziennych zajęć.

– Mam pytanie – odezwał się Genfel.

Wszyscy zwrócili się w jego stronę.

– Jeśli nie uda nam się pokonać tych magów, to jak mamy ich wypędzić?

Werrin uśmiechnął się.

– Pozbawimy ich mocy.

– To jasne, ale oni ją z czasem odzyskają. Nie możemy trzymać ich związanych. Potrzebują tylko odrobiny mocy, by przepalić więzy. Może mamy żelazne kajdany albo coś w tym rodzaju?

– Będziemy kolejno trzymać ich w niewoli za pomocą magii.

– Rozumiem. A co się stanie, kiedy ich już wywieziemy za granicę? Co powstrzyma ich od powrotu?

Werrin zmarszczył brwi.

– Granica musi być strzeżona.

Kiedy rozmowa potoczyła się w tym nowym kierunku, Dakon przyłapał się na tym, że nie uważa. Spojrzał w stronę gromadki uczniów, których teraz było dwa razy więcej niż wcześniej. Trzech z nowo przybyłych było jeszcze młodzikami, zapewne dopiero co odkryli swoją moc. Zwłaszcza uczeń Werrina. Dakon obawiał się, że teraz wielu magów zacznie brać uczniów po to, by mieć skąd czerpać dodatkową moc, na którą nagle zrobiło się zapotrzebowanie, a później zaniedba tę odpowiedzialność.

Martwię się również o Narvelana, który nie ma ucznia, mogącego go wzmacniać. Zaproponował, żeby Narvelan czerpał siłę od Jayana lub Tessii, ale młody mag odmówił.

Zauważył, że wśród uczniów byli sami chłopcy. Potężne rody były gotowe zaryzykować życie swoich synów dla obrony Kyralii, ale sytuacja musiałaby być naprawdę rozpaczliwa, aby wysłali córki. Spojrzał na Tessię. Siedziała uśmiechnięta na kocu między Jayanem a uczniem Ardalena. Chociaż zdarzało mu się widzieć łzy w jej oczach albo ból i smutek na twarzy, znosiła podróż i trudne warunki bez słowa sprzeciwu. Nie potrafił sobie wyobrazić imardińskich arystokratek, wychowanych w luksusie, radzących sobie równie dobrze.

A mimo to powinienem czasem spytać, jak się miewa. Nie jest jej zapewne łatwo być jedyną młodą kobietą wśród tylu mężczyzn – no czasem chłopaków – którzy na dodatek przywykli do traktowania ludzi z jej sfery niewiele lepiej od służących.

Najwyraźniej lepiej układało się między nią a Jayanem. Dakon nie sądził, by się bardzo lubili albo pałali do siebie uczuciem, ale też żadne z nich nie robiło już nic, żeby przeszkadzać lub złościć drugie, bez ociągania się pomagali sobie w codziennych zajęciach, jak stawianie namiotów. Cieszyło go to, ponieważ ostatnie, czego potrzebował, to niesnaski w tej i tak napiętej i niełatwej sytuacji.

Gdyby tylko można powiedzieć to samo o magach. Dakon westchnął i powrócił do dyskusji.

Sachakańskie kobiece stroje zawsze fascynowały i gorszyły Sterię. Sachakanki przede wszystkim zawijały swe obfite na ogół kształty w długi prostokąt jasnej, kolorowej tkaniny, ozdobionej haftami i wszelkiego rodzaju paciorkami, monetami i muszelkami, pozostawiając ramiona i nogi nagie w sposób, który w Elyne zostałby uznany za nieprzyzwoity. A jeśli wychodziły na zewnątrz, nakrywały się krótką pelerynką z grubego materiału, wiązaną pod szyją.

Pelerynka ta nie zakrywała nóg i rozchylała się z przodu, ukazując dekolt, dlatego Steria zastanawiała się, po co ona jest im w ogóle potrzebna. Kobiety rzadko musiały się tym przejmować. Nie wychodziły często poza mury swoich domów, jeśli nie liczyć wizyt u przyjaciółek, na które udawały się zakrytymi powozami. Wymagano od nich, by unikały wzroku mężczyzn.

Znacznie skuteczniej i łatwiej byłoby unikać spojrzeń mężczyzn, nosząc skromne, ale bardzo kobiece stroje jak w Elyne. Steria musiała jednak przyznać, że te owijane szaty bardzo się jej podobają. Były znacznie wygodniejsze, a ona wyglądała w nich świetnie. Nikt w Elyne nie nosił tak jaskrawych kolorów. A na dodatek, jakby te stroje nie były dość ozdobne, kobiety zakładały mnóstwo biżuterii. Ich piersi, nadgarstki i kostki obwieszone były wieloma sznurami paciorków, muszelek i łańcuszków z metalowymi płytkami. Ciemne włosy stanowiły doskonałe tło dla wyszukanych siateczek, przemyślnie układanych i błyszczących. Wszystko to Steria przyjmowała z kobiecym zachwytem – wszystko z wyjątkiem jednej rzeczy.

Obyczaj noszenia biżuterii ważącej połowę tego, co sama kobieta, wymagał przekłuwania ciała. Vora powiedziała Sterii, że większość Sachakanek nosi po kilka kolczyków w każdym uchu, przynajmniej jeden w nosie, a także kółeczka w brwiach, wargach i pępkach.

Steria zdecydowanie odmówiła wykonania dziurek w jakiejkolwiek części swego ciała, co wprawiło niewolnicę w konsternację.

Mam nadzieję, że ojciec nie kazał jej tego zrobić, pomyślała. *Nieważne, że to prawie nie boli, to jest barbarzyńskie.*

Na myśl o ojcu poczuła, że żołądek ściska jej się z nerwów. Nie widziała się z nim przez tydzień. Przez pierwsze dni nie przejmowała się tym, zakładając, że pewnie jest zajęty. Pod koniec tygodnia poczuła jednak irytację. Po tylu latach widywania się tylko podczas jego corocznych wizyt chciałaby poznać go lepiej. On na pewno pragnął tego samego. Po czterech dniach posłała więc do niego Vorę z prośbą o spotkanie, ale nie odpowiedział.

Poprzedniego ranka zignorowała ostrzeżenie Vory, że to nie wypada, i opuściła swoją część domu, by go poszukać. Kiedy dotarła do apartamentu ojca, niewolnik usiłował powstrzymać ją od wejścia. Wiedząc, że on nie może jej dotknąć, przepchnęła się do środka. Ale ojca nie było. Wróciła do swoich pokoi rozczarowana i przygnębiona.

Dziś natomiast był wyznaczony dzień spotkania z ojcem – miał mu towarzyszyć jej przyszły mąż. Powstrzymała się od okazania swej złości i pochyliła się, by Vora mogła jej założyć kilka sznurów paciorków na głowę.

– Powiedz, panienko, kiedy wolno ci opuścić „pokój pana"? – spytała Vora, która przez cały tydzień uczyła Sterię miejscowych zwyczajów, a teraz sprawdzała jej wiedzę.

– Kiedy mój ojciec i goście wyjdą.

– A kiedy *musisz* opuścić ten pokój?

– Kiedy ojciec rozkaże. Albo gdybym znalazła się sama w towarzystwie mężczyzn. Chyba że byłyby obecne inne kobiety, niewolnice się nie liczą. I chyba że ojciec kazałby mi zostać.

– Bardzo dobrze, panienko.

– A co jeśli ojciec każe zostać, kiedy w pokoju będą sami obcy mężczyźni?

– Zrobisz, jak rozkaże Ashaki Sokara.

– Nawet gdybym myślała, że znajduję się w niebezpieczeństwie? Nawet gdyby któryś z tych mężczyzn zachował się… nieprzystojnie?

– Nawet w takim przypadku, panienko, ale Ashaki Sokara nigdy nie postawiłby cię w takiej sytuacji.

– To głupie. A co jeśliby ich źle ocenił? Co gdyby się spieszył i kazał mi zostać, nie przemyślawszy tego? Zapewne jako mój ojciec powinien raczej podjąć kroki, by mnie bronić, a nie pozwolić, żeby przez jego błąd stało się coś… jakieś nieporozumienie albo coś niekorzystnego taktycznie. Musi istnieć jakaś sytuacja, w której on uznałby, że bezwarunkowe posłuszeństwo jest głupotą.

Vora nie odpowiedziała, zacisnęła tylko usta, wyraźnie niezadowolona, jak zawsze, kiedy Steria krytykowała sachakańskie obyczaje albo skarżyła się na ojca. To z kolei niezmiennie złościło dziewczynę i wprawiało ją w buntowniczy nastrój.

– Bezwarunkowe posłuszeństwo jest dobre dla niewolników, ludzi niewykształconych i żałosnych – oznajmiła Steria, biorąc ze stołu dzban z wodą i nalewając sobie szklankę.

– Wszyscy jesteśmy niewolnikami, panienko – odparła Vora. – Kobiety, mężczyźni, każdy na swój sposób. Nie ma czegoś takiego jak wolność, są tylko różne rodzaje niewoli. Nawet ashaki może działać jedynie w granicach obyczajów i polityki. A imperator jest pod tym względem jeszcze bardziej skrępowany.

Steria napiła się, patrząc na kobietę i rozmyślając nad jej słowami. *W jakże smutnym stanie znalazł się ten kraj.*

A jednak jest najpotężniejszy wśród sąsiadów. Czyżby taka była tego cena? Choć obawiam się, że to, co ona mówi, że ludzie są niewolnikami obyczajów i polityki, dotyczy również Elyne. A pospólstwo, jakkolwiek wolne, jest zależne od właściciela ziemi albo pracodawcy. Może wcale się tak bardzo nie różnimy.

Ale w Elyne nikt – nawet kobiety z pospólstwa – nie były zmuszane do poślubienia kogoś, z kim nie miały ochoty się wiązać. Ludzie mogli opuścić służbę u jednego pana lub rzemieślnika i poszukać innego. I dostawali pieniądze za swoją pracę.

– Panienko, już czas – przypomniała jej Vora. Kiedy Steria odwróciła się do niej, niewolnica zmrużyła oczy. – Wyglądasz znośnie. – Kącik jej ust uniósł się nieznacznie. – Nie, jesteś piękna, panienko… masz szczęście.

Steria skrzywiła się.

– Jak na razie przyczyniło mi to tylko kłopotów, a dziś przysporzy pewnie kolejnych.

Vora prychnęła cicho, wskazując na drzwi.

– Jestem pewna, że nigdy nie wykorzystywałaś swoich wdzięków do manipulowania ludźmi, zwłaszcza w handlu.

– Zdarzyło mi się raz, ale efekt był odwrotny od zamierzonego. – Steria ruszyła w stronę drzwi. – Jeśli ludzie będą zwracać uwagę tylko na wygląd, nigdy nie nabiorą szacunku dla umysłu.

– I będą cię lekceważyć, panienko. A ty możesz to wykorzystać – powiedziała Vora, idąc za nią.

Steria wkroczyła w labirynt korytarzy domu swojego ojca. Jak na niewolnicę Vora była bardzo bezpośrednia. I strasznie się rządziła. Steria wiedziała, że pozwala kobiecie na tyle, ponieważ nie jest przyzwyczajona do postępowania z niewolnikami i nie potrafi warczeć na nich jak ojciec.

Dochodząc do „pokoju pana", poczuła, że ucisk w żołądku się zacieśnia. *Jak ojciec będzie mnie traktował? Czy mogę zrobić cokolwiek, by zmienił decyzję? Jaki będzie ten kandydat? Może powinnam go zniechęcić do małżeństwa ze mną?*

Ojciec siedział w tym samym fotelu, w którym zastała go w dniu swojego przyjazdu, ale pozostałe siedzenia ustawiono w okręg. Prawie wszystkie były zajęte. Dwóch mężczyzn w bogato zdobionych okryciach siedziało po jednej stronie. Zauważyła pochwy na sztylety zwieszające się u pasów, wskazujące, że byli magami. Po drugiej stronie siedział kolejny nieznajomy w mniej pstrokatych szatach i bez noża, a także człowiek, którego rozpoznała. Kiedy uświadomiła sobie, kto to jest, ugięły się pod nią kolana. Jakby wyczuwając jej niechęć, brat podniósł na nią wzrok i zmarszczył brwi.

W tej chwili ojciec spojrzał w kierunku drzwi i zobaczył czekającą Sterię. Skinął na nią. Pamiętając lekcje Vory, dziewczyna spuściła wzrok i podeszła do jedynego wolnego fotela, stojącego dokładnie naprzeciwko ojca, i czekała, aż pozwoli jej usiąść.

– Moja córka, Steria – zwrócił się do gości. – Dopiero co wróciła z Elyne.

Mężczyźni przez chwilę przyglądali się Sterii, lustrując ją wzrokiem, po czym odwrócili spojrzenia. Starała się nie podnosić na nich oczu, albowiem Vora ostrzegła ją, że jest to uważane za niegrzeczne.

– To musi być wielka radość: taki klejnot w domu, Ashaki Sokaro – powiedział mężczyzna w zwykłym okryciu.

Cóż za formalności i uprzejmość, pomyślała. *Aczkolwiek jeśli ja jestem radością jego serca, to chyba ojciec nie potrzebował żadnej pociechy w tym tygodniu.*

– Tak, masz szczęście, że wydałeś taki kwiat – dodał młodszy z jaskrawo odzianych mężczyzn. Steria stłumiła chęć roześmiania się. Cóż za porównania: kwiat, klejnot. Towary handlowe. Skarby. Coś, co zamyka się w bezpiecznym miejscu i wyciąga tylko po to, żeby pochwalić się przed gośćmi.

– Steria była za granicą przez wiele lat i dopiero uczy się naszych zwyczajów i manier – powiedział ojciec. Spojrzał jej prosto w oczy i zmarszczył znacząco brwi.

Dziewczyna uświadomiła sobie, że wpatruje się w niego. Powstrzymała westchnienie i wbiła wzrok w podłogę.

– Ile ona ma lat? – spytał starszy z tych wystrojonych.

– Dwadzieścia dwa – odparł ojciec.

Steria chciała go poprawić, ale powstrzymała się.

– I nigdy nie była zamężna? – spytał młodszy zdziwionym głosem. – Nie rodziła dzieci?

– Nie – odpowiedział ojciec. Steria czuła utkwione w sobie spojrzenie. – Jej matka dostała polecenie zapobiegania jednemu i drugiemu i doskonale wywiązała się ze swego zadania.

– Zaiste niesamowite, zważywszy na prowadzenie się elyńskich kobiet.

Steria znów miała ochotę się roześmiać. To nie starania matki uchroniły ją przed małżeństwem i ciążą. To mocne postanowienie Sterii, że nic nie powstrzyma jej od zostania kupcem, sprawiły, że odrzuciła te kilka propozycji małżeńskich, które się pojawiły, a magia pozwoliła jej na to, by radosne chwile z kochankami nie miały żadnych niepożądanych następstw.

– Usiądź, Sterio – powiedział ojciec.

Usłuchała. Ku jej uldze rozmowa zeszła na politykę, a ją zostawiono w spokoju. Miała tylko siedzieć cicho, odzywać się, jeśli ktoś ją o coś zapyta, a i wtedy powinna czekać na pozwolenie ojca. W końcu niewolnicy przynieśli jedzenie i picie, które najpierw podano ojcu, następnie bratu Sterii, potem gościom, a jej na końcu.

Podczas całego posiłku udawała, że się nieco zapomina, prawie się odzywając lub sięgając po jedzenie poza kolejnością i powstrzymując się w ostatniej chwili. Młody człowiek był zapewne ojcowskim kandydatem na męża, starała się więc stukać lekko stopą w podłogę, kiedy mówił, udawać, że ledwie powstrzymuje ziewanie – wszystko w nadziei, że go to zirytuje.

Brat nie zaszczycił jej spojrzeniem przez całą resztę wieczoru. Jego twarz zachowała wyraz wyniośle obojętny. Odzywał się wyłącznie zapytany przez gości o zdanie. Ku rozczarowaniu Sterii nie mówiono wiele o handlu, ale głównie o polityce. Słuchała, wiedząc, że takie sprawy mają wpływ na interesy, zwłaszcza w Sachace.

– Sachaka musi wypowiedzieć wojnę Kyralii – oznajmił w pewnym momencie starszy z pstrokato odzianych mężczyzn – inaczej bowiem zaczną się walki wewnętrzne.

– Najazd na Kyralię tylko opóźni to, co i tak nieuniknione – zaoponował ten skromnie ubrany. – Musimy rozwiązać nasze problemy tutaj, zamiast je komplikować poprzez wciąganie w to innych państw i oddawanie ich tym, którzy są tak bezczelni, że sprzeciwiają się imperatorowi.

– Jeśli ich pokonamy, Kyralianie nie bardzo będą mieli możliwość zaangażować się w naszą politykę – zauważył młody człowiek. – A ten, kto podbije Kyralię, zasłuży na szacunek i władzę.

– Nowo podbite kraje potrzebują kontroli. Podobnie jak zdobywcy, zwłaszcza jeśli sukces ich nie zaspokoi, ale podniesie ich ambicje.

– Imperator nigdy…

– Kakato – wtrącił się starszy strojny, uciszając syna. – Nie wyobrażajmy sobie, że wiemy, co zrobiłby albo czego by nie zrobił imperator.

W końcu jakieś imię, pomyślała Steria. *A zatem mój przyszły mąż nazywa się Kakato*. Dla rozrywki zaczęła wymyślać niewybredne rymy. Kiedy zaczęła się znów przysłuchiwać mężczyznom, ich rozmowa zeszła na temat zerwanego układu z plemionami zamieszkującymi Pustynię Popiołów i konsekwencji tego wydarzenia.

Wieczór przeciągnął się długo poza zakończenie posiłku. Po jakimś czasie Steria nie musiała już udawać, że ziewa. Kiedy ojciec wreszcie kazał jej odejść, wstała, ukłoniła się z nieskrywaną ulgą i wyszła.

Vora czekała na korytarzu. Usta miała zaciśnięte, ale nic nie powiedziała, dopóki nie dotarły do apartamentu Sterii.

– A więc, panienko – odezwała się niewolnica, jak zwykle bez cienia podległości w głosie, ale Steria nie potrafiła udzielić jej nagany. – Co sądzisz o swoim przyszłym mężu?

Dziewczyna parsknęła lekceważąco.

– Nie zrobił na mnie wrażenia. Poza tym jest dla mnie nieco za młody, nie uważasz?

Vora uniosła brwi.

– Za młody? Jacyż starcy zyskują twe uznanie?

– Starcy? – Steria zaniemówiła, po czym zmrużyła oczy. – To nie chodzi o Kakatę?

Niewolnica zaprzeczyła ruchem głowy.

– A więc któryś z tych starszych… chyba żartujesz! Który?

Ten w prostej kurtce mówił najrozsądniej, natomiast starszy z pstrokatych sprawiał wrażenie trochę inteligentniejszego od swojego syna.

– Ojciec panicza Kakato, Pan Tokacha.
– Czemu mi nie powiedziałaś?
– Bo nie zapytałaś, panienko.
Steria rzuciła jej miażdżące spojrzenie.
– Dostałam rozkaz, żeby nauczyć cię manier, nic więcej. – Vora rozłożyła bezradnie ręce. – Przekroczyć rozkaz to okazać nieposłuszeństwo.
– A jeśli ja rozkażę ci mówić mi wszystko, co może być przydatne lub ważne, i jeśli udzielenie mi informacji nie zostało szczegółowo zakazane przez mojego ojca, możesz to robić?
Kobieta uśmiechnęła się i potaknęła.
– Oczywiście, panienko.
– W takim razie powiedz mi. Wszystko, co może być dla mnie przydatne lub ważne.
Steria zdjęła naszyjniki. Zadziwiające, jak bardzo męczy noszenie takiej ilości biżuterii. Jeden z łańcuszków zaczepił o siateczkę na włosach i Steria zaklęła. Poczuła palce Vory rozplątujące jej włosy i wkrótce była wolna.
– Co sądzisz o paniczu Ikaro? – spytała Vora, odkładając biżuterię do drewnianego puzderka.
– Nie mam pojęcia. Zaszczycił mnie tylko jednym spojrzeniem.
– Twój brat to dobry człowiek. I utalentowany. Ale, podobnie jak ty, niewolnik. Powinnaś poprosić o spotkanie z nim. Myślę, że Ashaki Sokaro pozwoli na to.
– Wątpię, czy mój brat będzie miał na to ochotę. Jeśli w ogóle zawraca sobie głowę moim pojawieniem się tutaj, to zapewne marzy tylko o tym, żebym wyszła za mąż i zeszła mu z oczu. – Steria wyplątała się z tkanin i podała je Vorze, która narzuciła na nią koszulę nocną.
– Dlaczego tak uważasz? – spytała stara niewolnica.

– Podczas swojej ostatniej wizyty w Elyne dał mi jasno do zrozumienia, co sądzi o kobietach.

– To było jakiś czas temu. Przekonasz się, że się zmienił. Będzie dla ciebie dobrym sojusznikiem. Czy mam zaaranżować spotkanie, panienko?

Steria odwróciła się.

– Nie wiem. Zapytaj mnie rano.

– Oczywiście, panienko.

Steria podeszła do łóżka, usiadła i pozwoliła sobie na pełne, niepowstrzymywane ziewnięcie.

– Wiem, jak się zachowywałaś wieczorem – odezwała się Vora od drzwi. – To nie wystarczy, żeby zniechęcić potencjalnego męża.

Jej usta zacisnęły się znów w wąską kreskę. Steria zmarszczyła brwi, zagniewana.

– Sachakanie mogą traktować kobiety jak towar, ale obie wiemy, że kobiety nie są głupimi zwierzętami ani bezmyślnymi przedmiotami. Mamy umysły i serca. Nikt nie może winić nas za to, że chcemy przynajmniej wpłynąć na to, komu zostaniemy sprzedane.

Mówiąc te słowa, Steria uświadomiła sobie, że się wydała. Nawet jeśli Vora nie domyśliłaby się wszystkiego z jej zachowania, które musiała obserwować, to ta odpowiedź stawiała sprawę jasno.

Kąciki warg niewolnicy uniosły się nieznacznie do góry.

– Nie wpłyniesz na nikogo, zachowując się w sposób tak oczywisty, panienko.

Z tymi słowy odwróciła się i znikła w korytarzu.

Steria wpatrywała się w puste drzwi i zaczęła rozmyślać nad czymś, co wcześniej nie przyszło jej do głowy. *Czyżby Vora była po mojej stronie?*

ROZDZIAŁ 24

Zaplatając na nowo uczesane właśnie włosy, Tessia zauważyła, że głosy magów i uczniów dobiegające spoza namiotu wzrosły z wypowiadanych szeptem pojedynczych uwag do pełnej, głośnej dyskusji. Spięła warkocz, wypełzła na zewnątrz i wstała.

Światło poranka przedzierało się między drzewami, układając pasy cienia na niewielkim, porzuconym polu, gdzie rozłożyli obóz. Grupka magów ustawiła się między namiotami, uczniowie kręcili się zaś w pobliżu. Wszyscy byli zaniepokojeni lub poirytowani. Tessia zobaczyła Jayana i podeszła do niego.

– Co się dzieje?

– Mistrz Sudin odjechał, zabierając Akena.

– Czy ktoś wie dlaczego?

– Nie, ale Mistrz Hakkin przyznał, że omawiał wczoraj wieczorem z Mistrzem Sudinem strategie wywabienia Sachakan z kryjówki, albo też udania się na zwiad. Obawia się, że Sudin mógł postanowić wypróbować któryś ze swoich pomysłów.

– Jesteśmy blisko majątku Sudina – dodał Mikken, podchodząc do Tessii od drugiej strony.

Kiedy się do niego odwróciła, uśmiechnął się lekko. Zauważyła, nie pierwszy raz, że to przystojny chłopak. *I całkiem miły*, pomyślała. *Trochę impertynencki, kiedy w okolicy są inni uczniowie, ale nigdy złośliwy*.

– Kiedy wyjechał? – zapytała.

– Co do tego nie ma pewności, ale chyba niedawno – odparł Jayan.

Tessia odwróciła się do niego, skrzywił usta. *Zapewne irytuje go fakt, że mag mógł się tak głupio sprzeciwić Mistrzowi Werrinowi*, pomyślała. Zauważył, że się w niego wpatruje, i nagle jego twarz zobojętniała.

Grupka magów rozpadła się.

– Pakować się – rozkazał Werrin. – I to szybko.

Obóz natychmiast wypełnił się głosami i ruchem, wszyscy bowiem rzucili się do składania namiotów i upychania dobytku w jukach. Kiedy cała grupa była gotowa i siedziała w siodłach, zwiadowca poprowadził ich w głąb lasu, nie odrywając oczu od ziemi. Magowie i uczniowie jechali zaraz za nim, a Werrin na czele. Służący stłoczyli się niepewnie z tyłu, ale Werrin nie chciał rozdzielać magów po to, by chronić służących pośrodku, zwłaszcza że nierzadko ukształtowanie terenu zmuszało ich do jazdy w rzędzie, w związku z czym grupa wędrująca pośrodku byłaby równie wystawiona na niespodziewany atak jak tyły.

Tessia usłyszała, jak Jayanowi burczy w brzuchu, i uśmiechnęła się ponuro. Wątpiła, żeby mieli wkrótce jeść. Ale przynajmniej zapasy wystarczą na nieco dłużej. To, co przywieźli z sobą Mistrz Hakkin i pozostali, zużyli w ciągu zaledwie pięciu dni, a ponieważ przybywało ludzi do wykarmienia, okolica zaś była spustoszona przez Sachakan, magowie z coraz większym trudem gromadzili dość jedzenia, żeby wyżywić ludzi i konie. Werrin wysłał zwiadowców na południe z żądaniem zorganizowania regularnych dostaw żywności. Dakon zwierzył się Tessii i Jayanowi ze swych obaw, że jeśli nie zachowa się ostrożności i odpowiedniej ochrony magów, dostawy mogą trafić w ręce Sachakan.

Nastrój w grupie zmienił się, kiedy przybyli nowi. Debaty magów stały się bardziej zażarte. Dakon nie wyjawiał, o co się spierali, ale przyglądając się im, Tessia mogła się domyślić, że między Hakkinem a Narvelanem toczy się jakaś walka, a pozostali magowie albo popierają jednego z nich, albo jeszcze nie zdecydowali, po czyjej stronie powinni stanąć.

O cokolwiek chodziło, nie zdziwiła się, że mogło to doprowadzić do tego, że Sudin opuścił grupę. *Czyżby postanowił wrócić do domu? A może chce w jakiś sposób zaatakować Sachakan? Obstawiałabym raczej to pierwsze, bo samotna konfrontacja byłaby szaleństwem.* Wkrótce jednak okazało się, że ślady Sudina i Akena nie prowadzą na południe, lecz na północny wschód, z dala od miasta.

Sudin mógł jednak nie planować konfrontacji. Mógł chcieć powęszyć na własną rękę. Może nawet udać się na przełęcz, skąd nie wrócili zwiadowcy. A może poszukiwał położonego wysoko miejsca, z którego zdołałby wypatrzeć Sachakan, a następnie poprowadzić pozostałych za pomocą mentalnych instrukcji. Byłoby to ryzykowne, ponieważ Sachakanie również słyszeliby te rozmowy i z pewnością wysłaliby kogoś, żeby go powstrzymał.

Jayan podjechał do Tessii. Zerknęła na niego, zastanawiając się, o czym on też duma. Jego czoło przecinała zmarszczka. Czyżby domyślał się, co zamierzał Sudin? Nie mogła go zapytać. Nie wolno było rozmawiać podczas podróży, chyba że było to konieczne.

Spoglądając przed siebie, dostrzegła, że wjeżdżają w wąską dolinę, a konie znów muszą iść jeden za drugim. Wykształciła się nowa hierarchia obejmująca niedawno przybyłych i Tessia uśmiechnęła się kwaśno, obserwując magów wahających się i przepychających do przodu, żeby zająć miejsce zgodnie z układem, który tylko oni pojmowali.

Ściany doliny schodziły się, co niepokoiło Tessię. Sprawdziła swoją tarczę, upewniając się, że jest dostatecznie mocna. W miarę upływu czasu wspinali się coraz wyżej. Wyżej i wyżej, coraz bardziej stromo, aż zaczęła się martwić, że będą musieli zsiąść z koni i poprowadzić je.

W końcu rząd jeźdźców, który miała przed sobą, skurczył się, ponieważ ci na samym przodzie dojechali do jakiejś grani i znikali z pola widzenia. Kiedy jej własny koń stanął na szczycie wzniesienia, odetchnęła z ulgą. Teraz przemieszczali się wzdłuż grani. Pomiędzy rzadko rosnącymi drzewami widziała wyżej położone zbocza. Uświadomiła sobie, że oni sami muszą być równie dobrze widoczni pod tą marną osłoną.

~ *Mistrzu Werrinie!*

Podskoczyła w siodle. Mentalny głos należał do Sudina i brzmiała w nim panika. Tessia popatrzyła po towarzyszach i zobaczyła magów oraz uczniów rozglądających się dookoła po lesie, jakby usłyszeli to wołanie uszami, a nie umysłami.

~ *Mistrzu Sudinie?* ~ odpowiedział Werrin. ~ *Gdzie jesteś...*

~ *Za późno! Jesteśmy...*

Nastąpiła cisza.

~ *Pomocy! Pomooocy!*

Tessia skuliła się na dźwięk głosu Akena w swojej głowie, słysząc echo jego przerażenia. Wbiła wzrok w Jayana, który wpatrywał się w nią w panice.

~ *Jechaliśmy szlakiem na północny wschód* ~ powiedział szybko Sudin. ~ *Przez grzbiet i po lewej... do... doliny. Dwóch... Sacha...*

Gdzieś w lesie rozległ się cichy krzyk. Tessia dopiero po chwili zorientowała się, że tym razem usłyszała go uszami, a nie umysłem. Coś rozbłysło w jej myślach. Wrażenie. Krew. Morze krwi.

– Na lewo! – krzyknął Werrin.

Zwiadowca już biegł z powrotem wzdłuż kolumny z twarzą płonącą ze wstydu. Werrin popchnął swojego konia za tym człowiekiem. Po chwili zatrzymał się i krzyknął do pozostałych.

– Czterech ze mną! Reszta zostaje.

Reszta oznaczała pięciu magów i ich uczniów. Tessia poczuła niezadowolenie przemieszane z ulgą na widok Dakona zjeżdżającego na bok drogi, wskazującego, że ona i Jayan powinni zrobić to samo. Narvelan, Hakkin, Prinan i Ardalen wraz z uczniami pospieszyli za Werrinem.

Chciałabym pomóc, pomyślała. *Ale co jeśli to pułapka?*

Tętent kopyt zniknął szybko w oddali. Przez dłuższą chwilę panowała cisza. Potem Dakon przejechał wzdłuż kolumny jeźdźców i na widok służących stojących wciąż na stromej ścieżce przyprowadził ich na grań, żeby czekali wraz z magami.

Nie trwało to długo, ale czas płynął powoli, a wszyscy stali w napięciu i lęku. Przy każdym dźwięku dobiegającym spomiędzy drzew podskakiwali w siodłach i rozglądali się w przestrachu po lesie. Spojrzenia, jakie między sobą wymieniali, były pełne pytań. Tessia uświadomiła sobie, że nie jest już głodna. Prawdę mówiąc, czuła lekkie mdłości. Sprawdziła ponownie swoją tarczę.

Wstrzymała oddech, kiedy do jej uszu dobiegł dźwięk zbliżających się koni. Dakon podjechał do przodu. Jayan popędził swojego konia za nim, a Tessia ruszyła w ich ślady. Z bijącym sercem wpatrywała się w ścieżkę wiodącą w dół.

Na widok Narvelana odetchnęła z ulgą. Kiedy jednak zobaczyła wyraz jego twarzy, poczuła, że robi się jej słabo. Młody mag był blady i posępny. Następny pojawił się Werrin i Tessia skuliła się na widok wściekłości malującej się na jego twarzy. Dalej jechał Hakkin ze zwieszoną głową i udręczonym, pustym wzrokiem.

Narvelan podniósł wzrok na czekających.

– Nie żyją – powiedział.

Przez dłuższą chwilę nikt nic nie powiedział. Jedynym dźwiękiem był stukot kopyt koni dołączających do grupy.

– Obaj? – spytał ktoś cicho. Tessia odwróciła się, rozpoznając głos Leorana.

– Tak – odparł Werrin.

– Pochowaliście ich? – spytał Bolvin.

Werrin i Narvelan wymienili spojrzenia.

– Tak.

Tessia poczuła dreszcz przebiegający po jej skórze. Ewidentnie było w tym coś więcej. Spojrzenia, jakie wymienili magowie, wskazywały na coś bardzo złego. Coś, o czym woleliby nie mówić. Zerknęła na pozostałych magów i ich uczniów. Mistrz Ardalen wyglądał, jakby był chory. We wzroku Mistrza Prinana czaiło się przerażenie, ale na twarzy malowała się determinacja. Uczniowie… byli bladzi, mieli szeroko otwarte oczy. Bez przerwy oglądali się przez ramię. Mikken spojrzał jej prosto w oczy, po czym spuścił wzrok.

– To wszystko zmienia – odezwał się Werrin. – Zabili kyraliańskiego maga. Nawet zgodnie z ich zwyczajami odwet jest uzasadniony. Musimy rozbić obóz i przedyskutować nasz następny ruch, a także powiadomić króla o śmierci Mistrza Sudina. I Ucznia Akena. – Pokręcił głową.

– Przyjmuję na siebie odpowiedzialność – powiedział Mistrz Hakkin. – To ja zachęcałem Sudina do rozważenia takich działań, jakie dziś podjął. Teraz widzę, że nie warto tak ryzykować. I nie powinniśmy więcej próbować. Przepraszam… – Schylił głowę.

– Dotychczas mogliśmy tylko zgadywać, jakie grozi nam niebezpieczeństwo, równoważąc odwagę roztropnością – odrzekł Narvelan. – Teraz znamy już prawdę i była to trudna i gorzka lekcja dla nas wszystkich. Wiemy, co ryzykujemy, tak magowie, jak i uczniowie.

– Myślałem o tym – powiedział Mistrz Bolvin. – Ponieważ uczniowie dzielą z nami ryzyko, może powinniśmy ich dopuścić do dysput? Co prawda nie mają jeszcze doświadczenia, by coś zaproponować, ale należy im się wiedza o tym, z czym walczymy i jak.

Ku zaskoczeniu Tessii wszyscy magowie zgodzili się.

– W takim razie wynośmy się z tego miejsca w jakieś mniej eksponowane i lepiej strzeżone – zaproponował Ardalen.

Bez dalszych dyskusji poprowadzili grupę z powrotem w dolinę.

Jayan był przekonany, że są pewne rzeczy, o których ludzie nie muszą wiedzieć, ale *powinni*. Nie musiał wiedzieć nic poza tym, że Mistrz Sudin i Aken zostali zabici przez Sachakan. Ale coś kazało mu starać się poznać szczegóły. Chciał usłyszeć dokładnie, do jakich okrucieństw zdolni są Sachakanie. Może odezwała się w nim ta cząstka, która chciała znać szczegóły po to, żeby wykazać, że to, co mu opowiadano, jest prawdą, a nie wymysłem stworzonym, by zachęcić grupę do współpracy albo usprawiedliwić zabijanie najeźdźców.

A może po prostu nie mógł uwierzyć, że już nigdy nie porozmawia i nie poprzekomarza się z Akenem. I nie zagra z nim w kyrimę. Ten młody człowiek, którego ledwie poznał, nigdy nie zostanie pełnoprawnym magiem, posiadającym moc i władzę. Nigdy nie będzie miał ucznia.

Przy pierwszej okazji zatem, kiedy rozbijali namioty, podszedł do Mikkena i zapytał o szczegóły.

Chłopak spojrzał z niedowierzaniem na Jayana, w jego oczach pojawiło się poirytowanie, a następnie zamyślił się i w końcu pokiwał głową ze zrozumieniem.

– Znaleźliśmy ich w kawałkach – powiedział i opisał coś, co musiało być wynikiem planowanych, przemyślanych tortur. Od tego czasu po plecach Jayana przebiegał dreszcz, ilekroć myślał o tym, co powiedział mu Mikken. Uświadomił sobie, że przez większość swego życia wyobrażał sobie, iż sachakańscy magowie nie różnią się bardzo od kyraliańskich. Mieli niewolników zamiast wolnych poddanych. Utrzymywali ziemię i zajmowali się handlem zupełnie jak Kyralianie.

Zakładał, że ci najeźdźcy to po prostu znudzeni młodzieńcy z wygórowanymi ambicjami – jakich mnóstwo również w Kyralii, aczkolwiek tu żaden nie mierzy aż tak wysoko jak podbój innego kraju. Teraz jednak poznał prawdę. Wiedział już, że to dzicy ludzie. Żaden młody kyraliański mag z przerostem ambicji nie potrafiłby zabić z tak wyrachowanym, nieuzasadnionym okrucieństwem. Może z wyjątkiem odwetu za jakiś naprawdę odrażający czyn.

A nawet wtedy… Jayan musiał przyznać, że jeśli ktokolwiek, kogo znał, okazałby się zdolny do takich czynów, on nie potrafiłby go później traktować bez niechęci i ostrożności.

To, co Sachakanie zrobili Sudinowi i Akenowi, wymagało planowania. I *praktyki*. To właśnie rozgniewało i przeraziło Jayana najbardziej.

– Nie mów Tessii – poprosił Mikken.

Mimo że Jayan doceniał jego troskę o dobro Tessii, nie zamierzał ukrywać przed nią niczego tylko dlatego, że podobała się chłopakowi. Poza tym dziewczyna widziała dużo okropności jako pomocnica uzdrowiciela. Kiedy skończyli stawiać obóz i Tessia podeszła do Jayana, żeby dowiedzieć się, co powiedział mu Mikken, zastanawiał się przez chwilę nad powtórzeniem jej wszystkiego. Po czym niemal natychmiast zrezygnował z tego pomysłu. Ona może zacząć się zastanawiać, czy podobne rzeczy stały się z mieszkańcami Mandryn albo jej rodzicami. Poza tym jest bardziej ufna od niego, a zatem zapewne nawet nie przyjdzie jej do głowy podejrzewać, że nie usłyszała całej prawdy.

Przemknął więc nad detalami, mówiąc jej tylko, że Aken zginął pierwszy i że ciała ułożono tak, by zaszokowały i przeraziły każdego, kto by je znalazł. Chwilę później magowie wezwali wszystkich na dyskusję, co oszczędziło Jayanowi dalszych pytań.

Decyzja o włączeniu uczniów do obrad zaskoczyła Jayana, który poczuł teraz pewne podekscytowanie. Magowie siedzieli w okręgu, a uczniowie obok swoich mistrzów. Dźwięki dochodzące z otaczającego ich lasu przycichły, kiedy Werrin podniósł tarczę mającą zapobiec podsłuchaniu ich słów przez kogokolwiek z zewnątrz. Jayan spojrzał poza tę barierę, gdzie zwiadowcy i służba stali na warcie, trzymając uniesione latarnie, którymi mieli dawać znaki, gdyby zobaczyli lub usłyszeli cokolwiek podejrzanego.

Jayan spojrzał na Dakona, który odpowiedział mu uśmiechem.

– Nie odzywaj się nieproszony – mruknął.

Jayan potaknął, dusząc w sobie irytację. Zazwyczaj miał okazję porozmawiać z Dakonem przed zebraniami magów. Dakon pytał zawsze, czy uczeń ma jakieś sugestie albo pomysły. Dziś jednak nie było na to czasu.

Mistrz Werrin rozpoczął od omówienia wydarzeń dnia, przemykając się nad krwawymi szczegółami podobnie jak wcześniej Jayan. Mistrz Hakkin raz jeszcze przyznał się do namawiania Mistrza Sudina do podjęcia działań na własną rękę, a następnie wszyscy usiłowali na próżno wymyślić, jaki mógł być plan maga.

Kiedy wyczerpano wszystkie możliwe powody i potencjalne skutki, Werrin wyprostował się z westchnieniem.

– Śmierć Sudina wiele zmienia. Został zabity mag. To pozwala nam rozważyć strategie, które zakładają możliwość zabicia Sachakan. Najpierw jednak musimy skonsultować się z królem.

– Przecież teraz nie zakaże nam zabijać – powiedział Prinan.

– Wątpię, ale może się nadal spodziewać wstrzemięźliwości w tym względzie – odparł Werrin. – Każdy zabity przez nas w przyszłości Sachakanin ma rodzinę, która może uznać, że powinna szukać pomsty lub zadośćuczynienia, niezależnie od tego, czy ta śmierć była zasłużona, czy nie. Im więcej Sachakan zabijemy, tym więcej sachakańskich rodzin poczuje obowiązek odwetu. A jeśli się zjednoczą... może się rozpętać wojna.

– Nie możemy siedzieć z założonymi rękami i pozwalać, żeby najeźdźcy zabijali i grabili, tylko dlatego że obawiamy się wojny – zaprotestował Mistrz Ardalen.

– Jeśli wybór jest między kolejnym podbojem przez tych ludzi a groźbą wojny, to ja zdecydowanie wybieram wojnę – oznajmił z mocą Mistrz Bolvin.

– A czy mamy szanse wygrać? – spytał Narvelan.

Magowie wymienili posępne spojrzenia. Jayan poczuł, że jego serce zamiera. *Nie są pewni.* Wzdrygnął się. *My przeciwko potędze imperium sachakańskiego. Czy Kyralia ma jakiekolwiek szanse na przetrwanie najbliższych kilku lat?*

– Czy Elynowie mogą nam pomóc? – spytał Prinan.

Hakkin skrzywił się.

– Nie będą chcieli się narażać.

– Ale może da się ich przekonać, że jeśli Kyralia padnie, to Elyne będzie następnym celem? – zasugerował Mag Genfel. – Jeśli Sachaka musiałaby walczyć na dwóch frontach, mielibyśmy większe szanse na zwycięstwo.

– Lepiej byłoby uniknąć konieczności proszenia ich o to – powiedział Bolvin. – Musimy jak najszybciej zatrzymać tę inwazję. Wygonić Sachakan. Pokazać im, że nie damy się łatwo podbić. Możemy starać się zabić jak najmniej z nich, ale musimy im pokazać, że nie będziemy tolerować napaści. I morderstw.

Pozostali potaknęli, a Jayan czuł taką samą determinację, jaką dostrzegał na ich twarzach.

– Tak czy siak – odrzekł Genfel – jeśli będziemy za długo zwlekać ze zwróceniem się o pomoc, może ona nie nadejść na czas. Ktoś powinien starać się przynajmniej o obietnicę pomocy. – Urwał. – Mam przyjaciół w innych krajach, którzy może zdołaliby przekonać swoich ziomków, by się do nas przyłączyli, jeśli sami nie będziemy mogli przegnać najeźdźców.

– Gdyby Takado dowiedział się, że inne kraje są skłonne udzielić nam pomocy, mogłoby go to zmusić do zmiany planów – powiedział Narvelan z zamyśleniem. – I zniechęcić innych Sachakan do przyłączania się do niego.

Werrin zerknął na Genfela.

– Będziesz potrzebował pozwolenia króla.

Genfel wzruszył ramionami.

– Oczywiście.

– Jeśli wolno mi się wtrącić... – Hakkin spojrzał na Werrina, który potaknął z ewidentnym rozbawieniem.

Hakkin zwrócił się do pozostałych:

– Gonienie za Sachakanami tak małą grupką jest niepoważne. Potrzebujemy więcej magów, i to już. Z odpowiednim wsparciem moglibyśmy okrążyć ich od północy i wymieść jak śmieci, którymi są.

– Z całym szacunkiem, Mistrzu Hakkinie – odezwał się Dakon po raz pierwszy – teren, o którym mówisz, jest obszerny i górzysty. Otoczenie Sachakan, które proponujesz, zaangażowałoby wszystkich magów z Kyralii, a nawet gdyby nam się to udało, to odległości między nimi byłyby tak duże, że Sachakanie bez trudu by się wymknęli.

Hakkin spoglądał na Dakona w zamyśleniu, po czym, ku zaskoczeniu Jayana, pokiwał głową.

– Oczywiście, masz rację. Nie znam dobrze tej części Kyralii i dopiero zaczynam rozumieć, na czym polega trudność w poruszaniu się po tej okolicy.

– Powinniśmy, jak sugerowałeś wcześniej, Mistrzu Hakkinie, odzyskać kontrolę nad przełęczą – wtrącił się Narvelan.

Hakkin przyznaje się do niewiedzy? Narvelan popiera Hakkina? Jayan powstrzymał cisnący się mu na usta złośliwy uśmieszek. *Gdyby tylko do osiągnięcia tego porozumienia nie była potrzebna śmierć maga i jego ucznia…*

– Zgadzam się – powiedział Werrin. – Zakładam, że Sachakanie dążą do przekonania swych pobratymców, by przyłączyli się do nich, a obecność na tym terenie, a teraz również śmierć jednego z nas, ma stanowić zachętę. Musimy im to utrudnić. A przejęcie pełnej kontroli nad przełęczą powinno stać się dla nas osobnym zadaniem.

– W takim razie zgłaszam się na ochotnika do zbierania koniecznych sił – zadeklarował Mistrz Ardalen – zaprowadzenia ich tam i w miarę naszych sił kontrolowania przełęczy.

Magowie unieśli brwi, ale skinęli głowami. Werrin uśmiechnął się.

– Musimy, jak w każdym przypadku, prosić króla o zezwolenie, ale zasugeruję mu, że nie powinien odmawiać wyznaczenia do tej roli osoby tak kompetentnej jak ty.

Ardalen zarumienił się.

– Dziękuję. – Następnie się skrzywił. – Tak myślę.

– Wyślę zwiadowcę na południe. Powinniśmy otrzymać odpowiedź w ciągu czterech, pięciu dni. Zaproponuję, by król udzielił nam odpowiedzi drogą mentalną, posługując się ustalonym kodem dla oznaczenia zgody lub niezgody, jak zasugerował kilka dni temu.

– Jeśli zablokujemy przełęcz – powiedział cicho Prinan – to podejrzewam, że Sachakanie, którzy nie zrezygnują z przedostawania się do Kyralii, spróbują posłużyć się nowym przejściem w majątku mojego ojca. Powinien w związku z tym zostać ostrzeżony… i powinniśmy podjąć działania, żeby zabezpieczyć również tamto miejsce.

– Owszem – powiedział Werrin. – Zapewne masz rację. – Urwał i zamyślił się. – Przedstawię również tę propozycję królowi. – Rozejrzał się po grupie. – Nie zaszkodziłoby, gdyby ktoś, kto na własne oczy widział dzisiejszą zbrodnię, opowiedział o niej tym, którzy jeszcze nie dostrzegają, w jakiej znaleźliśmy się sytuacji, i nie zdają sobie sprawy, jaka czeka nas przyszłość, gdybyśmy przegrali.

– A wracając do tego, że jest nas zbyt mało i jesteśmy za słabi – odezwał się Bolvin. – Czy możemy się w jakikolwiek sposób wzmocnić?

– Nie potrafimy zwiększyć prędkości, z jaką przybywa nam magii – odpowiedział Narvelan, rozkładając bezradnie ręce. – Nawet gdybyśmy dostali zezwolenie na pobieranie mocy od zwykłych ludzi, większość lokalnych mieszkańców uciekła albo nie żyje.

– Król nie pozwoli na posługiwanie się mocą zwykłych ludzi, nawet gdyby sami to zaproponowali, póki nie rozgorzeje wojna – dodał Werrin. – Ale... wiem, że zastanawiał się nad tym, w jaki sposób można by to prawo ominąć.

– Jest moc, wiedza i umiejętności – powiedział Dakon. – Na razie możemy zająć się doskonaleniem umiejętności. I skuteczniejszym wykorzystywaniem naszych zdolności, jeśli tylko zechcemy podzielić się między sobą wiedzą i poćwiczyć współpracę.

– Tylko że to będzie zużywać magię, która jest nam potrzebna do walki z nieprzyjacielem – zauważył Werrin.

– Nie musimy używać prawdziwych uderzeń – odparł Dakon. – Wystarczą promienie światła. Poza tym tak będzie bezpieczniej. A inne zastosowania mocy... Jestem pewny, że zdołamy wymyślić sposób na uczenie się wzajemnie i pokazywanie sobie sztuczek bez nadmiernego naruszania magicznego potencjału.

Werrin rozejrzał się po pozostałych.

– Co o tym sądzicie?

Wzruszali ramionami i kiwali potakująco głowami.

– Wątpię, czy mamy sobie wzajemnie cokolwiek do przekazania – powiedział Prinan cierpko. – Ja osobiście nie znam żadnych wielkich magicznych sekretów.

– A ja być może mam coś do zaproponowania – oznajmił Ardalen, uśmiechając się łobuzersko. – To niewielka sztuczka, której nauczył mnie mój mistrz, a która może okazać się przydatna. Chętnie się nią podzielę, jeśli miałaby pomóc w obronie Kyralii.

– Sądzę, że każdy z nas musi rozważyć, co przyniesie więcej korzyści: obrona Kyralii czy utrzymanie w tajemnicy swej wiedzy magicznej – powiedział Werrin. – Wszelkie sekrety przepadną, jeśli zginiemy. A możemy być pewni, że żaden Sachakanin nie zapłaci kyraliańskiemu magowi za jego wyjątkowe talenty... jeśli w ogóle przetrwamy podbój.

– Wątpię, czy Sachakanie pozostawiliby jakichkolwiek kyraliańskich magów przy życiu – mruknął ponuro Narvelan.

Nastąpiła dłuższa chwila ciszy, po czym Werrin powiódł wzrokiem ponownie po zebranych, tym razem spoglądając w oczy również uczniom.

– Czy młodzi, za których jesteśmy odpowiedzialni, mają jakieś pytania albo sugestie?

Magowie popatrzyli na swoich uczniów, którzy kręcili przecząco głowami albo wzruszali ramionami. Jayan zagryzł wargę. Zdawał sobie sprawę z tego, że Dakon spogląda na niego z uniesioną wyczekująco brwią. Kiedy Werrin otwierał już usta, żeby ogłosić, że zebranie się skończyło, Jayan odchrząknął.

– Ja mam pewien pomysł – powiedział.

Wszystkie oczy skierowały się na niego, musiał więc zwalczyć nagły przypływ zdenerwowania.

– Słucham, Uczniu Jayanie – zwrócił się do niego Werrin.

– Wiem, że była o tym mowa wcześniej i ten pomysł został odrzucony, ale pozwolę sobie poddać go raz jeszcze pod dyskusję – zaczął Jayan, starannie dobierając słowa. Spojrzał na Tessię, żeby przyciągnąć oczy pozostałych na chwilę ku niej. – Uczennica Tessia i ja odkąd wyjechaliśmy z Imardinu, mieliśmy niewiele lekcji z naszym mistrzem. Dla mnie nie jest to duża strata, ponieważ mam za sobą wiele lat nauki. Ale Tessia i inni uczniowie prawie nie mieli treningu, co najwyżej podstawy obrony. – Urwał, żeby zaczerpnąć powietrza. – Czy moglibyśmy zacząć naukę we własnym gronie?

Werrin zdążył już się nachmurzyć, spodziewając się tej prośby ze strony Jayana. Spojrzał po pozostałych magach, którzy sprawiali wrażenie równie mało chętnych do przyjęcia tej propozycji.

– Czy mogę zasugerować coś innego? – odezwał się Dakon.

Jayan spojrzał na swego nauczyciela z zaskoczeniem, ale i pewnym rozczarowaniem. Liczył na poparcie, a nie kontrpropozycję.

– Jestem pewny, że wszyscy wiemy, jak fatalne w skutkach jest to, że musimy zaniedbywać naukę, którą wedle prawa powinniśmy zapewniać naszym uczniom w zamian za moc – powiedział Dakon.

– Moc, której nie powinni zużywać bez potrzeby – wtrącił się Ardalen.

– Owszem – zgodził się Dakon. – Nie powinni być zmuszeni sami się bronić, chyba że w bardzo nietypowej albo rozpaczliwej sytuacji. W takich przypadkach lepiej mieć ucznia osłabionego niż martwego, nieprawdaż?

Ardalen przytaknął, wzdrygając się jednocześnie.

– Nie jest wskazane, by uczniowie uczyli uczniów – ciągnął Dakon. – Było to zasadą od niepamiętnych czasów. My jednak nie mamy czasu na ich edukację. A może jednak? Ile czasu zajmuje siedmiu magom przekazanie tej samej lekcji siedmiu uczniom? Tyle samo, ile zajęłoby jednemu uczenie siedmiu tej samej lekcji? Nie sądzę. – Uśmiechnął się. – Jeśli zgodzimy się co do tego, czego uczyć, to czy będzie problemem, by jeden z nas uczył grupę uczniów? Możemy dzielić się tą odpowiedzialnością, wymieniając się: za każdym razem uczy inny mag, w zależności od okoliczności.

Przez chwilę panowało milczenie. Wszyscy siedzieli zamyśleni, błądząc wzrokiem po zgromadzonych i w końcu zatrzymując go na Werrinie.

– Musimy przemyśleć tę propozycję – zaczął Werrin.

– Nie – przerwał mu Hakkin. – Sądzę, że decyzja powinna zapaść tu i teraz. Jeśli tylko te lekcje nie będą nam zabierać czasu i mocy potrzebnych do ważniejszych i pilniejszych rzeczy, no i o ile się zgodzimy co do tego, czego nauczać, popieram ten pomysł. Myślę, że pomijając inne korzyści, pomoże nam to odbudować morale. A przynajmniej poczuć się, jakbyśmy mieli jakieś osiągnięcia.

– Doskonale. – Werrin powiódł wzrokiem po twarzach magów. – Czy ktoś jest przeciwny?

Nikt się nie odezwał. Jayan poczuł się tak, jakby w jego sercu zabrzmiała jakaś pieśń zwycięstwa. Nie na to liczył. Ale to było lepsze, ponieważ podejrzewał, że jako najbardziej doświadczony z uczniów to on musiałby głównie zajmować się uczeniem, gdyby magowie przystali na jego propozycję.

– W takim razie zaczniemy grupowe lekcje – oznajmił Werrin. – Ale nim zaplanujemy ich treść i ustalimy jakiś podział lekcji dla mistrzów, skoncentrujmy się może na posiłku. Myślę, że jest już gotowy.

Jayan podążył za spojrzeniem Werrina i zobaczył, że służący mieszają w trzech sporych kotłach stojących na płaskiej skale, którą jeden z magów podgrzał, żeby uniknąć dymu z ogniska.

Znowu zupa, pomyślał Jayan, krzywiąc się lekko. *Nie byłaby nawet taka zła, gdyby było w niej coś poza pomarszczonymi jarzynami i trafiającym się z rzadka kawałkiem twardego, przesolonego suszonego mięsa.*

Wątpił jednak, żeby ktokolwiek zamierzał narzekać. Wiedział, że jest zbyt głodny, by miało to dla niego znaczenie.

ROZDZIAŁ 25

Hanara zdjął wiązki chrustu z pleców i natychmiast poczuł na skórze przenikliwie zimny wiatr, zmieniający jego pot w kryształki lodu. Rzucił patyki koło ogniska. Takado siedział wpatrzony w płomienie, na jego twarzy malowała się zaduma, ale i tłumiona irytacja, którą tylko Hanara znał tak dobrze, że potrafił ją rozpoznać.

Jochara przykucnął obok pana, gotów skoczyć na każde skinienie. Według Hanary nowe źródło potrzebowało sporo czasu, by nauczyć się nie przeszkadzać Takadzie, kiedy miał taki nastrój. Oparzenie na policzku musiało boleć. Hanara poczuł odrobinę litości, ale nie wielkie współczucie. Widząc, jak niektórzy z sojuszników Takady traktowali swoich niewolników, widział, że on i Jochara mieli szczęście.

A ja miałem więcej szczęścia niż oni wszyscy, bo przez krótki czas byłem wolny.

Powstrzymał się od parsknięcia. Wolność, którą poznał, nie była nigdy zupełnie prawdziwa. Od początku wiedział, że Takado wróci po niego. Gdyby wolność miała być prawdziwa, nie trwałaby tylko przez jakiś czas. To było jak drobna nagroda. Drobne ustępstwo – czas na pozbieranie się.

Pozostali magowie i ich niewolnicy byli zajęci rozstawianiem namiotów i wynoszeniem jedzenia. Ponieważ Takado nie wydał innego rozkazu, Hanara wrócił do lasu. Robiło się już ciemno, więc szukanie chrustu stawało się coraz trudniejsze. W pewnym momencie jakiś czarny kształt prześlizgnął się po ręce Hanary. Niewolnik z bijącym sercem upuścił podniesioną gałąź i powrócił do zbierania chrustu, starając się nie myśleć o dziesiątkach drobnych odnóży przebiegających po jego skórze.

Ogień był zbytkiem. Takado wybrał na obóz miejsce w krętej dolinie, która ukrywała światło przed wszystkimi, z wyjątkiem tych, którzy znajdowali się od niego w odległości paru kroków. Tak wysoko w górach noce wciąż były bardzo chłodne. Magowie ogrzewali się co prawda magią, ale woleli oszczędzać moc.

W tej samej chwili, w której Hanara zarzucił sobie pierwszą wiązkę na plecy, usłyszał głos. Spojrzał w głąb doliny i dostrzegł chwiejące się w powietrzu kule świetlne i kilka zbliżających się cieni. Nie zdołał zobaczyć wiele między drzewami, ale coś w sposobie poruszania się tych ludzi było znajome. Hanara porzucił wiązkę chrustu i popędził w stronę obozowiska.

Takado podniósł wzrok i uniósł pytająco brew, kiedy Hanara podbiegł ku niemu.

– Dovaka – wydyszał Hanara.

Przez twarz Takady przebiegł grymas, ale szybko znów zagościł na niej spokój. Pan skinął głową ze wzrokiem utkwionym w ziemi.

Hanara skulił się obok Jochary i czekał. *Będzie ciekawie*, pomyślał. Z tego, co podsłuchał, doszło do walki między kilkoma sojusznikami Takady i jakimiś Kyralianami. Takado od tego czasu milczał. I to niedobrym milczeniem. Jego głos był spokojny i wyważony w sposób, którego Hanara już dawno nauczył się lękać.

Takado był rozgniewany. I to bardzo.

Inni magowie w jego grupie byli ostrożni, jeśli chodzi o okazywanie entuzjazmu. O jednego Kyralianina mniej, mówili, oznacza kolejny sukces, który może przyciągnąć ludzi. Zazwyczaj jednak zachowywali swoje opinie dla siebie. Takado mówił niewiele i trudno było z tych słów wywnioskować jego zadowolenie albo niezadowolenie.

Kiedy rozbili obóz i wysłali niewolników do punktu komunikacyjnego, żeby druga grupa mogła ich znaleźć, magowie zasiedli i czekali. W końcu przyjechała, ale bez dwóch członków: Dovaki i Nanagi. Nikt nic nie wiedział o tej konfrontacji.

Przybycie Dovaki poprzedziły powitalne wołania, a w końcu na polanie pojawił się mag i jego przyjaciel, a za nimi niewolnicy. Takado wstał.

– Słyszałem, że mieliście pracowity dzień – odezwał się.

Dovaka wyszczerzył zęby w uśmiechu.

– Owszem. Jeden z tych marnych, bladych barbarzyńców zapuścił się samotnie na przeszpiegi.

– Znalazł was? – Takado uniósł brwi.

Na czole Dovaki zarysowała się zmarszczka niezadowolenia z odkrycia czegoś, co bardzo chciał ukryć.

– Nie. Węszył, więc nauczyliśmy go lepszych manier.

– W sposób, który niewątpliwie da mu mnóstwo okazji do pochwalenia się nowymi umiejętnościami w przyszłości – dokończył Takado z uśmiechem.

Dovaka zawahał się, po czym na jego twarzy pojawił się uśmiech.

– Nie, żadnych.

Nastąpiła chwila milczenia. Hanara zauważył, że pozostali magowie przyglądają się Takadzie z uwagą.

Takado uśmiechnął się szeroko.

– W takim razie gratuluję: wam pierwszym udało się zabić kyraliańskiego maga. Zapiszemy to w kronikach. Usiądźcie. – Zerknął na Jocharę. – Trzeba uczcić ten sukces.

Niewolnik popędził ku jukom i przyniósł trunki, a magowie rozsiedli się wokół ogniska.

– Mam tylko nadzieję, że nie zapiszecie się w tych kronikach jako ci, którzy pogrążyli nasze szanse na podbój Kyralii.

Dovaka wzruszył ramionami.

– Zabijając jednego Kyralianina?

– To czyn, który, jak wszyscy wiemy, nie przejdzie bez echa – odparł Takado. – Oni powstrzymywali się przed zabijaniem z tych samych przyczyn co my. A teraz, kiedy zginął jeden z nich, przestaną mieć opory. Zmienią taktykę. My też musimy to zrobić. Nie mów mi, że nie zdawaliście sobie z tego sprawy? Dlatego właśnie zakazałem zabijać ich magów, dopóki nie będziemy gotowi.

– Jesteśmy gotowi – prychnął Dovaka. – Jest nas dość dużo i jesteśmy dostatecznie mocni, żeby zająć dziesięć wiosek. A ty byś czekał, aż cała Sachaka zjedzie się w te góry i będzie się błąkać w ukryciu.

– Dziesięć wiosek. – Takado zaśmiał się krótko.

Nie powiedział już nic więcej. Butelka zatoczyła koło, podał ją więc znowu Dovace.

– Kyralian jest mało i są głupi – oznajmił Dovaka i pociągnął głęboki łyk, przenosząc wzrok z Takady kolejno na pozostałych magów. – Moglibyśmy zająć jedną trzecią ich ziem. Ich wioski są tak od siebie oddalone, że nie będą w stanie ich bronić.

– My też nie – odparował Takado. – Po co więc tracić czas i energię, nie mówiąc już o sachakańskich żywotach, żeby zdobyć wioskę, którą i tak odbiją?

– Możemy odejść równie łatwo jak przyjść… a kiedy wieści o tym, że zajęliśmy ich ziemię, dotrą do domu, ludzie zaczną do nas napływać gromadami. Chowanie się i włóczęga po lesie nie zachęci nikogo do porzucenia wygodnych domów. A zajęcie ziemi owszem. Kiedy zaś następni do nas dołączą, będziemy mogli zająć większe terytorium, aż zostanie nam do zdobycia jedynie Imardin. – Dovaka pociągnął kolejny haust trunku.

– Doznałeś olśnienia? – spytał Takado.

Dovaka zamrugał, zajrzał do butelki i podał ją następnemu magowi.

– Więcej niż olśnienia. Mam cel i plan.

– Hmmm – powiedział cicho Takado, kiwając głową. – Ja również. Jaki jest twój plan? Czego właściwie chcesz od tej wyprawy?

Oczy Dovaki rozbłysły.

– Kyralii.

– Całej dla siebie?

– Nie! Dla Sachaki. – Dovaka uśmiechnął się szeroko. – Oczywiście, jakiegoś kawałka chcę dla siebie. Chcę czegoś w nagrodę za przy… całe to ryzyko.

– Tak – powiedział Takado. – Wszyscy chcemy. Każdy z nas ma coś do zaoferowania w tym przedsięwzięciu, niezależnie od tego, czy należy do ryzykantów, czy ostrożnie planuje swoje kroki, każdy ma też coś do wygrania. Wszyscy musimy działać tak, jak dyktuje nam zdrowy rozsądek.

Pojawiło się jedzenie, włącznie z upieczonym magicznie udźcem rebera, przyniesione przez grupę Dovaki, i rozmowa potoczyła się w nieco bardziej praktycznym kierunku. Butelka Takady była już pusta, więc otwarto następną. Wyglądało to jak świętowanie, ale chociaż Hanara czuł ulgę na myśl o tym, że spotkanie Dovaki i Takady nie zamieniło się w walkę, miał też wrażenie, że nie wszystko jest w porządku.

Noc stawała się coraz ciemniejsza. Magowie ziewali i zaczęli układać się do snu. Dovaka i Nanaga, zataczając się, ruszyli w kierunku swoich namiotów i niewolnic. Kiedy się oddalili, Dachido nachylił się do Takady.

– Co zamierzasz zrobić? – mruknął.

Wargi Takady wykrzywił grymas.

– Nic. Prawdę mówiąc, jestem zadowolony z tej pierwszej śmierci, bo mogę teraz wprowadzić w czyn część moich planów. – Pokiwał głową. – Nasz ryzykancki przyjaciel może się przydać.

Dachido wpatrywał się w Takadę, nie wyglądając na przekonanego.

– Zapytałbym, co knujesz, gdyby nie to, że wiem, jaka będzie odpowiedź. Dowiemy się we właściwym czasie. Dobranoc.

Kiedy Dachido odszedł, Hanara poczuł jakiś ciężar na ramieniu i uświadomił sobie, że Jochara zasnął, opierając się o niego. Obudził chłopaka kuksańcem, i w nagrodę za przysługę otrzymał tylko ponure spojrzenie spode łba. Chwilę później Takado podniósł się i ruszył do swojego namiotu, a za nim pospieszyli dwaj niewolnicy.

Gdzieś za zasłoną chmur słońce wspinało się powoli nad horyzont. Do polany docierało jedynie przyćmione naturalne światło, dlatego obóz oświetlało kilka magicznych kul. Większość magów jeszcze spała – tylko paru rannych ptaszków wyszło już z namiotów, żeby zwolnić pełniących wartę.

Uczniowie stojący przed Dakonem wyglądali przede wszystkim na zdziwionych lub złych, aczkolwiek co chwila któryś mrugał oczami w nagłym olśnieniu i przybierał nieco bardziej przychylną minę.

– Kilku z was domyśliło się, dlaczego zostaliście obudzeni tak wcześnie – zwrócił się do nich Dakon. – Parę dni temu uznaliśmy, że nie wolno zaniedbywać nauki, a jedynym praktycznym sposobem na to, byście kontynuowali lekcje, jest prowadzenie ich przez jednego maga dla wszystkich uczniów. Zgłosiłem się na ochotnika jako pierwszy nauczyciel.

Przyglądał się im po kolei, zapamiętując, którzy wyglądali na zmartwionych, którzy na powątpiewających, czy wreszcie którzy sprawiali wrażenie chętnych. Śmierć Sudina i Akena może i zmusiła wszystkich do przyznania, że inwazja sachakańska jest realnym zagrożeniem, ale Dakon wiedział, że pewni magowie wciąż nie zgadzają się na dzielenie się wiedzą i boją się tego.

Miał plan, który powinien uspokoić wątpiących. Wszyscy zgodzili się, że uczniowie muszą opanować sztukę obrony. Lekcje zatem powinny być poświęcone wyłącznie sztukom walki z naciskiem na obronę.

Dakon rozmyślał o tym długo w nocy. Wyobrażał sobie te lekcje, jak rozgrywki kyrimy, aczkolwiek między grą a prawdziwymi bitwami była spora różnica.

– Zaczniemy od zabawy w kyrimę, w której to wy będziecie pionkami – powiedział. – Zanim jednak przejdziemy do gry, ustalimy podstawowe reguły, których wszyscy musicie przestrzegać. Wszystkie uderzenia muszą być nieszkodliwymi pociskami świetlnymi. Czy ktoś nie wie, jak je tworzyć? – Nikt nie podniósł ręki, więc Dakon kontynuował. – Tarczę ucznia uznamy za strzaskaną, jeśli uderzy w nią jeden pocisk, ale jeśli taka osoba nie udzieliła jeszcze swojemu magowi mocy w danej rundzie, to może odebrać dwa uderzenia. Osoba, której tarcza rozpadnie się, musi wycofać się z gry. Bądźcie uczciwi, to jest nauka, a nie rywalizacja o wyniki.

Każda strona wybierze jedną osobę, która będzie odgrywała rolę maga. Mag może się osłaniać, ale może również otrzymać tylko pięć uderzeń plus po jednym za każdego ucznia, od którego zdoła pobrać moc w danej turze. Między rundami magowie mogą awansować uczniów na magów. Oczywiście odgrywający magów nie muszą ranić swoich uczniów, ale muszą ich dotykać przez czas pozwalający na policzenie do trzydziestu. Jeśli przyłapię kogoś na kaleczeniu innych lub posługiwaniu się szkodliwymi albo bolesnymi uderzeniami, osoba taka zostanie wykluczona z treningu.

Przeszedł między nimi, rozdzielając ich na dwie mniej więcej równe grupy.

– Uczniowie po mojej lewej to jedna grupa, ci po prawej druga – kontynuował Dakon. – Kiedy zaczniecie grę, pamiętajcie, że kyrima nie jest odbiciem prawdziwej bitwy magicznej. Po grze zbierzemy się i przedyskutujemy różnice i postępowanie w walce.

Większość uczniów miała uśmiechy na twarzach – najwyraźniej myśleli, że będzie to łatwa zabawa. *Mam nadzieję, że to nie okaże się bezużyteczne i że nikt nie zostanie ranny.* Dakon nigdy nie bawił się w kyrimę żywymi ludźmi. *Jak dotąd nie uczyłem więcej niż dwojga uczniów jednocześnie. Muszę po prostu wymyślić, jak to ma wyglądać.*

– Które zasady obowiązują, Mistrzu Dakonie? – spytał Mikken.

– Zwyczajne. – Dakon rozważał odrzucenie wszystkich systemów zasad, ale wiele z nich stworzono po to, żeby uczynić grę bardziej atrakcyjną i łatwiejszą w rozgrywce.

Te, które okażą się nieprzydatne, można znieść po kilku grach.

– Czy będziemy rzucać kostkami, by ustalić moc magów? – dociekał Leoran.

Dakon zaprzeczył.

– Ponieważ będziemy się posługiwać nieszkodliwymi pociskami świetlnymi, moc nie będzie miała znaczenia. Możemy przyznać każdemu z magów określoną liczbę uderzeń do wykorzystania, ale ciężko będzie to liczyć. Chociaż kiedyś możemy spróbować.

– Czy będziemy liczyć punkty? – spytała Tessia.

– Nie. – Dakon uśmiechnął się ponuro. – Gra kończy się, kiedy tarcza jednego z magów zostanie roztrzaskana.

Na te słowa wszyscy spochmurnieli. *Wiedzą, że to znaczy „nie żyje". To dobrze. Będą traktować grę poważnie i kwestionować te przepisy, które nic nie dają.*

Uniósł brwi, czekając na kolejne pytania, ale uczniowie stali w milczącym oczekiwaniu.

– Zaczynamy? Wybierzcie więc przywódców.

Już w momencie, kiedy grupy rozeszły się na boki i zaczęły radzić, kto powinien być ich magiem, pojawiły się uwagi na temat różnic między tym, co mieli robić, a prawdziwym życiem. Uczniowie nie wybierają mistrzów. Większość magów ma po jednym uczniu, a z tego, co udało się ustalić, wynika, że najeźdźcy nie mają więcej niż czterech, pięciu niewolników.

Kiedy wybrano już magów, jedna z grup odwróciła się, by druga mogła ustawić się na polanie, po czym ci, którzy już się poukrywali, zamknęli oczy, żeby ich przeciwnicy mogli przyjąć pozycje. Dakon zauważył, że kilku magów wyszło z namiotów, by się przyglądać.

Gdy rozgorzała „bitwa", zaczęło się mnóstwo śmiechu i przeklinania. Dakon spostrzegł, że uczniowie są całkowicie bezbronni, kiedy weźmie się od nich moc. Ich najlepszą strategią było ukrycie się lub przebywanie blisko mistrza, za jego tarczą. Jeden z magów, zirytowany tym, że tylko on atakuje przeciwnika, podniósł ucznia do rangi maga, ale wybrał przyjaciela zamiast najlepiej się do tego nadającego współgracza.

Po zakończeniu gry wszyscy zebrali się, by omówić bitwę. Jeśli nie liczyć kilku oskarżeń o nieuczciwość – dotyczących uczniów, którzy nie usiedli, kiedy ich tarcza „roztrzaskała się" – wszyscy kipieli od pomysłów. Zgodzili się co do tego, że po obu stronach powinno być więcej magów, każdy z nie więcej niż dwójką uczniów, i że powinni mieć ograniczoną liczbę uderzeń, o której zadecyduje rzut kostką. Po czym zaczęli kolejną rozgrywkę.

Była ona zupełnie inna. Nagle okazało się, że jest więcej atakujących i więcej celów. Natychmiast pojawiły się problemy z komunikacją i koordynacją działań. Obie strony zaczęły posługiwać się znakami, żeby przekazywać swoje zamiary, znaki te jednak dostrzegali również przeciwnicy. Ponieważ żaden z magów nie był dowódcą, doszło do kłótni, a nawet działań na niekorzyść własnej grupy.

W pewnym momencie dwóch sprzymierzonych magów spróbowało skoordynować swoje działania, uderzając w nieprzyjaciela równocześnie, ale kilka pocisków się zmarnowało, ponieważ źle obliczali moment ataku.

Dakon zorientował się nagle, że obok niego stoi Mistrz Ardalen.

– Znam sztuczkę, której muszę cię nauczyć, zanim wyjadę – mruknął. – Po zakończeniu tej gry.

Dakon zerknął na niego ze zdumieniem, po czym przytaknął. Rozejrzał się wokół i uświadomił sobie, że wszyscy magowie już wstali i przyglądają się lekcji. Marzył teraz tylko o tym, by ta partia szybko się skończyła i mógł uniknąć ich oceny, ale zmusił się do obserwowania graczy. Co takiego mógł znać Mistrz Ardalen, o czym Dakon nie miał pojęcia? Z całą pewnością powiedział „cię", a nie „ich".

Kiedy jedna z grup w końcu uległa, Dakon odrzucił pokusę zwolnienia ich od razu. Kazał im omówić, co robili i czego się nauczyli oraz czy gra wymaga kolejnych modyfikacji. Po czym zwrócił się do Ardalena.

– Co z tą sztuczką? – zapytał.

– Dobrze – odparł Ardalen. – Potrzebuję do jej pokazania dwóch uczniów. – Spojrzał na grupkę rozentuzjazmowanych twarzy i wskazał Refana oraz Leorana. – Ci dwaj się nadadzą. Chcę, żeby jeden z was posłał uderzenie w tamten stary pniak. – Poklepał Refana po ramieniu, wskazując mu wielki złamany pień na skraju polany. – Uderz w to, posługując się taką ilością mocy, byśmy zobaczyli efekt.

Powietrze zadrżało, a z suchego pnia poleciały drzazgi.

– Teraz ty, Leoranie. Połóż rękę na ramieniu Refana. Chcę, żebyś wysłał mu moc. Nie kształtuj jej w ciepło ani siłę. Po prostu pozwól na przepływ nieuformowanej magii. Refanie, zastanów się, czy potrafisz wyczuć i zaczerpnąć tę moc.

Dakon poczuł niesmak. To za bardzo przypomina wyższą magię. Zobaczył, że pozostali magowie podchodzą bliżej, marszcząc brwi z niepokojem.

– Czuję, ale… nie jestem w stanie jej chwycić – odparł Refan.

– I nie zdołasz tego zrobić – potaknął Ardalen. – Ponieważ dopóki nie nauczysz się wyższej magii, nie będziesz wiedział, jak ją w sobie zmagazynować. Ale możesz ją skanalizować. Weź tę magię, nie używając swojej, i uderz ponownie w pniak.

Powietrze zamigotało znowu i z suchego drewna poleciały drzazgi.

– Użyłem magii Leorana! – zawołał Refan.

– Owszem – odpowiedział Ardalen. – Kiedy mój mistrz był uczniem, on i jego przyjaciel nie mogli się doczekać pasowania na magów. Usiłowali więc uczyć się wzajemnie, ale zamiast wyższej magii odkryli to. Jest to przydatne, kiedy jeden z magów jest wyjątkowo uzdolniony, albo też kiedy zadanie wymaga pojedynczego, bardzo dokładnego strumienia magii, potrzeba zaś więcej mocy, niż posiada jeden mag, inni mogą wtedy przyłączyć się do siły uderzenia. Tak sobie teraz myślę, że mogłoby się to przydać w bitwie.

Dakon poczuł wzrastające zaciekawienie.

– Kazałem uczniom odgrywającym rolę magów liczyć do trzydziestu, kiedy markują pobieranie mocy od uczniów. Dzięki temu będzie to niepotrzebne… och! To oznacza, że nie musimy wcale ranić naszych uczniów, prawda?

Ardalen pokręcił głową.

– W tej sytuacji nie, ale podejrzewam, że magowie nie zrezygnują z tradycji przecinania skóry, ponieważ to daje im kontrolę. A jej utrata ma swoje złe strony. Bez niej udzielający mocy musi ją wysyłać dokładnie w chwili, kiedy jej odbiorca może ją przyjąć, inaczej magia rozpłynie się i zmarnuje. – Urwał. – Ale wielką zaletą jest to, że jeśli wykona się to poprawnie, to tarcza wzniesiona mocą dwóch lub więcej magów będzie przepuszczać pociski ich wszystkich, a nie działać tak, jakby uderzenia pochodziły z zewnątrz.

Magowie przybliżali się, żeby posłuchać wyjaśnień Ardalena. Wszyscy byli zamyśleni, odrzucili podejrzenia czy niepokój.

– Poruszanie się z uczniem lub magiem trzymającym rękę na twoim ramieniu może być nieco dziwaczne – odezwał się Narvelan. – Ale dostrzegam w tym spory potencjał. Na przykład dwaj uczniowie mogliby bronić się z podwójną siłą przeciwko atakowi nieprzyjaciela.

Wszyscy magowie zaczęli rozprawiać o możliwych zastosowaniach sztuczki Ardalena. Dakon rozglądał się po ich twarzach i dostrzegł samego Ardalena spoglądającego na drugi koniec obozu, gdzie czekali służący z kilkoma końmi.

Mag westchnął.

– Wolałbym zostać tutaj i pomóc w rozwijaniu i dyskutowaniu odkrycia mojego mistrza, ale Mistrz Prinan, Mag Genfel i ja musimy już jechać. – Rozmowy ucichły. – Ja muszę odbić przełęcz. – Uśmiechnął się ponuro. – Genfel ma wykurzyć obcych magów, a Prinan zająć się drugą przełęczą. Wam pozostaje polowanie na Sachakan. Powodzenia.

– Obawiam się, że ty będziesz go potrzebował bardziej niż my – odparł Narvelan. – Uważaj na siebie.

– Oczywiście.

– I dziękuję – dodał Dakon.

Ardalen spojrzał na niego z uśmiechem, po czym oddalił się. Uczniowie wymieniali pożegnania, kiedy Mikken, Refan i uczeń Genfela udali się za swoimi mistrzami. Ci, którzy pozostali, patrzyli w milczeniu, jak ich towarzysze wsiadają na konie i odjeżdżają.

– Czy oni są bezpieczni? – zapytał cichy głosik tuż przy boku Dakona.

Mag spojrzał w tym kierunku i dostrzegł zmartwioną twarz Tessii.

– Jadą na południe, by zebrać ludzi, a o ile wiemy, Sachakanie nie opuścili na razie gór – odpowiedział jej cicho. – Nikt nie wie, czy będą całkowicie bezpieczni, ale podróżowanie grupą jest z pewnością lepsze niż w pojedynkę. Co sądzisz o mojej lekcji?

Na jej ustach pojawił się cień uśmiechu.

– Po raz pierwszy kyrima mi się podobała. Choć nie jestem pewna, czy „podobała" jest dobrym określeniem. W każdym razie wreszcie miała sens.

Dakon przytaknął. *Ponieważ oddawała ponurą rzeczywistość wojny. Co za wstyd, że trzeba było czegoś takiego, by podać w wątpliwość nasze metody szkolenia magów.*

ROZDZIAŁ 26

Steria zatrzymała się na środku pokoju, kiedy tylko odkryła, że znów nerwowo po nim krąży. Zacisnęła pięści i odwróciła się do Vory.

– Ile jeszcze zamierzają mnie tu trzymać w zamknięciu? To już dwa tygodnie! Ojca widziałam tylko wtedy, kiedy miał gości. Dlaczego on do mnie nie przyjdzie ani nie wezwie do siebie?

Czy on w ogóle się mną nie interesuje? – chciała dodać. *Nie pragnie mojego towarzystwa? Nie chce wiedzieć, czy cokolwiek poczułam do mojego przyszłego męża – sympatię, nienawiść, obojętność?*

Vora wzruszyła ramionami.

– Pan Sokara jest bardzo zajętym człowiekiem, tak mówią niewolnicy, panienko. Karawana z barwnikami wysłana do Elyne zaginęła w drodze. A zamieszki wywoływane przez ichanich w Kyralii sprawiły, że stracił paru nabywców w Elyne.

Steria utkwiła spojrzenie w niewolnicy.

– Matka straciła towar i klientów? Czy wiesz, jakie poniosła straty?

– To wszystko, co wiem. I jeszcze że twój ojciec usiłuje sfinalizować tutaj transakcje, które pokryją jego straty tam.

– *Jego* straty? – Steria prychnęła. – To matka wykonuje całą pracę w Elyne. – Znów zaczęła krążyć po pokoju. – Gdyby tylko zechciał ze mną *porozmawiać*. Ta niewiedza doprowadza mnie do szaleństwa! – Zatrzymała się i rozejrzała z irytacją po pokoju. – Mam dość tych ścian. Jeśli nie mogę się z nim spotkać, to chcę przynajmniej wyjść na zewnątrz. Czy w tym mieście jest jakiś targ? – Zamyśliła się. – Oczywiście, że jest. I nawet jeśli nie mam pieniędzy, mogę przynajmniej przyjrzeć się temu, co będę mogła kiedyś kupić. I może uda mi się dowiedzieć czegoś więcej o sytuacji w Elyne.

Podeszła do skrzyni, w której Vora trzymała jej peleryny, i otwarła ją.

– Nie możesz wyjść z domu, panienko – odezwała się niewolnica. – Nie bez jego pozwolenia.

– Nie bądź śmieszna. Jestem dorosłą kobietą, nie dzieckiem. – Steria wybrała najmniej jaskrawe okrycie i zarzuciła je na ramiona.

– Tu wszystko wygląda inaczej – odparła Vora. – Potrzebujesz straży i opieki mężczyzny. Mogę zapytać panicza Ikaro, czy…

– Nie – przerwała jej Steria. – Nie mieszaj w to mojego brata. Wezmę z sobą kilku niewolników. I zakryty powóz. Jeśli ktokolwiek zapyta, możemy powiedzieć, że jest ze mną ojciec, ale nie chce z nikim rozmawiać. Albo mój brat.

Zawiązała tasiemki peleryny i ruszyła ku drzwiom. Vora pospieszyła za nią, Steria poczuła pociągnięcie. Materiał zebrany na plecach rozwinął się i opadł do kostek.

– Dziękuję – mruknęła dziewczyna do niewolnicy. – Ale przestań się ze mną kłócić. Wychodzę. Wychodzimy. Jeśli cokolwiek się stanie, to ja… – Urwała i dokończyła w myślach: *naprawię to za pomocą magii.* – Wszystko będzie dobrze, obiecuję. Jak zwykli mawiać elyńscy kupcy, w życiu potrzebna jest wyłącznie pewność siebie, wiedza i mnóstwo bezczelności.

Dziesięć minut później siedziała z Vorą w zakrytym powozie wyjeżdżającym z domu na ulice miasta, z czterema potężnie zbudowanymi niewolnikami jako strażnikami i piątym – woźnicą.

– Widzisz? – powiedziała Steria. – Nikt nas nie zatrzymał.

– To nie jest uczciwe wobec niewolników – zaprotestowała Vora. – Oni zostaną ukarani.

– Za słuchanie rozkazów? Ojciec z pewnością nie jest tak okrutny.

Vora uniosła brwi, ale nic nie odpowiedziała.

Steria nie triumfowała już z powodu łatwego wydostania się z rezydencji. Wolałaby, żeby ojciec wyszedł i zakazał jej wyjazdu, dając jej okazję do zapytania go o handel i matkę. Westchnęła, oparła się o siedzenie powozu i przyglądała przemykającym za oknem wysokim białym murom.

Czy całe miasto tak wygląda? – zastanawiała się. *Nie pamiętam dobrze Arvice. Może nigdy nie wychodziłam z domu. Nie wyobrażam sobie matki, która zgodziłaby się siedzieć cały czas w zamknięciu. Ale podejrzewam, że to mogło być jednym z powodów, dla których znienawidziła Sachakę. Może to wcale nie miało nic wspólnego z tym, że ojciec był niedobry dla niewolników.*

Może był niemiły dla niej, może usiłował ją zmusić do pogodzenia się z sachakańskimi obyczajami. Steria poczuła, że robi się jej słabo na tę myśl. Jeśli tak było, to z nią zapewne będzie postępował tak samo. I każdy mężczyzna, który zostanie jej mężem, też. Wzdrygnęła się. *Muszę jakoś uniknąć małżeństwa. A potem przekonać ojca, że mogę dla niego pracować.*

Zaczęła sobie wyobrażać, jak znajduje mu nowych klientów na targu. Doskonale wiedziała, że to mało prawdopodobne, ale umilała sobie drogę tym rozmyślaniem. Nagle sceneria za oknem zmieniła się tak bardzo, że Steria potrzebowała chwili, by uzmysłowić sobie, co ma przed oczami.

Białe mury skończyły się, a powóz wjechał w szeroką aleję, z której odchodziły szpalery idealnie przyciętych drzew i klomby pełne wielokolorowych kwiatów, prowadzące do ogromnego budynku. Steria natychmiast rozpoznała zaokrąglone białe ściany i kopuły Pałacu Imperatora, znanego jej z rycin i malowideł – a może i po części ze wspomnień.

W całym budynku nie ma ani jednej prostej ściany, przypomniały jej się słowa ojca. *Chodzi się w kółko i w kółko i bardzo łatwo pobłądzić – taki jest oczywiście cel. Każdy najeźdźca natychmiast zgubiłby drogę. Mury są niezwykle grube, ale słyszałem, że puste w środku, tak więc obrońcy mogą otworzyć wejścia i atakować ze środka.*

Chwilę później powóz przejechał na drugą stronę i nudne wysokie mury zastąpiły znów widok na pałac. Steria zamknęła oczy, żeby zatrzymać na chwilę jego obraz, a także wspomnienie bliskości z ojcem. Bladło powoli, zastępowane przez niepokój i smutek.

Może gdybym zawsze z nim mieszkała, sprawy ułożyłyby się inaczej. Ale wtedy nie znałabym matki. I nie cieszyła się taką wolnością. I nie nauczyła się magii.

Powóz zakręcił i zatrzymał się, a kiedy stanął, przez warstwy płótna na jego budzie do uszu dziewczyny zaczęły docierać dźwięki rozmów pomieszane z odgłosami zwierząt, a także brzękiem i stukaniem metalu i drewna. Steria spojrzała na Vorę.

– Targ?

Vora potaknęła.

– Musisz zabrać dwóch niewolników, panienko.

Zmarszczki, które na twarzy niewolnicy wyrysował niepokój oraz strach, sprawiły, że wyglądała starzej niż zwykle.

– Czy w ogóle musimy wysiadać? – spytała Steria.

Vora zacisnęła usta, a w jej oczach pojawił się błysk gniewu, a może i protestu.

– Wracać teraz, panienko? To byłoby marnowanie tego wyjazdu.

Steria uśmiechnęła się i kazała strażnikom otworzyć powóz.

Wysiadając, zauważyła, że targ otoczony jest kolejnym wysokim białym murem. Wejście prowadziło przez prosty łuk. Po obu jego stronach stali gwardziści, ale ich miny były przede wszystkim znudzone i żaden z nich nie zwrócił uwagi na Sterię, Vorę i dwóch niewolników wchodzących w panujący za bramą gwar i tłok.

Steria natychmiast zorientowała się, że są tam również inne kobiety. Miały na sobie peleryny, jak ona, i każdej towarzyszył mężczyzna, aczkolwiek jeden z nich był tak młody, że nazwałaby go chłopcem – jeszcze miał pryszcze na czole. Uspokojona, zaczęła wędrować powoli wzdłuż kramów, oglądając towary i przyglądając się cenom, a jej uwadze nie umykały postacie kobiet i dzieci skulonych lub pracujących na ciemnym zapleczu kramów.

Kupcy pochodzili z najróżniejszych nacji. Ciemnoskórzy Lonmarczycy w burych ubraniach sprzedawali suszone owoce i przyprawy. Bladzi, wysocy Lanowie o skórze pokrytej rysunkami oferowali wszelkiego rodzaju towary wykonane z rzeźbionej kości. Niscy Vindowie o brązowej skórze stanowili większość i oferowali pełny wybór dóbr produkowanych przez wszystkie pobliskie kraje. Nieliczni

Elynowie handlowali winem i gorzkim napojem sumi, który Steria polubiła.

Zauważyła też, że wśród kupców brakuje Kyralian. Natomiast kilku mężczyzn o poszarzałej skórze, odzianych jedynie w krótkie płócienne spódniczki, sprzedawało drogie kamienie.

– Kto to? – spytała Vory.

– Duna – odparła niewolnica. – Z plemion zamieszkujących Pustynię Popiołów na północy.

Przechadzając się po rynku, oglądając towary i odmawiając sprzedawcom uprzejmym uśmiechem i potrząsaniem głową, Steria wsłuchiwała się w rozmowy i podchodziła bliżej, ilekroć zobaczyła dyskutujących kupców. Do jej uszu docierały przekleństwa miotane bez wielkiego przekonania na ichanich, którzy utrudniali handel z Kyralią. Niektórzy rozważali możliwości, które pojawią się, kiedy Kyralia zostanie podbita. Inni obawiali się, że ichani zwrócą się następnie przeciwko imperatorowi i pogrążą Sachakę w wewnętrznych zamieszkach.

Steria rozmyślała o opiniach wyrażanych przez gości jej ojca. Uważali oni, że Sachaka i tak zmierza ku wojnie domowej.

Znając moje szczęście, znalazłam się w Sachace w najbardziej nieodpowiednim momencie.

Gdy razem z Vorą wyszły za róg, zobaczyła, że jakiś mężczyzna rzuca im ukradkowe spojrzenia, potem przyjrzał się uważnie Vorze. Następnie jego wzrok spoczął na Sterii i mężczyzna uśmiechnął się. Odpowiedziała uprzejmym, ale obojętnym skinieniem głowy, spuściła oczy i nie zwolniła kroku.

Z rozbawieniem stwierdziła, że serce bije jej nieco szybciej, i to nie dlatego, że poczuła się zagrożona. *Ależ przystojny mężczyzna! Doprawdy, gdyby ojciec wybrał go na mojego męża, trudno byłoby mi odmówić.*

Chwilę później zerknęła przez ramię. Vora pociągnęła ją za rękę, ale Steria zdążyła zauważyć, że mężczyzna dalej się w nią wpatruje.

– Przestań! – mruknęła niewolnica. – On to potraktuje jako zaproszenie.

– Zaproszenie do czego? – spytała Steria.

Czyżby i w Sachace istniał sposób na posiadanie kochanka? Może nie kiedy już wyjdzie za mąż, ale tymczasem…

– Do rozmowy – syknęła Vora, ciągnąc Sterię za róg.

– Tylko rozmowy? A co w tym złego?

Vora westchnęła z cichą rozpaczą, przebiegając oczami po tłumie.

– Nie mogę ci tutaj powiedzieć, panienko. Dopóki się nie nauczysz, z kim jest bezpiecznie rozmawiać, nie powinnaś się odzywać do nikogo. Może się skończyć tak, że zaczniesz rozmowę z nieprzyjacielem ojca lub obrazisz kogoś z jego sojuszników.

– A jak mam się nauczyć, z kim mogę bezpiecznie rozmawiać, skoro z nikim się nie widuję?

– Nauczę cię imion i rodów. – Vora zmarszczyła brwi i spojrzała przez ramię.

W tej samej chwili przystojny mężczyzna wyszedł spomiędzy kramów kilka kroków przed nimi. Odwrócił się i obdarzył Sterię uśmiechem.

– Musisz się wiele nauczyć. Dojdziemy do…

– Wybacz, pani, ale musisz być córką Ashaki Sokary?

Steria potaknęła z uśmiechem.

– Owszem.

– W takim razie to zaszczyt dla mnie cię powitać – powiedział mężczyzna. – Jestem Ashaki Kachiro. Moja rezydencja znajduje się tuż obok twojej, po południowej stronie.

– Och, więc jesteś naszym sąsiadem. – Steria popatrzyła na Vorę, ale niewolnica stała ze spuszczonym na ziemię wzrokiem. – Jestem Steria... i bardzo mi miło cię poznać, Ashaki Kachiro.

– Widzę, że nic jeszcze nie kupiłaś – powiedział Kachiro. – Czyżby nic ci się nie podobało?

– Rozglądam się tylko po towarach. Zaciekawiło mnie, że niektóre produkty trudno dostać w Capii, tu zaś jest ich mnóstwo, a bywa na odwrót, interesują mnie też różnice cen. – Kiedy ruszyła w kierunku kramu, przepuścił ją, ale natychmiast zjawił się obok niej. Bawiło ją to, że jest obdarzona taką atencją. *Okazał mi więcej zainteresowania przez te kilka chwil niż ojciec, odkąd tu przyjechałam.* – Część tych rzeczy jest zbyt delikatna, żeby stanowić dobry towar, ale niektóre błyskotki sprzedałyby się chyba nieźle w Capii.

– Widzę, że interesujesz się handlem.

– Owszem. Matka nauczyła mnie pomagać w tym, co robiła dla ojca w Elyne.

Była pewna, że w ten sposób nie zdradza wiele. Utrzymała w tajemnicy swoje i matki zaangażowanie. Jeśli sachakańscy mężczyźni rzeczywiście nie lubią prowadzić interesów z kobietami, powiedzenie, że matka zawiadywała interesami ojca, mogłoby go upokorzyć i odebrać mu klientów.

– A jakież to błyskotki sprzedałyby się, twoim zdaniem?

Uśmiechnęła się.

– Możesz pytać, ale musiałabym być głupia, żeby odpowiedzieć.

Zaśmiał się.

– Widzę, że nie jesteś głupia.

Czując, że ktoś ciągnie ją za rękę, Steria otrzeźwiała nieco. Nie powinna całkowicie ignorować ostrzeżeń Vory.

– Miło mi było cię poznać, Ashaki Kachiro, ale muszę już wracać do domu. Mam nadzieję, że jeszcze się spotkamy.

Potaknął w zamyśleniu. Kiedy odwróciła się i zaczęła oddalać, zrobił krok w jej stronę.

– Ja też muszę już jechać. A skoro jesteśmy sąsiadami... zapraszam do powrotu ze mną, moim powozem. Kobiecie bezpieczniej jest podróżować w męskim towarzystwie – nawet w mieście – a nie chciałbym, żeby spotkało cię coś niedobrego.

Steria zawahała się. Czy bezpieczniej będzie odmówić, czy przyjąć zaproszenie? A może odmowa świadczyłaby o nieuprzejmości? Rozmowa była miła, ale Steria nie ulegała tak łatwo urokowi przystojnych i czarujących mężczyzn, by od razu wskakiwać do ich powozów. Zerknęła na Vorę. Ku jej zaskoczeniu na twarzy niewolnicy malowało się niezdecydowanie. W końcu Vora skinęła nieznacznie głową, ale posłała też Sterii ostrzegawcze spojrzenie. Dziewczyna zwróciła się znów do Kachiro:

– Czy moja niewolnica może mi towarzyszyć?

– Oczywiście. I z pewnością chcesz, by twój powóz pojechał za nami.

– W takim razie przyjmuję zaproszenie, Ashaki Kachiro.

Wychodząc z targu, prowadzili niezobowiązującą rozmowę, następnie wydali niewolnikom rozkazy i wsiedli do jego powozu. Sterii sprawiało przyjemność zainteresowanie Kachiro jej życiem w Elyne oraz to, że wyraźnie imponowała mu jej znajomość spraw związanych z handlem, ale on też nie krył się w kwestii własnego życia i interesów. Zanim stanęli pod bramą rezydencji jej ojca, Steria dowiedziała się co nieco o zbiorach złotoziarna i jego zastosowaniu do produkcji oleju.

Kachiro zatrzymał powóz i uprzejmie zaprowadził obie kobiety do ich karety, zanim ruszył dalej do swojego domu. Kiedy niewolnicy wjechali przez bramę, Steria posłała Vorze pytające spojrzenie.

– Dlaczego nie wszedł do środka?

Na czole Vory zaznaczyła się głęboka zmarszczka, ale niewolnica wyglądała na tylko lekko zaniepokojoną.

– Ashaki Sokara nie przepada za nim, panienko. Nie wiem dlaczego. To nie jest ani wróg, ani sprzymierzeniec. – Zacisnęła usta. – Możesz się spodziewać ojcowskiego niezadowolenia.

– Co on może mi zrobić? Zakazać wychodzenia do miasta?

– Zapewne, ale i tak by to zrobił.

Steria zastanawiała się nad tym oraz nad sposobem przekonania ojca, że nie powinien tego czynić, kiedy wysiadały z powozu i wchodziły do domu. Może dowiedziała się od Kachiro czegoś, co mogłoby być dla ojca interesujące? Nie bardzo. Chyba że przydadzą mu się informacje o złotoziarnie.

Kiedy dotarły do jej pokoi, poczuła, że jest przyjemnie zmęczona, i z radością pomyślała o czekającym ją leniwym popołudniu.

– Tego właśnie było mi trzeba – zwróciła się do Vory. – Zmiany otoczenia, świeżego powietrza i… – Urwała, uświadamiając sobie, że ktoś jest w jej pokoju.

Jej ojciec. Z twarzą pociemniałą z gniewu.

– *Gdzieś ty była?*

Zawahała się z odpowiedzią, wyczuwając wściekłość w jego głosie, ale zebrała się w sobie, żeby się nie uchylić.

Jestem dwudziestopięcioletnią kobietą, a nie dzieckiem, upomniała samą siebie.

– Na rynku, ojcze – odpowiedziała. – Ale nie masz się o co złościć. Nic nie kupiłam.

– Sterio, powinnaś była poprosić mnie o pozwolenie. – Spojrzał na Vorę. – Zostaw nas samych.

– Nie jestem dzieckiem, ojcze – przypomniała mu łagodnie Steria, kiedy niewolnica wycofywała się z pokoju. – Nie potrzebuję prowadzenia mnie za rękę.

– Jesteś kobietą – warknął. – A tu jest Sachaka.

– Nikt mnie nie zaczepiał – zapewniła go. – Poza tym zabrałam niewolników...

– Którzy niewiele mogliby zrobić dla twojej obrony – przerwał jej. – Zapominasz, że większość wolnych mężczyzn w tym kraju to magowie.

– I nieprzestrzegający zasad dzikusi? – spytała. – Są chyba prawa zakazujące krzywdzenia innych. A jeśli nie, czy przestępców nie powstrzyma groźba zemsty ze strony rodziny?

Wbił w nią wzrok.

– Czy to prawda, co słyszałem od niewolników: że pozwoliłaś Ashaki Kachirze odwieźć się do domu? – spytał cicho.

Zamrugała oczami, słysząc to pytanie.

– Tak.

– Nie powinnaś była tego robić.

Rozważała wszelkie wyjaśnienia, jakie mogłaby mu podać: że Kachiro obiecał jej opiekę, że nie wiedziała, czy wypada odmówić, czy przyjąć zaproszenie, że ten człowiek jest ich sąsiadem, że Vora jej nie zakazała. Postanowiła jednak pozwolić mu pokazać jej najlepszą linię obrony– chciała, by to on wyjawił, co niepokoi go w tej kwestii najbardziej.

– Dlaczego?

Przeszedł przez pokój i stanął obok niej. Zdziwiła się, że skupił wzrok gdzieś ponad jej oczami, jakby zaglądał jej do głowy.

– Co mu powiedziałaś?

Wzruszyła ramionami.

– Opowiadałam trochę o życiu w Elyne. Że matka i ja pomagałyśmy ci w interesach, ale nie że matka je prowadziła. Że na rynku widziałam towary, które sprzedałyby się dobrze w Elyne, ale nie powiedziałam które. Że... ale ty nawet nie słuchasz, prawda?

Jego wzrok wciąż spoczywał na jej czole. Potrząsnęła głową z westchnieniem.

– Ja znajduję potencjalne źródło dochodów, a ty nawet nie słuchasz.

– Muszę wiedzieć, co mu powiedziałaś – powiedział bardziej do siebie niż do niej.

Wyciągnął ręce i ujął jej głowę w dłonie.

– Ojcze – zaczęła, usiłując odepchnąć jego ręce, ale ich uścisk tylko stał się mocniejszy. – Och! Ojcze...

Nagle cała jej uwaga zbiegła się do środka i Steria uświadomiła sobie, że ma w umyśle coś, co tam nie pasuje. Obecność ojca, powiązaną z podejrzeniami, niepokojem i gniewem. I pod jego wpływem do jej myśli zaczęły napływać wspomnienia z tego dnia – wszystko: poirytowanie jego nieobecnością, niepokój o matkę, informacje, które podsłuchała na targu, rady i próżne ostrzeżenia Vory i wreszcie cała rozmowa z Kachiro. I nawet fascynacja tym mężczyzną.

On czyta moje myśli? Nie wierzę, że mógłby to zrobić. Nawet nie pytając mnie o zgodę. A czy zgodziłabym się, gdyby zapytał? Oczywiście, że nie! To mój ojciec. Powinien mi ufać.

Przecież tylko porozmawiałam z jego sąsiadem. Nie zasłużyłam na takie traktowanie!

Ojciec zagłębiał się coraz bardziej w jej myśli w poszukiwaniu osobistych wspomnień. Czy kiedykolwiek spała z mężczyzną? Czy była w ciąży? Jak temu zapobiegła? Informacje tak intymne, że nie powinien w ogóle ich poszukiwać.

W tym momencie wiedziała już, że nigdy więcej mu nie zaufa. Miłość znikła i zastąpiła ją nienawiść. Szacunek rozpadł się w obliczu palącego, wściekłego gniewu. Więzy lojalności, które Steria czuła przez całe życie, poddane ostatnio znów próbie, rozpadły się. On musiał to zauważyć. Wyczuć. Ale nie dostrzegła u niego wstydu ani potrzeby przeprosin. Nie, szukał dalej i dalej, a ona wiedziała, że musi go powstrzymać. *Muszę wyrzucić go z moich myśli, i to JUŻ!*

Sięgnęła po magię. Cofnął się, czując, co ona robi, zwolnił zarówno kontrolę jej umysłu, jak i uścisk dłoni na skroniach. Steria uczyniła krok do przodu, a kiedy wyciągnął znów ręce, żeby ją schwytać, uderzyła w nie mocą.

Wpatrywał się w nią badawczo. Poczuła przypływ strachu, kiedy uświadomiła sobie, że ojciec zastanawia się, czy nie spróbować ponownie, tym razem z użyciem magii. Wiedziała, że to by się dla niej źle skończyło. On był w pełni wykształconym magiem. A ona uczyła się, kiedy pojawiała się okazja, nie wiedziała, jak czerpać moc od innych, nie mówiąc już o jej przechowywaniu.

Ogień w jego oczach przygasł. Miała nadzieję, że oznacza to rezygnację z poszukiwań w jej myślach i pamięci. Może nie przyjrzał się wystarczająco, by zdać sobie sprawę z jej umiejętności…

– Twoja matka powinna mi była powiedzieć, że nauczyłaś się magii – powiedział głosem, w którym niechęć mieszała się z groźbą.

– Ona o niczym nie wie.

– Czemu mi o tym nie powiedziałaś?

– Czekałam na właściwy moment.

Wyraz jego twarzy nie złagodniał.

– Stałaś się niemal bezwartościowa jako żona i córka – oznajmił.

Jego twarz miała chłodny wyraz, kiedy nie patrząc na nią, minął ją, kierując się ku drzwiom.

– Nauczyłam się tego dla ciebie – rzuciła za nim.

Zatrzymał się w progu.

– Jak wszystkiego. Zawsze dla ciebie. Miałam nadzieję, że będę mogła w ten sposób pomóc ci w interesach.

Nie odwrócił się, nie powiedział ani słowa, wyszedł.

Cisza, w której ją pozostawił, była pusta i bolesna. Steria czuła głęboko w sercu stratę. Równocześnie jednak ogarnął ją zimny gniew wzbierający i wypełniający pustkę. *Jak on śmie! Własną córkę! Czy on mnie nigdy nie kochał?*

Czuła napływające jej do oczu łzy, rzuciła się na łóżko. Ale wbrew własnym oczekiwaniom nie rozpłakała się. Z rozpaczy i gniewu na wspomnienie jego słów: *Stałaś się niemal bezwartościowa jako żona i córka*, waliła pięściami w poduszki. Obróciła się na plecy i wbiła spojrzenie w sufit. Chodziło mu tylko o wydanie jej za mąż dla zysku. *W takim wypadku zemściłam się w najlepszy możliwy sposób w tym głupim kraju*. Nie obchodziło jej, czy ktokolwiek zechce się z nią ożenić.

Nieprawda. Marzyła o tym, żeby znaleźć właściwego mężczyznę, który doceni jej talenty i pogodzi się z wadami. Jak każda kobieta.

A jeśli nie wyjdzie za mąż, może utknąć tutaj – zamknięta w swoim apartamencie – na całe życie.

W pokoju rozległy się kroki. Steria podniosła głowę: Vora wróciła. Jej twarz była spokojna, ale dziewczyna dostrzegła w jej oczach ślad niepokoju i strachu, zanim niewolnica padła przed nią na ziemię. *Zaczynam lepiej odczytywać jej uczucia*, pomyślała. Odrzuciła głowę z powrotem na poduszki.

– Och, Vora. Właśnie miałam przyjemność dowiedzieć się, że jestem tylko przedmiotem, na dodatek zupełnie *bezużytecznym*.

Łóżko poruszyło się nieznacznie, kiedy Vora usiadła na brzegu.

– To, co dla jednego jest bezużyteczne, dla innego może być bezcenne, panienko.

– Czy chcesz mi w ten sposób powiedzieć, że mąż może mnie bardziej kochać niż ojciec? To nie będzie trudne.

– Niezupełnie, choć nie miałabym nic przeciwko temu, żebyś to tak zrozumiała. – Vora westchnęła. – A zatem masz talent magiczny.

Steria usiadła i przyjrzała się starej niewolnicy.

– Podsłuchiwałaś, co?

Vora uśmiechnęła się blado.

– Jak zawsze tylko dla twojego dobra, panienko.

– Słyszałaś zatem, co powiedział. Dlaczego magia czyni sachakańską kobietę niezdatną do roli żony?

Vora wzruszyła ramionami.

– Mężczyźni na ogół nie lubią potężnych kobiet. Tak naprawdę nie wszyscy są tacy. Ale muszą zachowywać pozory, żeby nie utracić szacunku. Pamiętaj, co ci powiedziałam: wszyscy jesteśmy niewolnikami.

Steria potaknęła.

– Skoro jestem dla niego bezużyteczna... Może mogę mieć nadzieję, że teraz pozwoli mi pomagać w handlu? Myślisz, że odeśle mnie z powrotem do Elyne?

W oczach Vory pojawiła się jakaś iskierka. Na pewno nie niezadowolenia.

– Może. Teraz jest to zbyt niebezpieczne, ponieważ granice są zamknięte, a ichani wyprawiają, co im się żywnie podoba. Może jednak równie dobrze raz jeszcze przemyśleć, za kogo by cię wydać. Miejmy nadzieję, że nie będzie to ktoś, kto złamałby ducha w kobiecie, tylko ktoś, komu dostatecznie spodoba się taka ładna dziewczyna, by nie zwracał uwagi na kłopot wynikający z odrobiny magicznego oporu.

Steria skrzywiła się i odwróciła wzrok.

– Czy to nie mógłby być ktoś, komu nie miałabym ochoty się opierać?

– Myślisz, że możesz naprawić stosunki z ojcem?

Jego córka... Steria poczuła wzbierający w niej znów gniew.

– Może powierzchownie.

– Czy... czy wiesz, jak można zabić mężczyznę, będąc z nim w łóżku?

Przez moment Steria nie mogła uwierzyć w to, o co Vora właśnie zapytała. Następnie wbiła wzrok w niewolnicę. Vora wytrzymała jej spojrzenie i pokiwała głową.

– Wygląda na to, że nie. To chyba jest umiejętność związana z wyższą magią.

Niewolnica wstała i skierowała się do drzwi.

– Każę ci przynieść jedzenie i wino.

Kiedy kroki Vory ucichły w oddali, Steria zamyśliła się nad tym, o co właśnie została zapytana. *A zatem można kogoś w ten sposób zabić. Problem w tym, że aby to zrobić, trzeba pójść do łóżka z kimś, kogo się nienawidzi tak bardzo, że chciałoby się go ujrzeć martwego. Gdyby jednak ktoś usiłował mnie zgwałcić, mogłabym z całych sił chcieć go zabić.*

Przeklęła pod nosem Vorę. Kłopot polegał na tym, że kiedy Steria dowiadywała się, że coś da się zrobić za pomocą magii, musiała się tego nauczyć. A zważywszy na jej obecną sytuację, nie tylko ciekawość popychała ją do nauczenia się tej właśnie sztuki.

Kto jednak mógłby przekazać jej wiedzę o tym?

Tessia ziewnęła. Przez ostatni tydzień uczniowie wstawali bardzo wcześnie, zaczynając każdy dzień od lekcji z jednym lub kilkoma magami. Zazwyczaj na początku zajęć obecny był tylko jeden mistrz, ale często inni magowie wychodzili z namiotów, żeby się przyjrzeć i dodać coś od siebie, co czasem skutkowało tym, że któryś z nich przejmował prowadzenie lekcji, by ją udoskonalić lub coś do niej dodać, czasem też lekcje stawały się pretekstem do ożywionych dyskusji.

– ...jakoś to kontynuować, kiedy już rozprawimy się z najeźdźcami – odezwał się czyjś głos.

Tessia oparła się pokusie odwrócenia się, by spojrzeć na jadących za nią magów, ponieważ nie chciała, żeby zorientowali się, że ich słyszy.

– Wątpię. Nikt nigdy wcześniej nie współpracował tak bardzo i obawiam się, że wrócimy szybko do dawnej podejrzliwości i sekretów.

– Ale tak uzyskujemy znacznie lepsze efekty. *Ja też* nauczyłem się nowych rzeczy. Nigdy nie podejrzewałem, że mam takie braki w wykształceniu.

– Tak jak i ja. – Rozległo się westchnienie. – Gdyby była szansa na utrzymanie...

– Musimy znaleźć sposób. Uzdrowiciele mają swoją gildię. Słyszałem nawet sugestie, że my też powinniśmy taką założyć, więc…

Kiedy głosy ucichły, Tessia zerknęła na Jayana, żeby sprawdzić, czy on też słyszał tę rozmowę. Uśmiechał się radośnie.

– Myślisz, że któryś z uczniów podsunął taki pomysł swojemu mistrzowi? – spytała.

Spojrzał na nią i wyprostował się w siodle.

– Może.

Tessia wzruszyła ramionami.

– A może magowie sami doszli do tego wniosku. W końcu przecież musieli.

Zmarszczył brwi, patrząc na nią z naganą.

– Naprawdę tak myślisz?

Uśmiechnęła się w odpowiedzi.

– Byłby to niezły zbieg okoliczności, prawda?

– Owszem – odpowiedział. – A poza tym mieli czas, by to przemyśleć.

Kilka wieczorów wcześniej Jayan opowiedział jej o swoim pomyśle założenia gildii magów, w której można by dzielić się wiedzą, a uczniowie byliby szkoleni przez wszystkich magów, a nie tylko swoich mistrzów. Nosiliby jakieś oznaki świadczące o tym, że są członkami gildii, podobnie jak mają je członkowie stowarzyszenia uzdrowicieli, żeby korzystający z ich usług byli pewni ich kompetencji.

Plan Jayana zakładał podzielenie członków takiej gildii na kilka grup, które współzawodniczyłyby ze sobą, co wspomagałoby wynalazki i rozwój zdolności. Tessia uznała, że mogłoby to też doprowadzić do podziałów i konfliktów, i zaproponowała zamiast tego podział na poziomy w zależności od umiejętności i wiedzy. Może po poziomie dla każdego roku nauki. Jayan stwierdził, że uczniowie z jednego poziomu mogliby rywalizować między sobą indywidualnie albo w zespołach.

Ona zaproponowała, żeby magowie raczej koncentrowali się na jednym rodzaju umiejętności po to, by je badać i rozwijać. Niektórzy mogliby zająć się walką i obroną, inni technikami konstrukcji mostów i budynków. W tym ostatnim upatrywała szanse na to, by budowle w całym państwie, jako że wznoszone pod nadzorem magów, były bezpieczne.

Po chwili dołączyli do nich inni uczniowie i Tessia poczuła się nieco rozczarowana. Była to pierwsza dłuższa rozmowa z Jayanem, która naprawdę sprawiła jej przyjemność, pierwsza, w której zgadzali się z sobą i dzielili te same odczucia. Kiedy Jayan powiedział pozostałym o tym pomyśle, czuła się zawiedziona, aczkolwiek nie rozumiała dlaczego.

Chyba nie przez to że przedstawił wszystko jako swój pomysł, zastanawiała się. *Ani dlatego że z naszej prywatnej sprawy stało się to czymś znanym wszystkim. Nie, to raczej żal niż złość. Żal, że jeśli powie się o tym ludziom za wcześnie, zanim zaplanujemy wszystkie szczegóły, zapomną, kto to wymyślił.*

Las przed nimi oddalał się od drogi i wkrótce wjechali w wąską dolinę z polami uprawnymi. To, jak wyglądały pola, przeraziło Tessię. Z niektórych w ogóle nie zebrano plonów, inne zarosły chwastami, bo też nikt ich nie plewił i nie dbał o nie. Część zboża uschła i poczerniała, ponieważ brakowało wody. Najgorsze zaś było to, że Sachakanie nigdy nie zapuścili się tak daleko na południe. Ludzie uciekli bez powodu.

Magowie zaprzestali na razie pościgu za grupą najeźdźców i wracali na niziny, by połączyć się z przysłanymi przez króla posiłkami. Tessia nie mogła się doczekać dnia, w którym położy się w prawdziwym łóżku i zje porządną kolację. Przede wszystkim jednak z utęsknieniem wyglądała chwili, kiedy jej nieodstępnym towarzyszem przestanie być strach. Pragnęła odpoczynku ze świadomością, że nie musi w każdej chwili obawiać się ataku Sachakan.

Skrzywiła się na widok ciemnych kształtów na polu przed nimi. W czasie tej wędrówki wielokrotnie napotykali martwe lub zdychające z głodu i pragnienia zwierzęta. Usłyszała przekleństwa wymykające się magom i uczniom i cicho dodała do nich własne.

I zdała sobie sprawę, że jadący przodem poganiają konie do szybszego kłusa. Poczuła, że robi jej się słabo. Nikomu nie spieszyłoby się do oglądania martwych zwierząt. Przyjrzała się lepiej ciemnym kształtom i zaczęła rozpoznawać w nich postacie ludzkie.

– Jak sądzisz, jak dawno? – usłyszała Werrina zwracającego się do Dakona.

– Niedawno. Najwyżej przedwczoraj. – Dakon rozejrzał się dookoła i zatrzymał wzrok na Tessii. Na jego twarzy pojawił się ponury wyraz zapytania.

Dziewczyna stłumiła westchnienie i skierowała konia ku niemu, po czym spojrzała na pierwsze ze zwłok, zmuszając się do tego, żeby nie widzieć nic poza barwą skóry i stanem ciała.

– Ponad pół dnia – powiedziała.

– Ci ludzie nie mieli ubrań wystarczająco ciepłych na noc – wtrącił się Narvelan.

Młody mag wjechał na pole i objeżdżał je, rozglądając się dookoła. W końcu zatoczył pełne koło i wrócił na drogę.

– Nie mieli też butów do dalekiej wędrówki. Myślę, że jechali wozami, zapewne zostały skradzione. Z tego miejsca we wszystkich kierunkach rozchodzą się ślady zgniecionego zboża. Musieli dostrzec napastników i rozbiec się.

– Więcej niż jednego napastnika? – spytał Werrin.

– Z pewnością. Wszyscy zginęli od wyższej magii. Jeden napastnik musiałby ich zgromadzić w jednym miejscu i zabijać po kolei. A to wygląda na robotę co najmniej czterech lub pięciu.

– Jeśli się rozbiegli, to może komuś udało się uciec – powiedział Werrin. – Powinniśmy ruszyć za wszystkimi śladami i zobaczyć, czy któryś nie kończy się trupem.

Uczniowie i magowie popatrywali po sobie z milczącą niechęcią, po czym każdy z magów wybrał jeden ze śladów i ruszył nim wraz ze swoim uczniem. Kiedy kolejni napotykali się na ciała, rozlegały się krzyki „znalazłem!". Dakon jechał w stronę linii drzew. Tessia usłyszała szum płynącej wody i zdała sobie sprawę, że zdążają ku potokowi.

Niedaleko przed nim znaleźli człowieka, który wydeptał ten ślad. Leżał twarzą do dołu na zwalonym pniu. Po chwili odwrócił głowę w ich kierunku i wpatrywał się w nich przerażonymi z bólu oczami. Oddychał płytko, ciężko dysząc.

– On żyje! – zawołał Jayan.

Wszyscy zeskoczyli z koni i podbiegli do leżącego. Dakon przykucnął i zaczął do niego mówić uspokajającym tonem. Powoli na twarzy mężczyzny nadzieja zastąpiła przestrach.

– Co tu się stało?

– Kazała uciekać – wyszeptał ranny. – Magowie. Sachakanie. Na drodze. – Urwał, najwyraźniej mówienie było dla niego wielkim wysiłkiem. – Oni... Elia. Kazała mi... uciekać... a potem... uderzenie...

Tessia zbadała go delikatnie.

– Co cię boli?

– Plecy – jęknął. – Przód. Wszystko.

Obmacała ostrożnie jego ciało. Miał w kilku miejscach złamane żebra, najwyraźniej niektóre z powodu uderzenia od tyłu, inne z powodu upadku na pień.

– Zabierzmy cię stąd – powiedziała.

Otoczyła go magią, podniosła z pniaka i położyła na plecach. Jęknął głośno, otworzył szeroko oczy i zaczął szybko oddychać. *Przynajmniej nie wygląda to tak, jakby żebra przebiły płuca. Ten człowiek miał szczęście.*

– Dasz radę mu pomóc? – spytał Jayan.

Tessia rzuciła mu karcące spojrzenie, ale Dakon wybawił ją od konieczności wyboru między kłamstwem a wyrażeniem wątpliwości w obecności rannego.

– Widziałeś, dokąd potem pojechali?

– Do Te… Tecurren.

Dakon wstał, a na jego czole pojawiła się zmarszczka.

– Muszę przekazać to pozostałym. – Rozejrzał się. – Nie powinniście tu zostawać, bo któryś z nich mógł zamarudzić.

– Wątpię, by jeszcze ktoś mógł tu być, skoro pojechali do Tecurren – powiedział Jayan. – Od ataku na Mandryn nie najeżdżali większych miejscowości tak daleko od gór. Jeśli więc któryś jeszcze się tu błąka, to nie będzie ryzykował zwracania na siebie uwagi ośmiu magów.

Dakon spojrzał najpierw na Jayana, następnie na Tessię, po czym przytaknął.

– Nie będziecie mieli dużo czasu. Werrin będzie chciał jak najszybciej jechać do Tecurren.

– Nie potrzebuję wiele czasu – zapewniła go Tessia.

Kiedy Dakon odszedł w kierunku pozostałych magów, podniósł się również Jayan.

– Przyniosę ci torbę.

– Dziękuję – odrzekła.

Pobiegł do jej konia, a ona skupiła się całkowicie na rannym mężczyźnie, który wpatrywał się w nią z uwagą. W normalnych warunkach uznałaby, że nie ma szans uratować go w tak krótkim czasie. Większość pacjentów ojca, którzy mieli połamane żebra, i tak umierała, chociaż otrzymywali pomoc wcześniej, a ich obrażenia były mniej poważne.

Ona jednak dysponowała magią. Posługując się nią, nie będzie musiała kroić tego człowieka. Może poruszyć kośćmi i zacisnąć żyły. Położyła mu dłonie na piersi, zamknęła oczy i skupiła się na ciele pod skórą.

Natychmiast uświadomiła sobie, że obrażenia są gorsze, niż na początku oceniała. Większość żeber była potrzaskana. Jakkolwiek kości nie przebiły płuc, część żył była poprzerywana, a inne narządy uszkodzone. Nabrała magii, sięgnęła do środka i wzięła się do zaciskania jednej z przeciętych żył.

Mężczyzna krzyknął z bólu. Tessia wycofała się i zastanowiła. To, co zamierzała zrobić, będzie bardzo bolesne. Usłyszała za sobą kroki. Odetchnęła z ulgą na widok Jayana, który przykucnął koło niej, a w rzuconej na ziemię torbie ojca zagrzechotała jej zawartość.

– Ostrożnie – powiedziała.

Otwarła torbę i wyjęła najmocniejszy środek przeciwbólowy, jaki posiadała. Ku jej zaskoczeniu Jayan wziął od niej buteleczkę.

– Ja mogę to zmieszać – oznajmił. – Powiedz mi tylko ile.

Dokładnie wypełniał jej polecenia, podczas gdy ona rozcinała ubranie mężczyzny, po czym podał rannemu lek i czekał z niecierpliwością, aż środek zacznie działać. Tessia ponownie położyła ręce na piersi pacjenta.

Zaczerpnęła mocy, zacisnęła poszarpane żyły i przesunęła połamane kości na miejsce. Wiedziała jednak, że to nie wystarczy. W jego ciele zbierało się za dużo krwi, a za mało jej pozostawało w żyłach. Przeciętego ciała nie da się zaciskać za pomocą magii tak długo, by się zrosło. *Gdyby tylko udało mi się przyspieszyć proces gojenia*, pomyślała.

Usuwając krew z wnętrza ciała, żeby uwolnić narządy wewnętrzne, zorientowała się, że mężczyzna stracił jej bardzo dużo. Nagle jego ciałem zatrzęsły potężne drgawki. Tessia poczuła, że podstawowe rytmy życiowe tracą regularność, wreszcie ustały.

Kiedy w jej myśli wdarło się wołanie Dakona, nie była pewna, jak długo wpatrywała się w martwego mężczyznę, usiłując wymyślić, czy istniał sposób, żeby go uratować. *Musiał istnieć.*

– Chodź, Tessio – powiedział Jayan bardzo łagodnie. – Musimy iść. Zrobiłaś, co było w twojej mocy. – Spojrzał w dół. – Ale lepiej umyj najpierw ręce.

Ujrzała swoje zakrwawione dłonie i skinęła głową. Przeszła do strumienia, przykucnęła i pozwoliła wodzie spłukać krew. Jayan podniósł torbę jej ojca i zaczekał na nią.

Tessia obrzuciła martwego mężczyznę ostatnim smutnym, zamyślonym spojrzeniem i skierowała się przez pole ku pozostałym magom.

ROZDZIAŁ 27

Ośmiu magów i ośmioro uczniów czekało na granicy lasu, wpatrując się w milczeniu w skupisko domów znajdujących się o kilkadziesiąt kroków od nich. W wiosce panował spokój. Żaden z budynków nie nosił śladów zniszczeń. Ten spokój mógł być mylący: niewykluczone, że kryła się za nim śmiertelna pułapka dla gościa czy podróżnego.

Czy tak samo wyglądałoby Mandryn, gdyby Takado postanowił tam zostać i okupować wioskę? – zastanawiał się Dakon. *Czy on pozabijał moich ludzi i zniszczył mój dom tylko po to, żeby coś pokazać... i czy chciał coś pokazać mnie, czy też udowodnić, że może uczynić to, co uczynił?*

Rodzina, która zdołała się ukryć przed Sachakanami, a następnie wymknąć się we wczesnych godzinach porannych, opowiedziała magom, co się wydarzyło w Tecurren. Ich relacja, przekazywana przez kolejne osoby, kiedy któreś z nich nie było pewne szczegółów, przyniosła na powrót wspomnienie przerażenia i gniewu, które stały się udziałem Dakona, po tym jak dowiedział się o losie swoich ludzi. A wraz z przerażeniem i gniewem pojawiło się poczucie winy i rozpacz, że nie był w stanie nic zrobić, by temu zapobiec. I wiedza, która wcale nie przynosiła mu ukojenia, że on, Jayan i Tessia też zostaliby poddani torturom i zabici wraz z innymi, gdyby byli na miejscu.

Żaden z czterech Sachakan, którzy objęli we władanie Tecurren, nie odpowiadał jednak opisowi Takady. Ich przywódca był najbardziej okrutny – dręczył swoje ofiary po odebraniu im mocy, a następnie ćwiartował ich ciała.

Brzmi znajomo, pomyślał ponuro Dakon, *aczkolwiek nie możemy zakładać, że tylko jeden Sachakanin ma takie upodobania.*

Według opowieści uciekinierów młode kobiety zostały zabrane do największego z domów, niegdyś należącego do burmistrza. Mieszkańców, którzy przeżyli, umieszczono w sali, gdzie zwykle organizowano zebrania, i zapewne codziennie pozbawiano mocy. Zwiadowcy wysłani na przeszpiegi dostrzegli w dużym domu sylwetki ludzkie, ale nie mogli zakraść się wystarczająco blisko, żeby sprawdzić, czy rzeczywiście ktoś tam przebywał. Nie zauważyli jednak nigdzie indziej żadnych miejscowych, tylko sachakańskich niewolników trzymających straż i przetrząsających domy w poszukiwaniu pożywienia.

Werrin rozglądał się dookoła, wskazując skinieniem głowy pozycje, które powinni zająć poszczególni magowie. Rozdzielili się na dwie grupy. Podział na mniejsze, słabsze oddziały byłby nieco bardziej ryzykowny. Nie powinni znaleźć się poza zasięgiem wzroku drugiej grupy na długo, a nigdy poza zasięgiem słuchu.

– Nas jest ośmiu, a ich czterech – powiedział poprzedniego wieczoru Werrin, podsumowując sytuację. – Liczebność przemawia na naszą korzyść. Nie znamy natomiast ich siły, musimy więc być gotowi do odwrotu w każdej chwili.

Spodziewali się trzech możliwych reakcji ze strony Sachakan: ucieczki w obliczu przewagi liczebnej wroga, rozproszenia i próby zaskoczenia Kyralian, wspólnej obrony i bezpośredniej konfrontacji. Pomysł z podziałem na dwie grupy miał na celu zapobieżenie pierwszej z tych możliwości. Nikt nie miał ochoty pozwolić Sachakanom na ucieczkę.

Obawiam się, że nikt nie chce też puścić ich żywo.

Dakon nie był pewny, jakie są jego odczucia w tej kwestii. Nie mógł się jednak nie zgodzić z Werrinem. Dopóki przełęcz nie znajdzie się znów pod kontrolą Kyralian, musieliby trzymać w niewoli każdego schwytanego Sachakanina, co byłoby niebezpieczne i kosztowałoby ich uwagę i moc, na której wydatek nie mogli sobie pozwolić.

Kiedy Narvelan wyprowadził swoją grupę z lasu i zaczął zbliżać się do miasteczka, Dakon uzmysłowił sobie, że serce bije mu jak szalone. Nie był jednak aż tak przerażony, jak się spodziewał. Czuł raczej rodzaj ostrożnej niecierpliwości. *Za długo ich ścigaliśmy. Dobrze będzie wreszcie działać. Mam tylko nadzieję, że nie popełnimy błędów z powodu zbyt długiego trzymania emocji na wodzy.*

Zbliżyli się do pierwszych domów. Nie było tu widać śladów życia. Nawet patrolu niewolników. Panowała absolutna cisza. Dakon wsunął się w cień pomiędzy dwoma domami i wydało mu się, że słyszał cichy przeciągły jęk, ale nie był pewny. *To zapewne wyobraźnia.*

W tej samej chwili zza rogu budynku wyszedł jakiś człowiek.

Wszyscy zamarli na moment. Dakon zauważył, że nieznajomy miał na sobie wyłącznie brudne spodnie. *Niewolnik.*

Nagle mężczyzna krzyknął i zgiął się wpół, a moc, która w niego uderzyła, wyrzuciła go z powrotem na główną ulicę. Dakon zerknął w stronę Narvelana i pozostałych. Wszyscy z wyjątkiem Bolvina zrobili to samo. Wysoki mag wzruszył ramionami.

– Zaskoczył mnie.

Gdzieś dalej na ulicy rozległ się wrzask.

– Zobaczyli grupę Werrina? – mruknął Narvelan, wyglądając za róg domu. – Obawiam się, że tak. Teraz się przekonamy, czy będą walczyć, czy uciekać.

Magowie i uczniowie czekali. Z miasteczka dobiegały ich kolejne krzyki. W oddali wreszcie ucichło i Dakon poczuł, że robi mu się słabo. Nie była to tylko jego wyobraźnia. Rozległo się dudnienie i serce Dakona podskoczyło.

– Sygnał – szepnął Tarrakin. – Wychodzą, żeby stawić nam czoła.

Rozległ się kolejny huk – podwójny, oznaczający zasadzkę.

– Wszyscy czterej? – spytał Dakon Narvelana, który wciąż wyglądał za róg.

– Nie. Tylko trzech. Jeden może robić to samo, co my: czaić się, żeby zaskoczyć przeciwnika.

Jakoś określenie „przeciwnicy", jakby Sachakanie byli tylko pionkami w grze, wydało się Dakonowi głupie i niewłaściwe. Narvelan wycofał się zza rogu.

– Werrin jest gotowy. Musimy przedostać się na tyły tej trójki. I uważać na tego brakującego.

W skupieniu skradali się i ukrywali między budynkami, aż wreszcie znaleźli się na tyłach wroga.

– Wyjdźcie i walczcie, tchórze! – zawołał jeden z Sachakan. – Wiemy, że tu jesteście.

Dakon poczuł przypływ odwagi, kiedy zza budynku wystrzelił pocisk i zatrzymał się nagle w odległości ramienia od przywódcy Sachakan. Jego tarcza rozbłysła, wskazując, że obejmuje jedynie jego sylwetkę.

– Każdy z nich osłania tylko siebie – mruknął Narvelan.

– Werrin wychodzi! – krzyknął Tarrakin.

I rzeczywiście, druga grupa Kyralian pojawiła się na ulicy. Rozciągnęli się w poprzek drogi, jakby chcieli zablokować przejście, i zaczęli posuwać się do przodu: najpierw magowie, a zaraz za nimi uczniowie. Sachakanie bombardowali ich uderzeniami, ale kyraliańskie tarcze trzymały się. Powietrze zamigotało, kiedy obie strony zaczęły ciskać błyskawicami mocy.

Dakon wiedział, że tego rodzaju konfrontacja polega na tym, że któraś ze stron traci moc szybciej niż druga. Zdarzało się to wtedy, kiedy obie były pewne swojej przewagi siłowej, albo też nie doceniały nieprzyjaciela. Zwykle jednak sięgano po jakieś sztuczki. Jak grupa Narvelana czekająca na właściwy moment. Albo uciekano się do nowych zastosowań magii.

– Wyglądają na dość rozproszonych – powiedział Narvelan, odwracając się do towarzyszy. – Już.

Tak jak ustalili, Dakon i pozostali magowie zebrali się za Narvelanem i położyli mu dłonie na ramionach. Dakon przygotował się do zaczerpnięcia mocy i wysłania jej, gdy tylko Narvelan wyda rozkaz.

Gdzieś w pobliżu rozległ się odgłos tupotu stóp. Dakon usłyszał, jak Tessia wciąga powietrze, a Jayan przeklina. Rozejrzał się i zobaczył mężczyznę stojącego w przerwie między dwoma domami, wpatrującego się w nich ze zdumieniem. Sachakanin. Ubrany inaczej niż niewolnik.

– Już! – rzucił Narvelan.

Nie wiedząc, czy Narvelan zauważył Sachakanina, Dakon zaczerpnął mocy i wysłał ją razem z wiązkami pozostałych magów. Uchylił się, kiedy żar przemknął koło jego twarzy w stronę Sachakanina. Tarcza maga wytrzymała przez chwilę, po czym załamała się do środka. Jego twarz pociemniała, usta rozciągnęły się do krzyku, ale żar uderzenia ogniowego najwyraźniej wypalił mu gardło.

Kiedy mężczyzna upadł na ziemię, Narvelan wydał stłumiony okrzyk triumfu.

– Nie sądziłem, że to działa aż *tak*!

– Przez chwilę martwiłem się, że go nie zauważyłeś – mruknął Jayan.

– Zobaczyłem go w ostatniej chwili. Uznałem, że lepiej będzie najpierw z nim się rozprawić. – Narvelan spojrzał na trwającą na ulicy walkę. – A teraz czas pokazać pozostałym, co potrafimy.

Kiedy znów zbili się w grupkę, Dakon poczuł lekki niepokój. *Nie mam pojęcia, ile mocy zużyłem. I na ile starczy to, co zgromadziłem? Ile czasu będę potrzebował, żeby zregenerować swą moc? To chyba największy problem z magiczną wojną.* Poczuł, że wzbiera w nim postanowienie. *Ale prędzej skończę wyczerpany niczym uczeń, niż pozwolę, by ci dranie dalej niszczyli Kyralię.*

– Już! – krzyknął znów Narvelan.

Moc popłynęła, a ledwie widoczne migotanie powietrza wskazało drogę uderzenia. Pocisk uderzył w tarczę stojącego najbliżej Sachakanina. Mężczyzna krzyknął i zatoczył się do przodu, po czym zamarł z uniesionymi rękami i twarzą napiętą z wysiłku.

– Jeszcze! – zawołał Narvelan.

Dakon zamknął oczy i wzmógł przepływ magii od siebie do przyjaciela.

Usłyszał na ulicy okrzyki gniewu oraz triumfalny śmiech Bolvina.

– Udało się!

– Jeszcze ostatni – mruknął Narvelan.

Ostatni? – Dakon otwarł oczy i rozejrzał się wokół siebie. Dwaj Sachakanie leżeli bez ruchu na ulicy, znad ciała jednego unosiła się smużka dymu. Przywódca stał odwrócony do Narvelana, a na jego twarzy malowała się wściekłość – *a może strach?* – kiedy ruszył w kierunku ich kryjówki.

– Wyjdźmy z ukrycia – powiedział Tarrakin.

– Kuszące – odrzekł Narvelan – ale nie chcemy, by ktokolwiek zobaczył, że używamy metody Ardalena, chyba że nie będzie innego wyjścia. Nikt – nawet niewolnik. Szybko. Wykończymy go.

Dakon zacisnął dłoń na ramieniu Narvelana i zaczerpnął znów mocy.

– Już!

Uderzenie zatrzymało Sachakanina, ale nie przebiło jego tarczy. Przeciwnik odpowiedział pociskiem, aż Narvelan zgiął się wpół. Uderzeniu Sachakanina towarzyszyło światło, ukazując zbitych w grupkę Kyralian w cieniu budynku.

– Nie przestawajcie wysyłać mocy – powiedział Narvelan zza zaciśniętych zębów. – Nie zapominajcie, że potrzebuję jej również do obrony.

Tarcza Narvelana rozbłysła od nagłego przypływu energii. Mag odetchnął z ulgą.

– On chyba traci pewność siebie – powiedział Jayan.

Sachakanin istotnie błądził wzrokiem od grupy Narvelana do Werrina, po czym zaczął oddalać się od obu.

– No to atakujemy jeszcze raz – odparł Narvelan. – Zanim nam się wymknie.

Dakon zastanawiał się, jak jego przyjaciel jest w stanie ustać na nogach naciskany tyloma rękami. Zaczerpnął mocy. Narvelan coś powiedział. Magia popłynęła. W tym samym momencie również Werrin wystrzelił pocisk. Sachakanin wydał okrzyk wściekłego gniewu i zatoczył się.

Chwilę później runął w tył w rozprysku krwi, wykręcając całe ciało i lądując z trzaskiem na ziemi. Już się więcej nie poruszył.

W uszach Dakona rozbrzmiewały okrzyki radości. Magowie i uczniowie wypchnęli go na ulicę, przeciskając się, by zobaczyć poległych wrogów. Narvelan podszedł do Werrina i uśmiechał się promiennie. Podali sobie ręce w oficjalnym geście powitania. Dakon nie słyszał ich słów. Patrzył na postacie wybiegające z położonych dalej domów i rzucające się do ucieczki.

Niewolnicy. Ku jego uldze nikt nie usiłował ich atakować ani powstrzymywać ucieczki. Zauważył, że Tessia zerka na ciało przywódcy Sachakan, a na jej twarzy ciekawość miesza się z obrzydzeniem. Podniosła wzrok, kiedy Dakon się do niej zbliżył.

– Magia zadaje straszliwe, niepodobne do niczego rany – powiedziała.

Dakon spojrzał na trupa. Ciało tego człowieka zostało rozdarte i zniekształcone przez dwie siły uderzające w niego z dwóch stron.

– Umarł natychmiast. – Spojrzała w dół ulicy. – To lepsza śmierć niż to, co robił innym. Przydałaby mi się torba ojca.

– Mam dać znak służącym? – spytał Jayan, spoglądając na Dakona.

Dakon poczuł, jak radość ze zwycięstwa ustępuje miejsca zmęczeniu. Przez chwilę zastanawiał się, jak Tessia może zachowywać się tak praktycznie i z opanowaniem. *Nauczyła się tego od swojego ojca. On nie pozwalał, by emocje przysłaniały osąd. Ale nigdy nie musiał korzystać ze swoich umiejętności w takim stopniu jak ona ostatnio.*

– Tak... ale najpierw porozum się z Mistrzem Werrinem.

Jayan potaknął i odbiegł. Tessia ledwie to zauważyła, skupiona na budynku z salą spotkań znajdującym się dalej przy tej ulicy. Dakon uśmiechnął się krzywo. Jeśli z nią nie pójdzie, sama zajmie się poszukiwaniem ofiar Sachakan. Skinął na nią, by udała się z nim, i wyruszyli na poszukiwanie ocalałych z Tecurren.

O zmroku grupa Dachidy dołączyła do Takady w obozie. Ten mag został jako pierwszy wybrany przez Takadę, żeby znalazł sobie sojuszników i podróżował osobno. Hanara sądził, że jego pan podjął taką decyzję, ponieważ ufał Dachidzie, Dovaka zaś postanowił działać na własną rękę. Takado nie protestował. Niemal go zachęcał. Hanara jednak wiedział swoje i zastanawiał się, co szalony ichani nabroi. Cieszył się jednak z tego, że nie będzie go w pobliżu.

W miarę jak do obozu napływali nowi ludzie, Hanara zorientował się, że grupa Dachidy urosła. Rozejrzał się dookoła, policzył i uświadomił sobie, że jest teraz trzy razy większa, niż kiedy ostatnio Takado i Dachido się spotkali. Wśród nowo przybyłych znajdowała się również kobieta. Podeszła razem z Dachidą, kiedy Takado podniósł się, żeby powitać sojusznika.

– Widzę, że przyprowadziłeś nowych przyjaciół, Dachido – powiedział Takado, po czym zwrócił się do kobiety z uśmiechem: – Witaj, Asaro. Dawno się nie widzieliśmy.

Odpowiedziała ledwie zauważalnym uśmiechem.

– Istotnie. Zbyt dawno. Gdybym wiedziała o waszych planach, być może złożyłabym wam wcześniej wizytę.

– Żeby mnie wesprzeć, czy może próbować odwieść od moich pomysłów?

– Zapewne po to, żeby próbować przemówić ci do rozsądku. Ale to było w czasach, kiedy uważałam Imperatora Vochirę za silnego człowieka.

Takado uniósł brwi.

– Zmieniłaś zdanie?

– Nie. – Jej ciemne oczy rozbłysły. – Wysłał mnie tu, żebym się z wami rozprawiła.

Spoglądali na siebie, uśmiechając się znacząco. Takado zaśmiał się.

– Kogo on chciał w ten sposób obrazić: ciebie czy mnie?

– Wątpisz, że zdołałabym to zrobić?

Uśmiechnął się szeroko.

– Oczywiście, że nie. A on?

Machnęła lekceważąco ręką.

– To nie ma znaczenia – odpowiedziała. – Przybyłam, żeby do ciebie dołączyć, a nie ciągnąć cię siłą do Pałacu.

– A twoi towarzysze?

– Zgadzają się z tym i są mi posłuszni.

Przytaknął. Hanara poczuł dreszcz przebiegający mu po plecach. *Ona właśnie powiedziała, że jej ludzie zgodzą się współpracować tylko pod warunkiem jej uczestnictwa w tym przedsięwzięciu.* Zagryzł w zamyśleniu wargę. *A zatem ona pewnie też będzie podróżować niezależnie. To oznacza cztery grupy, z których on nie ma pod kontrolą dwóch. Tyle że Asara jest zapewne inteligentniejsza i rozsądniejsza niż Dovaka.* Prychnął pod nosem. *Co nie jest trudne.*

Dachido i Asara dołączyli do Takady przy ognisku, a chwilę potem dosiedli się do nich pozostali magowie. Niewolnicy w tym czasie zajęli się rozbijaniem obozu i wynoszeniem jedzenia i napojów. Do uszu Hanary dobiegały strzępy rozmów. Najpierw Asara wypytała Takadę o jego dotychczasowe osiągnięcia: czy rzeczywiście zniszczył wioskę? Dlaczego raczej jej nie zatrzymał? Z jakiego powodu uważa za korzystne rozdzielanie się na małe grupki? Usłyszał następnie, jak kobieta pyta go o najbliższe plany. Jego pan uśmiechnął się, najwyraźniej zadowolony z tego pytania, ale i rozbawiony.

– Jeszcze nie zdecydowałem.

Kiedy Hanara wrócił do ogniska, rozważano już pokrętne i niejasne zawiłości związane ze zrywaniem starych i nawiązywaniem nowych sojuszy, tajemniczymi przysługami oraz niewyraźne odniesienia do niewyjaśnionych zabójstw.

– Imperator może mi tego nigdy nie wybaczyć – powiedziała Asara, wzruszając ramionami. – Ale przynajmniej kiedy okazałam się nielojalna, nie starałam się go zabić jak inni.

– Wiesz jednak zapewne, że jego nie powstrzyma to od zabicia ciebie?

– Oczywiście. Ale podejrzewam, że wysłał mnie tu w nadziei, że mi się nie powiedzie. Myślę, że skoro nie miał nic przeciwko temu, nie będzie też protestował, jeśli tu pozostanę i pomogę wam odzyskać Kyralię.

Takado zamyślił się. Otworzył usta, by coś odpowiedzieć, ale powstrzymało go wołanie, które rozległo się w lesie. Wszyscy poderwali się, kiedy okrzyk powtórzył się, tym razem bliżej. Chwilę później spomiędzy drzew wytoczyła się niewolnica i padła Takadzie do stóp.

– Nie żyją – wyszeptała, dysząc ciężko. – Wszyscy nie żyją!

– Kto? – warknął Takado.

– Dovaka, Nanaga, Ravora i Sageko. Oni… oni zajęli wioskę, a Kyralianie ich pozabijali.

Dachido wymamrotał przekleństwo. Takado zerknął na niego, po czym znów spojrzał na leżącą przed nim niewolnicę.

– Zajęli wioskę.

– Tak.

– I pozostali w niej. Nie wyjechali?

– Tak. Nie.

– A Kyralianie wzięli to sobie do serca. Ależ nieładnie z ich strony.

– Zabili Dovakę. – Niewolnica zaniosła się szlochem. – Mój pan nie żyje.

– Idź. – Trącił ją czubkiem buta. – Znajdź sobie jakieś jedzenie i picie i odpocznij przy tamtym drzewie. Później zdecydujemy, co z tobą zrobić.

Posłuchała natychmiast, a Takado zwrócił się do Dachidy i Asary. Ku zdumieniu Hanary uśmiechał się promiennie.

– *Teraz* mogę podjąć decyzję. Jutro nie będziemy już podróżować osobno. Razem wyruszymy na południe. Będziemy niszczyć wszystko po drodze, wzmacniając się przy tym. Ale będziemy postępować powoli, żeby dać innym możliwość dołączenia do nas. Zajmiemy Kyralię kawałek po kawałku, niszcząc maga po magu, aż cała znajdzie się w naszych rękach.

Zapadła cisza, wszyscy wpatrywali się w Takadę ze zdumieniem. Następnie wydali okrzyk radości i wznieśli kielichy. Asara zerknęła na Dachidę, po czym uniosła swój puchar, wzruszając ramionami. Dachido uczynił to samo, wpatrując się w Takadę w niepozbawionym podziwu zamyśleniu.

Dovaka nie żyje! – myślał Hanara, podbiegając, by napełnić kielich Takady. *Szaleniec nie żyje. Ale co planuje Takado?*

Czy tylko czekał, aż pozbędzie się Dovaki? I pokaże swoim sojusznikom, że powinni słuchać jego rad i rozkazów? Może chciał, by Kyralianie zabili jakichś Sachakan, żeby zyskać pełne poparcie sojuszników. A jeśli ktoś z Sachakan miał zginąć, to lepiej, żeby byli to ci, na których i tak nie mógł polegać…

Hanara poczuł, że z wrażenia kręci mu się w głowie. Jego pan to prawdziwy geniusz. I jakkolwiek właśnie stracił czterech sprzymierzeńców, to zyskał zdecydowanie więcej.

ROZDZIAŁ 28

Przez całą noc Jayan nie mógł się otrząsnąć z myśli, że śpi w łóżku martwego człowieka.

Mieszkańcy miasteczka nie chcieli umieszczać wszystkich magów w siedzibie burmistrza, zamiast tego znaleźli im nocleg w opustoszałych domach. Jayan od dawna marzył o spędzeniu nocy w prawdziwym łóżku, ale kiedy uświadomił sobie, że wraz z Dakonem i Tessią zamieszkają w domu rodziny, która zginęła, przekonał się, że nie potrafi odpocząć.

Z początku leżał bezsennie i wspominał cały dzień, który bez końca przemykał mu przed oczami. Potem nadszedł sen, ale wtedy dręczyły go koszmary.

Wygraliśmy. Skąd więc złe sny? – zastanawiał się.

Jego myśli na ponure tory mogło kierować wspomnienie ciał mieszkańców Tecurren torturowanych przez Sachakan. A także opowieści tych, którzy przeżyli, przerażone oczy kobiet odnalezionych w pokojach, w których były zamknięte. Wiele z nich było stanowczo za młodych na takie przeżycia.

Może sama bitwa, przerażająca i fascynująca zarazem, podnieciła go do tego stopnia, że nie mógł teraz zasnąć. Jayan przyłapał się na analizowaniu każdego momentu, każdego kroku, każdej decyzji. Ale w jego myśli wciąż wkradała się świadomość jednej rzeczy, która niepokoiła go znacznie bardziej, niż się tego spodziewał.

Pierwszy raz w życiu kogoś zabiłem. No, w sumie tylko dodałem nieco mocy, nie kierowałem uderzeniem, ale mimo wszystko miałem swój udział w śmierci innych ludzi.

Ale to nie poczucie winy czy żal go niepokoiły. Sachakanie byli najeźdźcami. Zabijali Kyralian. A po tym, co Jayan widział w wioskach, nie wahałby się ani przez chwilę przed tym, by samemu zadać śmiertelny cios.

Nie potrafił jednak oprzeć się wrażeniu, że coś się w nim zmieniło, i nie był pewny, czy jest to zmiana na lepsze. Nienawidził Sachakan – agresorów – za to, że byli winni tej zmiany. Już nie mógł się cofnąć, nie mógł zapobiec tej zmianie. I jak na ironię to jeszcze bardziej wzmagało w nim potrzebę usunięcia ich z Kyralii – nawet gdyby miało to oznaczać dalsze zabijanie.

O świcie Jayan wstał, umył się, przeprał ubranie i wysuszył je za pomocą magii, po czym ubrał się z powrotem. Zaczekał w kuchni, aż Dakon i Tessia wynurzyli się ze swoich pokojów i dołączyli do niego. Dakon podszedł do kredensu i otworzył drzwiczki.

– To nie w porządku zjadać ich jedzenie – powiedział.

Jayan i Tessia wymienili spojrzenia.

– Albo ktoś je zje, albo się zepsuje – odparła.

– A poza tym niczego nie kradniemy – dodał Jayan.

Dakon westchnął i wyciągnął lekko zatęchły chleb, solone mięso i słodkie konfitury. Tessia wstała i znalazła sztućce. Jedli z milczeniu.

Wygląda na wyczerpaną, zauważył Jayan. Pod oczami miała cienie, siedziała z opuszczonymi ramionami. Bardzo chciałby ją pocieszyć, a przynajmniej dostrzec znów w jej oczach tę dobrze znaną iskierkę zainteresowania. *Nawet jej uzdrowicielska obsesja byłaby lepsza niż ten smutek i ponura mina.*

– Jak się miewają miejscowi? – spytał. – Dobrze?

Zamrugała oczami i wzruszyła ramionami.

– Zaskakująco niewiele obrażeń – głównie u dziewcząt. To się wyleczy, ale… – skrzywiła się i potrząsnęła głową. – Poza tym Sachakanie pozabijali wszystkich, którzy zostali ranni w ataku, a kiedy już zdecydowali się kogoś torturować, to zawsze do końca.

Jayan potaknął. Zgadzało się to z tym, co słyszał od innych. Poczuł, że robi mu się niedobrze. *Wydawało mi się, że to, co spotkało Sudina i Akena, było okrutne, ale w porównaniu z losem niektórych zamordowanych tutaj zostali potraktowani łagodnie. Wielogodzinne tortury. Wszystko z powodu chorego poczucia humoru.*

– Nie wszyscy Sachakanie są tacy – powiedział cicho Dakon.

Tessia i Jayan spojrzeli na niego. Uśmiechał się, choć na jego twarzy widać było zmęczenie.

– Wiem, że ciężko w to teraz uwierzyć, i przyznaję, że trudno mi będzie o tym pamiętać po tym wszystkim, ale to prawda. Niestety to ci chciwi, ambitni i najbardziej skłonni do przemocy najłatwiej dadzą się przekonać do przyłączenia się do Takady. Myślę…

Przerwało mu pukanie do drzwi. Dakon wstał i wyszedł do kuchni, a po chwili wrócił i skinął głową. Jayan i Tessia wstali i wyszli za nim na ulicę, gdzie czekał Narvelan.

Po drugiej stronie ulicy zebrały się dwie grupki. Jedną stanowili magowie i uczniowie, drugą boleśnie niewielu mieszkańców miasteczka. Narvelan skinął na Dakona i jego uczniów, dając im do zrozumienia, by dołączyli do magów.

– Ci ludzie zaoferowali nam wsparcie mocą – powiedział Dakonowi.

– Hmmm – brzmiała odpowiedź Dakona.

– Tak właśnie myślałem.

Kiedy Dakon wdał się w dyskusję z pozostałymi magami, Tessia podeszła bliżej do Jayana.

– To ma sens, a skoro chcą nam udzielić mocy, to czemu mielibyśmy jej nie przyjąć? – spytała. – Zużyliśmy bardzo dużo magii. Pobranie od nich mocy nie będzie dla nich krzywdą, a my w ten sposób odzyskamy nieco sił. – Zmarszczyła brwi. – Aczkolwiek odradzałabym czerpanie mocy od dziewcząt. One bardzo dużo przeszły.

– Pomijając fakt, że złamiemy w ten sposób królewskie prawo, nie jest to takie proste – odparł Jayan. – Dakon kiedyś mi to wyjaśnił. – Urwał, usiłując przypomnieć sobie słowa mistrza. – Powiedział, że żaden dobry mag nie czuje się całkiem w porządku, posługując się wyższą magią. Jest ona niezbędna do obrony kraju i pozwala nam zrobić dużo więcej niż nasza własna moc, ale powiedział też, że w rękach ambitnego i okrutnego maga może stać się niebezpieczna. Albo kogoś, kto wykorzysta wszelkie argumenty, by usprawiedliwić jej użycie. Mówił, że „przekonanie o własnej racji bywa tak samo niszczące jak brak skrupułów". Tak, doskonale pamiętam jego słowa. Dały mi do myślenia. Nadal dają.

Przechyliła lekko głowę, przyglądając mu się uważnie.

– Wiele w tobie przeciwieństw, Jayanie.

Zamrugał oczami, patrząc na nią.

– Naprawdę?

– Owszem.

Nie wiedział, co odpowiedzieć, odwrócił się więc z powrotem ku debatującym magom. Następnie zirytowany rzekł:

– Znowu to samo. Jak tak dalej pójdzie, to mieszkańcy dostaną odpowiedź za kilka dni. Może i tygodni. Może powinniśmy im powiedzieć, żeby nie czekali, bo jeszcze poumierają z głodu.

– Może nie będzie to potrzebne – powiedziała cicho Tessia.

Jayan zorientował się, że odwróciła głowę, podobnie jak kilku innych uczniów, którzy spoglądali w tym samym kierunku. Spojrzał w tamtą stronę i zobaczył grupkę jeźdźców zbliżających się do miasteczka. Głosy magów ucichły.

– Posiłki? – spytał jeden z nich.

– To Mistrz Ardalen. Czyli najwyraźniej grupa zmierzająca na przełęcz – mruknął ktoś inny.

– To Mistrz Everran... i Mistrzyni Aravia! – zawołała Tessia.

Rzeczywiście, za Mistrzem Ardalenem podążało tych dwoje. Obok Ardalena jechał Mag Sabin, szermierz i przyjaciel króla. Jayan zaczął liczyć. Jeśli wszyscy dobrze ubrani przybysze byli magami – cóż, dzięki oznakom, które wymyślił dla swojej gildii marzeń, nie musiałby się domyślać – to osiemnastu magów zamierzało albo odbić przełęcz, albo dołączyć do Werrina.

Nowo przybyli zsiedli z koni i Sabin podszedł, by przywitać się z Werrinem. Towarzyszył mu Ardalen. Jayan przesunął się bliżej i wytężył słuch, żeby wyłapać jak najwięcej z ich rozmowy.

– Witaj, Magu Sabinie – odezwał się Werrin. – Proszę, powiedz, że zamierzasz się do nas przyłączyć. Bardzo by nam się przydał twój rozsądek i rady.

– Tak, zamierzam do was dołączyć – odparł Sabin. – Podobnie jak dwanaścioro moich towarzyszy. Pięciu pojedzie z Ardalenem, żeby odbić przełęcz. – Spojrzał na mieszkańców miasteczka. – Twoi zwiadowcy powiedzieli mi, że wygraliście tu bitwę.

– Owszem – odparł posępnie Werrin. – Czterech Sachakan zajęło to miasteczko, my je odbiliśmy.

– Nie żyją?

– Wszyscy.

Sabin zacisnął na moment usta, po czym skinął głową.

– Musisz mi to opowiedzieć dokładnie.

– Oczywiście. – Werrin zerknął za siebie na stojących tam ludzi, którzy wpatrywali się w nowo przybyłych z lekkim niepokojem, ale i zainteresowaniem. – Właśnie rozważamy, jak powinniśmy odpowiedzieć na szlachetną propozycję ze strony tych, którzy ocaleli. Chcą ofiarować nam swoją moc, zarówno w wyrazie wdzięczności, jak i ze względu na to, że będziemy jej potrzebować w walce.

Sabin uniósł brwi.

– To zaiste szlachetna propozycja, zwłaszcza że dopiero co byli do tego zmuszani. – Zamyślił się. – Król zastanawiał się nad prawem zabraniającym pobierania magii od kogokolwiek poza uczniami. Przyznaje, że może się okazać, iż brakuje utalentowanych młodych ludzi w wyższych sferach, by wspomóc wszystkich magów, którzy będą tego potrzebowali, aby pozbyć się Takady i jego sojuszników. Martwi go również to, że możemy utracić wiele magicznych rodów, jeśli sprawy źle się ułożą. Zarządził więc, że służba może zostać użyta jako źródła dla magów nieposiadających uczniów, pod warunkiem jednak, że otrzyma za to godziwą zapłatę.

– Trzeba ich najpierw zbadać, ponieważ nie ma sensu zajmować się kimś, kto ma mały lub uśpiony talent – powiedział Werrin. – Obawiam się, że to oznacza, iż nie możemy przyjąć oferty tych ludzi.

Sabin uniósł brwi.

– Prawo zakazujące pobierania mocy od kogokolwiek poza uczniami nie obowiązuje w czasie wojny. A wygląda na to, że to, z czym mamy do czynienia tutaj, kwalifikuje się jako działania wojenne.

Werrin i Sabin wymienili w milczeniu znaczące spojrzenia, a Jayan poczuł dreszcz.

Obawiam się, że to oznacza otwartą wojnę.

– Nie rozumiem, w jaki sposób wędrówka po tej starej rezydencji miałaby mnie rozerwać – powiedziała Steria do Vory, kiedy niewolnica poprowadziła ją kolejnym korytarzem. – Może to i jest wielkie więzienie, ale jednak więzienie.

– Nie odrzucaj czegoś, czego nie znasz, panienko – odparła spokojnie niewolnica. – Zgadzam się, że to miejsce nie wystarczy na długo dla kogoś takiego jak ty, ale jest tu wiele ciekawych miejsc, a poznawanie ich zapewni ci przynajmniej na chwilę ucieczkę przed nudą.

Nie nudzi mi się. Jakże mogłoby mi się nudzić? Jestem tak zajęta rozmyślaniem o tym, jakim potworem jest mój ojciec i co teraz zamierza ze mną zrobić, skoro przestałam kwalifikować się do małżeństwa, że nie mam czasu na nudę. A jeśli wydeptałam już koleiny w podłodze od chodzenia tam i z powrotem, to dlatego że chcę wracać do domu. Westchnęła. *Szkoda, że musiałam tu przyjechać, by przekonać się, gdzie naprawdę jest „dom".*

– Czy gdziekolwiek tutaj można zobaczyć ściany w innym kolorze niż biały?

– Nie, panienko.

Steria westchnęła ponownie. Vora potrzebowała kilku dni, by wyciągnąć ją z pokoju. Dziewczyna nie chciała się przyznać niewolnicy, że boi się spotkać ojca. Vora jednak nalegała i w końcu Steria zgodziła się, głównie dlatego że z powodu ojca zmienia się w tchórza. Wyobrażała sobie, że trudno będzie go przekonać do odesłania jej do domu, zdawała sobie jednak sprawę, że na pewno nie dokona tego, jeśli nigdy więcej się z nim nie spotka.

W powietrzu poczuła dziwaczny zapach. Nie był nieprzyjemny ani mdląco słodki, jakie uwielbiali Sachakanie. Vora poprowadziła Sterię do zakręcającego korytarza, którego łukowate okna wychodziły na gąszcz zieleni. Steria stanęła w miejscu, zaskoczona taką ilością roślin.

Podeszła do jednego z okien i przekonała się, że ogród za nim zamknięty jest w okrągłym pokoju, którego dach tworzyły zszyte kliny tkaniny rozpiętej między umieszczonymi w ścianach hakami.

– Tak, to dość ładne... i niespodziewane – powiedziała głośno.

Vora zaśmiała się. Kiedy stara kobieta ruszyła przez drzwi do ogrodu, Steria przyglądała się jej uważnie. *Jestem niemal pewna, że ona mnie lubi. Mam taką nadzieję. Ja ją polubiłam, nie chciałabym więc, żeby była to nieodwzajemniona sympatia.*

Nie potrafiła się zmusić, by traktować Vorę gorzej niż służącą. Na dodatek pewne siebie zachowanie kobiety nie podkreślało jej pozycji niewolnicy. *Prawdopodobnie ufam jej bardziej, niż powinnam*, pomyślała Steria. *Jeśli jej opowieści o sachakańskiej polityce i intrygach nie są przesadzone, to powinnam rozważyć możliwość, że jakiś nieprzyjaciel wynajął ją, żeby mnie otruła albo coś w tym rodzaju. Jakiś wróg ojca, zapewne... albo sam ojciec.* Wzdrygnęła się. *Nie zrobiłby tego. Chociażby dlatego że matka odmówiłaby wysyłania mu dochodów z handlu. Ale... co gdyby nigdy nie dowiedziała się, że to on... Może powinnam zająć myśli czymś innym.*

Niewielki strumyczek wił się po kamieniach w ogrodzie, w połowie jego biegu przerzucono przezeń mostek. Na drugim końcu pomieszczenia woda wpadała przez rurę wystającą ze ściany. Było tu tak przyjemnie, że Steria poczuła się zawiedziona, kiedy Vora wprowadziła ją w kolejny korytarz prowadzący do pustego pokoju. Ściany były tu wyłożone szarym kamieniem.

– A więc nie wszystkie ściany... – zaczęła Steria, ale Vora gestem dała jej do zrozumienia, że powinna zachować ciszę.

Zaintrygowana dziewczyna poszła za niewolnicą ku drewnianym drzwiom po drugiej stronie pokoju. Tam Vora zatrzymała się i skinęła na Sterię, żeby podeszła bliżej. Przez drzwi dobiegały ciche dźwięki muzyki. Steria była zdumiona. Od przyjazdu do Sachaki nie słyszała muzyki. Kobieta uśmiechnęła się i położyła znów palec na ustach.

Steria słuchała. Ten ktoś grał na strunowym instrumencie, do którego dźwięków przywykła w domach bogatych Elynów. W dodatku muzyk był dobry. Bardzo dobry. Jej podziw wzrastał, kiedy słuchała, jak grający prowadzi melodię, powtarzając czasem jakąś frazę, w której popełnił błąd albo żeby zmienić tempo. W końcu nie zdołała wytrzymać napięcia. Odeszła od drzwi.

– Kto to jest? – wyszeptała do Vory.

Kobieta uśmiechnęła się szeroko.

– Panicz Ikaro.

Steria zamarła ze zdumienia.

– Mój brat?

– Tak, panienko. Mówiłam ci przecież, że on nie jest taki, za jakiego go masz.

– Gdzie się nauczył tak grać?
– Słuchając. Ćwicząc. – Uśmiech znikł z twarzy Vory. – Kiedy pan Sokara dowiedział się o tym, roztrzaskał pierwszy vyer panicza Ikaro. Nie wiem, skąd twój brat zdobył drugi. Nie powiedział mi, ponieważ boi się, że wasz ojciec może czytać moje myśli.
Steria wpatrywała się w Vorę, po czym przeniosła wzrok na drzwi, nie mogąc pogodzić obrazu, który zdążyła sobie wytworzyć w umyśle – przystojnego młodzieńca grającego na vyerze, dzięki któremu jej pobyt w więzieniu może stać się nieco bardziej znośny – ze wspomnieniami o młodym człowieku z zaciętym wyrazem twarzy, powtarzającym, że kobiety do niczego się nie nadają.
– Macie z sobą znacznie więcej wspólnego, niż wam się wydaje – oznajmiła Vora. – Powinniście być sprzymierzeńcami.
Steria spojrzała znowu na starą kobietę, po czym wyminęła ją i popchnęła drzwi.
– Zaczekaj, panienko! – zawołała niewolnica. – To są…
Łaźnie, dokończyła w myślach Steria, ogarniając wzrokiem pomieszczenie, w którym się znalazła.
Na brzegu basenu z parującą wodą siedział mężczyzna, nagi, jeśli nie liczyć ręcznika przerzuconego przez biodra. Wpatrywał się w nią z przerażeniem. Steria spojrzała na wybrzuszenie pod ręcznikiem.
– Naprawdę myślałeś, że w ten sposób to ukryjesz? – wypaliła. – Mogłeś wymyślić coś lepszego. Poza tym zdajesz sobie sprawę, że grając w takiej wilgoci, zniszczysz vyer, co?
Wzrok Ikaro prześlizgnął się nad jej ramieniem gdzieś w lewo, a zdziwienie w jego oczach zastąpiła irytacja.
– Voro – powiedział z lekką naganą w tonie – mówiłem ci, żebyś się nie wtrącała.

– Jak zwykłeś mówić, paniczu Ikaro, nie wychodzi mi wypełnianie rozkazów, które mi się nie podobają – odparła kobieta, podchodząc do dziewczyny. – Aczkolwiek nie sądziłam, że twoja siostra aż tak weźmie sobie do serca moje rady.

Steria zerknęła na nią i wzruszyła ramionami.

– No więc jestem tutaj. Chcesz, byśmy porozmawiali? – Popatrzyła na brata i założyła ręce. – No to pogadajmy.

On obrzucił ją nieodgadnionym spojrzeniem, po czym wyciągnął vyer spod ręcznika i odłożył go delikatnie na bok. Owinął się w talii, podniósł instrument i wstał.

– Może w jakimś bardziej odpowiednim miejscu – powiedział, dając jej znak, żeby za nim poszła. – Są tu miejsca, gdzie można porozmawiać na osobności, ale znacznie bardziej suche.

Przeszli przez pomieszczenie przy basenie ku drzwiom na jego drugim końcu. Następny pokój był mniejszy, a po obu jego stronach stały kamienne ławy. Na jednej z nich leżała równa sterta ubrań. Ikaro dał kobietom do zrozumienia, że powinny przejść do następnego pomieszczenia – zwykłego pokoju o białych ścianach, w którym stało kilka foteli i stolików. Nie poszedł z nimi, ale zjawił się po chwili całkowicie ubrany. I bez instrumentu, co nie uszło uwadze Sterii. Ciekawe, gdzie zdołał go ukryć w tym wykładanym kamieniem pokoju?

Jeśli zawsze trzyma go w wilgotnym miejscu, tak że drewno nigdy nie wysycha, to może nie popęka.

Nadal w milczeniu wiódł je przez korytarz, a potem wyprowadził na otoczony murem dziedziniec. Rosły tu rośliny w donicach, a fontanna znajdująca się na samym środku wypełniała powietrze nieustannym szumem wody. Usiedli na skraju sadzawki.

No tak. Stara sztuczka z fontanną, która zagłusza głosy. Dobrze wiedzieć, że nie tylko Elynowie na to wpadli.

– Tu możemy bezpiecznie porozmawiać – powiedział.

– Czyli że niewolnicy nie umieją czytać z ruchu ust.

Rzucił jej zdziwione spojrzenie.

– Czytanie z ust – wyjaśniła. – Sztuczka polegająca na tym, że rozpoznajesz, co ktoś mówi, patrząc tylko na ruchy warg.

– Nie miałem pojęcia, że to możliwe – przyznał, rozglądając się nerwowo po dziedzińcu. Chwilę później wzruszył ramionami i odwrócił się znów do niej. – A zatem o czym chciałabyś porozmawiać?

Usiłowała odnaleźć jakieś ślady tego wyniosłego, chłodnego człowieka, który ignorował ją podczas kolacji zaledwie kilka tygodni wcześniej. Ikaro był teraz podenerwowany, ale nie przejawiał żadnej wrogości, na jego twarzy nie malowało się też lekceważenie. Wydawał się niemal kimś zupełnie innym.

– Vora twierdzi, że nie jesteś taki, jak sądzę – powiedziała mu, decydując się na pełną szczerość. – Ale ledwie na mnie spojrzałeś, kiedy spotkaliśmy się ten jeden raz od mojego przyjazdu.

Skrzywił się i przytaknął.

– Miałem nie okazywać ci żadnych uczuć, dobrych ani złych, bo mogłoby to wpłynąć na wynik spotkania.

– Masz na myśli: odstraszyć mojego przyszłego męża?

– Tak.

Zaśmiała się krótko i gorzko.

– Ależ ja chciałam go odstraszyć. Tylko że oczywiście to, czego chce ojciec, jest ważniejsze od tego, czego chcę ja.

W jego wzroku czaiła się ciemność i przestrach, kiedy pokiwał głową i spojrzał jej prosto w oczy.

– Opór wobec niego nie ma wielkiego sensu.

Zerknęła w kierunku, gdzie chyba znajdowały się łaźnie.

– Ty się najwyraźniej nie poddajesz.

– To drobne zwycięstwo, które mogę utracić w każdej chwili, każdego dnia. Większe sprawy... – Westchnął i pokręcił głową. – Tak bardzo ci zazdrościłem, że mieszkasz z matką i możesz robić, na co masz ochotę.

Steria patrzyła na niego zdumiona.

– Ty *mi* zazdrościłeś? Myślałam, że... Mówiłeś, że kobiety nie mają żadnego znaczenia, i zakładałam, że to odnosi się także do mnie. Czemu nie dałeś mi jakiegoś znaku?

– Miałem szesnaście lat, kiedy to powiedziałem, Sterio – upomniał ją żartobliwie. – Nie możesz winić nikogo za opinie, które wyraża w takim wieku, zwłaszcza jeśli się dorasta w tym kraju. Wszystko tu jest takie czarno-białe. Nie ma nic pośredniego. Kiedy poznałem moją żonę, zrozumiałem, że nic nie jest takie proste.

– A ja zazdrościłam *tobie* – powiedziała. – Przez całe życie uczyłam się rzeczy, które powinnam umieć, kiedy ojciec wreszcie wezwie mnie do domu. – Zacisnęła pięści. – A gdy w końcu to nastąpiło, okazało się, że zrobił to tylko po to, by oddać mnie mężowi, jakbym była towarem.

Ikaro zaśmiał się.

– Wścickł się o to, że znasz magię. Nachira i ja śmialiśmy się długo, kiedy jej powiedziałem. Musisz ją poznać... polubisz ją. Wiem, że ona chciałaby się z tobą spotkać. Jak ci się udało nauczyć magii i zachować to w tajemnicy?

Wzruszyła ramionami.

– Od przyjaciółki w Elyne. Matka nie pozwoliłaby mi zostać uczennicą, a ja nie chciałam, by musiała wszystko robić sama. Nauczyłam się więc od przyjaciółki i z książek.

– Ojciec mówi, że brakuje ci porządnego treningu. Rozumiem, że to oznacza, iż nie poznałaś wyższej magii.

Wytrzymała jego wzrok przez chwilę, po czym odwróciła spojrzenie.

– Byłeś w Elyne. Znasz prawa.

– Wszyscy magowie muszą złożyć jakąś przysięgę, zanim wolno im będzie poznać tajniki wyższej magii, zgadza się?

– Tak. Moja przyjaciółka powiedziała, że nie nauczy mnie wyższej magii, bo musi przestrzegać prawa. Nie mam o to do niej pretensji. – Steria wzruszyła ramionami. – To, czego się nauczyłam, jest i tak bardzo dużo warte. Czy w Sachace kobiety uczą się magii?

Potaknął.

– Czasami. Zazwyczaj wtedy, kiedy są jedynymi dziedziczkami majątku maga, ale istnieją też opowieści o mężach, którzy popełnili błąd, nauczyli swoje żony magii i pożałowali tego, a także o kobietach, które uczono w zamian za jakieś przysługi.

– Czy rzeczywiście nikt się z takimi kobietami nie żeni?

Ikaro uniósł brwi.

– Myślałem, że nie masz ochoty wychodzić za mąż?

– Nie za kogoś, kogo nie znam i nie lubię.

– Rozumiem. – Odwrócił wzrok, marszcząc czoło.

Steria zerknęła na Vorę. Kobieta przyglądała się uważnie jej bratu, a na jej twarzy malowało się zmartwienie.

– Magia nie przekreśla małżeńskich możliwości kobiety, ale sprawia, że związek z kimś o wysokiej pozycji staje się mało prawdopodobny. – Zerknął na nią szybko. – Ojciec znalazł kogoś z niższą pozycją, niż planował. To wszystko, co wiem.

– Znalazł… – powtórzyła Steria, czując dreszcz przebiegający jej po skórze.

– Nie wiedziałaś?

– Myślałam… miałam nadzieję, że dał sobie z tym spokój i… odeśle mnie do domu.

Pokręcił głową i odwrócił spojrzenie.

– Nie. Przyjął propozycję tego mężczyzny.

Steria wstała i zaczęła krążyć dookoła.

– Czy ja nie mam tu nic do powiedzenia? – Popatrzyła na brata i w jego oczach dostrzegła żal, kiedy otwierał usta, żeby jej odpowiedzieć. – Nie. Wiem. – Zaklęła. – Co mogę zrobić? Uciec? Powiedzieć mu, że jeśli wyda mnie za mąż wbrew mojej woli, to postaram się, by nigdy nie mieć dzieci?

Ikaro skrzywił się, co kazało jej się zatrzymać i zastanowić. *Ojciec mówił, że jego żona nie może mieć dzieci. A on jest żonaty już od kilku lat. Sądząc z tego, co mówi, lubi i poważa swoją żonę. Jeśli jednak ona jest bezpłodna… a ojciec mówił, że potrzebuje dziedzica. Żeby zatrzymać rodzinne dobra i nie oddawać ich imperatorowi, kiedy Ikaro umrze.*

– Powiedz jej – odezwała się Vora cichym i naglącym głosem.

Ikaro złożył głowę w rękach, po czym wyprostował się.

– Jeśli ty nie urodzisz dziecka, ojciec postara się, żebym ja je spłodził. Pozwalając mi wypróbować kolejną żonę.

Steria wbiła w niego wzrok, kiedy dotarło do niej prawdziwe znaczenie tych słów. *Ojciec zabije Nachirę. Dlatego Ikaro tak się skrzywił. On ją kocha. Potrzebuje mojego dziecka, żeby odebrać ojcu powód do zabijania jej.* Poczuła, że zalewa ją fala strachu. *Niech ktoś mnie stąd zabierze!*

Gdyby jednak tak się stało, oznaczałoby to nadal śmierć Nachiry. Chociaż Steria nigdy nie spotkała tej kobiety, wiedziała, że jeśli w jakikolwiek sposób przyczyni się do jej zamordowania, nigdy nie pozbędzie się poczucia winy.

Czy jest gotowa wyjść za mąż za jakiegoś obcego człowieka i urodzić mu dzieci, by temu zapobiec?

A czy mam jakiekolwiek szanse wydostać się z Sachaki? Ojciec i tak może zmusić mnie do poślubienia kogokolwiek, czy tego chcę, czy nie. Nie mam tu nic do powiedzenia.

– A zatem ojciec jest gotów zamordować Nachirę tylko po to, by rodzinny majątek nie dostał się w ręce imperatora?

– Tak.

Potrząsnęła głową.

– On chyba naprawdę nienawidzi imperatora.

– To raczej kwestia dumy – odparł Ikaro. – Ja bym się tym nie przejmował, gdyby nie to, że w razie mojej śmierci Nachira zostałaby bez pieniędzy i domu.

Na jego twarzy malowało się poczucie winy, ale w oczach czaiło się błaganie.

– Wiem, że proszę cię o coś, czego nie chcesz zrobić, i bardzo chciałbym znaleźć jakiś inny sposób. Gdyby było cokolwiek, co mógłbym dla ciebie uczynić, nie wahałbym się, ale wiem, że to, czego najbardziej pragniesz, doprowadziłoby do… pozostawiłoby ją…

Steria wzięła głęboki wdech i powoli wypuściła powietrze z płuc.

– Wygląda na to, że muszę poznać Nachirę.

Oczy Ikaro rozbłysły.

– Polubisz ją.

– Już to mówiłeś. A ja nie zgodzę się na nic, póki nie będę mogła tego spokojnie przemyśleć. – Urwała, bo przyszło jej coś do głowy. – Powiedziałeś, że zrobiłbyś dla mnie wszystko w zamian…

Zawahał się, zmarszczył brwi, po czym uśmiechnął się.

– Jeśli tylko będzie to w mojej mocy.

– Naucz mnie wyższej magii.

Znów dostrzegła na jego twarzy najpierw zdumienie, potem niepokój, w końcu rozbawienie. Pokiwał niepewnie głową.

– Też muszę to spokojnie przemyśleć. I zapytać Nachiry. Ona często widzi rzeczy, których ja nie zauważam.

– Oczywiście – odparła Steria. Zerknęła na Vorę i spostrzegła, że stara niewolnica uśmiecha się promiennie. – Z czego jesteś taka dumna, Voro?

Kobieta otwarła szeroko oczy w wyrazie udanej niewinności.

– Ja jestem tylko prostą niewolnicą, panienko, i nie mam z czego być dumna.

Ku rozbawieniu Sterii Ikaro przewrócił oczami.

– Nie wiem, czemu ojciec jeszcze cię nie sprzedał, Voro.

– Ponieważ doskonale sobie radzę z jego dziećmi. – Wstała i oddaliła się o krok od fontanny. – Chodź, panienko. Zbyt długie przebywanie na słońcu postarzy cię przedwcześnie.

Kiedy zaczęły się oddalać, Ikaro zawołał za nimi:

– Nie możemy się długo zastanawiać, Sterio. Chodzą pogłoski, że Imperator Vochira może wyruszyć na wojnę z Kyralią. Jeśli ojciec wyśle mnie do walki, nie będę mógł nikogo chronić ani uczyć.

Steria odwróciła się i spojrzała mu prosto w oczy, kiwając potakująco głową. Po czym ruszyła za niewolnicą w głąb rezydencji, a jej myśli powoli, ale nieustająco krążyły wokół decyzji, które będzie musiała podjąć.

ROZDZIAŁ 29

Tessia poczuła ulgę, kiedy następnego ranka dowiedziała się, że magowie postanowili przenieść się do sąsiedniej miejscowości. Miasteczko Vennea było nieco większe i leżało na granicy dwóch majątków, przy głównej drodze na przełęcz, było zatem doskonałe na zorganizowanie tam obozu na kilka dni. Sabin chciał rozesłać więcej zwiadowców i odnaleźć pozostałych Sachakan, nim z Werrinem zdecydują o kolejnym posunięciu.

A poza tym Tecurren było pogrążone w żałobie, która boleśnie przypominała Tessii o Mandryn i jej rodzicach. Ci, którzy ocaleli, zaczęli się dziwacznie odnosić do magów. Ich fascynacja i wdzięczność wzrosła jeszcze bardziej, kiedy magowie przyjęli ofiarowaną im moc (aczkolwiek zgodnie z radą Tessii nie pobierali jej od dziewcząt). Niektórzy nie odstępowali magów na krok. Wszyscy uznali więc zgodnie, że czas wyjechać i pozwolić im odbudować swoje życie.

Droga do Vennei schodziła łagodnymi łukami po obu stronach rozszerzającej się doliny. Lasy wokół Tecurren były rzadkie, przed nimi rozciągały się pola, drzewa zaś rosły głównie w pobliżu rzek i strumieni. Grupa magów i uczniów zjeżdżała teraz w niemal pozbawiony drzew krajobraz, pełen pól, skupisk niewielkich domków, z przepływającą rzeką i lśniącymi plamami jezior i stawów.

Jeden z koni zrównał się z wierzchowcem Tessii, dlatego podniosła wzrok i zobaczyła, że koło niej jedzie Aravia. Kobieta uśmiechała się.

– Jak sobie radzisz, Tessio?

– Nieźle.

– Bardzo się zmartwiłam, kiedy dowiedziałam się o twoich rodzicach i ludziach z Mandryn.

Tessia poczuła, że jej żal nagle odżywa. Potaknęła, bojąc się odezwać, po czym zdecydowanie odepchnęła od siebie to uczucie.

– Dziewczyny przesyłają pozdrowienia, zwłaszcza Kendaria. Chciała tu przyjechać, by wypróbować swoje umiejętności medyczne, ale wątpiła, by zgodziła się na to gildia, no i magowie.

Tessia skrzywiła się.

– Nie jestem pewna, czy znalazłaby tu to, czego się spodziewała. Więcej razy poniosłam porażkę, niż kogoś uleczyłam. Nie mamy czasu na zajmowanie się poważnymi obrażeniami. Nie wiem, czy zdarzyło jej się kiedyś nie móc udzielić pomocy cierpiącemu. Za pierwszym razem jest to bardzo ciężkie.

Aravia sposępniała.

– Wygląda na to, że król powinien przysłać tu kilku uzdrowicieli. Nie powinnaś dźwigać takich ciężarów.

– Dotychczas nie byli potrzebni. Sachakanie nie mają zwyczaju pozostawiać swoich ofiar przy życiu. Ale jeśli będą kolejne próby zajęcia wiosek, to pojawi się więcej rannych z powodu pożarów.

– Miejmy nadzieję, że w tej wojnie Kendaria nigdy nie będzie zmuszona wypróbowywać swoich umiejętności.

Aczkolwiek myślę, że cieszyłabyś się z jej towarzystwa. Jakiegokolwiek kobiecego towarzystwa. Nie wyobrażam sobie, jak to było podróżować z samymi mężczyznami.

Tessia uśmiechnęła się.

– Interesująco. – Spojrzała na Dakona i Jayana oraz pozostałych magów i uczniów jadących z przodu. – Wiesz, cieszę się, że jest tu teraz inna kobieta, ale kiedy o tym myślę, to nie bardzo wiem dlaczego. Przez cały czas musiałam działać tak, jakby to, że jestem dziewczyną, nie miało żadnego znaczenia. Mieszkam tak samo jak chłopcy, tyle tylko, że dostaję osobny namiot, jem to samo co oni, ubieram się tak samo. Och, oczywiście mam pewne potrzeby odmienne od nich, ale w sumie radziłam sobie z nimi sama przez wszystkie lata. Potrzebuję tylko odrobiny prywatności.

Aravia rzuciła jej spojrzenie, unosząc brwi.

– Musisz mi powiedzieć, jak to sobie organizujesz. Zastanawiałam się, co zrobię, gdy... pojawi się kobieca niedyspozycja.

– Magia nieco pomaga. Pomyśl, jak okropnie wszyscy śmierdzielibyśmy, gdyby nie to, że możemy prać ubrania, bo nie musimy tracić czasu na ich suszenie.

Aravia zachichotała.

– Trudno mi uwierzyć, że wasze stroje nie zamieniły się jeszcze w łachmany.

– Kupujemy albo dostajemy nowe rzeczy w wioskach. Nie zawsze wszystkim się podobają, ale myślę, że nawet najbardziej wybredni z nas musieli w końcu przyznać, że piękne materiały nie wytrzymują długo w siodle.

– No a poza tym byłoby to marnowanie dobrych materiałów.

– Owszem. – Teraz Tessia zachichotała. – Nie możemy sobie na to pozwolić.

– Co to za chmura tam...? – spytała Aravia, wskazując przed siebie i zawieszając głos.

Tessia spojrzała na towarzyszkę i podążyła wzrokiem za jej spojrzeniem, utkwionym gdzieś w oddali. Znad niewielkich kształtów położonych niżej w dolinie unosiła się wstęga dymu. Tessia natychmiast poczuła pustkę w żołądku.

Wśród magów i uczniów podniosła się wrzawa, wszyscy zauważyli dym. Chociaż mówili cicho, Tessia słyszała ponury ton ich głosów i poczuła, że robi się jej słabo.

– Czy to Vennea? – spytał ktoś.

– Obawiam się, że tak.

Reszta dnia minęła powoli i boleśnie. Czasem droga zakręcała tak, że nie widzieli wznoszącego się z dołu dymu. Kiedy tylko dolina pojawiała się znów przed ich oczami, dym wyglądał coraz groźniej. Nikt się nie odzywał, ale wszyscy przyspieszyli, a ciszę zakłócały tylko oddechy.

W końcu zjechali na płaskie dno doliny i droga wyprostowała się. Mimo że nie widzieli teraz miasta, słup dymu wznosił się niczym posępny cień na tle jasnego nieba. Nagle to, co dotychczas było pustą drogą, zapełniło się ludźmi – idącymi i jadącymi – a także wozami i małymi grupkami zwierząt domowych.

Tessia czuła ucisk w żołądku na widok tłumów zmierzających ku nim. Kiedy zaczęła dostrzegać szczegóły, jej uwagę zwróciły głowy odwracające się za siebie, rozpoznała też pośpiech w ruchach ludzi. Pomimo że grupka reberów odłączyła się od stada, pasterz nie zadał sobie trudu, żeby je z powrotem zagonić.

Magowie umilkli. Wszyscy mieli ponure miny. Powoli odległość między obiema grupami zaczęła się zmniejszać. Chwilę przed tym, jak ludzka fala spotkała się z magami, ludzie zaczęli wołać, wskazując niekiedy za siebie, w kierunku, z którego przybyli.

– Sachakanie!

– Zaatakowali Vennęę! Zburzyli Vennęę!

– Zabijają ludzi!

Tessia patrzyła, jak uchodźcy zatrzymują się, otaczając kręgiem Werrina. Na pytania maga posypały się dziesiątki odpowiedzi i nie była w stanie wiele z nich zrozumieć. Po kilku minutach usłyszała głos Werrina wybijający się ponad ogólny gwar.

– Musicie udać się na południe. Ta droga zaprowadzi was w góry, gdzie jest więcej Sachakan.

– Nie możemy zawrócić!

– Musicie znaleźć okrężną drogę – odparł Werrin, wskazując na zachód.

Po chwili dyskusji uchodźcy zeszli z drogi, pozwalając magom przejechać. Narvelan, któremu udało się utrzymać pozycję blisko przywódców grupy, kiedy przybyły posiłki, zawrócił konia i skierował się ku Dakonowi, Everranowi i Aravii.

– Ludzie z miasta mówią, że przed niecałą godziną około dwudziestu sachakańskich magów zaatakowało Vennęę – powiedział. – Niszczą miasto, więc raczej nie zamierzają się tam zatrzymywać jak w Tecurren.

– Myślę, że powinniśmy otrzymać dokładniejsze informacje na temat ich liczby od zwiadowców, zanim zaplanujemy atak – powiedział Everran.

– Owszem. Prawdopodobnie oni…

~ *Mistrzu Werrinie? Magu Sabinie?*

Tessia podskoczyła na dźwięk tego głosu w jej głowie. Rozejrzała się i zobaczyła na wszystkich otaczających ją twarzach to samo zdziwienie. Znała ten głos…

~ *Kto mówi?* ~ zapytał w odpowiedzi Werrin.

~ *Mikken z rodu Loren, uczeń Ardalena. Mój mistrz kazał mi się zameldować, kiedy dotrę do bezpiecznego miejsca.*

~ *W takim razie melduj.*

~ *Oni nie żyją. Cała nasza grupa. Ardalen. Wszyscy.* ~ Urwał. ~ *Byliśmy bardzo ostrożni. Jechaliśmy w milczeniu. Podróżowaliśmy nocą. Ale przełęcz... była pełna Sachakan. Kiedy byliśmy na tyle blisko, by coś zobaczyć, było już za późno. Ardalen kazał mi uciekać i ukryć się, żebym mógł wam powiedzieć. Wspiąłem się na zbocze... Jest ich około dziesięciu. Mają namioty, wozy pełne jedzenia i inne rzeczy, które wskazują na to, że zamierzają tu zostać i utrzymać przełęcz.*

Tessia poczuła, że serce wali jej jak szalone. Sachakanie usłyszą to i będą wiedzieć, że Mikken jest wciąż w pobliżu. Chłopak bardzo ryzykował. *Bądź ostrożny, Mikkenie!* – pomyślała. *Nie daj się złapać!*

~ *Czy jest jeszcze coś, co chciałbyś nam przekazać?* ~ spytał Sabin. ~ *Coś bardzo ważnego?*

~ *Nie.*

~ *W takim razie zamilknij. Poruszaj się szybko i cicho. Powodzenia.*

~ *Tak jest. Do zobaczenia.*

Nastąpiła cisza, w której wymieniano ukradkiem ponure spojrzenia. Kilka osób potrząsało głowami. *Nie wierzą, że on zdoła przeżyć*, pomyślała Tessia, czując, że coś chwyta ją za serce. *Biedny Mikken*. Przypomniało jej się, jak uczeń po raz pierwszy i jedyny usiłował z nią flirtować. I pomimo jej nagany – a może dzięki niej – był nadal miły, ale już tylko w przyjacielski, niezobowiązujący sposób. Poczuła nagły przypływ ciepłych uczuć dla niego. *Tak jakbyśmy sobie żartowali. Wiedziałam, że nie ma nic poważnego na myśli.*

Pewnie nawet by na mnie nie spojrzał, gdyby w okolicy były ładniejsze dziewczęta. Ale miło było mieć kogoś, z kim można było się pośmiać, zwłaszcza że Jayan jest zawsze taki poważny. Westchnęła. *Mam nadzieję, że on jednak zdoła wrócić.*

Nagle przypomniała sobie, jak Mistrz Ardalen nauczył ich sposobu przekazywania sobie wzajemnie magii – sztuczki, dzięki której pokonali Sachakan w Tecurren. Co za cenna wiedza. Czy inne podobne tajniki zaginęły wraz ze śmiercią maga? Ile jeszcze wiedzy przepadnie w tej wojnie? I czy ktokolwiek z nich przeżyje, żeby założyć gildię magów, o której tak marzy Jayan?

Siwowłosa kobieta zwisła bezwładnie w uścisku Takady. Mag upuścił ciało na ziemię i wyciągnął rękę w stronę Hanary. Niewolnik podał panu czystą, wilgotną chustkę i przyglądał się, jak Takado wyciera krew z dłoni, po czym odebrał szmatkę i odłożył do swojego bagażu, żeby ją później wyprać.

– Zaskakująco silna sztuka – oznajmił Takado i uśmiechając się, popatrzył na Dachidę. – Z tymi Kyralianami nigdy nic nie wiadomo.

Dachido potrząsnął głową i rozejrzał się po trupach zaścielających ulicę. *To ci, którzy nie dali rady dość szybko uciekać*, pomyślał Hanara. *Ci, którzy odważyli się stawić nam czoła.*

– Gdyby byli niewolnikami, można by wybrać tych co mocniejszych i mieć z nich pożytek. Wierzyć się nie chce w takie marnotrawstwo.

Ich uwagę przyciągnął jakiś trzask. Ściana pobliskiego domu zawaliła się, a fala gorąca z płonącego w jego wnętrzu ognia uderzyła w Hanarę, przypalając mu skórę. Ku jego uldze Takado ruszył z miejsca.

– Jak ci Kyralianie funkcjonują? – spytał Dachido. – Tu powinien wybuchać bunt za buntem, że też pola nie leżą odłogiem i nie króluje rozbój. A im się jeszcze nieźle wiedzie.

– Dakon usiłował mnie przekonać, że niewolnictwo jest nieopłacalne – odparł Takado. – Że wolny człowiek jest dumny ze swojej pracy. Że rzemieślnik chętniej wymyśla coś nowego i szuka nowych sposobów pracy, ponieważ robi to dla własnego zysku i dla swojej rodziny.

– Nie wydaje mi się, by mogła to być lepsza motywacja niż groźba chłosty albo śmierci.

– Mnie też się nie wydawało, póki nie przyjechałem tutaj.

Dachido uniósł brwi, spoglądając na Takadę ze zdumieniem.

– A więc zgadzasz się z nim?

– Być może. – Takado odwrócił się, słysząc skrzypienie otwieranych drzwi.

Z budynku wydostał się dym, a z dymu wynurzył się człowiek. Zobaczył ich i usiłował uciekać, ale uderzył w niewidzialny mur. Zaczął krzyczeć, kiedy siła magii zaczęła go ciągnąć w stronę dwóch magów.

– Ale nie na tyle, żeby wypróbować to na własnej skórze.

– Jaki byłby sens zdobywania ziemi i pozwalania mieszkającym na niej ludziom zatrzymać majątek i wolność? – dodał Dachido.

Niefortunny uciekinier upadł na kolana, ale magia wlekła go po bruku. Jęknął, kiedy moc rzuciła go na ziemię przed Dachidą; z jego kolan lała się krew.

– Błagam – odezwał się. – Puśćcie mnie. Nic złego nie zrobiłem.

– Możesz go sobie wziąć – powiedział Takado do towarzysza.

– Jesteś pewny?

– Oczywiście. Czy kiedykolwiek składam propozycje, których nie jestem pewny?

– Nie. – Dachido wyciągnął sztylet. Klejnoty zamigotały w słońcu, kiedy podszedł do klęczącego przed nim mężczyzny i dotknął ostrzem nagiej skóry na karku. Pojawiła się cienka strużka krwi.

Hanara czekał, znudzony. Widział to już tyle razy, aczkolwiek wcześniej nieczęsto kończyło się to śmiercią. Kątem oka dostrzegł, że ktoś zbliża się do nich, podniósł lekko głowę i ujrzał Asarę. Podeszła bez słowa, czekając uprzejmie, aż skończy się pobieranie mocy. Dachido upuścił niedoszłego uciekiniera na ziemię i dopiero wtedy zorientował się, że kobieta stoi koło niego.

– Jak plony, Asaro? – zapytał.

Zaśmiała się.

– Ciekawe określenie. Cóż, udało mi się odzyskać wszystko, co utraciłam, a nawet zgromadzić nieco więcej. A ty?

– Bez trudu.

Spojrzała na Takadę. Hanara dostrzegł w jej oczach szacunek, nie do końca skrywany za chłodną, powściągliwą pozą.

– Co teraz, Takado?

Mag rozejrzał się w zamyśleniu. Stali pośrodku placu otoczonego ze wszystkich stron domami i przeciętego główną ulicą.

– Tu nie mamy już nic do zrobienia. To był początek. Sygnał. Pierwszy krok w drodze do Imardinu.

– Zatrzymamy się tu na noc?

– Nie. – Oczy Takady pociemniały. – Następne miasto przy głównej drodze nazywa się chyba Halria. Jeśli wyruszymy szybko, powinniśmy tam dotrzeć przed tymi, którzy nas gonią.

– Kolejne miasto przy głównej drodze? A co jeśli oni to przewidzieli i zbiorą następną grupę magów, by stawiła nam opór? – spytał Dachido. – Możemy znaleźć się w pułapce między dwoma ich oddziałami.

– W takim razie wcześniej zjedziemy z drogi – odrzekł Takado. – I będziemy nadal zdobywać miasta pełne ludzi. Miasta, które nie zostaną ostrzeżone o naszym przybyciu. Miasta, które nie spodziewają się naszego ataku. – Uśmiechnął się. – Wojna musi po części rządzić się przypadkiem. Inaczej nie byłaby tak interesująca.

Asara uśmiechnęła się. Hanara poczuł, że po plecach przebiega mu dreszcz. Ogarnęło go dziwaczne uczucie, trochę strach, a trochę duma. Chciał uciec jak najdalej od tej trójki, ale jednocześnie pragnął też pozostać i zobaczyć, co zrobią. Nigdy wcześniej nie miał okazji oglądać magów posługujących się całą swoją mocą. Dziś spalili i zburzyli miasto, wkładając w to niewiele więcej wysiłku niż w przypadku spojrzenia czy zmarszczenia brwi. Wiedział jednak, że jeszcze nie byli zmuszeni użyć całej swojej siły. To będzie straszliwe i wspaniałe. W jego bijącym coraz szybciej sercu wzbierała duma.

Będę mógł to wszystko zobaczyć.

ROZDZIAŁ 30

Tak jak typowy sachakański dom rezydencja ojca zajmowała dużą przestrzeń i dzieliła się na grupy pomieszczeń zwane siedzibami. Ojciec Sterii mieszkał w „siedzibie pana". Ona w pobliskich „apartamentach rodzinnych". Ikaro i Nachira zajmowali „siedzibę syna" – część zarezerwowaną dla dziedzica pana.

W samym środku „siedziby syna" znajdował się duży pokój, z którego prowadziły drzwi do wszystkich innych pomieszczeń. Mniejsze pokoje były tu puste, jeśli nie liczyć sypialni małżeńskiej. Brak umeblowania sprawiał, że apartament wyglądał smętnie i nieprzytulnie. Powinni się tu bawić jej bratankowie i bratanice.

Świadomość, że zawiodło się oczekiwania, musi być okropna, pomyślała Steria, kiedy Vora wprowadziła ją do wielkiego pokoju, *ale codzienne wymówki muszą być jeszcze gorsze... zwłaszcza jeśli dochodzi do tego groźba śmierci.*

Poczuła, że uginają się pod nią kolana z nagłego przestrachu. *A Ikaro chce, bym znalazła się w samym centrum tych oczekiwań. Co się stanie, jeśli ja również nie urodzę dziedzica?* Wiedziała, co powiedziałaby na to Vora. „Nie marnuj czasu na zamartwianie się bez potrzeby, panienko".

Steria nie zgadzała się z nią. Jej motto brzmiało raczej: „Lepiej być przygotowaną na każdą okoliczność".

Nachira podniosła się, by powitać Sterię, całując ją w oba policzki. Jej biżuteria zabrzęczała wdzięcznie. Usiadły na wykładanych poduszkami krzesłach pośrodku pokoju. Vora padła przepisowo na twarz, po czym zajęła swoje zwyczajowe miejsce na poduszce leżącej za krzesłem Sterii. Chociaż stara niewolnica zawsze narzekała przy tym na swoje stawy, zdecydowanie odmawiała siadania „na ich poziomie", a jeśli Steria jej to nakazała, sprawiała wrażenie nieszczęśliwej i nie szczędziła dziewczynie niezadowolonych uwag, póki ta nie pozwoliła jej z powrotem usiąść na podłodze.

– Gdzie jest mój brat? – spytała Steria, rozglądając się.

– Poszedł się upewnić, czy Ashaki Sokara nie wróci wcześniej – odpowiedziała Nachira niskim, lekko schrypniętym głosem. – Podobno niewolnicy coś o tym wspominali.

– Nie mogę uwierzyć, by ojciec miał coś przeciwko rozmowie własnego syna z własną córką.

– Ależ nie zgodziłby się. – Nachira spochmurniała. – Jeśli niewolnicy coś mu wyjawią, powiemy mu, że uznaliśmy, że trzeba mieć cię na oku i zapewnić ci rozrywki, byś nie próbowała znów się wymknąć.

– Nie będzie czytał waszych myśli, żeby przekonać się, czy to prawda?

Kobieta zamrugała oczami.

– Nie. W każdym razie… mam nadzieję, że nie. Nigdy tego nie robił. To znaczy nigdy od tamtego razu, tuż po ślubie, kiedy chciał się przekonać, czy nie mam jakiegoś tajnego zlecenia, by mu zaszkodzić. Ale wtedy był delikatny.

Steria odwróciła wzrok.

– Podejrzewałabym go raczej o to, że zrobi to *przed* weselem, jeśli uważał, że w ogóle powinien.

– Mój ojciec zerwałby wtedy zaręczyny. Okazywanie braku zaufania w tamtym momencie zostałoby uznane za nieuprzejme.

– A potem nie? – Steria spojrzała Nachirze w oczy.

Nachira spuściła oczy.

– Nie aż tak. Poza tym był delikatny… jak już powiedziałam. Nie uważałam za stosowne zawracać tym głowy mojemu ojcu.

Steria potaknęła z westchnieniem. To potwierdzało jej podejrzenia, że czytanie myśli wolnego człowieka – nawet członka rodziny – nie było czymś zwykłym i powszechnie akceptowanym.

Vora przychodziła z nią do apartamentu brata codziennie od ich pierwszego spotkania w łaźni. Czasami Steria odwiedzała ich rano, czasem po południu. Te kilka wizyt nie wystarczyło jednak, by mogła stwierdzić, że dobrze poznała Nachirę, ale uznała ją za osobę bezpośrednią. Pomysł, że żona jej brata mogłaby mieć jakieś sekretne misje i jakiekolwiek tajemnice, jeśli nie liczyć bezpłodności, był dość absurdalny.

Polubiłam ją, pomyślała Steria. *Nie zauważyłam w niej nic, co by mi się nie podobało, może poza całkowitą biernością. Gdybym ja podejrzewała, że mój teść zamierza mnie zabić, żądałabym od mojego męża – a przynajmniej błagałabym go – by zabrał mnie w jakieś bezpieczne miejsce.*

Ale może coś takiego jak „bezpieczne miejsce" nie istnieje. Dokąd mieliby uciekać Ikaro z Nachirą? Bez pomocy i opieki ojca Sterii nie mieliby pieniędzy, zajęcia ani ziemi, którą mogliby objąć.

Ale to chyba lepsze niż śmierć, nieprawdaż? Mogliby wyjechać do Elyne. Ledwie to jednak pomyślała, wiedziała, że nie jest to bardzo prawdopodobne. Nachira miałaby problemy z przyzwyczajeniem się do zwyczajów innego kraju, a Ikaro nie pozbyłby się niepokoju, że ojciec dopadnie ich nawet za granicą, chociażby dzięki handlowym kontaktom z matką.

Matka nigdy by nam nie wyrządziła żadnej krzywdy, pomyślała Steria. *Ale mogłaby nie wiedzieć, że to czyni. Mogłaby paść ofiarą intrygi.*

Słysząc odgłos kroków, obie zamarły w napięciu i spojrzały w kierunku drzwi. Kiedy wszedł Ikaro, Nachira odetchnęła z ulgą. Mężczyzna uśmiechnął się.

– Nie wrócił i nie spodziewają się go w ciągu najbliższych kilku dni. – Usiadł, spoglądając z powagą na żonę. – Ale doszły mnie inne wieści z ostatniej chwili. Imperator ogłosił oficjalnie swe poparcie dla inwazji na Kyralię i wzywa magów do przyłączenia się do jego armii. Kiedy ojciec się o tym dowie, wyśle mnie na wojnę.

Steria usłyszała, jak Nachira wstrzymuje oddech. Para wpatrywała się w siebie przez chwilę, po czym oboje przenieśli wzrok na Sterię.

– Musisz podjąć decyzję wcześniej, niż sądziliśmy, Sterio. – Ikaro ujął żonę za rękę. – Rozmawialiśmy o tym i uznaliśmy, że możemy dać ci przynajmniej to, o co prosiłaś. Nauczę cię wyższej magii.

Steria zerknęła na Vorę. Kobieta uśmiechnęła się i pokiwała głową z aprobatą. Steria poczuła zalewającą ją falę emocji. Najpierw bezradność, potem obrzydzenie dla samej siebie. *Poddam się. Poślubię jakiegoś obcego mężczyznę i urodzę mu dziecko, ponieważ mój ojciec jest potworem. Jestem żałosna.* Chwilę później ogarnęła ją dziwaczna duma, połączona z mocnym postanowieniem. *Nieprawda, wcale się nie poddaję, tylko dokonuję wyboru – ratuję czyjeś życie.* Na koniec poczuła lęk, który nie chciał jej opuścić, przenikając ją niczym lodowaty powiew, aż do kości. *Jeśli ojciec wybrał kogoś okropnego, to nie zamierzam pogodzić się z tym bez walki. Ikaro może mi pomóc, a jeśli nie, to znajdę sposób, żeby samej sobie poradzić.*

Uświadomiła sobie, że postanowiła im pomóc w chwili, kiedy po raz pierwszy usłyszała o ich kłopocie. Może to było głupie, musiała bowiem zaufać, że mówią jej prawdę, a nie wymyślili tego zagrożenia życia Nachiry, by zmusić Sterię do współpracy. Ale wszystkie zmysły podpowiadały jej, że to prawda. Widziała to w ich najdrobniejszych gestach, niemal wyczuwała w powietrzu.

– Zrobię to – powiedziała. – Wyjdę za mąż i postaram się zapewnić ojcu dziedzica.

Na ich twarzach pojawiły się uśmiechy, ale szybko spoważnieli, po czym znów z uśmiechem na przemian dziękowali jej i przepraszali. Nachira rozpłakała się, Ikaro ją pocieszał. Steria czuła, że serce w niej rośnie na widok tej autentycznej miłości, ale potem znów ogarnął ją lęk.

Och, mamo, wyjdę za mąż i urodzę dziecko, a ciebie nie będzie ze mną, by mi pomóc i podzielić się doświadczeniem. Steria wiedziała, że ten lęk nie wiąże się tylko z oddaniem swojego życia w ręce nieznajomego człowieka, ale z pozostaniem uwięzioną w Sachace, gdzie nic nie jest dla niej znajome i nie ma nikogo, komu mogłaby ufać i z kim miałaby możliwość porozmawiać. Nie było to miejsce, w którym chciałaby wychowywać dziecko.

Nachira wstała.

– Musimy napić się raki, by przypieczętować umowę – oznajmiła.

– Ja przyniosę – powiedziała Vora, a kiedy wstawała, zastrzykały jej stawy. Spojrzała na Ikaro. – Ty też powinieneś dotrzymać swojej części tej umowy, paniczu.

Zaśmiał się.

– Masz rację, Voro. Nie wiemy, kiedy i jak coś nam przeszkodzi. – Zmrużył oczy i uśmiechnął się. – Tylko pospiesz się z tą raką, bo potrzebny nam ktoś, na kim poćwiczymy.

Vora zacisnęła usta, ale w jej oczach znać było czułość. Wkrótce wszyscy rozsiedli się na poduszkach, popijając gorący napój. Ikaro kazał niewolnicy przysunąć jej poduszkę między nich i uklęknąć. Z pochwy przy pasie wyciągnął krótki, zakrzywiony sztylet, po czym spojrzał na Sterię, a z jego twarzy znikła wszelka wesołość.

– Najpierw musisz przeciąć skórę – wyjaśnił. – To naturalna bariera, która chroni nas przed wolą innych, jeśli nie przesuniemy jej na tarczę. – Obrócił sztylet i podał go rękojeścią do przodu Sterii. – Weź go. Nie da się tego pokazać inaczej, jak prowadząc cię przez całą procedurę.

Wzięła sztylet do ręki. Głowica była ciepła od jego dotyku. Vora podwinęła rękaw i wyciągnęła rękę.

– Wystarczy lekko nacisnąć. Jest bardzo ostry.

Przez moment Steria nie potrafiła zmusić się do jakiegokolwiek ruchu. Vora wpatrywała się w nią karcąco. Nie chcąc, żeby stara niewolnica znów dostrzegła u niej choćby odrobinę słabości, dziewczyna delikatnie przycisnęła ostrze do jej skóry. Kiedy je odjęła, pojawiła się czerwona kreska, a na jej końcu zebrała się kropelka krwi. Steria powstrzymała się od cisnących się jej na usta przeprosin.

– Teraz połóż rękę na rance – ciągnął Ikaro. – Zamknij oczy. Sięgnij umysłem i znajdź Vorę.

Postępując zgodnie ze wskazówkami, Steria ze zdumieniem odkryła intensywność tego, co wyczuwała. Wiele z lekcji z Nimelle obejmowało kontakt umysłów, ale nigdy nie było to takie jak teraz. Steria nie tylko była świadoma obecności Vory, ale jej całego ciała, a nawet umysłu. Kiedy skupiła się odpowiednio, słyszała myśli kobiety.

A przede wszystkim niezwykle wyraźnie wyczuwała magiczną energię, wypełniającą każdą część ciała niewolnicy.

Gdzieś w oddali usłyszała głos brata.

– Czujesz jej moc?

Potaknęła z wysiłkiem.

– Dobrze. Teraz zaczerpnij. Podłącz się do niej tak samo jak do własnej mocy.

Ostrożnie i niepewnie Steria sięgnęła po energię wypełniającą Vorę. Poczuła przepływ, ale moc zaraz zaczęła się jej wymykać.

– Gdzie to ucieka?

– Wypływa z ciebie, nieuformowane. Nie przejmuj się. Wszyscy tak z początku robią. Spróbuj znowu, ale tym razem postaraj się połączyć ten przepływ z własną mocą. Wciągnij w siebie jej moc i złącz ze swoją.

Nie przerywając kontaktu z energią Vory, poszukała własnego źródła mocy. Nagle miała przed oczami wyobrażenie dwóch jaśniejących ludzkich kształtów, połączonych w miejscu, gdzie jeden dotykał drugiego. Czuła barierę otaczającą energię Vory, a także przerwę w miejscu, gdzie przecięła skórę.

Skupiła wolę i zaczerpnęła energii z ciała niewolnicy. Moc odpowiedziała, przepływając do jej ciała.

– Złapałam – powiedziała. – To działa.

– Dobrze. A teraz, żeby nie pozwolić innym wykryć, że to robisz, musisz wzmocnić własną barierę. Jeśli tego nie zrobisz, ona utrzyma jedynie twoją naturalną energię. Ojciec wyczuje przecieki i domyśli się, że cię tego nauczyłem.

Musisz się też nauczyć czerpać tak, żeby nie powstawały przecieki.

Kazał jej jeszcze kilka razy zaczynać i przerywać czerpanie mocy, upominając ją, kiedy tylko wyczuł przeciek. Steria zdawała sobie sprawę, że minęło parę godzin, kiedy wreszcie uznał ją za dość wytrenowaną, żeby mogła posługiwać się wyższą magią, nie informując o tym otoczenia. Spojrzała na Vorę w poszukiwaniu oznak osłabienia, ale stara kobieta nie wyglądała na wyczerpaną.

To dobrze. Nie chciałabym pozbawić jej zbyt wielkiej ilości energii. Nie jest młoda, a cały czas krząta się wokół mnie i Ikaro.

– Czy będę potrzebowała więcej lekcji? – zapytała.

– Nie – odpowiedział z uśmiechem. – Szybko się uczysz.

Steria odrzuciła głowę w udanej próżności.

– Mam chyba wrodzony talent.

Ikaro uśmiechnął się krótko i zamyślił.

– Może i byłabyś samorodną, gdybyś nie nauczyła się magii w Elyne. Wtedy ojciec musiałby cię uczyć, czy by tego chciał, czy nie.

– Albo by ją zabił – mruknęła Vora. – Jak to się czyni z większością samorodnych.

Steria popatrzyła na nich z niedowierzaniem, po czym potrząsnęła głową.

– Nie zrobiłby tego. Wiem, że Sachakanie zabijają niewolników z samorodnym talentem, ale przecież chyba nie członków rodziny?

– Samorodni są… – Ikaro szukał właściwego słowa.

– Niebezpieczni – podpowiedziała Vora, wstając i przenosząc swoją poduszkę na właściwe miejsce. – To odmieńcy.

Ashaki lubią mieć możliwość decydowania, kto będzie magiem, a kto nie.

– W takim razie powinniśmy nazywać ich *niesamorodnymi* – mruknęła Steria.

– Lepiej nie wymawiaj tego słowa – ostrzegł ją Ikaro. – Musisz również zachować ostrożność, jeśli chcesz się wzmacniać. Prawo zakazuje magowi pobierać moc od niewolnika bez pozwolenia jego właściciela. A wszyscy niewolnicy w tym domu należą do ojca.

– Vora też?

– Też.

– A zatem właśnie złamaliśmy prawo.

Wzruszył ramionami.

– Nie posługiwaliśmy się wyższą magią, by kogokolwiek wzmocnić, tylko dla nauki.

– Cóż, zwiększanie mocy nie jest w tej chwili moim celem. Chciałabym tylko mieć pewność, że będę umiała wszystko, czego potrzeba, kiedy... no... później.

– Rozumiem – odparł Ikaro, uśmiechając się krzywo. – Po wszystkich tych latach, kiedy ci zazdrościłem, chciałbym, żebyś miała tyle wolności, ile to tylko możliwe, byś mogła przeżyć i być szczęśliwa.

Uśmiechnęła się i pogłaskała go po ręce.

– Ja chcę tego samego dla was obojga.

– W takim razie... – wtrąciła się Vora.

Wszyscy zwrócili na nią wzrok.

– ...jest jeszcze jedna umiejętność, która może się przydać Sterii. Która może kiedyś uratować jej życie.

Ikaro spojrzał pytająco na siostrę. Wzruszyła ramionami na znak, że nie ma pojęcia, o czym mówi niewolnica. *Ale chciałabym wiedzieć!* – pomyślała.

– Co to takiego? – spytał Ikaro.

Vora uśmiechnęła się łobuzersko.

– Jak zabić kogoś w łóżku, paniczu.

Nachira uniosła dłoń do ust i spojrzała szeroko otwartymi oczami na męża. Ikaro uśmiechał się, ale na twarz wypełzał mu powoli rumieniec.

– Jak miałbym ją tego nauczyć? – zwrócił się do niewolnicy.

– Sam mi powiedz – odparła, patrząc na niego z wyzwaniem w oczach. – Zapewne jest to możliwe bez odwoływania się do kazirodztwa lub obrażania żony.

Ikaro potaknął.

– Masz rację. Ojciec mówił mi, jak się to robi, aczkolwiek nigdy nie miałem potrzeby używać akurat tej sztuczki, nie wiem więc, czy dobrze ją zrozumiałem. – Zwrócił się do Sterii: – Jest to ponoć łatwiejsze dla kobiety niż mężczyzny. Liczy się przede wszystkim trafienie w odpowiedni moment.

Rzuciła mu wyczekujące spojrzenie.

– Dlaczego?

– Bo w momencie… no… najwyższej rozkoszy ta naturalna bariera, o której mówiliśmy, znika. Wiesz… o czym mówię?

– Tak – odparła. – Wiem, co masz na myśli. – Zarumienił się jeszcze mocnicj. – Rozumiem, że poznam, kiedy bariera zniknie?

– Tak słyszałem. – Wziął głęboki oddech, wypuścił powoli powietrze z płuc i spojrzał na Nachirę, która siedziała wyraźnie rozbawiona. – Podobnie jak w przypadku zwykłych metod posługiwania się wyższą magią, jeśli raz zaczniesz pobieranie, źródło jest bezradne. Ale kiedy przerwiesz, naturalna bariera odbudowuje się, a więc jeśli chcesz zabić, nie możesz przerwać, póki nie pozbawisz ofiary całej energii. Oczywiście bylibyśmy wdzięczni, gdybyś zostawiła zabijanie męża na czas, gdy już urodzisz dziecko.

Steria roześmiała się.

– Oczywiście.

– Nigdy nic nie wiadomo – wtrąciła się znów Vora. – Steria może polubić swojego męża.

Cała trójka zwróciła się ku starej niewolnicy podejrzliwie. Vora uniosła ręce na znak swojej niewinności.

– Och, nie mam pojęcia, kto to ma być. Ale nie możecie całkiem odrzucać takiej możliwości. – Spojrzała na każde z nich po kolei, po czym wzruszyła ramionami. – Myślę, że uparcie spodziewając się najgorszego, możecie mieć rację, albo też przyjemnie się zaskoczyć.

Dobrze jej mówić, pomyślała Steria. *Jej nie wydają siłą za mąż.* Zastanowiła się. *Zazdroszczę losu niewolnicy? Nie, są gorsze rzeczy od wyjścia za mąż... aczkolwiek Vorze chyba w sumie nieźle się powodzi. Mam nadzieję, że będzie dalej służyć Ikarowi i Nachirze, kiedy ja odejdę z domu.*

Ku swojemu zaskoczeniu uświadomiła sobie, że będzie jej brakowało tej wtrącającej się we wszystko staruszki.

W powietrzu snuł się dym, unosząc ze sobą przeróżne zapachy, po części takie, od których przewracało się w żołądku. Drewniane belki, poczerniałe i niekiedy wciąż się żarzące, wystrzelały w niebo. Wszędzie dookoła walały się cegły, drewno i kawałki metalu. W całej Vennei nie ocalał ani jeden budynek.

W ruinach leżały ciała zabitych, ich ubrania powiewały na wietrze. Nie było widać krwi, co czyniło ten widok jeszcze bardziej przerażającym.

A może chodziło o ciszę. W miasteczku słychać było wiele dźwięków. Trzaskanie płomieni. Wrzask jakiegoś niemowlęcia. Kroki magów i uczniów. Ale wszystkie te odgłosy były przytłumione i jakby dalekie. *Może przerażenie mnie ogłuszyło*, pomyślał Dakon. *Mój umysł odmawia dania temu wiary, a więc odmawia też zauważania tego, co mnie otacza.*

– Sachakanie odeszli – oznajmił piekarz. Kiedy przeszukiwali jego dom, zamknął się w środku pieca, który od rana zdążył wystygnąć na tyle, że go nie spalił, ale poparzył mu dłonie i przypalił buty. – Kiedy zaczęło mi brakować powietrza, wyszedłem z pieca. Na ulicach byli ludzie. Rabowali domy, które nie zajęły się ogniem. Powiedzieli mi, że Sachakanie odeszli.

– W którą stronę pojechali?

– Nie wiem.

Werrin podziękował mu, kiwając głową, po czym zwrócił się do Sabina:

– Musimy się dowiedzieć. Jak myślisz, co oni planują?

– To już wygląda jak inwazja – odpowiedział szermierz. – Ich liczba, to zbieranie mocy. Utrzymanie miasta nie przyniesie im żadnych korzyści, potrzebują go tylko do tego, żeby uzupełnić zapasy mocy i pożywienia. Wiedzą, że jest nas za mało, by obronić wszystkie wioski i miasteczka na rubieżach, więc uderzają i przenoszą się dalej.

– Nauczyli się czegoś w Tecurren?

– Zapewne.

– Gdzie teraz uderzą?

Sabin wzruszył ramionami.

– Najlepiej dla nas będzie wycofać się w jakieś wygodne do obrony miejsce. I zaprowadzić tam ludzi z wiosek i miast, żeby Sachakanie ich nie znaleźli.

– To brzmi jak sugestia porzucenia rubieży – wtrącił się Narvelan, marszcząc brwi.

Sabin przytaknął.

– Możemy być do tego zmuszeni. Wiem, że to frustrujące, zważywszy na wszystko, co uczynił Krąg przez ostatnie kilka lat, ale dostrzegasz jakiś inny sposób, by ich bronić?

Narvelan zaprzeczył ruchem głowy i westchnął, a w końcu podniósł wzrok na Dakona.

– Wygląda na to, że ty i ja za chwilę pozostaniemy bez ziemi. Czy oznacza to, że powinniśmy zrezygnować z tytułów?

– Lepsze to niż śmierć wszystkich naszych poddanych – odparł Dakon.

– Jak na razie nie musimy porzucać całych majątków – dodał Sabin. – Możemy wycofać ludność w miejsca, do których Sachakanie nie podejdą niezauważeni i które łatwo będzie ewakuować.

– A co z Sachakanami? – spytał Narvelan.

Sabin zamyślił się.

– Z raportów zwiadowców i opowieści wieśniaków jest nas tyle samo, co najeźdźców, ale nie wiem, czy dorównujemy im siłą. Ci z nas, którzy walczyli w Tecurren, mają ograniczoną moc, aczkolwiek hojność mieszkańców nieco to zrekompensowała. Sachakanie natomiast zabrali moc całym miastom. Nasze szanse wyglądają marnie. – Pokręcił głową. – Na razie powinniśmy zająć się tym, co zastaliśmy tutaj. W ruinach budynków mogą być uwięzieni ludzie. Porozumiem się z królem, posługując się ustalonym kodem komunikacji mentalnej. Bądźmy gotowi do wymarszu w każdej chwili.

Magowie podzielili się i rozeszli we wszystkich kierunkach, a Dakon rozejrzał się w poszukiwaniu Jayana i Tessii.

Obojga nie było w pobliżu. Przeszukał plac miejski i w końcu znalazł ich siedzących obok małego chłopca kilka kroków dalej.

Zbliżając się, zauważył, że dziecko jest ranne i Tessia je opatruje. Jayan trzymał rękę chłopca zawiniętą w bandaż ze szmat. Pomimo opatrunku ramię było nienaturalnie wygięte. Tessia dotknęła delikatnie skóry.

I Dakon zobaczył, jak ramię powoli się prostuje.

Chłopiec krzyknął z bólu i zaskoczenia, po czym wybuchnął płaczem. Tessia szybko rozejrzała się dookoła i przyciągnęła magią do siebie kawałek drewna. Posypały się drzazgi, kiedy deszczułka pękła na dwoje. Wzięła deseczki, owinęła je szmatą i pokazała Jayanowi, jak ma je trzymać, podczas gdy ona bandażowała rękę chłopca.

Nigdy czegoś takiego nie widziałem, pomyślał Dakon. I nagle zamurowało go, gdy uświadomił sobie, czego właśnie był świadkiem. Wspomnienie prostującego się ramienia, jakby robiło to samo z siebie, powracało w jego myślach. *Magia. Ona najwyraźniej użyła magii. W tak rozsądnym i dobrym celu. Na dodatek w sposób dostępny jedynie dla maga. Och, nie spodoba się to gildii uzdrowicieli!*

Tessia pocieszała chłopca, tłumacząc mu, po co są deszczułki i kiedy może je zdjąć, Jayan tymczasem podniósł wzrok i zamrugał ze zdziwienia na widok Dakona.

Ależ ich to pochłonęło, pomyślał Dakon. *Mogłaby się tu zjawić cała armia Sachakan, a oni nawet by nie zauważyli. Ale nie mam im tego za złe. Usiłują tylko pomagać ludziom.*

Zaangażowanie Jayana było jednak interesującą odmianą. Młody człowiek teraz prawie nie odstępował Tessii. Dakon podejrzewał, że widzi się w roli jej opiekuna, ale może było w tym coś więcej. Jayan mógł zrozumieć, jak ważne może okazać się zastosowanie przez Tessię magii w leczeniu, i usiłować pomóc jej rozwijać tę umiejętność. Dakon poczuł, że się uśmiecha.

Dzielenie się wiedzą, leczenie za pomocą magii, Jayan wspierający i zachęcający innego ucznia. Kto by pomyślał, że wojna może przynieść takie korzyści?

CZĘŚĆ IV

ROZDZIAŁ 31

Tuż po przebudzeniu Steria poczuła zdziwienie, że w ogóle udało się jej zasnąć. Z poprzedniego wieczora zapamiętała jak mówiła Vorze, że chyba nie zaśnie przez całą noc. Tymczasem teraz przecierała oczy i czuła się niepokojąco świeża i wypoczęta.

Na podłodze przed nią uklękła znajoma postać, trzaskając stawami.

– Dosypałaś mi czegoś do wody? – spytała dziewczyna, siadając.

– Powiedziałaś, że chcesz, by dzisiejszy dzień nabrał przyspieszenia i minął, panienko – odparła Vora, wstając. – Czy czas przyspieszył zgodnie z twoim życzeniem?

– Tak. Zła z ciebie kobieta, Voro. Będzie mi ciebie brakowało.

Niewolnica uśmiechnęła się.

– Chodź, panienko. Musisz się wykąpać i ubrać. Przyniosłam ci ślubny strój.

Steria nie mogła powstrzymać lekkiego dreszczu podniecenia, po którym jednak przyszło znajome poirytowanie i frustracja. W Elyne panna młoda w towarzystwie matki i sióstr, jeśli takowe miała, przez kilka tygodni wybierały materiał, ozdoby i wzór sukni ślubnej. W Sachace kobiety owijały się zwyczajową materią, tyle że tym razem w wyjątkowo poważnym kolorze, oraz zakładały tiarę, do której przypinano welon. Ten tradycyjny ślubny strój nie zmienił się wiele przez stulecia.

Dziewczyna wstała i rzuciła okiem na czarne zawiniątko w rękach Vory.

– Pokaż.

Niewolnica rozwinęła pakuneczek, a Steria dostrzegła fale drobniutkich błysków. Podeszła bliżej i przyjrzała się tkaninie. Na wierzchu pokryta była delikatnym haftem i niezliczonymi maleńkimi, czarnymi, płaskimi paciorkami.

– Ładna – oznajmiła. – Spodobałaby się Elynkom. Ciekawe, dlaczego nigdy się tam nie pojawiła?

– Ponieważ używa się tego materiału wyłącznie na suknie ślubne – odparła Vora. – Quany wycina się z muszli quannen. To ciężka praca, a muszle są rzadkie, więc paciorki wiele kosztują. Poza tym tradycja nakazuje paciorkami z sukni matki ozdabiać suknię córki. Ale jako że twoja matka zabrała swoją do Elyne, ojciec musiał kupić nowe quany.

– Cóż za niezwykła hojność, zważywszy, że uważa mnie za bezwartościową kandydatkę na żonę. – Steria wyprostowała się i podeszła do wanny. Znów poczuła mdłości. – Chyba że musiał tak zrobić, ponieważ nie odważyłby się powiedzieć matce, że wydaje mnie za mąż.

– Wątpię, by wysłanie wiadomości do twojej matki było teraz w ogóle możliwe – przypomniała jej niewolnica.

Steria westchnęła.

– Prawda. Przeklęta wojna. – Zrzuciła z siebie koszulę nocną i wykąpała się, po czym pozwoliła, by Vora ubrała ją w ślubny strój.

Potem niewolnica zajęła się włosami dziewczyny, starannie je uczesała i upięła. Kiedy już była zadowolona z efektu, cofnęła się o krok i spojrzała oceniająco na Sterię.

– Wyglądasz pięknie, panienko – oznajmiła, potrząsając głową. – Prawdę mówiąc, pięknie wyglądałaś, już jak się obudziłaś: w złym humorze i z włosami w nieładzie. Ja tylko musiałam z ciebie zrobić pannę młodą. Czemuż nie mogę zawsze dostawać tak łatwych do spełnienia rozkazów?

Steria spostrzegła, że niewolnica postawiła na stole sporą skrzyneczkę. Teraz otworzyła ją, wyjmując ciężkie zawiniątko z materiałem i klejnotami. Tkanina była przejrzysta i pokryta skomplikowanym wzorem z quanów.

– To tiara i welon – wyjaśniła Vora i odłożyła wszystko do puzderka. – Ale zanim ci ją nałożę, może chcesz coś zjeść?

Steria potrząsnęła głową, czując, że coś ściska jej żołądek.

– Nie.

– A może trochę soku? – Vora podeszła do stojącego z boku stoliczka i podniosła szklany dzban. – Przyniosłam na wszelki wypadek.

Dziewczyna wzruszyła ramionami. Wzięła od niewolnicy szklankę soku i upiła łyk. Wbrew jej oczekiwaniom żołądek nie zaprotestował. Poczuła, że po jej ciele rozchodzi się przyjemny, uspokajający chłód, i spojrzała badawczo na napój.

– Do tego też dodałaś ziółek?

Vora uśmiechnęła się.

– Nie, ale i mlekwiat, i sok z owoców pachi są znane z właściwości uspokajających. – Cały czas patrzyła na Sterię. – Wypij to. Nie mamy zbyt dużo czasu.

Dziewczyna piła, rozglądając się po pokoju. Vora zapewniła ją, że te kilka przedmiotów, które przywiozła z Elyne – w większości pamiątki mające jej przypominać matkę i przyjaciółki – zostanie odesłane do jej nowego domu, wraz z ubraniami, które otrzymała po przyjeździe. Kiedy przełknęła ostatni łyk, jeszcze raz ogarnęła spojrzeniem pokój, w którym mieszkała przez ostatnie miesiące.

Odwróciła się i podała niewolnicy pustą szklankę. Kobieta odstawiła ją i ponownie sięgnęła po tiarę. Uniosła ją ostrożnie, przytrzymując z przodu przypiętą do niej tkaninę. Steria musiała się pochylić, by Vora mogła jej umocować ozdobę na głowie. I natychmiast poczuła się skrępowana. Niewiele widziała przez zasłonę, a oddech ogrzewał powietrze wokół jej twarzy.

– Nie ciągnij – upomniała ją niewolnica. – Urwiesz.

– Nic nie widzę.

– Jak wyjdziemy na zewnątrz, będzie nieco lepiej.

– Ślub odbędzie się na zewnątrz?

– Nie.

– Więc jak mam się nie potknąć i nie wejść na ścianę?

– Idź powoli. Będę tobą kierować. Pociągnę za suknię w lewo, jak będzie trzeba zejść w lewo, i na odwrót.

– A jak będę miała stanąć?

– To za środek.

– A jak będę miała ruszyć dalej?

– Popchnę cię lekko.

– Świetnie.

– A teraz chodź ze mną. Gotowa?

Steria roześmiała się gorzko.

– Nie. Ale niech cię to nie powstrzymuje.

Nie mogła ocenić, czy Vora uśmiechnęła się, czy też jak zwykle, kiedy była zła lub zmartwiona, zacisnęła wargi. Kobieta odwróciła się i ruszyła w kierunku drzwi. Steria podążyła za nią, czując, że jej serce nagle bije za szybko, a żołądek zachowuje się tak, że pożałowała wypicia soku.

Kiedy wreszcie zaczęła coś widzieć przez zasłonę, Vora wprowadziła ją do ciemnego pomieszczenia.

– Sterio – zabrzmiał głos jej ojca. Odwróciła się ku jakiemuś cieniowi, którego nie zauważyła, nim się nie odezwał.

– Ojcze.

– Znalazłem ci męża. Masz szczęście.

Nastąpiła cisza. Zastanawiała się, czy oczekuje, że się z nim zgodzi, czy też, że mu podziękuje. Przez krótką chwilę rozważała powiedzenie czegoś w tym rodzaju, ale rozmyśliła się. Wiedziałby, że kłamie, więc po co?

– Bądź posłuszną żoną i nie przynieś mi wstydu – powiedział w końcu.

Poczuła poruszenie powietrza na swojej prawej ręce i równocześnie pociągnięcie za suknię i lekki nacisk palca na plecach. Nagle musiała powstrzymywać się od wybuchnięcia śmiechem. *Kierują mną jak jedną z tych marionetek, które były rozchwytywane na targu w Capii w zeszłym roku. Ciekawe, co by sobie ojciec pomyślał, gdybym zaczęła wymachiwać rękami i nogami, jakby były na sznurkach.*

Szybko otrzeźwiała. Nie dostrzegłby w tym nic zabawnego. Zapewne nigdy w życiu nie widział marionetki. *Pochodzimy z zupełnie różnych światów. Niestety to ja wylądowałam w jego świecie, a nie na odwrót.*

Prowadzona przez Vorę udała się za ojcem na dziedziniec, gdzie czekał powóz. Nie widziała, czy codzienny, czy ozdobny. Ojciec wsiadł, a ona za nim, zajmując miejsce naprzeciwko. Jakoś je wymacała. Nie miała pojęcia, gdzie podziała się Vora. Na chwilę ogarnęła ją panika, że może niewolnicy w ogóle nie będzie na ceremonii. Wzięła kilka głębokich oddechów i zaczęła sobie powtarzać, że wszystko będzie w porządku nawet bez pomocy. *Muszę tylko poruszać się powoli.*

Powóz ruszył. Słyszała brzęk i pisk otwierającej się bramy rezydencji. Skręcili. Gdy tylko wjechali na drogę, usłyszała, że mija ich inny pojazd. Ojciec nic nie mówił, ale słyszała jego oddech. Czy oddychał szybciej niż zwykle? Nie miała pojęcia, jak oddycha zazwyczaj. Co sobie myśli? Czy czegokolwiek żałuje? A może cieszy się, że się jej wreszcie pozbędzie?

Nagle zwolnili. Na zewnątrz rozległy się głosy. Skręcili. Powóz przyspieszył i znowu zwolnił. Kiedy się zatrzymali, ojciec wstał i otworzył drzwi.

Steria nie ruszała się z miejsca, zastanawiając się, dlaczego stanęli i jak długo będą czekać, nim ruszą dalej.

– Wysiadaj, Sterio – odezwał się jej ojciec.

Zdumiona dziewczyna wymacała drzwi powozu i wysiadła. Przez zasłonę widziała, że znaleźli się na innym dziedzińcu. Poczuła pociągnięcie za suknię i odwróciwszy się, dostrzegła obok siebie Vorę. Zalała ją ulga.

– To tutaj? – wyszeptała.

– Na to wygląda, panienko.

A zatem mój mąż mieszka niedaleko, pomyślała dziewczyna. *Chyba nie dlatego, by ojciec mógł mieć na mnie oko?*

Usłyszała, jak ojciec wymienia oficjalne powitania z jakimś innym mężczyzną. Głosy ucichły, a lekki nacisk na plecy podpowiedział jej, że powinna się ruszyć. Razem z Vorą podążyły ku ciemniejszej plamie rysującej się na bieli ściany – i znalazły się w pomieszczeniu zalanym złotym światłem.

Vora kierowała Sterię ku kolejnemu jasno oświetlonemu wnętrzu. Gdzieś zamknęły się drzwi i stara kobieta odetchnęła głęboko.

– Jesteśmy w „pokoju narzeczonej" – odezwała się niewolnica. – Każda rezydencja ma takowy, ale otwiera się go tylko w wypadku ceremonii ślubnych. Możesz wyjrzeć, jeśli masz ochotę. To trochę potrwa, zanim mężczyźni zakończą negocjacje.

– Jakie negocjacje? – spytała Steria, unosząc zasłonę.

Znajdowały się w niewielkim pomieszczeniu, którego całe umeblowanie stanowiła długa ława. We wszystkich narożnikach płonęły lampy, wypełniając przestrzeń światłem.

– To część ceremonii. Wszystkie szczegóły zostały ustalone wcześniej, ale koniecznie trzeba odegrać targowanie się. Twój przyszły mąż musi poudawać, że się waha, że cena za ciebie jest wygórowana. A ojciec będzie wyliczał twoje zalety i zagrozi, że zabierze cię do domu.

– Ha! – zawołała Steria. – Bardzo bym tego chciała!

Przyjrzała się otaczającym ją ścianom. Na tynku wymalowano jakieś sceny. Z udziałem kobiet i mężczyzn. Steria roześmiała się, kiedy dotarło do niej, co oni robią.

– To nieprzyzwoite! Gdyby ktokolwiek w Elyne... o, nie! Nigdy nie przypuszczałam, że *takie* coś jest w ogóle możliwe!

– Te obrazy mają cię przygotować do powinności małżeńskiego łoża – wyjaśniła Vora.

Dziewczyna wpatrzyła się w niewolnicę, już mniej rozbawiona.

– To dość, hmmm, *zaawansowane* sceny dla niewinnej dziewicy. Mogłyby raczej przestraszyć, niż zachęcić.

Vora wzruszyła ramionami.

– Mężczyźni i kobiety mają najrozmaitsze dziwaczne wyobrażenia na swój temat, z czego większość jest fałszywa. – Przeniosła wzrok na drzwi, kiedy rozległ się za nimi odgłos kroków. – Szybko! Spuść zasłonę i podejdź tutaj – syknęła.

Opadając na ławę, Steria poczuła, że Vora poprawia jej welon. Drzwi się otworzyły.

Wszedł jakiś mężczyzna. Za młody by mógł być jej ojcem.

– Sterio – odezwał się. Coś zaświtało w myślach dziewczyny. Znała skądś ten głos, ale nie potrafiła sobie przypomnieć skąd. – Witaj w moim domu.

– Dziękuję – odparła.

Podszedł bliżej, stając naprzeciwko ławy, po czym uniósł brzeg zasłony. Kiedy materiał opadł jej na plecy, zdumiona Steria popatrzyła na mężczyznę.

– Ashaki Kachiro!

– Owszem – odparł z uśmiechem. – Twój sąsiad.

Przecież mój ojciec cię nie lubi, miała ochotę powiedzieć. *Czytał moje myśli z powodu naszej rozmowy*. Vora jednak nie mówiła, że Kachiro jest wrogiem rodziny. Zwróciła się do niewolnicy. Kobieta wzruszyła ramionami.

– Ach, twoja niewolnica. Kupiłem ją, byś miała u boku kogoś znajomego, rozpoczynając nowe życie.

Steria spojrzała na niego, czując, że jej twarz rozjaśnia szeroki uśmiech.

– Dziękuję! Och, dziękuję.

Uśmiechnął się w odpowiedzi i wyciągnął ku niej rękę.

– Chodź ze mną. Przygotowałem uroczystą ucztę. Mam nadzieję, że będzie ci smakować.

Uniosła dłoń i pozwoliła mu wziąć się za rękę. Wyprowadził ją z „pokoju narzeczonej" do pomieszczenia skąpanego w złotym świetle. Rozejrzała się dookoła i zobaczyła kilka zawieszonych w powietrzu pod sufitem kul świetlnych. *Magia. Ojciec nigdy nie bawi się w kule świetlne*. Pokój był umeblowany niewielką liczbą ładnych przedmiotów, a na podłodze leżał ciemnoniebieski dywan. Podeszli do dwóch krzeseł.

Przez następne kilka godzin Steria zajadała pyszne potrawy elyńskie i sachakańskie, rozmawiając przy tym z mężczyzną, który nie tylko się nią interesował, ale był również dla niej interesujący. Posiadał trochę ziemi, czerpał dochód z upraw i hodowli zwierząt, miał też las, handlował więc meblami wykonywanymi z drewna. Jego klientami byli głównie miejscowi, ale chciał rozszerzyć handel na Kyralię i Elyne. Tyle, że chwilowo uniemożliwiała mu to wojna.

Steria nie mogła uwierzyć w swoje szczęście. *To zbyt piękne, żeby było prawdziwe. No i nie mogę zapominać, że jakkolwiek uważam go za atrakcyjnego mężczyznę, a on wydaje się miły, nie wyraziłam zgody na ten związek. Zastanawiam się, czy on wie…*

Długo po tym, jak skończyli posiłek, służący zaczęli przynosić niewielkie przekąski i Steria zdała sobie sprawę, że musiało minąć sporo czasu. Poucztowali jeszcze chwilę, po czym Kachiro wstał i gestem dał jej do zrozumienia, że powinna się za nim udać.

– Czas, bym pokazał ci twoją… naszą… siedzibę – powiedział.

Ujął ją znowu za rękę i wyprowadził przez inne drzwi na korytarz. Dziewczyna obejrzała się za siebie i dostrzegła, że kule świetlne gasną jedna po drugiej. Odetchnęła głęboko. *To przystojny mężczyzna. I jeśli nie ma jakichś paskudnych zwyczajów, to nie powinna być nieprzyjemna noc. Może być nawet interesująca. No a przede wszystkim spodobał mi się, kiedy go po raz pierwszy zobaczyłam…* Słysząc za sobą kroki, domyśliła się, że Vora idzie za nią. Ulgę szybko wyparł niepokój. *Mam nadzieję, że ona nie zamierza się przyglądać!*

Na końcu korytarza znaleźli drzwi prowadzące do dużego pokoju o białych ścianach. Podobnie jak główna jadalnia urządzony był ładnymi i doskonale wykonanymi meblami. Na podłodze również leżał niebieski dywan. Na ścianach wisiały niewielkie, dość skromne tkaniny. Steria zmusiła się do odwrócenia wzroku od łóżka.

– Te wszystkie sprzęty pochodzą z twoich warsztatów?

Potaknął.

– Projektuje je mój przyjaciel, a niewolnicy wykonują meble. On ma niezłe oko.

– Owszem – odparła. – Są piękne.

Wciąż trzymał ją za rękę. Była tego bardzo świadoma, podobnie jak ciepła jego dłoni. *Prawie nikogo nie dotykałam, odkąd tu jestem. Elyńczycy lubią się przytulać i całować, a tu mam wrażenie, że dotyk jest traktowany jak nieuprzejmość...*

– Muszę cię dziś opuścić – powiedział Kachiro. – Pilne sprawy wzywają mnie do miasta. Ale wrócę jutro. Moi niewolnicy będą na twoje rozkazy, a twoja niewolnica dostanie izbę w pobliżu, żeby mogła ci szybko usłużyć.

Wychodzi? Steria poczuła rozczarowanie, a następnie rozbawienie. *Czyżbym jednak miała na to ochotę? A może sprawiam wrażenie zbyt podenerwowanej?* Udało jej się przybrać minę lekkiego zdziwienia.

– Ach, tak. Mam nadzieję, że się niedługo spotkamy.

Puścił jej dłoń, uśmiechnął się znowu, odwrócił się i wyszedł. Patrzyła za nim, kiedy szedł korytarzem, a gdy już znikł jej z oczu, podeszła do łóżka, usiadła na nim i spojrzała na Vorę.

– A zatem sąsiad ojca. Ten, którego on ponoć nie lubi.

Niewolnica wzruszyła ramionami.

– Nie wydawałby cię za nieprzyjaciela, panienko, a sojusznikowi nie zaproponuje magicznie uzdolnionej córki, ponieważ mogłoby to zostać uznane za zniewagę i zagrozić umowom.

– Wybrał zatem kogoś, z kim nic go nie łączy.

– Tak. I chociaż nie lubi Kachiro, ty powiedziałaś, że wydał ci się przyzwoitym człowiekiem.

Steria potaknęła. Wyglądało to tak, jakby ojciec nie był wcale takim potworem, za jakiego go miała. *Nie. On czytał moje myśli. To wciąż czyni z niego potwora.*

– Dlaczego twoim zdaniem wyszedł?

– Ashaki Kachiro? – Vora zmarszczyła czoło. – Zapewne ma jakieś ważne sprawy. Nie wyobrażam sobie, żeby jakikolwiek mężczyzna z własnej woli odmówił pójścia z tobą do łóżka. Ktoś mniej porządny od niego zrobiłby to szybko. A on może nie chce cię poganiać.

– Spędziliśmy cały dzień na jedzeniu i rozmowie. Czy to należy do zwyczajów?

Vora uśmiechnęła się.

– Nie. Nic z tego, co robiliście, do nich nie należy.

Steria westchnęła.

– Ach, ale przynajmniej ojciec pozwolił mi zatrzymać ciebie.

Na czole Vory pojawiła się zmarszczka.

– Tak – odpowiedziała, wcale nie wyglądając na zadowoloną.

– Och. – Dziewczyna skrzywiła się, usiłując nie dać po sobie poznać, że ją to zabolało. – Przepraszam, Voro. Nie zdawałam sobie sprawy, że wolałabyś zostać.

Kobieta podniosła wzrok na Sterię i uśmiechnęła się cierpko.

– Z wielką przyjemnością zostanę twoją niewolnicą, panienko, ale martwię się o panicza Ikaro i panią Nachirę. Stąd nie będę mogła im pomagać.

Steria poczuła, że jej serce na moment zamiera.

– Im ciągle grozi niebezpieczeństwo?

Vora skrzywiła się.

– Nigdy nic nie wiadomo.

– Myślisz, że ojciec domyślił się, co robisz? Że sprzedał cię Kachiro, by pozbyć się nas obu?

– Niewykluczone.

Steria znowu westchnęła i położyła się na łóżku.

– W takim razie powinnam się jak najszybciej postarać o dziecko.

Wpatrując się w sufit, zastanawiała się, ile czasu to zajmie. Czy Kachiro będzie często od niej uciekał, by załatwiać interesy? I czy spodoba jej się życie żony i matki zamkniętej w domu.

– Panienko – zwróciła się do niej Vora. – Wstań, pomogę ci wyplątać się z tej sukni.

Na ulicach Calii panowała wrzawa. Dakon szedł głównym traktem, rozglądając się za Tessią, która przed kilkoma godzinami udała się na poszukiwanie lekarstw i ich składników. Kiedy zobaczył sklep z ziołami i przyprawami, skierował się w jego stronę.

Po drodze wpadł mu do buta przez dziurę w podeszwie kamyk.

Wymruczał jakieś nieprzystojne słowo i ruszył dalej, ale kamyk przesunął się pod piętę i przy następnym kroku Dakon poczuł, jak wbija mu się w skórę. Wytrząsnął go z powrotem na przód buta i zszedł na bok, w cień między dwoma budynkami.

Powinienem dać je do szewca, pomyślał. Ale kiedy chwycił but, żeby go zdjąć, wyczuł ledwie trzymające się szwy, dziury i zdarte podeszwy. *Nie, powinienem kupić sobie nowe.*

Odkładał wymianę butów najdłużej jak się dało, chociaż wiedział, że w tych wygląda dość niechlujnie. Inni magowie uważali, że powinni się prezentować godnie i elegancko, by łatwiej egzekwować od zwykłych Kyralian posłuch. Dakon jednak nie chciał wykorzystywać ludzi, którzy najbardziej ucierpieli w tej wojnie.

Pojawiamy się w ich wsiach i miastach, każemy im pakować dobytek i wynosić się, a potem dodajemy: „A tak przy okazji, chyba obejdziecie się bez najlepszych butów i płaszczy?".

Gdy zdejmował but, przez otwarte okno znajdującego się za nim domu dobiegły go głosy kobiet.

– ...tam było tak samo. Najpierw przybywają ludzie z ostatniej zaatakowanej wioski, uciekając przed Sachakanami. A potem zjawiają się magowie i każą nam wyjeżdżać.

– Nie rozumiem, dlaczego nie możemy zaczekać, aż będzie to bezwzględnie konieczne. Moje ukki pozdychają, jeśli nie będzie się ich karmić. A co jeśli Sachakanie w ogóle nie nadejdą? To byłoby straszne marnotrawstwo. Okropne.

– Nie wiem, Ti. Słyszałam potworne rzeczy o tych Sachakanach. Podobno pożerają dzieci swoich niewolników. Specjalnie na to je hodują. Żeby były tłuste, a potem wsadzają je żywcem do pieca.

Dakon zamarł z butem w ręce.

– To okropne! – wykrzyknęła druga kobieta.

– A ponieważ nie mogą zabrać ze sobą tych dzieci na wojnę, to zjadają teraz kyraliańskie niemowlęta.

– Nie!

Dakon jeszcze raz potrząsnął butem i kamyk wypadł na ulicę. *Skąd te kobiety to wzięły?* – zastanawiał się, wkładając but. *Chyba w to nie wierzą. Nigdy o niczym takim nie słyszałem ani nie czytałem.*

Była to raczej pogłoska, która powstała albo w ramach zemsty, albo żeby zyskać pewność, że nikt nie zdradzi. A może po to by przekonać niechętnych do opuszczenia domów i pogodzenia się z rozkazem ewakuacji.

Co będzie, kiedy wojna się skończy? Czy ludzie nadal będą w to wierzyć? Jeśli przegramy, okupacja i powrót do niewolnictwa staną się jeszcze bardziej przerażające. A jeśli wygramy... to będzie kolejny powód do nienawiści wobec Sachakan. A dokąd nas ta nienawiść zaprowadzi, trudno powiedzieć. Dostatecznie ciężko jest wyobrazić sobie pokonanie Sachakan, cywilizację starszą i bardziej rozwiniętą, a na dodatek naszych dawnych władców.

Ruszył dalej ulicą i chwilę później ujrzał długi sznur jeźdźców i wozów blokujących przejście. Spoglądając ku przodowi tego oddziału, dostrzegł plecy kilku dobrze ubranych mężczyzn. Domyślił się, że mijający go ludzie byli służącymi, a na wozach znajdowały się niezbędne zapasy.

Kolejni magowie do naszej armii, pomyślał Dakon. *Mam nadzieję, że przywieźli też nowe buty.*

– O, świetnie – rozległ się tuż obok niego znajomy głos. – Mam nadzieję, że przyjechali z nimi jacyś uzdrowiciele, a przynajmniej lekarstwa i świeże bandaże.

Dakon odwrócił się do Tessii.

– Jesteś! Znalazłaś to, czego szukałaś?

Zmarszczyła nos.

– Mniej więcej. Miejscowy uzdrowiciel tak podniósł ceny, że powinien za to trafić do więzienia. Musiałam też odwiedzić zwariowaną wdowę na obrzeżach miasta. Ale ona wrzuca do swoich leków tyle bezsensownych składników, które pewnie nie mają żadnego działania, że zdecydowałam się na kupienie samych składników.

Uniosła w górę koszyk pełen roślin, zarówno świeżych, jak i suszonych, a pod nimi widać było jeszcze słoiki i przedmioty poowijane w szmatki.

– Zamierzam przez całą noc mieszać własne leki.

Zapach roślin był mocny i nieszczególnie przyjemny. Kiedy minęli ich ostatni służący i przejechały ostatnie wozy, Dakon skinął na Tessię i ruszył za nimi.

– A może powinniśmy wynająć tego uzdrowiciela? – zapytał.

Pomimo czynionych przez Sachakan wysiłków, żeby pozabijać wszystkich, których napotkali na swojej drodze, ludziom czasem udawało się uciec z napadniętych miast. Uchodźcy ci byli często mocno poturbowani i Tessia poświęcała każdą wolną chwilę na zajmowanie się nimi.

– Nie. Pomijając, że jest na to za stary, zażądałby tyle za swoje usługi, że na koniec wojny okazałby się jedynym bogatym człowiekiem w Kyralii, niezależnie od tego, kto wygra.

– Możemy wydać mu rozkaz – przypomniał jej Dakon.

Jej oczy rozbłysły na moment, ale zaraz przygasły i pokręciła przecząco głową. Po czym zdradziła swoje wątpliwości, zagryzając wargę.

– W sumie przydałaby nam się każda po…

– Mistrzu Dakonie, czy to jest ogon tego, co myślę?

Oboje odwrócili się i zobaczyli Mistrza Narvelana zbliżającego się ku nim wielkimi krokami.

– To nasza armia – potwierdził Dakon.

– W samą porę – powiedział młody mag. – Jak myślisz, ilu tym razem do nas dołączy?

– Około pięćdziesięciu.

– A zatem król się spisał. Zobaczmy, kto przyjechał.

Przyspieszyli kroku, wyprzedzili wozy i służących i wkrótce zrównali się z magami jadącymi na czele kolumny, zbliżającej się właśnie do domu, w którym Werrin i Sabin urządzili kwaterę główną. Przywódcy stali już na schodach, żeby powitać nowo przybyłych.

Magowie zatrzymali się, zsiedli z koni i przywitali się z przedstawicielem króla i szermierzem. Sabin, Werrin i trzej spośród nowych znikli następnie we wnętrzu budynku.

– Hierarchia władzy znów się zmieni – zauważył Narvelan – spychając nas coraz niżej.

– Świetnie sobie dotychczas radziłeś – odpowiedział Dakon – i Werrin wciąż polega na twoim zdaniu.

Narvelan przytaknął.

– Myślę, że nadszedł czas, żeby godnie wycofać się na należne mi miejsce i na nim pozostać. Nie dlatego że ktoś coś powiedział – dodał szybko – ale słuchając Sabina w ciągu ostatnich kilku tygodni... uznałem, że jest znacznie bystrzejszy i bardziej kompetentny ode mnie. Prawdziwy wojownik. Wszystko, o czym ja myślałem i co proponowałem, wydaje mi się niepoważne i naiwne w porównaniu z jego strategicznym zmysłem. A poza tym miło jest przerzucić nieco odpowiedzialności na innych.

Dakon spojrzał na przyjaciela, po czym odwrócił wzrok. Narvelan zmienił się od bitwy w Tecurren. Chociaż wtedy wygrali, młodego maga opadły wątpliwości. Kiedy mówił o zwycięstwie, w jego głosie dało się wyczuć nutkę żalu. Dakon domyślał się, że Narvelan po raz pierwszy uświadomił sobie, że może zginąć w tej wojnie, i nie wypracował jeszcze sposobu radzenia sobie z tym strachem. A może ciążyła mu świadomość, że kogoś zabił. Narvelan przyznał się po cichu Dakonowi, że nie mógł dojść do siebie po tej potyczce, nawet kiedy zobaczył, co Sachakanie zrobili z mieszkańcami miasteczka.

Może więc będzie lepiej, jeśli zrzuci z siebie trochę obowiązków.

– Ja już jakiś czas temu dostrzegłem korzyści z wycofania się na dalszy plan – powiedział Dakon. – Poza tym na ramiona magów dowodzących spada tak wiele zadań. Ja teraz koncentruję się na uczeniu. Chcesz do mnie dołączyć?

Narvelan skrzywił się.

– Nie przyjmowałem ucznia głównie dlatego, że chciałem uniknąć uczenia. Jestem za młody. Nie lubię tego. Nie byłbym dobrym nauczycielem. I zapewne dlatego nie lubię uczyć. Dzięki niech będą królowi za to, że pozwolił nam czerpać moc od służących.

– Tylko się do tego nie przyzwyczajaj – ostrzegł Dakon. – Wątpię, czy ktokolwiek zgodzi się na zachowanie tego prawa na zawsze. To zanadto przypomina niewolnictwo.

– Zobaczymy – odparł Narvelan. – Jeśli będziemy w jakiś sposób wynagradzać służących, nie wydaje mi się to szkodliwe. A poza tym zbyt wielu magom przypadło to do gustu, by Król Errik zdołał łatwo przywrócić wcześniejsze prawo.

Dakon zmarszczył czoło: nie podobał mu się pełen nadziei ton Narvelana. Zastanawiał się, co odpowiedzieć młodemu magowi, kiedy podbiegł do nich służący.

– Mistrz Werrin prosi cię o stawienie się na spotkaniu, Mistrzu Narvelanie – powiedział, po czym zwrócił się do Dakona: – Ciebie też, Mistrzu Dakonie.

Magowie wymienili zdziwione spojrzenia, wówczas Dakon przypomniał sobie o Tessii i spojrzał na nią.

– Dam sobie radę – powiedziała. – Mam mnóstwo pracy, a Jayan zaoferował swą pomoc, pewnie tego pożałuje. Jutro oboje będziemy śmierdzieli korzeniem hurutu.

– Przynajmniej bez trudu was znajdę – odparł Dakon.

Uśmiechnęła się promiennie i ruszyła w kierunku domu, w którym się zatrzymali. Właściciele, jak wiele osób w Calii, uciekli do Imardinu i oddali swój dom na kwaterę dla magów. Dakon spojrzał na Narvelana, który wzruszył ramionami, po czym skinął na służącego, by ten zaprowadził ich do Werrina.

Służący poprowadził ich do holu, a następnie w jeden z korytarzy i zatrzymał się przed zamkniętymi drzwiami. Zapukał i poczekał na odpowiedź, następnie otworzył i ustąpił drogi magom. Mistrz Werrin stał przy wielkim stole zasłanym papierami.

– Świetnie – odezwał się na ich widok. – Miałem nadzieję, że w końcu was znajdę. Mam dla was obu propozycję. – Zatarł ręce i obrzucił ich spojrzeniem. – Nie chciałbym, żeby magowie z rubieży tacy jak wy zostali zepchnięci na bok teraz, kiedy mamy wśród siebie tylu magów z miasta, zwłaszcza że to wy tracicie całe majątki. Przede wszystkim jednak potrzebujemy was, żeby przypominać magom z miasta, co grozi im samym, jeśli nie będą chcieli współpracować. Musicie być obecni przy dyskusjach i planowaniu, w związku z czym otrzymacie oficjalne stanowiska. Mistrz Dakon będzie odpowiedzialny za naukę i organizowanie lekcji dla uczniów. Przychodzi ci do głowy jakiś odpowiedni tytuł? Może mistrz nauczycieli? Bo mistrz uczniów raczej się nie spodoba.

Dakon zaśmiał się.

– Nie, bo jeszcze by zaczęli wymagać, żebym zajmował się wszystkimi uczniami. Mistrz nauczycieli z kolei sugeruje, że każdy, kto zgłosi się do nauczania, zostanie moim podwładnym, a to może niektórych zniechęcić. Może mistrz nauki?

Werrin potaknął.

– Podoba mi się. Doskonale. A teraz ty – zwrócił się do Narvelana. – Twoją rolą będzie reprezentowanie magów z rubieży w kontaktach z magami z miasta. Przewidywanie możliwych konfliktów i zapobieganie im. Przyjmiesz takie obowiązki?

Narvelan zawahał się, po czym powoli skinął głową.

– Tak. – Uśmiechnął się krzywo.

– Jak powinniśmy nazwać twoje stanowisko?

– Mistrz wiosek? Nie, nie nadaje się. Czy musi być jakiś tytuł?

– Sabin tak uważa. Król uczynił go mistrzem wojny.

– To brzmi godnie.

W oczach Werrina pojawiły się iskierki rozbawienia.

– Mnie udało się szczęśliwie zatrzymać tytuł „przedstawiciel króla". Może więc nazwiemy ciebie przedstawicielem ziemian? – Werrin zamyślił się. – Tak, wtedy będziemy mogli nazwać maga reprezentującego miastowych przedstawicielem domów.

– Brzmi nie najgorzej – zgodził się Narvelan.

– Doskonale. – Werrin obszedł stół, wyrównując fałdy swojego stroju. – A teraz nadszedł czas, żeby się zebrać i omówić dotychczasowe doświadczenia i strategie. Musimy wtajemniczyć kilka osób w rzeczywistość tej wojny i w nasze pomysły. Mogę liczyć na wasze wsparcie?

Dakon zerknął na Narvelana, który się uśmiechał.

– Oczywiście – powiedział.

– Jasne – dodał Narvelan.

Werrin odpowiedział uśmiechem.

– W takim razie zacznijmy rozwiewać złudzenia kilku dobrodusznych magów i zobaczmy, czy uciekną z powrotem do Imardinu.

Wyminął ich i podszedł do drzwi, ale zatrzymał się i jeszcze obejrzał przez ramię.

– Podejrzewam, że w takim wypadku król odesłałby ich natychmiast z powrotem – dodał. – Sam zresztą byłby się tu zjawił, gdyby nie rozsądek doradców. Sabin chciałby sformować chociaż namiastkę prawdziwej, karnej armii, nim król przybędzie, żeby nami dowodzić.

– Król przyjedzie, prawda? – spytał Narvelan.

– Owszem. – Werrin przeniósł wzrok na Dakona. – Będziemy zatem musieli przećwiczyć nowe techniki walki.

Dakon westchnął z udaną rozpaczą.

– Wiedziałem, że nie powinienem był tak szybko się zgadzać. Gdzieś musiał być jakiś haczyk.

Werrin odwrócił się znów do drzwi.

– Nie przejmuj się. Będziesz miał mnóstwo pomocników. Postaram się o to. Martwi mnie jedynie to, że Sachakanie mogą nie dać nam czasu na przygotowania. Sabin podejrzewa, że zeszli z głównej drogi, żeby nie dostać się między nas a nadchodzące posiłki. Uważa jednak również, że zamierzają tylko powłóczyć się po wioskach i gospodarstwach majątku Noven tak długo, aż dostatecznie wzmocnią się przed marszem na Imardin. Musimy być gotowi do powstrzymania ich.

ROZDZIAŁ 32

Na wielkim dziedzińcu jednego z wystawniejszych domów w Calii dwanaścioro uczniów podzieliło się na sześć par i wszyscy ćwiczyli przekazywanie sobie magii. Posługiwali się małymi dawkami mocy, a żeby uatrakcyjnić nieco to ćwiczenie, Dakon kazał im strącać potrzaskane cegły z tylnej ściany dziedzińca.

Oparty o framugę drzwi wiodących na dziedziniec Jayan westchnął. Tylko trzej magowie zgłosili się na ochotnika do nauczania metody Ardalena tych magów i uczniów, którzy przyjechali poprzedniego dnia. Sprawiło to, że krótki w zamierzeniu trening przeciągnął się na cały dzień.

Poranna lekcja dla magów nie była problemem, ale po południu zaczęły się ćwiczenia z uczniami. Niestety wielu magów odmówiło oddania swoich uczniów w ręce innego mistrza. Dakon powiedział Jayanowi, że jakkolwiek udało mu się przekonać wielu z nich do pożytków płynących z takiej edukacji, niektórzy zgodzili się dopiero, kiedy Sabin przypomniał im, że rodziny uczniów mogą się nie ucieszyć, jeśli ich synowie czy córki zginą w bitwie z powodu braków w wyszkoleniu, które było dostępne dla wszystkich.

Niełatwo jednak było ich uczyć. Część z nich dopiero zaczynała naukę, dwaj nie osiągnęli nawet pełnej kontroli nad mocą.

Kiedy jeden z najbardziej niedoświadczonych poparzył przez pomyłkę tego, któremu miał przesłać moc, Dakon uznał, że musi zmienić układ grup, i zamiast dotychczasowych trzech podzielił uczniów ze względu na doświadczenie: jedna grupa dla tych, którzy stawiają pierwsze kroki, druga dla tych, którzy uczyli się już od kilku lat, trzecia dla bliskich wyzwolenia. Dakon wspomagany przez Jayana wybrał dla siebie grupkę najmniej doświadczonych, dlatego ich nauka trwała dłużej niż pozostałych.

Jayan uznał, że nauczanie jest zarazem frustrujące i przyjemne. Wszystko zależało od ucznia. Niektórzy byli uważni i utalentowani. Inni nie. Tych pierwszych uczył z zapałem, ale odkrył też, że jeśli uda mu się zachęcić – albo zmusić – któregoś z tych mniej zdolnych do zrozumienia czegoś, czuje wielką satysfakcję.

Zawsze mi się wydawało, że będę odkładał przyjęcie ucznia tak długo, jak się będzie dało, ale teraz widzę, że ma to swoje dobre strony – i nie jest to tylko możliwość zyskiwania mocy.

Niedoświadczeni uczniowie byli w wieku od dwunastu lat – czyli znacznie młodsi niż zazwyczaj – do osiemnastu. Jayan podejrzewał, że ci starsi zostali wybrani dlatego, że ich mistrzowie woleli uczyć osoby mniej utalentowane, za to z własnej rodziny, niż kogoś z prawdziwym talentem, ale z obcego rodu.

Jeden z uczniów przesyłających drugiemu moc krzyknął, po czym rozejrzał się podejrzliwie po pozostałych parach. Młoda dziewczyna, jedyna w tej grupie i jedna z dwóch, które przybyły z posiłkami – usiłowała ukryć złośliwy uśmieszek, ale jej ofiara najwyraźniej doskonale wiedziała, kto mógł być sprawcą żartu. Jayan założył, że uczennica posłała w kierunku chłopaka wiązkę mocy na tyle silną, żeby poczuł ukłucie. Ofiara i uczeń, którego wspomagał mocą, wymienili spojrzenia i popatrzyli na dziewczynę z niechęcią.

Jayan zerknął w kierunku Dakona. Jego mistrz przyglądał się cegłom spadającym z muru i najwyraźniej niczego nie zauważył. Rozległ się triumfalny wybuch śmiechu – tym razem towarzysza zaatakowanego chłopaka. Chwilę później dziewczyna krzyknęła i odwróciła się z wściekłością do tamtej pary. Widząc w jej oczach gniew i zastanowienie, Jayan uznał, że czas się wtrącić.

Zanim jednak zdążył cokolwiek powiedzieć, na dziedziniec wbiegł posłaniec, powiedział coś na ucho Dakonowi, który skinął głową. Kiedy posłaniec oddalił się, Dakon odwrócił się do grupy.

– Na razie wystarczy. Chyba wszyscy już załapaliście, o co chodzi. Jeśli nadarzy się okazja, poćwiczcie to, czego się nauczyliście, ale używajcie jak najmniej mocy. Możecie wrócić do swoich nauczycieli.

Ruszył w kierunku bramy, uśmiechając się żałośnie, kiedy mijał Jayana.

– Kolejne posiedzenie. Przekażesz tę informację Tessii, kiedy wróci?

– Oczywiście.

Uczniowie zebrali się razem, żeby porozmawiać, ale kiedy Dakon odszedł, ruszyli w kierunku bramy. Przechodząc obok Jayana, wszyscy kiwali mu głową. Na końcu szła ta dziewczyna. Oceniał ją na dwa, trzy lata młodszą od siebie. Ładna i – sądząc po tym, jak się do niego uśmiechała – świadoma tego.

– Mag Jayan, zgadza się? Słyszałam, że brałeś udział w bitwie w Tecurren – powiedziała, mierząc go spojrzeniem zza długich rzęs.

– Uczeń Jayan – poprawił ją. – Tak, byłem w Tecurren.

Kiedy przechyliła lekko głowę na bok i uśmiechnęła się do niego, poczuł irytację i zniesmaczenie. Znał to spojrzenie. Poznał w życiu wystarczająco dużo utalentowanych magicznie kobiet, żeby wiedzieć, kiedy jest oceniany.

– Jakie to było uczucie? – Otwarła szeroko oczy. – Chyba przerażające.

– Wiedzieliśmy, że ich przewyższamy liczebnie i zapewne wygramy. – Wzruszył ramionami.

Podeszła do bramy i wyjrzała na zewnątrz. Zaułek był pusty.

– Popatrz, nawet na mnie nie zaczekali. Odprowadzisz mnie do sali spotkań? – Ujęła go pod ramię. – Po drodze możesz mi opowiedzieć o bitwie.

Chwycił ją za rękę i wyzwolił swoje ramię, po czym puścił jej dłoń.

Jej oczy rozbłysły gniewnie, ale chwilę później twarz dziewczyny złagodniała, pochyliła głowę, jakby udzielono jej nagany.

– Narzucam ci się. Ale tylko próbuję być uprzejma.

– Doprawdy? – spytał, zanim zdążył pomyśleć.

Zmarszczyła brwi.

– Oczywiście. A cóż innego miałabym robić?

Potrząsnął głową.

– Jesteśmy na wojnie, a nie na balu. To nie jest Imardin. To nie jest miejsce na… na flirt i poszukiwanie męża. Albo kochanka.

Przewróciła oczami.

– Wiem, ale…

– Są tu też inne kobiety. Młodsze, mniej doświadczone dziewczyny. Czy wyobrażasz sobie, jak na nie może wpłynąć taka „uprzejmość"? A uczniowie – czy nie pomyślą, że wszystkie magiczki są… dostępne? Starsi magowie mogą natomiast uznać, że kobiety są za głupie i zbyt roztrzepane, by mogły być biegłe w magii.

Patrzyła na niego szeroko otwartymi ze zdumienia oczami. Już otworzyła usta, by coś powiedzieć, ale zrezygnowała. Zmrużyła oczy i odezwała się zza zaciśniętych zębów:

– Zbyt wiele sobie wyobrażasz, Uczniu Jayanie.

Uniosła podbródek i wymknęła się z dziedzińca. Szybko jednak zatrzymała się i obejrzała przez ramię.

– Młodzi mężczyźni zawsze mają głupie wyobrażenia o kobietach, nawet jeśli zachowują się one skromnie i *uprzejmie*. Właśnie tego dowiodłeś. Zanim kogoś oskarżysz, przypatrz się samemu sobie. Może cię zaskoczyć odkrycie, kto tu jest głupi i roztrzepany.

Po tych słowach odeszła.

Jayan wziął głęboki oddech i westchnął ciężko. Irytacja z powodu tego zdarzenia minęła szybko, pozostawiając jedynie wstyd z powodu wybuchu.

– To było zabawne.

Głos rozległ się za nim. Jayan odwrócił się i zobaczył Tessię stojącą w drzwiach domu, po czym skrzywił się, uświadamiając sobie, że zapewne słyszała koniec tej konwersacji.

– Protestuję przeciwko traktowaniu mnie jak nagrody – oznajmił. – Gdyby ona znała mojego ojca, nie miałaby takiej ochoty na związek z moim rodem.

Tessia uśmiechnęła się i podeszła do niego.

– Może tu nie chodzi o twój ród. Najwyraźniej – tak zapewniała mnie Aravia i jej przyjaciółki – jesteś przystojnym chłopakiem. A poza tym brałeś udział w bitwie, co dodaje ci splendoru, który dla niektórych kobiet jest niezwykle atrakcyjny.

Wpatrywał się w nią, niezdolny wymyślić jakąkolwiek odpowiedź, która nie brzmiałaby głupio albo próżniacko. Tessia uśmiechnęła się.

– Cóż, ja do nich nie należę i bardzo mnie to cieszy, biorąc pod uwagę, że tak na to reagujesz. – Rozejrzała się po dziedzińcu. – Jak lekcja?

Jayan z ulgą przyjął zmianę tematu, skinął głową ku bramie i oboje wyszli na główną ulicę.

– Trwało to trochę, ale chyba większość z nich zrozumiała podstawy.

Westchnęła.

– Kiedy Dakon czegoś uczy, to jest to coś, co już umiem. – Skrzywiła się. – My nie będziemy się na razie uczyć, prawda?

Pokręcił głową.

– Nie teraz, odkąd Dakon został jednym z doradców armii. Nawet kiedy nie będziemy w drodze i nie zaistnieje potrzeba walki, on będzie znikał na posiedzeniach.

– Dla ciebie to musi być szczególnie trudne, bo już prawie zakończyłeś naukę.

– Owszem. Ale gdybym skończył, to byłbym magiem od zaledwie kilku tygodni, albo i dni, gdyby coś nas powstrzymało. A w ten sposób przynajmniej Dakon ma dwoje uczniów, żeby czerpać moc.

– Za to gdybyś był magiem, miałbyś własne źródło mocy, a w armii byłoby o jednego wojownika więcej. – Zaśmiała się. – A kobiety miałyby dodatkowy powód, by z tobą flirtować. – Urwała i spojrzała na niego. – Nie zdziwiłabym się, gdyby lada moment Dakon wtajemniczył cię w wyższą magię.

Jayan poczuł, że serce podskoczyło mu w piersi. Ona może mieć rację. Taka możliwość wywołała jednak w nim również pewien sprzeciw. *Dlaczego? Czyżbym się bał samodzielności? Odpowiedzialności za własne życie?*

Tessia uśmiechała się do niego znacząco. *Nigdy z nią nie rozmawiałem o frustracji z powodu odwlekania końca nauki*, pomyślał. *Sama na to wpadła. Rozumie mnie. I mam wrażenie, że wreszcie przestała mnie nienawidzić.*

Nagle stało się dla niego jasne, dlaczego z niechęcią myślał o zakończeniu nauki u Dakona: znalazłby się daleko od Tessii.

Zamrugał oczami ze zdumienia. *Naprawdę o to mi chodzi? Czyżbym naprawdę tak o niej myślał?* Ogarnęło go dziwaczne uczucie, zarazem przyjemne i bolesne. Zadziwiające, w jakim stopniu podziw, który czuł od dawna, został wzmocniony przez uświadomienie sobie stanu rzeczy. Przypomniał sobie, co mu chwilę wcześniej powiedziała.

...dodaje ci splendoru, który dla niektórych kobiet jest niezwykle atrakcyjny... ja do nich nie należę i bardzo mnie to cieszy...

Poczuł, że zamiera mu serce.

Ale może jego uczucia się zmienią. *Jej też mogą.* Odsunął od siebie tę myśl. *Nie. Niech będzie jak jest. Wojna nie jest dobrym czasem, żeby się kimś nadmiernie przejmować, albo też żeby ktoś się nami przejmował. Oboje w każdej chwili możemy zginąć. Wolałbym, żeby w razie czego nie było to jeszcze bardziej bolesne... dla któregokolwiek z nas. Prawdę mówiąc, lepiej dla niej, żeby mnie nie lubiła. Co jest ciągle prawdopodobne, bo mam jednak talent do zniechęcania kobiet.*

*

Kierując się w stronę domu, który Takado zawłaszczył w tym przysiółku, Hanara minął dwójkę niewolników wynoszących resztki rebera, którego upiekli na wieczorny posiłek. Zatrzymał się, zanurkował i urwał spory kawałek mięsa. Zobaczył, że magowie zjedli zaledwie połowę zwierzęcia, co oznaczało, że niewolnicy będą ucztować. Niemniej Takado miał zwyczaj nocą prowadzić z najbliższymi sojusznikami długie dyskusje o strategii, w związku z czym gdyby Hanara i Jochara nie zdołali od razu wyrwać dla siebie jakiejś porcji mięsa, mogłoby go zabraknąć, zanim ich pan poszedłby spać.

Przeżuwał mięso, spiesząc do domu, gdzie sięgnął po jedną z butelek wina z piwniczki. Zatrzymał się tylko na tyle, by zjeść kawałek mięsa, gryząc, połykając je szybko i ocierając tłuszcz z rąk, by nie ryzykować, że upuści butelkę w drodze powrotnej.

Żeby nadrobić stracony czas, pobiegł szybko, tuląc butelkę do piersi. Przy urządzonym na środku drogi ognisku zostali już tylko najbliżsi towarzysze Takady: Rokino, zaprzyjaźniony od dawna ichani, Dachido oraz Asara.

Hanara padł przed nimi na twarz i uniósł butelkę. Poczuł, że ktoś zabiera mu ją z rąk. Takado nie odezwał się. Po odczekaniu chwili niewolnik wycofał się na czworakach, przysiadł na ziemi i rozejrzał się dookoła. Jochary nigdzie nie było widać.

– Nie masz wystarczająco wielu niewolników – powiedziała Asara, spoglądając na Takadę. – Przywódca powinien mieć ich więcej niż pozostali.

Takado wzruszył ramionami.

– Mógłbym tu przyprowadzić jeszcze kilku, ale nie mogę pojechać osobiście, a tych ludzi, którym mógłbym powierzyć takie zadanie, potrzebuję tutaj. W dodatku zlecenie komuś tak podłego zadania mogłoby zostać uznane za zniewagę.

– W takim razie weź któregoś z moich – zaproponowała Asara. – A może nawet dwóch. – Odwróciła się i zawołała: – Chinra! Dokko!

Takado też spojrzał za siebie, w kierunku Hanary, a na jego twarzy malowało się rozbawione zamyślenie.

– Służyłbyś mi lepiej, gdybym nie wykorzystywał cię przez cały czas, prawda, Hanaro?

Hanara schylił się tak, by czołem dotknąć ziemi.

– Moje życie należy do ciebie i możesz się mną posługiwać wedle swoich życzeń – powiedział.

Kobieta roześmiała się.

– O, są.

Hanara zerknął w ich kierunku i zobaczył, że Takado już na niego nie patrzy. Wszyscy magowie spoglądali na parę niewolników, którzy padli na ziemię przed Asarą. Była to smukła, ale dobrze zbudowana kobieta i wielki umięśniony mężczyzna.

– To dwoje najlepszych, jakich mam – powiedziała z dumą Asara. – I w świetnym stanie. Chinra pracowała w kuchni, ale umie też sprzątać, łatać ubrania i buty, leczyć drobne rany, nosić niezbyt ciężkie przedmioty i robić wiele innych rzeczy. A Dokko ma talent w rękach, przydatny do wielu innych zadań, nie tylko do dźwigania ciężarów... i świetnie radzi sobie z końmi. – Odwróciła się znów do Takady. – Dziwi mnie, że nie zaopatrzyłeś się w konie. Podróżowalibyśmy znacznie szybciej.

– Doprawdy? – Takado pokręcił głową. – Konie wymagają karmienia, odpoczynku i niewolników, którzy by się nimi zajmowali. A jeśli nie będziemy mieć dość koni, żeby wsadzić na nie wszystkich naszych niewolników, i tak będziemy podróżować tak wolno jak dotychczas.

– Nie musimy zawsze mieć przy sobie niewolników. Moglibyśmy urządzać szybkie najazdy, bez ostrzeżenia, i wracać do obozu.

Takado potaknął.

– Owszem, może zdarzyć się tak, że warto będzie zaryzykować pozostawienie ich samym sobie i bez obrony. Wolałbym jednak na razie nie musieć przejmować się dodatkowo końmi.

– Nie będziesz musiał, jeśli przyjmiesz moich niewolników.

Takado zamilkł, zamyślony. Hanara wstrzymał oddech. W jaki sposób dwoje nowych niewolników wpłynie na jego sytuację? Będzie miał mniej pracy. Z pewnością nie będzie miał nic przeciwko mniejszym ciężarom do dźwigania, aczkolwiek to się może nie zmienić, jeśli Takado wciąż będzie otrzymywał podarunki. Hanara nie miał natomiast umiejętności, którymi mógłby dorównać sile tego mężczyzny albo przydatności kobiety. A jeśli w dodatku Takado weźmie ją sobie do łóżka… Hanara wiedział, że z tym nigdy nie będzie mógł rywalizować.

Przynajmniej jestem źródłem, pomyślał. *To zawsze da mi wyższą pozycję.*

Takado kiwał głową.

– Przyjmuję i dziękuję, Asaro. To bardzo wartościowy dar. I z pewnością cenni niewolnicy, z którymi niełatwo ci się rozstać.

Kobieta machnęła z wdziękiem ręką.

– Będzie mi ich brakowało, ale teraz widzę, że wzięłam ze sobą zbyt wielu. A ty potrzebujesz ich bardziej ode mnie.

– Chinra, Dokko – zwrócił się do nich Takado. – Wstańcie i usiądźcie za Hanarą.

Oboje posłuchali, a Hanara nie podnosił wzroku. Przez chwilę myślał, że jedno z nich nie wypełniło dokładnie rozkazu, siadając koło niego, ale kiedy się rozejrzał, zauważył, że wrócił Jochara. Młody niewolnik niósł metalową tubę, w której Takado trzymał mapę Kyralii.

– Oboje – i ty też, Jocharo – macie słuchać poleceń Hanary, chyba że byłyby sprzeczne z moimi rozkazami. Rozumiecie?

Rozległy się potakujące mruknięcia. Hanara wbił wzrok w ziemię, oczy miał szeroko otwarte ze zdumienia. *Uczynił mnie ich przełożonym!* Serce zaczęło mu bić szybciej. To przerażająco ważne zadanie. *A co jeśli oni mnie nie będą słuchać? Co jeśli zrobią coś źle? Czy to ja będę ukarany? Co...*

W jego spanikowane myśli wdarł się jakiś nieznany głos.

– Magowie... przyjechali... – niewolnik rozpoczął meldunek zdyszanym głosem, zanim jeszcze padł na twarz. – Wielu. Szybko. Od... impera... tora. Mają... pierścienie.

Magowie nie ruszyli się, ale uśmiechy znikły z ich twarzy. Nikt nie wypowiadał głośno wypisanej na nich niepewności. Czyżby imperator wysłał oddział, by powstrzymać Takadę? Czy ci magowie ich zaatakują? Od strony rozstawionych na skraju wioski wartowników dobiegały gwizdy.

Takado podniósł się. Warknął rozkazy, szybko posłał z wiadomościami Hanarę i pozostałych niewolników do innych magów, gdyby zaś oni spali, to do ich niewolników, którzy będą wiedzieli najlepiej, jak zbudzić swoich panów. Wkrótce na drodze zaroiło się od magów i niewolników. Hanara ustawił się krok za Takadą, który stał między Dachidą i Asarą.

Interesujące, pomyślał Hanara. *Rokino zna Takadę najdłużej, ale jest ichanim. Dachido i Asara przewyższają go pozycją i są znacznie bardziej inteligentni od pozostałych ichanich. Ostatnio Takado zdecydowanie ich faworyzuje, przedkładając ich opinie nad zdanie innych.*

Kiedy najwięksi maruderzy dołączyli do otaczającego Takadę tłumu, zza zakrętu drogi wyłoniła się grupa jeźdźców, nad którymi unosiły się kule świetlne. Ich blask odbijał się w broni i paciorkach na ubraniach. Hanara spojrzał na imperatorskie pierścienie i dostrzegł wśród nich złoto.

Magów musiało być co najmniej czterdziestu. Nie było natomiast widać ich niewolników.

Mężczyzna jadący na czele grupy był wysoki i pomarszczony, z ciemnymi włosami przyprószonymi siwizną. Podjechał wraz ze swoimi ludźmi do przodu i zatrzymał się dziesięć kroków przed grupą Takady. Wyprostowany i z uniesioną wysoko głową przyjrzał się ichanim, po czym spojrzał na samego Takadę.

– Imperator Vochira przesyła pozdrowienia – odezwał się. – Jestem Ashaki Nomako.

– Witaj, Ashaki Nomako – odpowiedział Takado. – Czy mam wysłać za twoim pośrednictwem wyrazy szacunku dla imperatora, czy też przyjechałeś tu, żeby do nas dołączyć?

Tamten zdołał wyprostować się jeszcze bardziej.

– Imperator Vochira postanowił wesprzeć wasze wysiłki przywrócenia Kyralii pod władzę imperium i rozkazał, bym zapewnił ci wszelkie wsparcie i radę, jakich będziesz potrzebował, włącznie z tą armią magów lojalnych wobec Sachaki.

– To wielka łaska ze strony imperatora – powiedział Takado. – Z twoją pomocą będę mógł podbić Kyralię szybciej i nie narażając życia Sachakan bardziej niż potrzeba. Jeśli zaś będę to czynił z poparciem imperatora, to tym lepiej. Czy imperator akceptuje moje dowództwo tej armii?

– Oczywiście – odpowiedział Nomako. – Imperator zawsze docenia zasługi.

– W takim razie jest to podwójna łaska – odrzekł Takado, podchodząc do niego i wyciągając rękę.

Nomako zsiadł i uścisnął dłoń Takady. Następnie Takado skinął głową swoim sojusznikom.

– Czy jedliście coś ostatnio? Upiekliśmy rebera, może coś jeszcze zostało.

– Nie potrzeba – odparł Nomako. – Jedliśmy o zachodzie słońca. Nasi niewolnicy czekają, aż po nich poślemy…

Kiedy Nomako opowiadał o szczegółach, Hanara zauważył, że coś w oczach tego mężczyzny zmienia się, ilekroć Takado odwraca wzrok. *Jakby kalkulował*, pomyślał Hanara. *Nie przyjechał tutaj dlatego, że popiera Takadę. Wiemy nie od dziś, że Imperatorowi Vochirze nie podoba się to, że Takado sam bierze sprawy w swoje ręce.* Hanara poczuł dreszcz przebiegający mu po plecach. *Ten człowiek zrobi wszystko, żeby oddać kontrolę w ręce imperatora. Ale nie będzie to takie proste, jak mu się wydaje.*

ROZDZIAŁ 33

Liczba magów, uczniów i służących podążających za sachakańskimi najeźdźcami wzrosła kilkakrotnie. Ponad siedemdziesięciu magów, tyle samo uczniów i sług zatrudnionych jako źródła, a do tego pozostali służący, wozy i zwierzęta należące do armii, wszystko to wyglądało imponująco.

Teraz to wreszcie przypomina prawdziwą armię, pomyślała Tessia. Ponieważ Dakon był jednym z doradców, jechała niedaleko czoła kolumny. Przed nią zmierzali Werrin, Sabin, Narvelan i jeszcze kilku magów z miasta. Kiedy spojrzała za siebie, widziała zalewające drogę morze magów i uczniów. A tylko na zakrętach miała szansę dostrzec służących i wozy.

Sabin i Werrin uważali, że takie rozciągnięcie armii jest bardziej niebezpieczne niż jazda w zwartym szyku, ale droga często biegła pomiędzy niskimi murkami rozdzielającymi pola. Zdarzały się problemy z kilkoma młodszymi magami, którzy opuszczali kolumnę, żeby okraść sad, a następnie, nie zważając na próby wyjaśnienia niebezpieczeństwa przez Sabina, puszczali się galopem po polach, goniąc się i przeskakując przez płoty.

Myślałam, że widok ofiar Takady i jego sprzymierzeńców trochę ich otrzeźwi, stwierdziła Tessia, *ale mam wrażenie, że wielu wciąż zdaje się, że to jedna wielka przygoda.*

W południe nowo sformowana armia napotkała pierwsze zniszczenia. Zwiadowcy donieśli, że Takado skierował się na wschód od głównej drogi, przecinając majątek Noven – ziemie Mistrza Gilara – i docierając w ten sposób do kolejnej większej drogi. Sachakanie zostawili za sobą pas zniszczonych wiosek i domów, a następnie zjechali z traktu, by uniknąć spotkania z kyraliańskimi posiłkami. Ich szlak znaczyły spalone farmy i spichlerze, a czasem też trupy.

– Tessio!

Głos należał do kobiety jadącej nieco z tyłu. Dziewczyna odwróciła się i zobaczyła zbliżającą się do niej Mistrzynię Aravię. Inni także odwracali głowy na dźwięk łkania dochodzącego z zawiniątka, które Aravia trzymała w jednej ręce. Zaraz za nią jechała jej służąca, a jednocześnie źródło, praktycznie myśląca młoda kobieta, którą Tessia natychmiast polubiła.

– Możesz na niego zerknąć? – spytała Aravia, zrównując konia z Tessią. – Prosiłam uzdrowicieli, ale jeden z nich odmówił, a drugi powiedział, że lepiej byłoby go udusić.

Kiedy wyciągnęła zawiniątko w stronę Tessii, wychynęła z niego mała czerwona, napięta twarzyczka z szeroko otwartą buzią, z której wydobywało się łkanie. Tessia wzięła niemowlę ostrożnie na ręce i obejrzała je. Na głowie miało paskudnego sińca.

– Uderzył się, ale nie ma żadnego pęknięcia – oznajmiła. – Prawdopodobnie paskudnie boli go głowa. Gdzie go znalazłaś?

– To nie ja, to ktoś inny. Uznali, że ponieważ jestem kobietą, powinnam dać sobie radę z opieką nad dzieckiem, nawet jadąc na pole bitwy. – W głosie Aravii pojawiła się nuta irytacji, nie zagłuszająca jednak niepokoju. – Ciii – powiedziała, kiedy Tessia podała jej dziecko z powrotem. – Biedactwo. Znaleźli je przywiązane do pleców martwej matki. Myślę, że to załatwia sprawę pogłosek o Sachakanach pożerających żywcem dzieci. Nie żebym kiedykolwiek dawała im wiarę – dodała szybko.

Tessia poczuła, że coś się w niej boleśnie skręca.

– Czy zostawienie go na pewną śmierć z głodu jest mniejszym okrucieństwem?

– Nie. Ciiii – powtórzyła Aravia, przewracając oczami, kiedy tylko dziecko głośniej zapłakało.

– Pewnie jest głodny – powiedziała jej Tessia. – A sądząc po zapachu, śmiem twierdzić, że już dawno trzeba go było przewinąć.

Aravia westchnęła.

– Dobrze. Niech zostanie z nami. Kazałabym Sennii zabrać go do Calii, gdybym tylko mogła ją odesłać, ale to niemożliwe.

– Może ktoś inny ze służących mógłby go zabrać? – podsunęła Tessia.

Na twarzy Aravii pojawił się wyraz niechęci.

– Sennia zaproponowała, żeby oddać go tym, o których się nie rozmawia.

„*Tym, o których się nie rozmawia?*”, Tessia zmarszczyła brwi, po czym omal się nie roześmiała.

– Kobietom ciągnącym za armią? Myślę, że któraś by się zgodziła... za właściwą cenę. – Spojrzała na chłopca z namysłem. – Najpierw pogadaj ze służącymi. Poza tym możemy spotkać jakichś uciekinierów, którzy się nim zaopiekują. – Szloch dziecka przybrał nagle na sile. – Ale on nie pożyje długo, jeśli go nie nakarmisz.

Aravia potaknęła.

– Dziękuję. – Spojrzała na Sennię. – Czy mogłabyś zapytać…?

Służąca uśmiechnęła się, zawróciła konia i pojechała na tył kolumny. Aravia patrzyła przed siebie i nagle irytacja i niepokój na jej twarzy zamieniły się w strach i obrzydzenie.

– Co…?

Tessia popatrzyła za spojrzeniem Aravii, poza magów, i poczuła, że robi się jej słabo. Drogę zaścielały trupy. Nie jeden czy dwa, ale dziesiątki, może nawet setki. Kiedy armia podjechała bliżej, Tessia zobaczyła, że ofiarami są ludzie w różnym wieku. Były wśród nich również dzieci. Wokół rozległy się krzyki i przekleństwa.

– Musieli zmierzać na południe – powiedział cicho Jayan. – Tak jak im kazano, ewakuować się. Tyle że po drodze natknęli się na Sachakan.

Dakon wymruczał coś po nosem.

– Patrzcie. – Wskazał na połamane meble leżące przy drodze. – Zapewne zabrali wozy tych ludzi, wyrzucając z nich wszystko, co było według nich nieprzydatne.

Aravia syknęła.

– W dodatku nie mają najmniejszych problemów z uzupełnianiem mocy, którą zużywają na palenie naszych wiosek i miast.

– Nie – potaknął Dakon, który spochmurniał z niepokoju.

Nagle nad niskim kamiennym murkiem po jednej stronie drogi pojawiła się jakaś głowa. Mała dziewczynka wspięła się na kamienie i podbiegła do czoła armii. Werrin spiął konia i wszyscy za nim zaczęli się zatrzymywać.

– Pomocy! Czy możecie mi pomóc? Ojciec jest ranny. – Dziewczynka wskazała na mur.

Werrin powiedział coś do jednego ze służących, którzy towarzyszyli dowódcom. Mężczyzna ruszył na tył kolumny, prześlizgnął się wzrokiem po Tessii, ale nie wstrzymał konia. Dziewczyna poczuła ukłucie żalu. Przez kilka miesięcy to do niej wszyscy zwracali się z prośbą o leczenie. A teraz, kiedy w szeregach armii znaleźli się uzdrowiciele z gildii, stała się na powrót tylko uczennicą.

Ale jednak pomyślał o mnie, przypomniała sobie. *Nie zapomnieli całkiem, zrozumieli, że coś potrafię.*

Werrin ruszył dalej, a za nim reszta armii. Jayan odwrócił się do Tessii.

– Zaczekajmy i zobaczmy, co się będzie działo.

Zaskoczona, ale i zadowolona, pojechała za nim, kiedy usunął się na bok, żeby przepuścić armię. Dakon obrócił się w siodle, ale kiwnął głową na znak zgody. Tessia poczuła wdzięczność. Nie musiała prosić o pozwolenie. Zrozumiał i wspierał jej pasję uzdrowicielską.

Mam szczęście, że to on jest moim nauczycielem, pomyślała.

Oczekiwanie na uzdrowicieli przedłużało się i Tessia zrozumiała dlaczego, kiedy po przejechaniu ostatnich magów od kolumny oderwało się dwóch jeźdźców.

Nie można było im kazać wyłamać się z szyku i pojechać przodem, uświadomiła sobie z niechęcią. Dziewczynka wskazała ponad murek, a mężczyźni zsiedli z koni z nieskrywaną irytacją. Służący zatrzymał się i wziął wodze koni. Tessia i Jayan też zsiedli i zostawili swoje konie pod opieką służącego. Tessia odpięła torbę ojca i poszli za dziewczynką i uzdrowicielami przez pole.

Nietrudno było odnaleźć jej ojca. Prowadził do niego szeroki pas poczerniałej roślinności. Jego ubranie też było spalone. Leżał w bruździe, twarzą do ziemi, nieprzytomny, ale oddychał. Dwaj uzdrowiciele pochylili się, żeby go zbadać, po czym pokręcili głowami.

– Zbyt poparzony – powiedział dziewczynce jeden z nich, łagodnie, ale z naciskiem. – Nie przeżyje nocy.

W jej oczach pojawiły się łzy.

– Nie może przestać go boleć? – zapytała słabym głosikiem.

Uzdrowiciel pokręcił przecząco głową.

– Obmyj go zimną wodą. A jeśli masz jakiś mocny trunek, to daj mu się napić.

Kiedy uzdrowiciele mijali Tessię i Jayana, ten, który nie odzywał się do dziewczynki, rzucił w ich stronę:

– Nie marnujcie lekarstw.

Jayan zaklął cicho pod nosem, gdy tylko tamci odeszli, po czym spojrzał na Tessię.

– Chcesz mu się przyjrzeć?

– Oczywiście.

Podeszła do rannego mężczyzny i uklękła na ziemi. Z przerażeniem uświadomiła sobie, że to czarne na jego plecach nie było ubraniem. To była skóra.

– Uciekliśmy, kiedy przyszli obcy – powiedziała dziewczynka.

Mężczyzna oddychał spazmatycznie. *Uzdrowiciele mieli rację. On tego nie przeżyje.*

– A jak rozgorzał ogień, on mnie sobą przykrył – ciągnęła dziewczynka. – Nie poparzyłam się.

Mimo braku nadziei Tessia położyła mężczyźnie rękę pod głową, wyczuwając zdrową skórę na jego czole, i zamknęła oczy. Jak zawsze skupiła się na pulsie i rytmach ciała pod palcami. Delikatnie zagłębiła się myślami w jego ciało. Tym razem jednak nie wyczuła połamanych kości ani poszarpanego ciała, którym mogłaby manipulować. Zniszczenia były znacznie bardziej nieuchwytne. Ojciec nauczył ją, jak serce reaguje na ciężkie poparzenia, a także powiedział jej o innych zmianach w ciele. Tessia szukała więc ich oznak.

I nagle poczuła ból tego człowieka.

Był koszmarny. Cofnęła się i otwarła oczy, uświadamiając sobie, że krzyknęła.

– Co się stało? – spytał Jayan z niepokojem.

– Lepiej zacznij mieszać lek przeciwbólowy – powiedziała mu, po czym zmusiła się do zamknięcia oczu i sięgnięcia raz jeszcze umysłem w głąb ciała.

Nigdy czegoś takiego nie doświadczyłam! Wiedziała, że jeśli się teraz zawaha, straci odwagę, żeby ponownie stawić czoła temu bólowi, zagłębiła się więc znów świadomością w ciało tego mężczyzny. Gotowość i strach walczyły w niej i minęła długa chwila, nim poczuła zalewający ją znów ból. Tym razem zmusiła się do wytrzymania. Do zbadania i delikatnego zagłębienia się.

Po chwili udało jej się znaleźć miejsce, w które powinna posłać swą magię, by zablokować ból. Wahała się jednak.

Czy powinnam? Ojciec zawsze mówił, że ból zmusza ludzkie ciało do zachowania bezruchu i leczenia. Ten człowiek i tak nie przeżyje, a dla jego córki jeszcze gorsze będzie, jeśli zacznie chodzić, cały poparzony, po czym upadnie i umrze.

Może zdołałaby *zmniejszyć* ból... Ostrożnie zaczerpnęła mocy i zablokowała kilka ścieżek. Ciało, którego dotykała, nieco się rozluźniło. Niepewna, czy zrobiła dość dużo, czy też za dużo, odsunęła się i otwarła oczy.

Ojciec dziewczynki odzyskał przytomność, ale nie próbował się podnieść. Tessia zdała sobie sprawę, że był wyczerpany i zapewne nie miał siły, żeby się ruszyć.

– To da mu nieco wytchnienia – powiedziała, spoglądając na dziewczynkę i Jayana, który mieszał proszki w słoiku. – Już się tym nie przejmuj. Odkryłam, jak można blokować ból za pomocą magii.

Spojrzał na nią z podziwem, pokręcił głową i włożył słoiczek i składniki leków z powrotem do torby jej ojca.

– Kim jesteście? – spytał ktoś chrapliwie.

Oboje podskoczyli, patrząc na poparzonego człowieka.

– Magami – odparł Jayan. – A Tessia zna się nieco na leczeniu.

Mężczyzna podniósł na nią wzrok.

– Magowie, którzy są uzdrowicielami. Nigdy o czymś takim nie słyszałem.

Tessia uśmiechnęła się.

– Ja też nie.

– Jedziecie z nimi walczyć?

Poczuła, że uśmiech znika z jej twarzy.

– Tak.

– Dobrze. Jedźcie.

– Ale... – zaczęła Tessia. *Nawet nie zaczęłam go leczyć.*

– Mną się nie przejmuj. Najlepsze, co teraz możecie zrobić, to pozabijać tych drani, nim kogoś jeszcze dopadną. Jedźcie. – Uniósł nieznacznie głowę, spoglądając gdzieś poza nich. – Wasz oddział się oddala.

Jayan spojrzał w kierunku drogi i spochmurniał.

Ma rację, pomyślała Tessia. *Nie jestem w stanie go uratować, a nie powinniśmy się zanadto oddalać od Dakona.*

Mężczyzna wypowiedział jakieś imię i jego córka podeszła bliżej.

– Idź do cioci Tanny, dobrze? Wiesz, jak tam trafić.

Dziewczynka zaczęła protestować, a Tessia podniosła się. Jayan też wstał. Wzięła głęboki oddech, westchnęła ciężko, po czym zrobiła kilka kroków w kierunku drogi.

– Nie próbowałaś go leczyć? – spytał Jayan.

– Nie. To nie miało sensu. Nie było szans na uratowanie go.

– Zawsze warto spróbować. Nawet jeśli nie zdołasz kogoś ocalić, możesz się czegoś nauczyć… tak jak teraz. Udało ci się magicznie zatrzymać ból.

Skrzywiła się.

– Ale ciągle nie wiem, jak leczyć, korzystając z magii.

– Zrobiłaś coś nowego. Coś, czego nie dokonał jeszcze żaden uzdrowiciel ani mag.

– I nie mam pojęcia, jak to odwrócić. Co jeśli powstrzymam ból, robiąc coś niewielkiego, a potem nie będę potrafiła tego odwrócić? Mam zostawić kogoś na zawsze bez czucia?

Wzruszył ramionami.

– Wymyślisz jakiś sposób. Jestem tego pewny.

Westchnęła i spojrzała na niego.

– Nie zdołałabym tego dokonać bez ciebie, Jayanie. Bez twojej pomocy.

Popatrzył na nią zdziwiony i szybko odwrócił wzrok.

– Robię to, bo wiem, że niezależnie od tego, co mówi Dakon, nawet gdybym nie miał na ciebie oka, i tak wymykałabyś się, by leczyć. – Przeszedł przez murek i ruszył w kierunku koni. – Lepiej postarajmy się ich dogonić.

Tessia przyglądała się z rozbawieniem, jak przypina szybko torbę do jej siodła, po czym, nawet na nią nie patrząc, wskakuje na swojego konia. Nie zaczekał, aż dziewczyna wsiądzie, i ruszył szybciej, niż ona by tego chciała – taki kłus za bardzo trząsł zawartością torby. Kiedy dojechali do połowy kolumny, Jayan jeszcze pospieszył swojego konia, nie oglądając się nawet, żeby sprawdzić, czy Tessia jedzie za nim.

Co ja takiego powiedziałam? – zastanawiała się, zostając w tyle. W tej samej chwili zauważyła minę, z jaką patrzyła za nim uczennica, którą właśnie minął. Jayan rzucił jej szybkie spojrzenie i uśmiechnął się. *Ach, o to chodzi? Czyżby nasza wczorajsza rozmowa sprawiła, że przemyślał swoje opinie o magiczkach? Zbyt bliska przyjaźń ze mną może zrujnować jego szanse u nich.*

Szkoda, pomyślała. *A tak dobrze się rozumieliśmy.*

Steria, usiłując zachować obojętny wyraz twarzy, weszła do sypialni Kachiry. *A dokładniej do* mojej *sypialni.* Vora natychmiast poderwała się z niskiego stołeczka, na którym siedziała, i upadła przed nią na twarz. Dziewczyna usiadła na brzegu łóżka, rozmyślając o tym, jak zacząć swą opowieść, i nie mogąc się zdecydować na żadną z możliwości.

– Czy mogę wstać, panienko?

– Och! Oczywiście. Przepraszam. – Steria poczuła, że się rumieni.

Czy ja kiedykolwiek przywyknę do niewolników? Choć obawiam się, że fakt, iż zapomniałam o jej obecności, może być znakiem, że właśnie się przyzwyczajam. I nie wiem, czy powinno mi się to podobać.

Vora wróciła na swój stołeczek i rzuciła Sterii wyczekujące spojrzenie.

– Czekam.

Dziewczyna pokręciła głową. Niewolnica opuściła ramiona.

– Co tym razem poszło nie tak?

– Twój plan był dobry – zapewniła ją Steria. – Poszłam do łaźni, zgodnie z twoją sugestią. Był tam. Nie rozgniewał się na mnie. Był... myślę, że spodziewał się po mnie podobnej próby, ale pewnie nie tak szybko. – *Zabawne: ja byłam zaskoczona, że nie uwiódł mnie w noc poślubną, a on zdziwił się, że odwlekłam to tylko na tydzień. Zastanawiam się, jak długo jeszcze mam czekać?*

Vora zmarszczyła brwi.

– I co dalej?

– Postępowałam... zgodnie z twoimi wskazówkami. – Steria pokręciła głową. – I nic.

– Nic? Może udawał?

Steria uśmiechnęła się żałośnie.

– Nie mam wątpliwości. On niczego na sobie nie miał. Ja też nie.

– Och. – Vora odwróciła wzrok, a zmarszczka na jej czole pogłębiła się. – I co dalej?

– Powiedział mi, że nigdy nie potrafił przespać się z kobietą, a nawet nie miał na to ochoty. Bardzo przepraszał. Zapytałam, dlaczego więc ożenił się ze mną, a on odpowiedział, że miał nadzieję, iż tym razem będzie inaczej, z kobietą tak piękną jak ja.

Vora parsknęła cicho.

– Obawiam się, że to akurat nie jest prawda. I co dalej?

– Powiedziałam mu, że mam nadzieję na dzieci. Uspokoił mnie, że znajdzie jakiś sposób. Kazał mi obiecać, że nikomu nie powiem. A potem polecił, bym się ubrała i odeszła.

Niewolnica uniosła wzrok.

– Interesujące.

Steria zachmurzyła się.

– Myślisz, że ojciec wiedział, że Kachiro nie może…

– Że ożenił cię celowo z człowiekiem, który nie może spłodzić dzieci?

– Albo z kimś, kogo nie będę mogła zabić w łóżku.

Vora zamrugała oczami.

– To nie przyszło mi do głowy. Opinia Ashaki Sokary mogłaby ucierpieć, gdyby jego córka nabrała obyczaju zabijania mężów. Ale pierwszy powód jest chyba bardziej prawdopodobny. Dla twojego ojca bardzo ważne jest, co stanie się z jego ziemią i majątkiem, kiedy on umrze. Zakładałam, że woli, by to wszystko dostało się w ręce człowieka, którego nie lubi, niż imperatora – zwłaszcza że Kachiro jest w podobnym wieku jak Ikaro i zapewne nie przeżyje go o wiele lat, a zatem wszystko przeszłoby na twojego syna lub córkę. Ale może się myliłam. Może jest to bardziej skomplikowane. – Zamyśliła się.

– Kachiro powiedział, że postara się jakoś o dziecko. Czyżby kłamał?

Vora pokręciła głową z uśmiechem.

– Istnieją inne sposoby na „podrzucenie jajka", jak to mówią.

Steria skrzywiła się.

– Skąd biorą się te wszystkie sachakańskie powiedzonka?

Starsza kobieta wzruszyła ramionami.

– Zapewne powstają wśród niewolników. Jesteśmy raczej otwarci, jeśli chodzi o mówienie o życiu.

– W takim razie… skoro istnieją inne sposoby, żebym urodziła dziecko Kachiry, to majątek ojca wciąż może przejść na potomków mojego męża.

– Owszem. – Vora wstała i zaczęła krążyć po pokoju. – Jeśli twój ojciec nie chce, byś miała dziecko, to musi wziąć pod uwagę, że możesz w inny sposób zajść w ciążę. Ojciec musi wiedzieć, że zdoła podważyć ojcostwo twoich dzieci, i to skutecznie. Albo więcej ludzi wie o problemie Kachiry, niż on sam sądzi, albo twój ojciec ma jakieś inne dowody. Kogoś, kto zechce to potwierdzić. Albo nie chce, ale nie da rady powstrzymać czytania myśli.

Vora zamilkła. Zatrzymała się i widać było, że myśli z wysiłkiem.

Steria wstała i zaczęła krążyć po pokoju jak wcześniej niewolnica.

– Skoro zatem ojciec nie chce, bym miała dziecko, albo też zamierza udowodnić, że jest ono z nieprawego łoża, to kogo upatrzył na dziedzica? – Poczuła, że uginają się pod nią kolana i spojrzała na niewolnicę. – On zamierza zabić Nachirę!

Vora podniosła na nią wzrok z powagą.

– Och.

Steria poczuła, że zalewa ją fala złości i rozpaczy.

– Zgodziłam się na małżeństwo po nic! On po prostu usunął mnie z drogi. To szaleństwo! – Zatrzymała się i spojrzała na niewolnicę. – Dlaczego ojciec nie chce, żeby moje dziecko odziedziczyło majątek? Przecież Kachiro i tak nie może niczego przejąć przed śmiercią Ikaro.

Vora westchnęła.

– Po części to duma. Dziedziczenie w prostej męskiej linii uważane jest za najdoskonalsze, a twój ojciec ma bardzo tradycyjne poglądy. Poza tym handel jest dla niego jak kolejne dziecko. Chce, żeby znalazł dobrą przyszłość w rękach ludzi, którzy go podtrzymają.

– I to usprawiedliwia zabicie Nachiry?

– Tak. – Niewolnica westchnęła.

Steria usiadła, czując, że jest zupełnie bezsilna.

– Szkoda, że nie możemy zabrać stamtąd Nachiry i wywieźć jej w jakieś bezpieczne miejsce.

– Też tego żałuję – powiedziała smutno Vora. – W dodatku nie mogę już jej pomagać. – Zmrużyła oczy w zamyśleniu. – Ale może uda mi się przekazać ostrzeżenie dla Ikaro, jeśli jeszcze nie wyjechał.

– Wyjechał? Ach, wojna z Kyralią. – Steria pokręciła głową. – Skoro ojcu tak zależy na posiadaniu dziedzica w linii męskiej, to czemu miałby posyłać Ikaro na wojnę?

Vora skrzywiła się.

– To znowu kwestia dumy. Ashaki, który nie bierze udziału w walce, traci szacunek i pozycję. On zapewne również dołączy do armii.

– Muszą *mocno* wierzyć w swoje zwycięstwo, i powrót.

Steria zachmurzyła się. *Ciekawe, czy matka jest świadoma tego wszystkiego? Nie może wiedzieć, że jej mąż zamierza zabić synową. Nie zna Nachiry, ale musi się zastanawiać, dlaczego nie ma jeszcze wnuków. Czy wie, że jej syn wybiera się na wojnę do Kyralii? Jak wojna między Sachaką a Kyralią wpłynie na handel w Elyne? Matka może mieć problemy ze sprowadzaniem barwników stąd, ale prowadziła też trochę interesów na miejscu. Wojna w końcu musi się skończyć i życie wróci do normy. Wtedy matka się dowie, że wyszłam za mąż…*

– Czy moje dziecko mogłoby zaszkodzić interesom ojca? – spytała.

Vora zamrugała, bo pytanie Sterii najwyraźniej wyrwało ją z zamyślenia.

– Cóż… jeśli Kachiro okryje się złą sławą, to ludzie mogą nie chcieć handlować z nim ani z jego potomkami… a zatem to możliwe. Gdyby jednak ojciec o tym wiedział, to nie wydawałby cię za niego. Prawdę mówiąc, gdyby ten układ miał być tak rujnujący, to czemu po prostu nie zamknąć cię w domu na resztę życia?

Steria rzuciła jej spojrzenie spode łba.

– Dlatego że jakoś zdołałabym uciec.

– Po czym zostałabyś schwytana i zawleczona z powrotem do rezydencji. Co nie byłoby trudne, ponieważ nie masz niewolnika źródła, z którego mogłabyś czerpać dodatkową moc. – Vora zacisnęła na moment usta. – Wiesz, dla twojego ojca znacznie łatwiej byłoby cię zabić. To znaczy, że ma on na tyle rodzinnych uczuć, żeby tego nie robić. Sporo zaryzykował, wydając cię za Kachirę.

Dziewczyna wzdrygnęła się.

– Tym bardziej nie rozumiem: czy moje dziecko byłoby tak strasznym zagrożeniem, że powinnam raczej go *nie* mieć?

Vora zaczęła już zaprzeczać, po czym zastygła, a na jej twarzy pojawił się dobrze znany Sterii wyraz głębokiego, ostrożnego zastanowienia.

– Być może. Ale powiedziałaś już mężowi, że chcesz dzieci. Uzna to za dziwne, jeśli nie będziesz próbować. – Niewolnica zrobiła kwaśną minę. – Miejmy nadzieję, że to on będzie chciał zostać ojcem na inne sposoby, bo byłoby dość dziwacznie, gdyby podsunął ci kochanka.

Steria westchnęła.

– O ile dziwaczniejsze od tego, co już się dzieje? – myślała na głos, po czym wykrzywiła usta. – Zawsze jeszcze mogę zostać zamordowana za bycie niepłodną. – Westchnęła i rzuciła się z powrotem na łóżko. – Och, mamo, dlaczego pozwoliłaś mi wrócić do tego okropnego, nienormalnego kraju?

Bo sama tego chciałaś, wyobraziła sobie odpowiedź matki. *Nie mogłaś się doczekać, kiedy wrócisz do ojca.*

Przynajmniej jej mąż jest łagodnym i porządnym człowiekiem.

Nawet jeśli ma jeden albo dwa sekrety. *Miejmy nadzieję, że tylko ten jeden*, pomyślała. *I w sumie to w porządku, zważywszy, ile ja mam tajemnic. Nie wiem nawet, czy ojciec powiedział mu, że znam magię. Zaczynam podejrzewać, że tego nie zrobił.*

Na razie jednak, póki się nie dowie, jak Kachiro mógłby zareagować na taką rewelację, albo póki ona sama nie znajdzie się w groźnej sytuacji, postanowiła ukrywać swoje zdolności.

ROZDZIAŁ 34

Twarz zwiadowcy była wysmarowana popiołem i tłuszczem, a ubranie pociemniałe od wyschniętego błota. Dakon już wiele razy widział, jak ten mężczyzna zdaje raport, ale wciąż nie zapamiętał jego imienia. *Musi być niezły w tym, co robi. Ciągle zaciągamy nowych zwiadowców, a starzy gdzieś znikają...*

– W Lonner mieszkało kilkaset osób – powiedział zwiadowca Magowi Sabinowi.

– Ktoś z nich przeżył?

– Nie zauważyłem nikogo. Na polu leży sterta trupów, ale trudno powiedzieć, czy to wszyscy mieszkańcy.

– Reszcie mogło udać się uciec?

Mężczyzna wzruszył ramionami.

– Mam nadzieję.

– Ilu Sachakan?

– Nieco ponad sześćdziesięciu.

– A ilu z nich to magowie?

Zwiadowca wykrzywił się.

– Liczyłem tylko magów. Niewolników jest na oko dwa albo trzy razy tyle.

Sabin zachmurzył się i spojrzał na Mistrza Werrina, który wzruszył ramionami.

– Może przebrali część niewolników za magów, żeby wprowadzić nas w błąd – stwierdził.

– Może – powtórzył Sabin. – Zobaczymy, co powiedzą pozostali zwiadowcy. Dziękuję, Nim.

Zwiadowca ukłonił się i odszedł. Oczy wszystkich zwrócone były na znajdującą się przed nimi wioskę. Lonner było typowym przysiółkiem, zbudowanym między drogą i rzeką. *Zupełnie jak Mandryn*, pomyślał Dakon, czując ukłucie żalu i straty.

Kyraliańska armia zjechała z drogi, ukrywając się za zabudowaniami gospodarczymi i zagajnikiem. Służący i wozy czekali jeszcze kilkaset kroków dalej na drodze, aczkolwiek część służących zgłosiła się na ochotnika, żeby zająć się końmi, gdyby doszło do walki.

Dakon stał w grupie siedmiu doradców i przywódców armii.

– Nie powinniśmy lekceważyć możliwości, że do Takady dołączyło więcej sojuszników – powiedział Narvelan.

Sabin przytaknął.

– Tyle że na to, by tak powiększyć swoją armię, musiałby mieć dobre układy z połową magów w Sachace. Obawiam się raczej, że to dołączają ci, którzy *nie* uważają się za jego popleczników czy przyjaciół, a jeszcze większa ich grupa czeka za granicą. – Skrzywił się i spojrzał znów na wioskę.

– Co mamy zrobić? – spytał Hakkin. – Zaatakujemy ich?

Zmarszczka na czole Sabina pogłębiła się.

– Wciąż przewyższamy ich liczebnie, aczkolwiek nieznacznie.

– Znamy sposób Ardalena. To może nam dać pewną przewagę – dodał Dakon.

– W bezpośredniej walce ta przewaga może zmaleć – odparł Sabin. – Nasza siła pozostanie taka sama, niezależnie od tego, czy będziemy walczyć w zespołach i kierować uderzenia przez jednego z grupy, czy też bić się indywidualnie.

– Ale w grupach możemy stworzyć lepszą obronę. Ci, którzy wyczerpią moc, będą chronieni przez tarczę swojego zespołu, co zwiększa ich szanse na przeżycie – zauważył Hakkin.

– A może dałoby się uniknąć bezpośredniej walki? – spytał Bolvin.

– Nie wygląda na to – odrzekł Werrin, unosząc rękę, żeby wskazać w kierunku wioski.

Wszyscy spojrzeli w tamtą stronę.

Spomiędzy domów wyłaniały się gromady ludzi, ustawiających się powoli w rozciągnięty szereg, sięgający daleko na nieogrodzone pola po obu stronach drogi. Dakon poczuł dreszcz. Jeśli to są sachakańscy magowie, to ich liczba rzeczywiście wzrosła zatrważająco.

– Obawiam się, że ich zwiadowcy donieśli o naszym przybyciu – mruknął Werrin.

– A oni nie uważają naszej liczby za problem – dodał Narvelan.

Sabin wziął głęboki oddech i spojrzał po pozostałych magach.

– W takim razie jeśli żaden z was nie zaprotestuje – a jeżeli chcecie o tym dyskutować, to spieszcie się – nadszedł czas, by zaprezentować zalety zarówno naszej liczebności, jak i ulepszonej taktyki bojowej. – Rozejrzał się po pozostałych, którzy potakiwali. Uśmiechnął się ponuro. – A zatem decyzja zapadła.

Odwrócił się do reszty oddziału. Magowie stali w niewielkich grupkach, czekając, aż dowódcy podejmą decyzję co do następnego ruchu.

– Bądźcie gotowi! – zawołał. – Sachakanie szykują się do walki, więc musimy dać im nauczkę, którą zapamiętają na zawsze. Zbierzcie się w drużyny. Rozciągniemy się, żeby objąć całość ich linii. Osłońcie się i czekajcie w gotowości. Czas ruszyć na wojnę!

Ku zaskoczeniu Dakona w odpowiedzi na tę przemowę rozległy się wiwaty. Wiedział, że niektórzy są za młodzi lub zbyt naiwni, by zdawać sobie sprawę z niebezpieczeństwa, w jakim się znaleźli, ale większość wcale nie marzyła o tej magicznej konfrontacji.

I tak zwlekaliśmy zbyt długo, unikając bezpośredniej walki lub nie mogąc odnaleźć wroga. Czuję jakąś dziwaczną satysfakcję z tego, że wreszcie wciągniemy Sachakan w bitwę. Chociażby po to, żeby wypróbować naszą siłę – i dać ujście gniewowi – niezależnie od wyniku.

Dakon i pozostali doradcy udali się z Sabinem na tyły zagajnika, za zabudowania gospodarstwa i na drogę. Reszta armii poszła ich śladem. Przed nimi stali rozciągnięci szeroko Sachakanie, podchodząc murem. Dakon rozejrzał się: Kyralianie zgromadzili się w grupkach po pięciu, sześciu magów. Grupki te wychodziły teraz na pola po obu stronach, tworząc mniej gęstą, ale tak samo szeroką linię jak Sachakanie. Każdy zespół wybrał wcześniej uderzającego i utrzymującego tarczę, a pozostali mieli dodawać mocy jednemu z nich lub obu, w zależności od potrzeb.

Przez ciągnącą się w nieskończoność chwilę jedynymi dźwiękami, jakie dochodziły do uszu Dakona, było szuranie i tupanie w zbożu i na drodze, oddechy idących najbliżej magów i ciche zawodzenie wiatru. Dakon czuł uderzenia własnego serca.

Zdał sobie sprawę, że martwi się o Jayana i Tessię. Długo debatowali nad tym, czy uczniowie powinni trzymać się mistrzów, czy zostać w tyle. Tradycja nakazywała, żeby nie odstępowali nauczycieli, zarówno ze względu na własne bezpieczeństwo, jak i na wypadek, gdyby mag potrzebował więcej mocy. Ale jeśli mag pobrał od swojego ucznia tuż przed bitwą tyle mocy, na ile mógł sobie bezpiecznie pozwolić, nie potrzebował go przy swoim boku. Chyba że sachakańskim zwyczajem zamierzałby go zabić, by uzyskać ostatnie krople mocy. Wszystko wskazywało jednak na to, że król jak dotąd nie zniósł prawa zakazującego kyraliańskim mistrzom zabijania uczniów dla pozyskania mocy. Ponieważ większość uczniów pochodziła z potężnych rodów, było to bardzo nieprawdopodobne. *Ciekawe, czy to zrobi, jeśli sytuacja okaże się naprawdę rozpaczliwa?*

Samotni uczniowie, od których zaczerpnięto mocy, bez opieki mistrzów byli bezbronni. Ale w bezpośrednim starciu wróg powinien być na tyle zajęty walką, że nie będzie miał czasu na atakowanie uczniów. Niebezpieczeństwo mogło się pojawić raczej ze strony uczniów lub niewolników nieprzyjaciela. Ci drudzy będą atakować jedynie fizycznie, ponieważ nie potrafią używać swojej mocy.

Niemniej uczniowie zgromadzeni razem nie byli aż tak bezbronni. Kilkorgu pozostawiono moc, by mogli bronić pozostałych. Dakon zgłosił do tej roli Jayana, ponieważ w przeciwieństwie do większości magów miał jeszcze jedną uczennicę. Poza tym Jayan był jednym z najstarszych i najbardziej doświadczonych uczniów, w związku z czym został ich tymczasowym przywódcą.

Nie powinienem się zamartwiać, powtarzał sobie Dakon, nie przestając panikować. Dopiero kiedy uświadomił sobie, że znajduje się dostatecznie blisko, żeby widzieć twarze Sachakan, skupił uwagę całkowicie na nieprzyjacielu. W tej samej chwili usłyszał ciche przekleństwo dochodzące od strony Sabina.

– Czy to...? – mruknął Werrin.

– Tak – odparł Sabin. – Ashaki Nomako, najbardziej zaufany i najwierniejszy z magów Imperatora Vochiry.

– To tłumaczy nagły wzrost ich liczebności.

Rozległ się jakiś głos i Sachakanie zatrzymali się. Dakon poszukał wzrokiem mówiącego, a kiedy rozpoznał w nim Takadę, poczuł się tak, jakby ktoś go uderzył. W jego sercu rosła nienawiść.

Takado. Człowiek, który był gościem w moim domu. Podróżnik wędrujący, by zaspokoić ciekawość ościennych krain. Przez cały czas planował powrót z armią. Mieliśmy rację, żywiąc rozmaite podejrzenia. Dakon zmrużył oczy. *Trzeba było zorganizować wypadek, w którym nieszczęśliwie by zginął.*

– Stać! – zawołał Sabin.

Dakon zatrzymał się, a wokół niego ucichły kroki.

Zapanowała cisza. W powietrzu dawało się wyczuć oczekiwanie. *Jak cisza może nieść w sobie takie napięcie?* – zastanawiał się Dakon. *Cisza powinna być kojąca.*

– Magowie Kyralii! – zawołał Takado. – Zgromadziliście piękną armię, jestem pod wrażeniem. – Zrobił krok do przodu, wodząc wzrokiem na prawo i lewo. – Nie wątpię, że przybyliście tutaj, by powstrzymać nasze ataki. By szukać zemsty za śmierć waszych ludzi. By odesłać nas do naszego kraju. – Urwał, uśmiechając się. – Wiedzcie, że możecie odnieść sukces tylko w jednym z tych zadań. Nie odejdziemy do domu. Przybyliśmy, żeby was podbić. Odzyskać to, co bezmyślnie oddaliśmy w przeszłości. Zjednoczyć nasze ziemie. Co, jakkolwiek bolesne z samego początku, w dalszej perspektywie okaże się korzystne dla wszystkich. – Uśmiechnął się. – Oczywiście, nie pozwolimy wam mścić się na nas. Ale... – Wodził spojrzeniem po Kyralianach. Na dłuższą chwilę zatrzymał wzrok na Dakonie, a na jego ustach znów pojawił się uśmieszek. Ten przelotny wyraz szyderstwa rozpalił gniew w Dakonie. – Możecie położyć kres naszym atakom. Musicie jedynie oddać nam pokojowo władzę nad waszym krajem, a my przejmiemy ją pokojowo. Poddajcie się i dołączcie do nas.

– A kto miałby nami rządzić? Ty czy twój imperator? – rozległ się głos Sabina.

Dakon obrócił lekko głowę i zobaczył, że mistrz wojny przenosi wzrok z Takady na innego Sachakanina. Chyba tego, który patrzy spod zmrużonych powiek. *Co takiego noszą imperatorscy magowie dla oznaczenia ich rangi? Pierścień, tak?* Na palcach tego mężczyzny widniało dużo obrączek, co jest zwyczajem wielu Sachakan, ale znajdował się zbyt daleko, żeby dało się zauważyć znaki imperatora.

– Imperator Vochira wspiera nasze wysiłki mające na celu odzyskanie dawnych terytoriów – odpowiedział Takado.

Sabin czekał, ale kiedy stało się jasne, że nie dostanie innej odpowiedzi, zaśmiał się i zwrócił znów do Takady:

– Nie wiem, który z was jest większym głupcem: ty czy twój imperator. Ciekawe, który z was zdoła przeżyć tę wojnę. Osobiście obstawiałbym imperatora, ponieważ nie zamierzamy oddawać wam Kyralii, a nie wyobrażam sobie, że przeżyjesz na tyle długo, by uciec i dowlec się do domu.

Takado uśmiechał się.

– Wydaje mi się, że przeżyjemy obaj; skoro nalegasz na walkę ze mną, będę miał wolną rękę w oczyszczaniu Kyralii z jej magów, a nic nie spodoba się bardziej imperatorowi. Nie mam ochoty rządzić zamiast niego, skoro ja i moi przyjaciele możemy mieć to wszystko. – Rozłożył szeroko ramiona i chwilę później opuścił je. – Poddajecie się?

– Nie – odparł Sabin, prosto i twardo.

Takado spojrzał na swoich sojuszników.

– Głupcy chcą walki – zawołał. – Spełnimy ich życzenia!

Takado obrócił się nagle przodem do Sabina i uderzył w niego świetlistym pociskiem. Roztrzaskał się on w odległości ramienia od twarzy maga. Chwilę później cała sachakańska armia zasypała Kyralian pociskami mocy, powietrze zadrżało i rozbłysło magią. Dakon chwycił Sabina za ramię, zaczerpnął swojej mocy i przekazał ją mistrzowi wojny. Pozostali magowie w grupie doradców albo postąpili tak samo, albo położyli dłonie na ramionach Werrina, który zajmował się osłanianiem ich.

Tarcze wytrzymały. Kyralianie odpowiedzieli uderzeniami. Przestrzeń dzieląca armie migotała pociskami. Żaden jednak mag, Sachakanin ani Kyralianin, nie upadł.

Żar i drgania były tak wielkie, że obie armie cofnęły się nieco. Powoli, a jednocześnie utrzymując linie, nieprzyjaciele ustawili się w znośnej odległości. Wymiana ciosów stała się jeszcze bardziej zaciekła, magia znowu rozdarła powietrze, ale tym razem wszyscy wytrwali na pozycjach.

Przez długi czas nikt się nie odzywał. Dakon nie potrafił spuścić oczu z wroga. Za każdym razem, kiedy tarcza Werrina drżała pod ciosem, jego serce podskakiwało. A kiedy Sabin kierował uderzenie we wroga, wzrastała w nim nadzieja, która bladła, gdy tylko moc roztrzaskiwała się o tarczę. Widział, że Narvelan obserwuje rozwój walki innych zespołów. On sam jednak nie mógł odwrócić wzroku.

Chyba boję się, że nie zauważę pocisku, który mnie zabije, pomyślał.

– Nie oszczędzają sił – stwierdził Narvelan.

– Nie – potaknął Sabin. – A co z nami?

– Trzymamy się – odparł Narvelan. – Nie uderzamy tyle co oni i nie tak mocno, jak sądzę.

– Ale czy damy radę ich powstrzymać? – spytał Hakkin. – Czy możemy jakoś przekazać innym grupom, by zwiększyły ogień?

Werrin potaknął.

– Owszem, ale…

– Sygnał! Tam! – zawołał jeden z miejskich magów. – Mamy jednego wyczerpanego maga… nie, dwóch!

– Po jednym w prawie każdej grupie – dodał Narvelan.

Dakon zmusił się do spojrzenia na Sabina. *On zapewne myśli o tym, że ci magowie zginęliby, gdyby nie osłaniała ich tarcza grupy. Sachakanie nie osłaniają się wzajemnie – o ile wiemy – a żaden z nich jeszcze nie poległ…*

– Trafiliśmy jednego! – krzyknął Narvelan.

Dakon spojrzał w kierunku wskazanym przez przyjaciela, ale Werrin zasłaniał mu widok. Chwilę później rozległ się głuchy stuk i trzask i jeden ze stojących bliżej Sachakan upadł na plecy. Wylądował na ziemi, ale został szybko odciągnięty przez niewolników przykucniętych zaraz za linią wroga.

Padli jeszcze trzej wrogowie. Dakon poczuł, że serce skacze mu z radości. *Metoda Ardalena się sprawdza!* – pomyślał. *Za chwilę będą padać jak muchy.*

– Musimy się wycofać – oznajmił Sabin. – Dajcie znak pozostałym.

Dakonowi niedowierzanie zaparło dech w piersiach. Rozejrzał się dookoła, patrząc na sygnał przekazywany do kolejnych kyraliańskich zespołów. Kiedy jednak policzył magów trzymających białą wstążkę w lewej ręce – znak, że wyczerpali całą moc – niedowierzanie zamieniło się w przestrach.

Prawie nas wykończyli, uświadomił sobie. *Przegraliśmy*. W kilku grupach już tylko dwaj magowie zachowali jakieś resztki mocy. Te zespoły zaczęły się wycofywać jako pierwsze. Kiedy również siedmiu dowódców zaczęło odwrót, Dakon spojrzał znów na wroga, zastanawiając się z niepokojem, czy Sachakanie pójdą za nimi.

Hanara przykucnął na ziemi za swoim panem, a jego serce waliło jak młot. Widział, jak zginęli dwaj sojusznicy Takady, a także trzej magowie, którzy przybyli z wysłannikiem imperatora. Jeden z nich zginął w wybuchu płomieni. Twarz i tors drugiego rozpadły się na krwawą miazgę, jeszcze zanim mag padł na ziemię. Widział również niewolnika rozpłatanego na dwoje przez zabłąkaną wiązkę mocy, czuł więc dumę i wdzięczność, że Takado przewidział takie niebezpieczeństwo i kazał mu leżeć na brzuchu i trzymać głowę przy ziemi.

Hanara widział zaskoczenie i przerażenie malujące się na twarzach wciąż jeszcze walczących sachakańskich magów. Dostrzegł zwątpienie, ale i upór w walce. *Ilu z nich po tej bitwie podważy sensowność podboju?* – zastanawiał się. *Nie wiedzie im się u siebie tak źle, by kawałek ziemi był wart ryzykowania życia*. Niemniej posiadanie ziemi było jedną z najważniejszych oznak wolności. Posiadanie ziemi i zdolności magiczne. A ziemi było w Sachace za mało, podczas gdy magii może nawet za dużo. *Interesująca myśl…*

Spomiędzy szeregu magów dobiegły go pomruki. Podnosząc głowę, Hanara zobaczył, że Kyralianie odchodzą.

Wycofują się! Wygraliśmy!

Sojusznicy Takady zaczęli posuwać się do przodu. Takado nie wydał jednak jeszcze żadnego rozkazu. Hanara nie widział twarzy swojego pana, ale coś w jego postawie podpowiadało mu, że mag się zastanawia.

– Stać!

Głos rozbrzmiał donośnie, zatrzymując tych, którzy wysforowali się do przodu. Ale to nie był głos Takady. Hanara poczuł gniew i oburzenie. To przemówił przedstawiciel imperatora, Nomako. Wystąpił przed armię Takady i odwrócił się do magów twarzą.

– Niech odejdą. Pokazaliśmy im, kto jest silniejszy. Niech zastanowią się przez chwilę nad przyszłością i rozważą korzyści płynące z poddania się.

W Hanarze zagotowała się krew z powodu jego pana. *Jak on śmie! Decyzje podejmuje Takado! To Takado tu rozkazuje!*

Serce mu podskoczyło ze strachu zmieszanego z radością, kiedy Takado podszedł do Nomako z twarzą pociemniałą z gniewu.

– *Ja* dowodzę tą armią, Nomako – warknął. – Nie ty. I nawet nie imperator. Jeśli tobie albo jemu to się nie podoba, możecie wracać do domu i zostawić nam walkę.

Nomako wytrzymał spojrzenie Takady, a przez jego twarz przebiegł cień irytacji i niechęci. Spuścił wzrok.

– Wybacz, Takado. Chciałem tylko oszczędzić ci dalszych strat.

– W takim razie jesteś głupcem! Oni są wyczerpani. – Takado odwrócił się i zawołał Dachidę i Asarę.

– Nie stracili ani jednego maga – zaprotestował Nomako. – A my niemal tuzin. To sztuczka. Pułapka. Obiecałem rodzinom w Sachace, że nie będziemy niepotrzebnie narażać życia. Musimy zastanowić się nad tym, co oni robią, i znaleźć sposób, by ich pokonać.

Takado spojrzał na swoją armię i zachmurzył się. Hanara starał się odczytać nastroje magów. Wielu miało niepewne miny. Niektórzy cofnęli się o parę kroków i najwyraźniej czekali, żeby Takado potwierdził rozkaz Nomako. Nikt nie wyglądał na chętnego do pościgu za Kyralianami.

Nie spodziewali się, że stracimy wojowników, a nieprzyjaciel nie poniesie strat.

Takado wzruszył ramionami z westchnieniem.

– Zostajemy – powiedział.

Na twarzach jego sojuszników i Nomako pojawiła się ulga. Magowie zaczęli zbierać się w grupki, żeby porozmawiać, inni kierowali się ku wiosce. Nomako dołączył do trzech mężczyzn, którzy najwyraźniej byli jego najbardziej zaufanymi towarzyszami.

Dachido i Asara podeszli do Takady.

– Co oni robili? – odezwał się Dachido. – Dlaczego żaden z nich nie poległ?

– Ochraniają się i wspierają wzajemnie. My też powinniśmy zacząć to stosować. Aczkolwiek obawiam się, że w tej kwestii nie na wszystkich możemy liczyć – dodał ciszej.

Trójka sojuszników zaczęła rozmawiać przyciszonymi głosami. Hanara podpełzł bliżej, wytężając słuch.

– ...nie wycofywaliby się, gdyby tak było – mówiła Asara.

– Nie mamy pewności – odparł Dachido. – To mogła być pułapka.

Asara pokiwała głową i zwróciła się do Takady:

– Podobał mi się plan, o którym wczoraj rozmawialiśmy – powiedziała. – Zróbmy to.

– Będziemy potrzebowali koni – ostrzegł ją Dachido.

Asara wzruszyła ramionami.

– Możemy ich zażądać od Nomako jako wynagrodzenia.

– I dać mu do zrozumienia, że potrzebujemy jego pomocy? – spytał Takado, mrużąc oczy i przyglądając się przedstawicielowi imperatora.

Asara wykrzywiła usta, ale nic nie odpowiedziała.

Takado spojrzał w kierunku wioski.

– Czy tu nie zostały jakieś konie?

Dachido podążył za jego wzrokiem.

– Był jeden, ale stary, więc go zarżnęliśmy, żeby nakarmić niewolników.

– Jeśli rozejrzymy się po okolicy, może jeszcze jakieś znajdziemy – powiedziała Asara.

– Tam, gdzie się nas nie spodziewają, dalej na zachód – dodał z uśmiechem Takado.

– A zatem próbujemy? – spytała Asara z płonącymi oczami.

– Tak. Mam nawet pomysł na pierwszy cel.

Pozostała dwójka rzuciła mu pytające spojrzenia.

– Zauważyliście, że nie mieli przy sobie uczniów?

– Ach – powiedział Dachido.

– Ach! – zawtórowała mu Asara.

– Tak – oznajmił Takado. – Wygląda na to, że zapomnieli o jednej z podstawowych zasad walki, a my im o niej przypomnimy.

ROZDZIAŁ 35

Kiedy armia zatrzymała się wreszcie na noc, wyczerpanie niemal zwyciężyło nad ciekawością Jayana, który bardzo chciał się dowiedzieć, co wydarzyło się podczas konfrontacji z Sachakanami. Dakon powiedział mu tylko, że wróg okazał się silniejszy od kyraliańskiej armii i Sabin nakazał odwrót. Sachakanie ich nie gonili, ale nie można było odrzucić możliwości, że podążają za nimi w bezpiecznej odległości. Kyralianie musieli więc oddalić się dostatecznie, by zdołali, niezagrożeni, odzyskać nieco magicznej mocy przed kolejnym starciem.

Niesamowite było to, że chociaż przegrali bitwę, nikt nie poległ. Ale sądząc po niepokoju i pośpiechu magów, Jayan zgadywał, że stało się tak tylko dzięki zdezorientowaniu wroga.

Przez cały dzień widział błyski ostrzy i łączone pospiesznie dłonie, kiedy przekazywano sobie moc podczas jazdy. Mimo że uczniowie i służący oddali moc tego ranka, nie mieli więc wiele do zaoferowania, magowie obawiali się, że atak może nadejść w każdej chwili, i woleli być jak najlepiej przygotowani.

Dakon jednak pokręcił przecząco głową, kiedy Jayan podpowiedział, że powinni zrobić to samo.

– Dam sobie radę – stwierdził. – To korzyść z posiadania dwojga uczniów. Wolałbym poza tym, żebyście razem z Tessią mieli szansę na obronę w razie ataku. Poza tym może się okazać, że znów będziecie musieli chronić uczniów, jeśli my będziemy walczyć z nieprzyjacielem.

Nieco wcześniej armia zjechała z głównego traktu w słabej próbie zmylenia ewentualnego pościgu i wjeżdżała teraz równą drogą w dolinę między dwoma wzgórzami. Byli schowani przed wzrokiem wszystkich, którzy podróżowaliby głównym szlakiem, ale Jayan obawiał się, że zostawili tyle śladów, że nawet najmniej uzdolniony zwiadowca nie miałby problemów z ich odnalezieniem.

Droga wiła się wśród niskich pagórków i płytkich dolin, podzielonych na pasy pól. Zmierzch zapadał niczym gęstniejąca mgła, potem zapanowała ciemność. Zwiadowcy, którzy patrolowali główną drogę, nie zauważyli pościgu. Sachakanie wrócili do wioski Lonner i najwyraźniej szykowali się do spędzenia tam nocy.

Długo po zapadnięciu zmroku pojawiły się przed nimi niczym zjawy białe ściany budynków. Niektóre z nich były spichlerzami, inne miały wiele drzwi i Jayan domyślił się, że to zabudowania folwarku, dwupiętrowy dom musiał być natomiast rezydencją właściciela.

– Co to za miejsce? – spytał Dakona.

– Winnica Mistrza Frannera.

– Och. – Jayan się skrzywił.

Dakon zaśmiał się krótko.

– Jego wino może nie należy do najlepszych, ale gospodarz ma też pokaźne zapasy jedzenia. I jak słusznie zauważył, lepiej, byśmy to my je zjedli, niż gdyby miały trafić w ręce Sachakan.

– Czy z tej doliny jest jakiś inny wyjazd?

– Tak. – Dakon uśmiechnął się z aprobatą. – Sabin się upewnił. Nie złapią nas tu w pułapkę.

Kiedy armia gromadziła się między zabudowaniami, Jayan zobaczył, że Werrin obraca się w siodle, rozglądając się po tłumie. Odnalazł wreszcie Dakona i skinął na niego.

– Zebranie jest nieuniknione – mruknął Dakon, spoglądając na Tessię, która milczała przez całe popołudnie, a następnie na Jayana. – Dacie sobie radę sami?

Jayan uśmiechnął się szeroko.

– Oczywiście. I raczej nie będziemy sami. – Zatoczył ręką łuk, wskazując wszystkich dookoła.

Dakon pokiwał głową i odjechał w stronę Werrina i niewielkiej grupki magów zbierających się wokół niego. Jayan spojrzał na Tessię i wzruszył ramionami.

– Chcesz się rozejrzeć?

Pokręciła przecząco głową.

– Aravia prosiła, żebym wieczorem do niej przyszła.

Jayan nie dał po sobie poznać rozczarowania.

– W takim razie zobaczymy się przy kolacji, kiedykolwiek to będzie. – Spojrzał w górę, na gwiazdy. – Dopilnuję, żeby nasi drodzy uczniowie zachowywali się jak należy.

Tessia przewróciła oczami.

– Nie jesteś już dowódcą, Jayanie.

– Czy naprawdę tak trudno ci uwierzyć, że lubię towarzystwo innych uczniów? – spytał.

Uniosła brwi.

– Ważniejsze jest raczej to, czy ktokolwiek z nich lubi twoje.

Zawróciła konia i odjechała kłusem zbyt szybkim, by zdążył jej coś odparować. Patrzył za nią przez chwilę, odepchnął od siebie ogarniający go żal i zaczął szukać w tłumie znajomych twarzy. Marzył o śnie, ale doskwierał mu głód, a odpoczynek mógł zaczekać.

Refan i czterech innych uczniów stało przy jednym z dużych spichlerzy, więc Jayan udał się w tamtą stronę. Jeden z młodzieńców wyglądał znajomo. Kiedy Jayan zbliżył się, nowo przybyły popatrzył na niego i uśmiechnął się szeroko. Jayan rozpoznał go ze zdumieniem.

– Mikken! – zawołał, zeskakując z konia. Rozejrzał się dookoła i przywołał gestem służącego, który szybko podszedł i odebrał od niego wodze. Podbiegł do Mikkena i chwycił go za rękę. – Od kiedy tu jesteś?

Mikken uścisnął jego dłoń.

– Od kilku godzin Na szczęście armia zboczyła z drogi, inaczej wpadłbym prosto w objęcia Sachakan.

– Jak udało ci się im uciec na przełęczy? Nie, zaczekaj. Założę się, że to długa historia.

– Długa, ale niezbyt zajmująca. – Mikken wzruszył ramionami. – Chyba że lubisz opowieści o wygrzebywaniu resztek pożywienia, a także ukrywaniu się w jaskiniach i opuszczonych domach.

Jayan uśmiechnął się.

– Możesz nam o tym opowiedzieć, kiedy będziemy usiłowali zasnąć.

– Uważaj, bo naprawdę mogę to zrobić. Jak się ma Tessia?

Jayan poczuł dotkliwe ukłucie zazdrości, ale zignorował je.

– Nadal leczy każdego potrzebującego, którego napotka.

– Zapewne jest ich wielu. – W oczach Mikkena pojawił się strach. – Zmierzając tutaj, zaczynałem się zastanawiać, czy Sachakanie oszczędzili kogokolwiek. Nie zdziwiłbym się więc, gdyby Tessia nie miała komu pomagać.

– Ma mnóstwo pracy – zapewnił go Jayan, wzdrygając się na myśl o poparzonym mężczyźnie. Postanowił zmienić temat i popatrzył na spichlerz. – Tu powinna być jakaś piwniczka z winem.

– Owszem – odparł Refan. – Na dodatek wytwarzają tu nie tylko wino.

– A co jeszcze? – spytał inny uczeń.

– Spyl.

Jayan skrzywił się i dostrzegł podobny wyraz twarzy u wszystkich z wyjątkiem Refana. Chłopak zamyślił się.

– Kiedy magowie dobiorą się do wina Mistrza Frannera, to dla uczniów zostanie go niewiele. Jestem pewny, że znajdziemy kilka baryłek spylu na własny użytek w którejś z piwniczek. Spyl może i jest trunkiem ubogich – Refan uśmiechnął się – ale jest znacznie mocniejszy od wina, więc nie trzeba będzie go pić tak dużo.

Tak dużo jak czego? – zastanawiał się Jayan. Ku jego niechętnemu zdumieniu, pozostali uczniowie zaczęli zdradzać oznaki zainteresowania.

– Jak myślisz, gdzie go trzymają?

Refan przebiegł wzrokiem okolicę, mrużąc oczy.

– Rozejrzyjmy się.

Ruszył wzdłuż ściany spichlerza, obok którego stali.

Kiedy reszta uczniów poszła za nim, Jayan zastanawiał się, czy ich nie zostawić. *Ale powinienem mieć pewność, że nie wpadną w jakieś tarapaty. Dla ich dobra i mojego. Dakon może zacząć mieć wątpliwości co do uczenia mnie wyższej magii, jeśli pozwolę, żeby ci chłopcy zrobili coś głupiego.* I pospieszył za nimi.

Refan skręcił za róg spichlerza i przesuwał się wzdłuż kolejnej ściany, zatrzymując się dopiero przy ogromnych, ciężkich drzwiach, zamkniętych na wielki żelazny rygiel.

Ku rozbawieniu Jayana chłopak wsadził nos w szparę między drzwiami.

– Wino – oznajmił, wzruszył ramionami i odwrócił się, zmierzając przez dziedziniec ku następnemu budynkowi.

Dwa kolejne spichlerze zostały poddane takim samym oględzinom i otrzymały taki sam wyrok. Czwarty znajdował się tak daleko od zgromadzonych magów, że ich głosy zmieniły się w niewyraźny szmer, a uczniowie musieli oświetlić sobie drogę małymi magicznymi kulami. Refan obwąchał drzwi i uśmiechnął się od ucha do ucha.

– Aha! Zdecydowanie spyl.

Powietrze wokół tego budynku istotnie pachniało inaczej, ale rygiel był tak samo duży i mocny. Refan rzucił gromadzie uczniów ukradkowe spojrzenie charakterystyczne dla kogoś, kto szykuje jakieś łajdactwo, po czym chwycił za kłódkę. Jayan poczuł wzrastający niepokój.

– Co ty… nie zamierzasz chyba włamać się do środka, co? – zapytał niespokojnie jeden z młodszych.

– Nie. – Refan roześmiał się. – Nie zamierzam niczego łamać. Ani też zabierać niczego, czego nam i tak nie zaproponowano.

Wpatrzył się w zamek, po chwili coś w nim stuknęło i zamek się otworzył. *To, co on mówi, ma sens, ale coś i tak jest tu nie w porządku*, pomyślał Jayan. *Powinienem mu tego zabronić*. Jedno skrzydło drzwi uchyliło się i Refan wsunął się do środka. Zanim Jayan wymyślił, co powinien powiedzieć, pozostali uczniowie znaleźli się w spichlerzu.

Chwilę później rozległ się okrzyk zawodu. Jayan słyszał brzęki, szmer głosów i zobaczył wychodzących rządkiem uczniów. Refan trzymał w rękach butelkę.

– To nie spyl. To wybielacz. Do czyszczenia. Powąchaj. – Podsuwał butelkę każdemu pod nos, a oni krzywili się, wąchając jej szyjkę. Jayan rozpoznał zapach, który kojarzył mu się ze służbą i drewnianymi meblami. Refan rozpromienił się nagle. – Chodźcie popatrzeć.

Zerknął znów na magów, po czym ruszył na tyły spichlerza. Po jakichś stu krokach rzucił butelkę na ziemię. Rozbiła się. Kiedy pozostali zatrzymali się koło niego, Refan wysłał maleńkie uderzenie ogniowe w jej kierunku.

Uderzyła w nich fala żaru, a w powietrze wystrzeliły płomienie. Ogień przygasł równie szybko, jak wybuchnął, pozostawiając jedynie niewielkie języczki tam, gdzie płomienie ogarnęły chwasty wyrastające z twardej, wysuszonej ziemi.

– Ale świetne! – zawołał jeden z młodszych uczniów. – Możesz to zrobić jeszcze raz?

– Czekajcie. – Mikken wpatrywał się w spaloną ziemię. – Mam pomysł.

Oczy wszystkich zwróciły się na niego, ale on milczał, wpatrując się w ziemię.

– No? –w końcu ktoś się odezwał.

Mikken pokręcił głową.

– Słyszycie?

Wszyscy zamarli, zaskoczeni, i wsłuchiwali się w noc. Do uszu Jayana dotarł rytmiczny stukot, cichy, ale niewątpliwie był to tętent kopyt. Więcej niż jednego zwierzęcia. Cokolwiek to było, najwyraźniej zbliżało się do nich. Odwrócił się w kierunku odgłosów i wpatrywał w ciemne pnie drzew kilkaset kroków dalej.

Powoli z ciemności wyłoniły się trzy konie, niosące trzech jeźdźców. Dalekie światło odbiło się w naszywanych kurtkach, rękojeściach i błyszczących oczach.

– Sachakanie! – syknął Refan.

– Uciekać! – zawył Mikken.

– Trzymać się razem! – krzyknął Jayan, roztaczając tarczę i pędząc za nimi.

I zaklął, kiedy pierwsze uderzenie omal nie roztrzaskało jego tarczy. Wzmocnił ją. *Jak długo zdołam wytrzymać przeciwko trzem magom? Którzy zapewne czerpią moc od wielu niewolników – źródeł.* Skrzywił się, kiedy w jego barierę uderzył kolejny cios. *A może nie? Jeśli pojechali za nami, to raczej nie mieli czasu, żeby się wzmocnić po bitwie.*

Refan był w pobliżu spichlerza, za daleko, by Jayan mógł mieć pewność, że go osłania. Zatrzymał się przed drzwiami, chwycił je i otwarł na oścież, po czym zniknął w środku z nienaturalną szybkością.

– Nie tam! – jęknął Jayan. – Jeśli użyją ogniowego...

Ale Refan skrył się już w ciemności, a pozostali pędzili za nim. Jayan westchnął i pobiegł za nimi. W ciemności ktoś się potknął; rozległ się brzęk tłuczonego szkła, a po wnętrzu rozszedł się zapach wybielacza. Rozbłysła kula świetlna. Jayan rozejrzał się po sporym pomieszczeniu wypełnionym szklanymi naczyniami, po uczniach dyszących i wymieniających spojrzenia, kiedy wreszcie uświadomili sobie, jak niebezpieczna będzie walka w tym miejscu... i dostrzegł jęczącą postać leżącą na ziemi.

– Refan? – Jayan podszedł do chłopaka i ukląkł obok niego.

– Boli – wydyszał Refan. – Plecy. Bolą. Nie... nie mogę ruszyć nogami.

Jayan zaklął, kiedy zrozumiał, że Refan nie wskoczył do spichlerza, ale został tam wepchnięty przez uderzenie mocy. Na zewnątrz zadudnił tętent. Konie zatrzymały się i Jayan usłyszał kroki za drzwiami. Rozejrzał się znów po butlach, spoglądając w głąb budynku. *Jesteśmy w pułapce. Wystarczy najmniejsza iskra mocy, żeby wzniecić tu pożar. A my będziemy potrzebowali znacznie więcej, żeby się ochronić.*

Ochronić siebie... czy ich? Jayan poczuł, że jego serce zaczyna bić szybciej z emocji, kiedy zaświtał mu pewien pomysł.

– Szybko – syknął do pozostałych. – Zabierzcie go na tył budynku i czekajcie tam... tylko ostrożnie. A kiedy powiem „już!", rozwalcie tylną ścianę.

Refan krzyknął z bólu, kiedy zaczęli go podnosić. Puścili go, jak oparzeni. Jayan dostrzegł jakiś ruch w drzwiach.

– Podnieście go i zabierzcie! – ryknął, zaskoczony siłą własnego głosu.

Zobaczył otwarte szeroko oczy. Porwali Refana, nie zważając na jego krzyki, i wynieśli. Jayan ruszył za nimi, idąc tyłem, nie spuszczając oczu z trojga Sachakan, wchodzących do spichlerza. Wzniósł barierę, żeby osłonić siebie i uczniów zgromadzonych za nim.

Dwóch mężczyzn i kobieta, zauważył. *Jeden wygląda znajomo. Przecież... nie, to nie może być Takado. Nie zostawiłby swojej armii po to, żeby zakradać się za nami tylko z dwojgiem sojuszników?*

Sachakanie patrzyli na niego, uśmiechając się. Powoli podeszli bliżej, jakby nie przejmowali się czasem. Jayan słyszał kroki wycofujących się uczniów. Krzyki Refana zmieniły się w ciche zawodzenie. Ktoś jeszcze jęczał, a może płakał.

– Jesteśmy przy tylnej ścianie – szepnął Mikken.

W tym samym momencie Sachakanie zatrzymali się. Jayan widział, jak wymieniają spojrzenia, ustalając po cichu, kiedy uderzyć.

– Uciekajcie! *Już!* – wrzasnął Jayan.

Jednocześnie wzmocnił swoją tarczę i wysłał wachlarzem kilka uderzeń ogniowych.

Przestrzeń przed nim wypełniła się oślepiającym światłem. Poczuł palący żar i moment później jego plecy uderzyły o ziemię. Coś chwyciło go za kołnierz i zaczęło wlec po ziemi, ku dziurze w ścianie spichlerza. Ściana zawaliła się nagle i Jayan poczuł znów falę gorąca, ale już nie tak silną.

Po chwili nie sunął już po ziemi. Spojrzał w górę i zobaczył wyszczerzoną w uśmiechu twarz pochylonego nad nim Mikkena. Uczeń oddychał ciężko, a jego mina zdradzała spore zmęczenie. Mikken puścił kołnierz Jayana.

– Ciężki jesteś – powiedział chłopak z uśmiechem. – Chyba się udało.

Jayan podniósł się na nogi i szybko rozejrzał po uczniach stojących nad wyciągniętym nieruchomo i bezgłośnie na ziemi Refanem, po czym spojrzał znów na spichlerz. Budynek płonął teraz bardziej naturalnym ogniem, bo paliło się już drewno, a nie tylko wybielacz.

Zobaczył też ruch. Trzy postacie biegnące w kierunku drzew. *Nie zginęli.* Nie czuł aż takiego rozczarowania, jakiego się spodziewał. *Nie sądziłem, że uda mi się ich zabić, ale przynajmniej musieli zużyć dużo mocy, by się osłonić.* Nagle poczuł nowy rodzaj wyczerpania, nakładający się na zwyczajne fizyczne zmęczenie. *Ja też.*

– Ich konie pewnie uciekły – powiedział Mikken, odwracając się. – O, są magowie. Chyba będziemy musieli się nieźle tłumaczyć.

Jayan obrócił głowę i dostrzegł tłum ludzi biegnących w ich stronę. Potaknął.

– Owszem. Może nie mówmy im, dlaczego Refan chciał się tam dostać, dobrze?

– Ja nie powiem, jeśli chcesz. I postaram się, żeby pozostali też zachowali milczenie.

Mikken odszedł, a Jayan uśmiechnął się pod nosem. Satysfakcja z osłabienia Sachakan znikła jednak, kiedy przypomniał sobie, jaką cenę zapłacił Refan za tę przygodę. *Powinienem był lepiej go osłonić. A przede wszystkim nie powinienem był pozwolić, żeby zaprowadził nas tak daleko od ochrony, jaką daje armia. To wszystko moja wina.* Zobaczył biegnącego w jego stronę Dakona i poczuł, że serce mu słabnie. *Teraz na pewno nie zostanę magiem. I nie będę miał mu tego za złe.*

Kiedy wybuch wstrząsnął powietrzem, wydało się to Tessii odpowiedzią na jej niewypowiedziane, płynące z głębi serca życzenia.

Aravia zabrała ją na spotkanie z dwiema innymi magiczkami, Jialią i Virią. Obie od razu przystąpiły do odpytywania Tessii.

– Naprawdę od samego początku podróżowałaś z magami w poszukiwaniu Sachakan? – spytała Viria.

– Owszem – odparła Tessia, powstrzymując westchnienie. Czy ta kobieta myśli, że ona wszystko zmyśliła?

– Czy inni uczniowie byli dla ciebie uprzejmi? Czy nie robili nieprzystojnych uwag? – Jialia urwała i nachyliła się ku niej. – Żaden z nich nie próbował zmuszać cię do niczego, prawda?

– Nie, zachowywali się bardzo dobrze – zapewniła je Tessia. – A poza tym Mistrz Dakon zareagowałby odpowiednio, gdyby było inaczej.

Kobiety wymieniły spojrzenia. Viria zmarszczyła brwi i przyjrzała się dziewczynie badawczo.

– A Mistrz Dakon…. hmmm… nie czynił ci też żadnych niewłaściwych awansów, prawda?

Tessia spojrzała na nią z niedowierzaniem.

– Nie! – odparła zdecydowanie.

Viria rozłożyła ręce.

– To się czasem zdarza. Mistrz uwodzący uczennicę… lub na odwrót. Kiedy byłam młodą dziewczyną, poznałam kobietę, która wyszła za swojego nauczyciela po tym, jak poczęła jego dziecko. Uważałyśmy, że to ona została wykorzystana, ale okazało się, że wcale nie, aczkolwiek nie sądzę, żeby on się *bardzo* wzdragał. Młodym uczennicom zdarza się zakochać w mistrzu.

To gorsze niż rozmowy z moją mamą! – pomyślała Tessia. I nagle poczuła ucisk żalu i winy, że pomyślała w ten sposób o matce. *Ale cóż, ona nie widziałaby nic nagannego w tym, bym zakochała się i wyszła za Dakona.*

Zerknęła w stronę miejsca, gdzie siedział jej mistrz w towarzystwie innych dowódców i doradców armii, i zastanowiła się nad swoimi uczuciami do niego. Czuła przywiązanie. I podziw. Wszystko to ze względu na jego dobroć. Żadnych innych uczuć. I żadnego pożądania.

– Nie bądź głupia, Virio – powiedziała Jialia. – Młode kobiety wolą mężczyzn mniej więcej w swoim wieku. Jeśli Tessia się w kimś zakochała, to zapewne prędzej w młodym Jayanie z Drayn. – Obrzuciła Tessię lustrującym spojrzeniem. – Mam nadzieję, że Mistrz Dakon nauczył cię, jak unikać ciąży.

Tessia pokręciła głową z westchnieniem. *Gdybyście znały Jayana, wiedziałybyście, jak mało to prawdopodobne*, pomyślała. *Choć on się bardzo poprawił. Nie byłabym sprawiedliwa, gdybym powiedziała, że jest mi całkiem obojętny.*

– Jialio – wtrąciła się Aravia. – To nie jest coś, czego mężczyzna uczyłby swoją uczennicę.

Viria potaknęła, przenosząc wzrok z Aravii na Tessię i z powrotem.

– Podejmiesz się więc sama nauki Tessii?

– Tak... jeśli Tessia tego zechce.

Tessia uznała, że najlepiej będzie, jeśli zachowa milczenie. Potrzebowała całej siły woli, żeby powstrzymać się od zgrzytania zębami. *Czy ktoś mógłby mnie zabrać od tych szalonych kobiet*, pomyślała.

W tej samej chwili ogłuszył je huk wybuchu, który rozległ się gdzieś za plecami Tessii. Obie z Aravią podskoczyły i odwróciły się.

– Co to było? – spytała Aravia.

Magowie biegli w kierunku, z którego dochodziły odgłosy wybuchu, na ich twarzach malował się strach i determinacja. Tessia zrobiła krok.

– Nie! Zostańcie tutaj – powiedziała Jialia, a ton rozkazu pobrzmiewał w jej głosie, mimo że jednocześnie słychać w nim było strach. Tessia odwróciła się do dwóch kobiet, które nie ruszyły się ze swoich koców. – Nie wchodźcie im w drogę.

W Tessii chęć zbuntowania się walczyła z rozsądkiem i przyzwyczajeniem do posłuszeństwa. Spojrzała na Aravię. *Jeśli ona powie, że powinnam zostać, zostanę.*

Aravia rzuciła jej spojrzenie, zmarszczyła brwi i niechętnie usiadła z powrotem.

– Tak, powinnyśmy zaczekać na rozkazy.

Zmrużyła oczy, obserwując magów znikających za spichlerzami.

Tessia usiadła, ale w taki sposób, że odwróciła się bokiem do kobiet i mogła obserwować magów. Czas ciągnął się w nieskończoność. Kobiety usiłowały podjąć na nowo rozmowę, ale tym razem zasypały pytaniami Aravię.

– No cóż, chyba kazaliby nam walczyć lub uciekać, gdyby to był atak – powiedziała jedna z nich, po czym zwróciła się do Aravii: – Kiedy zamierzasz dać Everranowi chłopców, których mógłby rozpuszczać?

Tessia zauważyła, że Aravia powstrzymała się od uśmiechu.

– Kiedy będę pewna, że Sachakanie ich nie zjedzą, zanim dorosną na tyle, by można było z nimi porozmawiać – odparowała.

– Cóż – odpowiedziała tamta.

– Podobno to tylko pogłoski – mruknęła do niej druga.

Tessia już nie usłyszała ich słów. Zza spichlerza wybiegł służący Mistrza Werrina i pędził teraz w ich kierunku. Może Aravia zapyta o wieści, kiedy będzie je mijał. Gdy jednak chłopak podbiegł bliżej, zorientowała się, że on patrzy na nią.

– Uczennico Tessio! – zawołał.

Podniosła się.

– Słucham?

– Jesteś potrzebna.

Chwyciła torbę ojca i pobiegła za nim. Poprowadził ją na tyły spichlerzy.

– Co się stało? – spytała.

– Sachakanie zaatakowali – odpowiedział, dysząc ciężko. – Było ich trzech i uciekli. Dopadli grupkę uczniów, którzy zwiedzali zabudowania.

Wybiegli za róg i serce Tessii omal nie zatrzymało się z przerażenia. Jeden z wielkich budynków zawalił się, a jego ruiny płonęły.

– Są ranni? – spytała. *Oczywiście, że są. Po co inaczej byłoby mnie wzywać. Chyba że… chyba że ich znam.* Poczuła, że kolana się pod nią uginają ze strachu i przerażenia. *Jayan? Nie. Na pewno nie Jayan. Jest zbytnim utrapieniem, żeby go zabili. Poza tym służący powiedział mi, że jestem „potrzebna". A to może oznaczać jedynie leczenie.*

– Uczniowie zwabili ich do środka – ciągnął służący. – Spichlerz był wypełniony wybielaczem, który Uczeń Jayan podpalił. – Obejrzał się na nią z uśmiechem. – Tarcza musiała kosztować ich sporo mocy.

– Przeżyli.

Służący potwierdził.

– Uciekli w noc. Kilku magów pojechało za nimi.

Miała na myśli uczniów, ale ucieszyła się i z takiej informacji. Prowadził ją ku grupce magów i służących stojących w kręgu. Tessia poczuła, że ściska ją w żołądku na widok dwóch uzdrowicieli z gildii. Ktoś ją zobaczył i wszyscy odwrócili się ku niej. Dostrzegła Mistrza Dakona i Jayana.

Jayan wygląda na całego i zdrowego. Poczuła większą ulgę, niżby się spodziewała. *Kto w takim razie... ach, Refan.*

Młody człowiek leżał na ziemi twarzą w dół, jęcząc z bólu. Kiedy dotarła do magów, podszedł do niej Mistrz Dakon.

– Dostał w plecy – powiedział cicho. – Uderzeniem mocy. Nie czuje nóg. Uzdrowiciele mówią, że drogi życiowe w tych partiach ciała zostały odcięte. Będzie żył przez jakiś czas w bólu, aż w końcu te fragmenty obumrą i zatrują resztę ciała.

Zgodziła się. Uraz pleców to coś okropnego. Uzdrowiciele mieli rację, choć wszystko zależało od tego, gdzie konkretnie nastąpiło złamanie i czy pacjentowi zapewni się dobrą opiekę. Przy dużym szczęściu przeżywali po kilka lat.

Ale nawet gdyby Refan miał dużo szczęścia, nie będzie mógł jechać konno. Wozem zresztą pewnie też nie: podskakiwanie na wybojach tylko pogorszy jego stan. A jeśli go tu zostawią, Sachakanie go zabiją. Popatrzyła na Dakona.

– Dlaczego mnie wezwaliście?

Uśmiechnął się nieznacznie.

– Jayan to podpowiedział. Mówi, że znalazłaś magiczny sposób na powstrzymywanie bólu.

– Ach. – Rozejrzała się po magach i uzdrowicielach. Na ich twarzach widoczne było głównie zaciekawienie. Niektórzy wyglądali na nieprzekonanych. – Nie mogę nic obiecać, ale warto spróbować.

Podeszła do Refana, uklękła przy nim i położyła mu rękę na karku. Miał rozgrzaną skórę. Zamknęła oczy i usiłowała nie myśleć o utkwionych w niej spojrzeniach.

Skoncentruj się. Zajrzyj do środka. Głębiej. Pojawiła się świadomość ciała Refana. Delikatnie zagłębiła się pod skórę, dając się prowadzić oznakom i rytmom. Posuwała się wzdłuż kręgosłupa, poszukując źródła bólu.

Kości zostały wytrącone z naturalnego układu. Otaczająca je opuchlizna promieniowała ciepłem i bólem. Kiedy Tessia poczuła ten ból, zalał jej zmysły. Poczuła, że sama sztywnieje, dostosowując się do napiętych mięśni Refana, odczuwała też najwyraźniej jego rozpaczliwe pragnienie, aby cierpienie ustało. Jednak to jej *nie* obezwładniało. Mogła coś zrobić, żeby je powstrzymać. Odszukała właściwe miejsce, napięła wolę i *wysłała odrobinę mocy*.

Ból ustał.

Poczuła ulgę, wycofała się więc, żeby odpocząć i odzyskać świadomość siebie samej. Robiąc to, zauważyła pewną cechę urazu. Opuchnięte ciało działało jak blokada. Obejmowało żyły otaczające kości i kilka innych, odchodzących od nich.

Uzmysłowiła sobie, że żadna z tych żył nie była przerwana. Przyglądając się bliżej, dostrzegła, że również żadna z kości nie była złamana, ani nawet pęknięta.

To musiało być słabe albo niedbałe uderzenie. Moc potrafi poczynić znacznie większe szkody. Jeśli jednak Sachakanom zależało na długich cierpieniach, nie mogliby wymyślić lepszego sposobu, żeby go łatwo torturować. A ból…

Nagle uświadomiła sobie, że ból wraca. Cofnęła się zmysłami do miejsca, które wcześniej dotknęła magią, i dostrzegła, że następuje tam poprawa.

On się leczy.

Przez chwilę zastanawiała się nad próżnym, ale upartym wysiłkiem, jakie jego ciało podejmowało, by się uzdrowić. I nagle poczuła dreszcz na skórze. *Nigdy czegoś takiego wcześniej nie widziałam. Nie widziałam ciała, które leczyłoby się tak szybko, że ja to odczuwałabym.* Zdumiona, przyjrzała się bliżej, usiłując zrozumieć, co powoduje tak nienaturalnie szybkie leczenie.

I wyczuła magię.

Znaczenie tego odkrycia spłynęło na nią w jednym momencie. Dakon mówił jej kiedyś, że magowie są bardziej wytrzymali niż ludzie, którzy nie mają w ogóle talentu magicznego lub niewielki i uśpiony. Nawet obdarzeni mocą, którzy nigdy nie nauczyli się posługiwania magią, leczyli się zazwyczaj szybciej i wykazywali większą odporność na choroby. Miało zatem sens założenie, że odpowiedzialna za to jest magia.

Czy jestem pierwszą osobą, która to ogląda? – zastanawiała się.

Niestety magia działała inaczej, niżby chciała. Ból powracał, kiedy zaciśnięta droga leczyła się, a gdy Tessia przyjrzała się samym uszkodzeniom, dostrzegła, że tu nie zadziała szybkie leczenie. Kości pozostaną w tych miejscach, w których się znalazły. Refan nie będzie w stanie chodzić, być może nawet jego narządy wewnętrzne nie będą działać poprawnie.

Ale to mogę naprawić, uświadomiła sobie.

Wzięła głęboki oddech i zaczęła rozmyślać, jak to przeprowadzić. Najpierw musi zablokować z powrotem ścieżkę. Potem będzie musiała delikatnie pozbyć się nadmiaru płynów ze spuchniętych miejsc. A na koniec, kiedy już będzie miała dość miejsca, musi powoli i ostrożnie ponastawiać kości. Wszystkie tkanki łączące powinny wrócić na miejsce razem z kośćmi.

Przebiegła całą procedurę w myślach kilka razy, rozważając, co poruszyć najpierw, po czym wzięła się do pracy.

Był to powolny proces. Przytrzymywała, ściskała, przesuwała – i zastanawiała się, co sobie myślą przyglądający się jej magowie. Czy uważają, że marnuje mnóstwo czasu na rzecz tak prostą, jak zablokowanie bólu? Czy widzą, że to, co robi, przynosi zmiany? A może znudzili się i odeszli. No i tak oczekiwana przez wszystkich od dawna i bardzo spóźniona kolacja jest już pewnie gotowa.

W końcu wszystko znalazło się na właściwych pozycjach. Tessia zauważyła, że ciało Refana zaczęło teraz wykorzystywać magię do samoleczenia w znacznie wydajniejszy sposób. *On przeżyje*, uświadomiła sobie. *Może nawet nie będzie kaleką*. Poczuła dumę, ale natychmiast ją stłumiła. *Nie wiem, czy to zadziała. Robiłam to po raz pierwszy – może w ogóle nikt nigdy tego nie robił – i nie mam pojęcia, jakie będą skutki. A poza tym on wciąż potrzebuje wielu dni, a może nawet tygodni, żeby całkowicie wyzdrowieć, i nadal będzie obciążeniem dla armii.*

Sprawdziła wszystko jeszcze raz i zacisnęła ścieżkę bólu, żeby opóźnić to, co będzie niemiłym przebudzeniem, pomimo całego jej wysiłku, i wycofała swoją świadomość, otwierając oczy.

Podniosła wzrok i przekonała się, że nadal otacza ją krąg magów. A między nimi stoją uzdrowiciele, wpatrując się w nią i marszcząc ze zdumienia brwi. Refan jęknął i wzrok wszystkich skierował się na niego.

– Co... się stało? – spytał. – Nie boli... ale nie czuję nóg.

– Wkrótce poczujesz – odpowiedziała Tessia. – I nie będzie ci się to podobało. – Podniosła wzrok na Mistrza Dakona. – Nie miał złamanego kręgosłupa, tylko trochę poprzesuwane kości, no i drogi życiowe były pozgniatane.

Dakon uśmiechnął się, oczy mu błyszczały.

– Wyzdrowieje?

– Jeśli dać mu czas. – Skrzywiła się. – Jeśli dać mu czas, to nawet będzie chodził.

Dakon spochmurniał i przeniósł spojrzenie na Mistrza Werrina. Królewski mag zamyślił się i skinął głową.

– Zobaczymy, co się da zrobić.

Najwyraźniej pozostali odebrali te słowa jako sygnał do odejścia. Tessia skinęła na stojących w pobliżu służących i poleciła im przygotować sporą deskę, położyć na niej Refana nadal twarzą do dołu i w miarę możliwości bez wyginania jego pleców, żeby dało się go przenieść w jakieś bezpieczniejsze miejsce. Kiedy służący odbiegli, podeszli do niej Dakon i Jayan.

– Świetna robota. Jestem pod wrażeniem – powiedział mag.

– Dziękuję. – Poczuła, że się rumieni, i odepchnęła od siebie kolejną falę zadowolenia z siebie.

Dakon spojrzał na Jayana.

– Mogę dziś być dumny z moich uczniów – oznajmił z szerokim uśmiechem, a Tessia zauważyła, że mina Jayana wyraża powątpiewanie. – Jesteście za mądrzy na uczniów takiego skromnego wiejskiego maga jak ja.

Zaprotestowali oboje.

– Ależ to prawda – odparł Dakon. – Dlatego postanowiłem, że kiedy tylko nadarzy się okazja, nauczę Jayana wyższej magii i wyślę go w świat jako pana samego siebie.

Tessia omal nie wybuchnęła śmiechem na widok otwartych ze zdumienia ust Jayana.

Miałam rację, a on najwyraźniej mi nie uwierzył.

Nagle poczuła niespodziewany żal. *Chyba naprawdę będzie mi go brakowało.* Zmarszczyła nos. *W każdym razie przez kilka godzin. A potem uświadomię sobie, że od jakiegoś czasu nie słyszę żadnych niemiłych słów pod swoim adresem, i zdam sobie sprawę, że dobrze było się go pozbyć.*

ROZDZIAŁ 36

Powóz toczył się powoli ulicami Arvice. Kachiro kazał podnieść boczne klapy, żeby Steria mogła przyjrzeć się okolicy. Słońce chyliło się już ku zachodowi, ale w powietrzu czuć było ciągle ciepło. Drzewa rosnące przy głównych alejach miasta były obsypane kwiatami, których zapach unosił się dookoła. Wokół brzęczały chmary owadów, zasłaniając widok i zmuszając niewolników do opędzania się, ale przy oknach powozu znikały w syku i rozbłysku, natykając się na magiczną barierę wzniesioną przez Kachiro.

Tarcza ochraniała jedynie osoby znajdujące się we wnętrzu powozu. Steria pomyślała o siedzącej na jego tyle Vorze. Starej kobiecie musi być tam niewygodnie: uczepionej rękami uchwytów, z nogami podkurczonymi na wąskim podnóżku.

Steria zaproponowała Vorze, by została w domu, ale niewolnica nie chciała się na to zgodzić.

– To twoje pierwsze doświadczenie z sachakańskimi obyczajami poza domem ojca – oznajmiła. – Będziesz potrzebowała mojej pomocy.

– Jesteśmy na miejscu – powiedział Kachiro.

Powóz zwolnił przed wielką podwójną bramą, otwartą, żeby wpuścić do środka pojazdy. Kachiro odwrócił się do

Sterii z uśmiechem, jednocześnie mierząc ją wzrokiem od stóp do głów.

– Wyglądasz cudownie – stwierdził, a ona nie wyczuła w jego głosie nic poza szczerym podziwem. – Jak zwykle masz wspaniale dobrane ubranie i biżuterię. Mam szczęście, że trafiła mi się żona, która jest nie tylko piękna, ale na dodatek obdarzona doskonałym gustem.

Steria odpowiedziała uśmiechem.

– Dziękuję. Mam szczęście, że trafił mi się mąż, który umie to docenić. – Spojrzała mu prosto w oczy, wiedząc, że nie ukryje przed nim tego, iż jego komplement napełnił jej myśli wątpliwościami i pytaniami.

– Owszem – odpowiedział, po czym na moment odwrócił oczy. – Byłbym wdzięczny, gdybyś nie wspominała o... moim problemie, rozmawiając z kobietami – dodał cicho.

– Oczywiście, że nie! – odparła natychmiast. – To nasz sekret.

Uśmiechnął się.

– Żony moich przyjaciół kochają poznawać tajemnice – ostrzegł ją.

– Tej nie poznają – zapewniła go.

– Dziękuję.

Powóz wjechał już przez otwartą bramę na wielki dziedziniec, po którym kręcili się niewolnicy. Kachiro pomógł jej wysiąść, a następnie zwrócił się do znajdujących się najbliżej niewolników, którzy padli przed nim na twarze.

– Przybyliśmy, aby wraz z Ashaki Motarą świętować dzień jego urodzin. Zaprowadźcie nas na miejsce spotkania.

Jeden z niewolników podniósł się z ziemi.

– Tędy – powiedział.

Weszli do środka, a za nimi podążyli Vora i jeden z niewolników Kachiro. Steria natychmiast zauważyła powściągliwą ozdobność domu i piękne meble. Kiedy zatrzymała się przed sporą komodą pełną szuflad o różnych rozmiarach, Kachiro zaśmiał się.

– Oczywiście Motara zatrzymuje dla siebie najlepsze sztuki. Usiłowałem go wiele razy przekonać, żeby mi ją sprzedał. Ale on nawet nie chce postawić jej w grze.

– A zatem Ashaki Motara to ten przyjaciel, który zajmuje się projektowaniem mebli?

– Tak.

– Muszę powiedzieć mu coś miłego na ich temat.

Kachiro wyglądał na zaskoczonego, po czym się zamyślił.

– Spodoba mu się to. Tak... zrób tak. Kobiety na ogół nie interesują się takimi rzeczami. W każdym razie nie w towarzystwie mężczyzn.

Steria zmarszczyła brwi.

– Może nie powinnam nic mówić? Nie urażę go, wypowiadając jakąś opinię? – Przez moment nie mogła uwierzyć, że to powiedziała. Odkąd przejmowała się tym, czy ktoś chce usłyszeć jej opinię, czy nie?

– Nie poczuje się urażony. Co najwyżej zaskoczony – zapewnił ją Kachiro i obdarzył ją tym irytująco zagadkowym, pełnym podziwu uśmiechem. – Coraz bardziej podoba mi się twoja odmienność, Sterio. Jest taka świeża. Kobiety są zbyt tajemnicze i zdystansowane. Powinny być bardziej jak ty: otwarte, zainteresowane różnymi rzeczami.

– Ja bywam przy tym uparta i wścibska. Taka odmienność może nie przypaść ci do gustu.

Roześmiał się.

– Na razie jeszcze zakładam, że to cena, którą muszę zapłacić za małżeństwo z kobietą nie tylko piękną, ale i inteligentną.

Steria poczuła, że serce jej podskakuje. Złapała się na zerkaniu na niego z ukosa, zmusiła się więc do spuszczenia wzroku, żeby ukryć swoje emocje. Miała nadzieję, że mąż uznał, iż poczuła się zawstydzona komplementem. *Nic by mi nie zaszkodziło zakochać się w Kachiro*, pomyślała. *Ale byłoby to niezwykle irytujące. I frustrujące. Ale przecież jego „problem" może mi nie przeszkadzać, jeśli obdarzę go uczuciem. I jeśli romantyczne opowieści mówią prawdę.*

Niewolnik zatrzymał się przed wejściem do dużego pomieszczenia i usunął na bok, schylając głowę. Kachiro poprowadził za sobą Sterię, a następnie ujął ją pod ramię. W ich stronę odwróciło się pięciu mężczyzn. Wszyscy mieli szerokie ramiona i twarze o rysach typowych dla Sachakan, jeden jednak był gruby, a drugi chudy. Wszyscy mieli oczy podkreślone ciemnym barwnikiem. Najmłodszy ledwie wyrósł z wieku chłopięcego, najstarszy był w średnim wieku. Chudy podniósł się i podszedł do nich.

– Kachiro! Spóźniłeś się bardziej niż zwykle!

Ten zaśmiał się.

– Przyznaję się do winy, Motaro. Nie przekazałem mojej żonie, że jedziemy z wizytą, aż prawie nadszedł czas wyjścia, i zapomniałem, że ona potrzebuje chwili, żeby się przygotować. Przedstawiam ci – wskazał Sterię wdzięcznym ruchem ręki – uroczą Sterię.

Steria uśmiechnęła się. Mogłaby wybrać się w kilka minut, ale Vora nalegała, że musi to zająć godzinę, „żeby nauczyć męża, że mając plany obejmujące żonę, powinien być bardziej wyrozumiały".

Czterej pozostali mężczyźni wstali i podeszli do Motary, przyglądając się Sterii. Stała ze spuszczonymi oczami, zgodnie z instrukcją Vory, ale doskonale wiedziała, że obrzucają ją oceniającymi spojrzeniami.

– Jest wspaniała – powiedział Motara. – Znając cię tak dobrze, byłem pewny, że zastosujesz swój dobry smak w tak poważnej kwestii, jak znalezienie odpowiedniej żony. Ale nawet ja jestem pod wrażeniem twojego osiągnięcia.

Pozostali wymamrotali jakieś potaknięcia.

Kachiro spojrzał na nią z uśmiechem.

– Ona jest obdarzona nie tylko urodą. Ma bystry umysł, inteligencję i gust dorównujący mojemu. – Szturchnął ją lekko. – Co to mówiłaś wcześniej?

Podniosła na moment wzrok, żeby spojrzeć na Motarę.

– Że meble Pana Motary, tu i u nas w domu, są niezwykle piękne. Mają wdzięczny kształt i proporcje. Ta komódka z szufladami... – Westchnęła. – Jest taka śliczna.

Motara sprawiał wrażenie, jakby jeszcze urósł i przez chwile balansował na palcach stóp. Potem roześmiał się.

– Nie kazałeś jej tego powiedzieć, żeby znów spróbować wyciągnąć ode mnie ten mebel, co, Kachiro?

– Och, nie! – wyrwało się Sterii. – Nie kazał!

– Nie – odparł Kachiro, a w jego głosie pobrzmiewała nutka dumy. – Steria była tak zachwycona, że zatrzymała się przy niej, by dokładnie się jej przyjrzeć. Możesz zapytać swojego niewolnika.

Motara roześmiał się znowu.

– Może i zapytam, aczkolwiek to nie znaczy, że nie opisałeś jej komody, nim tu przyjechaliście. Ale przejdźmy do ważniejszych spraw. Dashina dotrzymał obietnicy. Mamy każdy po butelce! Vikaro i Rikacha mieli nadzieję, że nie przyjdziesz i będą mogli wypić twoją. Chavori chciał całą, ale wiemy, jak źle idzie mu picie. – Motara zwrócił się w kierunku foteli, w których siedzieli mężczyźni.

– A gdzie Chiara? – spytał Kachiro.

Motara machnął lekceważąco ręką.

– Z innymi kobietami. Założę się, że narzekają na nas. – Spojrzał na Sterię, która natychmiast spuściła wzrok. – Nie wierz w połowę rzeczy, które będą mówić – ostrzegł ją.

Podniosła pytające spojrzenie na Kachiro, który odpowiedział uśmiechem.

– Nie są wcale takie przerażające, jak on je maluje. Dołącz do nich. Zapewne umierają z niecierpliwości, by cię poznać.

Wykonał jakiś gest ręką i Steria dostrzegła podchodzącego niewolnika. Zerknęła na Vorę, a kiedy jej niewolnica skinęła głową, zbliżyła się do niewolnika.

– Zaprowadź mnie do kobiet – rozkazała krótko.

Niewolnik ukłonił się i poprowadził ją do innych drzwi wiodących na korytarz.

A zatem nie porozmawiam z przyjaciółmi Kachiro, pomyślała. *Nie żebym się tego spodziewała. Nie tyle miałam ich poznać, ile on chciał się mną pochwalić.* Zastanowiła się, czy jej to przeszkadza. *Owszem, ale mogę mu wybaczyć. Miło mi, że uważa mnie za inteligentną, ale jeszcze milej, że zamierza o tym mówić innym ludziom, i to w taki sposób, który pokazuje, że uważa to za dobrą, a nie złą cechę.*

Kobiety zebrały się w nieodległym pokoju i siedziały na wykładanych poduszkami drewnianych ławach. Były tylko cztery, co zapewne oznaczało, że jeden z mężczyzn był nieżonaty. Wszystkie odwróciły się ku wejściu, kiedy tylko niewolnik padł przed nimi na kolana.

– A któż to? – spytała szczupła kobieta z wystającym brzuchem. Zabrzmiało to tak, jakby doskonale znała odpowiedź, ale musiała przestrzegać pewnego rytuału.

– To Steria, żona Ashaki Kachiro – odpowiedział niewolnik.

– Odejdź – rozkazała, wstała i podchodząc do Sterii, rzekła: – Witaj, Sterio. Jestem Chiara. – Podała jej rękę z uśmiechem. Steria ujęła jej dłoń i dała się poprowadzić do pozostałych kobiet. – Tu jest dla ciebie miejsce – powiedziała Chiara, wskazując na koniec ławy, obok kobiety, która byłaby piękna, gdyby nie blizny szpecące jej skórę. – Twoja niewolnica może udać się do naszych w sąsiednim pokoju. Usłyszy cię stamtąd, gdybyś jej potrzebowała.

Kiedy Vora wymknęła się z pokoju z ustami zaciśniętymi w wyrazie niezadowolenia, Steria usiadła. Poczuła dreszczyk zawstydzonego podenerwowania, ponieważ wszystkie cztery kobiety przyglądały jej się z nieskrywanym zainteresowaniem.

– Ale jesteś śliczna – westchnęła jedna z nich z zachwytem.

– Prawda? – zgodziła się druga. – Prawdziwa egzotyczna piękność. Masz taką cudowną skórę.

– Kachiro mówi, że masz trochę krwi elyńskiej, szczęśliwa kobieto – powiedziała tęsknie trzecia.

Matka co prawda mówiła jej, że w Sachace uważa się, iż domieszka obcej krwi dodaje siły, ale i tak Steria nie mogła powstrzymać niedowierzania na widok zazdrosnych spojrzeń tych kobiet.

– Nie zawstydźcie jej całkiem tymi komplementami – roześmiała się Chiara. – A przynajmniej pozwólcie, że was najpierw przedstawię. – Zwróciła się ku kobiecie z bliznami. – To Tashana, żona Dashiny. A to Aranira, żona Vikaro – wskazała na dość przeciętną, wysoką kobietę, ewidentnie najmłodszą z nich wszystkich. – A to Sharina, której mężem jest Rikacha. – Ta ostatnia była pulchna, wyglądała bardzo miło i rzuciła Sterii ciepły, choć nieco nieśmiały uśmiech.

– Podoba ci się twój nowy dom? – spytała.

– A jak mąż? – dorzuciła Tashana, której oczy rozbłysły łajdackim uśmiechem. – Nie musisz ukrywać prawdy, jeśli ci się coś nie podoba. Wszystkie zostałyśmy wydane za mężczyzn, których nie my wybrałyśmy. Mamy w związku z tym prawo narzekać, ile nam się żywnie podoba.

Steria zaśmiała się.

– A jeśli go wybrałam, to już nie wolno mi narzekać?

– *Wybrałaś* go? – powtórzyła Aranira, otwierając szeroko oczy z niedowierzania. – Nie żeby nie był przystojny…

– Ależ oczywiście, że wolno – odparła Tashana. – Tyle że musisz nam pozwolić na odrobinę zazdrości.

– Nie – powiedziała szybko Steria. – Nie wybrałam go. Byłam tylko ciekawa, czego może się spodziewać kobieta, która wybrała sobie męża. – Umilkła na moment, by zebrać myśli. – Bo teraz nie jestem pewna, czy mi uwierzycie, jeśli powiem na jego temat cokolwiek dobrego.

Tashana roześmiała się, a pozostałe kobiety dołączyły do niej.

– Spróbuj i zobaczysz, co z tego wyniknie.

– On jest inny, niż się tego spodziewałam po sachakańskich mężczyznach – zaczęła, czując, że ta uwaga wykrzywiła cierpko jej usta. – Jest wyrozumiały i ma dla mnie szacunek. Opowiada mi o swoich interesach i słucha, co mam na ten temat do powiedzenia. Jest… jest zaskakująco dobrym towarzyszem.

Zapadła krótka chwila milczenia, podczas której kobiety wymieniały spojrzenia.

– Ale? – spytała z nadzieją w głosie Aranira.

Steria wzruszyła ramionami.

– Nic. Jeszcze. Może muszę zaczekać.

Zachichotały, potakując głowami.

– Dobrze, że przynajmniej nie masz naiwnych złudzeń co do małżeństwa – powiedziała Chiara. – Jak ja kiedyś. Aczkolwiek… byłam chyba dużo młodsza.

– Ile masz lat? – spytała Sharina.

– Dwadzieścia pięć.

– Rikacha mówił, że jesteś młodsza.

– Obawiam się, że ojciec mógł skłamać w kwestii mojego wieku.

Tashana pokiwała głową.

– Miałaś już męża?

Steria zaprzeczyła. Kobiety wymieniły zdumione spojrzenia.

– Uważacie, że jestem za stara na pierwsze małżeństwo. – Potaknęły. – No cóż, w ogóle nie planowałam wychodzić za mąż.

Zmarszczyły czoła, przyglądając się Sterii badawczo.

– Dlaczego?

Tym razem dziewczyna nie wiedziała, co odpowiedzieć. Czy uznają ją za dziwaczkę, jeśli przyzna, że miała ambicje handlowe? Wiedzą, że jest po części Elynką, ale czy wiedzą również, że spędziła połowę dzieciństwa i całą młodość w Elyne? Czy powinna im o tym powiedzieć? Uznała, że może, zwłaszcza że Kachiro wiedział i zapewne powie przyjaciołom. *A czy powinnam się przyznawać do kochanków? Bardzo by im się to spodobało, ale Kachiro mógłby się dowiedzieć. Nie jestem pewna, czy uznałby to za „interesujące".*

– Może to zbyt prywatne sprawy, żeby od razu o nich rozmawiać – powiedziała Chiara. – Ledwie nas znasz. – Zwróciła się do pozostałych: – Może opowiedzmy Sterii coś więcej o nas. O naszych dziejach.

Potaknęły.

– Ja pierwsza – oznajmiła Aranira, zerkając na Tashanę, która kiwnęła głową z uśmiechem. – Tashana wyszła za mąż za Dashinę, kiedy miała piętnaście lat, a on dwadzieścia. Żona bardzo mu się podobała, ale miał też upodobanie do wielkiej liczby własnych i cudzych niewolnic od przyjemności… o niektóre nie dbano odpowiednio. Złapał od nich wysypkę niewolników, którą zaraził ją i ich pierwsze dziecko, ono zmarło, a odkąd pojawiły się blizny, przestał z nią sypiać.

Tashana potaknęła, siląc się na uśmiech pomimo widocznego w jej spojrzeniu bólu.

– Przynajmniej zachowałam figurę. – Spojrzała na Sharinę. – Sharina miała osiemnaście lat, kiedy wydano ją za starszego o piętnaście lat Rikachę. Człowieka bez serca, który bije ją jak niewolnicę. Straciła pierwsze dziecko, kiedy uderzył ją w brzuch. Motara zagroził, że przestanie z nim handlować i rozmawiać, jeśli znów ją skrzywdzi. Teraz więc bije tak, żeby nie było widać. Mają dwóch synów.

Sharina rzuciła Sterii spojrzenie, wzruszając ramionami.

– Mam wielkie szczęście, że ich urodziłam. – Zerknęła na Chiarę. – Chiara poślubiła osiemnastoletniego Motarę, gdy miała czternaście lat. On jest miły, hojny i najwyraźniej ją lubi, ale nie chce widzieć tego, co my widzimy. Ona była w ciąży dwanaście razy, urodziła ośmioro dzieci, i jej ciało jest zniszczone i chore. Za każdym razem coraz bardziej chore, więc boimy się, że to ją w końcu zabije. Nie powinien jej… powinien przynajmniej pozwolić jej odpocząć. Ilu dzieci potrzebuje mężczyzna?

Chiara uśmiechnęła się.

– A jak mam mu ich odmówić? On je tak kocha… i mnie też.

– Nie masz wyboru – powiedziała ponuro Tashana.

Chiara westchnęła i zwróciła się do Araniry z wymuszonym uśmiechem.

– Aranira i Vikaro pobrali się, gdy oboje mieli po szesnaście lat. Na początku wszystko układało się dobrze. Urodziła dwoje dzieci, dziewczynkę i chłopca. Ale mąż szybko się nią znudził. Dziećmi też. Wydawało się to dziwne, ale nasze przyjaciółki dociekły prawdy. Zakochał się w innej kobiecie. Potężnej i pięknej, która również darzy go uczuciem. To wdowa, straciła męża w chorobie, która niewolnikom wydawała się zanadto podobna do działania trucizny.

– On nie ma odwagi, żeby narazić się na gniew mojej rodziny, gdyby sprawa się wydała – dorzuciła Aranira, ale w jej głosie wyczuwało się powątpiewanie.

Steria dostrzegła w oczach tej dziewczyny strach i pokiwała głową, żeby dać wyraz swojemu współczuciu. *To trochę jak przypadek Nachiry, pomijając to, że Ikaro kocha swoją żonę i stara się ją ochronić.* Kobiety zwróciły się w jej kierunku. *To dla nich rodzaj rytuału*, pomyślała Steria. *Opowiadają o sobie wzajemnie. Jakby to im w czymś pomagało. Może w ten sposób przyznają się do tego wszystkiego. Ale każda mówi też o czymś dobrym. Może przez to dają radę uchwycić się tych dobrych stron życia.*

Zastanawiała się też, w jakim stopniu te wynurzenia były dobrowolne. Może ponieważ została żoną Kachiry, nie miały wyboru, musiały przyjąć ją do swojego grona. Czuła się jednak tak, jakby poza opowiedzeniem o sobie rzucały jej także wyzwanie. Może prowokowały ją do szczerości? Albo do przyjęcia ich zasad.

– Robimy, co w naszej mocy, żeby sobie wzajemnie pomagać – powiedziała Tashana. – I w miarę możliwości pomożemy również tobie. Gdybyś zatem potrzebowała wsparcia, nie wahaj się, tylko mów.

Steria potaknęła ponownie.

– Rozumiem. A jeśli ja mogłabym wam jakoś pomóc, to możecie na mnie liczyć – obiecała. – Aczkolwiek nie mam pojęcia jak.

Nagle pomyślała o magii. To było jej bogactwo, którego one nie posiadały, o ile wiedziała. Nie zamierzała jednak się przyznawać bez konieczności, albo też dopóki nie zobaczy, w jaki sposób mogłaby im pomóc, posługując się magią. *Poza tym jakkolwiek je polubiłam, tak naprawdę prawie ich nie znam. Nie zamierzam im się zwierzać do czasu, aż uznam, że mogę im zaufać.*

– Oczywiście w większości sytuacji możemy ofiarować sobie jedynie współczucie – powiedziała Chiara. – Ale nauczyłyśmy się, że przyjaźń i posiadanie kogoś, z kim można porozmawiać, warte są więcej niż złoto. Może nawet więcej niż wolność.

Nie jestem pewna, czy wielu niewolników zgodziłoby się z tym, pomyślała Steria. *A jednak życie bez przyjaciół i rodziny – to znaczy kochającej, dającej wsparcie rodziny – musi być bardzo smutne, niezależnie od bogactwa i wpływów.*

Tashana zaczęła opowiadać o przyjaciółce, której pomagały i która przeniosła się z mężem na północ, do majątku położonego na skraju Pustyni Popiołów. Rozmowa zeszła na temat podróży i Steria ze zdumieniem przekonała się, że wszystkie te kobiety odwiedzały różne części Sachaki, a większość z nich przeniosła się do miasta dopiero po ślubie. Uznała zatem, że może bezpiecznie przyznać się do tego, iż dorastała po części w Elyne – i natychmiast została zasypana pytaniami o ten kraj.

Tematy rozmowy zmieniały się: Steria dowiadywała się czegoś ważnego albo wysłuchiwała smutnych lub śmiesznych opowieści. Kiedy pojawiła się niewolnica z wiadomością, że mężczyźni się rozchodzą, Steria poczuła zawód i uświadomiła sobie, że doskonale się czuła w towarzystwie tych kobiet. *Chyba nie tylko dlatego, że brakowało mi towarzystwa. Myślę, że po prostu je polubiłam.* Co sprawiało, że ich osobiste problemy stawały się dla niej bardziej bolesne. Kiedy o nich myślała, czuła wzbierający gniew. *Chcę im pomóc. Ale nie mam pojęcia jak. Znam magię, ale jak jej użyć?*

Magia nie uleczy zniszczonego ciała Chiary, nie wygoni choroby Tashany. Nie powstrzyma męża Shariny od bicia jej, a mężowi Araniry nie wywieje z głowy uczucia do innej kobiety, ani też myśli o morderstwie. W tej chwili magia wydawała się jej bezużyteczną i bezsensowną zabawką.

Może jednak zniechęcić Kachiro do bicia mnie lub próby zabójstwa, gdyby miał na to ochotę, pomyślała. *Zastanawiam się, czy potrafiłabym nauczyć Sharinę albo Aranirę magii...*

Wyszła z pokoju wraz z pozostałymi kobietami, i przeszła przez korytarz do głównego pomieszczenia. Mężczyźni stali, śmiejąc się z czegoś. Kiedy wkroczyły kobiety, rozdzielili się, podchodząc każdy do swojej żony, lub też wzywając ją do siebie. Kachiro objął Sterię delikatnie w talii. Pachniał czymś słodkim i upajającym.

Mężczyźni zaczęli wymieniać pożegnania, a Steria zmusiła się do spuszczenia oczu. To, czego dowiedziała się o tych mężczyznach, sprawiało, że nie miała ochoty na nich patrzeć. W tej samej chwili zauważyła Chavoriego. Kobiety nie powiedziały jej wiele o tym młodzieńcu, poza tym że wrócił niedawno z podróży w góry i mógłby o tym opowiadać godzinami, gdyby mu tylko pozwolić. Zauważyła, że wyglądał na bardzo pijanego. Opierał się o ścianę, a mimo to z trudem utrzymywał równowagę.

Poczuła, że Kachiro nachylił się ku niej.

– Co sądzisz o naszym młodym przyjacielu? – spytał szeptem.

– Nie rozmawiałam z nim.

– Ale jest przystojny, nie uważasz?

Zerknęła na męża. Czy to źle ukrywana próba jej wierności?

– Może by i był, gdyby nie to, że jest kompletnie pijany.

Roześmiał się.

– Istotnie. – Kachiro spojrzał na Chavoriego, mrużąc oczy badawczo, ale i z aprobatą. – Nie będę miał nic przeciwko, jeśli uznasz go za atrakcyjnego – dodał bardzo cicho, wpatrując się w nią.

Rzuciła mu szybkie spojrzenie. Na jego twarzy malowało się oczekiwanie i ciekawość. A także, jeśli dobrze to odczytywała, nadzieja.

– Nie potrafię uznać go za przystojniejszego od ciebie – odparła.

Uśmiechnął się promiennie i odwrócił się, gdy Motara zawołał go po imieniu.

O co mu chodzi? – zastanawiała się. *Czy to jakaś próba, czy też on poszukuje sposobów, żebym zaszła w ciążę? Czyżby miał powody, żeby unikać spłodzenia potomka?*

Zastanawiała się nad tym przez cały czas pożegnań, idąc do powozu i w drodze do domu. Jadąc powozem, nie potrafiła otrząsnąć się z myśli o Vorze uczepionej z tyłu pojazdu. Bardzo chciała porozmawiać z niewolnicą. Kiedy w końcu udało jej się uwolnić od towarzystwa męża i wrócić do sypialni, słowa potoczyły się zbyt szybko i zbyt chaotycznie.

– Zaczekaj! – przerwała jej Vora. – Mówisz, że wybrał dla ciebie kochanka?

– Nie... niezupełnie. Powiedział tylko, że nie miałby nic przeciwko, gdybym uznała Chavoriego za atrakcyjnego.

Vora pokiwała głową.

– Ach – rzekła tylko.

– Nie wyglądasz na zaskoczoną – zauważyła Steria.

– Dowiedziałam się bardzo dużo o przyjaciołach twojego męża i ich żonach.

– O tym, że mąż Shariny ją bije, a Dashiny znajduje upodobanie w chorych niewolnicach od rozkoszy? – spytała Steria.

– Owszem – potaknęła Vora. – Poza tym dla niewolników nie jest żadną tajemnicą, że Vikaro chciałby się pozbyć Araniry. Nie podoba im się również to, że Chiara ma nikłe szanse przeżyć kolejną ciążę.

Steria westchnęła przytakująco.

– Wydawało mi się, że moja sytuacja jest okropna, ale teraz widzę, że inne kobiety w Sachace mają znacznie gorsze życie.

– A i tak mają lepiej od wielu niewolnic – przypomniała jej Vora, odwracając wzrok. – Jeśli są piękne, to ich przekleństwem jest wykorzystanie do rozkoszy, jeśli są brzydkie, traktuje się je jak zwierzęta. Zabiera się im dzieci, które muszą pracować, jeszcze nim dorosną. Dziewczynki się zabija, jeśli jest ich za dużo. Za karę są bite, chłostane i kaleczone, na dodatek nikt nawet nie próbuje się dowiedzieć, czy zrobiły coś złego, czy też nie. Zaharowują się na śmierć... – Vora wzięła głęboki oddech, wyprostowała się i spojrzała Sterii prosto w oczy. – A co gorsza bywają również oddawane jako prezent ślubny, by zaspokajać kaprysy żony ashaki, która nie ma pojęcia o sachakańskich manierach i właściwym miejscu w społeczności.

Steria mruknęła coś mało uprzejmie.

– Przyznaj się, że ostatnie zdanie sprawiło ci przyjemność. – Urwała. – A jak tam twoje ręce? Mam nadzieję, że nie bolą za bardzo.

Vora zacisnęła usta, ale Steria była pewna, że niewolnica jest zadowolona.

– Jutro będę miała nieco sztywne palce, ale mam na to maść.

Vora jednak nie wyglądała, jakby ją cokolwiek bolało. Jej ruchy zdradzały tłumione podekscytowanie. Steria przyglądała się kobiecie kręcącej się nieustannie po pokoju i doglądającej różnych drobiazgów.

– Jesteś dziś z siebie niezwykle zadowolona – zauważyła.

Vora zatrzymała się i spojrzała na nią ze zdumieniem.

– Naprawdę?

Steria przyjrzała się twarzy niewolnicy. To zaskoczenie czy niezadowolenie? Nie potrafiła ocenić.

Potrząsnęła głową.

– Co ja mam zrobić? – spytała. – Czy jeśli mój mąż chce, żebym przespała się ze ślicznym Chavorim, to powinnam to zrobić?

Vora zamyśliła się. Kiedy niewolnica zaczęła wyliczać możliwości i ich konsekwencje, dziewczyna poczuła nagły przypływ czułości i wdzięczności.

Muszę, pomyślała, *jakoś się jej kiedyś odwdzięczyć za całą jej pomoc. Ale na razie nie wiem jak. Podarowałabym jej wolność, ale nie jestem pewna, jak by na to zareagowała. A poza tym... potrzebuję jej.*

Uśmiechnęła się. Najlepsze, co mogę teraz zrobić, to wysłuchanie jej rad i traktowanie jej w jak najmniejszym stopniu jak niewolnicy.

*

Jayan miał wrażenie, że kręcą się w kółko. Wszystkie ostatnie dni wyglądały tak samo. Armia budziła się o świcie, pakowała i czekała, aż dowódcy podejmą decyzje. Następnie otrzymali informację, że wycofają się dalej na południowy wschód, w kierunku Imardinu. Magowie, uczniowie i służący podróżowali na zachód, aż dotarli do głównej drogi, a następnie skierowali się ku stolicy, poruszając się w tempie, które wydawało się jednocześnie okropnie powolne i nieprzyzwoicie szybkie. Powolne, ponieważ wszyscy zdawali sobie sprawę, że za nimi ciągną Sachakanie. Szybkie, ponieważ każdy krok naprzód oznaczał oddanie pola nieprzyjacielowi.

Zawsze kiedy przejeżdżali przez wioskę lub miasteczko, mieszkańcy wychodzili im na powitanie, pełni podziwu dla tak licznych magów odwiedzających ich rodzinne strony, ale zarazem przerażeni, co to może oznaczać. Nie zawsze bez protestu podporządkowywali się rozkazom opuszczenia domów i uciekania przed nadciągającym wrogiem. Ale większość ludzi rozumiała, że wszyscy, którzy zostaną w tyle, nie tylko zginą, ale jeszcze dodadzą mocy Sachakanom. Ludzie zaczęli postrzegać unikanie ewakuacji jako rodzaj zdrady, uczynek równie zły jak rabowanie opuszczonych domostw. Wielokrotnie Jayan obserwował wieśniaków goniących tych, którzy odmówili wyjazdu, pętających ich i wrzucających na wozy.

Magowie zachęcali chłopów, żeby zabierali z sobą jak najwięcej jedzenia i zwierząt domowych, które dało się szybko spędzić i poprowadzić. Nie chcieli zostawiać wrogom niczego, co mogłoby im dodać mocy lub stanowić pożywienie. *Przede wszystkim będziemy potrzebowali tych zapasów, by wyżywić własnych ludzi*, pomyślał Jayan. *Sachakanom nie przybywa zwykłych ludzi do wykarmienia. Uda im się zapewne nazbierać dość jedzenia, ale nie musimy im tego ułatwiać.*

Słysząc stłumiony dźwięk, Jayan odwrócił się do Mikkena. W oczach ucznia pojawił się jakiś błysk.

– Wszystko w porządku? – spytał Jayan.

Mikken spojrzał na niego.

– Tak. – Zacisnął usta i westchnął. – Właśnie minęliśmy miejsce, gdzie moja rodzina przyjeżdżała latem, kiedy byłem chłopcem. Ile jeszcze pozwolimy im spalić i zniszczyć?

– Tyle, ile będziemy musieli – odparł Jayan.

– Chciałbym, aby król się pospieszył.

Jayan pokiwał głową. Dakon powiedział mu, że armia będzie się wycofywać, póki nie spotka się z królem, który prowadzi ostatni oddział magów Kyralii. Jayan podejrzewał, że mogą być zmuszeni wycofywać się jeszcze dalej, by dać czas na dołączenie do nich spieszącym na pomoc magom z Elyne.

Jayan spojrzał przed siebie i dostrzegł Tessię jadącą u boku Dakona, podobnie jak przez ostatnie kilka dni. Można się było tego spodziewać: była teraz jedyną uczennicą Dakona. Przez plecy Jayana przebiegł delikatny dreszcz. *Jestem już magiem. Niezależnym. Odpowiadam za swoje życie. Mogę zarabiać na siebie dzięki magii.*

Szkoda tylko, że musiało się to zdarzyć w samym środku wojny.

Na jego piersi, pod tuniką, spoczywał nowy ciężar. Jayan nie miał pojęcia, skąd Dakon wziął ozdobny sztylet, który podarował mu podczas ceremonii. Tego rodzaju ostrza, z pięknymi rytami na rękojeści, wykonywano zazwyczaj wyłącznie dla magów, gdzie zatem Dakon znalazł właściwego rzemieślnika. Nie mówiąc już o tym kiedy. A może miał go przy sobie od początku, spodziewając się, że prędzej czy później wyzwoli swojego ucznia?

Jayan zastanawiał się nad informacjami, które otrzymał od Dakona. Wyższa magia okazała się niezwykle prosta do nauczenia się, trzeba było tylko przestać starać się ją świadomie zrozumieć, a zamiast tego *wyczuć*, jak się nią posługiwać. Ale i tak będzie potrzebował ćwiczeń, nim będzie mógł się nią odpowiednio posłużyć.

Mikken zgłosił się na ochotnika jako źródło do lekcji wyższej magii. Jayan cieszył się, że nie była to Tessia, ponieważ sama myśl o pobieraniu od niej mocy wywoływała w nim dziwaczny niepokój. Czerpanie od Mikkena też nie było łatwe. Czuł się osobliwie, zabierając moc komuś, kogo znał, nawet jeśli nie czynił mu w ten sposób krzywdy.

Kiedy następnie Mikken zaproponował Jayanowi, że zostanie jego stałym źródłem, Jayan musiał walczyć z niechęcią. Z początku sądził, że nie chce się zgodzić z zazdrości. Wiele razy widywał teraz Tessię rozmawiającą z Mikkenem i nie potrafił nic poradzić na to, że w takich przypadkach czuł, iż jego postanowienie nieangażowania się do zakończenia wojny chwieje się. Za tym, by się zgodził, przemawiało tylko to, że jako świeżo upieczony mag był słaby i bezbronny. Musiał zbudować swoją moc, by stanąć do kolejnej walki z Sachakanami.

Pozostali magowie w armii też tego potrzebowali. Ponad połowa z nich wyczerpała się podczas ostatniej potyczki. Jedynym pocieszeniem mogło być to, że wróg również musiał solidnie nadwerężyć swoje siły.

Jeśli następna bitwa miała zostać rozstrzygnięta przez wyścig obu armii po nową moc, to Kyralianie mieli przewagę. Zabierając Sachakanom tyle źródeł mocy, ile tylko mogli, utrudniali im odbudowanie sił.

Nie żeby nam to szło lepiej niż im. Przekonywanie ludzi, że muszą opuścić domy, trwa długo, a na dodatek nie możemy od nich pobrać mocy. Żaden z magów nie miał ochoty na zbieranie wieśniaków i zmuszanie ich do oddawania swej energii. Jayan słyszał pomrukiwania, że powinni kiedyś wreszcie znaleźć czas na przekonanie ludzi do dobrowolnej współpracy.

Jego uwagę przyciągnął jeździec, który przemknął koło niego galopem i zrównał konia z Werrinem i Sabinem, jadącymi na czele armii. Jayan rozpoznał jednego ze zwiadowców. Człowiek ten odbył krótką rozmowę z dowódcami i odjechał.

Wiadomość zaczęła rozchodzić się wśród pozostałych. Jeden z magów jadących przed nim obrócił się do swojego sąsiada, poruszając wargami. Narvelan odwrócił się do Dakona. Następnie Tessia wstrzymała nieco swojego konia i zjechała na bok drogi, patrząc prosto na Jayana.

Przestań, upomniał samego siebie, kiedy serce zaczęło mu bić szybciej.

– Na co się tak gapisz? – spytała, kiedy do niej podjechał.

– Nie gapię się – odparł. – W przeciwieństwie do wszystkich innych. Co ich tak poruszyło?

Zmrużyła oczy i spojrzała na niego sponad szyi konia.

– Nadeszła wieść, że kolejna grupa Sachakan atakuje wioski na północnym zachodzie. Być może chcą uniemożliwić przybycie pomocy z Elyne, albo też po prostu korzystają z tego, że nie ewakuowaliśmy zachodnich majątków.

– Och – odpowiedział Jayan. Zamierzał coś dodać, ale zorientował się, że nie ma do powiedzenia nic, co nie byłoby banalne lub nie zawierało przekleństw. Nie żeby Tessia nie była do nich przyzwyczajona. Jayan nie zamierzał jednak łamać zasady niewyrażania się w nieodpowiedni sposób w obecności kobiet tylko dlatego, że jedna z nich była do tego przyzwyczajona.

Przez chwilę jechali w milczeniu.

– Przepraszam – powiedziała nagle Tessia. – Ciągle zapominam zwracać się do ciebie „Magu Jayanie".

– Ja też – wtrącił się cicho Mikken.

Jayan spojrzał na jedno i drugie z nich i potrząsnął głową.

– Nie ma znaczenia, jesteście moimi przyjaciółmi. Wolałbym, żeby nic się między nami nie zmieniło.

Tessia spojrzała na niego, unosząc brwi.

– Doprawdy? Nic?

– Nic.

– Ależ wspaniale. – Rzuciła spojrzenie Mikkenowi. – Rozumiem, że chcesz być dalej tak nieuprzejmy i irytujący, jak zawsze.

Mikken roześmiał się na te słowa, a kiedy Jayan rzucił mu wściekłe spojrzenie, zakrył usta.

Jayan zwrócił się do Tessii:

– Jeśli byłem dla ciebie niemiły, to przepraszam. Uważam, że jako mag mam obowiązek… – Urwał. W oczach Tessii dostrzegł błysk rozbawienia i niecierpliwości. Rozluźnił się i pozwolił sobie na żałosny uśmiech. – Dobrze, obiecuję, że będę równie nieuprzejmy i irytujący jak dotychczas.

Parsknęła z rozczarowaniem.

– Miałeś obiecać, że *nie* będziesz niemiły i irytujący.

– Wiem.

– Phi!

Popchnęła konia do przodu, pozostawiając Jayana i Mikkena z tyłu, podczas gdy sama powróciła do boku Dakona.

– Zachowujecie się jak para starych przyjaciół albo brat i siostra – zauważył Mikken, po czym dodał: – Magu Jayanie.

Jayan ledwie powstrzymał grymas niezadowolenia. *Wcale tego nie chcę! Przeklęta wojna!* Westchnął i utkwił wzrok w drodze przed sobą.

ROZDZIAŁ 37

Pod wieczór zaczęły się pojawiać coraz częstsze doniesienia o odległości dzielącej króla od armii. Z początku oba oddziały posuwały się do przodu, zmniejszając dystans. Później nadeszły wieści, że król rozłożył się obozem pod Coldbridge, gdzie zamierzał na nich zaczekać. Dakon był poirytowany tym, że król oddaje tyle ziemi Sachakanom, zapewne tylko dla wygody, jaką dawała bliskość miasta, które obsłuży armię.

Miało to jednak sens. Służący byli wyczerpani, kilku się pochorowało i podróżowało wozami. Ponieważ najlepsze jedzenie pozostawiano dla magów, służący nierzadko przygotowywali dla siebie nieświeże mięso. Dwóch zmarło – ani uzdrowiciele z gildii, ani Tessia nie zdołali im pomóc.

– Cała woda i całe pożywienie, jakie im dajemy, przelatuje przez ich ciała – wyjaśniła Tessia Dakonowi. – Jeśli zacznie nam brakować jedzenia, sytuacja jeszcze się pogorszy.

Niewiarygodne, że potrafiła naprawić połamany grzbiet, ale nie była w stanie nic zrobić, by powstrzymać zwykłą chorobę brzucha, która pochłaniała żywoty. Owszem, Refanowi w zdrowieniu pomagała magia. To, co Tessia powiedziała o wyczuwaniu magii naprawiającej ciało ucznia, zafascynowało Dakona. Potwierdzała to, w co magowie od dawna wierzyli, nie mając żadnego dowodu, poza faktem, że żyli długo, zdrowieli szybko i byli odporni na choroby.

Pomruk, który rozszedł się między magami i uczniami, przywrócił Dakona do rzeczywistości. Spojrzał przed siebie i zobaczył, na co wskazują pozostali. Przed nimi leżało miasto, a po obu stronach drogi stały domy.

Coldbridge. Przed miastem ciągnęły się linie namiotów i wozów, między którymi uwijały się maleńkie postacie. *Król i pozostali magowie Kyralii*, pomyślał Dakon. *Nasza armia będzie liczyła teraz ponad setkę magów*.

W samym środku, przy drodze, stał wielki namiot w herbowych kolorach rodziny królewskiej. Wokół niego zebrał się już tłum, niewątpliwie oczekujący nadejścia armii.

Magowie wokół Dakona pospieszali konie i podnosili głosy. Rozejrzał się dookoła, widząc na twarzach magów i uczniów jednocześnie podekscytowanie i ulgę. Tylko Tessia marszczyła brwi.

– Co cię martwi, Tessio? – spytał.

Spojrzała na niego.

– Sama nie wiem. Ilekroć dołączają do nas nowi magowie, musimy ich tyle uczyć. Nie tylko sposobu Ardalena, ale tego, że nie wolno odłączać się od oddziału, albo też kto jest dowódcą. Czy teraz będziemy mieli na to czas?

Dakon spojrzał w kierunku namiotów z namysłem.

– Możemy być zmuszeni oddać jeszcze więcej ziemi, by zyskać na czasie.

Pokiwała głową.

– Coś jeszcze mnie niepokoi.

– Tak?

– Mistrz Ardalen nauczył nas, jak przekazywać moc innemu magowi. I zginął na przełęczy. Czy ten Sachakanin, który go zabił, nie zdążył odczytać jego myśli i odkryć tego sekretu?

Dakon potrząsnął głową.

– Mikken mówił, że jego mistrz zginął natychmiast, kiedy tylko rozpadła się jego tarcza.

Skrzywiła się.

– Rozumiem, że powinniśmy się z tego cieszyć.

Dakon westchnął.

– Tak, zapewne. Chociaż... nie sądzę, by Sachakanin zwrócił na to uwagę. Nie zrozumiałby wagi tego, co widział, ponieważ wtedy jeszcze nie starliśmy się z nimi w bezpośredniej walce. Gdyby jednak teraz złapali kyraliańskiego maga, zapewne dokładnie przeszukaliby jego umysł.

– W takim razie trzeba mieć nadzieję, że to się nie zdarzy.

Czoło kolumny dotarło na skraj obozu. Zapadła cisza, kiedy dowódcy podjechali do królewskiego namiotu. Dakon dostrzegł czekających na nich trzech mężczyzn i rozpoznał młodego człowieka pośrodku. Towarzysze Króla Errika byli magami, co najmniej dwa razy od niego starszymi, uważanymi za najpotężniejszych i najzamożniejszych ludzi w Kyralii.

Werrin i Sabin dali armii znak, żeby zatrzymała się w pewnej odległości od króla. Długa kolumna zmieniła się w rozciągnięty szereg, kiedy magowie i uczniowie zaczęli gromadzić się przed namiotem. Następnie, gdy wszelki ruch ustał i ucichły głosy, Werrin i Sabin zsiedli z koni i pokłonili się, a zaraz za nimi reszta armii.

– Mistrzu Werrinie – powiedział Król Errik, zatrzymując się przed nimi. – Magu Sabinie. – Uścisnął ich, po czym wyprostował się i stanął naprzeciwko armii, podnosząc głos: – Witajcie, magowie Kyralii. Ryzykowaliście życie w starciu z nieprzyjacielem, odpowiadając szybko i odważnie na niebezpieczeństwo grożące krajowi. Chociaż przegraliśmy pierwszą bitwę, nie zostaliśmy pokonani. Przywiodłem pozostałych magów Kyralii z wyjątkiem tych, którzy są zbyt sędziwi i słabi, żeby jechać i walczyć. Stanowimy teraz jedną armię i wspólnie musimy stawić czoła nieprzyjaciołom, używając do tego całej naszej siły. – Odwrócił się i skinął na pięciu mężczyzn stojących w pobliżu. Dakon dostrzegł, że dwaj z nich byli wysokimi Lanami o wytatuowanych ciałach, a trzej pozostali należeli do znacznie mniej rosłej nacji Vindonów. Między nimi stał Mag Genfel, wyglądając na bardzo z siebie zadowolonego.

Król urwał, a jego twarz spochmurniała nieco, kiedy przyjrzał się przybyłym.

– Nie mamy czasu do stracenia. Zapraszam dowódców na naradę. Pozostali mogą odpocząć, zjeść coś i rozbić obóz na noc. Do jutra zdecydujemy, jakie będą nasze kolejne działania.

Odwrócił się do Sabina, a armia tymczasem zaczęła się rozchodzić. Dakon spojrzał na Tessię.

– Obowiązki mnie wzywają – powiedział.

Kącik jej ust zadrżał w półuśmiechu.

– Czekam na pełne sprawozdanie, Mistrzu Dakonie – powiedziała lekko i skierowała konia za tłumem.

Zaśmiał się i podjechał do Werrina, zsiadł i podał wodze czekającemu obok służącemu. Narvelan już kręcił się w pobliżu, Dakon podszedł więc do młodego maga.

– To Mistrz Perkin i Mistrz Innali – wykrztusił Narvelan.

Dakon spojrzał na dwóch starszych mężczyzn stojących u boku króla.

– Nieoficjalni patriarchowie Kyralii? – Wzruszył ramionami. – Musieli w końcu pokazać swoje twarze. Raczej nie unikniemy ich udziału w tej naradzie.

– Obawiam się, że nie – przyznał Narvelan, a w jego głosie dała się wyczuć rezygnacja.

– Nie pozwól, by cię zastraszyli – ostrzegł go Dakon. – Może i mają pieniądze oraz drzewa rodowe sięgające czasów sprzed najazdu sachakańskiego, ale nic z tego im się nie przyda w bitwie. Ty walczyłeś i zabijałeś Sachakan. Jesteś przez to znacznie bardziej imponującą figurą niż dwaj starcy, którzy mogą pochwalić się jedynie znamienitymi nazwiskami.

– Pewnie masz rację – powiedział Narvelan z westchnieniem. – Ale wolałbym, by było inaczej. Aczkolwiek za drugim razem było łatwiej. Nie mówiąc już o trzecim.

Dakon spojrzał na niego ze zdumieniem.

– Co było łatwiej?

– Zabijać Sachakan. – Narvelan spojrzał nerwowo na Dakona. – Nie jestem pewny, czy powinienem czuć ulgę, czy niepokój, że jest coraz łatwiej.

– Wybierz ulgę – poradził mu Dakon. – Jeśli wszystko pójdzie dobrze, zabijemy jeszcze wielu Sachakan. A jeśli nie, wątpię, czy będziemy mieć okazję do zastanawiania się, czy było to łatwe, czy trudne. Och, wchodzimy już do środka.

Król, Werrin i Sabin podeszli do namiotu, a reszta doradców armii tłoczyła się za nimi. Król skinął na swych doradców, aby mu towarzyszyli. Dakon, Narvelan i cała reszta weszli za nimi.

W środku ustawiono w okrąg drewniane krzesła. Król usiadł na największym i najbardziej ozdobnym z nich, pozostali usadowili się na tych mniej okazałych. Mag Genfel przedstawił gości z Vinu i Lanu.

– Otrzymałem pewne informacje o pierwszej bitwie – odezwał się Errik – ale nie dokładny raport. – Spojrzał na Sabina. – Zrelacjonuj więc starcie.

Sabin opowiedział o walce, a Dakona uderzyło, jak wiele dowódca armii pominął. Skupił się bowiem na atakach wroga, poczynania kyraliańskiej armii zaś opisał na podstawie tego, co opowiedzieli mu towarzysze.

Kolejna zaleta tej nowej strategii walki, pomyślał Dakon. *Nie trzeba dzielić uwagi. Wadą jest jednak to, że nie ma się pełnego obrazu bitwy.*

Sabin zwrócił się do Werrina o uzupełnienie szczegółów. Chwilę później król przerwał im opowieść.

– Ta strategia walki grupowej zmieniła wasze możliwości. Przybliżcie mi jej założenia.

Dakon uśmiechnął się, gdy Werrin opowiadał, jak Ardalen pokazał im magiczną sztuczkę, polegającą na przekazywaniu sobie magii, oraz o zaletach i wadach tej metody. Następnie wyjaśnił, że do walki w grupach przekonało ich szkolenie uczniów za pomocą zabawy w kyrimę z użyciem jedynie pocisków świetlnych i że najlepsze wyniki dawało wyznaczenie jednej osoby do strzelania, a drugiej do osłaniania, by można było skupić uwagę.

W tym momencie do króla podszedł posłaniec, a służący wnieśli jedzenie. Król wrócił po chwili, ale oblicze miał ponure.

– Sachakanie zajęli Calię – powiedział. – Nie zniszczyli jednak miasta, jak mieli dotychczas w zwyczaju.

Dakon potrząsnął głową. Calia była dużym miastem, bogatym ze względu na swe położenie: przebiegały przez nią główne szlaki handlowe.

– Nie zużywają mocy – odezwał się Innali – ale przynajmniej nie ma tam ludzi, od których mogliby jej pobrać jeszcze więcej.

Król sposępniał.

– Zawsze znajdą się tacy, którzy nie podporządkują się nakazowi ewakuacji, chowają się, by ich nie wyprowadzić siłą. Niektórym nawet zdarza się wędrować jakiś czas za armią, potem jednak wracają do domów.

– Dlaczego? – spytał Innali. – Nie rozumieją zagrożenia?

– Niektórzy tak, inni nie. Uważają, że zdołają ukryć się przed Sachakanami… i nielicznym się to udaje. Ochrona dobytku przed złodziejami wydaje im się ważniejsza. Albo też sami zamierzają rabować.

Innali skrzywił się.

– Wrogowie nie zostawiają ich przy życiu, żeby stale czerpać z nich moc – dodał Sabin. – Stanowią więc dla nich ograniczone źródło magii. – Spojrzał na króla. – Sachakanie mają niewolników, my zaś mamy Kyralian. Jeśli zechcą, mogą stać się naszym najlepszym wsparciem.

– Ale jest to źródło, z którego dotychczas nie korzystaliśmy – zauważył Werrin. – Wystarczająco trudno było przekonać wieśniaków i mieszczan, by opuścili swoje domy, nawet jeśli mieli czas, by zebrać dobytek i pożywienie. Nie mieliśmy kiedy wytłumaczyć im, że mogą nas wspomóc swą mocą.

Mistrz Perkin pokręcił głową.

– Tu też nie ma Kyralian, od których moglibyśmy pobierać moc. Napływają tłumnie do Imardinu. Zapasy, które z sobą przywożą, nie wystarczą na długo, a większość nie ma gdzie mieszkać. Wkrótce zaczniemy tracić ludzi z powodu chorób i głodu.

Król zmarszczył brwi.

– Gdyby Sachakanie chcieli, mogliby się tu znaleźć w ciągu kilku godzin. Miasta i wioski leżące na drodze do Imardinu nie zostały jeszcze ewakuowane, a to, jak powiedzieliście, wymaga czasu. Nawet więcej niż zwykle, ponieważ poza mieszkańcami, znajdują się tam teraz także ci, którzy nie dotarli do Imardinu, ale zatrzymali się w tych wioskach. Nie chciałbym oddawać już więcej ziemi. Mam jednak informacje o kolejnej grupie Sachakan, zmierzającej tu od północnego zachodu – ciągnął. – Jeśli będziemy zbyt długo zwlekać, mogą dołączyć do głównych sił. Czy mamy dość mocy, by stawić czoła Sachakanom teraz? Jeszcze dziś?

Magowie wymienili spojrzenia.

– Zbierzmy to, co wiemy – powiedział Sabin. – Po bitwie ponad połowa z nas wyczerpała moc, pozostali utracili ją w pewnym stopniu. Wszyscy następnie pozyskaliśmy dzienną dawkę od ucznia lub służącego. Do jutra będziemy mieć dwie. Mamy poza tym ponad trzydziestu magów, którzy jeszcze nie używali mocy w bitwie. W sumie jest nas ponad setka. Nie mamy natomiast pojęcia, jak bardzo wyczerpani są Sachakanie, ale udało nam się zabić dwunastu, możemy też założyć, że kilku kolejnych się wyczerpało. Oni mają więcej niewolników niż my uczniów i służących. No i pobierali moc od tych ludzi, których głupota postawiła na ich drodze. O ile nam wiadomo, nie dotarły do nich jeszcze żadne nowe posiłki. A zatem jest ich około pięćdziesięciu.

– Wygląda więc na to, że mamy przewagę – zauważył król.

Sabin potaknął.

– Owszem.

Król skinął głową. Kiedy na jego twarzy pojawiła się determinacja, Dakon odchrząknął. Było coś, o czym wszyscy zapominali, a co trzeba uczynić, nim ta nowa armia rzuci się do walki.

– Jest jeszcze coś, czym musimy się zająć, wasza królewska mość. Potrzebujemy czasu, żeby nauczyć resztę armii naszej nowej strategii.

Król spojrzał mu prosto w oczy z wyzwaniem.

– Ile to zajmie?

– Ostatnio pracowaliśmy nad tym jeden dzień – odparł Sabin.

– Dłużej niż teraz możemy – dodał Dakon. – Za mało magów zgłosiło się do nauczania. – Wzruszył ramionami. – Ale wtedy mieliśmy czasu w nadmiarze.

Król spojrzał na Werrina.

– Jestem pewny, że da się to zrobić szybciej – powiedział Werrin – jeśli wszyscy będą uczyć. Może wystarczy kilka godzin.

Król przeniósł wzrok na Sabina.

– Czy warto w tym celu pozbawiać wielu magów snu? – spytał, uśmiechając się cierpko.

Sabin potaknął.

– Jakkolwiek przegraliśmy ostatnią bitwę, metoda Ardalena sprawdziła się. Sachakanie byli silniejsi, a jednak stracili kilku magów. A my może i byliśmy słabsi, ale *żaden z naszych nie zginął*. Gdybyśmy walczyli wedle starych strategii – podobnie jak oni – zginęliby wszyscy ci, którzy wyczerpali moc. Nie tuzin, nie dwa, ale ponad połowa z nas. Przeżyliśmy, by się wzmocnić. Przeżyliśmy, by znów stanąć do walki. Myślę, że warto dla tego poświęcić parę godzin snu.

Errik zgodził się, westchnął i spojrzał na Perkina.

– Zbierz wszystkich, którzy potrzebują nauki. – Przeniósł wzrok na Dakona. – Tobie zaś przypadnie niewdzięczna rola zbudzenia ochotników.

Dakon skłonił głowę.

– Czy mogę mieć prośba – odezwał się jeden z vindońskich magów łamanym kyraliańskim.

Król zwrócił się w jego stronę.

– Słucham cię, Varno. O co chodzi?

– Czy ja i moi towarzysze moglibyśmy uczyć się ta nowa sztuka?

Errik nie odpowiedział, ale zerknął na Sabina.

– Muszę, rzecz jasna, omówić to z moimi doradcami…

– Mamy coś w zamian – wtrącił się Varno z uśmiechem.

Sięgnął do kieszeni swojego okrycia i wydobył z niej niewielki przedmiot. Pierścień, jak zauważył Dakon. Zwykła złota obrączka z gładkim czerwonym kamieniem. Wszyscy przyglądali się ze zdziwieniem i ciekawością.

Chyba nie zamierza kupować wiedzy za ten niezbyt piękny wyrób jubilerski, pomyślał Dakon.

– Nazywamy to krwawy klejnot – wyjaśnił Varno. – Nie kamień, bo to szkło i krew vindońskiego króla. Może on tym sięgać w myśl tego, co nosi klejnot. – Uśmiechnął się. – To dobre dla statków, które są daleko.

Na te słowa ze wszystkich stron dały się słyszeć zaskoczone pomruki.

– Pytałem niedawno króla, czy mogę o tym mówić – dodał Varno.

– Komunikacja mentalna – wtrącił Sabin – której inni nie mogą podsłuchać.

– Tak – odparł Varno. – Moi ludzie zaznają to od setek, setek lat.

– Daje możliwość porozumiewania się podczas bitwy, tak by nieprzyjaciel się o tym nie dowiedział ani nie domyślił znaczenia sygnałów – szepnął Narvelan.

Król spojrzał na Varno.

– Jak szybko możesz nas nauczyć wytwarzać takie klejnoty?

Vindon rozłożył ręce.

– Parę chwil, tylko.

Errik uśmiechnął się.

– No to mamy układ. Myślę, że najszybciej będzie, jeśli twoi towarzysze dołączą do Mistrza Dakona, by nauczyć się metody Ardalena, a potem przekażą ci tę wiedzę, podczas gdy ty pójdziesz ze mną i nauczysz mnie, jak tworzy się te krwawe klejnoty.

Varno przechylił głowę.

– Tak będzie szybciej.

Król wstał i skinął na nich.

– Wszyscy oprócz Sabina, Werrina i Varna, którzy udadzą się ze mną, mają słuchać poleceń Mistrza Dakona.

Dakon zauważył, że dwaj magowie z Lanu wymieniają niepewne spojrzenia. Sabin nachylił się do króla i wyszeptał mu coś do ucha. Errik odwrócił głowę i przyjrzał się im.

– Wasza pomoc i gotowość zaryzykowania życia, by nam pomóc, jest dostateczną zapłatą – powiedział cicho. – Idźcie z Mistrzem Dakonem.

Kiedy król i jego świta wyszli, pozostali spojrzeli wyczekująco na Dakona, który przez chwilę nie mógł wydusić z siebie słowa. Szybko jednak uporał się z zaskoczeniem, uśmiechnął się ponuro i zaczął wydawać polecenia. Ku jego uldze magowie słuchali go. Wkrótce wszyscy wymaszerowali z namiotu, gotowi do wykonania poleceń.

*

Gdy Hanara przebudził się, nie zauważył, by cokolwiek się zmieniło. Ciągle panowała ciemność. Nadal leżał tuż obok wejścia do namiotu Takady, a jego pan spoczywał na ustawionym pośrodku posłaniu, cicho pochrapując. Hanara poderwał się i wyjrzał na zewnątrz. Trzej pozostali niewolnicy znajdowali się wciąż tam, gdzie położyli się spać, na kocach rzuconych na gołą ziemię. Hanara wiedział, że zasnął, ale na jak długo?

Nagle uzmysłowił sobie, że słyszy krzyki dobiegające z daleka, jednak na tyle wyraźne, że mógł zrozumieć słowa.

– Zbudźcie się! Nadchodzą! Kyralianie! Atakują!

Z innych namiotów rozległy się stłumione odgłosy ruchu i wznoszące się w proteście głosy. Hanara usłyszał za sobą cichy pomruk. Odwrócił się i podbiegł do Takady.

– Panie – powiedział cicho, ale zdecydowanie. – Obudź się. Kyralianie nadchodzą.

Takado otworzył jedno oko, potem zamrugał. Wymamrotał coś niezrozumiałego.

– Kyralianie, panie – powtórzył Hanara. – Atakują albo zaraz zaatakują. Nie wiem, czy to jakaś sztuczka, czy nie. Czy mam to sprawdzić?

Takado nagle usiadł ze zmrużonymi oczami.

– Nie. – Zacisnął powieki i potarł twarz. – Daj mi pić.

Hanara rzucił się do niewielkiej skrzynki, którą Takado przywiózł z jednego z miast. Na samej górze znajdowała się do połowy opróżniona butelka, złoty dzban i pasujący do niego puchar.

– Wody czy wina?

– Wina – warknął Takado. – Nie… wody. – Potrząsnął głową. – Dawaj jedno i drugie. Szybko.

Hanara chwycił butelkę i dzban i podał oba naczynia Takadzie. Pan najpierw pociągnął łyk z butelki, następnie z dzbana, a na koniec chlusnął sobie wodą na twarz. Rzucił naczynia z powrotem w stronę Hanary i wyszedł z namiotu.

Niewolnik skorzystał z okazji, by napić się nieco wody. Zastanawiał się nad skosztowaniem wina, ale rozmyślił się. Przyda mu się jasność umysłu, jeśli ma dobrze służyć swemu panu w bitwie. Ale co powinien teraz zrobić? *Jeżeli Kyralianie mają zaatakować, Takado zapewne będzie chciał zaczerpnąć jak najwięcej mocy, najlepiej więc będzie, jeśli zbudzę innych.* Hanara czuł niespodziewany spokój, wychodząc na zewnątrz i kopiąc pozostałych niewolników, żeby ich obudzić. Kiedy wyjaśnił im, co się dzieje, zaczęli się rozglądać z niepokojem po obozie. *Nie mają tego, co mam ja*, pomyślał z uśmiechem Hanara. *Mnie udało się osiągnąć poczucie długiego życia dzięki służbie u Takady. Nieważne, czy zginę dziś w nocy. Może właśnie dlatego czuję spokój.*

A jednak w jego głowie zaczęły się pojawiać wątpliwości, zupełnie jak tamtej nocy po bitwie, kiedy Takado znikł razem z Asarą i Dachido, a potem wrócił z nowymi końmi, ale wściekły. Hanara nie miał pojęcia, co tak bardzo rozzłościło jego pana, ale nie odzyskał on pewności siebie ani dobrego samopoczucia. Następnego dnia Takado dwa albo trzy razy pobrał moc od swoich czterech niewolników i z wielką zaciekłością polował na Kyralian, którzy okazali się na tyle głupi, żeby wejść mu w drogę. Polował nawet na zwierzęta domowe.

Przynajmniej wczoraj najedliśmy się do syta.

Humor Takady wrócił do normy dopiero wtedy, kiedy o zachodzie słońca w Calii pojawiło się dwudziestu Sachakan i dołączyło do jego armii. Przygotowywali się oni wcześniej do wojny, włócząc się po północno-zachodniej Kyralii, atakując tamtejsze wsie i miasta. Przywieźli też wieści o grupie magów z Elyne zdążających na południe, by wesprzeć Kyralian. Takado poderwał więc armię i ruszył przed siebie z zamiarem odnalezienia i pokonania Kyralian, zanim dotrą do nich posiłki.

Po kilku godzinach jazdy zatrzymał ich jednak i kazał im rozbić obóz. Zwiadowcy Nomako donieśli, że siły kyraliańskie znacznie się zwiększyły, za to Elynowie nie przybędą wcześniej niż następnego dnia. Nomako chciał zebrać więcej informacji i omówić taktykę, grożąc, że w przeciwnym wypadku wycofa swoje poparcie. Takado jednak nie dał się wciągnąć w dyskusję, zamiast tego wycofał się do swojego namiotu, mówiąc, że rano znajdą czas na kłótnie.

To jeszcze nie był poranek. Hanara oceniał, że do świtu pozostawało kilka godzin. Ale obóz poderwał się już na nogi. Magowie krążyli po polanie lub skupiali się w małe grupki. Niewolnicy biegali między namiotami. Hanara wypatrzył Takadę rozmawiającego z Asarą i Dachidą. Podszedł do nich Nomako, wskazując na południe. Takado spojrzał w tamtym kierunku, coś powiedział, po czym obrócił się na pięcie i skierował ku Hanarze. Niewolnik natychmiast domyślił się czago chce jego pan, upadł więc na kolana i uniósł do góry ręce. W dłoni Takady błysnął nóż.

Czerpanie mocy było szybkie i Hanara zatoczył się. Widział, że inni niewolnicy też z trudem znoszą rytuał. Nagle Takado warknął jego imię i odszedł na bok.

Hanara pobiegł za nim, spojrzał w dal i ujrzał widok, od którego zadrżało mu serce. Na południowym skraju pola ciągnął się długi cień. Ciemna, poruszająca się wstęga przybliżała się, jakby poruszana wiatrem, który istniał tylko w jego wyobraźni. Sierp księżyca przemykający między drzewami ukazywał jedynie na chwilę kyraliańskie szeregi.

Białe twarze w ciemności, pomyślał Hanara. *Wyglądają tak, jak musiały wyglądać plemiona barbarzyńców w dawnych czasach, ale nabrali rozumu i siły.*

Jak w sennym koszmarze jego nogi stały się ciężkie i bezwładne, kiedy ruszył w ich kierunku, ale zmuszał się do nadążania za Takadą. W jego umyśle pojawiły się wspomnienia niewolników uderzanych zabłąkanymi magicznymi pociskami, chociaż bardzo chciał o tych obrazach zapomnieć. *Będę się trzymał blisko Takady. Będę leżał na ziemi. Jeśli on wytrzyma, to będę bezpieczny. A jeśli on padnie, to i tak nie mam po co żyć.*

Naprawdę? Znowu podpełzły te zdradzieckie myśli. Hanara odepchnął je od siebie.

Wokół niego nagle zaroiło się od sachakańskich magów i ich niewolników. Kiedy Takado zatrzymał się, rozciągnęli się w szereg po jego obu stronach. Asara i Dachido, zamiast stanąć wśród swoich ludzi, zajęli miejsca przy jego boku, pokazując w ten sposób Nomako, kogo uważają za dowódcę.

Wysoko nad głową Takady rozbłysła kula świetlna, rzucając blask na blade twarze Kyralian. Hanara zauważył, że tamci zatrzymali się. I znów zaczęli się ustawiać w grupki po pięciu lub sześciu magów. Dużo więcej takich grupek niż poprzednio.

– Wróciliście, aby się poddać? – zawołał do nich Takado.

– Nie – odparł jakiś głos. – Przybyliśmy, aby przyjąć twoje poddanie się, Ashaki Takado, aczkolwiek obawiam się, że będzie trzeba cię do tego przekonywać.

Oczy wszystkich spoczęły na młodym człowieku, który wysunął się na czoło jednej z grupek stojących mniej więcej pośrodku kyraliańskiej linii.

Takado wybuchnął śmiechem.

– Król Errik! Szczurek we własnej osobie wypełzł z nory, żeby na nas zapiszczeć. Bo mniej więcej na tyle przyda się w walce. – Takado zerknął na swoich ludzi, ustawionych wokół niego. – Takie w każdym razie doszły mnie słuchy.

– W walce mogę przydać się na wiele sposobów – odparł król. I jakby naśladując gest Takady, powiódł wzrokiem po szeregu kyraliańskich magów. – Mam moich ludzi. Mam magów zjednoczonych wiedzą i siłą. Mam zwykłych ludzi, którzy są chętni i gotowi, aby bronić swego kraju w każdy sposób, jaki…

– Magów, którzy już raz cię zawiedli – przerwał mu Takado. – I zrobią to znowu.

Na twarzy króla Kyralii pojawił się uśmiech.

– Ilu twoich sprzymierzeńców zginęło w tamtej bitwie?

Takado wzruszył ramionami.

– Nędzna garstka. Nic w porównaniu z tym, ilu waszych zarżniemy dzisiaj w odwecie. Ty będziesz niezły na rozgrzewkę.

Z jego ręki wystrzelił oślepiający błysk, który uderzył w powietrze tuż przed królem. Władca Kyralii zachwiał się i cofnął. Hanara widział, jak jeden z magów podtrzymuje go, a następnie powietrze między Sachakanami i Kyralianami zaczyna błyszczeć i falować.

Niewolnik rzucił się na ziemię i zadrżał, kiedy magia ponownie rozdarła przestrzeń dzielącą obie armie. Przyglądał się temu spomiędzy podeptanych, ledwie wyrośniętych kłosów jakiegoś zboża zasianego na tym polu. Patrzył w przód, bo Takado mógł w każdej chwili skinąć na niego lub warknąć jakiś rozkaz, ale nie mógł się też powstrzymać od zerkania w obie strony, czując ciarki na myśl o tej chwili, kiedy padnie pierwszy Sachakanin.

Moment ten nadszedł znacznie wcześniej niż poprzednio. Hanara skulił się i poczuł, że jego serce słabnie, kiedy raptem dwadzieścia kroków od niego jeden z magów wybuchnął płomieniem. Dobiegł go żar i ogłuszający wrzask. Niewolnicy natychmiast rzucili się, żeby ugasić ogień, ale mag wyprężył się i już nie wstał. Hanara usłyszał przerażone zawodzenie niewolników, którzy właśnie uświadomili sobie, że zostali bez pana i bez obrony.

Gdy padł drugi mag, Takado wydał z siebie pomruk niezadowolenia.

– Kiedy wreszcie zaufamy sobie nawzajem? – wymamrotał. – Róbcie to co oni! – zawołał. – Osłaniajcie się wzajemnie.

Spoglądając wzdłuż szeregu magów, Hanara zauważył, że jeden z nich cofnął się o krok i zerkał niezdecydowanie to na jednego, to na drugiego sąsiada. Po czym zachwiał się i upadł na kolana, kiedy uderzenie odbiło się od jego tarczy. Natychmiast poczołgał się za maga po swojej lewej i wstał, sprawiając wrażenie niezadowolonego, ale uspokojonego.

Teraz kolejni magowie zaczęli albo wycofywać się za plecy sąsiada, albo ginąć, nim zdążyli to zrobić. Żołądek Hanary ścisnął się jeszcze bardziej, kiedy padli następni magowie, a inni wycofali się. Niewolnik poczuł mdłości. *Jak mamy wygrać?* Nagle usłyszał krzyk triumfu. Uniósłszy się lekko na łokciach, Hanara zobaczył, że jedna z kyraliańskich grupek rozpadła się. Na ziemi leżały dwa ciała, a trzej magowie uciekali. Na jego oczach jeden z nich zgiął się wpół i upadł. Dwaj pozostali znikli z pola widzenia za linią wroga.

Hanara wpatrywał się teraz z napięciem w Kyralian, nie chcąc patrzeć tam, gdzie leżeli sachakańscy polegli. Takado wybuchnął śmiechem, kiedy jeden z nieprzyjaciół zawył z bólu, jego twarz poczerniała, a ubranie zajęło się ogniem. Wszyscy magowie otaczający ofiarę poza jednym rozbiegli się na różne strony, szukając schronienia w innych grupkach. Ten, który został, usiłował odciągnąć płonącego mężczyznę na bok, ale nagle obaj upadli na ziemię, tam leżeli bez ruchu.

Hanara poszukał wzrokiem nieprzyjacielskiego króla i odnalazł go w jednej z grupek – przyglądał się swoim szeregom i krzywił na słowa jednego z magów, który do niego podszedł, mówiąc coś szybko.

Niepokoją się, że przegrywają, pomyślał Hanara, czując, że jego serce skoczyło nieco. *Pewnie znów spróbują odwrotu. Ale tym razem Takado nie pozwoli im odejść. Będzie ich gonił i dopadnie.*

Jakiś dźwięk tuż koło niego omal nie odciągnął jego uwagi. Kątem oka dostrzegł kogoś czołgającego się ku niemu. To mógł być tylko niewolnik. Powstrzymał się od odwrócenia głowy.

– Hanara? To ciebie wołają Hanara?

Ze złością rzucił za siebie szybkie spojrzenie. Jeden z niewolników Nomako. Hanara skrzywił się.

– Tak. A co?

– Wiadomość. Dla Takady. Pan domaga się, żebyśmy się wycofali. Ludzie Nomako są bliscy wyczerpania.

Hanara potaknął.

– Przekażę mu.

Tamten niewolnik odczołgał się do tyłu, Hanara zaś podpełzł do przodu, powoli zmniejszając odległość dzielącą go od Takady.

– Panie! – zawołał. – Panie Takado!

Czekał, ale Takado był zbyt skoncentrowany na walce.

Na wszelki wypadek, gdyby pan go nie usłyszał. Hanara zawołał jeszcze raz.

– Czego? – warknął Takado.

Hanara powtórzył słowa niewolnika. Takado rzucił mu wściekłe spojrzenie, ale nic nie odpowiedział.

– Moi ludzie dają mi znak, że są zmęczeni – powiedziała chwilę później Asara.

– Kyralianie chyba też, tak mi się zdaje – odparł Dachido.

– Owszem – potaknął Takado. – Nasze siły są bardzo wyrównane.

– Nieważne, czy ci Elynowie są od nas o godzinę czy pół dnia drogi – powiedziała Asara. – Nawet jeśli uda nam się tu wygrać, zastaną nas wyczerpanych i bez trudu wykończą.

Takado mruknął groźnie.

– Jeśli nas znajdą.

– Spójrzcie na ich twarze – powiedział Dachido, wskazując na Kyralian. – Są zmartwieni. Albo są pewni, że Elynowie nie zdążą na czas, żeby ich ocalić, albo jeszcze nie wiedzą, że posiłki są blisko. Niech oni się wycofają.

Takado wyprostował się.

– Musimy ich oszukać, zastraszyć. – Uśmiechnął się. – Kiedy następna grupa rozpadnie się, skierujcie na nich całą moc, żeby żaden nie miał szans na ucieczkę.

Troje sojuszników umilkło. Hanara przeniósł wzrok na linię nieprzyjaciela, rozglądając się za grupką, która mogła właśnie wyczerpywać wspólną moc. Zauważył, że jedna z nich najwyraźniej nie atakuje.

– Ta z wysokim magiem z przodu – powiedział na tyle głośno, żeby jego pan mógł usłyszeć. – Czy oni w ogóle atakują? Czy tylko się osłaniają?

Takado spojrzał we wskazanym kierunku.

– Ach – powiedział. – Oto nasz cel.

Posłał świetlny pocisk w stronę wysokiego maga i jego grupki. Uderzenie rozbiło się o tarczę. Hanara ujrzał, że wysoki mężczyzna odwraca się w kierunku tych, którzy go zaatakowali, i jego twarz blednie ze strachu.

W następnej chwili pięciu magów tej grupki padło pod obstrzałem magicznych pocisków. Nikt nie przeżył.

Hanara widział, że na twarzach Kyralian pojawia się zrozumienie i strach. Uświadomił sobie, że chichocze pod nosem, i poczuł nagły przypływ nienawiści do samego siebie, której towarzyszyła zupełnie niepasująca do niej duma. *To ja znalazłem cel. Takado o tym nie zapomni.*

Całe poczucie dumy wyparowało jednak, kiedy padali kolejni Sachakanie, jeden za drugim. Patrząc w kierunku atakujących, Hanara dostrzegł, że pięciu magów ze spokojem rozdziela się i przechodzi na tyły pobliskich grupek. *Rozłożyli resztki sił, by się schować, nim dosięgnie ich cios.* Nie potrafił powstrzymać podziwu. *Może to ich rozsądne, chłodne podejście sprawia, że są bardziej niebezpieczni, niż powinni?*

Kyralianie stali teraz w grupkach od dziesięciu do piętnastu magów. Hanara widział magów z otoczenia króla wykrzykujących rozkazy. Mniejsze grupki połączyły się, tworząc pięć większych. Ale nie wycofywali się.

Spojrzał na Takadę. Jego pan stał z ustami zaciśniętymi w brzydki grymas. Hanara miał nadzieję, że nikt oprócz Asary i Dachidy tego nie zauważy. Może z dalszej odległości wygląda to jak uśmiech. Po obu stronach padli kolejni dwaj magowie.

Wtedy Kyralianie zaczęli się wycofywać.

Takado krzyknął triumfalnie.

– Nareszcie!

– Gonimy ich teraz? – spytała Asara.

– Jeszcze nie – odparł Takado. – Musimy zaczekać, aż rozpadną się na mniejsze grupki.

– Najwyraźniej nie zamierzają.

Rzeczywiście, Kyralianie wycofywali się zwartym szykiem, osłaniani przez tych, którzy wciąż jeszcze mogli utrzymywać tarczę chroniącą armię.

Takado mruknął coś w zamyśleniu.

– Zapewne nie przerwą tego szyku, póki nie dotrą do swoich koni. Wtedy możemy mieć szansę.

Asara wzięła głęboki oddech.

– Mam pomysł – powiedziała.

Spojrzała na Takadę z uśmiechem. A kiedy mu powiedziała, o czym myśli, on też się uśmiechnął.

– Odważny pomysł – powiedział. – Jedź. Spróbuj, jeśli masz odwagę.

Zaśmiała się, odwróciła na pięcie i wyskoczyła z szeregu.

ROZDZIAŁ 38

Tessia zaczynała uświadamiać sobie, że nie zaśnie od wpatrywania się w sufit namiotu. Westchnęła, obróciła się na bok i spojrzała na dziewczęta śpiące na swoich posłaniach. Ktoś postanowił, że skoro w armii jest teraz więcej uczennic, powinny dzielić jeden namiot. Było ich pięć, nie licząc samej Tessii, miały od czternastu do dwudziestu pięciu lat.

Naprawdę tylko tyle dziewczyn w całej Kyralii uczy się magii? Uczniów musiało być ponad siedemdziesięciu, aczkolwiek Tessia nie była pewna, czy liczby tej nie zawyżają magowie, którzy właśnie przyjęli kogoś do nauki po to, by wzmocnić się przed wojną.

Ile kobiet ma talent magiczny, którego nie rozwija? A ile nawet nie wie, że go posiada?

Zastanawiała się, co sprawiło, że właśnie te dziewczęta zostały uczennicami. Tessia podejrzewała, że wszystkie były nieco przerażone znalezieniem się na wojnie. Nawet te, które wcześniej zachowywały się beztrosko albo aż paliły się do zobaczenia walki.

Nikt nie narzeka, że my, uczniowie, siedzimy na tyłach, podczas gdy nasi mistrzowie idą walczyć.

Tessia poczuła nagłe przerażenie. Ostatnim razem żaden z magów nie zginął, ale to jeszcze nie znaczy, że teraz też tak będzie. Zawsze można popełnić błąd. Jeśli do tego dojdzie, Sachakanie mogą nie pozwolić Kyralianom drugi raz się wycofać.

Przynajmniej nie musiała się martwić o Jayana. Znowu, chociaż został już magiem, pozostawiono go na tyłach, żeby opiekował się uczniami. Było to rozsądne, ponieważ już nimi dowodził i uważali go za bohatera, odkąd „własnymi siłami pokonał" trzech Sachakan w spichlerzu. Tessia musiała przyznać, że wykazał się wtedy przytomnością umysłu i wielką pomysłowością. *Teraz dziewczęta będą się nim jeszcze bardziej interesować.* Przypomniała sobie rozmowę, jaką odbyła z uczennicami poprzedniego wieczora. *Zaczęło się od westchnień na temat Mikkena i jego bohaterskiej ucieczki z przełęczy, samotnego powrotu i dołączenia do armii, chociaż mógł wrócić do Imardinu.* Uśmiechnęła się pod nosem. *Nawet ja nie mogę odmówić mu podziwu.*

Westchnęła. Nie uda się jej zasnąć. *Równie dobrze mogę wstać i zobaczyć, czy się do czegoś nie przydam.*

Podniosła się najciszej, jak potrafiła, i owinęła kocem. Znalazła swoje buty, wyniosła je z namiotu i usiadła na skrzynce, żeby je naciągnąć. Noc nie była całkiem ciemna, nie widać też było jeszcze świtu, ale rozróżniała postacie pełniące straż na obrzeżu obozu i zarysy spiczastych namiotów. Na ogniskach żarzyły się niedopalone węgielki. Latarnie mrugały z braku oleju.

Wstała i przeszła się bez jakiegoś konkretnego celu. *Obejdę obóz,* postanowiła. Uczniowie albo spali w namiotach swoich mistrzów, albo mieli osobne. Minęła grupkę grających w jakąś grę. Zobaczyli ją i skinęli, żeby podeszła, ale ona uśmiechnęła się tylko uprzejmie i poszła dalej.

Przez środek obozu biegła łukiem przerwa szerokości około dziesięciu kroków. Dopiero kiedy Tessia ją minęła i znalazła się znów wśród namiotów, zorientowała się, że ten pas ziemi dzieli strefę magów i uczniów od służących. Namioty w tej drugiej były prostsze i prostokątne. Tessia zauważyła stoły zastawione garnkami, patelniami i saganami, a także kosze i skrzynie pełne worków z owocami, jarzynami i wszelkimi innymi wiktuałami. Zobaczyła też ludzi śpiących ramię w ramię tylko na kocach lub materacach z wysuszonej trawy. Do jej nozdrzy dotarł odór zwierząt trzymanych w zagrodach lub klatkach.

Nagle jej uwagę przyciągnęła znajoma mieszanka zapachów. Zatrzymała się, wyczuwając odór choroby i zapach lekarstw, po czym przyspieszyła kroku. Przed nią stał spory prostokątny namiot. Przystanęła na moment przed wejściem na widok prowizorycznych łóżek z wysuszonej trawy nakrytej kocami, chorych mężczyzn i kobiet, naczyń z odchodami i wodą do mycia, a także stołu zastawionego lekarstwami, z których część była już wymieszana, część jeszcze nie, a niektóre dopiero zaczęto przygotowywać.

Na końcu namiotu ktoś pochylał się nad chorym. Tessia słyszała chrapliwy oddech, przeszła więc przez namiot ku tamtej dwójce.

– Mam nieco maści z żywokory w namiocie – powiedziała. – Przynieść?

Uzdrowiciel wyprostował się i odwrócił do Tessii. Zamiast zdumionej twarzy mężczyzny Tessia ujrzała przed sobą znany jej promienny uśmiech.

– Tessia! – wykrzyknęła Kendaria. – Słyszałam, że tu jesteś. Zamierzałam cię poszukać, ale uzdrowiciele dali mi nocny dyżur.

– Samej? – Tessia obrzuciła wzrokiem pozostałych pacjentów. – Nie masz nawet pomocnika.

Kendaria rzuciła jej kwaśne spojrzenie.

– To kara za to, że jestem kobietą. Poza tym większość nie ma problemów ze snem, z wyjątkiem tego tu nieszczęśnika. – Wzięła Tessię za rękę i wyprowadziła z namiotu. – On zresztą długo nie pociągnie, nieważne, kto będzie nad nim czuwał – dodała cicho. – Biedaczysko.

– Przyniosę moją torbę – zaproponowała Tessia. – Może przynajmniej złagodzę jego ból.

Kendaria potrząsnęła głową.

– To, co mu dałam, powinno wystarczyć. Jak się miewasz? Słyszałam tyle opowieści o pogoni za Sachakanami, bitwach i tak dalej, a ty byłaś przy tym od samego początku. Jak sobie z tym radziłaś?

Tessia wzruszyła ramionami.

– Radzenie sobie jakoś samo przychodziło. Jechałam po prostu tam, dokąd zmierzał Mistrz Dakon. A on jechał tam, gdzie rozkazali mu dowodzący, najpierw Mistrz Werrin, potem Mag Sabin, a teraz król. – Zerknęła znów w kierunku namiotu. – Najwyraźniej udało ci się przekonać gildię, by pozwoliła ci leczyć.

– Dają mi tylko te nudne i nieprzyjemne zadania, których sami nie chcą wykonywać. – Kendaria sposępniała. – Zazwyczaj traktują mnie jak służącą, posyłając po jedzenie i picie. Jeden z nich nawet chciał wprosić się do mojego łóżka, był tak nachalny, że włożyłam pod poduszkę nieco proszku z papei i wdmuchałam mu do oczu. Płakał potem przez wiele dni.

– To okropne! – wykrzyknęła Tessia. – Poskarżyłaś się na jego zachowanie?

– Oczywiście, ale mistrz z gildii powiedział mi, że ponieważ większość ludzi uważa kobiety ciągnące za armią za przedstawicielki pewnej grupy, nie powinnam się dziwić, że mężczyźni myślą tak również o mnie.

Tessia wbiła w nią wzrok.

– Powiedział ci *coś takiego*? Czy o mnie też tak myśli? I o pozostałych uczennicach lub magiczkach? – Pokręciła głową. – A o służących? One przecież ciężko pracują, żeby dać nam jeść i pomagać nie po to, żeby traktować je jak... jak...?

Kendaria skrzywiła się i kiwnęła głową.

– Sporo kobiet przychodzi do mnie, prosząc o coś, co zapobiega ciąży. A skąd, twoim zdaniem, wzięłam papeę? To nie jest składnik leków.

Tessia zaniemówiła z oburzenia. Zastanawiała się, czy nie powinna poinformować o tym Mistrza Dakona. On na pewno powiedziałby Magowi Sabinowi. Ale czy ktokolwiek coś z tym zrobi? Nawet jeśli wydadzą zakaz, to czy mężczyźni wykorzystujący służące przejmą się tym?

– Czy to, co mówią o tobie, jest prawdą? – spytała z lekkim wahaniem Kendaria.

Pytanie to wyrwało Tessię z zamyślenia. Odwróciła się do uzdrowicielki.

– A co o mnie mówią?

– Że umiesz leczyć magią. Że złożyłaś połamany kręgosłup.

– Och. – Tessia uśmiechnęła się. – To prawda i nieprawda. Usiłowałam użyć magii do leczenia, ale jeszcze nie udało mi się znaleźć sposobu. Potrafię przesunąć połamane kości, zacisnąć skórę podczas zszywania rany, zatrzymać krwawienie. Ostatnio zdołałam tak zacisnąć ścieżki bólu, że znieczuliłam jakąś część ciała. Ale to wszystko.

– Jak w takim razie poradziłaś sobie z tym połamanym kręgosłupem?

– Nie był złamany. Kości tylko się nieco przemieściły. Kiedy je umieściłam na miejscu, ścieżki wyprostowały się

z uczniów. – Przestań marnować czas na zadawanie głupich pytań i sprawdź, czy twój koń już tu jest! – warknął, po czym odwrócił się i wskazał kolejnego palcem. – Ty! Arlenin! Widzę twojego konia. Tak, rozpoznałbym tę paskudę na drugim końcu kraju. Idź po niego.

Tessia musiała zakryć usta dłonią, żeby się nie roześmiać, i poczuła przypływ ciepłych uczuć dla Jayana. Nie miał cierpliwości dla głupców. I jakkolwiek nie była to zawsze pożądana cecha w czasach pokoju, teraz uczniowie potrzebowali, żeby ktoś wyrywał ich z paniki i pomagał się pozbierać.

Wydawało się, że dosiadanie koni trwa wieczność, ale po kilku minutach wszyscy czekali w siodłach. Kiedy tłum otaczający Jayana zmalał, Tessia zdołała przepchnąć się bliżej. Przybiegł służący z wieścią, że wozy są załadowane i gotowe do jazdy. Jayan zawahał się przez moment.

– Jedźcie. Jesteście wolniejsi od nas. Czy jest tu jakaś droga, którą możecie dotrzeć do głównej tak, żeby uniknąć spotkania z Sachakanami.

– Tak. Trasa ucieczki na wszelki wypadek została wcześniej ustalona.

– Doskonale. W takim razie jedźcie.

Służący wykonał pospieszny ukłon i odbiegł. Z nieznanych powodów sprawiło to, że Tessię przeszły ciarki. *Wystarczająco trudno jest przyzwyczaić się do Jayana zachowującego się i traktowanego jak mag, ale oglądanie go w roli dowódcy to już za wiele!*

– Jayan! – zawołała. Odwrócił się ku niej, ale w tej samej chwili jego uwagę odciągnął inny okrzyk.

Ktoś dotknął ramienia Tessii. Odwróciła się i zobaczyła Ullina, służącego i byłego stajennego Dakona, wyciągającego ku niej wodze konia. Wzięła je i Ullin odbiegł.

Dopiero teraz spojrzała na siodło i zdała sobie sprawę, że nie ma przy nim torby jej ojca. Została w namiocie.

– Armia! – krzyknął ktoś, a wiele innych głosów podchwyciło ten okrzyk.

Tessia usiłowała wypatrzyć drogę przez tłum uczniów, ale ruszające się nieustannie konie wraz z jeźdźcami uniemożliwiały jej to. Odwróciła się, wskoczyła na siodło i spojrzała za siebie.

Na drodze dostrzegła zbliżający się szybko cień.

Na moment zapanowała niesamowita cisza, w której słychać było dalekie pokrzykiwania woźniców i ryczenie gorinów gdzieś poza morzem namiotów, a następnie tętent galopujących koni. Namioty zachwiały się w nagłym podmuchu. Tessia uświadomiła sobie, że słońce już wstało, a ona tego nie zauważyła.

– Gdzie torba twojego ojca? – spytał jakiś znajomy głos.

Odwróciła się i zobaczyła obok siebie Jayana, a po jego drugiej stronie Mikkena.

– W namiocie. Nie miałam czasu po nią wrócić.

Jayan spojrzał na nią badawczo i odwrócił się ku nadciągającej armii.

– Może jeszcze zdążysz.

– Nie – odpowiedziała zdecydowanie. – Nie ma w niej nic, czego nie mogłabym zastąpić.

Spojrzał na nią ponownie, otworzył usta, jakby chciał coś powiedzieć, ale podjechał do niego inny uczeń.

– Co mamy robić? – spytał. – Ruszyć galopem przed nimi? Czy zjechać na bok i ich przepuścić?

– Zwalniają – powiedział Mikken.

Nie mylił się. Konie na samym przodzie zwolniły galop. Tessia przyglądała im się, jak przechodziły do kłusa, a w końcu do stępa. Na czele armii jechali Mag Sabin i król. Tessia przyglądała się nadjeżdżającym i odetchnęła z ulgą, gdy dostrzegła wśród nich Dakona. Zauważyła jednak, że jedzie na cudzym koniu.

Coś jednak było nie w porządku. Gdzie reszta armii? Z zamierającym sercem rozpoczęła kolejne poszukiwania – tym razem we własnej pamięci. Szukała imion tych, którzy najwyraźniej polegli. Imion umarłych.

Kiedy magowie zatrzymali się, zaczęli spoglądać po sobie, jakby dokonywali przeglądu stada. Tessia odczytała w ich twarzach to samo przerażone zdumienie. Niektórzy nawet ocierali ukradkiem łzy.

Jedna trzecia, pomyślała. *Straciliśmy jedną trzecią ludzi. I gdzie jest Mistrz Werrin?*

Zobaczyła, że król nachyla się ku Sabinowi i wskazuje na drogę za siebie. Sabin potaknął i uniósł się w strzemionach.

– Uczniowie, dołączcie do swoich mistrzów! – zawołał. – Jedziemy do Imardinu.

Spinając konia, Tessia usłyszała, jak Jayan przeklina. Stanął w strzemionach i wyjrzał ponad głowy magów.

– Co się dzieje? – spytała.

– Nadchodzą – odpowiedział, opadając z powrotem na siodło. – Sachakanie nadchodzą. Trzeba było ewakuować Coldbridge. Teraz jest już za późno.

Jednocześnie ściągnęli wodze i spięli konie piętami, a wierzchowce popędziły w kierunku armii.

Niewolnica oznajmiła Sterii, że za godzinę ma się zjawić w ładnym stroju w „pokoju pana", ponieważ będzie wraz z mężem przyjmować gościa imieniem Chavori. Vora była rozbawiona, ponieważ był to dokładnie taki czas, jaki kazała poświęcić Sterii na przygotowania do wizyty u Motary.

– Szybko się uczy – powiedziała, kładąc na łóżku dwie pięknie haftowane szaty. – Niebieski czy pomarańczowy?

– Niebieski – odparła Steria.

– Nie pytałam cię o zdanie, panienko – odparła z chichotem Vora. – Aczkolwiek zgadzam się. Pomarańczowy jest właściwszy na wielkie zgromadzenia, gdzie trzeba zwracać na siebie uwagę. Niebieski jest łagodniejszy, lepszy na spokojne wieczory w towarzystwie samotnego gościa.

Steria zastanawiała się, czy mówiąc „samotnego", Vora miała na myśli nieżonatego, czy też po prostu to, że Chavori będzie sam. Postanowiła jednak nie zadawać tego pytania. Mogłoby sprowokować kolejny niepożądany wykład o niebezpieczeństwach wynikających z poważnego traktowania rzekomej aluzji jej męża, że Chavori powinien zostać jej kochankiem.

Kiedy Steria została już ubrana i obwieszona biżuterią, Vora uznała, że jest gotowa.

– Nie zapominaj o moich radach, panienko – powiedziała niewolnica, grożąc dziewczynie palcem.

Steria zachichotała.

– Jakżebym mogła? On jest przystojny, ale nie aż *tak*. Miałaś jakieś wieści od Nachiry?

– Od tamtej ostatniej nie. – Vora westchnęła. – Niewolnicy mówią, że choruje, ale nie chcą wyjawić nic więcej.

– Nie dziwi mnie to, zważywszy, że ojciec może odczytać ich myśli i zabić każdego za zdradę. Ale nie mogę uwierzyć, że on i Ikaro wyjechali do Kyralii, nic mi nie mówiąc. – Pokręciła głową. – Musieli wyjechać zaraz po moim ślubie, ale ojciec o niczym nie wspominał.

– Zdaniem niewolników Nachira zachorowała również zaraz po twoim ślubie.

Steria spojrzała Vorze prosto w oczy.

– Możemy cokolwiek zrobić?

– Nie tracić nadziei? – Vora westchnęła, po czym wskazała na drzwi. – Twój mąż i jego gość czekają.

Mimo że Steria znała już drogę, niewolnica i tak poprowadziła ją korytarzem do „pokoju pana". Za drzwiami Vora padła na twarz. W pokoju Kachiro i Chavori przyglądali się jednemu z mebli zaprojektowanych przez Motarę. Steria poruszyła ręką, by bransolety zabrzęczały. Mężczyźni odwrócili się.

– Och – powiedział Kachiro. – Moja żona wreszcie przybyła.

Uśmiechnął się, wyciągnął ku niej rękę i skinął, by podeszła. Dziewczyna zrobiła kilka kroków do przodu i ujęła go za ręce. Ucałował ją w dłonie, po czym puścił jedną z nich i razem odwrócili się do Chavoriego. Młodzieniec uśmiechnął się, jakby lekko zawstydzony.

– Miło mi cię znów widzieć, Sterio – rzekł na powitanie.

– Mnie też miło znów cię spotkać – odparła, spuszczając wzrok.

– Usiądźmy i porozmawiajmy – zaproponował Kachiro, prowadząc żonę do najdalszego fotela. Na środku pokoju stał niewielki stolik, zastawiony miskami z orzechami, lśniącymi w świetle rzucanym przez magiczną kulę. Kachiro wskazał Chavoriemu fotel pośrodku, sam zaś usiadł po jego drugiej stronie. – Opowiedz nam o swojej podróży w góry. Steria nie ma pojęcia o twoich umiejętnościach i przygodach, Chavori, a jestem pewny, że chętnie o nich usłyszy.

Młody człowiek zerknął na Sterię i zarumienił się.

– Ja… my… może najpierw powinienem wyjaśnić, czym się zajmuję. Rysuję mapy, ale zamiast kopiować dzieła innych, podróżuję w miejsca, które mam umieścić na mapie, i najlepiej jak umiem, posługując się metodami, których nauczyli mnie żeglarze, a także paroma, które sam opracowałem, mierzę odległości i pozycje wszystkich możliwych punktów. No, może nie wszystkich, ale tych elementów krajobrazu, które są ważne dla ludzi posługujących się mapami.

Steria zauważyła, że Chavori kilkakrotnie zerkał w stronę wielkiej metalowej tuby stojącej pod ścianą. Wyglądała na bardzo ciężką.

– Przyniosłeś ze sobą jakieś mapy? – spytała.

– Och, oczywiście!

Poderwał się i podszedł do tuby. Podniósł ją i przyniósł do stolika. Nie otwierał jej jednak, tylko gładził metal długimi palcami. *Ma bardzo piękne dłonie jak na Sachakanina*, pomyślała Steria. *Większość z nich ma dłonie odpowiadające szerokim i silnym ramionom. Prawdę mówiąc, on ma raczej kyraliańską budowę ciała, choć jego skóra nie jest jasna. Zastanawiam się…*

– Skończyłeś już tę mapę dla imperatora? – spytał Kachiro.

Chavori przytaknął.

– Na tyle, na ile pozwalają mi zdobyte informacje. – Zwrócił się do Sterii: – Dla większości ludzi mapy są nieczytelne, postanowiłem więc zebrać wszystko na jednej, prostej mapie. Ale ciągle są na niej puste obszary. Nie zamierzam umieszczać niczego, czego sam nie widziałem i nie sprawdziłem.

– Pokaż to dzieło – zachęcił go Kachiro.

Chavori uśmiechnął się do niego promiennie i chwycił za jeden koniec tuby. Zatyczka wydała przyjemny brzęk. Chavori sięgnął do środka i wydobył gruby zwój papierów.

Rozwijał go i pozwolił sporemu arkuszowi upaść na podłogę, gdzie natychmiast zwinął się w rulon. Kachiro odsunął stolik, by Chavori mógł swoimi pięknymi dłońmi wyprostować mapę na dywanie. Kachiro rozejrzał się i zabrał ze stolika dwie czarki z orzechami, żeby przytrzymać nimi dwa rogi mapy. Następnie zdjął but i postawił go na trzecim rogu, widząc to, Chavori zmarszczył nos. Steria ściągnęła bransoletę i obciążyła nią ostatni róg, zyskując pełne uznania spojrzenie ze strony młodzieńca.

Papier pokrywały cienkie atramentowe linie. Przyglądając się im dokładnie, Steria wydała cichy okrzyk zachwytu na widok maleńkich rysuneczków gór, domów i łodzi, a także fantazyjnej bordiury zdobiącej brzegi.

– Jakie to piękne! – zawołała.

– Chavori to prawdziwy artysta – przyznał Kachiro, spoglądając z uśmiechem na przyjaciela.

Chavori wzruszył ramionami.

– Owszem, ludziom podobają się takie rzeczy, ale ja uważam je za niemądre. Trudno tu być dokładnym.

Steria wskazała na grupę budynków, przeciętych przez rysunek szerokiej alei i Pałac Imperatora.

– A więc to jest Arvice… tutaj jesteśmy.

– Tak.

Spojrzała na linie gór. Na samej górze mapy dostrzegła wielki błękitny kształt, kilka pasm górskich miało zaś na sobie namalowane kręte czerwone linie, wychodzące z samej góry i wijące się w dół.

– A to co?

– Jezioro Jenna – odrzekł Chavori. – I wulkany na północy. Wyrzucają z siebie ogień i popiół, które plemiona Duna nazywają krwią ziemi.

– To ta czerwień?

– Tak. Wypływa ze szczytu góry i spada po jej zboczach, a jest tak gorąca, że poparzyłabyś się, gdybyś podeszła bliżej. A kiedy się schłodzi, zastyga w przedziwne kształty.

– Tam żyją ludzie?

– Nie. Jest zbyt niebezpiecznie. Ale Duna chodzą tam, by zbierać klejnoty, które ich zdaniem mają magiczne właściwości. Znajdowałem podobne kamienie w niektórych jaskiniach na południu, ale nie wyczułem w nich żadnej magii.

– Zamierzam je wydobywać – powiedział jej Kachiro. – Jeśli uda nam się przekonać Duna do zdradzenia nam tajemnicy posługiwania się nimi, może uda nam się je sprzedawać po wysokiej cenie. A nawet jeśli nie, to jest szansa, że jubilerzy dobrze nam za nie zapłacą.

– Warto by się zorientować, czy Motara potrafi projektować biżuterię, a nie tylko meble – zasugerowała Steria.

Oczy Kachiro zabłysły z ciekawości.

– To niezły pomysł…

Chavori wzruszył ramionami.

– Pod warunkiem, że zarobimy tyle, bym mógł kontynuować pracę. A teraz pokażę ci, Sterio, jak powinna wyglądać porządna mapa.

Wziął ze zwoju inny arkusz papieru i rozłożył go na pierwszym. Tu rysunki nie były tak piękne, a połowa mapy była pusta. Zamiast obrazków przedstawiających góry umieszczono na niej rozchodzące się na różne strony linie. A tam, gdzie wcześniej widziała rysunki przedstawiające budynki, teraz zobaczyła jedynie kropki.

– Tu widzisz nie tylko, gdzie jest każda góra, ale także, gdzie są między nimi doliny – wyjaśnił jej Chavori, przebiegając palcem pomiędzy promienistymi kształtami gór. – Mogę tu nie tylko pokazać dolinę, ale wyznaczyć jej szerokość, pozostawiając odpowiednie miejsce. Widzisz tę? – Wskazał na sporą białą połać, przez którą wiła się niebieska linia. – To jedna z najpiękniejszych dolin, jakie kiedykolwiek widziałem. Nie ma tu pól uprawnych, tylko łąki, na których pasą się enki. A ta rzeka opada na jej środek wodospadem. Ze wszystkich stron otaczają ją góry. – Uniósł z wdziękiem ręce, po czym rozłożył je szeroko. – A nad tym wszystkim cudownie niebieskie niebo.

Jego oczy zamgliły się na to wspomnienie i Steria poczuła ukłucie nostalgii. Czy kiedykolwiek wydostanie się poza to miasto? Czy podróż z Elyne była ostatnią w jej życiu?

Spojrzała na mapę i poszukała napisu „Elyne". Był tam: litery napisano bokiem pod czerwoną linią, biegnącą wzdłuż gór w lewym górnym rogu mapy. Ta czerwona linia to pewnie granica, uznała. A jeśli niebieska oznacza rzekę, to może ta grubsza czarna, która wije się przez góry od granicy z Elyne do Arvice, jest drogą? Spojrzała ponownie na góry i nagle mapa jakby nabrała głębi.

– Ach – westchnęła Steria. – Widzę teraz tę iluzję. To tak, jakbyśmy patrzyli na to z góry. Punkt, w którym spotykają się linie, to wierzchołek masywu.

– Zgadza się! – Chavori zwrócił się do Kachiro: – Miałeś rację: twoja żona jest wyjątkowo bystra.

Kachiro uśmiechnął się promiennie.

– Prawda? – powiedział z dumą.

Chavori zerknął na Sterię, a następnie znów na Kachiro.

– Co jeszcze mógłbym ci pokazać?

Kachiro przyglądał się z uwagą mapie.

– Masz przy sobie jakieś mapy Kyralii?

Uśmiech znikł z twarzy Chavoriego, zmieniając się w pobłażliwy grymas.

– Oczywiście. Teraz wszyscy kupują mapy Kyralii.

– Mamy wojnę – zauważył Kachiro.

– Wiem, wiem. – Chavori westchnął i wziął znów do ręki zwój kart.

Przejrzał kilka map podobnych do tej, którą im pokazał, i w końcu rozłożył kolejną z tych pięknie dekorowanych, na której widniały rysunki miast i gór.

Kachiro wskazał na przełęcz, po czym rozpostarł palce nad górami dzielącymi Kyralię od Elyne.

– Z tego, co słyszałem, ichani zgromadzili się pod wodzą Ashaki Takady mniej więcej tutaj. Kiedy było ich dość, żeby utworzyć armię, przenieśli się na tereny rolnicze na północy i zajęli wsie i miasta.

Chavori pokręcił głową.

– Wedle moich informacji, nie zatrzymywali się, by przejmować kontrolę nad mieszkańcami, ale niszczyli miasta i wyganiali ludzi.

– Wątpię, żeby kogokolwiek wyganiali – odparł Kachiro. – Myślę, że raczej pozbawiają ich mocy i zabijają. Pędzenie ich w kierunku kyraliańskiej armii dałoby nieprzyjacielowi dodatkowe źródła. Po co dawać innym moc, skoro można zabrać ją dla siebie?

– Pewnie masz rację. – Chavori przejechał ręką od gór ku grupie budynków podpisanej „Imardin". – Będą się posuwali w kierunku stolicy. Nie mogę przestać myśleć… – Podniósł wzrok na Kachiro. – Pamiętasz, jak ci mówiłem, że minąłem oddział Nomako po drodze do Arvice?

Kachiro potaknął.

– Owszem.

– Zauważyłem wtedy, że ta armia była podzielona na trzy grupy. Nomako prowadził pierwszą, a inni dwie mniejsze. – Chavori zerknął na mapę. – Zupełnie jakby zamierzali się rozdzielić po przekroczeniu granicy.

– Po co miałby to robić? – spytał Kachiro.

Chavori wzruszył ramionami.

– Jeśli masz rację, to zapewne po to, żeby zagarnąć jak największą połać Kyralii i zabierać po drodze moc ludziom. Kyralianie nie będą chcieli rozdzielać swojej armii na trzy oddziały, albo i cztery – jeśli żadna z tych nowych grup nie dołączy do Takady – po to żeby się z nimi rozprawić.

– W takim razie wszystkie oddziały przybędą do Imardinu w tym samym czasie.

– I ci, którzy nie napotkają żadnego oporu, będą wciąż potężni i gotowi do walki.

– Hmm. – Kachiro zmrużył oczy. – A która grupa ma największe szanse napotkać opór?

Chavori wybałuszył oczy.

– Takady! On był tam pierwszy i jeśli Nomako dobrze wyliczył czas, stał się już celem dla Kyralian. Do czasu, kiedy połączy się z oddziałami Nomako, jego własny będzie najsłabszy.

– I w ten sposób to Nomako, a nie Takado, zdobędzie Imardin i powróci do domu jako bohater. Imperator Vochira zaś będzie podziwiany jako ten, który przechytrzył Takadę. – Spojrzał na Chavoriego z nieskrywanym podziwem. – Jesteś biegły w strategii wojennej. Może to ty powinieneś stanąć na czele armii!

Młodzieniec znów oblał się rumieńcem. Przez kilka sekund obaj mężczyźni wpatrywali się w siebie, po czym spojrzeli na mapę.

Steria zamyśliła się. Czuła się tak, jakby właśnie jej coś umknęło. Ale przecież nie zna się na wojnie. Miała jednak wrażenie, że zrozumiała wszystko, co mówił Chavori i tylko nie dostrzegła jakiegoś drobiazgu, który dla tamtych dwóch był ważny.

– Mogę zadać pytanie związane z wojną? – zagadnęła.

– Oczywiście – odparł Kachiro.

– Dlaczego żaden z was i waszych przyjaciół nie dołączył do armii?

Kachiro spochmurniał.

– Bardzo się cieszę, że nie narażasz życia – zapewniła go szybko. – Wolę, żebyś został tutaj. Ale podejrzewam, że to ma coś wspólnego z sachakańską polityką, a chciałabym ją poznać lepiej.

Kachiro potaknął.

– Powody te są po części polityczne, ale nie tylko. Mój ojciec z powodu pożaru nie zdołał wypełnić pewnego polecenia, które otrzymał od imperatora dawno temu, i przez lata pracował na zwrot długu. Zmarł wkrótce po tym, jak spłacił go do końca. W związku z tym moja rodzina wypadła na jakiś czas z łask, chociaż odbudowa układów handlowych w końcu stała się łatwiejsza.

Na jego twarzy malował się wyraz takiego smutku, że Steria pożałowała swojego pytania.

– Część moich przyjaciół również nie cieszy się łaskami imperatora, aczkolwiek rodzina Chavoriego ma niezłą pozycję – dodał i uśmiechnął się. – Zaletą tej sytuacji jest to, że nie mogąc się poszczycić honorem rodu czy szacunkiem społeczeństwa, nie musimy wstępować do armii, żeby go bronić, aczkolwiek przypuszczam, że gdybyśmy się zgłosili na ochotnika, nie odmówiono by przyjęcia naszej pomocy.

Chavori przytaknął.

– Powiedziałem ojcu, że jeśli nie obdarzy mnie szacunkiem, na jaki zasługuję, to nie widzę najmniejszego powodu, bym narażał życie. Nazwał mnie tchórzem. – Wzruszył ramionami. – Zapewne miał nadzieję, że pojadę i dam się zabić, a on się mnie pozbędzie.

Steria poczuła wzbierające w niej współczucie dla tego młodzieńca, który był najwyraźniej bardzo utalentowany i równie niedoceniany przez ojca jak ona.

– Sprzedasz mi tę mapę? – spytał Kachiro.

Chavori otworzył usta ze zdumienia.

– Pytasz, czy ją sprzedam?

– Tak. Chyba że jej potrzebujesz.

– Nie – odparł szybko Chavori. – Te robię na sprzedaż. Sprzedaję je bez przerwy. No, może nie *bez przerwy*... ale parę rocznie.

– W takim razie mogę ją kupić? – Kachiro spojrzał na przeciwległą ścianę pokoju. – A może nabyłbym kilka. Może po jednej każdego kraju, będą dobrze wyglądały na tej ścianie. I przydadzą się do rozpoczynania rozmów z gośćmi, szczególnie jeśli Sachaka będzie kontynuowała odzyskiwanie krajów, którymi niegdyś rządziła. Ile za nią chcesz?

Steria poczuła, że przechodzą ją ciarki, i nie usłyszała ceny podanej przez Chavoriego, ani też ile więcej zaproponował mu Kachiro. *Czy on ma na myśli Elyne? Oczywiście, że tak. Należało przecież kiedyś do imperium, podobnie jak Kyralia. Oba kraje zyskały niezależność w tym samym czasie.* Wyobraziła sobie wojnę w Elyne i poczuła, że jej serce słabnie. *Tyle wspaniałych rzeczy opiera się na wolności tamtejszych ludzi.*

Kachiro wstał.

– Przyniosę pieniądze.

Podszedł do drzwi, zatrzymał się na progu, odwrócił do Sterii z uśmiechem i zniknął w korytarzu.

Ten uśmiech rozbawił ją, ale też zaniepokoił. Miał w sobie jakiś ślad żartobliwego wyzwania. Czyżby Kachiro liczył na to, że ona tu i teraz uwiedzie Chavoriego?

Nie jestem aż tak głupia, pomyślała i zwróciła się do młodzieńca:

– Kiedy zamierzasz zawieźć mapy do imperatora?

Skrzywił się nieznacznie.

– Kiedy tylko wyznaczy mi audiencję. Od kilku tygodni usiłuję się do niego dostać, ale obawiam się, że wojna pochłania całą jego uwagę. Tyle że to właśnie wojna jest powodem, dla którego potrzebuje tych map.

– Dlaczego?

Chavori spoważniał.

– Ponieważ w górach są miejsca, gdzie nieprzyjaciel może się bez trudu schronić i zaczaić. Jaskinie i doliny, gdzie można obsiać pola, hodować zwierzęta i żyć niezależnie od wszystkich wokół. Tacy ludzie mogą atakować Sachakan i kryć się z powrotem. Jeśli ichani znajdą te miejsca… – Wzdrygnął się. – Kiedy wojna z Kyralią się skończy, Imperator Vochira będzie zbyt zajęty ustanawianiem władzy w tym kraju, by się przejmować atakami z gór.

Steria zmarszczyła czoło.

– To przerażająca myśl. Ale jeśli takie miejsca istnieją, to dlaczego nikt tam jeszcze nie mieszka? Dlaczego ichani nie założyli tam obozów?

Chavori spojrzał na nią z powagą.

– Wejście prowadzi przez jaskinię, przez którą przepływa rzeka. Podejrzewam, że woda zmieniła ostatnio bieg… znalazłem ślady wyschniętego koryta w miejscu, gdzie jakiś czas temu lawina zablokowała rzekę. Woda musiała wyrzeźbić albo poszerzyć tę jaskinię…

– Proszę. – Do pokoju wszedł Kachiro, trzymając w ręce niewielką brzęczącą sakiewkę. Chavori wstał i uśmiechnął się z zawstydzeniem i wdzięcznością, kiedy Kachiro wsunął mu sakiewkę do ręki. – Chodź, chcę ci coś pokazać. – Przeniósł wzrok na żonę. – Ciebie to pewnie nie zainteresuje, Sterio droga – dodał przepraszająco.

Uśmiechnęła się.

– Mogę wrócić do mojego pokoju, jeśli sobie życzysz.

Skinął głową.

– Dziękuję za obdarzenie zainteresowaniem moich map – powiedział Chavori, spoglądając na nią nieco żałośnie. – Mam nadzieję, że cię nie zanudziłem.

– Bynajmniej – zapewniła go. – To było fascynujące. Bardzo się cieszę, że te mapy zawisną na naszych ścianach, mam też nadzieję, że dowiem się więcej o tym, jak się je wykonuje.

Odpowiedział jej promiennym uśmiechem. Steria odwdzięczając się tym samym, obróciła się i wyszła z pokoju. Chwilę później z bocznego korytarza wysunęła się Vora i podreptała jej śladem.

– Jak tam nasz gość, panienko?

– Zaskakująco miły. – Steria zachichotała. – Inteligentny, aczkolwiek trochę niezdarny towarzysko. Ale pewnie kiedyś z tego wyrośnie.

Vora mruknęła coś niezobowiązująco. Doszły do apartamentu Sterii i niewolnica zamknęła za nimi drzwi.

– A zatem, panienko, uważasz, że jest to człowiek, który przyznałby, że jest ojcem twojego dziecka, gdyby go zaszantażować lub przekupić?

Steria roześmiała się żałośnie.

– Podziwiam twoją delikatność, Voro. Owszem, tego się obawiam – powiedziała. – Mógłby tak zrobić, gdyby bał się, że utraci pozycję, lub też ktoś skusił go zapłatą za jego pracę. Ale nie przejmuj się. Nie zamierzam się w nim zakochiwać.

– To dobrze. Chociaż... – Niewolnica zmarszczyła brwi.

– O co chodzi?

Vora spojrzała na Sterię i zmrużyła oczy w zamyśleniu.

– Powód, dla którego powinnaś pozostać bezdzietna, być może przestanie istnieć.

Steria poczuła się tak, jakby za chwile jej serce miało przestać bić, a potem gwałtownie przyspieszyło.

– Nachira? Masz jakieś wieści? Czy ona... nie żyje?

Vora uśmiechnęła się i pokręciła przecząco głową.

– Żyje.

Steria odetchnęła z ulgą i usiadła na łóżku.

– Więc o co chodzi? – Kiedy coś przyszło jej do głowy, poczuła dreszcz ekscytacji. – Jest w ciąży?

– O ile wiem, to nie. – Vora zachichotała.

– W takim razie *co*? – Dziewczyna obrzuciła niewolnicę krzywym spojrzeniem. – Przestań bawić się ze mną! To poważne sprawy!

Vora umilkła, zamyśliła się i – ku przerażeniu Sterii – sposępniała, a w końcu westchnęła.

– Nachira zniknęła. Albo wyjechała, albo zabrano ją z domu twojego ojca.

Steria wbiła wzrok w starą kobietę.

– Rozumiem. Nie wyglądasz na tak zaniepokojoną tym faktem, jak powinnaś.

– Ale jestem – zapewniła ją Vora.

– Nie. Nie jesteś. – Steria podniosła się i stanęła nad niewolnicą. – Co przede mną ukrywasz?

W oczach Vory pojawił się strach.

– Ufasz mi, panienko?

Steria zastanowiła się. *Czy ja jej ufam?* Przytaknęła.

– Tak, ale są granice, Voro.

Niewolnica skinęła głową i spuściła wzrok.

– Są pewne sprawy, o których dowiedziałam się... dzięki nowym kontaktom wśród niewolników twojego męża... ale nie mogę ci tego powiedzieć, bo jeśli tak zrobię, a twój mąż albo ojciec odczyta twoje myśli, może to kosztować ludzi życie. Ludzi, którzy robią dobre rzeczy. Ludzi, którym pomogli, jak Nachirze. – Podniosła wzrok na Sterię. – Mogę cię jedynie zapewnić, że Nachira jest bezpieczna.

Steria wpatrywała się jej prosto w oczy, ale niewolnica nie odwróciła wzroku. *Czy ufam jej dostatecznie, by jej uwierzyć?* – spytała samą siebie. *Wiem, że ona kocha Ikaro i jest mu wierna, w związku z czym kocha też Nachirę. Nie jestem pewna, czy mnie kocha tak samo, ale nie dziwiłabym się, gdyby tak nie było, bo też nie zna mnie tak dobrze. A mimo to wydaje mi się, że wolałaby uniknąć wyboru między nami. A to może oznaczać, że musi ukryć przede mną pewne informacje.*

Mogłabym spróbować odczytać jej myśli. Ale nie chcę tego robić. A poza tym czy warto narażać bezpieczeństwo Nachiry tylko po to, żeby się dowiedzieć, co się z nią stało?

– Dobrze, że jest bezpieczna – oznajmiła w końcu. – I mam nadzieję, że powiesz mi, dokąd ją wywieziono, gdy tylko będziesz mogła to zrobić.

W oczach Vory zakręciły się łzy, ale szybko je otarła.

– Powiem. Obiecuję. Dziękuję, panienko.

– Czy Ikaro wie o tym?

– Na pewno nie. Ona zniknęła ostatniej nocy. Żaden posłaniec nie zdołałby zanieść mu tak szybko wiadomości, nawet gdyby wiedział, gdzie konkretnie w Kyralii znajduje się panicz Ikaro.

Steria położyła się z powrotem na łóżku.

– Biedny Ikaro. Mam nadzieję, że jest cały i zdrowy.

– Ja też – zapewniła ją Vora. – Ja też.

ROZDZIAŁ 39

Kto by pomyślał, że konie okażą się tak ważne dla przetrwania armii? – pomyślał Dakon.

Przypomniała mu się dyskusja dowódców tuż przed bitwą, czy zostawiać przy koniach maga, czy też nie. Wszyscy zgodzili się, że potrzebują tyle magicznej mocy do walki z Sachakanami, ile są w stanie zgromadzić. Co dałoby im ocalenie koni, gdyby Sachakanie zajęli przez to Kyralię?

Pozostawianie uczniów pod opieką tylko jednego maga też było ryzykowne, pomyślał Dakon. *Ale przynajmniej mieli trochę mocy, swój rozum i możliwość poinformowania nas w razie ataku.*

Wedle sprawozdań służących, którzy zajmowali się końmi, zaatakowała ich zaledwie garstka Sachakan. A zatem wystarczyło kilku, żeby spowodować takie spustoszenia. Na szczęście Sachakanie tylko ukradli konie, a nie zabijali ich. Mogli wszystkie szybko zarżnąć, jednak każdy z nich wsiadł na jednego, a następnie pociągnął za wodze tyle, ile zdołał – i odjechali.

Kiedy tylko służący zorientowali się, jakie były zamiary nieprzyjaciela, z odwagą wychynęli z ukrycia i poprzecinali tyle pęt, ile mogli, rozpędzając konie. A kiedy Sachakanie odjechali, służący znaleźli rozproszone wierzchowce i zebrali je z powrotem.

Mam nadzieję, że król nagrodzi ich odwagę i trzeźwość umysłu, pomyślał Dakon. *Nikt im nie mówił, co mają robić w razie ataku. Wymyślili to sami.*

Żaden z magów nie wiedział o kradzieży koni, póki nie zaczęli się wycofywać. Sabin rozdał pierścienie z krwawymi klejnotami dowódcom zespołów, mówiąc, że jeśli zbyt wiele umysłów połączy się z nim, może go to nadmiernie rozpraszać. Z tego też powodu nie dał klejnotu Jayanowi.

Sachakanie gonili wycofującą się armię, a konieczność złapania koni opóźniła ucieczkę. Kilku Kyralian zginęło, kiedy ochraniający ich magowie wyczerpali moc. W końcu tylko dziesięciu magów dźwigało na barkach brzemię osłaniania całej armii. Nieprzyjaciel nie przerywał ataku i podążał krok w krok za kyraliańską armią.

Nie zamierzali rezygnować z wykorzystania swojej przewagi. Której w dodatku nie powinni mieć. Było ich mniej, nawet jeśli liczyć nowo przybyłych sprzymierzeńców. No i nie powinni byli tak łatwo odzyskać mocy po ostatniej bitwie.

A jednak udało im się. Sachakanie mieli więcej niewolników, od których mogli czerpać moc, niż Kyralianie uczniów i służących, nie mówiąc już o ludziach, których zabijali w wioskach i miastach, zdołali więc odeprzeć atak i odepchnąć napastników aż pod Coldbridge. Tam przerwali pościg, by zapolować na wieśniaków, którzy nie zdołali uciec.

Ale stracili też wielu wojowników. My utraciliśmy niemal jedną trzecią, ale oni jeszcze więcej.

Dakon spojrzał na ciągnącą się przed nim drogę, za zakrętem której dostrzegał już morze dachów i murów. Imardin. Stolica Kyralii. *Nie wierzę, że zapędzili nas tak daleko.*

Nagle jego koń uskoczył na bok. Dakon chwycił mocniej wodze, zebrał się na odwagę i obejrzał za siebie. Nic. Tylko zboże falujące na lekkim wietrze. Żaden łan currenu nie wyglądał inaczej ani groźniej od pozostałych.

Westchnął i pokręcił głową. Ulubionego wierzchowca stracił w Mandryn, a potem, kiedy wędrowali w poszukiwaniu najeźdźców, zmieniał konie tak często, że nie potrafił przywiązać się do żadnego. Kiedy zaś armia urosła na tyle, że mieli dostęp do lepszego pożywienia i czas na wypoczynek, przekonał się, że polubił spokojnego wałacha, który przypadł mu w udziale, i nazwał go Curem z powodu kasztanowego umaszczenia. Bardzo martwiło go to, że Curem znalazł się teraz w rękach Sachakan, a może nawet został zabity dla odrobiny mocy.

Jego nowy koń Tiro miał irytujący zwyczaj: usiłował gryźć. Na dodatek był brzydki. Dakon nie miał pojęcia, który z poległych magów jeździł wcześniej na Tiro. Ktokolwiek to był, musiał odznaczać się wielką cierpliwością.

Obejrzał się na Narvelana. Młody mag był ponury i markotny. Ostatnio wciąż miał taki nastrój. Dawny pogodny przyjaciel Dakona czasem wyzierał spod tej maski, ale poczucie humoru Narvelana nabrało złośliwości. Był jedynym magiem, który zgodził się wziąć klacz Mistrza Werrina. Nikt inny nie chciał, wiedząc, że klacz będzie wszystkim bez przerwy przypominać o poświęceniu jej poprzedniego właściciela.

Dakon wzdrygnął się na to wspomnienie. Kiedy ostatnim magom zaczęło brakować mocy, Mistrz Werrin otoczył armię tarczą, usiłując jednocześnie wsiąść na konia i odjechać. Król przyprowadził mu klacz. Mag wymamrotał kilka słów do ucha monarchy, który pobladł i przez chwilę wpatrywał się w przyjaciela. Po chwili wyraz twarzy Errika stał się bardziej hardy. Król skinął głową, ujął przyjaciela za rękę i odwrócił się, prowadząc za sobą wierzchowca.

Kiedy ostatni z magów odjechali, Werrin nadal osłaniał armię. Dakon obejrzał się za siebie, nim Narvelan krzyknął, że trzeba jechać, i oddalili się cwałem.

Werrin nie mógł przeżyć wiele dłużej.

Tego samego dnia, nieco później, do armii dołączyli Elynowie.

Gorycz złego zgrania w czasie, pomyślał Dakon. *Gdyby przyjechali dzień lub dwa wcześniej. Albo gdybyśmy wiedzieli, że są tak blisko... pewnie poczekaliśmy jeszcze trochę z tym zaatakowaniem Sachakan.*

Tyle tragedii tylko dlatego, że wieści nie dotarły na czas. Gdyby Dakon wiedział, że Takado planuje inwazję, nie opuściłby Mandryn. A przede wszystkim ewakuowałby wioskę. Gdyby król miał pewność, że Sachakanie zaatakują, mógłby się lepiej przygotować. A może nawet zapobiec napaści.

Nikt nie jest w stanie przewidzieć przyszłości. Nawet magowie. I nawet magowie nie mogą naprawdę ocenić swojej mocy, nie mówiąc już o sile nieprzyjaciela. Dakon był pewny, że mając armię liczniejszą niż wróg, muszą wygrać bitwę. Tak jak i wielu, wielu innych nie miał racji.

Czy znowu się mylą? Nie mają wyboru: muszą oprzeć się na szacunkach co do sił obu stron, bazując jedynie na tym, co wiedzą. Zginęło więcej Sachakan niż Kyralian, chociaż wrogowie usiłowali naśladować ich strategię wspólnej obrony. A zatem mimo że poległo wielu Kyralian, wciąż mieli przewagę liczebną.

Znowu udało im się przeżyć, by się wzmocnić, ale jak na razie pobrali zaledwie jedną dawkę mocy od uczniów. Sachakanie wykorzystywali zaś niewolników i każdego, kto miał pecha znaleźć się na ich drodze. Niestety nie było czasu na całkowitą ewakuację wiosek między Coldbridge a Imardinem. A poza tym w Coldbridge pozostało wielu służących armii. Wiedzieli lepiej od mieszkańców, że należy uciekać, ale Sachakanie mogli ich bez trudu dogonić.

Kyralia jednak zyskała nowych sojuszników: Elynów. Zostali przysłani przez króla Elyne, a ich dowódcą był niewysoki, bardzo bystry mag zwany Dem Ayend. Dem jechał na przodzie, wraz z królem i Sabinem. Dakon uniósł wzrok i jego spojrzenie powędrowało natychmiast od dowódców ku widokowi rozpościerającemu się przed nimi. Wspięli się właśnie na niewysokie wzniesienie przed miastem i ujrzeli otaczające je ziemie.

Pokryte ogromną liczbą prowizorycznych schronień i ludzi.

Dakon poczuł, że ściska mu się serce, kiedy uświadomił sobie, co to było. Slumsy wokół miasta rozrosły się dziesięciokrotnie, od kiedy przybyli tu ludzie ze wsi z dobytkiem, jaki tylko zdołali unieść, i osiedlili się na każdej wolnej piędzi ziemi. Kiedy armia przybliżyła się do miasta, poczuł smród. Dolatywał on do nozdrzy Dakona już wcześniej, ale mag założył, że to po prostu odchody wielu zwierząt, pasących się na zboczach szerokiej doliny, przyprowadzonych tu przez uciekinierów. Teraz jednak rozpoznał szczególny odór przeludnionych siedzib ludzkich pozbawionych kanalizacji. Smród, który od dawna kojarzył mu się ze slumsami miejskimi, tyle że wielokrotnie gorszy.

Kiedy armia przejeżdżała tamtędy, ludzie zaczęli wychodzić z lepianek, tworząc szybko tłum po obu stronach drogi. *Co oni wiedzą? Słyszeli o naszej porażce? A może spodziewają się, że triumfalnie otrąbimy zwycięstwo?* Dakon widział już, że ludzie wychodzą na ulice miasta.

Tysiące pełnych nadziei par oczu przyglądało się królowi prowadzącemu armię przez rozbudowane slumsy. Wokół panował gwar głosów. Dakon nie potrafił ocenić, czy ludzie wiwatują, czy też szydzą z przejeżdżających, pokrzykują do siebie w ogólnym rozgwarze, czy może wrzeszczą coś w stronę armii, niemniej wyławiał w tym hałasie nutę wyczekiwania.

Armia dotarła do targu, gdzie zatrzymał się król. Mag Sabin skinął na magów i uczniów, nakazując im zgromadzić się za nim, tyłem do portu. Nadjechał powóz, do którego przesiadł się król. Stanął w otwartym pojeździe, wyprostowany i milczący, wpatrując się w zebrany tłum wzrokiem pełnym powagi i cierpliwości. Mag Sabin stanął koło niego.

– Uciszcie się, by król mógł przemówić – zawołał, ale musiał powtórzyć to wezwanie kilka razy.

Gwar w końcu ustał.

– Ludu Kyralii – zaczął Król Errik – magowie walczyli o waszą wolność. Walczyli i umierali. Dwa razy starli się z wrogiem w bitwie i dwa razy się wycofali.

Spoglądając na twarze w tłumie, Dakon dostrzegał niepokój i strach. Król milczał przez chwilę, by pozwolić ludziom przetrawić te informacje, po czym odezwał się znów, tym razem z uśmiechem na twarzy.

– Ale, jak to bywa z magią, nic nie jest proste ani łatwe. – Ku uciesze Dakona ludzie kiwali głowami, jakby doskonale rozumieli władcę. – Sachakanie może i nas pokonali, ale zapłacili za to wysoką cenę. W pierwszej bitwie wielu z nich poległo, podczas gdy przeżyli wszyscy nasi magowie i mogli stanąć do kolejnej bitwy. W drugiej obie strony poniosły straty, ale siły były wtedy wyrównane. Przegraliśmy, ale nieznacznie. I przeżyliśmy, żeby podjąć dalszą walkę.

Urwał znowu, przyglądając się tłumowi z powagą. – Trzecia bitwa zdecyduje o naszych losach. – Powrócił cień uśmiechu. – Myślę, że jesteśmy w stanie ją wygrać. Dlaczego? Dlatego że nasz los nie zależy teraz wyłącznie od stojących za mną magów. Zależy on od *was*.

Tym razem ludzie marszczyli brwi, ale głównie ze zdumienia. Dakon dostrzegł nawet kilka grymasów powątpiewania. Podniósł się szmer, ale szybko ucichł. Król rozłożył szeroko ręce, jakby chciał ogarnąć w uścisku cały zgromadzony tłum.

– Zależy on od tego, czy udzielicie magom swojej siły. Mocy, którą posiadacie wszyscy, biedni i bogaci. Mówię „udzielicie", ponieważ nie będę tego żądał od nikogo. Nie jesteście niewolnikami – aczkolwiek jeśli Sachakanie wygrają, to nimi zostaniecie. Wolałbym jednak umrzeć, niż zniżyć się do takiego barbarzyństwa albo zmusić do tego mój lud.

Wyprostował ramiona.

– Jeżeli postanowicie podzielić się waszą mocą z magami, to użyjemy nie tylko magicznej siły do pokonania Sachakan. Posłużymy się siłą, jaką daje jedność. Zaufanie i szacunek dla tego, co możemy osiągnąć razem: magowie i zwykli ludzie, bogaci i biedni, słudzy i panowie. Będzie to starcie sił wolności i niewoli. – Podniósł głos. – Pokażecie, że nie trzeba być magiem, by mieć moc i siłę do pokonania wroga.

Kiedy Dakon usłyszał, z jaką pasją przemawia Errik, poczuł dreszcz. Raz jeszcze przebiegł wzrokiem po twarzach zgromadzonych ludzi. Wielu wpatrywało się w króla z podziwem i nadzieją. Errik podniósł ręce i ponownie rozłożył je w geście błagania, a z tłumu rozległy się przytakujące okrzyki.

– Co mówi Kyralia? – zawołał król. – Pomożecie nam?

Usłyszał krzyk zgody i wiwatów.

– Pomożecie samym sobie?

Odpowiedziały mu kolejne, jeszcze głośniejsze wiwaty.

– W takim razie przyjdźcie i obdarzcie mocą tych, na których spoczywa ciężar obrony kraju.

Tłum ruszył do przodu. Dakon zobaczył, że uśmiech na twarzy Sabina zmienia się w wyraz niepokoju. Kilka kroków od powozu fala ludzka uderzyła w niewidzialną barierę. Nie wyglądało jednak na to, by im to przeszkadzało. Podniósł się las rąk, skierowanych dłońmi w stronę króla.

– Tak! O, tak! – zawołał ktoś tuż koło niego. Dakon obrócił się i dostrzegł wpatrzonego w tłum Narvelana, którego oczy jaśniały niemal głodem. Młody mag spojrzał na Dakona. – Jakże mielibyśmy teraz przegrać? Nawet jeśli Takado dopadnie naszych służących… jak ich moc mogłaby się równać tej tutaj? Ci wszyscy ludzie błagający o to, żeby oddać nam moc. Król… nie przypuszczałem, że *potrafi* coś takiego.

– On pewnie też nie przypuszczał – zauważył Dakon. – Nigdy wcześniej czegoś takiego nie robił.

– Prawda – przytaknął mu Narvelan. – Ale jeśli to efekt nauki, chętnie wynająłbym jego mistrza.

Dakon zaśmiał się. Sabin zwrócił się do magów, tłumacząc, jak mają się zorganizować, by pobrać moc od tłumu. Dakon otrzeźwiał. Trzeba będzie szybko się do tego zabrać, nim wątpliwości lub niecierpliwość osłabią entuzjazm.

A poza tym nie mamy pojęcia, ile czasu Sachakanie potrzebują, żeby tu dotrzeć i nas wykończyć.

Myśl o pobieraniu mocy od setek zwykłych ludzi początkowo wywoływała w Jayanie taki niepokój, że musiał zmuszać się do pokonywania kolejnych kroków nieco uproszczonego rytuału. Ochotnicy byli z początku nerwowi, ale kiedy ci stojący w kolejce zaraz za pierwszym zobaczyli, jakie to dla niego łatwe i jak ten pierwszy wzruszył ramionami i uśmiechnął się, odchodząc, rozluźnili się i zaczęli pogaduszki.

Magowie ustawili się w długim szeregu. Tłum falował, ponieważ gdy tylko jeden ochotnik odchodził, natychmiast przed magiem wyrastał następny. Niemal wszyscy, którzy podchodzili do Jayana, wypowiadali jakieś słowa zachęty: radzili mu, że powinien „oddać Sachakanom po ichniemu" albo „zetrzeć ich z powierzchni ziemi".

Jayan za każdym razem kiwał głową, zapewniając, że zrobi, co w jego mocy. Nie zapominał również o podziękowaniach. Czas płynął, wypełniony niekończącym się strumieniem słów wsparcia, pocieszeń i przekazywania mocy. Pod całą tą uprzejmością krył się jednak pośpiech. Napięcie, które kazało mu nieustannie zerkać przez ramię, jakby mógł sięgnąć wzrokiem poza miasto.

Król przechadzał się wzdłuż szeregu, dziękując ludziom i dodając im otuchy. Jayan widział rodziny magów, które przychodziły, żeby powitać swoich krewnych i poczuć ulgę, że widzą ich żywych. Dostrzegał również smutek na twarzach tych, którzy przybyli jedynie po to, by się dowiedzieć, że ich ukochani polegli. Jego ojciec ani brat nie zjawili się. Zdziwiłby się, gdyby było inaczej.

W końcu zaczęło go ogarniać zmęczenie, przestał się więc zamartwiać, nie zwracał też już uwagi na te spotkania, koncentrując się jedynie na czerpaniu mocy. Przed jego oczami pojawiały się kolejne twarze. Nie przejmował się już, czy wyciągnięte ku niemu ręce były czyste czy brudne, w łachmanach, czy też okryte delikatną tkaniną. Nagle jednak jego wzrok spoczął na parze wyjątkowo chudych rąk, co kazało mu zatrzymać się na moment i przyjrzeć lepiej stojącemu przed nim ochotnikowi.

Był to chłopiec mający najwyżej dziewięć lat, z oczami wpatrzonymi w Jayana.

Za nim stało już tylko kilka osób, Jayan widział więc tłum zgromadzony teraz na obrzeżach placu, oczekujący rozpoczęcia ostatniej bitwy. Miasto powoli spowijał mrok. Minął kolejny dzień. Moc, którą dysponowali ci ludzie, została już niemal w całości pobrana. Jayanowi chciało się pić. Mikken przyniósł mu wcześniej wodę i jedzenie, ale w tej chwili ucznia nie było nigdzie w pobliżu.

Jayan spojrzał na chłopca i pokręcił przecząco głową.

– Jesteś odważny, młody człowieku – powiedział z uśmiechem. – Ale nie pobieramy mocy od dzieci.

Chłopiec opuścił ramiona i głęboko westchnął, co zabrzmiało komicznie. Następnie sięgnął do kieszeni i wcisnął piąstkę w rękę Jayana.

Co to jest? Usiłuje dać mi pieniądze? Czy coś innego? Coś brudnego... Odsuwając od siebie wątpliwości, Jayan otwarł dłoń. Chłopiec dał mu coś małego i ciemnego. Jayan uśmiechnął się.

– To na szczęście – rzucił chłopiec i uciekł.

Jayan przyglądał się niewielkiemu przedmiotowi. Był to kawałek chropowatej ceramiki, utłuczonej w jednym miejscu. W górnej części znajdował się otwór, przez który można przewlec rzemyk lub sznurek, a na powierzchni wydrapano stylizowany rysunek owada, podobny Jayan widział w jednej z książek Dakona.

Inava, pomyślał. *Ciekawe, czy on wie, że inavy żyją na północy Sachaki? Pewnie nie.*

Wsunął przedmiot do kieszeni i uświadomił sobie, że po chłopcu nikt nowy do niego nie podszedł, ponieważ ludzie się już rozpierzchli. Magowie wychodzili z szeregu, zbierając się w małe grupki. Jayan rozejrzał się i dostrzegł Dakona i Tessię, ruszył więc w ich stronę, nim tam jednak dotarł, mag odwrócił się i pospieszył w inny kierunku. Tessia natomiast dostrzegła go i pomachała ręką.

– Z wież pałacu widziano Sachakan – powiedziała. – Będą tu za jakąś godzinę. – Zmarszczyła brwi. – Myślisz, że mamy dość mocy, by ich tym razem pokonać?

Jayan potaknął.

– Nawet jeśli udało im się schwytać wszystkich naszych służących i ludzi z wiosek, to jest to zaledwie kilkaset osób. A my właśnie zaczerpnęliśmy od tysięcy.

– Godzinę temu przybyli uzdrowiciele. Powiedzieli, że służący rozdzielili się i rozbiegli na wszystkie strony, żeby odnalezienie ich zajęło Sachakanom więcej czasu. Uzdrowiciele mieli oczywiście własne konie, więc skierowali się prosto do miasta.

W jej głosie słychać było niechęć.

– Mało prawdopodobne, by ktokolwiek, kogo dopadną Sachakanie, potrzebował leczenia – zauważył.

– Owszem, ale oni mieli pod opieką chorych. Ja bym zaczekała, aż Sachakanie podejdą pod Imardin, i wróciła, żeby zobaczyć, czy moi pacjenci przeżyli. – Uśmiechnęła się jednak cierpko. – Choć muszę przyznać, że samolubnie cieszę się na ponowne spotkanie z Kendarią.

Uśmiechnął się.

– Pewnie wy dwie dziś w nocy wyruszycie leczyć ludzi. Mam tylko nadzieję, że bezpiecznie w obrębie miasta.

Tessia zrobiła do niego minę, ale szybko spoważniała.

– A ty będziesz po raz pierwszy walczył z Sachakanami.

Poczuł lęk, ale odsunął go od siebie. *Moc tysięcy*, powtarzał sobie. *Nie możemy przegrać.*

– Przynajmniej tym razem na coś się przydam.

– Ale będziesz ostrożny, prawda?

Patrzyła na niego z takim napięciem, a troska w jej głosie była tak oczywista, że nie mógł spojrzeć jej prosto w oczy. *Nie mogę mieć nadziei, że to coś więcej niż troska o przyjaciela. Ale i tak dobrze, że kogoś obchodzi, czy przeżyję*, pomyślał. *Wątpię, czy mój ojciec i brat się tym przejmują.*

– Ależ oczywiście – odpowiedział. – Nie poświęciłem prawie dziesięciu lat na naukę i marzenia o tym, żeby zostać niezależnym magiem, by dać się zabić chwilę po tym, jak to osiągnąłem.

Uniosła brwi.

– Dobrze. Postaraj się tylko, żeby ta niezależność i nabyte ostatnio upodobanie do przewodzenia nie uderzyły ci do głowy i nie podpowiedziały znów czegoś głupiego.

Podniósł na nią wzrok.

– *Znów* czegoś głupiego? O co...?

– Będę miała na ciebie oko – ostrzegła go. – Chociaż... jak myślisz, gdzie odbędzie się bitwa? W mieście?

– Nie – odparł. *Czyżby miała na myśli mój pomysł gildii magów?* – To byłoby zbyt niebezpieczne dla ludzi, ze względu na naszą i ich magię, nie mówiąc już o walących się domach. Wyjdziemy im na spotkanie. Co masz na myśli, mówiąc o głu...?

– A skąd będzie można najlepiej to obserwować?

Zaniepokoił się. *Powinna być gdzieś daleko... od wszelkiego niebezpieczeństwa.* Wątpił jednak, czy dałaby się przekonać, lepiej więc będzie wymyślić jakieś w miarę bezpieczne miejsce.

– Najlepiej z wysoka, sugerowałbym zatem okolice pałacu. Unikaj wnętrz domów. Nie chciałabyś być w budynku, w który uderzy zabłąkany pocisk magiczny.

– I tak mogę oberwać.

– Póki stoisz na ziemi, wystarczy ci tarcza. A w walącym się domu będziesz miała nieco więcej problemów.

– Ach. – Uśmiechnęła się. – Rozumiem, co masz na myśli.

Poczuł, że jego serce zaczyna łomotać. *Nie wyobrażam sobie, że mogłaby zginąć*... Odrzucił od siebie tę myśl.

– Co miałaś na myśli, mówiąc o...?

Rozległ się przejmujący dźwięk i zagłuszył jego słowa. Tessia odwróciła się. Jayan westchnął i podobnie jak ona spojrzał w kierunku powozu stojącego na środku placu. Król powrócił i właśnie do niego wsiadał, towarzyszył mu Sabin. Obok stał spory złoty gong, zapewne przywieziony z pałacu.

Magowie i uczniowie stłoczyli się. Pojawił się Dakon z Narvelanem i pozostali dowódcy. Dakon dostrzegł Jayana i Tessię i skinął na nich. Przecisnęli się razem przez tłum ku niemu, gdzie ku swojemu zdumieniu natknęli się na Mikkena. Młody człowiek spojrzał przepraszająco na Jayana.

– Wybacz moje zniknięcie. Zostałem zatrudniony jako posłaniec – mruknął.

Dakon nachylił się.

– Jest więcej Sachakan – szepnął do Jayana. – Pojawili się na południu kilka dni temu i zdołali tu dotrzeć.

Jayan poczuł, że uginają się pod nim kolana.

– Ilu? – spytał.

– Około dwudziestu.

To przecież nie wystarczy. Nie przeciwko sile tysięcy. Uświadomił sobie jednak, że gdyby Takado myślał, że jego armia nie stanowi zagrożenia dla armii kyraliańskiej wzmocnionej przez ludzi, nie zaatakowałby ponownie.

Dakon patrzył na Tessię.

– Król powiedział, że jeśli przegramy tę bitwę, uczniowie mają opuścić Kyralię.

Otworzyła usta, by zaprotestować, ale Dakon powstrzymał ją, unosząc rękę.

– Sachakanie pozabijają was wszystkich. Jedyne, co wam pozostaje, to szukać schronienia w innych krajach. A w przyszłości możecie pomyśleć o odzyskaniu Kyralii.

Zamknęła usta i kiwnęła głową. Tłum uciszył się, wszyscy zwrócili się w kierunku króla.

– Kyralianie – zaczął Errik.

Władca wygłosił mowę podobną do poprzedniej, tyle że tym razem głównie dziękował i chwalił lud. Uwagę Jayana przyciągnęła niewielka grupka Elynów stojących w pobliżu. Wyglądali na rozluźnionych, jakby nic ich nie niepokoiło. Niektórzy wręcz wydawali się znudzeni, aczkolwiek ich przywódca w skupieniu wpatrywał się w Króla Errika. Dakon powiedział wcześniej Jayanowi, że metoda walki Ardalena nie była dla Elynów nowością.

Ciekawe, jakie jeszcze magiczne sztuczki znają, których my nie odkryliśmy? I czy dadzą się przekonać do podzielenia się z nami tą wiedzą? Może w zamian za przyjęcie do gildii magów? Zerknął na Tessię. Czy ona naprawdę myśli, że to głupi pomysł?

Nagle zewsząd rozległy się wiwaty, Jayan więc dołączył do magów.

– Dziś w nocy Sachaka przestraszy się ludzi, którzy niegdyś się jej bali! – wołał król. – Dziś w nocy sachakańskie imperium poniesie ostateczną klęskę!

Rozległy się kolejne wiwaty. Król zeskoczył z powozu wraz z Sabinem. Ruszył do przodu, a za nim pociągnęli magowie. Dakon zatrzymał się i spojrzał na Tessię. Poklepała go po ramieniu i mrugnęła do niego. Następnie przeniosła wzrok na Jayana i zmrużyła oczy.

– Będę się przyglądać – powiedziała, głosem ledwie słyszalnym w ogólnym gwarze.

Wzięła Mikkena pod ramię i odeszli. Jayan stłumił zazdrość i pobiegł za Dakonem i wszystkimi magami Kyralii, którzy zmierzali ku bramom miasta i ostatniej szansie na pokonanie Takady oraz jego sojuszników.

ROZDZIAŁ 40

Tessia z początku nie mogła zastosować się do rady Jayana. Kiedy magowie wymaszerowali, tłum ruszył za nimi, unosząc ją z sobą. Puściła rękę Mikkena, ale gdy z niepokojem się za nią obejrzał, pomachała mu na znak, że wszystko w porządku. Z całych sił starała się unikać przemieszczania się w lewo, w kierunku rzeki, i usiłowała wykorzystać każdą okazję, by przesunąć się w przeciwną stronę, w górę miasta.

Wkrótce minęli ostatnie zabudowania, a tłum ruszył w kierunku slumsów i prowizorycznych schronień biedoty i bezdomnych. Tessia w końcu zdołała się przecisnąć poza główną falę ludzi. Kiedy stanęła z boku, znalazła się w wielkiej grupie obserwatorów. Nieco bliżej murów miasta dostrzegła kilka osób ubranych lepiej niż pozostali i poczuła, że jej serce przyspiesza na ich widok.

Uzdrowiciele, pomyślała. *I Kendaria!*

Przyjaciółka zauważyła Tessię i pomachała do niej. Dziewczyna zaczęła się przeciskać między tłumem widzów a powracającymi do slumsów. Kilku uzdrowicieli powitało ją uprzejmymi skinieniami, ale bez słowa. Zauważyła, że jeden z nich nachyla się do drugiego, szepcząc mu coś na ucho, po czym obaj popatrzyli na nią spod opuszczonych powiek.

– Witaj, Uczennico Tessio! – zawołała Kendaria, przekrzykując ogólny hałas. – Co się dzieje? Dlaczego ludzie opuszczają miasto?

– Pewnie po to żeby przyglądać się bitwie – odkrzyknęła Tessia. – Co akurat nie jest najlepszym pomysłem. Powinni pozostać w obrębie murów. Trzymać się z daleka.

Kendaria skrzywiła się.

– Nie powstrzymasz ludzkiej ciekawości. A ty skąd zamierzasz się przyglądać?

Tessia uśmiechnęła się.

– Jayan powiedział, że powinnam udać się gdzieś tam – wskazała w górę. – W pobliże pałacu. Można się tam jakoś stąd dostać?

– Jasne, ale musisz się przedrzeć przez slumsy. Mogę pójść z tobą?

– Oczywiście. – Tessia zerknęła na pozostałych uzdrowicieli.

Kendaria też rzuciła na nich okiem, po czym wzruszyła ramionami.

– Nie przejmuj się, nie obchodzi ich, dokąd pójdę. – Wzięła Tessię pod rękę. – W drogę.

Prowizoryczne domy stanowiły bezładny, pozbawiony planu labirynt, ale Tessia parła w górę, utrzymując nad nimi kulę magicznego światła. Zaskoczyło ją to, ile w slumsach jest ludzi: nieświadomych zbliżającej się bitwy, która miała rozstrzygnąć o ich losach, lub oczekujących na nią z obojętnością. Wielu wyglądało na zbyt chorych, żeby się czymkolwiek przejmować. Niektórzy zataczali się pijani, inni spali. W pewnym momencie Tessia i Kendaria natknęły się na leżące między lepiankami ciało martwego mężczyzny.

Wymieniły szybkie spojrzenia; Tessia już wcześniej zauważyła, że Kendaria jest równie zaniepokojona tym, co ogląda. *Muszę tu kiedyś wrócić, żeby spróbować im pomóc...*

W końcu chaty zaczęły się przerzedzać, a teren podnosić ostrzej w górę. Jakieś dwadzieścia kroków za ostatnim, walącym się budynkiem Kendaria skręciła.

– Myślisz... że... wystarczy? – wyszeptała, dysząc.

Wcale nie były blisko pałacu. Tessia zatrzymała się i spojrzała za siebie.

– Chyba tak.

Przed nimi rozpościerały się slumsy, droga i podmiejskie pola. Tłum ustawił się po obu stronach traktu, rozciągając się od brzegu rzeki wielkim łukiem, który sięgał aż po zbocze wzgórza, tuż przed zabudowaniami slumsów. Wokół bramy miejskiej ustawiono latarnie. Dalej stała armia Kyralii, podzielona teraz na grupy po siedmiu magów rozstawione w szereg.

Jeszcze dalej stanęła armia sachakańska, licząca dwie trzecie sił kyraliańskich. Dla większości obserwatorów przewaga Kyralii byłaby oczywista, ale grupka nowych przybyszów po stronie sachakańskiej nie napotkała na swojej drodze przez południe kraju żadnego oporu, za to się wzmacniała. Kto wie, jak potężni się stali?

My za to mamy moc tych wszystkich ludzi, powtórzyła sobie Tessia. *To musi wystarczyć.*

Nad obiema armiami unosiły się światła, tworząc dwa jasne obszary. Od szeregu Kyralian oderwały się dwie postacie. Tessia rozpoznała w nich króla i Maga Sabina.

Z drugiej strony wystąpił jeden człowiek. Zmrużyła oczy i poczuła dreszcz, widząc Takadę. W jej myślach znów pojawił się obraz jego szyderczej twarzy. Myśląc o szkodach, jakie wyrządził, uznała, że miała szczęście. Nie tylko dlatego że odkryła w sobie magię, dzięki której odepchnęła go, ale również dlatego że on nie śmiał wtedy zaryzykować pozbawienia jej życia.

Szkoda tylko, że go wtedy nie zabiłam, zamiast rzucić nim na koniec pokoju. Nienawidziłabym siebie za to, gdybym nie dowiedziała się, że planował inwazję, ale oszczędziłoby to nam tyle śmierci i cierpienia.

Ta myśl wywołała w niej gniew i przez chwilę Tessia wyobrażała sobie siebie zadającą Takadzie ostatni cios. Cios, który starłby go na proch albo roztrzaskał wszystkie jego kości. Wzdrygnęła się, przerażona własną wyobraźnią.

Jak mogę myśleć o zadawaniu ran i śmierci, skoro najbardziej w życiu pragnę leczyć i ratować ludzi? Westchnęła. *Obawiam się, że jednak mam w sobie jakąś cząstkę wojowniczki.*

– Jak myślisz, o czym rozmawiają? – spytała Kendaria.

Tessia wzruszyła ramionami.

– Wyliczają swoje przewagi i słabości przeciwnika? Wyzywają się wzajemnie?

– Usiłują się zastraszyć?

– Tak. Coś w tym rodzaju. I zapewne próbują się przekonać do poddania.

Nagle Takado wystrzelił jasnym pociskiem w Króla Errika. Chwilę później powietrze zadrżało i zakołysało się. Rozległ się odgłos jakby gromu, który następnie zmienił się w przeciągły grzmot, ponieważ jedno uderzenie nie zdążyło ucichnąć, kiedy nastąpiło kolejne. W oślepiających strumieniach światła Tessia dostrzegła Errika i Sabina wycofujących się spokojnie i dołączających do swojej grupy. Tessia rozpoznała wśród otaczających króla magów Dakona i nagle poczuła przeszywający ją strach. Uczniowie nie widzieli dwóch poprzednich bitew, trzymali się bowiem bezpiecznie na uboczu. Była wtedy zniecierpliwiona i poirytowana, ponieważ nie wiedziała, co się dzieje. Teraz jednak niemal tęskniła za tą nieświadomością. Gdyby w tej bitwie Dakon albo Jayan mieli zginąć, zdarzyłoby się to na jej oczach, a ona jednak nie chciałaby tego zobaczyć.

Jayan! Gdzie jest Jayan? Zaczęła się za nim rozglądać.

– Tłum chyba zaczął mieć wątpliwości – zauważyła Kendaria.

– Co? Ach. – Tessia uświadomiła sobie, że rzesza ciekawskich wycofuje się szybko; część ludzi przewracała się i deptała innych, usiłując jak najszybciej oddalić się od żaru i magicznych wibracji.

Żaden pocisk, przypadkiem ani celowo, nie opuścił jednak pola bitwy. Czyżby Kyralianie osłaniali miasto? Z drugiej strony nie dostrzegła jednak ani jednej sachakańskiej próby skierowania ataku poza armię.

Później przyjdzie czas na niszczenie budynków i zabijanie zwykłych ludzi. Na razie koncentrują całą swoją moc na walce. Zburzenie paru murów nie zapewni im zwycięstwa, jeśli nie pokonają armii.

– Ciekawe widowisko – powiedziała cicho Kendaria. – Gdyby nie to, że oni usiłują się wzajemnie pozabijać, uznałabym, że to piękne.

Tessia spojrzała na przyjaciółkę. Twarz Kendarii oświetlił na moment rozbłysk światła, ukazując wyraz podziwu i smutku.

– O... i po jednym wrogu.

Tessia spojrzała w dół, przeszukując szeregi Sachakan. Rzeczywiście, jeden z nich upadł. Niewolnik usiłował go odciągnąć z pola bitwy. Przeniosła wzrok poza linię wroga i dostrzegła niewielkie postacie leżące w trawie, unoszące co jakiś czas głowy, by przyjrzeć się walce.

Niewolnicy. Ciekawe, czy jest wśród nich Hanara? Przypomniała sobie jego nieśmiały, nerwowy uśmiech. *Czy on nas naprawdę zdradził, odszedł, żeby poinformować Takadę, że wioska jest pozbawiona ochrony? Myślałam, że był szczęśliwy, a przynajmniej zadowolony z tego, że jest wolny i bezpieczny. Obawiam się, że nigdy go naprawdę nie rozumiałam.*

– O, jeszcze jeden i następny – mruknęła Kendaria. – Czy po naszej stronie ktoś padł?

Tessia przebiegła wzrokiem szeregi Kyralian.

– Nie.

Na samym końcu szeregu dostrzegła jakąś znajomą postać. Serce jej podskoczyło, kiedy ją rozpoznała.

Jayan. Jest tam. Żyje.

Stał z ręką na ramieniu Mistrza Everrana. W tej samej grupie była też Aravia. Tessia zauważyła, że część pozostałych magów przekazywała jej moc. Ciekawe, które z tej dwójki uderza, a które broni.

Odwróciła się, by znów spojrzeć na stronę wroga, i jej uwagę przyciągnęła postać niewolnika, który uciekał z pola bitwy. Chwilę później potknął się i upadł na twarz. Następnie jego stopa uniosła się i ciało zaczęło wlec się z powrotem ku szeregowi Sachakan, chwytał się jeszcze rękami za kępy trawy. Kiedy znalazł się w zasięgu swojego pana, mag chwycił go za rękę. Błysnęło ostrze. Przez chwilę nic się nie działo. Potem Sachakanin odwrócił się znów ku walczącym, a niewolnik pozostał bez ruchu za nim.

Tessia nie mogła oderwać wzroku od jego maleńkiej postaci. *Właśnie widziałam coś, o czym mówiliśmy na lekcjach, a czego nigdy nie robiliśmy w udawanych bitwach. Sachakanin zabił niewolnika dla mocy. Ale to oznacza...*

– Czy wygrywamy? – spytała Kendaria, wstrzymując

oddech i wbijając wzrok w Tessię. – Wygrywamy, prawda? Większość z nich poległa.

– Trudno powiedzieć.

Sachakanin zabija niewolnika źródło tylko wtedy, kiedy brakuje mu mocy. Jeśli nie ma innego wyjścia. Spojrzała znów w tamtym kierunku: Sachakanin, który zabił swe źródło, stanął za innym magiem, wstrzymując się od walki.

Nie wszyscy Sachakanie kryli się za tarczami towarzyszy. Chociaż już ponad połowa z nich nie żyła lub szukała pomocy u innych, pozostali walczyli bez trudu. Tessia zmusiła się do uważnego przyjrzenia się stronie kyraliańskiej i poczuła, że wzbiera w niej nadzieja. Nikt nie zginął. Wpatrzyła się jeszcze bardziej. Tylko jedna grupa skryła się wewnątrz tarczy innej. Sądząc po ubraniach, byli to Elynowie.

Ach! Przecież Elynowie nie pobierali mocy od Kyralian. Czerpanie mocy od ludzi z innego kraju zostałoby uznane za zbyt aroganckie z ich strony, tak jak w przypadku Lanów czy Vindonów. A Kyralianie też pewnie nie chcieliby oddawać mocy cudzoziemcom. Nawet tym, którzy przybyli z odsieczą.

Poczuła przypływ nadziei.

– Wygląda to obiecująco – powiedziała.

Kendaria ucieszyła się.

– Prawda?

Żadna roślinność nie kryła Hanary przed wzrokiem Kyralian ani nie dawała mu złudzenia ochrony przed magią, która wybuchała tuż koło niego. Przywierał do ziemi, ilekroć w jego stronę leciał pocisk, ale za każdym razem uderzenie odbijało się od tarczy Takady.

Zaledwie dziesięć kroków dalej sachakański mag wybuchnął nagle płomieniem, a ci, którzy chronili się za nim, rozbiegli się szybko na wszystkie strony. Jeden z magów potknął się o niewolników czołgających się ku martwemu panu. Odwrócił się i zaklął na nich, po czym na jego twarzy pojawił się wyraz zastanowienia. Zrobił krok do przodu, chwycił niewolnika za rękę i jednym płynnym ruchem wyciągnął nóż. Jęki protestu niewolnika ucichły natychmiast, gdy mag zaczął czerpać moc.

Pozostali niewolnicy zerwali się do ucieczki. Nim mag skończył z ich towarzyszem, zdołali ukryć się wśród niewolników pilnujących koni. Mag rzucił za nimi wściekłe spojrzenie i schował się za tarczę innego towarzysza. Hanara poczuł dreszcz na widok otwartych oczu martwego niewolnika, wpatrzonych w martwego pana.

Podniósł wzrok na Takadę. *Czy on ma dość siły? Wytrzyma tyle, co posiłki Nomako, czy będzie musiał się skryć za wojownikami imperatora?*

Po ostatniej bitwie Takado i jego sojusznicy jechali główną drogą, zatrzymując się w każdym miasteczku i wiosce, a następnie objeżdżając okolicę w poszukiwaniu każdego człowieka, którego mogli dopaść. Musieli pozabijać setki ludzi.

Później jednak natknęli się na grupę dwudziestu Sachakan, twierdzących, że przybyli, by wzmocnić szeregi Takady. Ten przywitał ich uprzejmie, ale powiedział później Asarze i Dachidzie, że rozpoznał niektórych wojowników.

– To sprzymierzeńcy Nomako – powiedział. – Zauważyliście, w jak zażyłych stosunkach pozostają z tymi, którzy ostatnio do nas dołączyli? A tamtych dziwnym zbiegiem okoliczności też było dwudziestu.

– Ich przybycie na czas bardziej mnie niepokoi, niż cieszy – przyznał Dachido. – Myślisz, że Nomako celowo wysłał ich na południe?

Takado potwierdził ich przypuszczenia.

– Żeby dołączyli do nas, kiedy będziemy mieli mało mocy po wcześniejszych bitwach.

Asara rzuciła mu posępne spojrzenie.

– Zamierzają ukraść nam zwycięstwo.

– Ani myślę im na to pozwolić – warknął Takado.

Ta trójka opóźniła więc marsz do Imardinu o kilka godzin, żeby zapolować na jeszcze trochę mocy. Zabijali ludzi i zwierzęta. Wszystko, co mogło im zapewnić choćby odrobinę dodatkowej magii.

Nie na wiele im się to zdało, pomyślał Hanara. Spoglądał poza linię Sachakan i widział, że po kyraliańskiej stronie nie padł jeszcze żaden mag. Nie męczyli się i nie szukali schronienia w sąsiednich grupach. Ich atak nie słabł.

Kilka oddechów później upadli następni dwaj Sachakanie.

– Jochara!

Młody niewolnik podniósł się z miejsca niedaleko Hanary i podbiegł do Takady. Nie zdążył się rzucić na ziemię, kiedy ręka Takady chwyciła za jego ramię. Hanara dostrzegł błysk ostrza i poczuł przerażenie. Jochara wpatrywał się ze zdumieniem w Takadę i już tak pozostał. Kiedy opadł bez życia na ziemię, jego oczy były nadal utkwione w pana.

– Chinra!

Hanara podniósł wzrok i zobaczył podchodzącą do pana niewolnicę – ponurą i zrezygnowaną. Uklękła i wyciągnęła ku niemu rękę. Takado nie zwlekał, tylko przeciął ostrzem jej skórę. Zamknęła oczy i umarła z ulgą malującą się na jej twarzy.

W taki sposób powinienem odejść, pomyślał Hanara. *Pogodzony z losem. Ze świadomością, że dobrze służyłem mojemu panu. Dlaczego więc tak wali mi serce?*

– Dokko!

Na lewo od Hanary rozległ się pozbawiony słów krzyk protestu. Zobaczył potężnego mężczyznę zrywającego się na nogi i rzucającego do ucieczki. Nie odbiegł daleko. Niewidzialna siła pociągnęła go w tył. Upadł i wrzeszczał, gdy magia wlekła go po ziemi. Na twarzy Takady malował się gniew.

Złości go, że musiał marnować moc.

Krzyki niewolnika ustały. Takado odwrócił się od pola bitwy.

– Hanara!

Hanara poczuł ciepło między nogami. Spojrzał w dół, obrzydzony tą utratą kontroli nad swoim ciałem. Tym że nie potrafił opanować strachu i przyjąć swojego losu. Usiłował zmusić trzęsące się członki do działania.

– Hanara! Konia!

Poczuł niespodziewaną ulgę. I powrót sił. Podniósł się i pobiegł w kierunku niewolników trzymających konie. Do jego rąk jeszcze nie dotarła dobra wieść, że nie miał umrzeć, drżały więc, gdy brał w nie wodze. Na szczęście koń nie sprawiał kłopotu, chociaż najwyraźniej nie podobało mu się, że niewolnik prowadził go ku zgiełkowi i rozedrganemu od magii powietrzu. Hanara uświadomił sobie, że inni niewolnicy też prowadzą konie. Ci spośród magów, którzy to dostrzegli, zwracali w kierunku Takady twarze, a na nich malowało się przerażenie, panika i gniew.

– Panie! – zawołał, podchodząc bliżej.

– Czekaj! – rozkazał Takado.

Hanara spojrzał przed siebie i dostrzegł, że kilku kyraliańskich magów podchodzi nieco do przodu i zatrzymuje się.

Może to był jakiś zbiorowy odruch. Może szybko odwołany rozkaz ataku. Ale zadziałał jak podmuch wiatru.

Szeregi Sachakan nagle się złamały. Magowie rozbiegli się. Niewolnicy uciekali. Wszyscy umierali.

W mieście rozległy się głośne okrzyki. Zwykli Kyralianie wiwatowali. Zgiełk był ogłuszający.

Takado obrócił się i podszedł do Hanary. Przejął od niego wodze i wskoczył na siodło. Zatrzymał się na moment i spojrzał na niewolnika.

– Wsiadaj!

Hanara wspiął się na grzbiet konia za swoim panem ze straszliwą świadomością, że mokra plama na jego spodniach przylegnie teraz do pleców Takady. Poczuł, że jego pan sztywnieje, po czym rozległo się pogardliwe prychnięcie.

– Gdyby nie to, że potrzebuję źródła... – powiedział Takado, ale nie dokończył zdania.

Pokręcił tylko głową i spiął konia do galopu, a Hanarze pozostało jedynie trzymać się siodła i mieć nadzieję, że jego panu starczy mocy, żeby wydostać się poza linię ataku nieprzyjaciela.

Wokół Tessii zahuczało, po chwili zorientowała się, że to Kyralianie wznoszą okrzyki radości. Obok niej podskakiwała Kendaria. Tessia rozpromieniła się i dołączyła do wiwatujących. Chwilę później spojrzały na siebie z przyjaciółką i wybuchnęły śmiechem. A potem zaczęły skakać, machać rękami i krzyczeć wesoło.

– Pokonaliśmy ich! Pokonaliśmy! – wołała Kendaria.

Tessia poczuła, że coś w niej rozluźnia się, jakby rozwiązał się jakiś węzeł, i miała wrażenie, że uchodzi z niej cały lęk oraz napięcie zebrane przez ostatnie miesiące. Zwyciężyli. W końcu pokonali Sachakan. Kyralia została ocalona.

Tessii zaczynało brakować tchu, a kiedy zmęczenie przemogło ekscytację, poczuła również powracający smutek. *Tak, pobiliśmy ich. Ale też tyle straciliśmy. Tyle śmierci i zniszczeń.*

– Jadą za nimi – powiedziała Kendaria.

Tessia spojrzała znów przed siebie i zobaczyła służących biegnących po konie dla magów.

Uzdrowicielka już się nie uśmiechała.

– Mam nadzieję, że znajdą ich szybko. Nie chcemy, żeby włóczyli się po okolicy i polowali na ludzi.

– Nie zostało już wielu, na których mogliby zapolować – odparła Tessia. Wiedziała jednak, że to nie może być prawda. Części mieszkańców odległych wiosek udało się uniknąć spotkania z Sachakanami, chociaż nie opuścili ich, by pilnować dobytku przed rabusiami lub opiekować się chorymi, którzy nie byli w stanie podróżować.

– Chodźmy, przyłączmy się do świętowania.

Tessia uśmiechnęła się i ruszyła za przyjaciółką.

– Dobrze. Podejrzewam, że większość Kyralian obudzi się rano z wściekłym kacem.

– Możesz na to liczyć – odparła Kendaria. – Mam nadzieję, że znajdziesz jeszcze jakieś środki przeciwbólowe w tej twojej torbie.

Tessia poczuła skurcz serca, powrócił bowiem dawny smutek.

– Zostawiłam ją w obozie po poprzedniej bitwie.

Przyjaciółka spojrzała na nią współczująco.

– Tak mi przykro.

– Nieważne. – Tessia zmusiła się do wzruszenia ramionami. – Mogę sobie kupić nową torbę, nowe narzędzia i więcej lekarstw. Najważniejsze jest to, czego nauczył mnie ojciec. – Dotknęła dłonią czoła. – To jest ważne dla innych, torba była ważna tylko dla mnie.

Kendaria rzuciła jej przeciągłe spojrzenie.

– A poza tym pewnie wkrótce nie będziesz potrzebowała narzędzi ani lekarstw, ponieważ zaczniesz leczyć magią.

Tessia zdołała się uśmiechnąć.

– To trochę potrwa. Jeśli w ogóle mi się uda. Na razie pozostanę przy tradycyjnych metodach.

CZĘŚĆ V

ROZDZIAŁ 41

Kiedy powóz przetoczył się przez bramę, Steria rozejrzała się, zaskoczona. Wjechali na typowy dla sachakańskiego domu dziedziniec, ale po jednej jego stronie wznosił się dwupiętrowy, nieotynkowany na biało budynek. Dłuższy bok dziedzińca stanowiła ściana z gładkiego białego kamienia z szarymi żyłkami.

– To jeden z najstarszych domów w Arvice – powiedział do niej Kachiro. – Dashina twierdzi, że ma prawie sześćset lat.

– Nie widać śladów zniszczenia – zauważyła Steria.

– Jego rodzina zawsze dbała o naprawy i remonty. Po trzęsieniu ziemi sto lat temu trzeba było odbudować prawie całą fasadę.

Pomieszczenia w tym domu były wysokie, a pierwszym był dość pokaźnych rozmiarów „pokój pana". Drzwi po obu stronach ukazywały odchodzące od niego korytarze, a dokładnie nad nimi znajdowały się kolejne drzwi prowadzące na korytarze drugiego piętra.

Odbyło się tradycyjne powitanie. Dashina przywitał Sterię i Kachiro, a przyjaciele jej męża podeszli, żeby wymienić uprzejmości. Większość z nich ignorowała Sterię, tylko Chavori spojrzał jej prosto w oczy z uśmiechem. W odpowiedzi skłoniła uprzejmie głowę. Chavori odwiedził dom jej męża (dziewczyna nie przywykła jeszcze do nazywania go „swoim" domem) poza pierwszą wizytą jeszcze trzy razy i zawsze miał ze sobą mapy.

Mimo że w trakcie tych spotkań poświęcał sporo czasu, by pokazać jej mapy i wyjaśnić, o co w nich chodzi, z każdą wizytą spędzał coraz mniej czasu ze Sterią, a coraz więcej z Kachiro. A ten przestał czynić uwagi, że nie miałby nic przeciwko, gdyby młodzieniec został jej kochankiem.

Rozejrzała się po pokoju, a jej uwagę przykuli niewolnicy. A raczej niewolnice, jak sobie to po chwili uświadomiła, ponieważ wszystkie były młodymi i ładnymi kobietami, ubranymi w krótkie szaty i obwieszonymi wielką ilością biżuterii. Steria przypomniała sobie opowieść Tashany o tym, że jej mąż lubi młode niewolnice. *Czyżby zadaniem tych właśnie było dawanie mu rozkoszy? Oczywiście, że tak. Są zbyt piękne, żeby robiły cokolwiek innego.* Przez moment zaniepokoiła się o Kachiro. Jeśli Dashina sypia z tymi kobietami, to one wszystkie mogą być zarażone tą samą chorobą, która toczy jego żonę, a jeśli Dashina zaprasza Kachiro do… ależ to niemożliwe. Nie, jeśli Kachiro rzeczywiście nie może, jak twierdzi.

Ależ dziwacznie potoczyło się moje życie, pomyślała. *Mam męża, którego lubię na tyle, by być o niego zazdrosną, ale nie mam powodów do zazdrości!*

Tashana pojawiła się w jednym z korytarzy i weszła do pokoju. Bez słowa zbliżyła się do Sterii i wzięła ją za rękę.

– Mogę porwać twoją żonę, Kachiro? Proszę, powiedz, że się zgadzasz.

Odwrócił się do niej i roześmiał.

– Ależ oczywiście. Wiem, że nie mogła się doczekać ponownego spotkania. – Uśmiechnął się do Sterii. – Idź – zachęcił ją cicho. – I baw się dobrze.

Tashana wyprowadziła Sterię z pokoju i ruszyła korytarzem ciągnącym się za głównym pomieszczeniem. Z przyzwyczajenia Steria nasłuchiwała kroków Vory za sobą. Niewolnica chodziła tak cicho, że dziewczynie zdarzało się odwracać, by sprawdzić, czy nie została gdzieś w tyle – co zawsze kończyło się grymasem niezadowolenia Vory. Nie powinna tak przejmować się niewolnicą.

– Dobrze się czujesz? – spytała Tashana. – Lato nie jest zbyt gorące?

– Jestem zdrowa i szczęśliwa – odparła Steria. – Przywykłam do letnich upałów. W Elyne jest tak samo, chociaż pada nieco częściej, a wilgoć sprawia, że skwar staje się nieznośny. A ty jak się miewasz? Twoja skóra wygląda lepiej.

Tashana wzruszyła ramionami.

– Owszem, nieźle. Wysypka czasem znika, ale zawsze wraca. Cieszę się tymi chwilami, kiedy jej nie ma. – Uśmiechnęła się do Sterii i przeszła przez drzwi prowadzące do obszernego pomieszczenia.

Na wyściełanych poduszkami ławach siedziały już inne żony.

Wstały, kiedy w pokoju pojawiły się Steria i Tashana. Kobiety wymieniły zwyczajowe powitania, ale po zakończeniu tych ceremonii żadna z nich nie usiadła z powrotem.

– Pomyślałyśmy, że będzie miło, jeśli Tashana pokaże ci dom – wyjaśniła Chiara, przenosząc wzrok na gospodynię. – Prowadź.

Tamta skinęła na nią i wyszła przez drzwi. Steria zauważyła, że pojawiły się niewolnice pozostałych żon i dołączyły do Vory, tworząc grupkę sunącą za kobietami. W rezultacie po korytarzach i pokojach domu Dashiny i Tashany snuł się spory tłumek. Stało się to jeszcze bardziej widoczne, kiedy opuściły wielkie, luksusowe pomieszczenia i weszły w zwykły, wąski korytarz, który odbijał echo kroków i głosów.

To nie wygląda jak część domu, w którą zapuszczaliby się pan i pani, pomyślała Steria, *ale raczej jak pomieszczenia używane przez niewolników. Nie żebym widziała w Sachace wiele kwater niewolników.*

Na końcu korytarza Tashana weszła do sporego pomieszczenia zastawionego ciężkimi drewnianymi stołami, przy których siedziało kilka niewolnic. Wszystkie odwróciły się i spojrzały na wchodzące kobiety. Steria pokiwała głową. Dobrze się domyślała. Ale po co tu przyszły? Odwróciła się do Tashany, która uśmiechnęła się i wskazała głową na coś za Sterią. Dziewczyna spojrzała ku niewolnicom: jedna z nich, kobieta o siwiejących włosach, ale silnej postawie, wstała i zbliżała się ku niej.

– Witaj, Sterio – powiedziała. Była to niewolnica, ale patrzyła jej prosto w oczy. Ani ona, ani pozostałe nie padły też na twarze przed panią domu. – Jestem Tavara. Jak widzisz, jestem kobietą i niewolnicą. Ale to nie wszystko. – Wskazała gestem na kobiety stojące obok Sterii i siedzące przy stołach. – Jestem jakby przywódczynią. Mówię w imieniu tych kobiet, a także innych, które wiąże potajemna umowa udzielania sobie wzajemnie pomocy, której wszystkie potrzebujemy.

Steria spojrzała po twarzach żon, które przytakiwały z powagą i zachętą. Popatrzyła na niewolnice, one przyglądały się jej podejrzliwie… ale nie tylko. Czyżby z nadzieją?

Tajne stowarzyszenie kobiet, pomyślała. *Czyżby to one uratowały Nachirę?* Odwróciła się i zmierzyła wzrokiem Vorę. Stara niewolnica zachichotała.

– Tak. To są ci ludzie, o których nie chciałam ci mówić.

Steria podeszła do Tavary.

– Nachira jest u was?

Kobieta odpowiedziała uśmiechem.

– Owszem. Zabrałyśmy ją z domu twojego ojca i przywróciłyśmy do zdrowia, kiedy okazało się, że nic innego jej nie ocali. Z wyjątkiem, być może, śmierci twojego ojca. – Kobieta skrzywiła się. – Wolałybyśmy jednak unikać takich środków.

– Poza tym przestałabyś nas lubić, gdybyśmy zrobiły coś takiego – dodała Chiara.

Steria wzruszyła ramionami.

– Nie sądzę. Chociaż... szczerze mówiąc, wolałabym nie zostać ojcobójczynią, nawet jeśli mój ojciec to pozbawiony serca potwór. – Spojrzała Tavarze prosto w oczy. – A zatem macie środki, by uczynić również to, gdyby zaszła potrzeba?

– Tak. Możemy zrobić sporo, aczkolwiek jest też wiele rzeczy, których nie potrafimy. My wszystkie byłyśmy wcześniej tylko niewolnicami. Niewolnicy są niewidzialni, mogą więc bez trudu nosić listy. Uznałyśmy jednak, że kobiety wolne są często równie bezradne jak my, a nierzadko nawet bardziej, ponieważ nie są niewidzialne i nie mogą swobodnie poruszać się poza swoimi domami. Mają za to coś, czego nam brakuje. Pieniądze. Wstęp do miejsc niedostępnych dla niewolników. Wpływy polityczne poprzez rodzinę, posłuchanie u możnych. Postanowiłyśmy im zaufać, podobnie jak one nam.

– A teraz ufacie również mnie? – Steria rozejrzała się dookoła. – Chyba tak, bo inaczej nigdy byście mnie tu nie przyprowadziły.

– Odczytałyśmy myśli Vory – odparła Tavara. – Ona ci ufa. To musi nam wystarczyć.

– Odczytałyście... – Steria zerknęła na Vorę, która wzruszyła ramionami. – A zatem musicie mieć w swojej grupie kogoś z magicznymi umiejętnościami.

– Miałyśmy – potwierdziła Tavara. – I mam nadzieję, że nadal mamy. Zmuszono ją do dołączenia do armii i walki w Kyralii. Niewątpliwie rozumiesz, że to oznacza, iż nie możemy odczytać twoich myśli.

– A jednak postanowiłyście mi zaufać.

– Owszem. – Tavara skrzyżowała ręce na piersi. – Powinnaś również zdać sobie sprawę, że wiemy o tobie coś, o czym na razie nie ma pojęcia twój mąż: że jesteś magiczką.

Steria przytaknęła.

– Nie przyszło mi to do głowy, ale to oczywiste, że wiecie, skoro czytałyście myśli Vory. – Urwała, ponieważ coś sobie uświadomiła. – Chcecie, bym czytała dla was myśli? Nigdy jeszcze tego nie robiłam. W każdym razie nie z rozmysłem.

Tavara uśmiechnęła się.

– Może kiedyś. Ale mamy nadzieję, że jeśli do nas dołączysz, będziesz z nami współpracować. Oczywiście zawsze możesz odmówić, jeśli to, o co cię poprosimy, nie będzie się zgadzać z twoimi przekonaniami.

– Na przykład jeśli będę miała wątpliwości co do popełnienia morderstwa.

– Właśnie.

– Dobrze. Co jeszcze?

– W grupie wszystkie jesteśmy równe: niewolnice, wolne kobiety, magiczki.

Steria odetchnęła.

– Co za ulga!

Kobieta rzuciła jej dziwaczne spojrzenie.

– To może nie być takie proste, jak ci się wydaje.

– Spędziłam większość życia w Elyne – odparła Steria. – Nie macie pojęcia, jak trudno było mi się przyzwyczaić do niewolnictwa. Kiedy zamierzacie wzniecić bunt i skończyć z tym?

Tavara uniosła brwi, przyglądając się z zamyśleniem Sterii.

– Nie planowałyśmy buntu – powiedziała. – Całą naszą energię skupiamy na ratowaniu życia kobiet. Twoja bratowa mieszka w miejscu poza miastem, które nazywamy azylem. Zabieranie kobiet z ich domów jest niebezpieczne, ale to nie koniec. Musimy je tam przewieźć, ryzykując, że ujawnimy zarówno nasze poczynania, jak i lokalizację azylu. Dostarczanie pożywienia też nie jest łatwe. Mamy dużo pieniędzy, ale nikt nie może prześledzić tych transakcji. Tylko kilka kobiet wie, gdzie to jest, a te, które się tam znalazły, nie mogą opuszczać domu, ponieważ gdyby ktoś odczytał ich myśli, byłybyśmy zgubione.

Tavara rozejrzała się po twarzach zebranych.

– Dlatego wolimy unikać zabierania kobiet z ich domów. Usiłujemy poprawiać ich byt na różne inne sposoby. Czasem posługujemy się polityką. Mówi się przecież, że odpowiednia plotka może zabić nawet imperatora. Czasem korzystamy ze sposobów handlowych, żeby zmienić losy jakiejś rodziny. A czasem, jak już wspomniałam, decydujemy się na środki ostateczne: ktoś musi zachorować, ktoś musi umrzeć. – Spojrzała znów na Sterię. – Czy wiedząc o tym wszystkim, chcesz się do nas przyłączyć?

Steria przytaknęła.

– Zdecydowanie. Ale czy wy chcecie mnie w swym kręgu? Co jeśli mój ojciec mnie odwiedzi i znów odczyta moje myśli? Albo Kachiro?

Tavara uśmiechnęła się i sięgnęła między fałdy podobnej do tuniki sukni, którą nosiła. Z jakiegoś ukrytego schowka wyciągnęła coś, co błyszczało srebrem i zielenią. Ujęła Sterię za rękę i wsunęła jej ten przedmiot do dłoni.

Był to kolczyk. Srebrne nitki otaczały jasny, jaskrawozielony kamień. Nieco grubszy srebrny drucik wystawał z tyłu oprawy.

– To kamień magazynujący. Kupujemy je od plemion Duna z północy. Oni produkują rozmaite dla różnych celów, ale sprzedają tylko takie. Chronią przed czytaniem myśli – ale nie blokują wszystkiego. Jeśli dobrze opanujesz tę sztuczkę, możesz pokazać temu, kto czyta twój umysł, to, czego się spodziewa, a ukryć to, czego nie chcesz mu wyjawić.

Steria wpatrywała się w klejnot z zachwytem.

– Nigdy o czymś takim nie słyszałam. Ani tu, ani w Elyne.

– Nie. Magowie kupują kamienie od Duna, ale nie wierzą w ich magiczne właściwości. Duna sprzedają im więc głównie tak porysowane, że mało przydatne. Nam, Zdrajczyniom, oferują jednak dobre.

Steria podniosła na nią zdumiony wzrok.

– Zdrajczyniom? Nazywacie same siebie Zdrajczyniami?

Tavara pokiwała głową, odwracając wzrok.

– Tak. Dwadzieścia lat temu córka poprzedniego imperatora została zgwałcona przez jednego z jego towarzyszy. Ujawniła to, domagając się ukarania tego człowieka. Ale imperator uznał, że poparcie sojusznika jest ważniejsze, miał przecież mnóstwo innych córek. Nazwał ją zdrajczynią i skazał na śmierć. – Tavara spojrzała znów Sterii prosto w oczy. – Była jedną z pierwszych kobiet, które nam pomagały. Dzięki niej ocaliłyśmy wiele kobiet. Niestety nie udało nam się uratować jej samej. Na pamiątkę tej dziewczyny nazwałyśmy więc siebie Zdrajczyniami.

– Nawet córka imperatora... – Steria pokręciła głową, po czym wyprostowała się. – Chciałabym wam pomóc, ale co mam zrobić?

Tavara uśmiechnęła się.

– Na początek musisz złożyć prostą przysięgę, no i musimy umieścić w twoim uchu ten kolczyk.

Steria spojrzała na klejnot, krzywiąc się.

– Nigdy nie miałam ochoty na przekłuwanie uszu albo innej części ciała. Czy mój mąż nie nabierze podejrzeń na ten widok?

– Nie. Wolne Sachakanki kochają biżuterię i to są najczęstsze prezenty, jakimi się wzajemnie obdarowują. To zaboli, ale tylko przez moment. – Tavara wzięła kolczyk od Sterii. – Kto ma maść?

Chiara podała jej niewielki słoiczek. Steria poczuła, że robi jej się słabo, kiedy Tavara wzięła w palce płatek jej ucha. Zesztywniała ze strachu, by się nie poruszyć, kiedy igła będzie przechodzić przez skórę.

– Powtarzaj za mną – powiedziała kobieta. – Przysięgam, że nigdy z własnej woli nie ujawnię istnienia Zdrajczyń, ich celów i zamiarów.

Steria powtórzyła te słowa, krzywiąc się ze zniecierpliwienia.

– Przysięgam pomagać wszystkim kobietom, wolnym i niewolnicom.

Wiedziała, że mówi szybciej i nieco wyższym głosem niż normalnie, a jej serce zaczyna mocniej bić ze strachu. *Nie będę krzyczeć*, powiedziała sobie, zagryzając wargę.

– Przysięgam robić wszystko, co w mojej mocy, żeby wyzwolić je spod tyranii mężczyzn. – Gdy wymówiła słowo „mężczyzn", poczuła piekący ból w płatku ucha i cicho pisnęła. Chwilę później piekło ją całe ucho. Chiara i Tavara męczyły się z kolczykiem. Potem płatek ucha pokrył się czymś chłodnym. Tavara cofnęła się o krok.

– Gotowe. – Chiara wsunęła Sterii słoiczek do rąk. – Smaruj tą maścią dwa razy dziennie, dopóki się nie zagoi. Pamiętaj jednak, żeby klejnot działał, musi dotykać skóry, a maść działa jak bariera.

Tavara uśmiechała się.

– Gratuluję, Sterio. Teraz jesteś jedną z nas. Witaj w gronie Zdrajczyń.

Dziewczyna nagle znalazła się w uścisku zarówno żon, jak i niewolnic. Najmocniej przytuliła ją Vora.

– Gratuluję – mruknęła niewolnica.

– Hmm – odparła Steria. – Mogłaś mnie uprzedzić o tym kolczyku.

– Żebym nie zobaczyła twojej miny w tej chwili? – Stara kobieta wyszczerzyła zęby w uśmiechu. – Nigdy.

W górach było chłodno, ale Dakon zawsze z ulgą witał złote światło wieczoru, w które przechodził oślepiający letni blask słońca. Rozglądał się dookoła i nie mógł powstrzymać dreszczu niepokoju. Zwiadowcy donieśli, że droga wiodąca na przełęcz była pusta. Nie widziano tu Sachakan, magów ani nikogo innego.

Dakonowi spędzenie tam nocy wydawało się nieroztropne, ale król już podjął decyzję. Być może wielu magów potrzebowało postoju na granicy po to, by nasycić się zwycięstwem i upewnić co do ostatecznego przegnania najeźdźców z Kyralii.

Czy tak było w rzeczywistości, nikt nie potrafił stwierdzić z całkowitą pewnością. Przez kilka tygodni podzieleni na mniejsze grupy Kyralianie, wspomagani przez Elynów, przetrząsali kraj w poszukiwaniu resztek armii Takady. Znaleziono i zabito kilku magów. Żaden z nich się nie poddał, choć Dakon nie miał pewności w przypadku ostatniego, którego wytropiła jego drużyna. Ten człowiek sam wyszedł z lasu i zanim został powalony, machał rękami jak oszalały. Dakon powstrzymał się od pytania, czy inni też mieli podejrzenia, że ten mag chciał się poddać. Nie chciał zasiewać wśród nich wątpliwości. A zwłaszcza przysparzać ich Narvelanowi, który i tak wycierpiał zbyt wiele, po tym jak pierwszy raz kogoś zabił.

Niewielka grupa Sachakan przeżyła dzięki temu, że wysforowała się dostatecznie, by przekroczyć Przełęcz Północną i umknąć do Sachaki. Dakon wiedział, że wśród ocalonych był również Takado.

Kyraliańskie drużyny przeczesujące okolicę spotkały się na północy, na drodze do przełęczy. Zgranie w czasie ich przybycia dzięki krwawym klejnotom okazało się dość łatwe.

Tylko dwaj magowie poznali sekret tworzenia tych kamieni: Sabin i Innali. Sabin wykonał pierścienie dla przywódców wszystkich grup, które udały się na poszukiwania niedobitków najeźdźców, Innali zaś był łącznikiem w Imardinie.

Narvelan, który został dowódcą drużyny, do której przydzielono Dakona, nosił jeden z krwawych pierścieni Sabina. Nie miał go na palcu przez cały czas, ponieważ klejnot powodował stały przepływ myśli i używanie naraz zbyt wielu pierścieni przysparzało ich twórcy sporych trudności. Dakon nie był pewny, czy chciałby umożliwić komukolwiek nieustanny dostęp do swojego umysłu. Nawet gdyby miał to być Sabin.

Westchnął i popatrzył przed siebie. Droga wspinała się po stromym zboczu, wycięta w skale przez jakichś dawno zapomnianych ludzi – może w czasach, kiedy Kyralią rządziła Sachaka, a może nawet wcześniej, kiedy obie krainy zaczęły ze sobą handlować. Droga skręcała w prawo i wiła się przez nisko położoną wąską dolinę. Nie była kamienista ani nie wiodła przez skały, starły się one bowiem przez stulecia użytkowania szlaku. Kiedy jednak Dakon wyjechał za zakręt, dostrzegł, że król i magowie podążający z przodu kolumny zatrzymali się. Przed nimi wznosiła się sterta kamieni wielokrotnie przekraczająca wzrost człowieka.

– Pożegnalny prezent od Takady – powiedział Jayan, podjeżdżając do niego.

Zwiadowcy z krwawymi klejnotami powiadomili Sabina o tej przeszkodzie. Dakon podniósł wzrok na wznoszące się wokół nich skalne ściany – widać było, gdzie Takado uderzył, żeby roztrzaskać skałę.

– Miejmy nadzieję, że takie zużycie mocy oznacza, że nie czai się teraz gdzieś w zasadzce.

– Owszem – przytaknął Jayan.

Dakon zerknął na Tessię, która wpatrywała się w kamienne ściany. Nagle przypomniała mu się chwila, kiedy to przed kilkoma tygodniami Jayan dołączył do grona magów. Chłopak zjechał uprzednio z trasy do opuszczonego obozu służących, obrabowanego już przez ludzi wracających do wiosek, i na stercie śmieci znalazł prawie pustą torbę jej ojca. Kiedy podał ją Tessii, wybuchnęła płaczem, przyciskając swój skarb do piersi i jednocześnie przepraszając za ten wybuch emocji. Jayan wyglądał na zakłopotanego i nie wiedział, co powiedzieć, ale później sprawiał wrażenie bardzo z siebie zadowolonego.

Tessia schowała do torby nowy palnik i narzędzia chirurgiczne, a także leki własnej produkcji i te podarowane jej przez wioskowych uzdrowicieli.

Kiedy dołączyli do magów stojących obok sterty głazów, odezwał się Sabin.

– Zatrzymamy się tu na noc – powiedział. – I zdecydujemy co dalej.

Dakon zeskoczył z konia i usiadł na jednym z kamieni, przyglądając się nadciągającej armii. Kilku magów postanowiło uprzątnąć gruzowisko i kiedy tylko służący dotarli na przełęcz i spętali konie, zabrali się do roboty. Ziemia była zbyt twarda, by można było wbić w nią kołki namiotów, uznano więc, że będą spać pod gołym niebem, mając nadzieję, że nie spadnie deszcz. Po obozie rozszedł się zapach jedzenia, przypominając Dakonowi o pustym żołądku.

Kiedy ostatnie promienie słońca docierające do doliny zgasły, król, jego doradcy oraz cudzoziemscy magowie utworzyli krąg z głazów i usiedli. Pozostali uczynili to samo, tworząc szerszy zewnętrzny krąg.

Mistrz Hakkin rozejrzał się po skałach.

– Widząc to wszystko, nie mogę się pozbyć wrażenia, że lepiej zrobilibyśmy, wznosząc tu umocnienia, zamiast oczyszczać przejazd.

– Masz na myśli blokadę przełęczy? – spytał Mistrz Perkin.

Hakkin potaknął.

– To ich nie powstrzyma, jeśli będzie im bardzo zależało na przedostaniu się, ale przynajmniej ich na chwilę zatrzyma.

– Ale to jest główny szlak handlowy – przypomniał mu Perkin.

– A kto chciałby z nimi teraz handlować? – rzucił Narvelan, mrużąc oczy i rozglądając się po zgromadzonych.

– Zaniechanie handlu w równym stopniu zaszkodzi nam co im – powiedział król. – Może nawet nam bardziej. Oni mają lepsze połączenia z innymi krajami.

– Trudno się z tobą nie zgodzić, wasza królewska mość – przytaknął mu Dem Ayend. – Kiedy dotarły do nas wieści o sachakańskim najeździe na Kyralię, niektórzy z moich ziomków zaczęli mordować sachakańskich kupców w Elyne. Jeszcze tego pożałujemy, aczkolwiek wierzę, że za jakiś czas znów otworzymy szlaki handlowe.

– A może byłoby lepiej zbudować tu fort – zaproponował Mistrz Bolvin. – Kontrolować, kto przyjeżdża do Kyralii. Zyskamy to samo, jeśli chodzi o ewentualne powstrzymywanie inwazji, a na dodatek moglibyśmy mieć oko na wszystko, co się tu dzieje. I to natychmiast, gdybyśmy osadzili tu maga.

– Poza tym moglibyśmy pobierać opłaty od kupców – dodał Hakkin. – A to pomogłoby w odbudowie kraju.

Dakon widział, że wszyscy zgodnie kiwali głowami. *Nie możemy żądać dostatecznie wysokich opłat*, pomyślał. *Wysokie zniechęcą kupców. A poza tym zapewne wylądowałyby w skrzyni jakiegoś maga, a nie w rękach zwykłych ludzi.*

– Jak prawdopodobna jest kolejna inwazja? – spytał Mistrz Perkin, rozglądając się dookoła.

Przez chwilę nikt mu nie odpowiadał.

– To zależy od dwóch rzeczy – odparł Sabin. – Ich chęci i możliwości. Czy będą chcieli nas najeżdżać? Może udało nam się wystraszyć ich na tyle, że zostawią nas w spokoju. Ale też zabijając wielu członków ich najpotężniejszych rodów, mogliśmy rozniecić pragnienie zemsty, które spowoduje niekończący się konflikt.

– To oni nas najechali – warknął Narvelan.

– Owszem. Lecz Sachakanie są absolutnie przekonani o swojej wyższości nad wszystkimi innymi nacjami. A my ośmieliliśmy się ich pokonać. To im się nie spodoba.

– Ilu sachakańskich magów przeżyło? – spytał Bolvin.

– Starałem się liczyć ofiary – odparł Sabin. – Szacuję, że w tej wojnie poległo co najmniej dziewięćdziesięciu Sachakan.

– A według raportów moich szpiegów w całej Sachace miało ich być ponad dwustu – powiedział król.

– A zatem pozostaje ponad setka – podsumował Hakkin – a nas jest nie więcej jak osiemdziesięciu.

– Niektórzy z ich magów są zbyt młodzi, by mogli odnieść jakikolwiek sukces w walce – dodał król.

– Mimo to sytuacja nie wygląda dobrze – stwierdził Perkin.

– Wydaje mi się, że przekonaliśmy się na własnej skórze, że moc jest ważniejsza od liczby magów – zauważył Narvelan.

– Moc oraz umiejętności i wiedza – poprawił go Dakon.

– Uważam, że mniej liczy się wyjściowa siła, aczkolwiek ona też jest ważna, ale przede wszystkim *możliwość* jej uzupełniania – powiedział Sabin. – Oni mogą przyprowadzić do Kyralii pewną liczbę niewolników, ale my mamy wsparcie całego ludu.

– Sądzę, że odebrali niezłą lekcję – oznajmił Hakkin.

– Pytanie tylko, ile czasu potrzebują, by o niej zapomnieć? – spytał Narvelan. – Czy nasze dzieci będą walczyć i umierać w kolejnej wojnie? Nie mówiąc już o naszych wnukach?

– Ale czy w ogóle jesteśmy w stanie temu zapobiec? – odezwał się Sabin, potrząsając głową. – Oczywiście, że nie.

– A może jednak? – zaprotestował Narvelan. Wszystkie głowy zwróciły się w jego stronę, na wielu czołach pojawiły się zmarszczki. Narvelan uśmiechnął się do nich, ale oczy miał poważne. – Nie napadną na nas, jeśli to my będziemy nimi rządzić.

Wśród magów przetoczył się szmer komentarzy. Dakon widział zarówno oczy błyszczące na myśl o takiej możliwości, jak i przeczące kręcenie głowami.

– Masz na myśli inwazję na Sachakę? – Hakkin skrzywił się. – Nawet gdybyśmy mieli szanse to wygrać, dopiero co stoczyliśmy wojnę. Czy stać nas na kolejną?

– Gdyby to miało zapewnić spokój Kyralii... – powiedział Mistrz Perkin.

Król siedział ze zmarszczonym czołem.

– Czy możemy sobie pozwolić na utratę następnych magów? – spytał z wzrokiem wbitym w ziemię. – Możemy powrócić jako zwycięzcy, ale jednocześnie będziemy wystawieni na atak z innej strony.

– A kto by się odważył, wasza królewska mość? – Narvelan rozłożył ręce. – Lonmarczycy? Oni zajmują się głównie oddawaniem czci swojemu bogu i nie zwracają uwagi na to, co robią inni. Lanowie? Vindoni? Elynowie? Są tutaj, udzielają nam wsparcia. – Spojrzał na Dema Ayenda z uśmiechem, ale i powagą w oczach.

Dem zaśmiał się.

– Elyne zawsze miało dobre stosunki z Kyralią. – Urwał. – A jeśli pozwolicie, to chętnie się przyłączymy do waszych działań. Dobrze wiemy, że nie przetrwamy długo, jeśli Kyralia ulegnie Sachace. Jestem również pewien, że mój król poparłby taki plan.

Sabin wymruczał coś pod nosem, po czym podniósł wzrok na dema.

– Rozważymy twoją propozycję, ale na razie dostrzegam pewien problem. Jeśli mielibyśmy atakować Sachakę, powinniśmy to zrobić natychmiast. Mamy tylko uczniów i służących, od których możemy czerpać moc. Sachakanie z pewnością będą chcieli ewakuować swoich niewolników, byśmy nie mogli ich wykorzystać. Nie możemy im na to pozwolić.

– Nie powinniśmy zabijać niewolników, tylko dać im wolność – powiedział Dakon. Uśmiechnął się, kiedy ku niemu zwróciły się wszystkie oczy. – Nie mamy szans wygrać, nie używając ich mocy, to prawda, ale kiedy już zajmiemy kraj, ktoś musi nim rządzić, a będzie nam łatwiej, jeśli większość mieszkańców będzie chciała z nami współpracować, ponieważ potraktujemy ich dobrze. – Dakon z zadowoleniem stwierdził, że król kiwa potakująco głową w zamyśleniu. – Skoro musimy napaść na Sachakę po to, by ocalić Kyralię, to przynajmniej nie zachowujmy się jak Sachakanie.

Sabin zaśmiał się cicho.

– Ich sposoby na niewiele im się zdały, więc nam pewnie też by nie pomogły.

Przez dolinę przetoczyła się kolejna fala aprobujących pomruków. Zadumani dowódcy milczeli. W końcu Bolvin westchnął.

– A czy naprawdę musimy ich najeżdżać? Jestem zmęczony. Chciałbym wrócić do domu, do rodziny.

– Musimy – odparł z niewzruszoną pewnością Narvelan. – Żeby nasze dzieci cieszyły się taką wolnością jak my.

– Może zdołam pomóc wam w podjęciu decyzji – odezwał się Dem Ayend.

Wszyscy zwrócili się w jego stronę. Uśmiechnął się cierpko, sięgając do torby, którą zawsze nosił przy sobie. Przejrzał jej zawartość i wyjął niewielką sakiewkę ze sznurka. Rozwiązał węzeł i na jego dłoń wypadł spory żółtawy kamień, wielkości pięści, wycięty jak szlachetny klejnot.

– To jest kamień magazynujący. Ostatni, jaki istnieje. Znaleźliśmy go wraz z innymi w ruinach dawnego Elyne, zbudowanego – a potem porzuconego – przez ludzi, o których wiemy niewiele. Nie znamy sposobu ich wytwarzania, a wierzcie mi, wielu magów próbowało go odkryć przez całe stulecia.

Wyciągnął przed siebie dłoń z kamieniem, żeby wszyscy w kręgu mogli go zobaczyć.

– Można w nim przechowywać magię, a korzystanie z niej przypomina wysyłanie mocy innemu magowi. Niestety musi być ona użyta jako jeden ciągły strumień. Jeśli nie, kamień rozpadnie się i wyzwoli moc w niszczącym wybuchu. A kiedy moc się zużyje, kamień zamienia się w pył. Nietrudno więc sobie wyobrazić, że trzeba dobrze wybrać moment użycia takiego kamienia. Zwłaszcza że kiedy go zużyjemy, nie będziemy mieć już żadnego.

Dem Ayend spojrzał po twarzach magów. Jego oczy błyszczały. Dakon dostrzegał lęk i ekscytację na twarzach otaczających go magów. Przyjrzał się kamieniowi i poczuł coś na obrzeżu swoich zmysłów. Skupił się na nim i poczuł, że kręci mu się w głowie.

Kamień promieniował potężną mocą, niepodobną do niczego, z czym się dotychczas spotkał.

– Mój król dał mi ten kamień, bym mógł go użyć, gdyby sytuacja okazała się beznadziejna, ale na szczęście taki moment nie nadszedł. Konsultowałem się z królem przez posłańców w oczekiwaniu na taką chwilę jak ta. Powiedział, że jeśli mamy szansę na podbicie Sachaki, powinniśmy ją wykorzystać, ponieważ ani ja, ani mój król nie widzimy lepszego zastosowania ostatniego z kamieni magazynujących niż zniszczenie sachakańskiej potęgi.

Patrząc na otaczające go twarze, Dakon zrozumiał, że minie jeszcze sporo czasu, zanim będzie mógł wrócić do Mandryn i odbudować swoje życie.

ROZDZIAŁ 42

To był chłodny poranek, ale Hanara wiedział, że kiedy słońce wzniesie się ponad pokrywającą wzgórza mgiełkę i wysuszy powietrze, dzień będzie upalny. Miejsce, które Takado, Asara i Dachido wybrali na obóz, znajdowało się na uboczu, na półce ukrytej za załomem skalnym. Z jej krawędzi widać było wijącą się w dole drogę, okrążającą wzgórza i prostującą się u stóp gór, żeby stamtąd pomknąć wprost do Arvice.

Pan Hanary nie zachwycał się widokiem. Usługiwał mu ostatni z niewolników Asary, podczas gdy Hanara obserwował drogę, a niewolnik Dachidy pakował dobytek swojego pana. Trzej niewolnicy wymieniali się co rano obowiązkami, przygotowując grupkę do dalszej podróży.

Po raz pierwszy jednak żadnemu z magów się nie spieszyło.

Hanara podniósł wzrok. Z tego miejsca nie widział przełęczy, ale mógł obserwować drogę, która tam prowadziła. Poprzedniego ranka uciekli przez przełęcz, zdając sobie sprawę, że kyraliańska armia znajduje się zaledwie pół dnia drogi za nimi.

– Czemu gonią nas całą armią? – spytała Asara kilka wieczorów temu. – To nie ma sensu.

– Ponieważ chcą dopaść Takadę – odparł Dachido. – Podbój Kyralii był jego pomysłem, a oni boją się, że spróbujemy jeszcze raz.

Takado zaśmiał się ponuro.

– Zrobiłbym to, gdyby się tylko dało.

Troje magów kłóciło się o to, co mają zrobić, kiedy dotrą do Sachaki. Takado chciał, by się nie rozłączali i zaczęli znów gromadzić sojuszników. Hanara nie wiedział, czy po to by znów najechać na Kyralię, czy też po to żeby odzyskać pozycję i sprzymierzeńców, którzy pozwolą im wrócić do dawnego życia.

– Nie mamy szans na powrót do domów i życie, jakby się nic nie stało – powiedział.

Asara przytaknęła.

– Musimy się dowiedzieć, czy imperator Vochira już wie o naszej klęsce i czy zagarnął nasze majątki, czy też podarował je komuś innemu. Łatwiej będzie je odzyskać, jeśli nikomu ich nie ofiarował.

Hanarze nie przyszło na myśl, że mógłby nie wrócić w miejsce, gdzie się urodził. Odkąd zaś uświadomił sobie, że jest to możliwe, każdego ranka budził się z bólem brzucha i dotkliwym niepokojem. *Dokąd pójdziemy, nawet jeśli tylko na pewien czas, nim Takado będzie mógł wrócić do domu? I jakie są szanse na ten powrót?*

Żaden z magów nie powiedział tego głośno, ale brak przekonania w ich głosach, kiedy rozmawiali o odzyskaniu łaski imperatora, nie pozostawiał złudzeń. Poprzedniego wieczora, jakby dotarcie do rodzinnej ziemi przełamało jakiś trans, zaczęli wreszcie ujawniać, co zamierzają robić w najbliższym czasie.

– Ja udam się na północ – oznajmiła Asara. – Mam tam kontakty. Ludzi, którzy są mi winni przysługi. I…

muszę pojechać sama. Nie pomogą mi, jeśli zjawię się z innymi.

Dachido i Takado wpatrywali się w nią milcząco, ale żaden się z nią nie spierał. Dachido zwrócił się następnie do Takady niemal przepraszająco:

– Ja też zamierzam odebrać należną mi przysługę. Od pewnego kupca i żeglarza. Jak by ci się podobało pływanie po południowych morzach?

Takado skrzywił się, po czym poklepał Dachidę po ramieniu.

– Dziękuję za propozycję, ale myślę, że wolałbym, by imperator wyrwał mi serce z piersi, niżbym miał spędzić resztę życia na statku.

Westchnął i spojrzał w kierunku Arvice.

– Tu jest moje miejsce.

– W ukryciu? – spytał Dachido. – Jako ichani?

– Zawsze uważałem ichanich, większość z nich, za sobie równych – odparł Takado, a w jego głosie pobrzmiewała duma. – Będę nosił ten tytuł z dumą. W końcu dla nich rozpocząłem tę inwazję, by dać im szanse na zdobycie własnej ziemi i podniesienie się z pozycji wyrzutków.

– Miejmy nadzieję, że będą o tym pamiętać, kiedy się spotkacie – powiedziała Asara. – Tych, którzy tu pozostali, najwyraźniej nie dość przekonały twoje wizje, by do ciebie dołączyli. A ty poprowadziłeś wielu na śmierć.

– Może gdybym znalazł dla nich inne miejsce... – zaczął Takado, ale zaraz pokręcił głową. – Jeśli nie zechcą zamieszkać na wulkanie, to chyba nie mam im wiele do zaoferowania.

Kiedy już omówili plany na przyszłość, trójka magów spała twardo po raz pierwszy od wielu tygodni. Niewolnicy na zmianę trzymali wartę.

Hanara usłyszał za sobą jakiś ruch, spojrzał więc przez ramię i zobaczył, że Takado, Asara i Dachido wstali i spoglądają po sobie z wyczekiwaniem. W końcu Takado uścisnął pozostałą dwójkę.

– Dziękuję za odpowiedź na moje wezwanie – powiedział. – Wolałbym teraz urządzać Kyralię po naszemu, zamiast rozstawać się z wami, ale jestem dumny z tego, że walczyłem u waszego boku. – Urwał, zerkając w stronę Hanary.

Hanara zmusił się do patrzenia z powrotem na drogę, ale cały czas czuł pokusę zerknięcia ku nim. Dobrze, że przynajmniej słyszał rozmowę.

– Twój plan podboju Kyralii był wielki – powiedziała Asara. – I mało brakowało, a powiódłby się. Nigdy nie będę żałowała tego, że wzięłam w tym udział.

– Ja też nie – dorzucił Dachido. – Walczyłem u boku wielkich ludzi, a to więcej niż mogliby o sobie powiedzieć mój ojciec i dziadek.

– No i były dobre chwile, prawda? – Takado roześmiał się, ale szybko śmiech przeszedł w westchnienie. – Cieszę się, że byliście przy mnie jako moi doradcy i sojusznicy. Bez was z pewnością zginąłbym. Mam nadzieję, że jeszcze się kiedyś spotkamy.

– Czy możemy się jakoś bezpiecznie kontaktować? – zastanawiała się Asara.

– Możemy ustalić miejsca, w których będziemy zostawiać wiadomości. Wysyłać niewolników, by je sprawdzali – zaproponował Dachido.

– Ale gdzie? – spytał Takado.

Coś poruszyło się w zasięgu wzroku Hanary. Zamrugał i spojrzał na drogę wijącą się wzdłuż zbocza góry. Jeszcze raz zamrugał.

Ludzie. Konie. Co najmniej setka wyjechała już zza zakrętu. Powinien był ich dostrzec, kiedy tylko zjechali z przełęczy. Hanara odwrócił się, podbiegł do Takady, padł przed nim na twarz i czekał. Magowie przerwali rozmowę.

– O co chodzi? – spytał Takado, a w jego głosie pobrzmiewała irytacja.

– Konni – powiedział Hanara. – Wjechali do Sachaki.

– *Do* Sachaki? – powtórzył Dachido.

Rozległy się szybkie kroki w kierunku skraju półki. Hanara podniósł się i usłyszał, jak Takado klnie. Dwaj pozostali niewolnicy wymienili niepewne spojrzenia, po czym pospieszyli za swoimi właścicielami. Hanara udał się za nimi.

– Co oni robią? – spytała Asara.

– Wątpię, by chcieli złożyć imperatorowi kurtuazyjną wizytę – odparł Dachido.

– Najeżdżają na *nas*? – W głosie Asary brzmiało teraz niedowierzanie.

– A czemu nie? – zapytał ponuro Takado. Był zmęczony. Zrezygnowany. – Pokonali nas bez trudu. Czemu więc nie mieliby teraz na nas napaść w odwecie?

– Chodzi im o zemstę? – Asara była najwyraźniej rozgniewana.

– Zapewne, ale wątpię, by to był jedyny powód. Pokonanie nas dodało im pewności siebie. – Urwał. – Może nawet zbyt wielkiej.

– Jeśli przegrają, nic nie powstrzyma nas od powrotu do Kyralii – zauważył Dachido, w którego głosie zaczęła pobrzmiewać ekscytacja.

Takado odwrócił się do przyjaciela z uśmiechem.

– Racja.

Asara przyglądała się obu mężczyznom w zamyśleniu.

– Zaczekamy tu, aż przejadą, po czym zajmiemy Kyralię?

Takado zmarszczył brwi.

– A tymczasem oni podbiją Sachakę. Nie. Nie możemy pozostawić naszego kraju na ich pastwę.

– Chyba nie ma szans, żeby Kyralianie wygrali? – powiedziała Asara.

– Moglibyśmy ostrzec Imperatora Vochirę o nadciągającej armii… – zaczął Dachido. – Jeśli pomożemy w walce…

– Być może wybaczy nam, że to my jesteśmy przyczyną tych kłopotów? – spytała Asara. Takado zmarszczył brwi na te słowa, a ona pokręciła głową. – Obawiam się, że raczej najpierw nas zabije, a potem przekona się o prawdziwości naszych słów. – Spojrzała na armię z westchnieniem. – Nie mogę jednak tak po prostu uciec. Pozostawić naszych ludzi. Musimy ich ostrzec.

Dachido przytaknął.

– Tak. Zróbmy przynajmniej to.

Oboje zwrócili się do Takady, który kiwnął potakująco głową.

– Oczywiście. – Uśmiechnął się. – Jestem przekonany, że jeszcze wyjdziemy z tego jako bohaterowie i wybawcy. Musimy tylko przeżyć tak długo, by udało się to odpowiednio ustawić.

Nie wierzę, że jesteśmy w Sachace, powtarzał sobie Jayan w myślach. *Zawsze mi się wydawało, że jeśli odwiedzę jakiś inny kraj, będzie to Elyne. Ale na pewno nie Sachaka!*

Z początku widok przesłaniała mu dość rzadka roślinność. Jayan dostrzegał drogi, widział, gdzie w oddali się ze sobą przecinały. Przyglądał się biegowi rzek i położeniu domów, usiłując stworzyć sobie w umyśle mapę. Mimo że dostrzegał zabudowania, nie wyglądały one jak dobrze znane kyraliańskie wioski. Znajdowały się z dala od drogi i otaczały je mury.

Dalej szlak z przełęczy schodził na pokryte lasem zbocza, podobne do tych po drugiej stronie gór. Równie dobrze mogliby być nadal w Kyralii. Otoczenie wyglądało tak samo, poczynając od drzew, a kończąc na kolorze skalistego podłoża. Powietrze stopniowo się ocieplało, aż zrobiło się tak gorąco jak w najbardziej upalne letnie dni, jakie Jayan pamiętał z lat spędzonych w Mandryn.

Usłyszał westchnienie, zerknął więc na Mikkena. Chłopak ocierał czoło rękawem. Napotkał wzrok Jayana i skrzywił się.

Jayan uśmiechnął się cierpko i popatrzył przed siebie. Jak Tessia radzi sobie w tym upale? Zobaczył, że jedzie samotnie. Dakon przesunął się do przodu, żeby porozmawiać z Narvelanem. Jayan zmusił konia do kłusa i zrównał się z nią. Spojrzała na niego i zmarszczyła brwi.

– Jak się miewasz? – spytał.

Pokręciła głową.

– Martwię się.

Zaniepokoiło go to.

– O Dakona? O siebie?

– Nie. – Zmrużyła oczy, spoglądając na jadących na czele kolumny. – O nas wszystkich. O przyszłość. O tę… o tę napaść na Sachakę.

– Boisz się, że możemy przegrać?

– Tak. Ale też, że możemy wygrać.

Jayan uśmiechnął się, ale jego oczy pozostały poważne.

– A w czym widzisz problem w przypadku naszej wygranej?

Westchnęła.

– Oni nas znienawidzą. My już ich nienawidzimy. Szukamy zemsty za to, że na nas napadli. Oni zaczną szukać zemsty za to, że my ich najechaliśmy. I tak dalej. Bez końca.

– Nie mogą na nas najechać w odwecie, jeśli zwyciężymy – zauważył Jayan. – To my będziemy rządzić.

– Zbuntują się. Znajdą sposób, żeby władza nad nimi kosztowała nas więcej, niż przyniesie nam korzyści. – Urwała. – Dakon powiedział mi, co Kyralianie i Elynowie zrobili, żeby uzyskać niezależność.

– Ach. – Jayan pokiwał głową. – Też brałem te lekcje. Ale teraz jest inna sytuacja. Oni narzucili nam niewolnictwo. A my je tutaj zniesiemy. Oni mocnych uczynili słabymi, a my damy siłę słabym.

– Chodzi ci o niewolników? – Pokręciła głową. – Za bardzo polegamy na przekonaniu, że sachakańscy niewolnicy powitają z radością nasze przybycie i zmianę ich losu. Oni mogą wcale tego nie chcieć. Mogą okazać się lojalni wobec swoich panów. Hanara wrócił przecież do Takady. Mogą odmówić współpracy. Mogą stawiać nam opór. Ludzie bez talentu magicznego też mogą ruszyć do walki. Do tego nie jest potrzebna magia, jak sam pokazałeś, kiedy podpaliłeś ten spichlerz, żeby ocalić uczniów.

Ona może mieć rację, pomyślał.

– Nie wszyscy niewolnicy są jak Hanara – powiedział głośno. – Gdyby on był naprawdę lojalny wobec Takady, opuściłby Mandryn zaraz po tym, jak wyzdrowiał. A tymczasem zapewne wrócił dlatego, że wiedział, że jego pan jest w pobliżu, a Mandryn przestało być bezpieczne. Jeśli doszedł do wniosku, że nie może uciec, uznał pewnie, że nie ma wyboru.

Tessia popatrzyła na niego z dziwaczną aprobatą.

– A mimo to Hanara nie potrafił poradzić sobie na wolności. Nie zaprzyjaźnił się z nikim, nie ufał nikomu… oprócz mnie, tak mi się wydaje. – Odwróciła wzrok. – Nie sądzę, żeby sachakańscy niewolnicy pokochali nas lub nam zaufali tylko dlatego, że ich wyzwolimy. Nie będą wiedzieli, co z sobą począć. Jeśli zabraknie kogoś, kto wydawałby im rozkazy, przestaną uprawiać pola i przygotowywać jedzenie. Umrą z głodu.

– W takim razie będziemy musieli nauczyć ich, jak można żyć inaczej.

Tessia spojrzała na jadących za nimi magów.

– Myślisz, że dostatecznie wielu naszych będzie chciało tu pozostać, by pomagać sachakańskim niewolnikom przyzwyczajać się do życia na wolności? Czy raczej wszyscy wrócą do domów?

Jayan wątpił, by wielu Kyralian chciało zostać, ale nie zamierzał tego przyznawać, wzruszył więc tylko ramionami.

– Nie potrafię pozbyć się myśli, że robimy coś niedobrego. – Tessia westchnęła. – Jesteśmy absolutnie przekonani, że wszyscy sachakańscy magowie są źli. Ale przecież nie wszyscy przyłączyli się do Takady. A zginęli prawie wszyscy, którzy z nim przyszli, będziemy więc walczyć teraz głównie z tymi, którzy nie chcieli na nas napadać.

– To, że nie chcieli walczyć, nie oznacza jeszcze, że nie popierali inwazji – przypomniał jej Jayan. – Niektórzy mogli być niezdolni do walki. Na przykład za starzy albo niedostatecznie wytrenowani. Może część z nich miała zbyt ważne sprawy na głowie, by opuszczać Sachakę. Nie powinniśmy zakładać, że wszyscy sprzeciwiali się odebraniu przez swój kraj ziemi, którą niegdyś uważali za swoją.

Tessia potaknęła, po czym posłała mu spojrzenie z ukosa.

– Jak zatem mamy odróżnić tych, którzy byli za, od tych, którzy byli przeciwni wojnie?

Jayan zastanowił się nad tym pytaniem.

– Myślę, że jeśli większość z nich była przeciw, to zbiorą się razem i wyjdą nam pokojowo na spotkanie.

– A jeśli tylko kilku było przeciw?

– Zawsze znajdzie się grupka, która nie zgadza się z większością lub z jej rządami. Nie możemy pozwolić Sachace na odzyskanie potęgi i powrót z armią na nasze ziemie, tylko dlatego że kilku Sachakan może być porządnymi ludźmi. – Czuł, że jego frustracja wzrasta. – Chyba rozumiesz, że musimy to zrobić, żeby powstrzymać kolejną sachakańską inwazję.

– Owszem – odparła. – Ale zdaję sobie sprawę, że jeśli przegramy, to będzie bardzo źle. Jeśli nasza inwazja na Sachakę się nie powiedzie, w Kyralii zostanie raptem garstka magów, którzy mogliby jej bronić. I jeśli Sachakanie znów zaatakują, nikt nie zdoła ich powstrzymać.

Jayan poczuł, że robi mu się słabo na tę myśl, ale gdy to przeanalizował, uznał, że nie ma się czego obawiać.

– Gdyby nawet Sachakanie wygrali, będą też osłabieni. A magowie w Imardinie mają całe miasto ochotników, którzy oddadzą im moc. Nie ma przecież znaczenia, czy tą mocą posłużą się liczni magowie, czy tylko kilku, jeśli będzie chodziło o powstrzymanie garstki Sachakan.

– Nawet jeśli ci Sachakanie będą dysponować mocą wszystkich tutejszych niewolników? – Odwróciła się do niego.

A niech to, ona ma rację. Jayan zagryzł wargę.

– A zatem sugerujesz, że powinniśmy pozabijać niewolników na wypadek, gdybyśmy przegrali?

– Nie! – Rzuciła mu wściekłe spojrzenie. – Przede wszystkim nie powinniśmy ich najeżdżać. Zabijanie w obronie własnej jest usprawiedliwione, ale mówienie, że jesteśmy tutaj po to, żeby chronić się przed przyszłymi najazdami jest… w ten sposób można usprawiedliwić *wszystko*. To jest… nie w porządku.

Jayan wpatrywał się w nią. Przypomniało mu się coś, co Dakon powiedział poprzedniego wieczora. „Skoro musimy napaść na Sachakę, by ocalić Kyralię, to przynajmniej nie zachowujmy się jak Sachakanie".

Być może udałoby mu się odrzucić niepokój Tessii jako kogoś, kto jest bardzo uczciwy, ale niepraktyczny. Nie zgadzał się z nią, ale mimo wszystko nie potrafił nie podziwiać jej potrzeby właściwego postępowania. Nie mógłby jednak tak łatwo odrzucić opinii swojego jeszcze do niedawna nauczyciela i mistrza.

– Ze strategicznego punktu widzenia powinniśmy zabić niewolników, ale tego nie uczynimy. Możemy sobie pozwolić na postępowanie inaczej niż Sachakanie, ponieważ mamy kamień magazynujący. No i jesteśmy inni… mamy inne przekonania… może to jest coś, co możemy im zaoferować. Wolność dla niewolników i wyższe wymagania moralne dla magów. O to chyba warto walczyć?

Spojrzała na niego i odwróciła wzrok, a na jej twarzy malowało się powątpiewanie. Jayan nie miał pojęcia, czy chodziło o coś, co on powiedział, czy też o jej własne poglądy. Nie odpowiedziała i przez jakiś czas jechali tak w niezręcznym milczeniu, aż w końcu Jayan poddał się i wrócił na swoje miejsce obok Mikkena.

ROZDZIAŁ 43

Droga w głąb Sachaki wiodła przez nagie zbocza górskie i wiła się na stromych zjazdach. Potem znienacka docierała do położonych nieco niżej wzgórz, gdzie biegła łatwiejszym szlakiem przez płaskie dna dolin wzdłuż rzek i strumieni.

Armia kyraliańska nie zapuściła się jednak od razu na ten łagodniejszy teren, ale rozbiła obóz w lesie. Było dopiero późne popołudnie, jednak wszyscy poza pierwszą wartą położyli się spać. *Albo też usiłowali zasnąć*, jak uznała Tessia. Leżała na swoim posłaniu, wsłuchując się w oddechy innych kobiet, i nie mogła pogrążyć się we śnie, nie potrafiła przestać się martwić o Jayana i wynik tej inwazji.

Teraz, kiedy armia jechała w milczeniu przez zaludnione niziny Sachaki, Tessia czuła, że całe ciało ją boli ze zmęczenia, i żałowała, że nie mogła przedtem zasnąć. *I moje ciało, i umysł są zmęczone. Jestem wyczerpana zamartwianiem się i kłótniami z Jayanem o to, co robimy.*

Rozmawiali jeszcze dwa razy: najpierw po tym, jak Jayan zgłosił się na ochotnika do grupy magów, którzy mieli zbadać napotkane na drodze budynki, a potem krótko, kiedy zbliżyli się do pierwszego osiedla.

A teraz Jayan odjechał wraz z jakimiś dwudziestoma magami pod dowództwem Narvelana. Pojechali boczną drogą ku odległym białym murom, jaśniejącym w świetle księżyca.

Najbardziej chyba martwi mnie to, że wiem, że on ma rację, pomyślała. *A zarazem jestem pewna, że jej nie ma. Inwazja jest zła. Czyni z nas najeźdźców. Sprawia, że stajemy się jak Sachakanie. Niekoniecznie od nich lepsi.*

Nie mogę jednak przestać myśleć, że musielibyśmy zrobić coś znacznie gorszego, by stać się takimi pozbawionymi skrupułów okrutnikami jak oni. Może szkody, jakich narobimy, zostaną jakoś wyrównane przez dobre rzeczy. Może uczynimy z Sachaki lepsze miejsce? Moglibyśmy przecież raz na zawsze rozprawić się z niewolnictwem.

Ale to musi mieć swoją cenę. Zmieni sposób, w jaki patrzymy na samych siebie. W jakim stopniu możemy hamować nasze instynkty, by pozostać prawymi i moralnymi ludźmi? Jeśli usprawiedliwimy to, co robimy teraz, bez trudu usprawiedliwimy znacznie gorsze postępki. Jeśli Kyralianie wierzą, że trochę zła jest wybaczalne ze względu na dobry cel, to co jeszcze sobie wytłumaczymy albo uznamy, że zostanie nam wybaczone?

Westchnęła. *Jeśli Jayan ma rację, to ryzykujemy naszą przyszłość dla ludzi, którzy zrujnowali nasz kraj. Nie jestem pewna, czy wielu magów narażałoby życie, gdyby patrzyło na to w ten sposób. Może część z nich okazałaby taką szlachetność, ale nie wszyscy. Nie, większość magów przybyła tutaj, by wykorzystać naszą niespodziewaną magiczną przewagę oraz, jak sądzę, by się zemścić.*

Z tych myśli wyrwał ją cichy pomruk dochodzący od strony magów. Spojrzała ku bocznej drodze prowadzącej ku ledwie widocznym zarysom odległych budynków. Poruszały się tam jakieś cienie. Mimo że nie była w stanie nikogo rozpoznać, widziała, że poruszają się tym charakterystycznym, rytmicznym i falującym ruchem koni w galopie. Coś w tym pośpiechu napełniło ją lękiem.

Kiedy jeźdźcy podjechali bliżej, cienie przybrały znajome kształty. Tessia z ulgą dostrzegła wśród nich Jayana, stwierdziła też, że nikogo nie brakuje. Mag miał ponury, nieszczęśliwy wyraz twarzy. Podobnie jak pozostali, z wyjątkiem Narvelana. On jechał wyprostowany, jakby rzucał komuś wyzwanie albo właśnie został obrażony.

A może za dużo się w tym dopatruję, pomyślała, przyglądając się, jak Narvelan i dwaj inni magowie podjeżdżają do króla, Sabina i przywódcy Elynów. Reszta grupy rozdzieliła się: niektórzy zostali, by przysłuchać się rozmowie mężczyzn, niektórzy odjechali na bok. Tessia widziała, że Jayan potrząsa głową, po czym kieruje konia w stronę jej, Mikkena i Dakona.

– No i jak? – mruknął Dakon. – Nasi sąsiedzi powitali was po przyjacielsku?

Jayan nawet nie silił się na uśmiech.

– Pana majątku nie było w domu. Tylko... niewolnicy. – Odwrócił wzrok, w którym czaiło się przerażenie.

– Co z tymi niewolnikami? – zapytał Dakon, kiedy Jayan sam nie podjął wątku.

Jayan westchnął.

– Nie byli zachwyceni naszym widokiem i nie spodobały im się nasze plany wobec nich.

– Rozumiem, że Narvelan zaproponował im wolność?

– Tak. – Jayan zmarszczył brwi, spoglądając znów na Dakona. Tessia dostrzegła w jego oczach ból, poczucie winy i ciemność, a następnie jakąś ostrożność. – Kiedy przyjechaliśmy, otworzyli nam drzwi i padli przed nami na twarze. Narvelan kazał im wstać. Oznajmił, że przybyliśmy, by ich wyzwolić, jeśli będą z nami współpracować. Następnie zaczął zadawać pytania. Powiedzieli nam, że ich pan wyjechał, wyznali kto to, ale kiedy padło pytanie, gdzie on jest, stało się jasne, że kłamią. – Skrzywił się. – Narvelan kazał więc jednemu z nich podejść i odczytał jego myśli. Zobaczył, że wysłali ludzi do swojego pana, który jest w odwiedzinach u sąsiada, zobaczył też ich lojalność. Odkrył też, że zupełnie nie rozumieją, czym jest wolność. Nasza propozycja nic dla nich nie znaczyła. Zaczęliśmy się kłócić, co robić dalej, ale Narvelan powiedział, że nie mamy czasu. Niewolnicy zaczęli już rozpuszczać wieści o naszym przyjeździe. Że musimy ich powstrzymać i pozbawić ich mocy. Zrobiliśmy więc tak, podczas gdy on udał się w pościg za posłańcami. – Jayan urwał i wziął głęboki oddech. – Kiedy wrócił i zobaczył, że zrobiliśmy to, co było ustalone: zostawiliśmy niewolników żywych, ale zbyt wyczerpanych, by mogli się ruszać, spojrzał na nich i powiedział, że musimy ich zabić. Za kilka godzin odzyskają wystarczająco dużo sił, by ostrzec o naszym przybyciu. Więc... – Jayan zamknął oczy. – Więc ich zabił. Żeby oszczędzić nam... odpowiedzialności.

Tessia poczuła dreszcz zgrozy i usłyszała, jak Mikken klnie pod nosem. Starała się nie wyobrażać sobie niewolników: zbyt wyczerpanych, by mogli się poruszyć, zdających sobie sprawę – kiedy umarł pierwszy z nich – że czeka ich ten sam los, niezdolnych zrobić cokolwiek, by się bronić, lub chociaż uciekać.

Dakon spojrzał na Narvelana, na króla, a następnie z powrotem na Jayana.

– Ach – powiedział, a na jego twarzy malował się nie gniew, tylko smutek.

Chwilę później zmrużył oczy. Tessia spojrzała na dowódców armii, którzy ruszyli już do przodu. Narvelan jechał u boku króla, uśmiechając się.

Uśmiecha się! Po tym jak zabił tylu... Ilu? Odwróciła się do Jayana.

– Ilu? Ilu było tych niewolników? – spytała, zastanawiając się, dlaczego wydało jej się to nagle tak ważne.

Spojrzał na nią dziwnym wzrokiem.

– Ponad stu. – Rozpogodził się i zdobył na słaby uśmiech. – Obawiam się, że nawet twoje leczenie by nie pomogło. Nie tym razem. – Odwrócił wzrok. – Szkoda.

Wcale nie myślałam, że by pomogło, pomyślała. *Ale biorąc pod uwagę to, jak on wygląda, chyba daruję mu tę uwagę.* Dakon zrównał swojego konia z jej, a Jayan ruszył za nimi. Jechali w milczeniu. Tessia w kółko powtarzała w myślach słowa Jayana.

– Nie rozumiem jednego – odezwał się po chwili Mikken. – Dlaczego Narvelan uważa, że zabijając niewolników, ukryje naszą obecność przed Sachakanami? Kiedy ich pan wróci do domu, domyśli się chyba, że coś jest nie w porządku. A poza tym Sachakanie raczej zauważą kilkuset Kyralian przemierzających ich kraj i rozbijających tu obozy.

– Owszem – potaknął Dakon. – Zastanawiam się, jak w ogóle mogliśmy myśleć, że uda nam się przemknąć niezauważonym. I dlaczego ci, którzy powinni byli o tym pomyśleć, zgodzili się na taki plan.

– Myślisz, że powiedzieli cokolwiek, byle sprowadzić tu armię, wiedząc, że jeśli już się tu znajdzie, to nie będzie odwrotu? – spytała Tessia.

Ani Dakon, ani Jayan nie odpowiedzieli na to pytanie. Nie musieli. Gniew, którego spodziewała się wcześniej u Dakona, malował się teraz na jego twarzy. Jayan wyglądał na zmartwionego. Tessia zaczęła mu współczuć. On musi się czuć tak, jakby był współwinny tej rzezi niewolników.

– Myślę – odezwał się Jayan, tak cicho, że Tessia ledwie słyszała jego słowa. – Myślę, że Mistrz Narvelan oszalał. A król o tym wie, dlatego pozwala mu robić rzeczy, których wykonania my odmówilibyśmy.

Dakon pokiwał powoli głową, nie spuszczając wzroku ze swego sąsiada i przyjaciela.

– Obawiam się, że możesz mieć rację, Jayanie.

Hanara obserwował z głębi korytarza, jak kolejny mężczyzna wchodzi do „pokoju pana" i wita się z Ashaki Charaką. Mężczyzna ten miał przy pasie sztylet, był zatem magiem. Gdy z przyjazną ciekawością i odrobiną podziwu przywitał się z Takadą, Asarą i Dachidą, Hanara poczuł znajomą dumę. Poczucie długiego życia.

Mój pan jest bohaterem. Nieważne, że nie udało mu się podbić Kyralii. Jest bohaterem, ponieważ próbował.

Niewolnica Asary poruszyła się tuż obok niego.

– Coś jest nie tak – szepnęła.

Żołądek Hanary coś ścisnęło i uczucie długiego życia znikło. Rzucił jej spojrzenie z ukosa.

– Co?

Pokręciła głową, a w jej oczach czaił się strach.

– Nie wiem. Coś.

Odwrócił się. Głupia kobieta. Spojrzał na magów, którzy przybyli na spotkanie z jego panem. Ashaki Charaka był stary, ale poruszał się z pewnością człowieka, który przywykł do władzy i szacunku. Inni przyjechali z pobliskich majątków, z których większość znajdowała się na trasie przemarszu kyraliańskiej armii. Zejście z gór zajęło Takadzie i jego przyjaciołom dwa dni, ponieważ nie mogli skorzystać z drogi, którą przemierzali Kyralianie, a poza tym szli pieszo. Udali się od razu do majątku położonego nieco na uboczu od tych, które miały największe szanse stać się celem pierwszych ataków Kyralian.

Magowie jeszcze nie wiedzieli o przybyciu obcej armii. Takado najwyraźniej czekał na dobry moment, by im o tym powiedzieć. Tymczasem opowiadał o pierwszych dniach w Kyralii, o wioskach pełnych ludzi pozostawionych samym sobie, uprawiających ziemię swoich panów na swój własny sposób, bez opieki. Jak łatwo było je zdobyć.

Pozostali magowie słuchali z uwagą. Hanara przyglądał się wszystkim po kolei. Żaden z pięciu mężczyzn nie wahał się zadawać pytań, a Takado odpowiadał ze szczerością, która zaskoczyła niewolnika.

– Opracowali nowe sposoby walki – powiedział Takado, a Asara i Dachido to potwierdzili. – Walczą grupami, a kiedy jeden z takiej drużyny wyczerpie moc, nadal jest chroniony przez wspólną tarczę. Cała wyczerpana grupa dołącza do innej. To zaskakująco dobrze działa.

– Co się dzieje, kiedy wszyscy są wyczerpani? – spytał jeden ze słuchaczy.

– Nigdy to nie nastąpiło, choć mało brakowało – odparła Asara.

– Myślę, że w takim wypadku mielibyśmy do czynienia z całą armią wyczerpanych magów, których moglibyśmy bez trudu pozabijać. – Takado wzruszył ramionami.

– Ale nigdy do tego nie doszło?

Takado pokręcił przecząco głową i zaczął opisywać pierwszą bitwę. Kiedy dotarł do momentu wycofywania się kyraliańskiej armii, urwał.

– Ale… – wtrącił się jeden ze słuchaczy. – Skoro się wycofywali, to musieli być prawie wyczerpani. Dlaczego za nimi nie pojechaliście?

– Nomako – odparł Dachido cichym, pełnym pogardy głosem. – Usiłował wtedy przejąć dowodzenie.

– Zrobił z siebie głupca – dodała Asara. – Mogliśmy wygrać, gdyby nie to opóźnienie. Kyralianie zdążyli potem ewakuować ludzi z miejscowości na naszej drodze, nie mogliśmy więc uzupełniać mocy tak dobrze, jak dotychczas.

– Ale w następnej bitwie... – zaczął Takado.

Hanara nie dosłyszał kolejnych słów swego pana, ponieważ w korytarzu rozległ się odgłos kroków i zagłuszył rozmowę. Hanara obserwował procesję niewolników wnoszących do „pokoju pana" tace wyładowane jedzeniem – ucztę dla gospodarza i gości. Żołądek Hanary zabolał i zaburczał, kiedy doleciał do niego zapach potraw. Od wielu dni żywił się jedynie chudymi, upieczonymi magicznie ptakami, a także ziołami i jadalnymi roślinami, które znajdował w górach.

Kiedy magowie skończyli posiłek i ostatnie tace zostały wyniesione, Hanara poczuł, że ktoś trąca go w łokieć. Odwrócił się i zobaczył małego niewolnika trzymającego w rękach tacę, na której w zastygającym już sosie leżały resztki pieczonego mięsa i jarzyn.

Hanara wziął garść jedzenia i przełknął szybko. Z takich okazji trzeba korzystać zarówno w czasie wojny, jak i w spokojnym zaciszu domowym. Niewolnik Dachidy jadł równie łapczywie, tylko niewolnica Asary wahała się. Hanara spojrzał na nią badawczo. Kobieta przyglądała się podejrzliwie jedzeniu, ale słyszał, że i jej burczy w brzuchu.

Kiedy sięgał po ostatni kęs, nagle niemal wyrwała mu go z ręki. Ale mimo to nie od razu zabrała się do jedzenia. Przyjrzała się uważnie Hanarze, potem niewolnikowi Dachidy. Hanara wzruszył ramionami, odwrócił się i znów wsłuchał w rozmowę magów. Po chwili dotarł do niego odgłos mlaskania niewolnicy, uśmiechnął się pod nosem.

– A teraz ostatnia bitwa – powiedział gospodarz. – Co tu poszło źle?

Takado skrzywił się.

– Złe zgranie w czasie. Nomako nie powiedział mi, że wysłał dwie grupy na zachód i południe, żeby podporządkować sobie tamte tereny i zebrać moc, nim spotkają się z nami pod Imardinem. Przekonał nas, że powinniśmy zaczekać na przybycie południowej grupy, byśmy byli możliwie najsilniejsi, nim stawimy czoła Kyralianom. Mówił też, że mieszkańcy Kyralii nie zgodzą się na oddanie mocy magom, ponieważ nie są niewolnikami. – Potrząsnął głową. – Miałem wątpliwości, ale jako że większość armii stanowili teraz jego ludzie, a on zagroził, że wycofa poparcie...

– Mylił się. Jesteśmy przekonani, że wszyscy mieszkańcy miasta wsparli kyraliańską armię – wtrącił Dachido.

Słuchacze wyglądali na zaskoczonych.

– Powiedziałbym, że to mało prawdopodobne, ale nie niemożliwe – odezwał się Ashaki Charaka.

– Ja uważałam, że takie ryzyko istnieje – przytaknęła mu Asara – ale nie sądziłam, że zdążą to zrobić. Całe miasto oddające moc w ciągu kilku godzin? Nie mam pojęcia, jak tego dokonali.

– Liczy się to, że im się udało – odparł Charaka, wpatrując się w Takadę nieprzyjaźnie.

Hanara zmarszczył brwi, kiedy ten człowiek wypowiedział następne zdanie, ale szum w uszach zagłuszył jego słowa.

– Mówiłam, że coś jest nie w porządku – odezwał się za nim słaby kobiecy głos.

Hanara usłyszał, jak coś uderza o ziemię, odwrócił się i zobaczył, że niewolnica leży na podłodze. Obrót głowy przyprawił go o mdłości. Zastygł bez ruchu i zamknął oczy.

Co tu się dzieje? Znał odpowiedź, nim jeszcze zadał sobie to pytanie. Z „pokoju pana" dobiegały podniesione głosy. Hanara otworzył usta i usiłował wykrzyknąć ostrzeżenie, ale zdołał wydać tylko słaby jęk. *Zostaliśmy otruci. A Takado... nie ma dość mocy, by się stąd wydostać.*

– ...walczyć lub współpracować.

– Nie ma na to czasu. – W głosie Takady brzmiała pewność i ostrzeżenie. – Armia kyraliańska już tu *jest*. Ci głupcy...

– To, czy tu są, czy nie, nie jest już twoim zmartwieniem. – Głos gospodarza. Rozkaz. Kolejne słowa, zniekształcone, zagłuszone przez to brzęczenie w uszach.

Hanara poczuł, że opuszczają go siły. Wydawało mu się, że ściana wali się na jego piersi, a podłoga powstrzymuje go przed upadkiem. Przed jego oczami przesuwały się jakieś bezkształtne postacie.

Chwilę później na jego głowę spadł kawał szorstkiego płótna i Hanara widział już tylko ciemność.

ROZDZIAŁ 44

Niebo jaśniało już od godziny, powoli oblewając się dziwaczną czerwienią, a ziemia wciąż była czarną płaszczyzną, urozmaiconą tu i ówdzie budynkami i drzewami. Światło wydobywało rysy twarzy i odbijało się w oczach, przydając znajomym postaciom jakiejś niesamowitości, co wzmocniło tylko niepokój Dakona, zważywszy na wydarzenia ostatniej nocy. Ludzie, których – jak mu się wydawało – znał, których uważał za łagodnych, pokazali ciemną stronę swojego charakteru. Albo też słabość przejawiającą się naśladowaniem tego, co robi większość, nawet jeśli się z tym nie zgadzali.

Król postanowił, że Narvelan będzie dowodził wszystkimi wypadami na posiadłości sachakańskie, ale miał za każdym razem brać z sobą inną grupę magów. *Interesująca decyzja*, pomyślał Dakon. *Zmusza wszystkich do wzięcia udziału w tych rzeziach, tak by odpowiedzialność rozłożyła się po równo. Jeśli wszystkich dosięgnie poczucie winy, nie pojawi się wzajemne obwinianie.*

Zastanawiał się, co będzie, jeśli nadejdzie jego kolej, a on odmówi udziału.

Dotychczas nie brakowało ochotników. Mistrz Prinan dołączył do trzeciego oddziału po tym, jak zwierzył się

Dakonowi, że jeśli się nie wzmocni, nie przyda się na nic w bitwie.

A ja się przydam? – zastanawiał się Dakon. *Jeśli zaczerpnę mocy tylko od Tessii, będę słabszy, ale nie bezużyteczny. A jeśli to oznacza, że będę też jednym z pierwszych, którzy polegną w następnej bitwie, niech tak będzie. Nie zamierzam zabijać niewolników dla ich mocy.*

– Mógłbyś pozostawić ich wyczerpanych – podpowiedziała Tessia, zgadując zapewne, co oznacza odmowa udziału.

– A potem Narvelan sprawdzi, czy aby na pewno nie żyją – odparł. – Nie przejmuj się. To tylko kwestia przeczekania. Kiedy król przekona się, że nie możemy utrzymać w sekrecie naszej obecności w Sachace, przestanie przejmować się tym, czy niewolnicy żyją, czy nie.

Posiadłości znajdowały się w odległości kilku godzin jazdy jedna od drugiej, toteż zaatakowali na razie dopiero siedem. We wszystkich domach z wyjątkiem pierwszego natknęli się na magów, którzy stawiali opór, ale zostali pokonani. Nikt nie wspominał o rodzinach tych magów ani o losie, jaki je spotkał. Dakon nie sądził, by w żadnej rezydencji nie było członków rodzin, wątpił też, by komukolwiek darowano życie.

Tętent wielu koni skierował uwagę wszystkich na boczną drogę, w którą wjechali wcześniej Narvelan z ostatnim z oddziałów: najwyraźniej właśnie wracali. Oddział rozpadł się, gdy podjechał w pobliże reszty armii: magowie zajęli swoje dawne miejsca w kolumnie, a Narvelan dołączył do króla.

Zamiast jednak ruszyć dalej, król skinął na Sabina. Mistrz wojny odwrócił konia i przejechał wzdłuż kolumny. Kiedy mijał Dakona, spojrzał mu prosto w oczy.

– Król wzywa doradców na naradę.

Dakon skinął głową, a kiedy Sabin odjechał, westchnął.
– Powodzenia – mruknął Jayan.
– Dziękuję. – Dakon zerknął na Tessię, która obdarzyła go współczującym uśmiechem, spiął konia i pojechał na czoło kolumny.
Zatrzymał się obok Mistrza Hakkina i przyglądał kolejnym zbliżającym się doradcom. Dołączył do nich również przywódca Elynów. Kiedy Sabin wrócił z ostatnim z wezwanych, uformowali krąg i spoglądali po sobie.
– Potrzebujemy bezpiecznego miejsca na obóz – powiedział król. – Ale w pobliżu nie widać niczego, co mogłoby dać schronienie tak licznej grupie. Mag Sabin sugeruje, byśmy jechali dalej.
– Za dnia, wasza królewska mość? – spytał Hakkin. – Możemy zostać spostrzeżeni.
Król potaknął.
– To, co zrobiliśmy tej nocy, nie utrzyma się długo w tajemnicy. Może przez dzień albo dwa, ale nie możemy zakładać, że mamy tyle szczęścia, by wieści o naszym przejeździe nie rozniosły się po pierwszej napaści. Dlatego powinniśmy jechać dalej. Może nam się nie udać dotrzymać kroku pogłoskom o naszym marszu, ale przynajmniej przez jakiś czas mamy szanse pojawiać się, nim nieprzyjaciel zdąży się przygotować na starcie lub uciec.
– A kiedy będziemy spać? – spytał Perkin. – I co z końmi?
Sabin uśmiechnął się ponuro.
– Kiedy będziemy mieć pewność, że wieści nas wyprzedziły, znajdziemy miejsce dogodne do obrony i będziemy trzymać warty. Będziemy też zabierać świeże konie, ilekroć na nie trafimy. Wszystkie posiadłości mają stajnie, a w nich od czterech do dwudziestu koni. W tej – wskazał na biele-

jące w oddali mury – znaleźliśmy trzydzieści. Zaraz wyślę po nie służących.

– A kiedy już wieści nas wyprzedzą, co zrobimy? I jakie *oni* podejmą kroki? – spytał Bolvin.

– Pojedziemy przed siebie tak szybko, jak to tylko będzie możliwe. Damy im jak najmniej czasu na zebranie sił i przygotowania.

– Nie byłoby nam łatwiej wyprzedzić owe wieści, gdybyśmy nie zatrzymywali się po drodze, by atakować sachakańskie domy? – spytał Dakon.

– Owszem – odparł Sabin. – Ale my też musimy się wzmocnić.

– Mamy przecież kamień magazynujący – zauważył Dakon.

Sabin zerknął na Dema Ayenda.

– Którego nie powinniśmy używać bez absolutnej potrzeby. Szkoda byłoby go wykorzystać, a potem i tak przegrać, ponieważ nie zadbamy o własną moc.

Usta dema zadrgały lekko, ale nic nie powiedział.

– Poza tym musimy uniemożliwić Sachakanom zwiększanie mocy – dodał Narvelan. – Byłoby głupotą zostawiać im jakiekolwiek źródła, których mogliby użyć przeciwko nam. Nie chcemy, by zaatakowali nas od tyłu, albo też odcięli nam drogę odwrotu.

Tym razem to Sabin wyglądał na rozbawionego. Dakon rozejrzał się po pozostałych magach, którzy potakiwali zgodnie, i poczuł, że po plecach przebiega mu dreszcz, a żołądek się zaciska. *Oni nie zamierzają przestać zabijać niewolników*, uzmysłowił sobie. *Przez całą drogę do Arvice. Są zbyt dumni, by posłużyć się klejnotem Elynów. I boją się.* Przez chwilę nie mógł z siebie nic wydusić, a kiedy szok minął, rozmowa zmierzała już w innym kierunku. *Moje słowa, jakiekolwiek by one były, niczego tu nie zmienią. Oni chcą zapewnić nam zwycięstwo. Życie kilku tysięcy niewolników wydaje się im przy tym mało istotne.*

– Mistrzu Dakonie – odezwał się król.

Dakon podniósł wzrok, zdając sobie sprawę, że nie słyszał ostatniej części dyskusji.

– Słucham, wasza królewska mość.

– Możesz zebrać i poprowadzić oddział, który zajmie się zaopatrzeniem armii w żywność?

Dakon poczuł spóźnioną ulgę.

– Tak, mogę to zrobić.

To jest zadanie, które może wykonać bez narażania swojego sumienia.

– Doskonale. – Król zmrużył nieznacznie oczy. – Musimy o tym jeszcze porozmawiać. Wszyscy pozostali mogą się rozejść.

Kiedy inni wrócili na swoje pozycje, król podjechał do boku Dakona.

– Nie uszło mojej uwadze, że nie przyłączyłeś się do żadnego oddziału atakującego posiadłości – powiedział, wpatrując się w Dakona przenikliwym, nieruchomym wzrokiem. – Nie podoba ci się zabijanie niewolników, prawda?

– Tak, wasza królewska mość. – Dakon wytrzymał wzrok króla, czując, że serce bije mu szybciej z przerażenia.

– Pamiętam, jak na przełęczy powiedziałeś, że powinniśmy uważać, byśmy nie stali się jak Sachakanie. Nie zapomniałem o tym. – Na ustach króla pojawił się na moment cień uśmiechu. – Ale nie wydaje mi się, by nam to groziło.

– Mam nadzieję, że wasza królewska mość ma rację. – Dakon z rozmysłem zerknął w stronę Narvelana.

Oczy króla rozbłysły.

– Ja też. Ale podjęliśmy taką decyzję i muszę się jej trzymać. Nie każę ci dołączać do oddziałów atakujących, jednak nie może to wyglądać tak, jakbym spokojnie przyjmował twoją odmowę. Na szczęście wszyscy, którzy to zauważyli, przyznają, że takie działanie jest sprzeczne z twoją naturą, a osłabienie stanowi dostateczną karę. Bardziej się martwią, niż złoszczą na ciebie.

W głosie króla słychać było autentyczną troskę. Dakon skinął ponownie głową.

– Rozumiem.

– Mam nadzieję, że istotnie rozumiesz – odparł król, spoglądając przez ramię. – A teraz lepiej już ruszajmy. Prędkość, jak zauważył Sabin, jest teraz najważniejsza.

Errik rzucił Dakonowi ostatnie przenikliwe spojrzenie, zawrócił konia i podjechał do Sabina. Dakon nie był pewny, czy powinien czuć ulgę, czy niepokój w związku z tym, co usłyszał od króla. Czekając, aż dołączą do niego Tessia, Jayan i Mikken, rozważał słowa władcy.

„*...osłabienie stanowi dostateczną karę*".

Jak długo jego przyjaciele i sojusznicy będą tak myśleć, zwłaszcza jeśli armia wkroczy w głąb Sachaki, zdążając ku bitwie, która rozstrzygnie losy obu krajów?

Kiedy Narvelan wyjechał z kolejnej bocznej drogi ze swym oddziałem pomocników, słońce stało już wysoko na niebie. Jayan przyglądał się, jak mag zdaje krótki raport królowi, po czym odwraca się i kieruje ku niemu. To spostrzeżenie wywołało w nim mieszane uczucia, do których dołączyła niechęć, gdy zorientował się, że czuje też strach. Niesmak, złość, zdradę i strach.

Byłeś przyjacielem Dakona, pomyślał. *Zawsze tyle mówiłeś o dbaniu o ludzi z twojego majątku i całego kraju. Zawsze broniłeś zwykłych ludzi i narzekałeś na magów, którzy nadużywali mocy i wpływów wobec słabszych od siebie.*

Nagle zorientował się, że Narvelan patrzy na Dakona i zatrzymuje się kilka kroków od niego.

– Witaj, stary druhu – powiedział, uśmiechając się ze zmęczeniem, ale oczy dziwnie mu błyszczały. – Znaleźliśmy tam wielki spichlerz pełen jedzenia. Nie wiem dlaczego, zważywszy na fakt, że dom był zrujnowany i prawie pusty, nie było nawet wielu niewolników. Weź ze dwa wozy.

Dakon zmusił się do uśmiechu.

– Dziękuję za podpowiedź.

Narvelan wzruszył ramionami, odwrócił konia i pojechał za królem.

– Dobrze. – Dakon spojrzał na Jayana, krzywiąc się nieco. – Lepiej działajmy szybko, inaczej armia odjedzie bez nas.

Jayan uśmiechnął się.

– Nie odjedzie, chyba że nagle straciła apetyt.

Przejechali wzdłuż kolumny, zbierając magów i służących chętnych do pomocy, a także dwa wozy przygotowane przez służących. Następnie ruszyli boczną drogą ku odległym budynkom, pozostawiając za sobą Tessię i Mikkena.

Jechali w milczeniu. Być może bali się ataku, choć Narvelan zlikwidował wszelkie potencjalne zagrożenia. A może z powodu ponurej świadomości, co mogą ujrzeć na miejscu.

Było tam jednak mniej trupów, niż Jayan się spodziewał. Narvelan nie przesadzał, mówiąc, że posiadłość była niemal wyludniona i zrujnowana. Wiele pomieszczeń wewnątrz rezydencji ziało pustką. W innych stały tylko stare, zniszczone meble. W jednym pokoju znaleźli otwartą, zdewastowaną skrzynię. Jayan zajrzał do niej. Była pełna zwojów bogato dekorowanej tkaniny. Z wnętrza unosił się ziołowy zapach.

– To wygląda na kobiece stroje – powiedział głośno, dotykając materiału. – Nigdy nie widziałem mężczyzny, który ubierałby się w coś tak delikatnego.

Dakon spojrzał mu prosto w oczy, marszcząc czoło.

– Dostrzegłem tylko ciała niewolników.

Jayan poczuł przebiegający mu po plecach dreszcz.

– Znajdźmy ten spichlerz i wynośmy się stąd.

Chwilę później pojawił się jeden z magów, mówiąc, że znalazł spichlerz. Dakon poszedł z nim, żeby poprowadzić wozy w odpowiednie miejsce, a Jayan zebrał pozostałych pomocników.

Spichlerz był osobnym, niskim budynkiem na tyłach posiadłości. Wewnątrz pełno było półek, a na samym środku pomieszczenia stały wielkie gliniane naczynia, które według informacji na etykietach zawierały różne rodzaje ziarna.

– Są za ciężkie, byśmy zdołali włożyć je na wozy – powiedział Dakon. Podszedł do półek i zaczął przeglądać ich zawartość. Jarzyny, suszone mięso, słoje z konfiturami i olejem, worki suszonej fasoli. – Weźcie to… i to. Tego nie…

Magowie i służący pracowali szybko. Mogli posłużyć się magią, żeby przenieść naczynia i worki, ale nie chcieli tracić nawet odrobiny mocy. Wkrótce pierwszy z wozów był załadowany, a drugi podjechał do drzwi.

– Gdybyśmy tylko mieli mniejsze garnce lub worki, do których można by wsypać ziarno – mruknął Dakon, otwierając pokrywkę kolejnego wielkiego naczynia.

Zamarł na chwilę, odłożył szybko pokrywę na swoje miejsce i rozejrzał się dookoła, szukając wzrokiem Jayana. Następnie wzruszył ramionami i zaczął pomagać w noszeniu jedzenia do wozu.

Kiedy wóz był już załadowany, Dakon wygonił wszystkich ze spichlerza. Wozy ruszyły, ale jeden z nich najechał na odstawiony worek i jedzenie wysypało się na ziemię. Magowie zaczęli na nowo układać wszystko na wozie, Jayan tymczasem zakradł się z powrotem do spichlerza.

Podszedł do glinianej beczki, którą otworzył wcześniej Dakon, i poczuł ten sam zapach, którym pachniały tkaniny w skrzyni. Chwycił za gliniany uchwyt na samym środku pokrywy i podniósł ją.

I spojrzał wprost na kilka przerażonych twarzy.

Naczynie nie miało dna. Pod nim rozciągała się podziemna komora – doskonała kryjówka dla tych kobiet, o ile nikomu nie przyszło do głowy otwierać naczynia. Jayan poczuł niechętny podziw dla tego, kto wymyślił takie ukrycie, po czym uświadomił sobie, że musiało powstać na wypadek jakiegoś innego zagrożenia niż najazd Kyralian.

Czego one mogą się bać, jeśli nie nas?

Jedna z kobiet załkała. Podziw Jayana zmienił się w niepokój. Nie zamierzał ujawniać obecności tych kobiet innym magom. Położył palec na ustach, uśmiechnął się w sposób, który uznał za uspokajający, po czym zamknął pokrywę. Kiedy podniósł wzrok, dostrzegł stojącego w wejściu do spichlerza Dakona, na którego twarzy strach mieszał się z wątpliwościami.

Martwi się, ponieważ jeden z jego przyjaciół już zszedł na złą drogę, a on nie może pozbyć się lęku, że może się to też przytrafić innemu.

Jayan podszedł do drzwi i poklepał Dakona po ramieniu.

– Miałeś rację. Zdecydowanie za ciężkie, żeby je z sobą zabierać – powiedział i wyszedł, by dołączyć do pozostałych.

ROZDZIAŁ 45

A więc tak wygląda dom, którego właściciel zamierza zamordować swoją żonę, pomyślała Steria, idąc u boku Kachiro korytarzem prowadzącym do „pokoju pana" w domu Vikaro. Rozglądając się dookoła, czuła dziwaczny zawód. Spodziewała się zobaczyć coś niezwykłego, co choć w niewielkim stopniu ukazałoby niebezpieczną naturę gospodarza.

Nic dziwnego nie przyciągnęło jednak jej uwagi. Ściany domu były pomalowane na zwyczajową biel. Część mebli zaprojektował prawdopodobnie Motara, pozostałe zaś były typowo sachakańskie. Nic nadzwyczajnego.

Może właśnie ta zwyczajność jest kluczem, pomyślała, po czym pokręciła głową. *Takie rozumowanie doprowadzi mnie do szaleństwa. Lepiej przyjąć, że mordercy nie da się rozpoznać po należących do niego przedmiotach. Chyba że gdzieś ukrywa kolekcję trucizn...*

Niewolnik wprowadził ich do „pokoju pana", gdzie powitał ich gospodarz i inni przyjaciele Kachiro.

– Słyszeliście? – zapytał Vikaro z błyszczącymi oczami. – Kyraliańska armia weszła do Sachaki!?

– Wydaje im się, że skoro pokonali Takadę, dadzą radę

nam wszystkim – powiedział Motara z uśmiechem. – Zwycięstwo uderzyło im do głowy.

Steria spojrzała na Kachiro, który marszczył czoło.

– Jak daleko doszli?

– Nikt nie wie dokładnie – odparł Vikaro – ale wieści musiały tu wędrować kilka dni. Mogą więc być w połowie drogi do Arvice. Prawdopodobnie się nie spieszą. A może ktoś się już z nimi rozprawił.

– Czy ktokolwiek słyszał, by imperator zbierał nową armię przeciwko nim? – spytał Motara.

Pozostali pokręcili głowami. Steria zauważyła, że Chavori krzywi się, i przypomniała sobie, jak opowiadał jej, że odmówił wstąpienia do armii.

Kachiro stał zamyślony.

– A zatem... kiedy już ich pokonamy, w Kyralii nie zostanie nikt, kto mógłby nas powstrzymać przed opanowaniem tego kraju?

Vikaro uniósł brwi.

– Nie pomyślałem o tym.

Magowie umilkli, rozważając właśnie wypowiedziane słowa, Steria skorzystała więc z tej chwili ciszy.

– A czy są jakieś wieści o Sachakanach, którzy najechali Kyralię? – wtrąciła.

– Wszyscy polegli – odparł Rikacha, machając lekceważąco ręką. – Głupcy, że też w ogóle się tam zapuszczali.

Steria poczuła, że coś nią szarpnęło, jakby właśnie oberwała pięścią w pierś. *Ikaro. On nie mógł zginąć. Dopiero co się poznaliśmy i polubiliśmy.*

– Ponoć kilku przeżyło – zwrócił się do niej Chavori z wyrazem nadziei i współczucia w oczach.

Zdołała odpowiedzieć mu uśmiechem wdzięczności. Kachiro poklepał ją delikatnie po ramieniu.

– Zobaczę, czy da się czegoś dowiedzieć – mruknął. – Może kobiety wiedzą coś więcej? Mają swoje własne źródła informacji.

– Plotki? – Vikaro przewrócił oczami. – Równie wiarygodne jak legendy. – Uśmiechnął się do Sterii. – Niewolnica Araniry zaprowadzi cię do nich.

Skinął i Steria zobaczyła niewolnicę padającą na twarz kilka kroków od nich. Kiedy do niej podeszła, kobieta natychmiast wyprostowała się, ukłoniła i skierowała ku pobliskim drzwiom. Vora czekała na korytarzu. Stara kobieta miała zaciśnięte usta, i zmartwioną twarz.

Ona jeszcze bardziej niepokoi się o Ikaro niż ja, pomyślała Steria.

Po przejściu kilku korytarzy znalazła się w ogrodzie otoczonym drewnianą kratą porośniętą przez pnącza. Na ustawionych tam krzesłach siedziały jej cztery przyjaciółki, a niewolnica niosła piąte krzesło dla niej.

W ogrodzie przebywało jeszcze kilka niewolnic. Więcej niż potrzeba, zauważyła Steria. Twarz stojącej najbliżej Tashany była znajoma.

– Jak goi się twoje ucho, Sterio? – zagadnęła Tavara.

Dziewczyna dotknęła kolczyka.

– Chyba dobrze.

– Jęczała o to przez cały tydzień – wtrąciła się niewolnica.

– Vora! – zaprotestowała Steria. – Nie musisz im *wszystkiego* opowiadać!

– Nie muszę, ale sprawia mi to przyjemność – odparła Vora z przewrotnym uśmiechem.

– Słyszałaś o Kyralianach? – spytała Chiara.

– Tak – odparła Steria – Czy to...?

– Coś poważnego? Tak. – Chiara westchnęła. – Zdaniem naszych niewolników posłańców, znajdują się w połowie drogi do Arvice.

Steria poczuła przebiegający jej po plecach dreszcz.

– Dlaczego imperator jeszcze ich nie powstrzymał?

Chiara spojrzała na nią z powagą.

– Ponieważ nasza armia została rozgromiona w Kyralii.

– Cała? Wszyscy? – Steria czuła, że lęk znów chwyta ją za serce.

– Krąży pogłoska, że Takado wrócił kilka dni temu do Sachaki i został schwytany przez imperatora. Jeśli on zdołał wrócić, to może inni też zdołają.

– Mało prawdopodobne – odpowiedziała Steria, spuszczając wzrok. *Powinnam przygotować się na to, co najbardziej możliwe. Ikaro nie żyje. Ojciec też.* Poczuła lekki żal na myśl o śmierci ojca. Żal, bo okazał się tak inny od tego kochającego człowieka, którego uwielbiała przez większość życia. Ikaro natomiast był znacznie milszy, niż przypuszczała. To nie w porządku, by miała go teraz utracić. Czuła ból, jakiego nigdy nie zaznała, tak silny, że ledwie mogła oddychać.

Teraz pewnie odziedziczę majątek ojca. Ta myśl pojawiła się niespodzianie i ku swojemu zaskoczeniu dziewczyna poczuła pewną ekscytację. *Czy będę mogła przejąć zarządzanie handlem? Czy to aż tak niemożliwe dla kobiety, jak twierdził ojciec?*

Przypomniał jej się Kachiro. Jako jej mąż będzie miał kontrolę nad wszystkim, co ona posiada. I jeśli nie zechce, by to ona prowadziła interesy, uniemożliwi jej to.

– Sterio.

Podniosła wzrok na Tavarę.

– Słucham.

– Chciałybyśmy, byś coś dla nas zrobiła.

Dziewczyna aż zamrugała ze zdumienia.

– Co takiego?

– Azyl został zaatakowany przez Kyralian. Większość niewolników zginęła, tylko kilku przeżyło wraz z kobietami, które chronili. Nie mieli innego wyjścia, tylko uciekać. Zmierzają do Arvice i jutro tu przybędą. Potrzebujemy dla nich schronienia. Myślisz, że Kachiro zgodzi się, byś przyjęła ich jako gości?

Steria zastanowiła się.

– Może. Jeszcze nigdy go o nic nie prosiłam, ale nie wiem, dlaczego miałby odmawiać.

Tavara wychynęła z cienia i stanęła za krzesłem Tashany. Z poważną miną spojrzała Sterii prosto w oczy.

– Jest coś, co powinnaś wiedzieć o swoim mężu.

Poczuła przebiegający ją dreszcz. *Oczywiście*, pomyślała. *On jest nazbyt sympatyczny. Może ktoś tak miły nie ma prawa istnieć w Sachace. Musi zatem mieć jakąś straszliwą wadę. Jakiś mroczny sekret, o którym wie tylko żona i cierpi z tego powodu.*

Westchnęła.

– Wiedziałam, że w końcu pojawią się złe wieści. Co to takiego?

Kobiety wymieniły spojrzenia. Wreszcie Chiara nachyliła się do nich z grymasem na twarzy.

– Kachiro woli towarzystwo mężczyzn niż kobiet – powiedziała. – I nie mam na myśli rozmów. Mam na myśli łóżko.

Steria wpatrywała się w Chiarę, a jej usta powoli rozjaśnił uśmiech. *A więc o to chodzi? To wszystko?* Niewątpliwie miało to sens. Ta jego „niemożność" nie jest żadnym fizycznym defektem. Jego po prostu kobiety nie podniecają.

Poczuła ulgę. Patrzyła, jak jej towarzyszki wymieniają spojrzenia, marszcząc czoła i potrząsając głowami.

– Wiedziałaś o tym? – spytała Tavara.

– Nie. – Steria powstrzymała się od śmiechu. – Spodziewałam się czegoś, no, *złego*.

– Nie przejmujesz się tym? – spytała Chiara, unosząc brwi. – On sypia z *mężczyznami*. To przecież… – Wzdrygnęła się.

– Może w Sachace – odparła Steria. – W Elyne nikt nie drwi z takich mężczyzn ani nimi nie pogardza. – *Zazwyczaj*, dodała w myślach. *Są tacy, którzy nie szczędzą im ani drwin, ani pogardy, ale to na ogół po prostu nieprzyjemni ludzie, którzy nienawidzą różnych rzeczy.*

– Ale… to jest Sachaka – powiedziała Tavara. – Coś takiego uważa się tu za złe i nienaturalne. Kachiro nie będzie chciał, by to wyszło na jaw.

– Chcecie więc, bym go zaszantażowała.

– Tak.

Steria pokiwała głową.

– Może jednak najpierw użyłabym mojego uroku osobistego, żeby odwołać się do tego, co w nim dobre? A szantaż zostawiła sobie jako broń ostateczną.

Tavara sprawiała wrażenie zaskoczonej.

– Oczywiście, jeśli uważasz, że zdołasz go przekonać, spróbuj. Elyne czy nie, dziwi mnie jednak, że nie jesteś z *tego* powodu na niego zła. To nie było w porządku z jego strony, że się z tobą ożenił, skoro wiedział, że nie da ci dzieci.

Steria potaknęła.

– Nie było. I to jest znacznie lepszy argument. Zrobi wszystko, o co go poproszę, z wdzięczności za to, że będę siedzieć cicho, a nie dlatego że będzie nim powodował lęk przed ujawnieniem jego tajemnicy.

Ona jednak ma rację pod jednym względem. Nawet w Elyne uważa się, że to niegodne, kiedy mężczyzna o jego skłonnościach żeni się z kobietą. Ja nie miałam wyboru w kwestii małżeństwa, ale on owszem. Chociaż... zastanawia mnie, jak tajny jest ten jego sekret. Może ojciec wiedział? Może dzięki temu miał pewność, że Kachiro nie będzie miał potomka?

Jeśli ojciec nie żyje, może się nigdy nie dowiedzieć. Jeżeli zginął, Nachira będzie bezpieczna, więc to i tak bez znaczenia.

Tessia rzuciła torbę ojca na ziemię i usiadła obok Mikkena. Spojrzała na swój bagaż i westchnęła.

– Co się stało? – spytał Mikken.

Wzruszyła ramionami.

– Nic. Wszystko. Chodzi o to, że ta torba nie przydała mi się w żadnym innym przypadku niż zabandażowanie skaleczenia lub skręconej kostki, no i jednego ze służących bolała głowa.

– I chciałabyś, żeby ludzie byli ranni albo żeby Sachakanie z nami walczyli, bo miałabyś w ten sposób kogo leczyć? – zapytał, uśmiechając się krzywo.

– Oczywiście że nie. – Uśmiechnęła się lekko, by dać mu do zrozumienia, że uchwyciła żart. – Myślałam tylko, że gdy będziemy pomagać sachakańskim niewolnikom, moim zadaniem będzie ich leczenie.

Mikken pokiwał głową.

– Wiem. Przynajmniej teraz wszystkie domy są opuszczone. Nie ma już kogo zabijać: ani niewolników, ani nikogo innego. – Zmarszczył brwi. – Ale muszę przyznać, że trochę mnie to przeraża. Sachakanie zapewne czerpią moc od swoich niewolników. A my nie.

– Powinniśmy byli zachęcić niewolników. Podążałyby za nami teraz tysiące ludzi, którzy oddawaliby nam swą moc każdego dnia.

Mikken pokręcił głową.

– Nie sądzę, żeby było tak łatwo ich przejąć. To, co mówił Narvelan, jest prawdą. Oni są lojalni wobec swoich panów.

– Po prostu nie wierzą w to, że ktoś da im wolność. Powinniśmy byli przynajmniej postarać się ich przekonać, że naprawdę zamierzamy.

Mikken wzruszył ramionami tak, jak to zwykle robią ludzie, którzy chcą dać do zrozumienia, że się nie zgadzają, ale nie chcą się kłócić. Tessia przypatrywała mu się przez chwilę. Przez jakiś czas wydawał jej się miłym i atrakcyjnym chłopakiem. Teraz jednak była zbyt zmęczona i rozczarowana całym światem, żeby ktokolwiek mógł jej się podobać. Poza Dakonem, ale on liczył się jedynie jako nauczyciel i opiekun. No i może Jayanem, choć nie potrafiła powiedzieć dlaczego. W jakiś sposób stał się jej przyjacielem. A może po prostu kimś, kto czasem się z nią zgadzał. Choć był mało pewnym sojusznikiem, ponieważ równie często się z nią spierał, co zgadzał.

– Tessio.

Podniosła wzrok i zobaczyła zmierzającego ku niej przez dziedziniec Dakona. Gdy tylko armia wkroczyła do zabudowań, jej mistrz udał się z Jayanem na poszukiwanie zapasów jedzenia. Opuszczone przez Sachakan domy stały się najlepszymi miejscami na kyraliańskie obozy. Kiedy Dakon był już przy niej, wstała. Nie mogła odczytać jego nastroju. Miał markotną minę, ale w ostatnich dniach zawsze tak było.

– Dwaj magowie zachorowali – powiedział. – Możesz się im przyjrzeć?

– Oczywiście. – Pochyliła się i podniosła torbę.

Poprowadził ją przez główne wejście do domu, potem wędrowali kolejnymi korytarzami. Tessia dostrzegała podobieństwa między wszystkimi posiadłościami, w których się zatrzymywali, rozpoznawała też wspólne cechy z sachakańskimi domami w Imardinie, aczkolwiek tamte były większe i wspanialsze.

Im bardziej zbliżali się do Arvice, tym grupy budynków stawały się okazalsze, nie napotkali jednak żadnych miast ani wiosek. Jayan twierdził, że takie posiadłości są zazwyczaj samowystarczalne, ponieważ handlują głównie z pobliskimi rezydencjami, wymieniając dobra, których w każdej z nich brakuje.

Drewno na meble i tym podobne rzeczy musi skądś pochodzić, myślała Tessia. *A nie widzieliśmy lasów, odkąd zjechaliśmy z gór. Tylko drzewa rosnące wzdłuż drogi, tworzące aleje, no i czasem jakiś zagajnik w pobliżu zagród ze zwierzętami.*

Dakon wszedł do wielkiego pomieszczenia, z którego przechodziło się do wielu mniejszych. Tessia widywała już takie wnętrza. Można w nich było zazwyczaj znaleźć piękne ubrania dla dorosłych i dzieci, toteż nazwała je „pokojami rodzinnymi".

W większym pomieszczeniu stało kilku magów, którzy na jej widok zamyślili się. Rozpoznała Mistrza Bolvina i Mistrza Hakkina. Był tu również Dem Ayend.

Nagle zza nich wyszedł jeszcze jeden mężczyzna i Tessia poczuła, że kolana się pod nią uginają na jego widok.

– Uczennico Tessio – odezwał się Król Errik. – Słyszałem wiele dobrego o twoich umiejętnościach leczniczych. –

Wskazał ręką w kierunku jednego z mniejszych pokojów. – Ci dwaj magowie zapadli na jakąś chorobę. Czy możesz ich zbadać?

– Oczywiście, wasza królewska mość – odpowiedziała, kłaniając się szybko.

Król uśmiechnął się i poprowadził ją – a za nią Dakona – do małego pomieszczenia. Chorzy leżeli na łóżkach zbyt krótkich, by mogły ich pomieścić. Na dziecinnych posłaniach, domyśliła się Tessia. Twarze mieli wykrzywione bólem, a oczy rozbiegane. Podeszła do jednego z nich i sprawdziła temperaturę ciała i puls.

– Kiedy zachorowali i jak to się stało?

Król spojrzał na służącą w średnim wieku, stojącą przy łóżku jednego z magów.

– Jakieś pół godziny temu – odparła kobieta. – Zaczął się skarżyć na bóle brzucha. Myślałam, że może zjedli coś nieświeżego, ale kiedy opróżnili żołądki i kiszki, poczuli się jeszcze gorzej. Wtedy poszłam po pomoc.

Tessia zwróciła się do Dakona.

– Postaraj się lepiej, żeby nikt nie jadł tego, co oni.

Dakon potaknął i skinął na służącą.

– Ty im podałaś jedzenie? – Kobieta potwierdziła. – Chodź. Pokażesz mi, skąd je wzięłaś.

Wiedząc, że król oraz inni magowie przyglądają się jej z uwagą, Tessia położyła dłoń na czole maga. Zamknęła oczy i kilka razy odetchnęła głęboko, by uspokoić myśli. Potem wysłała zmysły w głąb jego ciała.

Kiedy tylko zgrała się z tym, co czuł, w jej żołądku pojawił się ból i mdłości. Mięśnie zadygotały od skurczów. Ciało tego człowieka na coś reagowało, a kiedy przyjrzała się bliżej, zrozumiała, że usiłuje wyrzucić z siebie coś niepożądanego.

A ta niechciana substancja działała na ciało jak trucizna. Na dodatek szybciej, niż organizm mógł się jej pozbywać.

Szybciej niż u służących umierających z powodu zepsutego jedzenia. Oni musieli zjeść coś naprawdę paskudnego albo... zostali otruci!

Na tę myśl przywołała z powrotem swoje zmysły i otworzyła oczy. Rozejrzała się i zatrzymała spojrzenie na królu.

– Jeśli coś, co zjedli, nie było zupełnie popsute, podejrzewam, że to działanie trucizny – powiedziała.

Otwarł szeroko oczy i spojrzał na Dakona, który właśnie wrócił. Tessia poczuła ukłucie niepokoju i winy. Jako mag odpowiedzialny za aprowizację, Dakon zostanie oskarżony o podanie armii zatrutego jedzenia. Mag spojrzał królowi prosto w oczy i skinął głową.

– Postaram się, żeby nikt nie brał nic do ust, dopóki nie sprawdzimy, czy cała nasza żywność jest bezpieczna.

– Cała? – spytał król. – Chyba tylko to, co znaleźliśmy dzisiaj.

Dakon pokręcił przecząco głową.

– Ci magowie mogli zjeść coś, co wieźliśmy z sobą od dość dawna, ale czego nie przyrządzano do dziś. Służąca szuka kucharza, który przygotował dla nich posiłek.

Król potaknął, odwrócił się do Tessii, po czym spojrzał na dwóch magów.

– Czy oni przeżyją?

– Nie... nie sądzę.

– Nie zdołasz ich wyleczyć?

Przewiercał ją błagalnym wzrokiem. Tessia spuściła oczy.

– Spróbuję, ale nic nie mogę obiecać. Nie udało mi się uratować służących, którzy zjedli coś zepsutego podczas wojny, a to jest dużo gorsze.

– Postaraj się – rozkazał.

Rozluźniła tunikę maga pod szyją i położyła mu dłoń na nagiej skórze piersi. Ponownie zamknęła oczy i zagłębiła się w jego ciało. Natychmiast zorientowała się, że sytuacja się pogorszyła. Serce pracowało z wysiłkiem, mag walczył o każdy oddech.

Przede wszystkim powinnam pozbyć się jak najwięcej trucizny, pomyślała. *Ale nie przez gardło, ponieważ on i tak ma dość problemów z oddychaniem. Nie chciałabym go udusić.* Wysłała magię, tworząc elastyczną barierę wokół zawartości jego żołądka, a następnie popchnęła ją przez jelita, zbierając po drodze resztki. Nie potrafiła powstrzymać kpiarskiego rozbawienia, kiedy to wszystko opuściło jego ciało. *To nie będzie ładnie pachnieć.*

A teraz trucizna, która dostała się do kanałów i ścieżek życiowych. Przyjrzała się dokładnie jego systemowi krwionośnemu. Cała krew była zanieczyszczona. Nawet gdyby Tessii udało się oddzielić truciznę, nie zabijając maga, jak mogłaby usunąć ją z organizmu? Najwyraźniej musi to zrobić inaczej.

Zanim jednak zdołała wymyślić jakiś sposób, serce maga zaczęło gubić rytm. Tessia zaczerpnęła szybko magii i przestraszona sięgnęła w tamtym kierunku. Skupiła myśli i zaczęła uciskać, starając się nadać krwi rytm, który wydawał się jej znajomy i naturalny dla zdrowego, wypoczętego ciała.

W tej samej chwili uzmysłowiła sobie, że płuca tego człowieka też przestają pracować, bo nie wyczuwała z ich strony żadnego ruchu. Zaczerpnęła więcej magii i zmusiła je delikatnie do rozszerzenia, a następnie rozluźnienia. Kontrolowanie pracy obu narządów pochłaniało całą jej uwagę.

Nie dam rady długo utrzymywać go przy życiu w ten sposób, pomyślała. *Muszę coś wymyślić.*

Kiedy udało jej się znów zerknąć na podstawowe czynności życiowe, wyczuła znajomą energię. Magię. Nie własną, ale powiązaną z ciałem maga. Magię, która zaczęła walczyć z efektami trucizny. Magię skoncentrowaną na wątrobie i nerkach, wspomagającą oczyszczanie krwi i usuwanie trucizny.

Uświadomiła też sobie, że tak było przez cały czas. Tylko że magia tego człowieka nie była wcześniej dość silna, żeby walczyć z czymś tak potężnym jak trucizna. A teraz, kiedy Tessia pilnowała serca i płuc, jego organizm mógł sam zająć się resztą.

Muszę tylko odkryć, jak wzmocnić naturalny przepływ magii...

Ledwie to pomyślała, wiedziała, że nie jest to potrzebne. Serce maga odzyskało rytm i siłę i nagle zaprotestowało przeciwko jej magii, pozwoliła mu więc pracować samodzielnie. Z płucami wkrótce stało się to samo.

Uratowałam go, pomyślała, czując przypływ ulgi i radości. *Dzięki jego własnej zdolności do leczenia się magią. A to oznacza, że nie dałabym rady uzdrowić nikogo niemagicznego z takiego zatrucia.*

Wycofała się z ciała maga i otworzyła oczy. Mężczyzna zasnął, oddychając głęboko i regularnie.

– Myślę, że wszystko będzie dobrze – powiedziała.

– Och! – Król podszedł do niej. – Jesteś pewna? On wyzdrowieje?

– Tak. W każdym razie na to wygląda – dodała.

Król poklepał ją po ramieniu.

– Niezwykła z ciebie dziewczyna, Uczennico Tessio. Kiedy wrócimy do Imardinu, musisz nauczyć innych swoich metod.

Uśmiechnęła się.

– Powoli. Jest jeszcze ten drugi…

Ale kiedy odwróciła się ku drugiemu z chorych magów, poczuła, że jej serce zaczyna walić jak oszalałe. Miał śmiertelnie bladą twarz i posiniałe usta. Dakon stał przy jego łóżku. W tej samej chwili zauważyła ranę na ręce martwego mężczyzny i ostrze w dłoni swojego mistrza i poczuła, że robi się jej słabo. Dakon przecież nie…?

Nagle przypomniała sobie jedną z pierwszych lekcji z Dakonem. Jeśli mag umiera, a magia wciąż pozostaje w jego ciele, wydobywa się ona z niszczącą siłą. Tessia, król i ten człowiek, którego życie właśnie uratowała, zginęliby razem z nim albo musieliby użyć ogromnej mocy, by się osłonić.

Przynajmniej jego magia się nie zmarnuje, pomyślała. *Aczkolwiek nie sądzę, żeby Dakon był bardzo zadowolony z tego, że zaczerpnął mocy pochodzącej z mordowania niewolników.*

– Niestety mamy tylko jedną Tessię – powiedział król smutno.

– Niestety – odrzekła. – Może powinnam była od razu zacząć uczyć innych. Ale szczerze mówiąc, nie sądziłam, że ktokolwiek chciałby tego.

– Zainteresowanie jest wielkie – oznajmił król. – Ale podejrzewam, że wielu magów, mając mnóstwo innych zajęć, a także nie mając pewności, czy nie lepiej zaczekać, aż skończysz naukę i będziesz mogła uczyć innych, no i wyobrażając sobie uczącą ich młodą kobietę, niechętnie by się do tego przyznało. – Król urwał i uśmiechnął się do niej. – Po tym, czego właśnie byłem świadkiem, miałbym ochotę odesłać cię do Imardinu pod strażą, żeby mieć pewność, że ta wiedza będzie bezpieczna, ale obawiam się, że powrót byłby bardziej ryzykowny niż pozostawanie z nami. A poza tym potrzebuję tu każdego maga i ucznia.

– A ja nigdy nie opuściłabym Mistrza Dakona – powiedziała.

Król uśmiechnął się znowu.

– Nawet gdybym wydał ci rozkaz?

Odwróciła wzrok.

– Obawiam się, że w takiej sytuacji byłabym zmuszona posłuchać, ale miałabym do króla *wielki* żal.

Roześmiał się.

– Nie mogę sobie pozwolić na to, by Tessia, magiczna uzdrowicielka, była na mnie zła. Kto wie, kiedy to ja mogę potrzebować jej usług?

ROZDZIAŁ 46

Przez osiemnaście dni i nocy Hanara i pozostali niewolnicy byli przywiązani łańcuchem do zakrytego powozu. Za dnia szli w kierunku Arvice, nocą spali tam gdzie popadło, na ziemi, która bywała sucha lub błotnista, a czasem pełna kamieni.

Hanara cieszył się, że jest lato i noce są stosunkowo ciepłe, aczkolwiek zmęczenie po całodniowym marszu pozwoliłoby mu zasnąć nawet na mrozie.

Dwa razy dziennie dostawali wodę i resztki z posiłków w rezydencjach, w których się zatrzymywali. Czasem był to stęchły chleb, czasem zbrylona zupa lub przypalone kawałki mięsa zdrapane z dna garnków.

Powozem jechało trzech mężczyzn: woźnica, który zajmował się również więźniami, i dwaj inni, których Hanara widywał jedynie, kiedy wysiadali lub wsiadali. Czasem wyobrażał sobie, że w środku jest również Takado. Ale jeśli był, to nie wychodził na noc i nigdy nie odzywał się tak głośno, by niewolnicy go usłyszeli. Co jakiś czas Hanara łapał się na tym, że chciał zawołać i przekazać coś swemu panu. Na przykład, że dotarli na przedmieścia Arvice. I że podjechali pod wyniosłe mury Pałacu Imperatora.

Nie ma go w tym powozie, powtarzał sobie. *Zabrali mnie od niego, by nie mógł wezwać wiernego źródła, gdyby nadarzyła się ku temu okazja. On być może ciągle jest w tej rezydencji, gdzie nas pojmano, albo już w pałacu. A może był tak sprytny, że udało mu się przekonać kogoś do pomocy w ucieczce.*

Powóz skręcił gwałtownie w niską bramę w bocznym murze pałacu i wtoczył się na niewielki dziedziniec. Brama zatrzasnęła się za nim z hukiem. Po obu jej stronach stali potężnie zbudowani niewolnicy z włóczniami w rękach. Dwaj wolni ludzie wysiedli z powozu i mówili coś do pałacowego niewolnika, który wyszedł do nich i padł przed nimi na twarz. Opaska na włosach wskazywała na wyższy status tego niewolnika niż pilnujących bramy. Podniósł się on teraz i wykrzykiwał jakieś rozkazy w kierunku drzwi, w których pojawili się trzej następni, najwyraźniej o niższej pozycji. Podeszli do powozu, a kiedy woźnica odpiął łańcuchy, każdy zajął się jednym więźniem. Opiekun Hanary popchnął go w kierunku pałacu, a za nim szli niewolnicy Asary i Dachidy.

Nastąpiła długa wędrówka przez ciemne korytarze, które schodziły coraz niżej pod ziemię. Magowie zniknęli. Powietrze było wilgotne i ciężkie od mieszaniny zapachów, które stopniowo stawały się coraz mniej przyjemne, aż w końcu zmieniły się w duszący odór odchodów, potu i pleśni. Drzwi, obok których przechodzili, nie były już drewniane – zastąpiły je żelazne kraty, za którymi widać było ludzi w różnym wieku, jednych w niewolniczych łachmanach, innych w pięknych, ale potwornie brudnych strojach.

Czy oni zamierzają nas tu zamknąć? – zastanawiał się Hanara. Na próżno odganiał od siebie myśli o przyszłości: uparcie powracało do niego pytanie, czy kiedy już dotrze na to miejsce, gdzie prowadzili go imperatorscy niewolnicy, zostanie zabity. *Przecież gdyby zamierzali ze mną skończyć, już by to zrobili.* A zatem zapewne czegoś od niego chcą. A może zostanie podarowany jakiemuś innemu panu. Zastanawiał się, czy gdyby tak się stało, powinien próbować uciekać i odnaleźć Takadę. Mógłby to uczynić tylko wtedy, gdyby udało mu się dowiedzieć, gdzie jest jego pan.

To nie będzie jak w Mandryn, pomyślał. *Nie będzie mnie kusić wolność. Moje miejsce jest u boku Takady.* Uśmiechnął się z poczuciem dumy i długiego życia, które znowu się pojawiło.

Zatrzymali się w końcu w wielkim pomieszczeniu, gdzie zmuszono ich do padnięcia na twarze przed kolejnym niewolnikiem o wyższym statusie.

– Czyi to są? – zapytał ten człowiek donośnym głosem.

– Zbuntowanych ichanich.

– Który należy do Takady?

– Ten.

– Zostanie przesłuchany. Zabrać go na górę. Pozostali do tymczasowych cel.

Hanara został znów postawiony na nogach i zobaczył, że niewolnicy Asary i Dachidy wychodzą w towarzystwie imperatorskich przez jedne z drzwi. Nie obejrzeli się za siebie. Hanara zaś został wyprowadzony z powrotem na korytarz, który już przemierzali.

Zaczęła się wspinaczka w górę. Schody i korytarze, a za nimi kolejne schody i korytarze. Na każdym kolejnym poziomie powietrze pachniało ładniej, a ściany stawały się bielsze. To wszystko jednak sprawiało, że lęk zaciskał się jeszcze mocniej na żołądku Hanary. Brzęk łańcuchów był coraz wyraźniejszy w holach, w których panowała większa cisza.

Na szczycie następnych schodów zatrzymał ich kolejny potężnie umięśniony niewolnik.

– Kto idzie? – spytał.

– Niewolnik Takady.

Mężczyzna zmrużył oczy, patrząc na Hanarę.

– Chodź ze mną.

Hanara poczuł ulgę i rodzaj wolności, kiedy pierwszy z niewolników puścił jego ramię, a drugi nie chwycił go, ale dobrze wiedział, że to tylko złudzenie. Gdyby usiłował uciekać, zostałby schwytany i zbity. Posłusznie więc podążał za nowym przewodnikiem. Ściany w korytarzach, które teraz przemierzali, zdobiły rzeźby i gobeliny, a czasem wielobarwne malowidła.

Stanęli przed drewnianymi drzwiami i niewolnik zapukał cicho. Uchyliły się i Hanara dostrzegł kawałek twarzy i oko.

– Niewolnik ichaniego Takady – mruknął nowy przewodnik.

Drzwi zamknęły się i zaczęło się czekanie. Hanara przyglądał się ozdobom na ścianach, usiłując wyrównać oddech i bicie serca. Kiedy drzwi otwarły się ponownie, podskoczył i cały spokój, który zdołał wypracować, prysł w jednej chwili.

Zanim zdążył zajrzeć do pokoju, znalazł się w jego środku.

– Hmmm. Jesteś niewolnikiem ichaniego Takady – rozległ się jakiś głos.

Mężczyzna, który się do niego odezwał, siedział na jednej z wielu ław ustawionych pod ścianami. Jego krótkie wierzchnie odzienie lśniło złotem i klejnotami, pasującymi do bogato zdobionych mebli w pomieszczeniu. Hanara padł na twarz.

Imperator! To musi być imperator! Nie śmiał się odezwać. Słowa tego człowieka brzmiały jak stwierdzenie faktu, a nie pytanie.

– Wstawaj.

Niechętnie, ale i niezbyt wolno, by nie rozgniewać imperatora, Hanara podniósł się na nogi, spojrzenie miał jednak ciągle utkwione w podłodze.

– Podejdź tutaj.

Zmusił ciało do posłuszeństwa i ruszył do przodu, gotów w każdej chwili się zatrzymać. Nie słyszał jednak polecenia, żeby stanął, szedł więc przed siebie, aż znalazł się o jakieś dwa albo trzy kroki od siedzącego władcy. Nie śmiał podnieść wzroku, bowiem wiedział, że nie powinien spojrzeć nawet na buty tego człowieka.

– Uklęknij.

Hanara padł na ziemię, a brzęk łańcuchów rozległ się echem w wielkim pomieszczeniu. Żelazo pociągnęło go w dół, wyginając boleśnie kręgosłup i raniąc kolana, ale Hanara natychmiast zapomniał o bólu, czując dłonie przyciśnięte do skroni.

Oczywiście, pomyślał. *Tego ode mnie chcą. Informacji o Takadzie. O wszystkim, co się wydarzyło. Cóż, zobaczą, jaki mądry jest Takado. Jak chciał pomóc Sachace.*

Imperator Vochira niewątpliwie przedzierał się przez umysł Hanary, umiejętnie wyłuskując z niego wspomnienia podróży Takady przez Kyralię, pobytu w Mandryn, powrotu Takady i kolejnych etapów wojny, od zwoływania sprzymierzeńców po ten poranek, kiedy na widok wkraczającej do Sachaki kyraliańskiej armii Takado i jego dwoje przyjaciół zrezygnowali z planów zniknięcia na rzecz ostrzeżenia Sachaki o grożącej jej inwazji i pomocy w wygnaniu najeźdźców. *Widzisz!* – Hanara nie mógł się powstrzymać od takiej myśli. *On nie myśli tylko o sobie. Zawsze pragnął dobra Sachaki!* Odkrył, że wraca poczucie długiego życia.

~ *Ty nędzny głupcze* ~ rozległ się w jego myślach głos Imperatora Vochiry, rozbijając w pył to poczucie. ~ *Od stuleci wiadomo, że Sachaka nie może ryzykować wojny z Kyralią lub Elyne. Kiedy podbiliśmy te kraje dawno temu, było tam bardzo niewielu magów. Pod naszymi rządami i wpływami przejęli oni nasze zwyczaje i wykształcili dużo własnych. Dlatego mój poprzednik lata temu zwrócił im niezależność. Od tamtego czasu żyliśmy w przynoszącym dobrobyt pokoju. Gdyby Takado zechciał podzielić się ze mną swoimi planami, powiedziałbym mu to.*

Hanara wiedział, że Takado nigdy nie szanował imperatora na tyle, żeby pozwolić mu popsuć swoje wspaniałe plany. Jego sojusznicy rekrutowali się najpierw spośród ichanich – wyrzutków, którzy nienawidzili imperatora i wszystkich ludzi posiadających jakąkolwiek władzę w Sachace.

~ *Dlaczego mu nie powiedziałeś?* ~ spytał Hanara. ~ *Dlaczego nigdy mu tego nie wyjaśniłeś?*

~ *A czy on by posłuchał? Uwierzyłby mi?*

Hanara nie potrafił powstrzymać zdradzieckiego „nie", formującego się w jego myślach.

~ *To wiedza, którą ujawniamy w razie potrzeby tym, którym ufamy. Nie chcieliśmy, żeby Kyralia i Elyne przekonały się, że są potężniejsze, niż im się wydawało. Wątpię, bym zdołał tak łatwo zaufać Takadzie, nawet gdyby przyszedł do mnie po radę. Wątpię zresztą, czy posłuchałby mnie, gdybym mu wyjawił prawdę. Takado jest nielojalny i nieposłuszny z natury.*

~ *Był lojalny wobec przyjaciół* ~ zauważył Hanara.

~ *Przyjaciół, którzy już nie żyją.* ~ Gniew imperatora dawał się wyczuć w jego myślach. ~ *Człowiek, któremu jesteś tak wierny, odebrał temu krajowi sprzymierzeńca i spowodował tyle szkód, że już na zawsze możemy pozostać jedynie wrogami. Poprowadził na śmierć połowę magów tego kraju. Zmusił Kyralian do odkrycia mocy, o której nie mieli pojęcia, dał im zwycięstwo, którego się nie spodziewali, podarował im pewność siebie i powód do szukania zemsty za krzywdy, które im wyrządził.*

~ *To nie było jego zamiarem! Nie zamierzał przegrywać! I przynajmniej miał odwagę spróbować!*

~ *Odwagę nic nierozumiejącego, chciwego, nielojalnego głupca.* ~ W mentalny głos Imperatora Vochiry wkradło się coś znacznie ciemniejszego i bardziej przerażającego niż gniew: przygnębienie i rezygnacja. ~ *Takado nas zgubił. A ja wziąłem w tym udział, ponieważ go nie powstrzymałem. Kyralianie wkrótce wkroczą do Arvice. Napotkają tu opór resztek sachakańskiej armii i pokonają nas. Za kilka dni to my zostaniemy podbici, a oni będą zwycięzcami. Dopiero wtedy poznamy wielkość ich zemsty. A wszystko z powodu twojego pana, Takady Zdrajcy. Tak zostanie zapamiętany. Czy wciąż masz poczucie długiego życia, Hanaro? Niewolniku Zdrajcy.*

Musiał to zrobić. Poszukał tego uczucia i ujrzał, że zamigotało i zgasło. Pustka, która się pojawiła, była nie do zniesienia i doprowadzała Hanarę do najgłębszej rozpaczy. Uzmysłowił sobie, że to jest gorsze, niż gdyby się dowiedział, że Takado nie żyje. Wtedy przynajmniej mógłby wspominać swojego pana z dumą. Ale czy Takado nie żyje?

~ *Nie* ~ odpowiedział mu imperator. ~ *Jakkolwiek wiele przyjemności sprawiłoby mi własnoręczne zabicie go, muszę to poświęcić w nadziei, że oddanie go w ręce Kyralian pomoże ocalić Sachakę.*

~ *Powiesz mi, kiedy on umrze?*

Imperator milczał, a Hanara wyczuł ślad zaskoczenia. A może nawet zazdrości?

~ *Rozkażę, żebyś był obecny, kiedy wydamy go Kyralianom. Tyle tylko mogę zrobić.*

– Dziękuję – wyszeptał Hanara, ale nie był pewny, czy tamten człowiek usłyszał. Poczucie obecności umysłu imperatora znikło, podobnie jak dotyk jego dłoni na skroniach Hanary.

– Zabierzcie go – rozkazał Vochira, głosem chrapliwym od niesmaku.

Hanara miał wzrok wbity w ziemię, kiedy za nim rozległy się kroki. Ktoś chwycił go za ramię i odciągnął. Nie opierał się, zbyt pochłonięty myślą, że jego pan ściągnął zagładę na Sachakę, oraz zdradziecką nadzieją, że Takadzie uda się uciec i odbić ojczyznę z rąk Kyralian.

Jayan zauważył, że sachakańskie posiadłości, które mijali w ostatnich dniach, były mniejsze. Nauczył się rozpoznawać, że mur był zarówno granicą, jak i ogrodzeniem dla zwierząt. Zauważył też, że jakkolwiek do rezydencji przylegało coraz mniej ziemi, same budynki stawały się coraz większe.

Najwyraźniej zbliżamy się do Arvice, ale wszystko jest opuszczone, pomyślał. *Ta cisza jest… dziwaczna.* Od samego rana czuł napięcie i niepokój.

– Słyszałem wczoraj wieczorem pogłoski o tobie – usłyszał za sobą znajomy głos.

Rozpoznając Narvelana, Jayan nie odwrócił się, żeby spojrzeć na maga.

– Co tym razem? – spytał Dakon.

Narvelan wybuchnął śmiechem. Słysząc to, Jayan skrzywił się. Beztroska i wesołość maga wydawały się jakoś nie na miejscu i pozostawały w bolesnej niezgodzie z nastrojami panującymi w armii. *Zmierzamy ku ostatniej bitwie z naszym odwiecznym wrogiem, a on zachowuje się tak, jakbyśmy byli na letniej przejażdżce.*

– Słyszałem, że wszyscy zastanawiają się, czy to nie ty postarałeś się o otrucie tych dwóch magów – powiedział Narvelan. – Zachodzą w głowę, czy przypadkiem nie słyszałeś, jak ci dwaj krytykowali to, że masz zbyt wielkie skrupuły w kwestii zabijania niewolników.

– Rozumiem – odparł spokojnie Dakon. – Czy dostrzegają ironię w tym, że podejrzewają o tak pozbawiony skrupułów czyn kogoś, kto ma zbyt wielkie skrupuły?

Narvelan zaśmiał się.

– Nie pytałem. A zauważyłeś, by ktoś traktował cię ze większym, hmmm, szacunkiem?

– Nie.

Jayan pokręcił głową. Po czym przypomniał sobie, jak cisi i posłuszni byli wszyscy służący tego ranka, kiedy wraz z Dakonem nadzorowali przygotowanie posiłku. Na wszelki wypadek zachowali przy życiu kilka rassooków, żeby mieć na kim wypróbować pożywienie. Wymieszali ponadto składniki pochodzące z kilku różnych posiadłości, w nadziei że jeśli gdzieś dosypano trucizny, to w takim rozcieńczeniu przestanie być śmiertelna.

– Ach – powiedział Narvelan. – Nareszcie przyszli się z nami przywitać.

Jego koń przemknął koło Jayana, pędząc galopem w kierunku króla i Sabina. Spoglądając za nim, Jayan uświadomił sobie, że mury rezydencji nie znajdowały się już w pewnej odległości od drogi, ale tuż przy niej. Widać było również dachy i wyższe piętra budynków, co oznaczało, że większość terenu za murami zapełniona była najróżniejszymi budowlami mieszkalnymi i gospodarczymi.

Tam gdzie zaczynały się mury, inna droga łączyła się z tą, którą jechali. Wzdłuż niej zaś stał rząd ludzi. Słońce odbijało się w klejnotach i ozdobach ich ubrań. Jayan policzył zgromadzonych i zorientował się, że magów jest wśród nich więcej niż w kyraliańskiej armii. Serce mu zamarło.

Kiedy jednak podjechał bliżej Sachakan, dostrzegł również inne szczegóły. Wielu magów było starych, zgarbionych i siwych. Inni zaś byli młodzi jak uczniowie. Kilku było kalekami, pozbawionymi członków lub opierającymi się na laskach. Na twarzach nielicznych kobiet malowało się przerażenie albo rozpacz, większość z nich stała u boku mężczyzn w podobnym do nich wieku, a jedna obok człowieka na tyle od niej starszego, że mógł być jej ojcem.

Jayan wymienił zaniepokojone spojrzenie z Dakonem. Niemal jedna trzecia wrogów najwyraźniej w ogóle nie powinna stawać do walki.

Cóż za żałosny widok, pomyślał. *A jednak mimo ulgi, że może uda nam się odnieść łatwiejsze zwycięstwo, czuję też litość dla tych Sachakan. I nie potrafię nie podziwiać ich za to, że są gotowi bronić swojego miasta.*

Mag Sabin i Dem Ayend jechali teraz obok króla. Errik spoglądał to na jednego, to drugiego, wymieniając z nimi uwagi, a czoło miał zmarszczone. Armia zwolniła, zbliżając się do szeregu Sachakan, i w końcu zatrzymała się niecałe dwadzieścia kroków od nieprzyjaciół. Kyraliańscy dowódcy zakończyli rozmowę. Stali przez dłuższą chwilę w milczeniu, przyglądając się wrogom. Następnie król popędził swojego konia o kilka kroków do przodu.

– Magowie Sachaki! – zawołał. – Wiemy, że nie wszyscy z was popierali napaść Takady na Kyralię. Jeśli się poddacie, jeśli udowodnicie, że nie wspieracie Takady i jego sojuszników, jeśli będziecie z nami współpracować i nie okażecie oporu, oszczędzimy wasze życie.

Nikt nie odpowiedział. Żaden Sachakanin nie wystąpił do przodu, żaden nie opuścił szeregu. Jayan czekał, przyglądając im się.

– W takim razie bierzcie się do dzieła – zawołał jeden z Sachakan. – Przybyliście, żeby walczyć, więc walczcie. Zamierzacie czekać, aż umrzemy ze starości?

W szeregu Sachakan dał się słyszeć nerwowy chichot. Jayan dostrzegł kilka wymuszonych uśmiechów.

– Przemawiasz w imieniu imperatora? – spytał król.

– Imperator czeka w swoim pałacu. Jeśli dojdziecie tak daleko, może poświęci wam chwilkę.

Mag Sabin podjechał do króla i uszu Jayana dobiegły jego słowa:

– Obawiam się, że nie mamy wyboru.

– Nie – odparł Errik. – I nie przejechaliśmy całej tej drogi po nic.

Uniósł dłoń, dając znak armii, żeby ustawiła się na pozycjach. Powietrze przeciął błysk: jeden z Sachakan uznał ten gest za początek bitwy. Uderzenie odbiło się od tarczy i Sabin odpowiedział pociskiem. Kyraliańska armia tworzyła już grupki, po części celowo, po części z przyzwyczajenia, a przestrzeń między wrogimi magami wypełniła się błyskającą, wibrującą magią.

Dakon zajął swoje zwyczajowe miejsce wśród doradców i dowódców, a Jayan dołączył do stojących w pobliżu Everrana i Aravii. Uświadomił sobie, że nie czuje ani strachu, ani pewności siebie. Towarzyszy mu tylko ten sam niepokój, który dręczył go od rana.

Mniej więcej w tej samej chwili, kiedy padł pierwszy z Sachakan, Jayana opuściła moc.

W przeciwieństwie do reszty armii brał udział tylko w jednym najeździe na rezydencję. Nawet Dakon dysponował większą mocą, ponieważ pobrał ją od otrutego maga. *Jestem chyba najsłabszym z obecnych tu kyraliańskich magów. Dziwne, że nikt nie zastanawiał się nad moją decyzją o niezabijaniu niewolników, skoro mają pretensje do Dakona.*

Pozostał pod osłoną grupy Everrana i Aravii. Zamiast jednak spodziewanego poczucia bezużyteczności czuł się tak, jakby w ogóle go tam nie było. Jakby był nieobecny. A w najlepszym wypadku pozostawał obserwatorem.

Zauważył, że Sachakanie nie osłaniają się wzajemnie. Lekcja, którą odebrała armia Takady, nie została przekazana do Sachaki. *Gdzie jest Takado?* – zastanawiał się Jayan. *Czemu nie dowodzi tą ostatnią, rozpaczliwą obroną? Mogę uwierzyć, że Imperator Vochira kryje się po kątach, pozwalając, by inni walczyli w jego imieniu, ale myślę, że Takado stawiłby nam czoła, gdyby miał taką możliwość. Był obrzydliwym człowiekiem, ale miał swoją dumę i był dumny ze swego kraju.*

Jeśli król miał rację co do liczby magów w Sachace przed wojną, to gdzieś musi ich być więcej. Grupa stojąca naprzeciw kyraliańskiej armii była duża, ale daleka od setki. A wielu z jego członków wyglądało jak mało prawdopodobni kandydaci na uczniów magii. Być może dopiero co wyzwolono ich moc i nauczono uderzeń w ciągu ostatnich kilku dni. W takim przypadku mogli jeszcze nawet nie osiągnąć pełnej kontroli.

Jayan obejrzał się przez ramię i zobaczył uczniów i służących czekających parę kroków za nimi, na tyle blisko, na ile odważyli się podejść do pola bitwy, ale nie tak daleko, by armia nie zdołała ich osłonić w razie ataku. Uczniowie zapewne odzyskali przez noc wystarczająco dużo mocy, by odparować kilka ciosów, ale nie skoncentrowany atak wielu magów.

– Co oni...? – mruknął pod nosem Mistrz Everran.

Jayan spojrzał na niego i zorientował się, że Everran patrzy na Sachakan, więc podążył wzrokiem w tym samym kierunku.

Linia nieprzyjaciół zachwiała się. Sachakanie rozbiegali się na wszystkie strony lub uciekali drogą ku miastu. Znikali w drzwiach domów, aczkolwiek kilku z nich dopadły pociski, nim tam dotarli.

Uciekają.

Patrząc na leżące na ziemi ciała, Jayan szacował, że padła mniej więcej jedna trzecia Sachakan. Zauważył, że kyraliańscy przywódcy rozmawiają, wytężył więc słuch.

– Myślę, że to tyle – mówił Król Errik, patrząc na Sabina. – Będziemy ich gonić?

Sabin zaprzeczył i powiedział coś tak cicho, że Jayan nie dosłyszał.

– A zatem do Pałacu Imperatora – zakończył król.

Everran wyprostował się i spojrzał na pierścień na palcu.

– Mamy utrzymać tarcze. I być w pogotowiu na wypadek zasadzki.

– Zupełnie nie mam już mocy – powiedział do niego cicho Jayan.

Mag odpowiedział skinieniem głowy.

– Jedź przede mną, osłonię nas obu.

Jayan skinął głową. Armia utworzyła pierścień ochronny wokół służących i ruszyła przed siebie. Uczniowie trzymali się jak najbliżej swoich mistrzów.

Znów jechali w niepokojącej ciszy. Wokół nich wznosiły się wysokie białe mury, wyniosłe i przerażające, a Jayan zdawał sobie sprawę, że nie tylko on martwi się tym, co może kryć się za nimi.

– Jak się czujesz?

Odwrócił się i zobaczył, że podjechała do niego Tessia.

– Dobrze – odpowiedział. – Jeśli nie liczyć tego, że moja moc się wyczerpała. A jak się miewa Dakon?

– Lepiej, niż się spodziewał.

Armia posuwała się do przodu powoli i ostrożnie. Droga ciągnęła się prosto, otoczona białymi murami prowadzącymi ku niewyraźnym budynkom w oddali. Minęli kilka przecznic – wszędzie napotykając pustkę. Z początku rozlegały się pojedyncze okrzyki, kiedy ktoś dostrzegł twarz, rękę lub cień człowieka gdzieś nad murami, ale w końcu przestali widzieć jakiekolwiek oznaki życia – albo też nikt nie zwracał już na nich uwagi.

Dalekie budynki stawały się coraz większe i wyraźniejsze. Robiły wrażenie ogromnych i wspaniałych. Tessia zastanawiała się na głos, że jednym z nich musi być Pałac Imperatora.

Nagle wszystko wokół nich eksplodowało światłem i rykiem.

Rozległy się krzyki zaskoczenia, wrzaski ludzi i kwiczenie koni. Mur obok Jayana wybrzuszył się i młody mag poczuł, że jakaś siła odrzuca go w bok. Jego koń zachwiał się i Jayan upadł razem z nim. Kiedy uderzył o ziemię, jego nogę przygniotło coś ciężkiego. Usiłował się uwolnić, ale nie był w stanie. Koń leżał bez ruchu, ogłuszony lub martwy, unieruchamiając nogę Jayana.

Uwięziony pod własnym koniem! – pomyślał, rozbawiony sytuacją, w której się znalazł, choć wokół niego świstały śmiertelnie groźne magiczne pociski. *I nie mam magii, żeby się uwolnić.*

Z wyrwy w jednym z murów dobywał się dym.

– Naprzód! – rozległ się donośny okrzyk, podjęty przez więcej głosów.

Podkowy zadudniły na drodze. Wozy potoczyły się przed siebie z łoskotem. Jayan poczuł, że ktoś chwyta go za ramię. Spojrzał w górę i dostrzegł zmarszczone czoło Tessii. Pociągnęła go. Po kilku próbach zdołała wydostać go spod konia. Upadli razem, opierając się o przewrócony wóz.

W mieście znowu zapanowała nienaturalna cisza . Jayan spojrzał na drogę i zobaczył, że armia się oddala.

W domach wokół nich rozległy się słabe okrzyki triumfu. Tessia zwróciła się w stronę Jayana z otwartymi szeroko oczami. Serce waliło mu mocno. *Czy powinniśmy uciekać?* Zza wozu dobiegły go jakieś głosy.

– Trafiliśmy któregoś?

– Nie, tylko tych tam, to pewnie służący.

– W takim razie lepiej się pospieszmy, bo inaczej nam umkną.

Rozległ się tupot biegnących, ale wkrótce ucichł w oddali. Tessia odetchnęła z ulgą. Oboje wstali. Jayan oparł się na nodze, która utkwiła pod koniem. Bolała, ale nie była złamana.

Wyjrzał za wóz. Nie miał już mocy, a Tessia nie miała jej dość, żeby bronić się przed magiem. Jeśli za murami czają się Sachakanie, czekając na okazję do zaatakowania Kyralian z zasadzki, to wyczerpany mag i uczennica nie mają szans, żeby dogonić armię. Muszą się ukryć.

W otaczających ich murach ziały dziury. Za jednym z nich płonął dom, choć w tej chwili głównie unosił się z niego dym. Najbliższy wyłom znajdował się kilka kroków od nich – tam skąd nadleciał pocisk, który zabił konia

Jayana. Może jednak ten, kto stamtąd atakował, przeniósł się teraz gdzie indziej, żeby prowadzić dalej walkę.

Gdyby tu ktoś był, pewnie już zostalibyśmy dostrzeżeni.

– Usuńmy się z widoku – powiedział.

Tessia pobiegła za nim, kiedy rzucił się w kierunku wyrwy, po czym oboje zatrzymali się ze zdumieniem.

Otaczała ich bujna zieleń. Rośliny o szerokich liściach ocieniały brukowane ścieżki. Po ażurowym dachu pięły się pnącza. Na samym środku w sporej kamiennej fontannie szemrała woda.

– Jak tu pięknie – szepnęła Tessia.

Wymienili pełne zachwytu spojrzenia i zagłębili się w ogród, poruszając się najciszej, jak umieli. Jayan miał nadzieję, że właściciele tego domu, jak również jego niewolnicy, byli nieobecni albo trzymali się z dala od miejsca walki. Znaleźli niewielkie, osłonięte pomieszczenie, wemknęli się do środka i usiedli, czekając.

– Co teraz zrobimy? – spytała Tessia.

Jayan wzruszył ramionami.

– Będziemy czekać.

Kiwnęła głową.

– Czekamy do nocy czy do momentu, aż ktoś po nas tu przyjdzie?

– Zobaczymy, co zjawi się pierwsze.

ROZDZIAŁ 47

Steria miała wrażenie, że od lat nie znajdowała się w tak zatłoczonym pokoju. Wokół niej siedziało dziewięć kobiet; niektóre rozmawiały, inne słuchały w milczeniu. Najmłodsza z nich miała zaledwie dwanaście lat, ale była jak na swój wiek nad wyraz dorosła i mądra. Najstarsza była mniej więcej w wieku Vory, jej włosy były bardziej siwe, ale energii inne mogły jej tylko pozazdrościć. Steria podejrzewała zresztą, że trudno byłoby ją czymś zająć, gdyby nie prace, które kobiety przywiozły z sobą.

Ponieważ wśród Zdrajczyń wszystkie kobiety były sobie równe, wolne przyczyniały się w równym stopniu do funkcjonowania Azylu. Nie powierzano im jednak zajęć nieprzyjemnych ani wymagających cięższej pracy fizycznej, jako że byłoby to zbyt wielkim szokiem dla kobiet nienawykłych do żadnej pracy. Uczyły się natomiast szycia i przędzenia, gotowania i robienia przetworów. I chociaż uciekały z Azylu w pośpiechu, zdążyły zapakować razem z jedzeniem i odzieżą swoje narzędzia. Wkrótce po przybyciu do domu Kachiro zabrały się do swych zajęć.

Przekonanie Kachiro, by udzielił gościny tym kobietom, nie było trudne. Steria powiedziała mu, że to przyjaciółki żon jego przyjaciół, które musiały uciekać ze swoich wiejskich posiadłości i wyjadą, kiedy tylko Sachakanie rozprawią się z kyraliańskimi najeźdźcami. Ponieważ jego przyjaciele nie interesowali się zbytnio przyjaciółkami swoich żon, Kachiro zaakceptował tę półprawdę bez pytania.

Musiała zaryzykować to, że jej mąż rozpozna Nachirę, ale on starał się unikać kobiet i ledwie zaszczycił jej bratową spojrzeniem. Niepokoiły go wieści o pojawieniu się Kyralian w pobliżu miasta, często więc znikał na wiele godzin, żeby omawiać z przyjaciółmi plany.

Nachira wpadła w rozpacz, kiedy dowiedziała się, że Ikaro zapewne nie żyje. Płakała razem ze Sterią, która była zaskoczona ogromem swojego smutku. Spodziewała się, że będzie musiała nieustannie pocieszać i uspokajać Nachirę, ale ta dotąd bierna kobieta nabrała pewności siebie, kiedy przestała żyć w strachu przed śmiercią. Utrata męża zadała Nachirze wielki ból, lecz kobieta żyła i nie chciała umierać.

Steria przyglądała się swojej bratowej. *Co ja czułabym, gdyby Kachiro nie wrócił?* Jej mąż wyszedł kilka godzin wcześniej do przyjaciół, którzy postanowili, że muszą zrobić wszystko, co w ich mocy, by obronić miasto. *Mówił, że Kyralianie nie mają żadnych szans, ale ja nie mogę przestać się martwić. Nie przychodziliby tutaj, gdyby nie sądzili, że są w stanie nas pokonać. Mam nadzieję, że Kachiro będzie na siebie uważał. Może nie jest ze mną zupełnie szczery, ale to nie jest zły człowiek. On po prostu usiłuje przeżyć w społeczeństwie o bardzo surowej obyczajowości. Podobnie zresztą jak ja – i ja też nie byłam wobec niego całkiem uczciwa.*

Nigdy wcześniej nie kusiło jej, żeby opowiedzieć mu o swoim talencie magicznym. Gdyby nie zobowiązanie do chronienia kobiet, poszłaby z Kachiro, by rzucić swoją odrobinę magii przeciw najeźdźcom. Kiedy głośne huki i trzaski dotarły do pokoju, musiała użyć całej siły woli, żeby nie zerwać się z miejsca. Niewolnicy donieśli, że słyszeli odgłosy walki kilka ulic dalej, ale potem przeniosły się one w inne miejsce.

– Znów martwisz się o Kachiro? – spytał jakiś głos przy jej ramieniu.

Steria podskoczyła i spojrzała przed siebie.

– Vora! Wróciłaś! – Okrzyki pozostałych kobiet uwolniły dziewczynę od konieczności odpowiadania niewolnicy.

– Tak. – Vora stanęła między nimi. – I przyniosłam wieści.

– Opowiedz nam – wyszeptała jedna z kobiet.

Wszystkie niecierpliwie wpatrywały się w niewolnicę.

– Kyralianie weszli do miasta – powiedziała bardzo poważnie Vora.

– Nie!

– Ale... jak?

– Wielu zginęło?

Vora uniosła ręce i wszystkie ucichły.

– Jedna trzecia obrońców poległa. – Spojrzała na jedną z kobiet. – Bardzo mi przykro, Atarko. – Kobieta zwiesiła głowę i pokiwał nią, ale nic nie odparła. – Pozostali... – podjęła Vora. – Kiedy stało się jasne, że nie wygrają, wycofali się. Na szczęście przewidzieli taką sytuację. Zaczęli atakować Kyralian z ukrycia. Przemykałam się za nimi przez około godzinę. Gdy zbliżyli się do pałacu, przybiegłam tutaj. – Urwała, by zaczerpnąć powietrza. – Obawiam się, że powinnyśmy opuścić miasto, póki to jeszcze możliwe.

Kobiety wpatrywały się w nią w milczeniu, a potem zasypały ją gradem pytań:

– A zatem nieprzyjaciel wygrał?

– Dokąd się udamy?

– Czy Tavara uważa, że powinnyśmy uciekać?

– Co się stanie, jeśli nie wyjedziemy?

Steria poczuła przenikający ją dreszcz. Te kobiety już przedtem były w niebezpieczeństwie – mogły zostać odkryte i rozpoznane przez ludzi, przed którymi kiedyś uciekły. A teraz zawisła nad nimi jeszcze groźba zemsty najeźdźców na mieszkańcach Arvice. Bez magów, którzy utrzymywaliby porządek, powstanie również zagrożenie, że wyjęci spod prawa wolni ludzie skorzystają z chaosu, jaki właśnie zapanował, i zaczną gwałcić i rabować, a potem zrzucą winę na Kyralian. Niewolnicy mogą porzucić pracę, kiedy zabraknie panów, którzy by wydawali im rozkazy, a gdy przestanie się produkować i dostarczać żywność, Arvice w końcu umrze z głodu.

Tu jesteśmy prawdopodobnie bezpieczne... o ile Kachiro powróci. Ale co Kyralianie zrobią z magami, którzy przeżyją bitwę? Nawet jeśli darują im życie, wątpię, by mój mąż zdołał nas przed nimi ochronić...

Czy powinny zatem uciekać? Mogłoby to zmniejszyć ryzyko odnalezienia ich oraz ataku ze strony bandziorów lub niewolników. *Powinnam, używając magii, poradzić sobie z nimi. Ale gdzie miałybyśmy się udać?*

Pomyślała o Elyne i matce. Obiecała jednak pomoc Zdrajczyniom, a nie uda jej się ich tam zabrać. Nie dopóki po Arvice krążą pogłoski o morderstwach dokonywanych na mieszkających w Capii Sachakanach. *Oby nikt nie pamiętał, że matka jest żoną Sachakanina, i nikomu nie przyszło na myśl, że z niej samej czyni to Sachakankę*. Kachiro wysłał do Elyne posłańca w nadziei dowiedzenia się czegoś o losach matki Sterii, ale na razie nie mieli żadnej odpowiedzi.

– Wielu Sachakan wyjeżdża – mówiła Vora. – Wszystkie drogi z miasta są pełne ludzi i wozów.

– Dokąd się udają?

– Kto wie? – odparła niewolnica. – Do przyjaciół w wiejskich posiadłościach? Poza granice Sachaki?

– Czy my mamy przyjaciół na wsi? A może wrócimy do Azylu?

– Azyl jest położony zbyt blisko głównej drogi do Kyralii – uznała Nachira. – A gdyby było jakieś inne miejsce, to Tavara by nas tam wysłała, zamiast sprowadzać z powrotem do miasta.

Vora potaknęła.

– Obawiam się, że to prawda. – Urwała. – Ale dokądkolwiek się udamy, będziemy musiały przez jakiś czas same o siebie zadbać.

– Umiemy pracować – oznajmiła starsza z kobiet.

– Ale nie uprawiać pola czy hodować zwierzęta – przypomniała jej Vora, po czym uśmiechnęła się. – Jestem pewna, że sobie poradzimy. Trudniejsze będzie powstrzymanie innych od obrabowania nas.

– Steria ma moc. Może ich powstrzymać.

Dziewczyna poczuła, że się rumieni, kiedy oczy wszystkich kobiet skierowały się na nią.

– Ma tylko własną magię – ostrzegła je Vora. – Magowie pobierający moc od niewolników będą od niej silniejsi.

– Dlaczego w takim razie nie oddamy jej swojej mocy? – spytała Nachira. Kobiety umilkły i wymieniały między sobą pytające spojrzenia. W końcu wszystkie skinęły głowami. – Widzicie większość magów i tak zużyje swą moc podczas bitwy. Steria będzie wtedy potężniejsza od nich.

Stara kobieta zmarszczyła brwi.

– Lepiej, by nie wiedzieli, że mamy cokolwiek cennego – powiedziała ponuro. – I najlepiej byłoby znaleźć jakąś kryjówkę z dala od wszystkich.

– Och – powiedziała Steria.

Kryjówkę... z dala od wszystkich...

– Och? – powtórzyła Vora.

– Znam takie miejsce. – Dziewczyna poczuła, że tętno jej przyspiesza. – W górach. Ale nie wiem, jak się tam dostać.

Ciekawe, czy udałoby mi się skorzystać z map Chavoriego? Musiałabym je najpierw zdobyć. Zamrugała, kiedy odkryła, że właśnie wstała. Kobiety wpatrywały się w nią z nadzieją. Wspaniałe kobiety. Umiejące zmienić swoje życie. Silne. *Zrobimy to. Wyjedziemy i stworzymy własny Azyl.* Zwróciła się do Vory:

– Możesz sprowadzić tu pozostałe żony?

Niewolnica uniosła brwi.

– Mogę spróbować.

– W takim razie spróbuj. Wyjaśnij im, że wyjeżdżamy, i zapytaj, czy do nas dołączą. Muszę wyjść, żeby... coś przynieść. Podczas mojej nieobecności, wy – spojrzała po kobietach – spakujcie wszystko, co jesteście w stanie ze sobą zabrać, i przebierzcie się w podróżne stroje. Kiedy wrócę... – Urwała, żeby odetchnąć głęboko dla uspokojenia. – Kiedy wrócę, wyjeżdżamy z Arvice. Wyruszamy w góry.

Kobiety rozeszły się, by pozbierać swój dobytek, a Steria pobiegła do sypialni. Otworzyła skrzynię, by znaleźć jakieś ciemne ubrania. Wkrótce zapadnie noc, a ona wolałaby pozostać niezauważona. Za nią rozległ się odgłos kroków.

– Posłałam wiadomość do żon – powiedziała Vora, podchodząc do innej skrzyni. – Czy ty planujesz to, co myślę?

– A co myślisz?

– Małe wieczorne złodziejstwo? W związku z którym musisz ukryć tę swoją elyńską skórę. – Vora wyciągnęła coś ze skrzyni i podała Sterii. Była to ciemnozielona szata, dostatecznie długa, by zakryć nogi. Dziewczyna wzięła ją i zaczęła się przebierać.

– Powiedziałabym, że raczej zamierzam coś pożyczyć bez pozwolenia, ale i tak mi nie uwierzysz. – Wzięła ciemnoniebieski pled utkany przez jedną z kobiet i podarowany jej w podzięce za pomoc i owinęła się nim. Wsunęła stopy w sandały i wybiegła z pokoju. Vora ruszyła za nią. – Idziesz ze mną? – spytała.

– Oczywiście.

Steria zerknęła przez ramię i uśmiechnęła się.

– Dziękuję.

Powietrze na zewnątrz było przyjemnie ciepłe, chociaż unosił się w nim zapach dymu. Słońce chyliło się ku zachodowi. Wkrótce miasto pogrąży się w ciemności. *Wtedy najlepiej będzie się wymknąć.*

Dziedziniec był opustoszały. Kiedy Steria wraz z Vorą wychodziła na ulicę, zastanawiała się, gdzie podziali się niewolnicy.

Przekradały się pospiesznie w cieniu wysokich miejskich murów. Ciemniejsza skóra i surowe płótno odzienia niewolnicy sprawiały, że w świetle zmierzchu była jeszcze mniej widoczna niż Steria.

Nieprzyjemną ciszę przerywał niekiedy odgłos biegnących stóp, zawodzenie lub turkot wozu. Dotarły do głównej ulicy i nagle powietrze rozbrzmiało gwarem. Ludzie tłoczyli się na alei. Wozy wypakowane dobytkiem i rodzinami zmierzały ku granicy miasta.

Steria i Vora musiały przeciskać się przez tłum, wymijać zwierzęta i ludzi. Po drugiej stronie miejskiej arterii znów zanurzyły się w labirynt pustych uliczek, aczkolwiek w pewnym momencie brama jednego z domów otwarła się i wyjechały z niej powozy, zmierzając ku głównej ulicy.

– Może w nocy będzie mniej tłocznie – powiedziała Steria.

– Wątpię – odburknęła Vora.

W końcu dotarły do domu, który Steria pamiętała z jednej z wizyt z mężem u przyjaciół. Zdumiała się wtedy, w jak luksusowej rezydencji mieszka Chavori. Okazało się jednak, że dom należał do jego ojca, a kartograf zajmował jeden pokój na tyłach rezydencji, z dala od innych domowników, najbliżej bramy, z której mogli korzystać tylko niewolnicy. Pokazywało to boleśnie jasno, co rodzina sądziła o miłości Chavoriego do tworzenia map.

Drzwi dla niewolników były niezaryglowane i uchylone.

– Dziwne – mruknęła Steria.

Vora wzruszyła ramionami i zerknęła do środka.

– Może niewolnicy uciekli. Wtedy raczej nie przejmowaliby się zamykaniem za sobą drzwi.

Wsunęły się do środka. Dziewczyna czuła, że wali jej serce. Jeśli ktokolwiek je nakryje… cóż, zawsze może udawać, że szuka schronienia. Jej ubranie jasno wskazywało, że jest wolną kobietą. Może też udać, że szuka Kachiro. Domownicy mogą jej nie pamiętać, ale Kachiro bywał tu regularnie.

Pokój Chavoriego znajdował się na końcu długiego korytarza, którego ściany rozpaczliwie domagały się odmalowania. Steria skradała się najciszej, jak tylko potrafiła. Dotarła do drzwi i z ulgą stwierdziła, że również są uchylone. Nie będzie musiała się włamywać. Ale co jeśli ktoś już zdążył ukraść mapy? Zatrzymała się na tę myśl z ręką na klamce. I uświadomiła sobie, że słyszy szloch i męski głos powtarzający w kółko imię.

Głos był znajomy. Aż zanadto znajomy.

Wymieniła spojrzenia z Vorą, po czym popchnęła drzwi. Pokój zapamiętała jako niewielki i ładnie urządzony. Jedną stronę zajmowało wielkie biurko zasłane pergaminem i przyborami do pisania. Pod drugą ścianą stało wąskie łóżko. Na nim siedział jej mąż, trzymając w ramionach nieprzytomnego Chavoriego.

Nie nieprzytomnego, poprawiła się Steria na widok krwawej miazgi w miejscu jego piersi. *Martwego*.

Kachiro popatrzył na nią i poczuła, że serce się jej ściska na widok żalu w jego spojrzeniu. Rozpoznał ją, i otworzył szeroko oczy ze zdumienia.

– Steria?

– Kachiro – szepnęła, podbiegając i klękając koło niego. – Och, Kachiro. Tak mi przykro.

Przeniósł wzrok na ciało Chavoriego i Steria dostrzegła wewnętrzną walkę, jaką z sobą toczył. Lęk, że został odkryty, domyśliła się. A potem nienawiść, zapewne do samego siebie z powodu tego lęku. W końcu zalał się łzami i zakrył twarz jedną z zakrwawionych rąk. Wyciągnęła dłoń, żeby pogłaskać go po głowie.

– Wiem, że go kochałeś – powiedziała. – Wiem... wszystko.

Zadrżał i wpatrzył się w nią.

– Pamiętaj, że wychowałam się w Elyne. – Uśmiechnęła się krzywo. – Nie zamierzam cię osądzać. Rozumiem nawet, dlaczego się ze mną ożeniłeś.

– Wybacz – odparł chrapliwie. – Jestem okropnym mężem.

Wzruszyła ramionami.

– Wybaczam ci. Jakże mogłabym inaczej? Jesteś dobrym człowiekiem, Kachiro. Masz dobre serce. Czuję się dumna, że jestem twoją żoną. – Wstała i wyciągnęła rękę. – Chodźmy do domu.

Spojrzał ponownie na Chavoriego, wzdychając głęboko.

– Chciałbym spalić jego ciało, jak przystoi. Kyralianie nie będą wiedzieć kto to. Pochowają go w ziemi.

Sterię przeszedł dreszcz. Zapomniała o sachakańskich zwyczajach. Wzdrygnęła się ponownie. *Nawet Kachiro uważa, że Kyralianie wygrali.*

– Jego rodzina jest tutaj? – spytała.

– Nie. Wszyscy wyjechali. Albo nie żyją. Pozostali też. Motaro. Dashina. Wszyscy. Tylko ja... – Zamknął oczy, krzywiąc się.

– Zrób to – powiedziała. – Jeśli nie masz nic przeciwko, zaczekam tutaj. Nie jestem pewna, czy chcę to oglądać.

Potaknął, wziął ciało Chavoriego na ręce i wyniósł je z pokoju. Młodzieniec nagle wydał się drobny i delikatny, a Kachiro wysoki i potężny.

Kiedy jej mąż wyszedł z pokoju, Steria zaczęła przeglądać mapy.

– Muszę mieć pewność, że nie ma żadnych kopii – szepnęła do Vory. – Żadnych notatek ani szkiców. Nic, co mogłoby komukolwiek zdradzić istnienie tego miejsca.

Mapy leżące na stole ukazywały północne wulkany z wypływającą lawą zaznaczoną falistymi czerwonymi liniami. Steria zatrzymała na nich wzrok, uświadamiając sobie, jak wysoko Chavori musiał zawędrować, by wykonać pomiary. *Jest odważniejszy, niż na to wygląda. A raczej był.* Poczuła nagle żal. *Co jeszcze mógł wynaleźć lub odkryć, gdyby Kyralianie nie zakończyli przedwcześnie jego życia?*

W kącie pokoju stało kilka tub podobnych do tej, w której Chavori przynosił swoje mapy. Dziewczyna wzięła jedną z nich, otworzyła i wysypała karty papieru na stół, rozwijając je jedna po drugiej. Pokazywały wybrzeże Sachaki. Zaklęła pod nosem. Ile czasu zajmie Kachiro spalenie ciała Chavoriego i powrót?

Vora wydała pełne zniechęcenia westchnienie, więc Steria obróciła się i zobaczyła, że niewolnica przegląda sterty pergaminu w niewielkiej skrzyni. Kartkowała kolejne zeszyty, kręcąc głową.

– Miał okropne pismo – mruknęła. – Przeczytanie tego wszystkiego zajmie nam tygodnie.

– Nie możemy tego zabrać?

Vora zmierzyła skrzynię wzrokiem i skrzywiła się.

– Będzie ciężko.

Steria sięgnęła po kolejną tubę.

– A może mogłybyśmy przysłać tu kogoś po to?

– Co ty robisz? – rozległ się od drzwi głos Kachiro.

Steria zamarła, nie odwracając się w jego kierunku.

– Nie możemy pozwolić, żeby jego praca się zmarnowała – odpowiedziała. Kłamstwo smakowało gorzko.

Ale jest to na swój sposób prawda. Kto wie, co stanie się z tym wszystkim, jeśli to tu zostawimy? Być może w ten sposób ratujemy jego pracę przed zniszczeniem.

– Racja – usłyszała głos Kachiro. – On by tego nie chciał. Włóż mapy z powrotem do tub.

Słysząc zbliżające się kroki, odwróciła się do niego ze słabym uśmiechem. Wziął rozłożone na stole mapy, zwinął je i schował. Wziął w ręce połowę tub i podał je Sterii, drugą połowę wskazał Vorze, sam zaś z wysiłkiem podniósł skrzynię.

– Zabierzemy je w bezpieczne miejsce – oznajmił, kierując się do drzwi.

W powrotnej drodze Kachiro narzucił im szybkie tempo, a choć Steria i Vora były mniej obładowane niż on, z trudem dotrzymywały mu kroku. Słońce zaszło, ciemniejący zmierzch wysysał ze wszystkiego kolory. W końcu dotarli do domu. Steria dostrzegła zdumienie na twarzy męża, kiedy zobaczył w „pokoju pana" tłum odzianych w stroje podróżne kobiet. Przybyły też pozostałe żony razem z dziećmi. Steria nie miała pojęcia, czy wiedzą już, co się stało z ich mężami. Ale ta wiadomość może poczekać. W tłumie znajdowało się też kilka kobiet, o których Steria wiedziała, że są niewolnicami, ubrały się jednak jak wolne kobiety. Tavary nie było między nimi. Z jakiegoś powodu dziewczyna poczuła ulgę.

Kachiro postawił skrzynię na podłodze.

– Dokąd się wybieracie?

– Za miasto – odparła Steria. Odłożyła tuby z mapami i podeszła do niego, patrząc mu prosto w oczy. – Nie wiedziałam, kiedy, a nawet… nawet czy w ogóle wrócisz, więc zaczęłam organizować ucieczkę. Myślę, że przez jakiś czas będziemy bezpieczniejsze poza Arvice. Chiara ma przyjaciół na wsi. – Ostatnie zdanie było oczywiście kłamstwem.

Uniósł brwi i kiwnął potakująco głową.

– To prawda. Tak będzie bezpieczniej dla was wszystkich. Weźcie ze sobą to – wskazał na skrzynię.

Zmarszczyła brwi.

– A co z tobą? Nie pojedziesz z nami?

Kachiro zamyślił się, po czym pokręcił głową.

– Nie. Kyralianie nie mogą pozabijać wszystkich sachakańskich magów i oczekiwać, że niewolnicy nie przestaną pracować… niezależnie od tego, czy nadal będą niewolnikami, czy nie. Umrzemy z głodu. Ktoś musi tu zostać i starać się ocalić to, co jeszcze zostało. – Skrzywił się. – A poza tym chociaż lepiej znam się na handlu niż na walce, to gdyby nadarzyła się okazja, by ich pogonić albo choć trochę się zemścić, wolałbym być na miejscu.

Steria poczuła rodzaj gorzkiej dumy. Pocałowała go w policzek, a gdy spojrzał na nią ze zdziwieniem, zrobiła poważną minę.

– Uważaj na siebie. Wyślę do ciebie list, kiedy już dotrzemy do przyjaciół Chiary.

Potaknął i uśmiechnął się, zmęczony.

– Wy też na siebie uważajcie. Powinienem pojechać z wami, by się wami zaopiekować…

Wszystkie kobiety zaczęły zaprzeczać.

– Będziemy się trzymać razem, a poza tym mamy niewolników do obrony – zapewniła go Chiara.

– Jest już ciemno, a chciałybyśmy odjechać jak najdalej od Arvice, nim się zatrzymamy – powiedziała Steria, odwracając się do kobiet. Podniosła tuby z mapami i podała towarzyszkom. – Weźcie każda po jednej, rozłóżcie między siebie ciężar. – Schyliła się i otworzyła skrzynię, wyjmując z niej notatki.

– Niewolnicy poniosą to przecież za was – powiedział Kachiro.

Steria nie miała serca powiedzieć mu, ilu niewolników uciekło. Czuła się już dość winna, że zostawia go tutaj, w mieście. Przez moment kusiło ją, by go namówić na ucieczkę z nimi, ale jej marzenie o prawdziwym Azylu nie uwzględniało obecności mężczyzn.

– Lepiej, by nieśli jedzenie i inne potrzebne przedmioty – odparła. – Nie martw się, to nie będzie bardzo kłopotliwe, jeśli się podzielimy. – Kobiety spoglądały na nią wyczekująco. Steria uśmiechnęła się do Kachiro, dotykając jego policzka. – Do zobaczenia.

Uśmiechnął się blado, wziął jej dłoń i złożył na niej pocałunek.

– Dziękuję.

Przez chwilę spoglądali na siebie, po czym Steria odsunęła się.

– Chodźcie – powiedziała, wskazując na drzwi.

Idąc za nią, kobiety zdobyły się na uśmiechy, a nawet kilka beztroskich uwag, starając się, aby wyglądało to, jakby udawały się na wycieczkę pod miasto. Steria nie odwracała się: nie chciała ujrzeć, jak Kachiro stoi samotny i patrzy za nimi.

Kiedy znalazła się na zewnątrz, odetchnęła z ulgą i ruszyła szybkim, ale nie męczącym krokiem przed siebie. Kobiety umilkły, udawana wesołość zniknęła. Vora zrównała krok ze Sterią.

– Którędy, jak myślisz? – mruknęła.

– Główną drogą – odparła Steria. – Wszystkie inne będą zbyt zatłoczone. To dość rzuca się w oczy, że jesteśmy grupą wolnych kobiet podróżujących bez opieki. Wolałabym nie musieć posługiwać się magią, jeśli nie będzie to konieczne. A ludzie mogą nie chcieć poruszać się po drodze, którą przybyli Kyralianie.

– Jeśli Kyralianie wygrali, to raczej nie będą się ruszać z miasta.

– A jeśli przegrali, to są martwi.

Szły dalej w ciszy, zakłócanej jedynie szelestem ubrań, tupotem stóp i oddechami kobiet. Z całego miasta dochodziły do nich odległe dźwięki. Głuche bębnienie. Gniewne okrzyki. Wrzask, który spowodował, że wszystkie zatrzymały się z dreszczem. Steria poczuła, że rośnie w niej napięcie. Musiała się opanowywać, by nie zacząć biec. *Tylko trochę przyspieszyć*, podpowiadał jej umysł. *Nie pędzić na złamanie karku.* Ale nie chciała zanadto zmęczyć siebie ani pozostałych kobiet. Mogą jeszcze potrzebować wszystkich sił.

Przyłapała się na zaglądaniu do swych zasobów magii, dotykała ich leciutko, jakby chciała się przekonać, że nadal tam są, gotowe do użycia. Czuła pokusę otoczenia całej grupy tarczą, ale choć uczyła się tego w ramach podstawowej edukacji, to jednak nie ćwiczyła przez lata i nie była pewna, ile mocy kosztowałoby ją rozpięcie bariery nad tak dużą grupą. Była jednak gotowa w każdej chwili utworzyć ścianę. Albo uderzyć, gdyby zaszła taka potrzeba.

Zbliżały się do głównego traktu. Steria zwolniła na widok gruzów leżących na drodze. Domy po jednej stronie płonęły, rozjaśniając wszystko migotliwym, czerwonym światłem. Kobiety zaczęły wymieniać po cichu uwagi na widok tych zniszczeń. Zatrzymały się na rogu, posępnie milcząc, by przyjrzeć się temu.

Steria usłyszała jakiś cichy dźwięk po swojej prawej stronie. Serce jej podskoczyło, kiedy uświadomiła sobie, że ruch, który dostrzegła kątem oka, nie był tylko grą cieni. Rozłożyła ręce i cofnęła się, popychając kobiety do tyłu.

One jednak nie dostrzegły niebezpieczeństwa i poruszały się zbyt wolno. Na drodze przed nimi pojawiły się dwie postacie, szły ostrożnie i rozglądały się dookoła. Mężczyzna i kobieta. W kyraliańskich ubraniach. Steria zamarła, a kobiety za nią wstrzymały oddech.

Nagle mężczyzna skierował się wprost ku nim. Steria poczuła przypływ strachu i uwolniła magię, instynktownie kształtując ją w falę, która miała odepchnąć wrogów.

I tak się właśnie stało. Dwójkę nieznajomych rzuciło na drugą stronę ulicy, upadli tam jak lalki.

Czy ja ich zabiłam? Steria przyglądała się Kyralianom, czekając, aż się poruszą. Czas dłużył się, a stłoczone za nią kobiety dyszały ciężko z przerażenia. Nawet Vora pojękiwała ze strachu.

– Nie ruszają się – powiedziała Chiara, robiąc krok naprzód. – Chyba ich zabiłaś.

– Lepiej się upewnijmy – poradziła Tashana.

Steria wzięła głęboki oddech i ruszyła przed siebie, a reszta kobiet za nią. Dotarły do mężczyzny. Steria poczuła, że jej serce zaczyna łomotać, kiedy przekonała się, że jest przytomny i podniósł wokół siebie ścianę magii. Upadając, uderzył jednak o mur. Kiedy podeszła, poruszył się, usiłując się podnieść, i przewrócił się na plecy. Rany na jego piersi krwawiły. Steria zerknęła na ścianę za nim i dostrzegła wykrzywiony hak lampy lśniący wilgocią.

Przebiegał wzrokiem po ich twarzach. Steria sięgnęła po magię, by zadać ostatni cios. Nagle na twarzy mężczyzny pojawił się wyraz, jakby kogoś rozpoznawał.

– Ty... – wyszeptał głosem pełnym bólu, spoglądając na kobietę stojącą za plecami Sterii.

– To ten, który nas oszczędził – powiedziała Nachira. – Ten, który znalazł nas w Azylu i uratował, nie mówiąc nic innym.

Steria poczuła ogarniające ją przerażenie. Dlaczego ze wszystkich najeźdźców musiała uderzyć akurat tego, który okazał współczucie?

– Nie widziałam natomiast dziewczyny – dodała Nachira.

Steria przeniosła wzrok na leżącą nieco dalej kobietę. Miała zamknięte oczy. *Nie bronili się. Może nie mają już mocy.* Nie potrafiła ocenić, czy dziewczyna jest nieprzytomna, czy martwa. Skrzywiła się. *Zważywszy na moje szczęście, okaże się, że to też ktoś, kogo nie powinnam zabijać.* Odwróciła się, wzdychając.

– Zabierajmy się stąd – zarządziła.

W głębi serca czuła wielkie znużenie, ale odepchnęła od siebie wątpliwości i ruszyła dalej drogą. Opuszczała miasto, w którym się urodziła, ale nie oglądała się za siebie. Podniosła tubę z mapami tak, by oprzeć ją na ramieniu, i zaczęła snuć marzenia o Azylu dla kobiet, gdzie wszystkie będą równe i wolne. A kobiety, z którymi się zaprzyjaźniła i którym przewodziła, podążały za nią.

Wzdłuż szerokiej alei prowadzącej do Pałacu Imperatora rosły drzewa, a otaczały je klomby kwiatów. Kiedy armia dotarła do tej drogi, ataki się zakończyły. Dakon wątpił, by tutejsi magowie nie chcieli niszczyć alei. Zapewne raczej pobiegli, żeby dołączyć do ostatniej linii oporu przy bramie pałacowej.

Zerknął jeszcze raz przez ramię na miejsce, gdzie ulica, przez którą się wcześniej przedzierali, łączyła się z obsadzoną drzewami aleją. Znalazł skrzyżowanie i rozejrzał się po nim w poszukiwaniu jakichś poruszeń.

– Nie zamartwiaj się nimi – powiedział Narvelan. – Są sprytni. Będą się trzymać na uboczu, póki nie wrócimy po nich.

Jeśli jeszcze żyją. Dakon westchnął i odwrócił się znów ku przodowi kolumny. *A jeśli nie… Wiem, że Narvelan ma rację, ale serce podpowiada mi co innego.*

– Powinienem zawrócić – powtórzył po raz setny.

– Zginiesz – odparł Narvelan. – I w ten sposób im nie pomożesz.

– Ja mogę wrócić – odezwał się inny głos.

Dakon i Narvelan spojrzeli na Mikkena, jadącego po lewej stronie Dakona.

– Nie – odpowiedzieli równocześnie.

– Kiedy zapadnie zmrok – dodał uczeń. – Będę się trzymał cieni. Jeśli zginę, nie będzie to miało wielkiego znaczenia… a powinienem był być blisko Jayana…

– Nie – powtórzył Narvelan. – Żywy bardziej się przydasz Jayanowi. Jeśli ktokolwiek się wymknie po ciemku, będziemy to my i może jeszcze kilku magów dla lepszej ochrony.

Mikken opuścił smętnie ramiona i pokiwał głową.

Zbliżali się już do pałacu. Spoglądając na budynek, Dakon zauważył, że jest on większą i wspanialszą wersją oglądanych wcześniej budowli. Miał otynkowane i pomalowane na biało ściany. Zaginały się one zmysłowo. Były jednak znacznie grubsze i wyższe niż zazwyczaj, a nad nimi wznosiły się wieże, gdzieniegdzie zwieńczone kopułami.

Kiedy armia podjechała pod bramę, magowie bez słowa ustawili się w bitewnych drużynach. Z budynku nie dochodziły żadne dźwięki. Nikt nie wyszedł, by rzucić im wyzwanie.

W końcu rozległ się stłumiony brzęk i brama rozchyliła swe podwoje.

– Imperator zaprasza was do środka – zawołał jakiś głos.

Dakon spoglądał na króla, Sabina i Dema rozważających możliwości. *Moglibyśmy tu stać i czekać, aż ktoś wyjdzie. Moglibyśmy wszyscy wjechać do środka. Albo też jeden z nas mógłby wejść, mając przy sobie krwawy pierścień, i poinformować pozostałych, czy droga jest bezpieczna.*

Sabin rozejrzał się po twarzach otaczających go magów. Poszukiwał ochotnika. *Czy powinienem? Czemu nie? Jeśli Tessia i Jayan nie żyją, kto będzie mnie potrzebował? Mój majątek jest zrujnowany, a ja nie sprawdziłem się jako obrońca moich ludzi, którzy równie dobrze poradzą sobie z odbudową beze mnie.* Już otwierał usta…

– Ja wejdę – powiedział Narvelan. – Zresztą mam pierścień.

Dakon patrzył, jak młody mag podchodzi do bramy i znika w jej wnętrzu. Mijały długie minuty ciszy. W końcu Sabin odchrząknął.

– Droga wolna. Narvelan odczytał kilka umysłów. Imperator rozkazał, by nas nie zatrzymywano i nie zastawiano zasadzek. – Odwrócił się i spojrzał po służących i wozach. – Sądzę jednak, że połowa z nas powinna zostać, by strzec służby i być w pogotowiu na wypadek, gdyby jednak rozgorzała bitwa.

Minęła chwila, nim wszystko zorganizowali. W końcu jednak byli gotowi. Sabin wydał rozkaz i Dakon wraz z czterdziestoma innymi magami przekroczył próg Pałacu Imperatora Sachaki.

ROZDZIAŁ 48

Hanarze właśnie śnił się koszmar, kiedy przyszedł po niego pilnujący go niewolnik, a teraz, gdy go ciągnięto, popychano i poganiano po coraz szerszych i wspanialej dekorowanych korytarzach, nie był do końca pewny, czy naprawdę się obudził, czy też śni nadal. We śnie już wielokrotnie przemierzał tę trasę.

Tym razem jednak w tej drodze nie zdarzyło się nic szczególnie dziwacznego, a to podpowiadało mu, że jednak nie śni. W bocznych korytarzach nie czaiły się potwory, komnat nie zapełniali torturowani niewolnicy. Takado nie biegł mu na pomoc. I nie było Kyralian.

Ale Takado na pewno pojawi się w tej wersji, pomyślał. *Chyba że imperator chce jeszcze raz odczytać moje myśli. Albo ktoś inny…*

Nie poznawał korytarzy, którymi szedł. Były węższe niż poprzednio i mniej zatłoczone. Niewolnicy stali w drzwiach lub przemykali tam i z powrotem. Wielu z nich nosiło spodnie z żółtego materiału, który był delikatniejszy niż cokolwiek, co Hanara oglądał na niewolniku. Wszyscy mieli przestraszone i udręczone miny.

Przed jednymi z drzwi zgromadził się wyjątkowo liczny tłumek niewolników. Hanara poczuł, że przewraca mu się w żołądku, kiedy zorientował się, że właśnie tam prowadzi go jego strażnik. Niewolnicy byli zasępieni, niektórzy załamywali ręce, Hanara słyszał też szybkie, nerwowe rozmowy. Wszyscy jednak zamilkli, gdy strażnik skierował go ku temu zgromadzeniu i ku drzwiom. Stojący w przejściu niewolnik spojrzał na niego, po czym uśmiechnął się ponuro na widok strażnika.

– W samą porę – powiedział i otworzył drzwi.

Strażnik popchnął Hanarę do przodu i niewolnik znalazł się w wielkim, długim pomieszczeniu podtrzymywanym przez wiele rzędów kolumn. Przed nim, na samym środku, stał wielki, bardzo ozdobny tron. Imperator popatrzył na niewolnika Takady, marszcząc nos z obrzydzenia. Hanara padł na twarz.

– Wstawaj – szepnął strażnik i Hanara poczuł, że w jego łydkę ktoś wbija czubek buta.

Podniósł się powoli, spoglądając na imperatora. Władca jednak odwrócił głowę, kierując swą uwagę w inny punkt wielkiej komnaty. Hanara zajrzał między kolumny, ale niczego tam nie dostrzegł. Zobaczył natomiast, że coś leży na podłodze.

Człowiek. Nagi mężczyzna ułożony na plecach, poraniony i posiniaczony. Hanara przyjrzał się dokładniej i zobaczył, że pierś tego człowieka unosi się. Dostrzegł drobne poruszenie, spojrzał więc na twarz. Oczy miał otwarte. Hanara rozpoznał go i poczuł, jakby ktoś zdzielił go obuchem.

Takado!

Straszliwy żal i litość ścisnęły mu serce. A zaraz potem przyszło przerażenie. *Jeśli Takado dziś umrze, to co się stanie ze mną? Czy ja też umrę?*

Na drugim końcu komnaty rozległ się trzask, aż Hanara podskoczył. Pomieszczenie wypełnił odgłos kroków. Wielu osób. Z początku były ciche, potem stawały się coraz głośniejsze. Hanara nachylił się, żeby lepiej widzieć przestrzeń między kolumnami, i poczuł, że strażnik ciągnie go za ramię do tyłu.

Kiedy na środku sali pojawili się ludzie o bladych licach, w komnacie jakby zapanował chłód.

Udało im się, pomyślał Hanara. *Przedarli się przez miasto, dostali się do pałacu. Po tym wszystkim, co zrobił im Takado, oni nie zaprzestali walki, przyszli aż do Arvice. Przebyli całą tę drogę.*

Nie mógł ich nie podziwiać. Barbarzyńcy Kyralianie przeszli długą drogę.

Hanara rozpoznał Króla Errika, znał też twarz maga po jego prawej stronie. U boku króla dojrzał jeszcze maga z Elyne. Twarze pozostałych również widział w bitwach. A widok jednej z nich sprawił, że Hanara skulił się w sobie. Twarz człowieka, który dał mu wolność i pracę. Mistrza Dakona.

Mag go nie zauważył. Wzrok miał utkwiony w Takadzie. Na jego twarzy przerażenie walczyło z gniewem.

Król Errik stanął kilka kroków przed Takadą, spojrzał teraz na imperatora. Zaczekał, aż reszta kyraliańskich magów zatrzyma się i ucichnie, a potem przemówił:

– Dziwnie witasz zdobywcę, Imperatorze Vochiro.

Imperator uśmiechnął się w odpowiedzi.

– Podoba ci się to powitanie, Królu Erriku?

Król zerknął na Takadę, a kącik jego ust zadrżał z nienawiści i obrzydzenia.

– On żyje. Sądzisz, że to mnie cieszy?

– Żyje i jest bezbronny, zabraliśmy mu prawie całą moc. To mój prezent dla ciebie. A może próba przekupstwa. Albo też propozycja wymiany.

– Za co?

Imperator wstał powoli i elegancko, po czym zszedł ze stopni tronu.

– Za życie moich ludzi... tych, których jeszcze nie zabiłeś. Za życie mojej rodziny. A może i za moje życie.

Z podłogi rozległ się chrapliwy śmiech, od którego Hanarę przeszły ciarki.

– I kto tu jest zdrajcą? – wycharczał Takado. – Tchórzu.

Imperator i król spojrzeli na wyciągniętego przed nimi mężczyznę, po czym wymienili spojrzenia.

– Dlaczego miałbym darować ci życie? – spytał Errik.

– Wiesz dobrze, że nie wydałem rozkazu inwazji na twój kraj. Jeśli twoi szpiedzy wykonali dobrze swoją robotę, wiesz, że usiłowałem ją nawet powstrzymać.

– W końcu jednak ją wsparłeś.

– Owszem. To było konieczne oszustwo. Zadaniem armii, którą wysłałem, było rozdzielenie się na trzy oddziały, z których dwa miały pozostać w odwodzie, by pokonać tego... – imperator rzucił pogardliwe spojrzenie na Takadę – tego ichaniego i buntownika, kiedy byłby już bardzo osłabiony.

– Odniosłem wrażenie, że zamierzałeś wówczas przejąć dowodzenie i samemu zwyciężyć – odparł król.

Takado wydał jęk, w którym pobrzmiewała nuta triumfu.

– Widzisz? – wycharczał. – Nawet ten barbarzyński król przejrzał twoje knowania!

– Tobie się jednak nie udało – przypomniał mu imperator, po czym znowu spojrzał na władcę Kyralii. – Chcesz, bym ja go zabił, czy wolisz zrobić to osobiście? – Uśmiechnął się. – Choć bez wątpienia pozostawisz to swoim magom?

Oczy Errika były zimne, ale usta wykrzywiły się w cień uśmiechu.

– Zły to władca, który polega jedynie na magii. – Sięgnął ręką do boku i wsunął ją pod długą tunikę, wyciągając stamtąd długie, wąskie ostrze. – Mądry polega na lojalności i poczuciu obowiązku. I nagradza tych, magów i nie-magów, którzy służą mu najlepiej, jak potrafią. – Zerknął przez ramię. – Oni wszyscy są godni mojej lojalności i wdzięczności, nie mógłbym więc wybrać tego, któremu należy się ta nagroda. – Odwrócił się twarzą do imperatora, ujął ostrze sztyletu w palce i wyciągnął je w bok. – Ten, kto weźmie ode mnie to ostrze, może go dobić.

Hanara widział, że stojący za królem magowie spoglądają po sobie niepewnie. Do przodu wystąpił wysoki młody mag, ale zawahał się, kiedy za nim wyszedł z szeregu inny. Młody odwrócił się i spojrzał na drugiego mężczyznę ze zdumieniem. Serce Hanary zakołatało, ponieważ był to Mistrz Dakon. Twarz starszego maga była nieodgadniona. Spojrzał na młodszego, a ten pochylił głowę i wycofał się.

Mistrz Dakon ujął rękojeść sztyletu. Król puścił ostrze, a kiedy odwrócił się ku swojej armii, by zobaczyć, kto je przejął, również na jego twarzy wymalowało się zdumienie.

– Mistrzu Dakonie… – zaczął, po czym zmarszczył brwi i zamilkł.

Kiedy mag, który podarował Hanarze wolność, stanął przy boku Takady, ten syknął.

– Ty? A co to za głupi żart? Ze wszystkich Kyralian wybierasz najbardziej żałosnego na mojego kata? – Pokręcił słabo głową. – On mnie nie zabije. Ma zbyt delikatne usposobienie.

Dakon potaknął.

– W przeciwieństwie do ciebie nie znajduję upodobania w zabijaniu. Wielokrotnie zadawałem sobie pytanie, dlaczego przyłączyłem się do najazdu na Sachakę, dlaczego nie protestowałem głośno przeciwko niepotrzebnym rzeziom. Teraz zrozumiałem, że uczyniłem to, by wykonać jeden sprawiedliwy wyrok. I zdaje mi się, że wcale nie jestem delikatny. – Ukląkł na jedno kolano i uniósł ostrze nad Takadą.

Hanara poczuł, że uścisk dłoni strażnika na jego ramieniu zacieśnia się. Uświadomił sobie, że bezwiednie zaczął się przesuwać do przodu.

– Zrobiłem to tylko po to, żeby pomóc naszym ludziom! – zawołał Takado, unosząc się, by spojrzeć w twarz imperatorowi.

– Wszyscy tak robimy – odparł Dakon i wykonał jeden szybki ruch ręką.

Dalej było jak w koszmarach dręczących Hanarę, tylko że nie zgadzał się żaden szczegół. Jego wyobraźnia podpowiadała mu najróżniejsze sposoby zadania straszliwej i magicznej śmierci jego panu. Ale nie ten jeden wymierzony bez wahania cios.

Takado zwinął się, a jego ciałem zatrząsł spazm, wtedy Hanara krzyknął. Napiął się cały w uścisku strażnika, ale nie walczył. Pożerał wzrokiem wszystkie drgawki Takady, powolne rozluźnianie się jego mięśni, cienki strumyczek krwi spływający po piersi i formujący się w niewielką kałużę na posadzce. Czuł wilgoć na policzkach, jakby powtarzał to, co działo się z jego panem. Wiedział, że magowie mu się przyglądają, ale nie przejmował się tym.

Dakon wstał i czekał, a kiedy ciało Takady opadło bez ruchu, schylił się i wyciągnął ostrze. Król wyciągnął rękę, by odebrać sztylet, wytarł go, po czym schował z powrotem broń do ukrytej pod tuniką pochwy. Dakon wrócił na swoje miejsce w szeregu.

Errik spojrzał na imperatora z uśmiechem.

– Usiłując nas podbić, ty i twój buntownik uczyniliście nas silniejszymi, niż byliśmy kiedykolwiek. Bez was pozostalibyśmy słabi i niezdolni do współpracy, nieufni wobec siebie. Wy wymogliście na nas jedność, a także pewne magiczne odkrycia, które mamy nadzieję w przyszłości udoskonalić. Nie zdziwię się, jeśli imperium sachakańskie popadnie w końcu w zapomnienie, przyćmione przez nową erę magii, która właśnie zaczyna się w Kyralii.

Errik zmrużył oczy, ale nie przestawał się uśmiechać.

– Mnie również oddaliście wielką przysługę. Przed wojną wątpiłem, czy Kyralianie kiedykolwiek zaakceptują króla bez talentu magicznego. Teraz przekonałem się, że da się poprowadzić armię, pokonać wroga i *podbić* imperium, nie posługując się magią. Zwykli Kyralianie przyczynili się do obrony swego kraju. Wątpię, by teraz ktokolwiek z nich zakwestionował prawo swego króla do sprawowania władzy. – Urwał. – Ale muszę podjąć jeszcze jedną decyzję. Uczynić jeszcze jeden krok. Wiesz dobrze jaki.

Imperator opuścił ramiona.

– Wiem – odpowiedział cichym, posępnym głosem. – Ja *jestem* magiem, jak zresztą wiesz. Czerpałem moc od najlepszych niewolników źródeł w tym kraju. Od wielu z nich i wiele razy. Ale nie starczy mi jej, by was pokonać. Nie będę więc z wami walczył. – Wyprostował się. – Poddaję siebie i Sachakę.

– Przyjmuję – odpowiedział król.

Ktoś coś wymruczał. Władcy spojrzeli na magów ze zmarszczonymi brwiami. Ten, który zawsze stał przy boku króla, potrząsał głową.

– Nie możemy mu ufać. Zapewne posiada moc, którą się chwali. I dopóki ją ma, jest niebezpieczny.

Errik rozłożył ręce.

– Poddał się. Mam go zmusić również do oddania magii, nie tylko władzy? To chyba zbyt wygórowane żądanie.

Hanara wlepił w króla zdumiony wzrok. Imperator zaś spoglądał na swojego zwycięzcę ze zrozumieniem.

– Owszem – wtrącił się mag z Elyne. – Ale istnieje inny sposób. Każmy mu przekazać tę moc do kamienia magazynującego. Nie bezpośrednio, oczywiście. Ktoś musi mu ją zabrać, a następnie umieścić w kamieniu.

– A co jeśli zaatakuje tego, komu będzie przekazywał moc? – spytał ktoś z szeregu.

– Skoro nie uczynił tego do tej pory, z jakiego powodu miałby atakować podczas przekazywania? – rzekł Elyńczyk.

– Zgłaszam się do przekazywania. – Powiedział młody mag, który wcześniej wycofał się, by Dakon mógł przejąć sztylet króla.

– Dziękuję, Mistrzu Narvelanie. – Król Errik skinął głową. – Uczyń to.

Nastąpiła dziwaczna scena, w której młody mag ujął dłoń imperatora jedną ręką, drugą zaś chwycił za rękę Elyńczyka. Ten mag wyjął klejnot i zacisnął na nim pięść. Przez chwilę trwali tak, milcząc, po czym puścili swoje dłonie.

Nie mam pojęcia, co się stało, uznał Hanara. *Co to jest kamień magazynujący?* Najwyraźniej coś, co potrafi przechowywać magię. Ale po co gromadzić magię w kamieniu?

Rozpoczęła się rozmowa o kwestiach praktycznych. Hanara przestał słuchać i złapał się na tym, że wpatruje się znów w ciało Takady.

Oczy jego pana wciąż spoglądały w sufit, usta były lekko rozchylone. Co się teraz z nim stanie? Czy ktoś we właściwy sposób zajmie się ciałem? Hanara wątpił, by tak się stało. Poczuł uścisk na ramieniu i popatrzył w górę. Jeden z magów wskazywał na niego. Inni też spoglądali w jego kierunku.

– Tamten? To niewolnik Zdrajcy – powiedział imperator, pokazując na ciało Takady.

– Doprawdy? – zdziwił się młody mag.

Hanara poczuł, że uginają się pod nim kolana, kiedy kyraliański mag podszedł i zatrzymał się zaledwie kilka kroków od niego.

– Hanara, zgadza się? Myślę, że Dakon powinien z tobą porozmawiać. – Uśmiechnął się, ale nie był to przyjazny uśmiech.

Hanara patrzył w podłogę, unikając spojrzenia maga, w którym czaiła się odrobina szaleństwa.

– Puść go – rozkazał mag.

Niewolnik zdjął rękę z ramienia Hanary. Hanara, zaskoczony, podniósł wzrok, ale natychmiast odwrócił go od tych dziwnych oczu.

– Myślę, że przyda mi się niewolnik, póki nie zaprowadzimy tu porządku – powiedział mag. – Ty się nadasz. Chodź ze mną.

Obrócił się na pięcie i zaczął się oddalać.

Hanara przełknął ślinę i obejrzał się jeszcze na strażnika. Ten wzruszył ramionami i mruknął coś pod nosem.

– Chodź.

Hanara spojrzał na maga. Mag zatrzymał się i kiwał na niego ręką. Niewolnik odetchnął głęboko i zmusił się do posłuszeństwa.

Wybacz mi, panie, pomyślał, mijając ciało Takady. *Jestem tylko niewolnikiem. A niewolnik, powiadają, nie wybiera sobie pana. Pan wybiera niewolnika.*

*

Tessia czuła w głowie pulsujący ból. Miała ochotę z powrotem zapaść w omdlenie, ale ból był tak ostry, że nie pozwalał na to. Wróciła więc do całkowitej przytomności. Otworzyła oczy, dotknęła głowy i zaczęła ją instynktownie obmacywać w poszukiwaniu obrażeń. Wyczuła, że nabiła sobie guza, ale nic poza tym, na rękach zaś nie miała śladów krwi.

Powoli, ostrożnie zaczęła się poruszać i uniosła na łokcie. Doszła do wniosku, że ma więcej siniaków, ale żadnych poważnych obrażeń. Tylko jeszcze przez chwilę kręciło jej się w głowie.

Wszystko w porządku. Nie jestem ranna.

Nie mogła sobie przypomnieć, co się stało. Pamiętała, że wymknęli się z ogrodu, bo usłyszeli głosy ludzi w środku domu. Pamiętała, że biegli główną ulicą, starając się trzymać w cieniu. Pamiętała, że mijali płonące domy. A potem… nic.

Czy zostali zaatakowani? Nie miała nawet tarczy. Jayan powiedział, że powinna unikać zużywania mocy, jeśli nie ma takiej konieczności. Nie wiedziała, co pozbawiło ją przytomności. Ją i…

Jayan? Gdzie on jest? Usiadła i rozejrzała się pospiesznie wokół siebie. Było już ciemno, ulicę i gruzy domów oświetlała jedynie czerwona poświata pobliskich pożarów. W powietrzu pachniało dymem i kurzem. Tessia nie odważyła się przywołać kuli światła, by nie zdradzić swojej obecności, wstała więc i zaczęła macać ziemię wokół siebie, coraz dalej i dalej.

Nagle jej dłonie natrafiły na miękki materiał. Rozpoznała nogę okrytą tkaniną. W nosie poczuła znajomy zapach. Metaliczny. Jak krew. Ale tak naprawdę czuła głównie dym.

Może więc tylko się jej wydawało.

– Jayan? – szepnęła. – To ty?

Posuwała się dłońmi wzdłuż nogi, wyczuła biodra i lepką wilgoć. Zrobiło się jej słabo. Ktokolwiek to był, krwawił obficie. Węch jej nie oszukał.

Potrzebuję światła. Muszę zaryzykować.

Skupiła się, stworzyła maleńką kulę świetlną i ukryła ją w dłoniach. Od razu dwie sprawy stały się dla niej oczywiste: znalazła Jayana i był on ciężko ranny. Serce zadrżało jej ze strachu. Czy żyje? Rozchyliła lekko dłonie, by dać sobie więcej światła. Dostrzegła natychmiast ranę: dziurę w brzuchu, z której sączyła się krew. Poczuła przypływ gorzkiej nadziei. Skoro krew nadal płynie, to on jeszcze nie umarł.

– Jayan – powiedziała, wyciągając rękę i potrząsając go za ramię. – Obudź się.

Zamrugał oczami i usiłował skupić wzrok. Szybko jednak skrzywił się, na chwilę zacisnął mocno powieki, potem znowu je otworzył. Tym razem utkwił spojrzenie w jej twarzy.

– Tessia? – wycharczał. – Nic ci się nie stało?

Zalała ją fala uczuć, których siły się nie spodziewała. *Mimo całej jego irytującej arogancji, a czasem nawet niezdolności do okazywania współczucia, on myśli o innych, nie tylko o sobie.*

– Jestem cała. Troszkę potłuczona. – Urwała. – W przeciwieństwie do ciebie.

Skrzywił się.

– Rzeczywiście, nieszczególnie się czuję.

– Uzdrowię cię – obiecała.

Rozchylił usta, jakby chciał zaprotestować, potem jednak kiwnął głową potakująco.

– Byłbym zawiedziony, gdybyś przynajmniej nie spróbowała – powiedział.

Zrobiła do niego przedrzeźniającą minę, po czym podciągnęła jego tunikę, by odsłonić brzuch. Położyła dłonie po obu stronach rany, zamknęła oczy i wysłała zmysły w głąb jego ciała.

Natychmiast zorientowała się, że obrażenia są znacznie poważniejsze, niż to wyglądało z zewnątrz. Coś wdarło się głęboko w trzewia, rozrywając ten przewód, który zawija się i skręca tuż za żołądkiem. Z wnętrzności wyciekał płyn, dostając się w miejsca normalnie przed nim chronione, i powodował dalsze szkody. Krew wypełniała przestrzeń między organami, miażdżąc je. Za dużo tej krwi. Jayan może umrzeć z samego wykrwawienia.

Ogarnęła ją rozpacz. Jak to naprawić za pomocą magii? To przecież jest niemożliwe. Jayan jest skazany.

Nie! Nie mogę pozwolić mu umrzeć! Muszę spróbować!

Zaczerpnęła mocy i zablokowała rany w przewodzie pokarmowym, by jego zawartość przestała się wydostawać na zewnątrz. Następnie zebrała całe to paskudztwo, które zdążyło wypłynąć, i zmusiła je do opuszczenia ciała przez ranę. Teraz zajęła się krwią wypełniającą jamę brzucha i ją również skierowała na zewnątrz. W ten sposób zdołała znaleźć źródła krwawienia i zacisnąć poniszczone żyły.

Co teraz?

Czuła, że jego ciało słabnie. Pamiętając, jak odnalazła magię leczącą ciało otrutego maga, zaczęła poszukiwać oznak tego samego u Jayana.

Jest. Widzę. Ale i tak nie zdąży się uleczyć na czas. Za dużo obrażeń.

~ *Pomóż mi.*

Zaskoczyło to Tessię do tego stopnia, że omal nie wyskoczyła zmysłami z jego ciała.

~ *Jayan? Mówisz do mnie?*

~ *Tessia? Och. Przepraszam. Nie chciałem cię rozpraszać. Wydawało mi się, że śnię...*

Ewidentnie bredził.

~ *Trzymaj się* ~ rozkazała. ~ *Nie rezygnuj.*

~ *Nigdy z ciebie nie zrezygnuję.*

Wróciła myślami do obrażeń i obejrzała je bardzo dokładnie. Musi istnieć jakiś sposób, żeby dodać tej leczącej magii.

Spróbowała posłać mu nieco własnej magii, ale nie potrafiła ukształtować jej w nic innego jak ciepło lub uderzenie mocy. Coś jednak nie dawało jej spokoju. W głowie brzmiało jej echo słów Jayana. *Pomóż mi.* Nigdy by sobie nie darowała, gdyby nie udało jej się go ocalić. Musi istnieć jakiś sposób, żeby zrobić to, co robi jego ciało. *Pomóż mi.* A przynajmniej przyspieszyć to naturalne leczenie się...

Zaraz... Może nie musi robić tego, co jego ciało, może wystarczy tylko dodać mocy? Wzmocnić proces leczenia. Zaczerpnęła i delikatnie posłała nieuformowaną magię, by połączyła się z jego mocą, która już przepływała przez uszkodzone części ciała. Jej moc stała się częścią tego strumienia i zaczęła się kształtować w ten tajemniczy sposób, w jaki ciało formuje leczącą magię. *To jest to!*

Podwoiła ilość wysyłanej mocy i zauważyła wzmocnienie działania. Posyłała coraz większe porcje i leczenie przyspieszało. Skoncentrowała się na uszkodzonych wnętrznościach i widziała, jak wracają do normalnego stanu, a rany powoli się zasklepiają. Wysłała moc ku rozdartym żyłom i poczuła przypływ radości, kiedy zaczęły się zamykać. Ogólne zniszczenia spowodowane toksycznymi płynami były bardziej skomplikowane, ale wkrótce stwierdziła, że i one ustępują.

Kiedy kierowała moc w jego ciało, zaczęła wyczuwać sposób, w jaki ono się nią posługiwało. Zrozumiała to instynktownie i nie potrafiłaby nikomu wytłumaczyć. *Może jeśli jakoś uda mi się zapamiętać, jak to płynie i jak się to odbiera, zdołam użyć mojej magii, by wyleczyć kogoś pozbawionego talentu.*

Wkrótce wnętrzności zagoiły się. Tessia skupiła się na porozrywanej skórze, posyłając magię, póki ciało nie zaczęło się zrastać. Jednak patrząc na tworzące się blizny, Tessia zdała sobie sprawę, że Jayan nie jest całkiem wyleczony. Stracił mnóstwo krwi. Dziewczyna przyglądała się jego ciału, zastanawiając się, czy może jakoś uzupełnić tę stratę. Uzdrowiciele nie byli zgodni co do tego, który z narządów produkuje krew. Ale jeśli Jayan odpocznie, naje się i napije wody, może ciało samo się odbuduje.

~ *Tessia?*

~ *Tak, Jayanie?*

~ *Czułem to. Czułem, że mnie leczysz. Nie śniło mi się, prawda?*

~ *Nie. Odkryłam to. Sekret. Chodzi o...*

~ *Nie mów mi.*

~ *Co? Dlaczego? Inni powinni się dowiedzieć. Na wypadek, gdybyś zapomniał, wciąż jesteśmy w samym środku wojny, samotni w wielkim mieście pełnym ludzi, którzy pragną naszej śmierci. Jeśli zginę, to moje odkrycie przepadnie.*

Poczuła jego emocje. Strach. Pragnienie zaopiekowania się nią. Przywiązanie. Tęsknotę. To wszystko... i jeszcze coś.

~ *Nie mów o umieraniu* ~ powiedział jej. ~ *Musisz przeżyć tę wojnę. Dość się już naczekałem, a wojna właśnie się kończy.*

~ *O czym ty mówisz?*

Znała jednak odpowiedź w chwili, gdy zadawała mu pytanie. Odbierała to, co wymykało się przez szczeliny samokontroli. W momencie kiedy to z zaskoczeniem rozpoznała, poczuła, że jej własne ciało odpowiada w sposób, którego dostatecznie nie wyjaśnił jeszcze żaden uzdrowiciel. Była to jedna z wielkich tajemnic. Jedna z tych bardziej przyjemnych, powiedział niegdyś jej ojciec. Przecież serce służy do tego, żeby pompować krew. Dlaczego zatem robi jeszcze te inne, niewyjaśnione rzeczy?

I dlaczego ja? Dlaczego nie jakaś bogata kobieta? Albo piękna uczennica?

~ *Kocham cię* ~ powiedział.

Poczuła przypływ słodkiej radości. W jego słowach była też jednak jakaś duma. Wyczuł jej reakcję i był z tego zadowolony.

~ *Wygląda na to, że ja też cię kocham* ~ odpowiedziała z cierpkim rozbawieniem. ~ *Ze wszystkich irytujących ludzi na świecie.*

~ *Biedna Tessia* ~ odparł z ironią.

~ *Jestem pewna, że kiedy tylko wrócimy do Imardinu, zaczniesz flirtować z bogatymi, pięknymi pannami. Może nie powinnam zdradzać ci sekretu leczenia. Uczyniłoby cię to jeszcze atrakcyjniejszym w ich oczach.*

~ *Atrakcyjniejszym, niż już jestem?* ~ Nie dał jej czasu na odpowiedź. ~ *W sumie masz rację. Będzie bezpieczniej, jeśli ktoś jeszcze pozna ten sekret.*

Opowiedziała mu więc o swoim odkryciu, a kiedy była pewna, że zrozumiał, wycofała swój umysł z jego ciała. Kiedy otworzyła oczy, poczuła, że jego ręka obejmuje ją za szyję i pociąga w dół. Jayan uniósł się nieco i pocałował ją. Zaskoczona opierała się przez moment. Ale nagle przeszył ją dreszcz, nie zimny, ale ciepły i miły. Odpowiedziała pocałunkiem, czując, że sprawia jej przyjemność to, w jaki sposób jego usta dotykają jej, i odpowiadając tym samym.

Może nawet mi się to spodoba.

Niemal zaprotestowała, kiedy ją puścił. Wpatrywali się w siebie przez chwilę, uśmiechając się. Jayan wkrótce jednak spoważniał. Uniósł się na łokciach i spojrzał na swoje zakrwawione ubranie, po czym skrzywił się i przyłożył dłoń do czoła.

– Kręci mi się w głowie – powiedział.

– Będziesz jeszcze przez jakiś czas osłabiony – odparła.

– Nie możemy tu zostać.

– Nie – kiwnęła głową, wstając. Rozejrzała się dookoła i dostrzegła, że ogień w pobliskim domu przygasł. – Schowajmy się tam do rana. Nikt nie powinien tam wchodzić, bo wszystko, co miało jakąś wartość, spłonęło, a ściany mogą się zawalić. Będę nas chronić tarczą.

– Dobrze. Ale to jednak główna ulica. Powinniśmy ją obserwować i wyjść, kiedy pojawi się ktoś, kogo znamy. Prędzej czy później ktoś musi nadejść. Gdzie twoja torba?

– Nie wiem. Ale to nie ma znaczenia. Jeśli będę mogła stosować tę metodę leczenia na ludziach niemagicznych, lekarstwa ani narzędzia nie będą mi już potrzebne.

Potaknął i powoli zaczął się podnosić, najpierw siadając, następnie przykucając, pochylając się, aż w końcu wyprostował się całkowicie. Gdy ruszyli w kierunku domu, Tessia poczuła obezwładniające zmęczenie i potknęła się. Uzdrawianie pozbawiło ją więcej mocy, niż się spodziewała.

– Jesteś pewna, że nic ci nie jest? – spytał Jayan.

– To tylko zmęczenie.

– Ale zaczekasz z zasypianiem, aż znajdziemy się w środku, dobrze?

Rzuciła mu wściekłe spojrzenie, ale pozwoliła poprowadzić się do wnętrza budynku.

ROZDZIAŁ 49

Jayana wyrwało ze snu straszliwe pragnienie. Otworzył oczy i ujrzał wokół siebie skąpane w świetle poranka osmalone ściany. Nie sprawiały wrażenia, jakby miały być bardziej miękkie od tej, o którą się opierał. Był obolały. Czuł jakiś ciężar na ramieniu. Spojrzał w dół: Tessia spała, przytulona do jego boku.

Zrobiło mu się ciepło na sercu i nagle twarda podłoga i równie twarde ściany przestały mieć jakiekolwiek znaczenie.

Powinienem był zaczekać, aż wojna się skończy i będziemy bezpieczni, pomyślał. *Ale ona była tak blisko mojego umysłu, że nie mogłem ukryć uczuć.*

Poza tym wcale tego nie żałował.

Ona mnie kocha. Mimo wszystkich tych głupot, które mówiłem. Mimo że ją od siebie odpychałem. Uświadomił sobie, że wcale się tego po niej nie spodziewał. Podejrzewał raczej, że kiedy wrócą do Imardinu, a on zdobędzie się na odwagę, by wyznać jej uczucia, ona go odrzuci.

Może kiedyś zmieni zdanie. Kiedy już stanie się sławna z powodu odkrycia magicznego uzdrawiania. Kiedy będzie starsza. Jest jeszcze bardzo młoda. Ile ma lat – siedemnaście, osiemnaście? Nie potrafił sobie tego przypomnieć. Gdy zastanawiał się, jaki sam był w tym wieku – nieustannie zmieniał zdanie – nie łudził się, że ona nigdy się nim nie znudzi i nie zakocha w kimś innym.

Ale ona nie jest taka jak ja w jej wieku. Kiedy coś staje się jej pasją, pozostaje temu wierna – jak w przypadku uzdrawiania. Być może taka sama będzie względem ludzi. Względem mnie. Nawet ja nie byłem wtedy całkiem niezdolny do skupienia się na jednej rzeczy. Nic nie było w stanie odebrać mi zainteresowania magią ani złamać wierności wobec Dakona.

Sięgnął po czarkę z wodą, którą przyniosła mu w nocy, kiedy na chwilę zapuściła się w głąb spalonego domu, i pociągnął spory łyk. Woda smakowała dymem. Zamknął oczy i pozwolił czasowi płynąć.

Chwilę później coś go wyrwało z drzemki. W oddali dał się słyszeć tętent kopyt. Kilku zbliżających się koni. Jayan poczuł, że jego serce przyspiesza. Zamierzali z Tessią trzymać na zmianę wartę, by jedno mogło spać, a drugie wypatrywać przejeżdżających Kyralian, ale w końcu oboje ulegli zmęczeniu. Jayan podejrzewał, że leczenie zużyło większość mocy Tessii. Zapewne potrzebowała snu nie mniej niż on.

Stukot stawał się coraz głośniejszy.

Jayan poruszył się, usiłując nie zakłócić snu dziewczyny, ale ona otworzyła oczy. Zamrugała i zmarszczyła czoło.

– To konie?

Rozbudzona, w jednej chwili zerwała się na nogi. Jayan wstał i oboje podeszli do wyrwy w murze. Wyjrzeli i zobaczyli około dwudziestu kyraliańskich magów zmierzających w kierunku ich kryjówki. Jayan rozejrzał się, by mieć pewność, że nikt ich nie obserwuje. Ulica i pobliskie domy wydawały się puste. Wyszedł na zewnątrz i pomachał ręką do jeźdźców.

Magowie zwolnili i zatrzymali się. Jayan uśmiechnął się

na widok jadącego na przodzie Mistrza Bolvina i towarzyszącego mu Mistrza Tarrakina.

– Czy możemy pojechać z wami? – spytał.

Bolvin powitał go uśmiechem.

– Magu Jayanie, Uczennico Tessio, jak dobrze jest dowiedzieć się, że przeżyliście. Dakon bardzo się ucieszy. Wyruszył nocą na poszukiwania, ale nie zdołał was znaleźć. – Zerknął przez ramię. – Na razie udajemy się na granicę miasta. Będziecie musieli pojeździć z nami w kółko.

Dwaj magowie zbliżyli się do nich i Jayan z Tessią usiedli za nimi na koniach.

Jayan rozejrzał się.

– Widzieliście Mikkena?

– Jest z armią.

Bolvin spiął konia, a reszta jeźdźców ruszyła za nim.

W mieście panowała cisza, ale co jakiś czas Jayan dostrzegał postacie przemykające bocznymi ulicami. Minęli plac, na którym on i Tessia odłączyli się od armii. Niewiele dalej, w miejscu gdzie mury nie dochodziły do ulicy, a budynki były otoczone polami, oddział zatrzymał się. Pięciu magów, włącznie z Bolvinem, oddzieliło się od reszty. Każdemu z nich towarzyszył służący i uczeń, każdy też prowadził objuczonego luzaka. Jayan wywnioskował z ich rozmów, że ta grupka wracała do Imardinu. W pierwszej chwili sądził, że po to by zanieść informacje o zwycięstwie, ale uświadomił sobie, że wieści przecież musiały już dotrzeć do Kyralii za pośrednictwem krwawych klejnotów.

Ta myśl przyprawiła go o pełen ekscytacji dreszcz. *Szkoda, że my z nimi nie jedziemy*. Uzmysłowił sobie, że ma dość wojny. *Chciałbym być w domu, gdziekolwiek to będzie, z Tessią. Chciałbym stworzyć gildię magów i pomóc Tessii doskonalić magiczne uzdrawianie.*

Kiedy Bolvin i jego towarzysze zniknęli w oddali, Mistrz Tarrakin zawrócił swojego konia.

– Są teraz zdani na siebie – oznajmił. – Król powiedział, że mamy od razu wracać.

Pozostali magowie odwrócili się i skierowali z powrotem do miasta. Wkrótce znaleźli się w części Arvice, której Jayan jeszcze nie widział. Podziwiał obsadzoną drzewami aleję wiodącą do Pałacu Imperatora. Ku jego zdumieniu sam pałac nie ucierpiał. Naprzeciw magom wyszli służący, by odprowadzić konie. Jayan zsiadł, czując ulgę, że nie musi już jechać, siedząc niewygodnie na skraju siodła.

Podszedł do Tessii i udali się za magami do pałacu. Podobnie jak w sachakańskich domach w Imardinie i tu korytarz wiódł do wielkiej komnaty przeznaczonej do podejmowania i zabawiania gości. Korytarz pałacu był jednak tak szeroki, że mogłoby nim jechać dziesięć koni jeden obok drugiego, komnata zaś okazała się ogromną salą z kolumnami. W środku rozbrzmiewało echo głosów.

– Nie możemy całkowicie znieść niewolnictwa – mówił jakiś głos. – Musimy robić to stopniowo. Zaczniemy od osobistej służby, pozostawimy tych niewolników, którzy zajmują się produkcją żywności i wykonują najgorszą robotę, inaczej Sachaka umrze z głodu i utonie we własnych śmieciach.

To Narvelan, pomyślał Jayan, czując znajomy dreszcz. *Czemu nie dziwi mnie, że to on chce utrzymania niewolnictwa?* Nie mógł jednak nie zgodzić się z opinią maga. Wyzwolenie wszystkich niewolników wywołałoby chaos.

Zbliżając się do końca pomieszczenia, Jayan zauważył, że część magów siedzi w kręgu. Król nie zajął ogromnego złoconego tronu stojącego pośrodku sali, aczkolwiek krzesło, które wybrał, było duże, miało oparcie i podpórki, podczas gdy pozostałe to były zwykłe stołki. Inni magowie stali w grupkach, rozsiani po całej komnacie, niektórzy przysłuchiwali się dyskusji, inni rozmawiali we własnym gronie.

Jeden z magów podniósł się z krzesła, ale tylko zerknął na króla i usiadł z powrotem. Dakon. Jayan uśmiechnął się na widok ulgi malującej się na twarzy jego byłego nauczyciela.

– Musimy również zadbać o to, by tutejsi magowie się nie wzmocnili – ciągnął Narvelan. – Ale my nie możemy się przy tym osłabić. Wyzwolenie osobistych służących oznacza, że magowie, którzy zostali przy życiu, będą musieli płacić ludziom, którzy im usługują.

Jayan zobaczył, że król kiwa głową, a potem podnosi wzrok na nowo przybyłych.

– Witaj, Mistrzu Tarrakinie. Czy Mistrz Bolvin i jego towarzysze wyjechali?

– Tak. Znaleźliśmy również Maga Jayana i Uczennicę Tessię.

Król spojrzał na Tessię, a następnie na Jayana.

– Jesteśmy radzi, że przeżyliście noc. – Zmarszczył brwi i zerknął na Dakona. – Ponieważ ty zgodziłeś się pozostać w Sachace i pomóc w ustanowieniu tu władzy, może i twoja uczennica też tu zostanie?

Jayan wciągnął szybko powietrze. *Dakon zostaje? To niemożliwe! Musi przecież odbudować wioskę i zarządzać swoim majątkiem.*

Nietrudno mu było jednak uwierzyć, że Dakon będzie chciał na miejscu pomóc Sachakanom. Może jakoś odkupić te szkody, które poczyniła armia.

A Tessia będzie musiała zostać z nim...

– Zastanawiałem się nad tym – odparł Dakon. – I jeśli Tessia nie będzie chciała zostać, to pozwalam jej odejść.

– Nie mogłabym cię opuścić, Mistrzu Dakonie – odparła.

Król zwrócił się znowu do niej, uważnie mierząc ją wzrokiem.

– Masz dar, Uczennico Tessio. Dar uzdrawiania, którym możesz podzielić się z innymi. Czy zgodziłabyś się, gdybym poprosił cię, żebyś wróciła ze mną do Imardinu?

Zagryzła wargę. Spojrzała na króla, a następnie na Dakona.

– A kto... kto zajmie się moją dalszą nauką?

Jayan poczuł, że serce zaczyna mu bić mocniej. Może on...?

– Ja.

Wszyscy odwrócili się ku podchodzącej do kręgu Mistrzyni Aravii.

– Dakon wspominał, że rozważa pozostanie tutaj – wyjaśniła. – Pomyślałam więc, że Tessia może nie chcieć zostawać i że może nadszedł czas, bym i ja przyjęła uczennicę. – Spojrzała na Tessię z uśmiechem. – Nie mam szans dorównać Mistrzowi Dakonowi doświadczeniem, ale obiecuję, że będę się starać.

Oczy zgromadzonych spoczęły teraz na Tessii. Ona zaś popatrzyła na Aravię, potem na Dakona, Jayana, aż w końcu zwróciła się do króla.

– Jeśli taka jest wola Mistrza Dakona, będę zaszczycona, zostając uczennicą Mistrzyni Aravii.

Dakon uśmiechnął się.

– Bardzo chciałbym dokończyć twoją naukę, Tessio, ale uważam, że podzielenie się z innymi wiedzą na temat magicznego wspierania leczenia jest ważniejsze.

Król uśmiechnął się szeroko i uderzył dłońmi w uda.

– Doskonale! – Zwrócił się następnie do Jayana: – A jakie są twoje plany, Magu Jayanie?

– Wrócę do Imardinu – odparł Jayan. – I, jeśli wyrazisz zgodę, rozpocznę prace nad powołaniem gildii magów.

Król uśmiechnął się znowu.

– Ach, tak. Gildia magów. Mistrz Hakkin też o tym wspominał. Dobrze. – Rozejrzał się po otaczających go magach. – Kto pomoże Mistrzowi Narvelanowi i Mistrzowi Dakonowi zarządzać Sachaką?

Jayan poczuł, że przebiegają go ciarki. *Mistrz Narvelan? Zarządzać Sachaką? Czy Król Errik oszalał?* Spojrzał na Narvelana. Na twarzy młodego maga malował się uśmiech, ale jakby sztuczny i dziwaczny. Nie pasował do pasji, jaką zdradzały jego oczy. Kiedy coś rozproszyło jego uwagę – niewolnik ciągnący go za rękaw – przez jego twarz przemknął wyraz dzikiego gniewu, szybko jednak zastąpiony na powrót uśmiechem.

Nagle usłyszał, że Tessia wstrzymała oddech.

– Hanara – szepnęła. – To niewolnik Takady!

Kiedy Jayan przyjrzał się dokładniej, rozpoznał w rozciągniętym teraz przed Narvelanem człowieku niewolnika, którego Takado zostawił w Mandryn. Tego, któremu Mistrz Dakon podarował wolność. I który wydał wioskę w ręce Takady.

– Mówiłem ci: dość tego rzucania się na podłogę – zwrócił się Narvelan do Hanary, gdy magowie podjęli na nowo rozmowę. – Nic dziwnego, że tak szybko się brudzicie.

– Tak, panie – odpowiedział Hanara.

– Hanara jest niewolnikiem Narvelana? – wydusiła z siebie Tessia.

– Tak – odparł Mistrz Tarrakin. – Narvelan poinformował go już wprawdzie, że jest wolny, ale on nie przyjął tego do wiadomości.

Tessia potrząsnęła głową. Spojrzała na Jayana, a kiedy Hanara ruszył, żeby spełnić jakiś rozkaz Narvelana, pobiegła, chcąc go zatrzymać. Jayan poszedł za nią. Dogoniła niewolnika pod przeciwną ścianą sali. Hanara zamarł na jej widok.

– Tessia – wyszeptał, a Jayan nie potrafił stwierdzić, czy jego twarz wyraża przerażenie, czy może podziw.

– Hanara – rzekła, po czym zamilkła, stojąc z rozchylonymi ustami, a w jej oczach znać było ból.

Hanara spuścił wzrok.

– Wybacz mi – powiedział. – Nie mogłem nic zrobić. Myślałem, że jeśli do niego wrócę, to może on odjedzie. Wiedziałem jednak, że z moich myśli dowie się, że Mistrz Dakon wyjechał. Ale... on i tak by na to wpadł. Ja... tylko... cieszę się, że ciebie nie było.

Jayan domyślił się, że ten bełkot dotyczył Mandryn. *Powinienem go udusić, ale z jakiegoś powodu wcale tego nie chcę. Mag, który miał władzę nad jego życiem, powrócił. Nie sądzę, żeby ktokolwiek w takiej sytuacji był w stanie działać pod wpływem innego uczucia niż strach. A teraz ten człowiek służy Narvelanowi. Nie jestem pewny, czy to dla niego właściwa kara, czy też powinienem mu współczuć. A może martwić się tym, co wyniknie z kombinacji byłego niewolnika najeźdźcy i bezlitosnego, szalonego maga.*

– Wybaczam ci – odparła Tessia. Jayan spojrzał na nią ze zdziwieniem. Była zamyślona, ale też wyglądała, jakby poczuła ulgę. – Jesteś teraz wolny, Hanaro. Nie musisz nikomu służyć, jeśli nie masz ochoty. Nie... nie karz siebie za zbrodnie pana.

Niewolnik pokręcił głową, rozejrzał się ukradkowo dookoła, pochylił nisko i szepnął:

– Służę mu, by przeżyć. Gdybym mu nie służył, nie pożyłbym długo. – Wyprostował się. – Wracaj do domu. Wyjdź za mąż. Miej dzieci. Żyj długo.

Następnie wyminął ich i zniknął w drzwiach. Tessia odwróciła się do Jayana i zaśmiała krótko.

– Wygląda na to, że właśnie otrzymałam rozkazy od niewolnika.

– Rady – poprawił ją Jayan. Wyszedł przez te same drzwi i rozejrzał się po pustym korytarzu, po czym wzruszył ramionami. – Dobre rady. Dodaj do nich uczenie magów uzdrawiania. I pomaganie mi w założeniu gildii. – Potrząsnął głową. – Będę musiał pracować z Mistrzem Hakkinem, przyda mi się więc każda pomoc.

– Owszem – potaknęła, kiedy ruszyli korytarzem. – Zauważyłam, że nie wspomniałeś królowi, iż odkryłam tajemnicę magicznego uzdrawiania.

– Nie. Uznałem, że jeszcze nie czas. A kiedy o tym myślę… wydaje mi się, że lepiej nie zaczynać nauki uzdrawiania w Sachace. Powinna się rozpocząć w Kyralii i stać częścią działalności naszej gildii.

– Jako zachęta dla magów do wstępowania w jej szeregi?

– Właśnie.

Zmrużyła oczy.

– Wiesz, przez chwilę się martwiłam, że zgłosisz chęć zostania moim nauczycielem.

Zamrugał ze zdumienia.

– Martwiłaś się? Dlaczego? Uważasz, że nie byłbym dobrym nauczycielem?

– Rozsądnym nauczycielem – odparła. – Ale obawiam się, że kyraliańskie towarzystwo nie uznałoby za stosowne, by mistrz i uczennica byli… no… zaangażowani uczuciowo.

Uśmiechnął się.

– To zależy od tego, jak bardzo chcesz się zaangażować.

Spuściła powieki i spojrzała na niego tak, że serce zabiło mu mocniej.

– *Bardzo.*

– Rozumiem.

Spojrzał w głąb korytarza. Był nadal pusty. Wyciągnął ręce, przygarnął ją do siebie i pocałował. Najpierw była spięta, potem się rozluźniła i przytuliła do niego.

W korytarzu nagle rozległy się kroki i Jayan poczuł, że ktoś koło niego przechodzi. Odskoczyli od siebie odrobinę za późno.

– Będę musiała mieć was dwoje na oku, nieprawdaż? – spytała Mistrzyni Aravia, nie odwracając się.

Tessia stłumiła chichot i spoważniała.

– Gdzie chcesz zamieszkać?

– Nie wiem. – Jayan westchnął ciężko. – Na pewno nie z ojcem!

– Cóż, mamy mnóstwo czasu, by to wszystko omówić – powiedziała.

– Owszem. I mnóstwo spraw do załatwienia jeszcze tutaj. Na przykład posiłek. Umieram z głodu. Chyba jednak najpierw powinniśmy odszukać Mikkena.

Zgodziła się.

– Od tego zaczniemy. Uczynimy wszystko, co trzeba, po kolei, aż nie pozostanie nam już nic do zrobienia, wtedy będziemy starzy i siwi i będziemy mogli przekazać to, co zaczęliśmy, komuś innemu.

Wyciągnął rękę i wziął ją pod ramię.

– Chodź. Im szybciej zaczniemy, tym szybciej dojdziemy do tych ciekawszych zajęć.

ROZDZIAŁ 50

Steria zatrzymała się, by złapać oddech, i spojrzała na wznoszące się przed nią strome skaliste zbocze. Podobnie jak to, na które ona i idące z nią kobiety właśnie się wspięły, miało powykrzywiane szczeliny, których mógł się chwycić wspinacz, by dostać się na szczyt. Ta ściana była jednak wyższa niż poprzednia. Kończyła się w oddali poszarpaną granią. Dalej widać było wierzchołek kolejnej takiej skały i następny za nim. Inne górskie szczyty spoglądały na to wszystko z okrutną obojętnością.

Chavori był silniejszy, niż można by się tego po nim spodziewać, pomyślała po raz setny. *Musiał się wspiąć na te wszystkie skały, żeby zrobić pomiary. I musiał mieć pomocników. Z pewnością niewolników. Ale może też innych magów albo wolnych ludzi. Koniecznie powinnyśmy trzymać straż na wypadek, gdyby któryś z nich tu wrócił.*

Kiedy pozostałe cztery kobiety dołączyły do grupy, zadyszane i zasapane, Steria uznała, że wszystkim przyda się odpoczynek. Zrzuciła tobołek z pleców. Przypięta do niego była tuba z wydrążonej trzciny – znacznie lżejsza od metalowych pojemników Chavoriego. Otworzyła ją i wyciągnęła ze środka mapę.

Za pomocą magii rozłożyła kartę na płaskim kamieniu. Kobiety zebrały się wokół niej, by się przyjrzeć. Steria czuła zapach ich potu. Kiedy okazało się, jak wygląda ścieżka do doliny, zabrała ze sobą tylko najsilniejsze z towarzyszek. Reszta grupy została pod opieką Vory w położonym niżej górskim obozie.

Jedna z kobiet, imieniem Shadiya, wskazała na wijącą się ścieżkę, którą tu doszły.

– Jesteśmy prawie na miejscu.

Steria potaknęła, zwinęła mapę i schowała ją do tuby.

– Napijmy się i zjedzmy coś.

Odpoczywały w milczeniu. Oparte plecami o skalną ścianę, patrzyły na sachakańskie równiny, ciągnące się aż po horyzont spowity mgłą. Steria spoglądała w dal. Gdzieś tam, daleko, było Arvice. Ciekawe, jak wygląda miasto po dwóch miesiącach rządów Kyralian. Czy Kachiro przeżył? Poczuła ukłucie żalu i smutku, a potem lekkie wyrzuty sumienia, że jej uczucia nie są mocniejsze. *Byłyby, gdyby nie to zmęczenie*, powiedziała sobie, wiedząc, że to nieprawda. *Przecież nie byliśmy małżeństwem z miłości. Ale lubiłam go i mam nadzieję, że przeżył.* Zastanawiała się, czy otrzymał wiadomości od jej matki. *Będę musiała wysłać własnego posłańca, kiedy już tu osiądziemy. Może matka do nas dołączy.*

Zjadły niewiele, świadome, że nie mają pokaźnych zapasów. Steria uzupełniała nieco ich posiłki, magicznie chwytając ptaki, rośliny jednak w tej okolicy były rzadkie i niejadalne. Zaczęła się obawiać, że Chavori mógł przesadzić z opisem doliny, do której zmierzały.

Wstała i zarzuciła tobołek na plecy. Jej towarzyszki uczyniły to samo. Bez słowa odszukały początek jednego z piargów i pod przewodnictwem Sterii zaczęły wspinaczkę.

Sterii zdawało się, że trwało to w nieskończoność, ale dotarła wreszcie do grani. Podpełzła do przodu, zadowolona, że jej plecy obciąża tobołek. Zatrzymała się, by złapać oddech, po czym uzmysłowiła sobie, że powietrze nie było już tak suche jak to, którym oddychały przez ostatnie tygodnie. Miało smak ziemi. Serce jej podskoczyło i podniosła się na kolana.

Kolejna ściana znajdowała się na wyciągnięcie ręki. U dołu jednej ze szczelin dostrzegła ciemniejszy trójkąt. Otwór. Podczołgała się bliżej. Ze środka dobiegał szum wody, uderzyło ją też wilgotne powietrze.

Wejście było niskie – musiałaby pełznąć, by się tam dostać. Usłyszała za sobą jakiś dźwięk, powstrzymała ciekawość i wróciła na grań, żeby pilnować wspinaczki kolejnych dwóch kobiet. Kiedy dotarły na szczyt, ich oczy natychmiast skierowały się ku otworowi.

– Tam chyba płynie rzeka.

– Zajrzymy?

– Nie. Zaczekajmy na resztę – odparła.

W końcu wszystkie kobiety znalazły się na grani. Stały za Sterią, czekając, co zrobi. Ona zaś uśmiechnęła się i położyła na ziemi jak niewolnica, po czym wpełzła w dziurę, wysyłając przodem kulę światła.

Przez kilka kroków strop był niski, ale w pewnym momencie zarówno podłoże, jak i sklepienie wykrzywiały się. Steria poleciała do przodu, ale zdołała przykucnąć. Jej światełko nie pokazywało wiele, ale echo jej kroków podpowiedziało jej, że znalazła się w tunelu. Czuła się jak we wnętrzu długiej, ściśniętej tuby, szerszej niż wyższej, zakręcającej jak szczelina na zewnątrz skały. Dołem tunelu płynęła woda.

– Chavori mówił, że wydaje mu się, że to stało się niedawno, kiedy rzeka wyżej zmieniła nieco bieg – powiedziała Steria do towarzyszek. – Chodźmy więc w górę rzeki.

Kilkaset kroków dalej zobaczyły przed sobą światło, a po następnych stu stanęły u wylotu tunelu. Potok skrzył się błękitem i bielą. Jego brzegi porastały trawy, które były wysokości człowieka, ale dalej od koryta były niskie i suche. Kilka starych karłowatych drzew rosło w osłoniętej części doliny w pobliżu stromych zboczy.

– Co o tym myślicie?

– Niezupełnie tego się spodziewałam – odparła Shadiya. – Ale w sumie miałyśmy małe szanse trafić na pola uprawne, prawda?

– Trzeba będzie pozbyć się najgorszych chwastów. I sprowadzić rebery, żeby trawa była zawsze niska. Nawodnić i nawieźć ziemię, zanim posiejemy zboże. – Steria spojrzała na mówiącą te słowa kobietę, Ichivę, zaskoczona jej wiedzą na temat upraw. Kobieta wzruszyła ramionami. – Kiedy nie wolno ci odzywać się w obecności mężczyzn, pozostaje tylko uważnie słuchać.

Pozostałe pokiwały głowami potakująco.

– Tak, potrzeba tu dużo pracy – powiedziała Steria. – A sprowadzenie tu reberów będzie sporym wyzwaniem. Poza tym trzeba zbudować domy. Musimy się nauczyć mnóstwa rzeczy. Rozejrzymy się teraz?

Jej towarzyszki uśmiechnęły się i przytaknęły. Rozeszły się w różnych kierunkach. Steria ruszyła w głąb doliny, przyglądając się glebie i żałując, że nie potrafi stwierdzić, czy będzie żyzna. Drzewa okazały się znacznie większe, niż jej się z daleka zdawało. Spoglądając teraz na konary, Steria wyobraziła sobie buszujące w ich gąszczu dzieci.

Dzieci. Jeśli chcemy mieć dzieci, nie możemy całkowicie wykluczyć mężczyzn z naszego życia. Ale może uda nam się uniknąć sprowadzania ich tutaj? Ci, którzy będą chcieli, mogą przyjeżdżać do miasta na równinie i spędzać noc z kobietą, która przypadnie im do gustu.

A co z dziećmi płci męskiej? Nie ma siły, by któraś kobieta zgodziła się odesłać swoje dziecko. Steria potrząsnęła głową. Może nie chodzi o to, by Azyl był wolny od mężczyzn, tylko by kobiety nim rządziły.

– Steria!

Odwróciła się i zobaczyła, że Ichiva do niej macha. Kobieta wskazywała na coś, co znajdowało się na ścianie skalnej. Steria wpatrywała się w kamienną powierzchnię, marszcząc czoło, ponieważ nie mogła dostrzec, na co zwracała jej uwagę Ichiva.

Nagle to, co ujrzała, przeszyło ją dreszczem. Jedna ze ścian doliny nie była naturalna. Nie tylko było widać, w którym miejscu pierwotna skała zmieniała się w kształtowaną ludzkimi rękami ścianę, ale też można było dostrzec linie wyryte na całej powierzchni.

Z bijącym sercem podbiegła do Ichivy. Rzeźbienia były bardzo zniszczone, a gdzieniegdzie całkiem zatarte. Ktokolwiek je wyrył, zrobił to przed wieloma laty. Przed setkami, może nawet tysiącami lat.

Steria poczuła ekscytację. Skoro ktoś tu już kiedyś mieszkał, to inni też sobie poradzą. Łuki i linie przypominały bogato dekorowane framugi drzwi i okien. Może dawni mieszkańcy mieszkali za tą ścianą, w znajdujących się tam jaskiniach. Podeszła bliżej i przekonała się, że miała rację: w ścianie znalazła prostokątny otwór. Podekscytowana, uśmiechnęła się do towarzyszki.

– Wygląda na to, że nie my pierwsze wybrałyśmy to miejsce, by się tu osiedlić – powiedziała. – Zawołaj pozostałe. Wchodzę do środka.

Stworzyła kolejną kulę światła i zanurzyła się w otwór. Za nim był długi korytarz, do którego docierało światło przez częściowo zakryte roślinnością inne drzwi i okna. Na samym początku korytarz zarastały splątane korzenie, ale dalej był już gładki kamień. Szerokie otwory na przeciwległej ścianie zachęciły ją jeszcze do wędrówki.

Zajrzała w najbliższy z nich. Prowadził do kolejnego szerokiego holu z pomieszczeniami po obu stronach. Ściany między nimi były niemal równie szerokie jak utworzone przez nie izby. Gdzieniegdzie woda przesiąkała przez ściany, ale większość pomieszczeń była sucha. Steria usłyszała odgłos kroków, zaczekała więc na pozostałe kobiety i dalej szły już razem. Korytarz skończył się za szóstymi drzwiami.

Wróciły do głównego holu i kontynuowały zwiedzanie. Jedna z nich zauważyła, że na niektórych ścianach znajdują się płytkie płaskorzeźby przedstawiające ludzi i zwierzęta. W większości pomieszczeń była jedna albo dwie, ale potem weszły do szerokiego korytarza, który cały był nimi ozdobiony. Prowadził do ogromnej groty. Przez szczelinę w jej stropie wpadało nieco światła, zwieszały się też z niej pojedyncze korzenie. Najwyraźniej wpadał tędy również deszcz, ponieważ na samym środku sali widać było kałużę. Z tyłu podłoże nieco się wznosiło, a na górze stał lekko ukruszony głaz.

Ominęły kałuże i wspięły się na podwyższenie, by obejrzeć kamień. Na jego powierzchni dostrzegły zatarty kształt ludzkiej postaci, otoczony promieniście rozchodzącymi się od piersi liniami.

Shadiya nachyliła się bliżej.

– Co o tym sądzicie? To płyta grobowa czy ołtarz, na którym składano ofiary z ludzi?

Steria wzdrygnęła się.

– Kto wie?

– Tam jest kolejne przejście – powiedziała Ichiva, wskazując na ścianę za podwyższeniem, po czym spojrzała w bok. – Myślicie, że to były drzwi?

Wszystkie zwróciły wzrok w kierunku wielkiej kamiennej tarczy, pękniętej na pół, która leżała na ziemi obok przejścia. Przed drzwiami wyżłobiona była głęboka bruzda, szerokości, jak zauważyła Steria, tarczy.

– Może przesuwano tę tarczę – podsunęła.

Kobiety zaczęły wymieniać półgłosem uwagi, po czym podeszły do przejścia. Steria skierowała do wnętrza swoją świetlną kulę. Wąski korytarz ciągnął się daleko w ciemność. Weszła do środka.

Korytarz wkrótce rozdzielał się na dwa mniejsze i potem znowu na dwa. Steria zwolniła.

– To jest prawie labirynt. Powinnyśmy jakoś oznaczyć drogę.

Zawróciły i wydrapały strzałki na każdym ze skrzyżowań, żeby wskazać kierunek, z którego przyszły.

– Lepiej trzymajmy się razem – powiedziała Steria. – Nie rozchodźmy się na boki, nie pozwólmy, by którakolwiek z nas została z tyłu.

– Mało prawdopodobne – odpowiedziała nerwowo jedna z jej towarzyszek, a pozostałe roześmiały się, kiwając głowami.

Szły powoli, oznaczając wszystkie przejścia i starając się jak najlepiej zbadać tę plątaninę korytarzy. Niektóre wiodły do niewielkich pomieszczeń, inne kończyły się ślepą ścianą. Nagle gładka, rzeźbiona ściana zmieniła się w chropowatą, naturalną skałę, która ciągnęła się w odległości kilkunastu kroków, a kończyła się wejściem do kolejnej groty.

Jej ściany błyszczały, kobiety aż westchnęły z zachwytu. Steria zbliżyła się do skały. Cała była pokryta kryształkami. Gdzieniegdzie były one wielkości pięści, gdzie indziej mniejsze niż paznokieć.

– Wyglądają jak klejnoty, które sprzedają nam Duna – zauważyła Ichiva. – Myślisz, że są magiczne?

– Magiczne czy nie, na pewno są sporo warte – odparła Steria. Wyprostowała się i rozejrzała po twarzach towarzyszek. – Będziemy mogły kupić za to wszystko, czego nie zdołamy same wyprodukować, zachowując pewne środki ostrożności.

Wszystkie teraz uśmiechały się z nadzieją. Przez chwilę zatrzymały się w grocie, dotykając kryształów i znajdując coraz to większe. Ale od czasu ich ostatniego posiłku minęło wiele godzin i głód przypomniał o sobie. Idąc za oznaczeniami Steria z ulgą wyprowadziła je do pierwszej groty. Usiadły na skraju podwyższenia i wypakowały nieco zapasów. Steria pogryzała jedną z suchych bułek z orzechami i ziarnami, które upiekła dla nich Vora.

– Tam chyba są jeszcze jedne drzwi – powiedziała Shadiya, wskazując na lewo od wejścia do labiryntu. – Widzicie te linie na ścianie?

Steria odłożyła bułkę i podeszła we wskazanym kierunku. Shadiya miała rację. W ścianie była szczelina wyglądająca jak drzwi.

– Zastanawiam się, jak się je otwiera – ciągnęła podchodząca do niej Shadiya. – Nie ma klamki ani dziurki od klucza.

– Czyli zapewne magią, nieprawdaż? – odparła Steria.

Stanęła przed drzwiami i zaczerpnęła mocy, po czym wysłała ją w stronę zagłębień. Magia owinęła się wokół skały bez trudności, co potwierdziło, że za ścianą jest pusta przestrzeń. Steria sięgnęła dalej i odkryła nad drzwiami otwór. Zaginał się w górę i w bok, tak że drzwi wewnątrz groty opierały się na jego boku.

Wysiliła wolę i uniosła drzwi. Zazgrzytały głośno, podniosły się i odchyliły w jej kierunku, po czym zatrzymały się w miejscu.

Kobiety stłoczyły się wokół powstałego w ten sposób przejścia. Wewnątrz widać było zarys ścian. Steria posłała do środka kulę światła i wszystkie wstrzymały oddech. Wszystkie powierzchnie groty, z wyjątkiem podłogi, były pokryte rzeźbami. W dodatku, w przeciwieństwie do innych, które widziały wcześniej, rzeźby pomalowano na jaskrawe kolory.

Steria weszła do środka i zapatrzyła się w przedstawione na ścianach sceny. Ludzie wycinali na nich kamienie ze ścian groty. Kamienie miały jasne kolory i rozchodziły się od nich promienie światła. Jeden człowiek, zawsze ubrany na biało, pojawiał się w kilku scenach. Opiekował się rosnącymi klejnotami, zanim zostały wycięte ze skały, a następnie przyjmował je od innych. Dawał je również pozostałym. Na wszystkich płaskorzeźbach człowiek ten miał zawieszony na łańcuchu na szyi jeden błękitny klejnot, od którego rozchodziły się promienie.

Na innej ścianie przed postacią w bieli stał skrępowany mężczyzna, którego następnie przywiązywano do prostokąta ozdobionego tak samo jak płyta kamienna w wielkiej grocie. Ubrany na biało mężczyzna kładł mu niebieski kamień na piersi. W następnej scenie zaś ofiarę odciągano na bok, najwyraźniej martwą, a człowiek w białej szacie promieniował mocą.

– Miałam rację co do tych ofiar z ludzi – mruknęła Shadiya.

Pod wszystkimi scenami widniały rządki znaków. Jakieś starożytne pismo. *Czy tu jest wyjaśnione, o co chodzi?* – zastanawiała się Steria. *Te klejnoty najwyraźniej mają właściwości magiczne. Jak te, wyrabiane przez Duna. Zastanawiam się… czy Duna mogliby to odczytać?* Musiałaby skopiować fragmenty i im pokazać.

Steria wyszła z komnaty i wróciła do swojego tobołka i przerwanego posiłku. Patrzyła, jak kobiety jedna po drugiej robią to samo, wszystkie z niepewną fascynacją malującą się na ich twarzach. Wszystkie zerkały podejrzliwie na kamienną płytę. Steria słuchała ich rozmowy, zastanawiając się nad tym, co właśnie odkryły.

Dolina potrzebuje dużo pracy, zanim będzie można w niej zamieszkać, a jeszcze więcej, nim jej mieszkanki będą samowystarczalne. Teraz jednak miały własne bogactwo w postaci tych klejnotów. Z tego, co widziała na malowidłach, Steria zgadywała, że aby klejnoty urosły i nabrały właściwości magicznych, należy się nimi w specjalny sposób zajmować. Te, które już wyrosły na ścianach, Zdrajczynie będą mogły sprzedać bez ryzyka, że coś niebezpiecznego trafi w ręce Kyralian lub Sachakan.

Zawahała się. *Już zaczęłam myśleć o Sachakanach jako ludziach innych niż my. My zostaniemy nowymi ludźmi. Może małym ludem, jak Duna, ale nie tak prymitywnym. Czy nadal będziemy nazywać się Zdrajczyniami?*

Potaknęła samej sobie. *Tak. Powinnyśmy. Nie wolno nam zapomnieć, dlaczego tu przybyłyśmy. Nie z powodu wojny, ale dlatego że jako kobiety byłyśmy niewidzialne, niedoceniane i pozbawione wpływów. W społeczności sachakańskiej miałyśmy niewiele wyższą pozycję niż niewolnicy. A teraz znalazłyśmy nowe miejsce, gdzie to my będziemy podejmować decyzje, gdzie nikt nie będzie niewolnikiem i wszyscy będą pracować dla dobra wszystkich. To na pewno nie będzie łatwe, na pewno popełnimy wiele błędów, może nawet w ostatecznym rozrachunku poniesiemy klęskę. I zapewne potrwa to więcej niż jedno pokolenie. Ale jest to znacznie bardziej ekscytujące niż prowadzenie interesów ojca. To nie tylko ucieczka dla mnie, Vory, Nachiry i moich przyjaciółek. Jeśli się uda, w najbliższych latach pomożemy bardzo wielu kobietom.*

A czemuś takiemu jestem gotowa poświęcić życie.

EPILOG

Hanara przygładził palcami włosy i westchnął. Czuł brud i pot, i posklejane kosmyki. Tobołek, który dźwigał, był tak ciężki, że bolały go stawy. Oddychał, sapiąc.

Człowiek idący przed nim zatrzymał się i obejrzał za siebie. Szalony, zimny wyraz twarzy Mistrza Narvelana złagodniał nieco.

– Nie spiesz się, stary druhu – powiedział. – Obaj nie jesteśmy już zbyt młodzi.

Zaledwie nieco po trzydziestce, pomyślał Hanara. Ale jak wielu niewolników starzał się szybciej niż wolni ludzie. *Od dziesięciu lat jednak nie jestem niewolnikiem. Jestem służącym. Nie żeby robiło mi to wielką różnicę.*

Mógł opuścić Narvelana i poszukać pracy gdzie indziej, ale kto by mu ją dał? Kto chciałby zatrudnić niewolnika Zdrajcy? Nikt. Nie, Hanara utknął u Mistrza Narvelana. Szalonego Imperatora, jak nazywała go pałacowa służba. Szalonego, ale i sprytnego.

Narvelan przez ostatnie dziesięć lat rządził Sachaką. Miał wprawdzie obowiązek konsultować się we wszystkich kwestiach z dwoma innymi magami, ale żaden z Kyralian, który podejmował się współrządzenia, nie był na tyle bystry ani zdeterminowany, by sprzeciwiać się Narvelanowi. Mistrz

Dakon przez jakiś czas miał nad nim kontrolę, ale został zamordowany, a jego ciało wyssane z magii, choć nie widać było nawet zadrapania. Tylko Mistrz Bolvin, który ostatnio przejął tę funkcję, potrafił od czasu do czasu skutecznie oprzeć się Szalonemu Imperatorowi.

Kiedy plan Narvelana, zakładający odebranie sachakańskim magom dzieci i wychowanie ich w kyraliańskich rodzinach został udaremniony przez Bolvina, pan Hanary stał się zły i podejrzliwy. Przez trzy miesiące odmawiał udziału we wszelkich naradach i wracał jedynie wtedy, kiedy pod jego nieobecność zaczynano podejmować jakieś decyzje.

Od tego momentu było coraz gorzej: magowie zaczęli się między sobą kłócić i słać poselstwa do króla. W końcu tydzień temu przyszedł królewski rozkaz „zwalniający" Narvelana ze stanowiska. Następnego dnia Narvelan kazał Hanarze zbierać się do drogi. Mieli podróżować pieszo.

Idący przodem Narvelan zatrzymał się. Hanara odgadł, że jego pan dotarł na szczyt wzgórza. Ruszył przed siebie, zmuszając obolałe kończyny do ruchu. Kiedy w końcu znalazł się na grani, Narvelan siedział ze skrzyżowanymi nogami na skalnym podłożu.

– Zdejmij tobołek – powiedział Narvelan. – Napij się. Zjedz coś.

Hanara usłuchał i przyglądał się swojemu panu mierzącemu wzrokiem okolicę. Wzgórze znajdowało się na skraju równiny, gdzie zaczynały się wznosić najbardziej wysunięte odnogi gór. Przebyli już ponad połowę odległości dzielącej ich od granicy, ale teraz będą musieli zwolnić, ponieważ czeka ich wędrówka po stromych górskich szlakach.

Czy my wędrujemy do Kyralii? – zastanawiał się Hanara. *Czy Narvelan chce przekonać króla do zmiany zdania?* Na pewno nie zmierzali w kierunku przełęczy. Hanara popatrzył na pana, ale nic nie powiedział.

Mag rzucił mu spojrzenie.

– Zastanawiasz się, dokąd się udajemy – stwierdził.

Hanara nie odpowiedział. Nauczył się, że zadawanie pytań nic nie daje, jeśli pan jest nie w humorze. Ten człowiek słyszał wtedy pytanie, którego się spodziewał, a nie to, które zadawał Hanara.

– Dziesięć lat – powiedział Narvelan. – Pracowałam przez dziesięć lat, dniami i nocami, żeby utrzymać ten kraj pod kontrolą Kyralii. Dziesięć lat walczyłem, by utrzymać osłabienie naszego odwiecznego wroga, żeby zapobiec kolejnej inwazji.

Popatrzył potem w kierunku Arvice, teraz już skrywającego się daleko za horyzontem. W jego oczach płonął gniew.

– Mogłem wrócić do domu. Ale czy wtedy cieszyłbym się pokojem i bezpieczeństwem, które zapewniłem innym? Bez moich wysiłków tutaj Sachaka odrodziłaby się, wzrosła na powrót w potęgę, a następnie jeszcze raz nas zaatakowała. Nie. Musiałem poświęcić zwyczajne życie po to, by inni mieli na nie szanse. A czy ktoś mi podziękował? – Narvelan zerknął na Hanarę. – Nie! Ani razu! A teraz niszczą wszystko, czego dokonałem! Cała moja praca, wszystkie moje poświęcenia, wszystko *na nic*. Zamierzają wyzwolić niewolników na farmach. Pozwolić sachakańskim magom żenić się i płodzić kolejnych najeźdźców. Zamierzają pozwolić im przyjść tutaj – machnął ręką, wskazując rozległy obszar – i zacząć znów uprawiać pola. Zostawienie tych ziem odłogiem miało uniemożliwić Sachakanom produkowanie większych ilości pożywienia, co miało utrzymać ich populację na niskim poziomie i sprawić, by łatwo było nimi rządzić. To miał być dodatkowy pas zabezpieczeń między Kyralią i Sachaką. To była moja wielka koncepcja. Moja *wizja*!

Hanara spojrzał na farmy i pola. Miały być opuszczone, ale dostrzegał oznaki uprawy i zamieszkania. Wizja Kyralianina doprowadziła do tego, że domy zajęli bandyci i ichani. *Mieliśmy szczęście, że nas nie zaatakowali*, pomyślał, ale szybko odepchnął od siebie tę myśl. Narvelan był potężny. Miał kilku ludzi służących za źródła. Był dostatecznie mocny, by pokonać ichanich, którzy mieli raptem jednego albo dwóch niewolników.

– Nie winię króla za to, że mnie odwołał – powiedział Narvelan, a w jego głosie brzmiał smutek i żal. Hanara spojrzał na niego, zdumiony. – Nie powinienem był zaniedbywać narad. Gdybym był rozsądniejszy, nie mieliby powodu, by się mnie pozbywać. – Zmarszczył brwi. – Rozgniewali mnie, ponieważ chcą podważyć wszystko, nad czym od tak dawna pracowałem. Nie zdawałem sobie sprawy, że istnieje sposób, żeby i tak to wykonać. Szybszy sposób. Nie pomyślałem o tym. Gdybym wymyślił to wcześniej… może by się ze mną zgodzili. Gdyby to, co planowałem, nie było takie trudne.

Wzrok Narvelana powędrował gdzieś w dal. Zamilkł i przez dłuższą chwilę, posępnie zamyślony, wpatrywał się w horyzont, za którym zniknęło Arvice. Nagle przeniósł wzrok na najbliższe otoczenie. Wziął głęboki oddech i westchnął, uśmiechnął się i powoli obrócił, by rozejrzeć się po równinie, wzgórzach, górach, a w końcu po pagórku, na którym siedzieli.

– To dobre miejsce. Nie wiem, jak daleko sięgnie moc, ale jakkolwiek daleko to będzie, musi wystarczyć. – Spojrzał na Hanarę.

Hanara wzruszył ramionami. Narvelan często mówił niezrozumiale, zwłaszcza kiedy rozmawiał sam ze sobą.

Sługa obserwował, jak jego pan bierze swój tobołek i zaczyna w nim grzebać.

– Gdzie to jest? Wiem, że to gdzieś musi być. O!

Wyciągnął rękę z pięścią zaciśniętą na jakimś przedmiocie. Rozejrzał się i ujrzał spory płaski kamień, który spadł z góry prosto przed jego skrzyżowane nogi. Następnie podniósł z ziemi mniejszy kamyk, sprawdzając jego ciężar.

– To powinno się nadać.

Rozwarł pięść, a z niej wysunął się i z melodyjnym dźwiękiem wylądował na dużym kamieniu lśniący, jaśniejący przedmiot. Hanara poczuł, że jego serce przestaje bić. To był kamień magazynujący. Ten, który Elynowie pozostawili Kyralianom na wypadek, gdyby znów groził im konflikt z Sachakanami. Narvelan musiał go wykraść. Pozostali magowie na pewno nie pozwoliliby mu go zabrać.

Narvelan spojrzał na Hanarę i w jego oczach nagle pojawiło się zaskoczenie.

– Tak mi przykro, Hanaro. Nie pomyślałem, co można by z tobą zrobić. Obawiam się, że wpakowaliśmy się w to razem.

Hanara już otworzył usta, by zapytać dlaczego.

Narvelan jednak uniósł rękę i opuścił ją. Kamień uderzył w klejnot. Pojawiło się pęknięcie. Hanara miał moment na myśl, dlaczego ta szczelina jest tak oślepiająco biała.

Chwilę później wszelkie czucie i myśli znikły.

Ścieżka była wąska i stroma. Zakręcała i wiła się nad przepaścią, wznosiła się i opadała, by omijać ogromne głazy i szerokie rozpadliny. Myśliwi ostrzegali Jayana i Prinana, że ta droga jest zbyt trudna dla koni, ale choć bardzo chcieli uznać ją za nieprzebytą dla ludzi, naprawdę wymagała jedynie sporego wysiłku.

Jayan wysłał nieco uzdrawiającej magii do swoich nóg i ból osłabł. W ostatnich dniach potrzebował rzadszych i mniejszych dawek leczenia. *Może po prostu jestem coraz sprawniejszy*, pomyślał. Obejrzał się za siebie i dostrzegł, że ubranie, skórę i włosy Prinana pokrywał kurz, i tylko pod pachami, na piersi i na plecach pojawiły się ciemniejsze plamy od potu. *Ja muszę wyglądać równie źle*, pomyślał. *Wątpię, by ktokolwiek w Gildii mnie rozpoznał, a nawet gdyby, to mieliby niezłą uciechę.*

Prinan uśmiechnął się do niego promiennie.

– Szkoda, że Tessia nie może cię teraz zobaczyć. Nieźle by się uśmiała.

– Z pewnością – potaknął Jayan. Poczuł przypływ miłości, ale zaraz pojawił się niepokój. *Wszystko będzie dobrze*, powtarzał sobie. *Ona jest najlepszą uzdrowicielką w Gildii. Ze wszystkich kobiet w Kyralii – ba, na całym świecie – ma największe szanse na przeżycie porodu.*

Ale nigdy jeszcze nie rodziła.

Tak, ale asystowała przy niezliczonych porodach. Wie, czego się spodziewać.

Może za długo zwlekali.

Było tyle do zrobienia. Opracowanie metod leczenia i nauczenie ich innych. Założenie Gildii i uporanie się z wszystkimi problemami. Magowie mają niezwykły talent do piętrzenia trudności…

Ścieżka znów pięła się w górę i zakręcała wokół znajdującej się przed nim turni. Jayan chciał wreszcie przerwać kolejną niekończącą się dyskusję w swoim umyśle, skupił się więc na drodze. Chwytał się wystających kamieni, by pomóc sobie w utrzymywaniu równowagi. Jego łydki protestowały. Uda były napięte. W końcu dotarł na szczyt. Usiadł na ziemi, chwytając powietrze. Następnie podniósł wzrok i poczuł, że jego całe ciało przeszywa dreszcz.

Stał tak bez końca i wpatrywał się przed siebie.

Tam, gdzie dziesięć lat temu była jeszcze żyzna zielona ziemia, rozciągała się teraz poczerniała, spalona pustynia. Od podnóża gór po horyzont nie było widać nic, tylko gołą, martwą płaszczyznę. Jayan znów poczuł dreszcz, kiedy uświadomił sobie, że dostrzega rozchodzące się od jakiegoś miejsca na północy promienie. Linie, które wyżłobiły ziemię i zwaliły pnie drzew. Ledwie zauważył, że Prinan dotarł na grań i zatrzymał się obok niego.

– Ach – westchnął. – Pustkowie. Widziałem je wiele razy, ale wciąż nie mogę przyzwyczaić się do tego widoku.

– Rozumiem cię. – Jayan spojrzał na niego. – Magowie, którzy to badali, nadal twierdzą, że to był kamień magazynujący?

– Nie wiemy, co innego mogłoby spowodować takie zniszczenia.

– I to dzieło Narvelana?

– Znikł kilka dni wcześniej, wtedy skradziono kamień. A od dłuższego czasu przekonywał nas, że trzeba osłabić Sachakę przez wyjałowienie tej ziemi.

– Nigdy jednak nie zyskamy pewności, co się wydarzyło.

– Nie. – Prinan westchnął. – Straciliśmy też ostatnią szansę na to, by odkryć, jak wytwarza się kamienie magazynujące.

Jayan odetchnął głęboko i wstał.

– Cóż, jeśli kamienie magazynujące są zdolne do czegoś takiego, to może i lepiej, że nikt się nie dowie, jak je produkować.

Prinan pokręcił głową na znak, że się nie zgadza, ale nic nie powiedział.

– Myślisz zatem, że powinniśmy zbudować tu jeszcze jeden fort?

Jayan zamyślił się, spoglądając za siebie na ścieżkę, którą przyszli.

– Muszę się nad tym zastanowić. Ta przełęcz nie jest łatwa do przebycia. Fort na głównej przełęczy jedynie spowolni marsz armii, ale jej nie powstrzyma. A jeśli wywołamy kilka lawin i zniszczymy w paru miejscach ścieżkę, to tu mogą wystarczyć patrole.

Prinan zmarszczył czoło i potaknął.

– Pewnie masz rację. Aczkolwiek mój ojciec pewnie uzna, że wykazujemy bezmyślność i lekceważenie, skoro nie budujemy tu solidnego kamiennego fortu, żeby zamknąć przejście.

– Rozumiem to – zapewnił go Jayan. – Ale gdyby zobaczył to – machnął ręką w kierunku pustkowia – przekonałby się, że możliwość sachakańskiej inwazji jest nikła.

Prinan potaknął.

– Narvelan może i był szalony, ale sądzę, że miał rację, twierdząc, że zniszczenie ziemi osłabi Sachakę. Ojciec jednak boi się zemsty. Zaledwie kilku sachakańskich magów może siać w Kyralii niewyobrażalne spustoszenia.

– Rozstawmy więc patrole po kyraliańskiej stronie.

– To pewnie najlepsze, co możemy zrobić – zgodził się Prinan. Westchnął i obejrzał się za siebie. – Nie ma wielkiego sensu zapuszczać się w głąb Sachaki. Wracamy?

Jayan kiwnął głową z uśmiechem.

– Tak.

Do Tessii. Do oczekiwania na narodziny naszego syna. Na jego twarzy pojawił się nagle lekki grymas. *I do niekończącej się pracy i sporów w Gildii Magów.*

SŁOWNICZEK

ZWIERZĘTA

anyi – ssaki morskie o krótkich kolcach

ceryni – niewielki gryzoń

ćmy aga – szkodniki niszczące odzież

enka – rogate zwierzę domowe, hodowane na mięso

eyoma – morska pijawka

faren – ogólna nazwa pajęczaków

gorin – duże zwierzę domowe hodowane jako pociągowe i na mięso

harrel – niewielkie zwierzę domowe hodowane na mięso

inava – owad, który wedle legend przynosi szczęście

limek – dziki pies

mullook – dziki ptak nocny

quannea – rzadkie muszle

rassook – gatunek ptactwa domowego hodowany na mięso i pierze

ravi – gryzoń większy od cerynia

reber – zwierzę domowe hodowane na mięso i wełnę

sevli – trująca jaszczurka

yeel – niewielka, udomowiona odmiana limka, używana do tropienia

zill – mały inteligentny ssak, trzymany w domach

ROŚLINY / JEDZENIE

brasi – zielone liściaste warzywo z małymi pączkami

chebol – gęsty sos do mięs sporządzany ze spylu

curem – delikatna przyprawa o smaku orzechowym

dall – długi owoc o cierpkim, pomarańczowym, pełnym pestek miąższu

dunda – korzeń żuty ze względu na jego pobudzające właściwości

dzwonkowiec – ziele rosnące w Sachace
gan-gan – kwitnący krzew z Lanu
hurut – ziele używane do przemywania ran
iker – narkotyk pobudzający, ponoć również afrodyzjak
jerras – długa żółta fasola
kreppa – roślina lecznicza o niezwykle przykrym zapachu
marin – czerwony owoc cytrusowy
mlekwiat – roślina wykorzystywana jako środek uspokajający
monyo – bulwa
mrokodrzew – drzewo o bardzo twardym drewnie
nalar – pikantna przyprawa korzenna
nemmin – lek nasenny
pachi – słodki, odświeżający owoc
papea – przyprawa podobna do pieprzu
piorre – niewielkie owoce kształtem przypominające dzwonki
pnącze anivope – roślina wykorzystywana do wzmacniania projekcji mentalnej
raka – pobudzający trunek przyrządzany z pieczonych fasolek pochodzących z Sachaki
rożki – malutkie ciasteczka
shem – roślina jadalna wyglądem przypominająca trzcinę
spyl – mocny trunek sporządzany z tugoru; także: męty, szumowiny rzeczne
sumi – gorzki napój
telk – roślina, z której nasion wyciska się olej
tenn – jej ziarna rozbija się na drobne kawałki, które można ugotować, albo też zemleć na mąkę
tiro – jadalne orzechy
tugor – korzeń podobny do pasternaku
ukka – roślina mięsożerna
vare – gatunek winorośli, z niej produkuje się większość win
złotoziarno – zboże uprawiane w Sachace
żywokora – kora o właściwościach ułatwiających oddychanie

UBRANIE / BROŃ

inkal – kwadratowy znak, podobny do herbu, naszywany na ramieniu lub mankiecie
quan – maleńkie owalne paciorki z muszli
vyer – instrument strunowy z Elyne

KRAJE / NARODY

Duna – plemiona zamieszkujące wulkaniczną pustynię na północ od Sachaki

Elyne – kraj sąsiadujący z Kyralią, najbliższy kraj pod względem kulturowym, niegdyś pod panowaniem Sachaki

Kyralia – kraj sąsiadujący z Elyne i Sachaką, niegdyś pod panowaniem Sachaki

Lan – górzysta kraina zamieszkiwana przez wojownicze plemiona

Lonmar – kraj o klimacie pustynnym, ojczyzna surowej religii Mahga

Sachaka – kolebka potężnego niegdyś Imperium Sachakańskiego, gdzie wszyscy z wyjątkiem najmożniejszych są niewolnikami

Vin – kraj wyspiarski, ojczyzna ludu żeglarzy

TYTUŁY / GODNOŚCI

Ashaki – sachakański posiadacz ziemski

Ichani – Sachakanin bądź Sachakanka ogłoszeni wyrzutkami, ludzie poza prawem

Mag – tytuł przysługujący wyzwolonemu kyraliańskiemu magowi niebędącemu posiadaczem ziemskim

Mistrz – Kyralianin posiadający własny majątek ziemski albo głowa Domu w mieście, a także dziedzic majątku

Mistrzyni – żona kyraliańskiego ziemianina

Pan – wolny Sachakanin

Uczeń – kyraliański mag w okresie nauki, niewtajemniczony jeszcze w arkana wyższej magii

INNE TERMINY

kamień magazynujący – klejnot umożliwiający przechowywanie mocy magicznej

krew ziemi – termin używany przez plemiona Duna na określenie lawy

krwawy klejnot – sztucznie stworzony kamień, który pozwala jego twórcy słyszeć myśli noszącego

kyrima – gra kyraliańskich magów, wykorzystywana do nauki i ćwiczenia strategii wojennych

podejście – główny korytarz sachakańskich domów, prowadzący do „pokoju pana"

pokój pana – główne pomieszczenie w sachakańskim domu, tam przyjmuje się gości

wysypka niewolników – choroba przenoszona drogą płciową

PODZIĘKOWANIA

Pierwszą połowę tej książki pisałam w roku, który był dla mnie bardzo ciężki i stresujący, druga zaś i poprawki całości zajęły mi zaledwie sześć miesięcy. Chciałabym zatem podziękować Darrenowi Nashowi i zespołowi wydawnictwa Orbit za ich wyrozumiałość i cierpliwość, a Darrenowi i Timowi dodatkowo za to, że podczas wizyty w Melbourne wysłuchali całej opowieści o rozbudowie domu.

Chcę podziękować mojej agentce From Bryson, a także jej asystentce Liz Kemp, za wsparcie oraz ich wspaniałą pracę, jak również agentom na całym świecie, którzy zajmują się udostępnianiem moich książek czytelnikom mówiącym innymi językami niż mój. Szczególne podziękowania należą się Phillipowi Berrie, którego zatrudniłam do sprawdzania ciągłości fabuły, co okazało się doskonałym pomysłem.

Dziękuję mojemu partnerowi, Paulowi, który czytał książkę rozdział po rozdziale przez ponad rok i zachęcał mnie do dalszej pracy, chociaż tak jak ja był bez reszty pochłonięty rozbudową domu.

Podziękowania należą się także moim przyjaciołom i rodzinie, oni wszyscy bardzo przyczynili się do powstania tej książki: Mamie i Tacie, Donnie Hanson, Fionie McLennan i Kylie Seluce.

Na koniec – jak zwykle gorąco – dziękuję wszystkim czytelnikom moich książek, którzy przysyłają miłe e-maile, zostawiają entuzjastyczne wpisy w księdze gości na mojej stronie internetowej, polecają i dają w prezencie moje książki swoim przyjaciołom i krewnym. Dla was warto.

zmiany powoli, tak żeby ich nawet nie zauważyli. Ale był młody i niecierpliwy, a ludzie umierali... Co to za krzyki?

Wołania gdzieś w oddali stawały się coraz głośniejsze i liczniejsze. Kendaria zmarszczyła brwi.

– Szybko! Na wozy!

– Nadchodzą!

– Zostaw to! Uciekaj!

Nagle wszędzie zaroiło się od ludzi pędzących między namiotami z krzykiem. Służący wychodzili na zewnątrz. W namiocie uzdrowicieli rozległy się przerażone wołania. Jakiś mężczyzna podszedł do Kendarii i położył jej rękę na ramieniu. Kobieta krzyknęła z przerażenia.

– Armia nadchodzi, a Sachakanie są zaraz za nią. Musimy załadować wszystkich na wozy i uciekać. Bez rzeczy. Tylko ludzi. – Spojrzał na Tessię i zamrugał ze zdumienia. – Uczennica Tessia? Mag Jayan cię szuka. – Wskazał w kierunku środka obozu.

– Dziękuję – odrzekła Tessia, po czym spojrzała na Kendarię. – Powodzenia.

– Wzajemnie.

Tessia odwróciła się i pobiegła między namioty. Musiała kilkakrotnie uskakiwać przed ludźmi pędzącymi ku skrajowi obozu, gdzie w pośpiechu zaprzęgano do wozów konie i goriny. Kiedy przebiegła pas ziemi dzielący służbę od magów, okazało się, że wszyscy uczniowie spieszą w jednym kierunku. Wybiegła na drogę, na plac przed namiotem króla, i zobaczyła Jayana stojącego na wielkiej skrzyni. Wykrzykiwał rozkazy i powtarzał w kółko te same wiadomości w odpowiedzi na nerwowe pytania uczniów.

– Nasza armia wycofuje się. Sachakanie nadchodzą. Niebawem tu będą. Musimy być gotowi. Służący już prowadzą nam konie. – Urwał i spojrzał z naganą na jednego i odblokowały. Trzeba tylko było pozbyć się nadmiaru opuchlizny.

– Ale... skąd wiedziałaś, że nie jest złamany?

Tessia zawahała się. Prawda, zwykli uzdrowiciele nie mogą zajrzeć w głąb ludzkiego ciała. *Nie zdawałam sobie sprawy, jaką przewagę mi to daje. Pogardzałam uzdrowicielami, którzy stawiają błędne diagnozy, ale przecież nie są w stanie nic na to poradzić.*

– Widzę wnętrze ciała – wyjaśniła.

Kendaria uśmiechnęła się.

– Może i nie potrafisz naprawdę leczyć magią, ale to, co robisz, jest wspaniałe. – Jej uśmiech przygasł nieco. – Uzdrowicielom się to nie podoba. Nie zdziw się, jeśli będą próbowali cię powstrzymać. Obawiają się, że gdy magowie nauczą się leczenia, oni stracą bogatych klientów.

– Jak mogą mnie powstrzymać?

– Przekonując króla, że ponieważ nie uczyłaś się w gildii, możesz z niewiedzy narobić więcej szkody niż dobra. Albo że magowie odbiorą pracę uzdrowicielom, co sprawi, że nie będą mogli pozwolić sobie na wykonywanie darmowych usług dla ludzi, których nie stać na opłacenie maga. Nie żeby teraz dużo ich wykonywali.

Tessia zaśmiała się cicho.

– Innymi słowy, obawiają się, że zostaną tylko nędznymi wioskowymi uzdrowicielami.

– Tak. – Kendaria spojrzała na nią z powagą. – Nie lekceważ ich. Są najpotężniejszą gildią w mieście. Nie oddadzą swojej sfery wpływów bez walki.

– Będę ostrożna – zapewniła ją Tessia. – Nie zamierzam zasiać między nimi niepokoju, a potem zniknąć jak mój dziadek. On zawsze mówił, że popełnił błąd, usiłując zmienić ich zbyt szybko. Więcej by osiągnął, wprowadzając

Skład: D2D.PL
ul. Morsztynowska 4/7, 31-029 Kraków, tel. 012 432 08 52

Wyłączny dystrybutor:
PLATON Sp. z o.o.
ul. Kolejowa 19/21, 01-217 Warszawa, tel./fax. 022 631 08 15